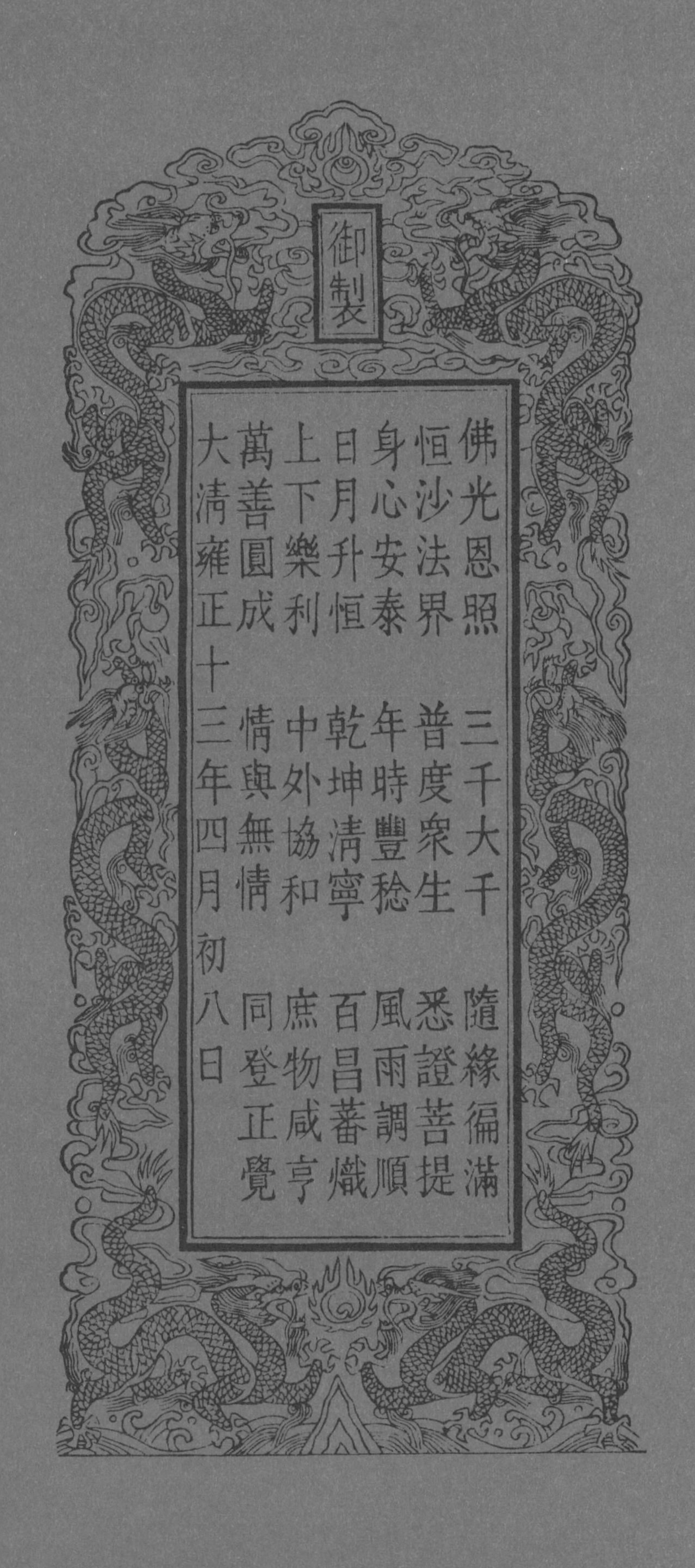
御製
佛光恩照　三千大千　隨緣徧滿
恒沙法界　普度衆生　悉證菩提
身心安泰　年時豐稔　風雨調順
日月升恒　乾坤清寧　百昌蕃熾
上下樂利　中外協和　庶物咸亨
萬善圓成　情與無情　同登正覺
大清雍正十三年四月初八日

第一二三册　此土著述（一三）

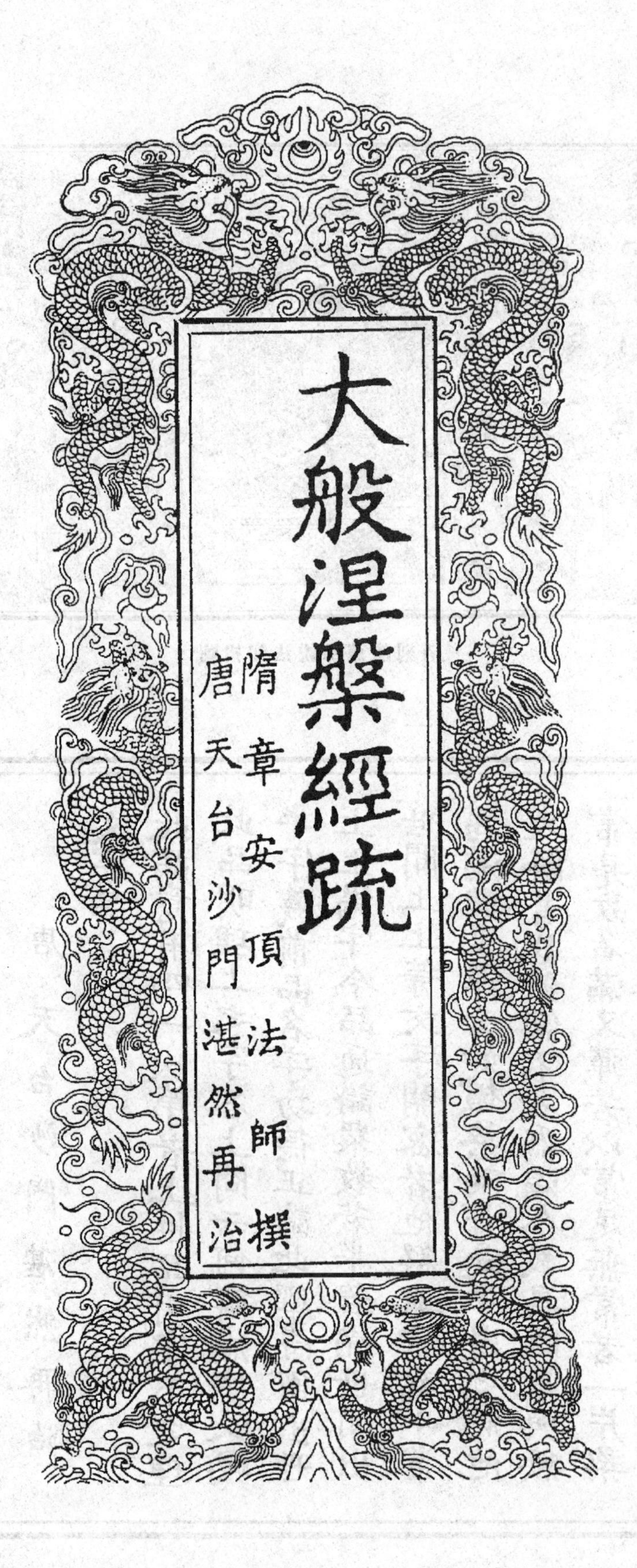
大般涅槃經疏
隋 章安頂法師撰
唐 天台沙門湛然再治

清刻龍藏佛說法變相圖

大般涅槃經疏卷第七

隋章安頂法師撰

唐天台沙門湛然再治

文字品

此品意有四一次第者上性品明字下之理此品明理上之字荅上問云何解滿字及與半字義前品名字功德正論此經專解出世上上滿字今品通論衆教若半若滿世間出世間上上等文字開宻者他解無常爲半常爲滿興皇彈云如楦桼兩片是半邊之滿他又解昔說無常不名爲滿今教具說常與無常是故名滿又彈若以常足無常者一片桼足半片楦應爲一果者此是足滿興皇解涅槃佛性之體非常非無常常無常具足故名爲滿今明彼家彈舊或爲半邊或爲足滿自

說非常非無常常無常爲滿者此亦是樝棃柹栗四片合爲一果今依此品開一切字悉是滿字文云如來出世能滅半字是故汝今應離半字隨逐滿字於一切法無閡無著本對半明滿既無有半亦復無滿當知字非字以無字爲滿字文云半字是諸經書記論文章根本又半字是煩惱言說根本又云滿字是善法根本一切善法言論根本異論呪術一切文字悉是佛說非外道說當知佛所說者悉是內道正法此以正法而爲滿字又云若解文字能令衆生口業清淨佛性不爾不假文字然後清淨佛性自淨當知諸字悉是佛性佛性非字非非字而能字能非字故稱滿字雖有三義勿作三解即字無字無字即字亦即非字非非字具足無缺不縱不橫爾乃名滿譬如金銀種種等寶同入爐冶俱成一器而種種不失亦名種種亦名於一一即種種種種即一亦復非一非種種而一而種種開一一字悉是佛性法性法界亦復如是包一切字不得一字一切字而具一字一切字豈隔半邊而非滿字是則名爲開祕說滿從此立名名文字品文中爲三一略標字本二廣明字義三領解述成初文先總標異論呪術皆是佛說有二解一云根本皆在佛法之中三寶四諦涅槃四德悉是佛法名教長者去後劫掠羣牛外道偷之安其已典二云是佛方便之說如清淨法行經云迦葉爲老子儒童爲顏回光淨爲孔子若如前解佛則認歸若如後解方便施與若開一切文字皆佛正法則非認非與云云迦葉白下第二廣明

字義有二番問答初問如文佛言下如來重答爲三初明文理之本持諸記論下二別明字本凡夫人下三明學半得悟滿法迦葉復白下第二番騰問請答問如文善男子十四音下如來答爲三一通明諸字二別釋半滿三結得失亦是明無字之義初又四一以音隨字即是明音二以字隨音即是明字三音字所因四音字利益初文音隨字者十四音也是十四音去是也古來六解大爲二塗前四解禪後二解複一宗師云書缺二字師不能通故無兩音止有十二招提足悉曇二字三梁武足涅槃二字引經云所言字者名曰涅槃四開善云於十二字中止取十字除後庵痾謂是餘聲故經釋炮音便云於十四音是究竟義更取下魯留盧樓四音足爲十四插著中心謂阿阿伊伊憂憂魯留盧樓哩黙等五莊嚴複解前十二爲六音後五五相隨又取後三三相對中四字耶囉和賒足前五成六足上成十二取羅沙娑訶羅爲一遲音魯留盧樓爲一速音是爲十四六冶城云前兩兩相隨有六次五五相隨有五後三三相隨有三合成十四音觀師云古來六解次第彈之初云書缺二字者外道師不解反啓問太子太子自知今說涅槃豈不安二字猶言書缺彈招提者悉曇通是外國十四音之總名豈得將總足別彈梁武者涅槃亦云槃利涅隷槃那此則六字亦云般涅槃那此則四字何故止取兩字足之彈開善者除庵痾兩字足魯留盧樓四字若魯留盧樓是音者何不在音次第而在字後安之彈莊嚴者經

文現云十四音何時云以字足音音字兩異何得相混莊嚴不成冶城亦壞又河西以前十二即是十二音取後四字合爲二音古經本云黎樓棃樓即是四字爲二音足前爲十四又梵本言字不言音今十二字或十六字隨世所用又一解云初十二是音後迦佉下是字又一解云初十二字有三事一字二語三音因此字以爲言論端首然後方及餘字故言字本初半字者世法名半字佛性名滿字又以九部爲半字大乘爲滿字又云梵本無半滿之言但以事未成爲半成就爲滿與皇有半邊相足無牽中等滿云云河西云十二字喻之如飯後二十五字喻之如羹後九字攝持諸句如守門人亦如瓔珞後九字亦字亦音魯留下之二字童蒙所不習學吸氣舌根是第三明諸字所因皆有差別故迦佉等是舌本聲多他等是舌上聲吒侘等是舌頭聲波頗等是脣間聲遮車等是齒間聲故言皆因舌齒差別如是字義下第四明字之利益前舉字義後明佛性云不如是又半字下第二別釋半滿爲三先法次譬三合何等名下第三更明無字之義亦是得失後畨領解述成如文

鳥喻品

河西云文字鳥月三品同明眞應文字半滿只是鳥喻常無常常無常只是月喻隱顯因字識理達常無常能隱能顯今更次之如來常依二諦三諦說法故知文字是佛教即文字達三諦具足一教一切教欲顯圓滿修多羅故題文字品次鳥喻者依教立行即雙流

行二行並觀一行一切行下文云復有一行是如來行次文字之後明二鳥共行故成次第亦是依教生智智望於教教即成境由境發智由智立行教轉成境智轉成行故爲次第此品答云何共聖行娑羅迦鄰提此還舉鳥以況於行以爲答問能喻是娑羅迦鄰提所喻是雙流共行舊解不同或言娑羅是雙迦鄰是鳥然娑羅翻爲堅固何得言雙或言娑羅是一隻鄰提是一隻此乃兩類不得是雙或言娑羅一雙迦鄰提一雙引下文云鳥有二種一名鴛鴦二名鄰提此乃兩類爲兩雙或言娑羅翻爲鴛鴦問中問娑羅答中答鴛鴦類異義同乃以鴛鴦替於娑羅或言鄰提無翻或翻爲天鶴引六卷云鴈鶴舍利然漢不善梵音只增爭競意在況喻取其雌雄共俱飛息不離以況一中無量無量中一非一非無量而一而無量呼爲雙流乃名共行問爲凡與凡共行聖與聖共行凡與聖共行他解云觀生死無常不識涅槃常觀涅槃常不識生死無常二解不明如但識金不識鍮但識鍮不識金若精識二物乃是雙觀苦樂我無我亦如是聖如是行凡亦如是故言共行此不應爾與譬相違譬明二鳥俱游如汝所釋一鳥窮下之生死一鳥窮高之涅槃升沉碩乖雙游不顯假令二鳥但雙游下不雙游高游高不游下雙游不成又一家引半滿約一法雙游約二法若取生死無常佛果是常共爲滿者兩物各異棃柰體別安得是滿夫雙游者觀生死中有常無常觀佛果中亦常無常取生死涅槃兩常爲一雙滿取生死

涅槃兩無常爲一雙半即是兩法共起乃曰雙游今明義皆不爾兩常俱起乃是二雄俱飛兩無常起乃是二雌並飛與譬相背雙游不成今言雙游者生死具常無常涅槃亦爾在下在高雙飛雙息即事而理即理而事二諦即中中即二諦非二中而二中是則雙游義成雌雄亦成事理雙游其義既成名字觀行乃至究竟雙游皆成横竪具足無有缺減此中備有凡凡共行凡聖共行非凡非聖共行約人法分别俱成以是義故故言鳥喻品文爲二先總次别總又二初略後論義略中先譬後合初譬中舉二鳥譬常無常而合文以苦無我合者但是略耳私謂又顯義同是故互出具論應六次論義中先問後答答中先法後譬初法中言異法是苦是樂者舊云

生死異涅槃涅槃異生死故言苦樂觀師言前多斥倒約竪以論常與無常今品一時明常無常只生死中有異法而説苦有異法而説樂乃至我無我亦如是後譬五穀各異成前異意下别譬中云華葉無常而果是常者非常住常言華葉不定故無常果已定故是常借此以顯無常成常從如是諸種去别説共行又爲三一就生死明無常二就涅槃明無我三雙就生死涅槃以明苦樂然前兩是横後一是竪理應備論但文互現初文又二初正明二行次結章初正明中舉五譬初譬又二先譬次合譬又三一譬二論義三領解初萌芽譬生死中無常熟時譬生死中常次論義二先問次答答中明生死常與如來常異三迦葉下領解又二先領解次述成等皆

可見云云善男子雖修一切下二合譬未聞是經皆言無常聞是經已皆云是常豈非生死中具常無常契經諸定者修多羅翻名為契經又是定藏故言諸定後四譬皆有合次譬云金朴者玉未理者名璞金未理者亦名朴此有木邊玉邊之異金未理者亦名礦礦者異金名也云云招提呼為朴音觀師呼為礦音然朴字兩喚云云是故我言下第二結章正應明常無常而復結言無我欲明例爾迦葉白佛下第二就涅槃以明無我我二行無憂悲即有我有憂悲即無我文為二先問後答問為二正問結問一往謂是無端之問然佛說涅槃亦有無常無常是有為有為即憂悲今問憂悲是問涅槃有無常不佛答為四一釋問二歎理三重釋問四重歎理初文二先譬後合譬中三先正作譬次更為譬作譬三還以譬合譬初云無想天者是譬次更舉樹神譬顯無想譬即是為譬作譬佛法亦爾下以譬合譬二復次善男子無想天下歎理甚深先譬次合如來實無憂悲但於無中說有衆生有苦未得脫難見佛有苦既其有苦即有憂悲佛斷苦因受第一樂復無憂悲有憂即無我無憂即有我若應物云如來有憂實理即無今問既示有悲亦應有苦如來心地不念衆生應是無苦問如來實無憂喜汝何以云如來實喜今亦反問佛無憂喜何以定云如來無憂我說如來實非憂喜義說憂悲此是不定之言三譬如空中下重釋問兩譬先舉舍佳譬次舉幻師譬皆先譬次合初譬中有二前為法作譬心亦如是下即為譬作譬

後復舉無想天壽亦爲譬作譬如來憂悲下正是合譬如幻師下次譬二譬合如來有憂及以無憂下重歎理又四一法二譬三合四結此即法說譬如下人下第二譬說若依毗曇有三種度義一人度二根度三地度下果不知上果上果能知下即是人度鈍根不知中上中上能知下即是根度初禪不知上禪上禪能知下禪即地度成論不爾互有知義明獮猴尚見佛心豈有鈍根不能知利令亦有少分故知亦得言知不能具足知故亦言不知三合譬四結可尋復次善男子下第三雙就生死涅槃以明苦樂即是竪論文中有二先釋後論義就初釋中三謂譬合結此即譬說二鳥喻法身子譬衆生盛夏水長譬起倒選擇高原者病無常即須常藥常爲高原病常即無常爲藥以無常爲高原即是非常非無常常無常具足能離諸倒爲長養者譬令其解常無常理然後隨本安隱而游譬如來度訖然後游諸覺華如來出世下第二合譬是名異法下第三結成迦葉白佛下第二論義三番問答具簡六行初番又二先問次答問可見此中又兼常無常我無我等佛言下第二如來答又四先舉二偈爲答次長行解釋初中又二初偈明生死涅槃二果次偈明生死涅槃二因初偈上半明涅槃果下半明生死果次偈亦爾可見次長行從若放逸者下具釋上兩偈如文三如人在地下明下不知上以明於苦亦先譬後合初譬中明不見鳥迹者欲明空中鳥飛無行地迹亦有毛羽氣息當其飛處亦有此迹但非地下人之

所見合如文四精勤勇進下明上能知下以明於樂又二初舉兩偈正是解釋此初偈明人後偈明法次少長行通釋二偈迦葉白佛下第二番先問次答問中二先非佛說次則難難意既無憂無喜云何復言升智慧臺佛答以凡夫有憂故云如來無憂正是對治之義又正念衆生故言有憂如淨名說衆生病故菩薩亦病第三番亦先問後答皆可尋

月喻品

前鳥喻倶游横論一時今月喻隱顯竪論前後先横次竪自成次第又倶游是自行隱顯是適宜自行化他復成次第河西云三品皆是一眞應意此乃一塗問答既三意寧一耶自有兩問一答一問兩答一問一答河西云只是一句餘之二句推文可解今云其問既異答亦不同前問共行以鳥喻答之今對三光以立三問以月喻答之然其問中非獨問月備問三光月取虧盈日用長短星以吉凶雖有少殊同況隱顯在先答月故以標品私謂月攝日星故月題品又名異義同故月義便梁武勑學士撰天地義有三一宣夜二周髀三靈憲宣夜久廢不傳諸學士推理不得周髀者是周公問殷齊論天地義云天如圓繖邊下中高爲蓋天義日月横行同於佛法靈憲即是渾天義也張衡作渾天圖云日如雞子黄天如雞子白日從東出漸漸西没復從土下入地東出繞天地轉故言日出扶桑日入濛汜日月竪行長阿含及樓炭云日月天子果報與四王同壽五百歲舊云二百五十日形縱廣五十由旬月形四十九由旬星

小者不減三由旬方百二十里日城爲兩寶所成二分火精二分金精月爲二寶所成二分瑠璃精二分白銀精星唯一寶所成謂水精繞須彌山照四天下樓炭第五云劫初未有三光衆生福力感亂風吹火精黄金二寶作日日天子所居城郭七重東西二千里南北高下亦然周圍八千又亂風吹二寶瑠璃白銀作月天子所居其城七重東西一千九百六十里南北高下亦然周圍七千八百四十里又亂風吹水精作星天子所居皆大風持猶如浮雲右轉而行大者周圍七百二十里中者四百八十里小者一百二十里月以三事故缺減一者角行二侍臣形服如瑠璃色在於月前三以日有六十光照之故減有三事故增一月正行故增二十五日處正殿侍臣不當前故增三日所放六十光照月皆不受是故增滿此品正答云何如日月太白與歲星既具答三光而以月喻當名者如向分别一者月在中從中題品又月有虧盈譬隱顯易見又月譬文多從易從多以用題品古來云品後明日出時衆露悉除十行六字屬菩薩品出經者誤招提云非誤只是歎經力用之文興皇不定或屬前品或屬後品觀師云屬前今分爲二先答問二結歎經初約三光分爲三段用答三問就月爲六一出沒二虧盈三大小四善惡五長短六樂献初明出沒中先譬後合如文從善男子如此滿月下次明虧盈亦先譬後合長阿含云從十六日去黒衣侍臣初一日一兩上侍至三十日諸臣併上故稍稍虧從月一日諸臣漸下至

十五日諸臣都下故稍稍滿二云日天子放六十種光奪月故虧若月天子處正殿後光對日天是故盛滿三云從月初一出白銀面至十五日銀面全現瑠璃全隱從十六日出瑠璃面至三十日瑠璃全現白銀全隱因須彌山者爲五風所吹自然運轉一持風二住風三動風四轉風五行風世云六月一食者書云正由運行相遇六月一周陰陽相御故有此食經云脩羅所爲三復次譬如滿月者明大小先譬次合初譬中云鍑口者關西謂釜爲鍑關東謂鍑爲釜四復次如羅睺去是明善惡亦明制戒文爲三一制止二輕重三如來教戒皆有譬合五復次如人見月去是明長短亦有譬合譬中諸天須臾見食者此據四天王同見此月忉利身光不須日月六

復次譬如明月下是明樂猒先譬次合文云衆生若有貪恚愚癡則不得稱爲樂見者爲是衆生不樂見月爲是其月不樂見耶解言兩意一云直由三毒衆生不樂見月二云月名不樂見如作盜人自名其月爲不樂見復次譬如日出去是第二舉日亦先譬次合三時異者佛法無秋故言三時二云佛法有秋經言秋耕爲上又云過夏名秋秋雨連霪金光明云三三本攝足滿四時律明三時爲簡賊住今言三時非簡賊住爲春秋同不分爲二合譬有兩初以如來壽命合次以經教合可尋譬如衆星者第三舉星喻文爲三一舉衆星二舉陰暗三舉彗星皆先譬後合前二可見第三譬中言黑月者優婆塞戒經云十六日至三十日名爲黑月六卷云支斗星渠

武翻爲惡相星或作歲音或作戍音形如埽帚世人或呼爲刀或呼爲麻謂其作除故布新之怪即如辟支佛出無佛世復次善男子譬如日出下第二結歎前喻文爲三一歎二勸信三結歎又二先歎滅惡次歎義深以是義下勸信又二先勸信次勸學結歎如文今用此三文結三光喻歎教理行結日喻歎常住教結月喻歎常住理結星喻歎常住行

菩薩品

此品次第者上有十三或十五問是問佛事佛答已竟從此品去有十九問問菩薩事佛皆答之諸師或言此品答十二至十七問今明答十二問諸問不可備題從初爲名故言菩薩釋菩薩義略有四重一三藏菩薩從見釋迦佛三事供養名初發心三阿僧祇百劫修相名爲中心坐菩提樹名爲後心二通菩薩從初虛信諸法幻化未霑理水名乾慧地理水霑神伏斷見思名爲中心遊戲神通淨佛國土餘有殘習微煙薄障是名後心三別菩薩從十信三十心是初心十地是中心等覺是後心此三菩薩攝法不盡退不攝一切衆生進不攝佛根性人四圓菩薩初謂理性菩薩名字觀行相似分眞究竟菩薩始自理性通諸衆生終于妙覺皆名菩薩所以迦葉問云云何未發心而名爲菩薩者故知不問前三菩薩正問於圓就圓菩薩不問五位正問理性故從所問得名正是理性菩薩標品就如來答中正答理性是未發心稱爲菩薩而此理性爲因涅槃教光爲緣從謗而信轉成名字名字即是發心菩薩理性即是未發

心者問答之義炳然在文安作餘解豈會經宗從此題名故言菩薩品然河西明此品答四問同爲一意謂未發心者因經發心得見佛性見佛性故處衆無畏乃至見佛性故如醫療病不爲病汙今明經之圓意靡所不通何但答於四問而已乃至見性能爲船師能脫故皮如天意樹等佛性之力無所不能舉體皆通而少於眉目今就答十二問爲兩先自行次利他初自行又二先答生善次答滅惡初答生善中先牒譬歎經旁答上問次正答問初歎經旁答文兩一旁答二料簡與皇云以涅槃經力令未發心者發心又偪令發心如夢羅刹即是其義若爾乃是內因外緣令得發心發心方乃名爲菩薩非未發心得菩薩名又救云先已聞經中忘斯意今蒙聲光冥入其體方能發心發心之前已是菩薩今不用此解何者中忘之前已曾發心若未曾發何名中忘若已曾發已是發心何謂未發名爲菩薩涅槃光者二解一云佛放身光入彼毛孔佛即涅槃名涅槃光二云以涅槃教詮理分明喻之若光闡提無善光不入心四重五逆善根微少故言毛孔光譬於教毛孔譬信契經者脩多羅藏故舉三藏以彰劣顯涅槃以爲勝又今經當機勝餘契經二料簡中先問次答問中先領歎旨次仰非後作難初領旨者先領生善之歎即此品之前次領滅惡之歎即前品之末次仰非如文後作難有三一作持犯等難二作賞善罰惡不等難三作難易難初何以故去即持犯等難若光入毛孔皆能發心持戒毀戒修善作惡有

何等異云次如來何故說四依義是不等難四依出世正欲賞罰若因光發心何用賞罰三如佛言下即難易難上說煕連三恒猶未解義此即是難今云經耳能除煩惱此即是易既不解義焉能除惑以此難難易今明迦葉以別難圓就別明義則持犯升沉賞罰自異云何得等就圓為論皆即佛性何故不等就別為言積善方解就圓為語即理為解故佛答云大事大德即是圓意二佛言去答又為兩一正答二釋答初正答中二初明去取次正答初中二初簡闡提次明其餘皆能發心然發心者非是隨宜乃是大福大事二釋答者大福大事乃是祕藏如來佛性此即不簡闡提闡提寧非祕藏佛性欲明名字等菩薩故簡闡提通取其餘欲明理性菩薩故言祕藏如來性也若無一家圓別之義如何消經云從迦葉白佛下第二正答問又兩一問二答初問正是騰上作請此有遠近遠則騰初偈十二問近騰品初之說從佛告下答又二初正答後簡闡提初正答又二初因經致夢次歎經初因經致夢者即是答四位菩薩除前置後但答中四何者其問菩提因正答其問略舉四耳得聞涅槃是名字菩薩夢見羅剎寤已發心即觀行菩薩不墮三惡人天續發即相似菩薩是大菩薩即是分真明文在此云次歎經可解二從善男子去舉十譬簡闡提文為四初一譬雙簡次一譬別簡三四譬重雙簡四四譬重別簡初譬除闡提取善根故言雙簡虛空譬法身雲譬報身雷雨譬應身說法大地下田陂池譬四位菩薩枯

木石山高原堆阜喻於闡提不受佛教次一譬唯簡闡提是故云別三四譬中初譬可見第二譬中言藥樹王和乳略六物者舊云依經作六行觀若未譬長行散說九譬偈頌塗創譬聞慧熏譬思慧塗目譬修慧見譬讀嗅譬誦根譬法說葉譬譬說取身譬理味取皮譬文言云開善但九譬不取最後金剛譬前第六金剛譬中云白羊角釋論云山羊角云迦葉白佛下是品中第二但前答未發心是生善之義次答三問是滅惡之義生善滅惡是善提要路得佛近因迦葉爲後世開眼故有斯問就滅惡三問即滅三障初答云何於大衆而得無所畏是滅業障次答云何處濁世不汙如蓮華是滅報障三答云何處煩惱煩惱不能染是滅煩惱障今舉三偈以答初

問前二偈明懺悔滅業障後一偈明護法滅業障即是改惡修功補過通論懺悔凡有十意謂逆順各十如別記懺護是其二也懺中二初偈舉非次偈顯是初約惡以明懺悔先舉偈問次釋偈爲答可見二迦葉復言下是約善以明懺悔亦先舉偈問次釋偈爲答凡三番釋偈初番見所作即現在生死際即過去至無至處即未來通懺三世業障次番舉非不見所作謂一闡提後從若有菩薩所作善業即是舉是二作惡不即受下第三偈是護法滅業護法力大能滅業障復感長壽不壞眷屬等亦先舉偈次釋釋此偈有四意初舉非次明是三重舉非四歎經初舉非中河西云天竺熱停乳少時自然成酪文明惡即不受報不如乳即成酪而文不更安不字者

不須加之以上不字而冠於下次譬如王使下明是正以護法滅業障先譬後合王譬佛使譬四依善談論譬内智慧巧於方便譬外能説法實智居懷巧説外化如是之人能護法利他奉命即傳佛旨他國是入生死寧喪身命不匿教者身輕法重死身弘法合譬可見三善男子有一闡提下重舉非更出前偈四是故當知下歎經先歎滅惡如蓮華下歎生善皆可見復次善男子如優鉢羅下是品第三答上云何處濁世不汙如蓮華滅報障之問文爲兩初舉華喻正答次舉風喻助答此釋報障云何説華生淤泥耶蓋由煩惱能成於報如華生泥相緣由故明於煩惱正意在報可尋復次譬如良醫下品第四答上云何處煩惱煩惱不能染是答滅煩惱障問凡

十四譬初十二譬譬所説教次兩譬譬能説人初譬教中初一譬譬昔小教先譬次合初譬譬昔教八種譬八正文云無常不淨等五門因緣慈悲不淨觀爲八種阿薩闍無的翻義言無可治次良醫譬今教可解第三如文次第四譬雙明生善滅惡爲三一正舉譬二更問答料簡三重舉譬初譬次合舊解吐懺現在下懺過去通生善滅惡爲塗身別持滅惡爲灌鼻求理爲熏受持文言爲洗持偈頌爲丸持長行爲散與皇分此八句初四句譬昔無常吐譬苦下譬無常塗身譬無我不淨譬灌鼻後四句譬今教常德譬熏淨德譬洗樂德譬丸我德譬散貧愚不服醫將還家舊解云衆生顛倒憚教不受故言不肯服將還家者示三塗苦報是罪棲處所與皇云一説

不受再更爲說今明慈悲是聖人之家慈心爲說故言將還女人產者舊云女人譬生善閣樓此言兒衣兒譬常解衣譬煩惱煩惱難除譬衣不出興皇云女譬菩薩產譬正觀衣譬常無常兩教夫兒衣裹兒兒若出者衣亦須去若不出者反爲大患常無常教本生中觀觀解若成此教須去教若不去反復成病下雙合二譬可見次料簡中先問次佛答亦可見三如彼嬰兒即重舉譬還明前意正觀漸增如嬰兒長大先籍教生解故言是醫最良藥病不同故言善解一切衆生未聞經時常處無明故言我本處胎與毋藥者毋譬經教藥譬常與無常相治病去解生故言安隱惑心既解還歎於教故言奇哉十月者二解一云十使所覆二云十地行滿推乾去濕者舊云慢爲乾愛爲濕興皇云二乘如乾凡夫如濕除不淨者舊云除無明興皇云除斷常諸倒容受中道故言長養其身犯四重下合譬可尋復次譬如良醫下第五譬解者不同一云醫譬佛子譬菩薩藥譬經教二云醫通譬此教子譬持戒滅罪蛇譬謗法蛇似於龍謗似闡提龍譬五逆蝮譬四重良藥譬理塗屣譬教觸毒譬破謗法之心又云屣是下物譬不善心不善被調能破惡毒譬如有人以毒塗鼓下第六譬人譬佛毒藥譬今教塗鼓譬著教又云人譬此經雖無心欲聞遇時聞者必能斷惑譬如闇夜是第七譬昔教如夜今教如明猶如天雨是第八譬八十者三解一云應言八千如持品中八千得記是也出經者誤爲八十二云外國本有八十人受記

此文不來故無三云此非人數乃是指於諸老聲聞年已朽邁於法華中方得信解後之兩解不可承用若定以八十爲數數陋不該諸得記人若定是年何必併同有過有少故不可用秋收冬藏是第九譬雖非正譬教要因於教得收藏故聞他人子是第十譬醫譬此經使譬弘者又言是滅罪生福章句他人子者往是佛子起逆起重即成他子非人所持譬被外誘鄉若遲晚我當自去者譬弘經人不稱化緣佛當自化又遲晚者即是差機若能詣理即是自往聾人是第十一譬譬如良醫是第十二譬王譬犯罪衆生必死病者譬必入惡道王不信者譬不受此教不見腹内者不見未來下藥譬懺悔昔罪王不肯服譬諸衆生不肯懺悔以呪力故令隱處生創者譬經之力令於夢中見墮地獄云云復次善男子下有兩譬是第二說教之人文爲兩先譬昔教主後譬今教主上十二譬亦爾前一譬譬昔教後十一譬譬今教初中昔教云八術今云過八又下文中合譬皆以佛菩薩合之以是得知譬今昔教主從譬如大船去品中第五答上生死大海中云何作船師之問前答除障但自解縛今答船師能解他縛前是因時藉經獲自行力今是果時藉經有化他力前是法身善逝力今是應身應來力文舉四譬前二譬是正答後兩譬歎經助答就初明船未明船師後譬具明船師及所度人船譬涅槃師即化主所度之人即受化者風及風王兩譬並歎經教如文復次如蛇脫故皮即答第六應去之問問云何捨生死如蛇

脫故皮此中還舉蛇喻爲答文有兩譬前蛇喻是正答次金師譬助答蛇譬譬一方應去金師譬處處應來處處應去云云復次如菴羅樹下是品中第七答云何觀三寶猶如天意樹今還舉人間樹爲答天樹隨天欲見華果長短悉隨天意譬佛適緣宜見生王宮宜見滅雙樹云云人樹三時榮枯不同取其譬便亦應無在文爲五一明佛身有三異二明如來密語三明興衰四勸立丈夫志五論起沒前三是三寶佛身是佛寶密語是法寶興衰是僧寶然三寶有兩一體多約果人別體並約因果佛是果人僧是因人此中旣云僧有興衰即是別體初佛身譬又三初譬次合三領解可尋次善男子如來密語下明法寶文有四法譬合結莊嚴云密是涅槃總名不可別

翻如四非常從大乘出於一無常即備四義各有其意苦爲破樂乃至空爲破有智者應解如此密語大乘亦爾雖說一常各有其意云云今寄一事論密語者佛但說一具四種意如說有句即具於無亦有亦無非有非無但作有解不名智臣此與四教義合佛說生滅即不生滅即亦生滅亦不生滅即非生滅非不生滅但作三藏生滅之解即非智臣此義又與四門義合有門乃至非有非無門云云六卷譬與此異三者劔四涅槃云云三合譬中先合無常後合於常初文具以四無常合四種語以是義故是正解脫去是舉常教爲合亦四而不與前相對初明不動次明無相三明常不變四佛性雖有四種只一涅槃亦如四句只先陀婆四是諸比丘下總結可尋三復

次如波羅奢樹下雙明二寶衰相爲三初明經無威德即法衰次比丘起過即僧衰三深誡弘經即是雙明二寶初文先譬後合夫藥樹值雨盡堪愈病若值亢旱樹死無力正法亦爾得好弟子弘宣此法能破顛倒值惡比丘法即衰滅二復次如來正法去是比丘起過即是僧衰由末世惡人懈怠造過令僧衰訖三放牧下是深誡弘經令好護持由人起過致毀法僧先譬次合譬者舊云本一斗乳初加二分者加二斗水成三斗又加六斗成九斗又加二九成二十七斗又加二分成八斛一斗又有解言此不應爾初本一斗加二分成三又加二成五又加二成七又加二成九合譬有七句前四度加水譬於添譯後正譬於弘法之人牧女譬弘經者女性諂曲譬

弘經人不能亡懍爲法而多諂求利故以牧女譬之初加二分者一鈔略此經二分爲多分第二加二分者一除深妙語二安世言詞第三加二分者一鈔前著後二鈔後著前第四加二分者前後著中中著前後有人解第四加二分云一所遮則開二所開則遮是時當有諸惡下合第三加二分也是諸惡人雖復讀誦下合第四加二分第五譬受學者求法爲子納婦供賓客者舊云子譬常解婦譬常境餘知見譬賓客又子譬中觀實智婦譬師資相繼世人爲後不絶納婦譬欲使其化不絶師授於資急須此乳者譬求法人速請知解賓客譬以方便巧用至市欲買譬至講堂求法賣乳者是第六弘經之人多求利養七是人語言者即聽法人善别深淺值我客

急者譬聽人云爲無聽處而來於此取以還家者譬聽已作觀都無所以猶勝千倍者雖無深旨猶是大乘比於小典則勝數倍二善男子下備合上七意也天台大師釋云牧女譬佛眞乳譬於涅槃之法佛欲說此法法不可說說必依諦所謂二諦故言加二分水餘牧女譬作論通經菩薩爲經難解更作優波提舍申二諦教即是第二加水近城女人譬弘論之師爲論難解更作義疏以申此論即是第三加二分水城中女人譬受學者爲疏難解更作記申釋即第四加二分水經文以惡世比丘鈔略作多分合初加水不以如來爲緣說法緣樂鈔略爲依二諦而分别之佛以所被緣合智者以能被緣合亦不違經合第二加水云隱深密語此似作論申經復次善男子去第四勸立丈夫志爲二先勸次領解初又二先毁呰女身次定判男子初訶毁如文何以故下定判也經判出兩句若廣明應有四句云復次如蚊子澤下第五明大法起没又二先没相次雙辨起没初文先譬次合惡世惡人多弘宣人少如蚊子澤不能救旱次過夏名秋去雙辨起没没如没地盛如秋雨云從爾時文殊下是品中第八答上三乘若無性問文爲兩初釋偈疑兼遣上問二迦葉論義正答上問初文爲五一文殊騰純陀疑二如來許說三文殊出疑四如來爲釋五文殊領解然此是答問那忽騰疑疑何不決復使他騰河西解云文殊是游方大士影響釋迦即衆中上座恒爲啓發之主所以爲其騰疑二云聖無彼我唯益是存況復二人

爲友爲騰何妨純陀於何處生疑前設五難佛答中未見性是無常見性是常如來受飯食已入金剛三昧是食消已則見佛性得三菩提如此之常即本無今有已有還無便是無常當知如來不得是常何故復言兼答迦葉三乘若無性云何得有三乘差別之問今舉此偈明差別無差別所以得爲兼答問也迦葉所問懸與理同若三乘人同一乘性何得三異若三乘人全未有於一乘之性云何說有若舉偈答差無差疑一切皆遣即兼答意也然純陀與佛論未見性是無常見性是常時凡三根解悟上根於哀歎品中已悟中根於迦葉問中悟下根既未解悟今文殊更爲騰疑此一偈凡四出一出此中二出梵行三出二十五四出二十六大意是同而爲緣則異此中釋差無差別義梵行中釋得無所得義二十五釋有不定有無不定無非有非無中道之義二十六爲釋破定性明無性義此之四出亦爲下品三根成論師云金剛心未是常後心是常無常則本有而今無常則本無而今有此釋正是純陀所疑非關偈意又解本有者本有煩惱此昔日之本今無者今無般若即昔日之今皆是金剛心前本有今無耳三世有法無有是處者據金剛心已後常住佛果非三世攝故言無有是處復云上半不異前而言三乘人同入無餘涅槃故言三世有法無有是處復一解本有煩惱今無煩惱非三世攝本無涅槃今有涅槃亦非世攝諸師雖作衆解都不遣純陀疑只爲汝本既無常今亦無常本未得常今始得常本

無今有三世所攝疑難宛然何關偈意地人云常法非是始得本來體用具足但爲妄惑所覆後時方顯若爾先隱後顯亦應顯已還隱旣顯已不隱亦應隱而不顯云云三藏師云生死無始而有終涅槃有始而無終今時始得故言有始一得永已故言無終作此釋者還同地人小乘亦得作如此說惑滅道存本無今有悉是無常作此說者準舊不免純陀之難興皇云迦葉難意三乘各得涅槃云何同一佛性同一佛性亦應同一佛乘佛答三乘只一佛性昔於一爲三今只三爲一豈可三乘前來無性而今方有但隨緣異辨前來未悟則本有而今無今時始悟則本無而今有例如過去燈王多寶此是本有今無未來彌勒即是本無今有亦是現在過去現在未來斯乃上半意也至論佛性何關有無及以今本即下半意又彈他解云有三可三便成差別有一可一便成無差若差則失無差若無差則失差開一爲三則失一合三爲一則失三今明不爾昔三猶是今一今一猶是昔三開三不失一合一不失三即是差即無差無差即差若得此意本有今無三世有法無有是處亦應例言本無今有三世有法斯有是處無常常境智非境智因果非因果例皆如是又云本有只是有今無只是無又本不有今不無只是非有非無又云上半是有下半是無無有是處是非有非無例本無今有亦復如是云云然興皇以同一佛性爲本有始悟爲今無釋上半佛性非今非本釋下半指此爲差別無差別義斯乃分文兩派義不相

闕今則不爾只約一句差即無差無差即差一諦即三諦故言本有三諦即一諦故言今無即三一而非三一故言三世有法無有是處如是展轉不得相離乃是差即無差無差即差非差非無差是則遣迦葉之難谿無遺餘亦是無常即常常即無常即非常非無常釋純陀之疑雲消氷冶智悟亦然悟一即三名本有悟三即一名今無悟三一非三一名無有是處此則何難不遣何疑不除如是則本有者一有一切有即是世界今無者一無一切無即是對治合此有無一切亦有亦無即爲人三世有法無有是處即第一義今此一悉即具四悉乃遣難釋疑私謂若二人疑難皆遣皆釋是則物機咸融悉會本有即有句有門今無即無句無門聲聞緣覺亦有差別亦無差別即亦有亦無句亦有亦無門三世有法無有是處即非有非無句非有非無門一四相即乃遣難釋疑觀師三釋一云上三句出所非除性有性無後一句結無有是處二云本有即不有此有可令無本無即不無此無可令有此有不有故非有此無不無故非無非有非無故言三世不攝三云上半無差別而差別下半差別而無差別釋此爲二一者當體二者爲緣當體即法身本地故無差別約緣故有三乘之異差別不同又釋本有今無即是無今之本此本非今即是非今之本本無今有即是無本之今此今非本即是非本之今故非世攝此解大意可見不復具之迦葉白下第二正答上問又爲四一論無差別二論有差別三雙領二義四重論

有差別初有問答問如文答有兩譬前譬聞經信見後譬分明證見初譬中二先譬次合譬中爲三初譬衆生同有佛性次譬致疑三譬解悟長者有二解一云譬佛二云譬衆生諸牛譬六道不同種種色者譬於六道差別萬品一人守護譬有信心又云譬弘經菩薩令教化之爲祠祀者譬弘經者能報佛恩盡聲一器觀諸衆生同中道性白色者譬理性淨次尋便驚怪下譬一往生疑識迦葉之問衆生既殊佛性豈一三是人思惟下譬解悟衆生業報今乳色一知是衆生正因之性即一中道次合譬中還合上三初合同一佛性次而諸衆生下合致疑是諸衆生久後下合解悟次如金非下譬於證見先譬後合可見迦葉白下第二明有差別兩番問答初問三乘同一佛性者應同如來常住涅槃不應灰斷今三別異文云不同如來涅槃而般涅槃有文云不同如來涅槃不般涅槃此二並得同般者同證常住不般者常住不變何曾證入次佛答意爲懈怠者説有三乘實同如來一般涅槃世若無佛者假設之言而實不爾是故實無二乘涅槃佛不出世即有二乘得二涅槃佛若出世並同如來得一涅槃第二番問答如文迦葉言下第三雙領兩義迦葉言云何性差別即第四重論差別有三初二問答佛仍無差別中作差別答第三迦葉復言下問意者既言聲聞佛性勝者那忽凡夫前得記作佛佛答意者不以佛性故前作佛有速願者即速與記從迦葉復白下是品中第九答上云何諸菩薩而得不壞衆迦葉更

牒問爲請次佛答中還以護法爲答迦葉白
佛何緣下是品中第十答上云何爲生盲而
作眼目導先騰脣口乾焦即生盲義佛答中
先答口爽次答生盲初云口爽者不知三寶
常住之味名爲口爽口爽即是生盲若計定
有撿見即無從復次善男子下答生盲盲故
即是不識不識手足者不識身内之佛性也
復次如來常爲下是品中第十一答上云何
示多頭之問佛答如來示種種身即是多頭
說種種法即是多舌云云復次如人生子下是
品中第十二答上云何說法者增長如月初
之問前舉月問佛令約生子悉有增長答之
十六月者二解一云十箇六月即是五歲二
解始經十六月即是過周四月在文可見
大般涅槃經疏卷第七

音釋

樝莊加切似棃而酸也 閡牛代切與礙同 禪複禪都寒切複之對也複方六切重也 咽黳咽因連切黳烏奚切 鍮他侯切銅屬 髀部禮切 繖蘇旱切蓋也 濛汜濛莫紅切汜詳里切濛汜日入處也 鍑方六切釜大口者同鍑 釜扶雨切鍑屬 時二 闡提梵語具云一闡提此云信不具闡齒善切 三十二

屣所爾切華履也 陿胡夾切隘也 呰將此切口毀也 廾古猛切金朴也

大般涅槃經疏卷第八上

隋章安頂法師撰

唐天台沙門湛然再治

一切大衆所問品

六卷稱隨喜品古本稱憂悲歎頌品六卷取迦葉見純陀修成菩薩道我亦隨喜古本取佛受純陀供即入涅槃憂悲歎頌今取何義以題品目有二解 文中實無大衆相問之言及以大衆問佛之事但有化佛受大衆供即爲大衆所問之境二云如來今日受我供已當入涅槃我等當復更供養誰乃是大衆更相慰問觀師云迦葉發問元爲大衆佛是所問能問所問意在茲品從此得名故言大衆所問品今明文中不載問詞據答顯問上明常住不變今示涅槃之相相與說反衆問斯義佛以偈答畢竟常住不入涅槃從答顯問故言大衆問品文爲兩一次第答問二歎喜領解初中河西云此品答七問爲四章初章答示現涅槃問兼答示人天魔道問次說偈已下答知法性問三釋有餘偈正答說祕密問兼答遠離病問及近無上道問四云何復名無餘義耶答畢竟問就初爲二一大衆奉供二如來受供奉供又二一緣起二獻供緣起爲五一放光二欲獻三人天遮四重放光五奉供而以此爲答示現涅槃問者河西解云示現涅槃有三種一言說示現二神通示現三即事示現即事者香木酥油受最後食是也神通者放光現瑞是也言說者告純陀言汝欲令我久住世者宜當速奉最後供養即答問意爾時天人下是第二獻供又二初

大衆供次純陀供初大衆供又二一大衆供二比丘持衣鉢次純陀供爲四一辨供二變土三悲請四稱歎爾時世尊下第二如來受供又四一受大衆供二受純陀供三大衆與念巨細相容四大衆悲歎所以兼答示人天魔道者河西云世界嚴淨毛孔化佛純陀少供普充大衆凡此殊勝希有大事能令時會了了覩見故是兼答示人天魔道問爾時世尊下是第二章答知法性問受於法樂又二初正答問二領瑞結成初正答問又二先答知法性問次答受法樂初又二先偈文中正明知法性後長行褒貶得失初有二十一行偈爲三初四行止悲誡聽次十三行正辨法性三四行結勸修習初四行如文次十三行爲二前十二行二二相對以爲六雙顯法性

之理後一偈總結止悲然正是十二偈而後文云十三偈者兼取總偈初一雙中初行中云烏與鵄者此二鳥得共處若烏鵶與鵄不得共處鵶即鴝鵶只是鵂鶹此鳥與鵄烏不可共處次雙可見第三雙中云七葉至臭婆師極香迦留毒樹鎮頭甘果餘三雙可見後勸修中云三寶同眞諦者開善云佛果冥眞眞既常絕果亦常絕莊嚴云佛果出眞眞所不攝是常妙絕與眞同故故同眞諦二師猶作偏眞釋之言果出眞外復與眞同既同寧出既出豈同今明佛僧是人諦即中道中道之法即法是人即人是法故言三寶同眞諦偈後長行褒貶得失者莊嚴用此文答示人天魔道問旃陀羅即是魔道阿羅漢是人天道有師不用此釋羅漢非人旃陀羅非魔此

但是結前得失之意知三寶常堪受供養如阿羅漢名之爲得若不知常爲害法身如旃陀羅名之爲失次爾時人天衆去明受法樂因事答問又二先受法樂次伸供養爾時佛告下第二領瑞結成爲二前命迦葉領次命純陀領前迦葉文中云復見大衆說十三偈者一云佛與大衆各說十三偈此文是佛說大衆偈不來二云又見大衆屬上句說十三偈屬佛不是大衆說十三偈於命迦葉領中文爲四一命二領三推功在佛四推菩薩能知次命純陀亦四一命二領三佛重結四迦葉隨喜世尊一切契經下第三章答上云何爲衆生演說於祕密問兼答遠離一切病得近無上道三問但有餘之偈是如來隱覆隨緣之說非平道顯理究竟之義今演隱覆令祕顯露即是酬其上問而文中明五逆四重謗法三種病人罪滅病愈即是兼答遠離一切病由病差罪滅得近無上道兼答兩問意在於此文爲二初略問答次廣出七偈初中初略標有餘無餘之問次略答有餘是不了是密無餘是了是顯云云次純陀白下是廣出七偈問答即爲七章七章或是純陀舉或是文殊舉或佛自出云云初一章是純陀請問文爲六一簡闡提二取三罪人三釋取意四釋簡意五結偈六緣起初簡闡提中有四番問答初舉偈請釋云何一切布施皆可讚歎布施持戒可讚布施破戒云何可讚次佛答中除一闡提第二第三番問答可見第四番問何名闡提次佛答中有三番初通說四部弟子謗法造重究竟無毀雖非即是而亦趣向

一闡提道第二番指四重五逆第三指說言
無佛法衆撥無因果除三番外施皆可歎爾
時純陀復白下是次問答取三罪人即四重
等於中三初一問答略出三相次廣明四重
謗法五逆可滅後别明誹謗因緣初略如文
次廣中先問次答中意爲三初明滅惡法次
釋滅惡法三正明惡滅初滅惡法者河西云
有六妙樂一發菩提心二慚愧悔過三守護
法四恭敬護法者五達罪相六受持解說大
乘經典此亦六緣大同小異一被法服二慚
愧改悔三生護法心四供養護法者五自受
持讀誦六爲他說河西云發心達罪亦可會
此次何以故下釋中即釋其意有譬合結三
若有毀謗下正明惡滅應具如前而今文略
直言還歸正法舉是舉非犯五逆者明五逆

可滅亦舉是舉非此中三罪皆悉可滅即是
兼答遠離一切病問既得滅罪即得近於無
上之道又善男子犯重罪者下第三釋取三
罪人意有法譬合譬爲四一未生解二已生
解三明護法四得果報初譬造罪破戒時女
譬浅行菩薩有生解義如女懷妊蘊解未發
值國荒亂譬破戒衆持犯路絶故言遠至他
土次在一天廟譬生解天廟譬此經依經生
解舊邦豐熟聞持戒功德所得果報三路經
恒河譬護法斷常邪衆譬恒河邪辯忉諂譬
河水暴急寧失報命不捨其解故言不獨濟
也四命終之後是得果報生天三犯四重下
合譬可尋四純陀復言下釋簡闡提先問次
答答中三法譬合法中意云施此人不得福
也譬如有下譬既破核竟種則不生施一闡

提如種破核然闡提改悔則非闡提下文云闡提作佛亦名謗佛言不作佛亦名謗佛若言闡提悔而作佛是不謗佛合如文五善男子下結偈意前一切施可稱歎者是有餘說今明差别則無餘說六純陀復言下是說偈緣起復次善男子如我昔日下第二章佛自舉偈爲三一佛舉偈二文殊舉偈反質佛偈三如來解釋初文可見次文殊反質中云方等阿含者阿含翻法歸衆法所歸阿含通小大小直云阿含大加方等三佛言下是佛爲釋爾時文殊下第三章文殊重難於中先難次佛告下佛答初問中意言九十五種皆趣惡道聲聞爲正即是善道華嚴云九十六種皆是邪道二文云何通解言華嚴指實行二乘故不名正古百論疏云順化聲聞皆是外道次佛答如文爾時世尊下第四章復是佛舉偈爲三初佛舉偈次文殊疑三佛印讃爾時文殊下第五章復是文殊舉偈又二先文殊說偈次如來印成貪愛無明者舊解云貪心是内向喻之如母無明是外境喻父然只是貪愛豈墮無間因貪起邪見是故墮落此義不然貪愛無明俱有内外無明是受身之本如父貪是枝末煩惱如母又父是疏緣如無明母是親緣如貪愛如來復爲下第六章如來自舉偈爲三一如來舉偈二文殊難三如來釋第七章文殊自舉偈又二先舉偈次如來違釋爾時迦葉白佛下第四章答云何說畢竟及與不畢竟問一番問答答中具騰上意無餘即是究竟義云何復名一切義乎即不究竟佛還酬兩問唯除助道是無餘義

酬其畢竟問其餘諸法通餘無餘酬其復名一切義乎不畢竟義唯除助道常樂善法者河西云助道是因常樂是果修萬行因得萬德果此則無餘爲利根人作眞實說無法不盡故云一切亦皆無餘其餘諸法悉是有餘就有餘中亦有無餘如爲聲聞說四諦爲緣覺說十二緣稱器取之故言無餘興皇云助道語通不的是因今以常爲果善法爲因此果此因並是助道爲緣斥倒非因非果乃是正道名無餘義迦葉菩薩心大下即是大段第二大衆歡喜領解初開章爲二一次第答問二歡喜領解今答問既竟次大衆歡喜文爲二一正領解二現病結成初又兩一迦葉領解二大衆領解迦葉領又二初領解讃歎次迦葉更問功德爾時諸天世人下是第二大衆領解又三一大衆稱歎勸請二如來止悲酬請三大衆供養發心初文四偈爲三初一行標請次兩行釋請舉出家二人在家一人未至不應入滅後一行結請如來止悲酬請兩行半爲二初兩行酬請次半行止悲但初酬中二人云阿難多聞士自然能解了是常及無常六卷云觀如來兩足自知常無常如來涅槃時一足黑黮一足光淨光淨表法身常住黑黮表迹應無常爾時大衆下第三大衆供養發心又三一供養二發心三進位可見爾時世尊下第二如來結成又三一授記二付囑三現病舊云從付囑下便爲現病品今則不然現病爲結成前在此無妨也背痛者出大智論昔鹿王爲後來跛兔忍死待之今佛爲須跋故背痛也

現病品

莊嚴名第二周梁武稱中後開善答離一切病與皇兩存前雖答竟何妨更說後雖更說何妨答前觀師兩望望前是結成前答望後是生起五行雖復兩望望前是傍望後爲正今皆不然從此品去是第三涅槃行其文有二先明修五行次明證十德初文爲五一病行二聖行三梵行四天行五嬰兒行今說初行從此標名故言現病品然品題現病而文明無病此義云何由前品末授記付囑竟即云我今背痛舉體皆痛如彼小兒及常患者從此義故題現病品由現此病致有三推三請明如來無病就文爲四一明推請二現無病相三大衆供養四廣明無病初有三推三請一請說法二請息惡慢三雙請二事三推者一推自行二推化他三推證果兩三相間皆先推次請合成三段開成六章初約自行推者佛萬行悉滿衆苦屛除寧當有病次化他推者佛自行竟化他功滿能斷衆生三毒之病寧當有病三證果推者佛地圓足種智現前湛然常住寧得有病就推自行文爲兩初明無病因後明有無病因偏言四分者通見思故五見及疑別在見諦通別病因佛必定無有二因緣下推有無病因憐愍是內心給施是外捨內救外濟除衆苦惱即是無病之因先推竟次世尊世人有病下是請說法文爲四一請教弟子二請大乘三請教不退即是生善四請治惡人即是滅惡在文可見此亦是四悉意也諸菩薩等下是推化他文爲二先明化他除三障次明化他及以發願

初文三先標三障次釋後結初標可見次釋中又三初釋煩惱障四句料簡利而不深亦深亦利若數數起妨修道者名煩惱障深而不利不深不利不數數起雖是煩惱而不名障通論四句皆是煩惱此别分别故爾七慢如文成論有大慢爲八但此文略河西有九慢謂小中上等中等單慢開爲兩小中上者自恃我解勝他小愚恒自慢於小者等中等者我與他齊起勝彼心慢慢者謂其智解勝一切人更無及者大慢者等中上上中等不如慢者多不如中言我小劣而實懸殊我慢者觀五陰爲我著我所由邪慢者實無功勳自以爲有次釋業障者決定四趣業能障初果決定欲界業障第三果決定色無色業障第四果此中重惡之病乃是報障何以釋業

舊二解一云重惡之病實是報障而釋業者果中説因二云五無間業如惡重病借此爲譬三釋報障云謗法闡提何關報障亦二解一云生在謗法一闡提家豈非報障二云惡人具二一是惡業二是惡報故雀欲蛇嗔皆先業果復次世尊下二即是請除惡慢文爲二初請除愚人之惡見佛現病生必死想起斯惡念後請息外道之慢復次世尊下三是推佛證果身力具足豈當有病又二先明身力次明智力初身力中廣舉諸力格量優鉢羅等象者此象色青芬陀利色赤二云象行時足下有華如優鉢羅因以名之大拏云行蓮華上白象即其證也又云雷震時牙上生優鉢羅華故以爲名餘者例之鉢建提此翻堅固那羅延此翻金剛如來今者下三是雙

請說法息惡先長行略請後偈廣請偈有七行初三行正請次三行釋請後一行結請初正請又二前一行請起說法次兩行請除惡慢初文中迦葉是佛弟子何以同彼外道稱佛爲瞿曇解云凡稱瞿曇亦有所簡如人瞋喚及以喜喚皆云張王況復但言瞿曇聖德豈同外道慢心喚耶次釋請又二初一行釋息惡次兩行釋說法後結請可知爾時世尊大悲下是第二佛示無病相文爲三一光明利益二蓮華利益三化佛利益而此三意有事有理事者病色萎悴健色光悅今放光晃耀即無病相蓮華是瑞非是病相化佛者如來所作若是病人不能所爲有所爲者則非病相表理者光從身出表法身華能含果表解脫佛是覺慧表般若三德具足寧當有病

三章各二初光明次利益初光中云大悲熏心者佛德無量何獨大悲上文請云三世如來大悲爲本如是慈悲今何所在今酬此請故言大悲熏心前亦放光不言過百千日正爲現病非病所能現光破疑大悲熏身惠施衆生下明利益二爾時世尊心無疑慮下是蓮華利益亦爲二初辨蓮華次是諸光明下利益華益之處徧於三塗彌見其華以表解脫明矣八寒地獄前四從聲後四從色罪人初入見是華池起愛即往從見得名或言只是地獄色如四華擘字應作劈裂讀之三是一一華下化佛利益亦爲二如前云爾時一切天龍下是第三大衆供養勸請勸請意者向謂卧病恐即涅槃今見光相知未入滅是故請法先供後請初文中云建陀者河西云

一肩鬼使人肩痛優摩陀能令人醉鬼阿婆摩羅令人狂鬼二說偈下是勸請十五行幷少長行分爲二初十四行正請次一行幷長行經家叙事初文三初兩行標請次十行釋請後兩行結請初如文次十行爲五初本誓故請次墮惡故請三下愚不知故請四施甘露法故請五療病故請次結請如文二是諸大衆下是經家叙事爲二初請已黙止次請聲所至至淨居者色頂有形有耳識故無色不爾故不至彼序品中云有頂云云例世間天生天淨天應言生淨居無漏淨居第一義淨居云云爾時佛告下品中第四廣說無病又二一明如來無病二舉病行對辨初文爲三一明無病二舉往證今三云現病是方便密語此初歎迦葉迦葉是請首是故歎之善哉是總歎四句是別歎歎得歎離離外惡緣及内惡因得内善因及外善緣二善男子我於往昔下明我久無此病過去無量者是舉昔證今三如言如來下現病是方便密語凡舉十二事密語初十一事是舉類後一事合無病迦葉世有三人下是第二舉有病對無病如此之人可得有病佛不如此豈得有病又爲二先明三病人次明五病人此中三病人異前三人前三人不差今三人不差差差差初是三種罪人次是二乘小道三是聞經菩薩初法譬合後二皆有譬合合第三人云爲諛諂利養誑他故受持是典與前頑異寧當不受不持不用破戒讀誦此乃與奪之意初列三病人不差者即開出三不差差者未開差者即開出怖畏利養等六事約五法師合三

十種中者後更開五種病人都合三十八種云云二迦葉有五種人下還成上第二病人既言遇緣可差不遇緣死即是四果緣覺此等帶病修行故言有病行處菩薩在因亦應倒此如此之人可言有病佛斷惑盡即無復病初果斷三結者我見疑戒取人天七反者尚略廣則十四二十八此文八萬劫成菩提下文八萬劫發菩提心須會釋之三果斷五下結即欲界煩惱更以貪瞋足我見疑戒取爲五下分云云羅漢或出有佛世或出無佛世故非獨一之行辟支決定出無佛世故名獨一之行

聖行品上

次第釋名枝本說不說次第者河西明前略廣門說涅槃果五行修涅槃因十德聚功奬勸行因舊云五行辨因十德明果開善云五行明有行十德明空行義皆不然河西以望果行因文乃承躡義不相干何者前明圓極之果五行是梯隥之因方圓非類於義不允若舊以五行是因不應言佛之所行故名聖行若十德是果復不應言菩薩修行大涅槃經得十事功德又且五行非圓因十德非極果不成次第開善五行是有是亦不然聖行是開空法道梵行修十一空住平等地天行是第一義理嬰兒行不來不去病行是如來密語豈可偏據有行義耶言十功德是空義者是亦不然十是數法昔所不得不聞不知今得聞知以聞一句半句見少佛性何獨偏據空行耶今明次第者上因食論不食廣明大般涅槃施竟今因病說不病病有三種一

不可治二應須治三不用治不可不用皆不須方一須用治治又爲兩一者次第二不次第服此方法名爲修行修故有證證十功德功德是不病不病故體顯體顯故見性見性故徧法界用攝惡攝邪攝惡邪竟付囑焚身分布舍利若取斯義善成次第次釋名者文云聖者諸佛菩薩之所行故故名聖行此含兩意菩薩所行即次第行諸佛所行即非次第乃是復有一行是如來行通稱聖行其義未顯今當別釋何者聖名爲正菩薩所行前淺後深眞不知俗俗不知中偏而非正但通稱聖行未爲別意若復有一行是如來行一行一切行一智一切智故知圓行名正名聖故上文云是大乘經名爲佛乘如是佛乘最勝最上圓根性人行於佛乘修如來行法華

云佛子行道已來世成正覺即此義也經文有兩通釋別釋人多從通不識別意今從別釋名故名聖行梵行者梵者淨也涉有同塵塵不能染就功能立名天行者就諦理立名嬰兒行者就譬喻立名病行者就所治立名如來行者就圓人立名通稱行者不住名行自證不著令他不住故稱爲行文列五行一行而聖行在初從初立名故稱聖行品枝本者有人言病是根本從病開四是義不然彼見病行其文在前而言是本此是讀文何關推義何者病同他惡乃是枝末云何以末而爲本耶文云菩薩住於大般涅槃專心修習五種之行則涅槃爲本言涅槃者即是天行緣於涅槃自修名聖行緣於涅槃化他名梵行涅槃理顯乘理自進名天行乘理化物同

善名嬰兒行同惡名病行豈不以天行爲本而棄本從末有師言五行通是病行引文云是五種人有病行處唯佛無病是義不然五人有病修於聖行以治自病何能病行唯佛無病能作病行若五行次第從淺至深則病行居後若論一行即是五行則一病行備於五行迦葉推佛佛因無病即是聖行推果無病即是天行大悲熏心即是梵行如彼小兒即嬰兒行及常患者即是病行一即具五名爲圓行是如來行餘之四行亦復如是若判通別亦以天行爲通餘行則別雖作此釋不可一向云有師言五行爲因一行爲果是義不然俱稱爲行云何偏判有師言五行別一行總一五五一束散之異其理乃爾其行不然諸佛境界非是二乘菩薩所知上能束散於下下不能卷舒於上云此品列五行名說三不說二何者天行是衆行衆聖之本其意可見故遙指雜華私謂以雜華中自始之末偏圓菩薩事理行願因果義足不可卒備不如指經以令因指往尋覩彼廣文不逾一理初住已上天之行故故名天行行即天故故名天行爲天修行故名天行因天行進故名天行遠指於天故名天行有通有別思之可知病行前已現說道後自彰故不說二但說於三私云既不說二還成現品未有若爾應云結前起後病無病相結前說常酬迦葉請說行因果起後不然則云說四不說一也就文爲三初雙標五一次雙釋五一後單結五行標中先標次第行爲四一標人謂菩薩二標所緣法謂大涅槃三列名即次第五行四

結勸謂治之即差不治不差是故勸也標不次第行爲三一標行名謂復有一行二標不次第人謂如來也以如來因行即因人也三標不次第法謂大乘大涅槃經大乘即圓因涅槃即圓果即因而果具足無缺是爲一行一切行不結勸者是人必差是故不勸問五一兩行俱緣涅槃是義云何答同緣涅槃立行有異一緣涅槃次第立行從淺至深一緣涅槃即以涅槃爲行於一一行無非涅槃而有偏圓他不見此而作因果束散之説謬濫多矣

大般涅槃經疏卷第八上

音釋

鴟 處脂切怪鳥也　鴝鵒 鴝其俱切鵒俞玉切鴝鵒鳥名　鵂鶹 鵂虛尤切鶹力求切鵂鶹訓狐別名　妊 汝鴆切孕也　黮 徒感切黑也　萎悴 萎邕危切枯也悴秦醉切憔悴也　擘 博厄切

大般涅槃經疏卷第八下

隋章安頂法師撰

唐天台沙門湛然再治

從迦葉云何菩薩下第二雙釋文爲三謂聖梵嬰初聖行爲二初雙釋次不次行次歎經初釋五一中初釋聖行爲三一雙釋戒行二雙釋定行三雙釋慧行初釋戒爲三初雙釋戒行次雙釋戒果三雙釋行名初釋行中二先釋次第次釋不次第初釋次第戒行爲二一建心二立行建心爲二一遇人緣二遇法緣初人緣者若從聲聞是遇瞻病者若遇如來是遇良醫聞大涅槃是遇良藥聞已生信建心欣猒求無上道是般若有大正法是法身正行是解脫諸佛是佛寶無上道是法寶大衆是僧寶此中非無法緣從多爲名名遇人緣即建心也次法緣者復有方等即是從經卷中聞於三德及三寶等愛樂貪求即是起欣捨離所愛即是起猒得法爲緣則能建心是爲可治旣遇因緣欣猒分明動魔愁慮從是時菩薩即至僧坊去是第二立行文爲二一受戒二持戒受文爲二一處師二受如文從旣出家已是第二持戒文爲二謂法譬譬中有二先譬次合初譬爲五謂四重僧殘偷蘭波逸提吉羅合文爲六第三篇三十九十開作兩合云云或可捨墮經宿懺提對首懺爲此開二羅剎有二解一云譬外惡知識二云譬內顛倒心具如止觀第四持戒清淨中從菩薩若能下二明不次第戒文爲四一具枝本二具事理三具輕重四具誓願初根本者即是性重前後眷屬者是方便後起此二

屬律儀戒非諸惡覺是防意地定共戒也護持正法念清淨戒即道共戒是二屬攝善法戒迴向大乘即攝衆生戒性重爲本派出諸戒次從迦葉復有二種戒去是具事理戒前之枝本皆屬事攝凡人能行正法戒去與理相應聖人能持三復二種去是具輕重戒前之事理皆名爲重息世譏嫌去名之爲輕菩薩具持等無差別壹子者舊云接音博棃梯之類觀師去此是蔕音漢廣成餱名此又禮記云爲士破瓜壹之直除疐而已意明諸子不得畜之安黄木枕者二解一云其中空如鼓簧二云其木有文狀如黄華波羅塞者梁武云是雙陸此起近代牽道是夾食八道行成是塞戲四從善男子菩薩去是具誓願初自願次願他初自誓有十二初一誓内不起

破戒心次有六誓不受外施三有五誓不爲内根外塵所破從菩薩護持下次願與他共文有十種護持一種則通清淨戒與善法戒攝善法攝不缺不拆兩屬遮禁邊律儀攝離過邊善法攝後五取其廣運無礙皆屬攝衆生也不退者酒肆王宫不令戒退隨順者與理相應畢竟者一切周足波羅蜜者彼此窮底一持戒心具足一切諸戒是名一戒一切戒戒爲法界攝一切法即圓戒行次從菩薩修治下第二雙明戒果若論報因應招報果近感人天勝報若論習因招於習果遠感常住法身今不近不遠以不動地爲果者舊有三釋一云十地中第八是不動地二云初地眞解成就名不動地三云約地經明尸羅配二地此言不動者即是二地今明不爾前雙

明次第不次第行如上分別今合論其果必取證道證道同處言同處者即是初地若單就次第三學明果則入理名住住即不動十住是戒果住生功德名爲行行以自在爲義十行是定果地能生載無所畏地即是慧果此次第意若就圓明戒果者初住是也文意不單宜須合辨正是初地證道處同以明戒果於雙義便至解釋中其義自顯釋文爲四標譬釋結初標如文次譬中云不動等者常故不動樂故不墮我故不退淨故不散云云問釋論云八風不動隨藍風至碎如腐草此復云何今取尋常隨藍不動論取劫盡三菩薩下釋中三番初番約三諦若言色聲香味者俗諦中善果若言地獄等者是俗諦中惡果聲聞支佛者是眞諦中人異見邪風者是眞諦中法生死善惡涅槃人法皆不能動不墮不退不散即顯中道戒果之地常樂我淨次番約三障以顯三身三毒是煩惱障四重謗法是業障退戒還家是報障報障去法身顯業障去應身顯煩惱障去報身顯若至初地三身現前三障皆除第三番約四德煩惱魔不動即淨德不爲陰魔所隨即樂德不爲天魔所退即我德不爲死魔所散即常德初地具足常樂我淨爲戒果者於兩義便四善男子下是結戒聖行善男子云何名聖行下是第三雙釋聖行名文爲三一標二釋三結釋中爲三一舉偏圓兩人彌顯雙釋二別舉定慧二法以成於戒三總舉七財七覺法釋聖人聖人行聖法聖法成聖人故名聖行若證道同者宜取初地戒定慧人七財七覺以釋

聖行名第三結如文復次善男子第二明定聖行文爲二初明次第定二明圓定初文二先明行次明果開善釋定行作四念處觀諸師皆隨之此義不然凡有二謬違經妨義違經者文云作此觀已得四念處四念處已住堪忍地若定聖行是四念處亦應次之入堪忍地若未得是堪忍地者何得是四念處耶妨義者今明定行用四念處慧者下明慧行應用八定亦應戒行即是定行此失不小云云此中闕十六特勝八背捨九想等法門既非根本皆有觀慧能知無常無我我是衆惡之本故偏明之諸師見作無我之觀謂是念處實非念處初文爲兩一特勝二背捨初特勝爲二初明修次明證初言修者觀察是身從頭至足次言證又二初正證相次菩薩下明此證法與解俱發初文云其中唯有髮毛爪齒三十六物證此特勝發開身倉備見已身內外中間各有十二合三十六云云腦者在上胲者在足總舉上下河西及招提並云是桃核腦中有骨如桃梅核扁鵲方云足指三毛處名胲其中有脉次從菩薩專念去是特勝定中與解俱發不生味著此中文略但推無我具論備須苦空無常二從除去皮肉去是八背捨觀文爲二一明修二明證初云修者謂除却皮肉正是修相次唯觀白骨下證相亦二初正是證相次復作是念下證中之解無有味著即得斷除一切色欲更增其證下去更四重云復作是念者只是更緣證起觀初云除三欲者復是證相此似九想之證而不見修文是修背捨而證九想亦有其義次

觀青骨時見此大地去復似勝處觀觀青骨時是修相見此大地去是證相從菩薩作是觀時復是修背捨相眉間即出青黃等光復是證相見已即問去緣證作於內觀外觀若彼罵辱至誰受罵者即結內觀若聞其罵去即是外觀從我若不忍去是結觀慧所以善識遮障長養定心不起惡法之因則無地獄之果從菩薩爾時去是第二明定果此中明俱解脫人所修定慧雙修故言作是觀已得四念處念處能斷結入位位即堪忍地文有標有釋舊云第五地禪波羅蜜備是堪忍地今明不爾若各就別圓別論定果已如前釋若圓別合論還是初地忍貪欲至飢渴是法忍忍蚊蝱至楚撻是生忍身心苦惱是總結迦葉白佛下第二明圓定行他云是料簡破戒應在戒行後而在此說者解爲三一云出經者誤二云欲會兩地令無異體前名不動此云堪忍只是一地三云直爾持戒未能見機不得行殺定能見機可爲毀戒事此義不然此中正是明圓定意問此文云未入不動地時得破戒不云何乃言是圓定耶答若非圓戒何得即毀而持既持毀自在例定亦然即散而靜不起圓定而行於殺仍是圓定戒既可解即戒而定不復煩文是故指此名圓定行問前明圓戒竟乃明戒果今明定果竟方明圓定何也答前後不定彌顯圓定文爲三番問答初番略次番廣第三文殊述事事乖理順不應得惡果報問佛答如文復次又有聖行者是第三明慧聖行文爲二一明慧行二明慧果就慧行文二一釋慧行二釋慧

行名初釋慧行又兩一釋次第慧二釋圓慧次第慧爲三一釋四諦慧二釋二諦慧三釋一實慧他云此是開合之義畢竟空中說爲一諦次開一爲二又開二爲四亦得開四爲一十六乃至無量若合無量爲十六合十六爲四二一合一入空今明雖束散開合而名義不同對緣悉異大有所關今一往對三藏緣說四諦慧對通緣說二諦慧對別緣說一實諦慧於對緣義顯次第義亦成云云舊或以境爲四諦或以智爲四諦或苦集滅道皆是境對境說智智即是諦境能發智令智無所有智能照境了境本無境智相成故言四諦興皇云言聖諦者只是佛性涅槃非境非智非漏非無漏非因非果非世出世故名聖諦若依諸師各執一見解文不當四諦義多那

一向解今文列出三種四諦若言苦者偪迫相去即有作四諦若言解苦無苦而有眞諦去則是無生四聖諦若從苦有無量相去則是無量四聖諦此三種四諦悉是菩薩觀境菩薩住於大乘大般涅槃者即是無作四諦慧能所合論備有四種就初爲三一略二廣三結略又六初標列二釋名三釋用四釋體五釋制立六更廣體初如文次釋名者以偪迫釋苦身是苦本衆苦所集故是偪迫集能生長只是因能生果滅者寂滅相生死盡也道名大乘因運向果若謂四諦是三藏義者云何言道是大乘相若一往將對三藏者三藏菩薩道最勝故亦名大乘三釋用者苦者現相是明其用苦是果報果報顯現集是因相因相微隱故言轉相數人云見著知微從

微至著即是轉相世人苦者皆據現事不須相續故言現相集是業力用必相續兩心轉變故言轉相滅是除相者除於所除即除苦集道是能除復次苦有三相下四釋體集是二十五有者數人云習續不斷名之爲集論人云招集爲集此集能習續二十五有能招二十五有果復次有漏下五明制立約有漏無漏兩因果立此四諦復次八相下六更明四諦相即是廣體言十力等爲道者莊嚴云乘地非道道乃是因而言十力者因中分修十力無畏開善云道通因果果地以菩提爲道涅槃爲滅更無異體義說爲二從善男子去是第二廣明四諦即爲四章苦諦又三一略八苦二廣八苦三會通初略者八苦自爲八章初生者初託識枝但有身根未具六根即初託胎至終者盡於一期故言至終增長者六包增長出胎者生時也種類者出胎之後牙齒髮毛等老增長滅壞者有二解一云老時年疾增長健相滅壞一云從生至長是增長從長至老是滅壞病苦應具四大但言三者地大轉動不如風火是故略之雜病客病即攝地大死者福命有三句一云但失財物身命猶在是福盡財物在而失命是命盡俱盡可解初句不是死義云云河西云命者本應千年止得百年福盡故命亦隨亡故言福盡非命盡命盡非福盡者福業本長猶應未盡但爲命盡不復得住故言命盡非福盡俱盡可解私謂有二義故互盡不同一由過去二因互別二由費財殺害致福命現在互損不同放逸破戒而命根斷者反此名不放逸

持戒捨命者直名壞命又解云此非捨命直是造罪便名死屍無復善根慧命也謗法闡提名爲放逸破四重禁名爲破戒五六七八如文夫八苦者前七有別體後一總七無復別體今依經文以五陰盛是其別體善惡陰盛即是苦體方便陰盛則非苦體云云次迦葉生之根本下第二廣明八苦文自爲八初生苦爲三一明生爲苦本二明生死相關三明生多過患初明生苦爲七苦之本又簡出一苦六苦生亦是本世間衆生下第二生死相闡有法有譬法説中二先明凡夫貪著次明菩薩猒離譬中二先譬次合初譬中二先作猒離譬次作貪著譬初文爲四一生可欣二死可惡三生死相關四明菩薩俱捨初住復有六實無人問答但是生境與菩薩觀智相

研假爲賓主耳女譬生果誑惑凡夫令生染愛喻之如女菩薩之智觀生初起故言入舍端正美麗爲物欣好瓔珞者生果之處有多榮華主人譬菩薩檢責女人答者譬生果對智次復於門外下第二明死可惡往復有六死在生後故言門外死果誑人故譬於女醜陋者死境壞果使萬事鄙惡死生相違故言皴裂血氣已盡故言艾白主人持刀有二解冶城云精勤重猒譬之持刀招提以智慧爲刀死若不去修智斷之三主人問言下生死相關生在死前爲姊死在生後爲妹終不相離故言共俱還入問天去菩薩檢生知與死俱主人即言下第四明菩薩俱捨文爲三一俱捨二俱去舊云金心已還故言還其所止三菩薩喜慶是時二女下第二爲貪著作譬

往復有四初明俱趣凡夫凡夫乏善故言貧家貧人下第二凡夫貪愛功德天言下第三生境檢讓凡心貧人答言下第四凡心應境旣其欣生所以受死迦葉菩薩下合譬先合菩薩猒後合凡夫貪復次迦葉如婆羅門下第三明生之過患凡五譬初譬淺善又四婆羅門淨行譬菩薩初欲修般若畢竟淨道幻童解行淺弱飢所偪者三塗苦偪糞中果者苦無常中有生天果有智人下二深行訶責童子聞已下三淺行懷愧云非貪天樂爲欲於中修道捨之智者語言下四菩薩勸捨善男子下合但合後兩不合前二復次下是第二譬有人譬佛四衢譬四生初受身器譬經教盛滿飯食譬佛說五戒十善招人天果言而賣者以此化生遠來譬從惡道中來飢虛羸乏譬重苦問言者實有此事不食主答言譬佛答唯有一毒不免無常即死滅也更復重審若無常者如來何故令人修之故言何以賣之佛還答言深智令捨愚淺凡夫一往接之三四兩譬可見譬如險岸下是第五譬生死果上有草覆譬生死中有假名我及相續常多有甘露譬虛妄樂深坑譬三塗脚跌譬命根斷第二觀老第三觀病二文可解然生定在死前病不必在老後今文先老後病者少時病者猶有望差老時若病催死則病如將崩更折故在老後明病文釋病苦而云身心安隱者解有二一云只安隱是病如大庚小庚父子分別十年後得相見白日相慶過夜即死此安隱是病第四觀死苦又二先正觀死次夫死者下傷痛初文者何等是死

苦若氣未絶由生非死若氣絶已不復覺苦若受地獄即是後身非關死苦此事難知例如責滅爲當未滅時是滅滅已時是滅進退難定似本有今無本無今有云云今只取將絶未絶名爲死苦至論菩薩未全免死而言唯除菩薩住於涅槃者三解初名佛爲菩薩二云金心菩薩一轉成佛三云初地菩薩雖未免生死志求涅槃不爲生死所亂今明初解是應菩薩此不會經次金心一轉此正是死何故被除後解菩薩雖不爲所亂而不免死何故被除被除者是圓教菩薩煩惱即菩提生死即涅槃不可復滅生死非生死亦非涅槃生死尚不能生死生死何能生死非生死如此菩薩即是被除不爲生死所害文云如金剛雨能破一切此雨復能破金剛不若不能破利義不成若其被破堅義不成云云死傷一切如金剛雨唯有菩薩不爲所傷復喻金剛當知金剛碎散不能傷磐峙金剛則菩薩不爲死所死摩羅毒蛇者河西云黒蛇毒觸人衣即死餘人觸此衣亦死阿竭多星者此星八月出若有人得此星呪者能消其毒次夫死者下有十句傷痛最爲可悲若離即成二十句於險難處病其苦最重無有資糧者謂之善法去處懸遠者其路無窮而無伴侶者孤魂獨逝無隨去者於十二時常無休息晝夜常行無前無後故無邊際如萬仞坑故言深邃以内昏故而外不照故無有燈明死爲窮道衆路地塞故言入無門戶又云死亦不從六根而入故無門戶必有來處故言而有處所當時恍惚故言雖無痛處而良醫拱

手故言不可療治賢聖所不能制故言往無遮止到不得脫初死儼然非是刑害故言無所破壞而親友悲泣故言見者愁毒更非虎狼禽獸所啖故言非是惡色無有不畏死者故言令人怖畏此即陰身之後故言數在身邊而不測其好惡故言不自覺知若依此義命絕中陰是爲死苦第五觀愛別離苦從離緣生即是壞苦若論壞苦因中說果即指樂受爲體今亦如是即指恩愛是別離苦文中明捨所愛身者若命斷時爲死苦者已屬前世今取離所愛身及所愛親屬并依報等是愛別苦釋論云離他人易離親屬難離親屬易離父母難離父母易離已身難離已身易離已心難頂生者是濕生實論人在天邊猶如乞兒在於王側云何而言二王相似然頂生是應故得類天若實報者是則不及天王壽長故眴踈人王壽短故眴數金輪至重餘不能升王以德力應重則輕髦尾者古人讀此爲髮豪尾不然短者單作毛長者髟下作類如呼多技人爲髦士取其德長劉孝標稱任昉爲海內髦傑即是此字昔魏王珠照十二車況頂生珠寧不照一由旬此言大如車轂又經云衣帶中者在其德力不在大小寶女者能生千子乃名寶女法顯傳云王妃生肉如瓜有千瓤一瓤一子者是釋論云劬嬪是寶女不孕二文既異如何會通此各爲時所重云云第六觀寃憎會苦既從合會緣生生即是苦前境偪心心領境偪憂惱故名寃憎會苦第七觀求不得苦還約前愛離寃會於愛求會而離於寃近離而會二求不遂即是求

不得苦第八總結上七苦即是五盛陰苦已如前釋定有別體云云爾時迦葉下第三會通苦諦者昔阿含等經皆言三受中有樂受今言五陰皆苦都無樂義今昔義乖開善分此中四番問答爲四章觀師分爲二後三番子章只是作難今先問次答就初問爲三一總非二作五難三結初領旨仰非何以故下作難初第一與第四問同據樂緣第二問別據樂體第三與第五問同據樂因初據樂緣者佛昔於阿含告釋摩男云色若定苦不應求色色若定樂不應猒色但今單難無樂不應求色若求紅黄當知有樂今日何緣全言無樂今具舉六根對於六塵以爲樂緣如佛說偈下是第五重據樂因與第三同舉樂因而復異者前舉善爲樂因只言世間之善今具

舉聲聞菩薩出世之善名爲樂因就五偈爲四初兩偈明聲聞之善爲樂因次一偈明菩薩之善爲樂因三一偈重結小乘四一偈重結大乘明菩薩畢竟不得同佛畢竟乃是分畢竟世尊如諸經下三結非諸經即指昔教如佛今說故指此教無樂唯苦佛告迦葉下第二如來答大分爲二初歎其所問次善男子一切衆生下正答答又二初總答後別答總答中二初答後論義初文者昔隨他意以下苦爲樂今隨自意故一切皆苦前迦葉作五難相次而來世尊一答五難玄解今昔兩說不復相違實非是樂謬情所計横生樂想迦葉白佛下第二論義還難佛解下苦之義又爲兩初正難後領解就初爲三一謬領難二顛倒難三據事難謬難者佛意以輕爲下

苦難意以重爲下苦故成謬領難迦葉列八苦皆爲三品下受三塗中人上天若下苦有樂者三塗之中應有樂相若復有人下次倒難若下苦生樂想者亦應下樂生於苦想何者下樂且就世間歌姬舞女爲上樂中庸之歡爲下樂於此下樂應生苦想就其謬領作此謬並世尊若下苦中下三據事難如人受千罰初受一鞭應生樂耶佛告下答又二初且然問後正答然其第三一罰之意明實於下苦而生樂想若得免多罰於一罰甘受亦以爲樂從以是義故下正答但答其第三據事難時前謬領倒難自然懸去我實不云下是重苦下是輕苦汝何謬領故不答並亦不然其下樂而生苦想故不須答正答第三應受千罰初得一下即聞放脱寧非下苦生樂想耶如人應刑聞百鞭放亦是於下苦中而生樂想云云次沓領解先領後述或謂此文是一難謂言此人不於一罰而生樂想但於脱多生樂想耳此是得意領解不名爲難佛述言實不虚者隨情之說昔云有樂此是隨情今言無者道理如然迦葉有三受三苦下第二別答五難但有三文第一答前第二樂體之問第二答前第三第五樂因兩問第三答第一第四樂緣之問此初答前第二樂體問者又三第一出兩教第二點三受第三結虚實此初先出兩教一三受教二三苦教可見善男子苦受下是第二點三受者但昔教亦點三受謂苦苦點苦受壞苦點樂受行苦點捨受此乃小乘之教其義未極止是單點即成論人所用今此極教則複點此初苦受具

三苦苦苦者心緣苦境苦境偪心心境合舉故是苦苦樂不長有暫時而住樂緣旣謝即是壞苦無常所侵即是行苦餘二受各二苦或云各一苦故文云二今解不然前旣複點今云何單用壞苦點樂受用行苦點捨受故知一受具二苦樂受亦具壞行兩苦捨受亦具壞行二苦樂舉體可壞即壞苦而復有無常所切復具行苦捨受亦二捨必離壞故是壞苦而復未免無常是行苦但此二苦不須境偪故無苦苦善男子以是因緣下第三結虛實又二一結昔說妄樂非實爲凡夫言樂菩薩不爾皆苦文云生死之中實有樂受文復云生死之中實無有樂者皆是隨情之所妄計梁三藏師計生死有樂無樂並皆爭論如前云云善男子生死之中下二結今說實苦可尋迦葉白佛下第二答前第三第五據因之難又二此初迦葉重牒問以求答或謂別是新難今則不然還是牒前偈中世出世善之問更飾其詞非別問也佛答意者我說善能感樂遠得菩提之樂不言生死中樂初言菩提根本即是佛果生因又言長養菩提即是佛果了因舊云一向不得有於生因今謂有因緣亦得說之善男子譬如世間下第三答第一第四據樂緣問又二先正答次舉解惑結正答又兩先明爲樂緣後明爲苦緣緣旣不定故無樂也後出諸珍寶等並皆是苦且舉一事如多畜寶初謂是樂爲之失命復是極苦善男子下第二舉解惑結又三初結菩薩解苦次結二乘不解故隨情爲說三重舉菩薩結也

大般涅槃經疏卷第八下

音釋

疐至計切與蔕同　簧胡光切　蚊蝱蚊無分切蝱眉庚切　皴七倫切皮細起也　偪筆力切迫也　跌徒結切蹶也　恍惚恍虎廣切惚呼骨切恍惚不分明貌　髦莫褒切　鬕莫紅切　昉妃兩切　轂古祿切車轂也　軱郎電切瓜軱也　嬪毗賓切　姬居之切美婦也

大般涅槃經疏卷第九上

隋 章安頂法師 撰

唐 天台沙門湛然再治

聖行品中

起卷廣明集諦文爲三初明集諦次會通三料簡初又三一標名二釋體三明是非初標名二先牒章門次釋云集因能得陰果故言是陰因緣所謂集者下二釋體昔教以業煩惱爲集煩惱之中具足十使今但言煩惱不明於業本是煩惱煩惱潤業於煩惱中偏說貪愛愛是繫地之惑潤業故生華嚴云無業無煩惱苦諦無所住無明無所行平等行世間又十二緣不生不滅是爲平等乃名集諦若十二因緣生滅是集非諦此中有七番一明集因於果已起即是五陰成辦於愛還愛此有是愛陰身次愛有二種下是明二種愛已身是我所須是所三二種愛欲得已得四即三界愛五三種謂業因緣愛以報因故感此苦果如鴿雀多欲皆先業果次言煩惱因緣愛者以習因故生愛可解次苦因緣愛爲脫重苦於輕苦生愛如畏死苦而苦治令差然針炙實苦因此得差即便生愛六復有四愛即是四事七復有五種愛即是五陰善男子愛有二種下第三明是非若不善愛則是集若善愛則非集其中復三番料簡初將聖對凡簡次舉菩薩對二乘簡三諦非諦簡故云凡夫愛名爲集不名爲諦菩薩愛者名爲實諦不名爲集菩薩愛者名爲實諦不名集者取其解智故名爲諦凡夫不爾故但名集若例此義俗亦非諦若望解了則得名諦若

復隨情則稱於俗迦葉白佛下第二會通昔說業惑爲集今云何獨說愛爲苦因先問次答問中先引四經次正結難初引經中言六觸者即是六識取塵而有觸對此亦是集緣此識心得來世果如四識住處爲五盛陰今以何義下正結難次佛答中又二先歎其問次正答初如文次正答中意云昔教今教兩不相違是故今日說愛是陰界本就今教又二初明愛是根本二明愛之過患根本又二謂法說次譬說凡三譬謂大王膩衣濕地皆如文善男子菩薩下第二明愛過患又二先標列九章門後一一廣釋釋中自爲九章一一章中仍當分合譬前一爲二乘作譬後八爲凡夫作譬初文者二乘未斷習如還財未盡下八爲凡夫尋文可見次善男子以是義故下第三料簡苦集世間因果已竟於四諦中間結前有作苦集起後無生四諦忘前是忘生死忘後是忘涅槃約此生滅文中料簡即令第二三四三番皆顯所以者何若見有苦則有苦生若有苦生則有苦滅既解苦無苦苦則不生苦既不生苦則不滅大品云即色是空非色滅空色性自空空中無生亦復無滅淨名云五受陰洞達空無所起是苦義若能如是解苦無苦而有眞諦夫集從苦生既解苦無苦寧復有集解集無集即是眞諦苦集滅故名爲滅諦既無苦集寧得滅諦滅本不然今則無滅是爲解滅無滅而有眞諦道治苦集既無所治亦無能治故道不二解道無道而有眞諦又寄此中間簡無生者明二邊無生世間因果既其不生出世因果亦

復不生則無四諦只解世間苦集無苦集只解出世道滅無道滅即是無生四諦其意無量且略言之若欲簡出第三番者解苦無苦而有實者是就實中又有二意次第實不次第實次第實者即是無量四諦不次第實是無作四諦還就簡四諦爲四章初簡苦諦自有兩本若舊本則言凡夫之人合聲聞緣覺皆言有苦諦若新定本於集諦中則開凡夫二乘有異凡夫但有苦無諦二乘則有苦有諦此於二乘而與奪之舊云苦是境諦是智凡夫無智但有於境所以唯苦無諦二乘之人有少分智故有苦有諦無眞實者不能觀苦解苦無苦故非眞實集諦例爾道滅二諦不論凡夫者唯二乘與菩薩道滅二諦有眞僞之異以二乘人不能觀滅諦非諦故非眞菩薩能知故是眞實從善男子下第三廣明滅諦雖復滅道寄彼生滅中間而料簡之以生滅滅道猶未釋故故更釋之無生等三後自廣釋次釋滅諦文爲三先唱兩章門次釋三結唱見滅見滅諦兩門若見滅即是斷章門見滅諦是離章門二乘灰身滅智但有斷離兩事菩薩具智德等事云云二所謂斷一切煩惱下是解釋初八字釋見滅門是斷惑之無以之爲斷若煩惱下是釋見滅諦章門爲二初用次體初用中凡五句初四句是四德或謂五德今且作四德是就用爲言常於色聲下二就畢竟寂滅是約體論三善男子菩薩下結如文善男子云何下第四廣明道諦文爲二初明道諦次會通初爲三一章門二解釋三結釋中先譬次合初譬中言因燈者

即譬八道然燈照物物即常無常等雖異終是一道隨縁異說次合譬中云陀羅驃者河西云是眞實諦求那是莊嚴瓔珞功德等舊云主諦依諦非陀羅即非眞非求那即非俗迦葉白佛下第二會通佛昔種種異說今但言八道是故會通文爲二先問次答問中二先問次難初問爲三一唱不相應二釋不相應三結不相應初如文次何以故下釋者十四經多是阿含等教信心乃至布施說道不同次世尊若八聖道下難又三一以今難昔二以昔難今三結過初文者若昔是則今非二若今是者昔何不說云云三結如文佛答爲二第一歎問善男子去正答又二謂法譬法說中意者以機別故說異會齊故理同譬如良醫下譬說也凡舉六譬一良醫二飲水三金師四然火五一識六一色皆先譬次合初良醫譬可見河西解水名尼婆羅者耆訶棃水名鉢晝羅者樹葉爲湯以樹爲名次飲水中波尼罽賓水名鬱特者東天竺水名經本或言鬱特今未定相承爲鬱特㳽利藍中天竺水名婆利聲論水名波耶藥和水名三金師譬合文云或說五種所謂信行等見到道者即信法兩行是見諦道中人信解與見到亦名見得此二是思惟道中人四人在兩道各分利鈍信行在見諦時鈍入思惟還成信解鈍法行可知一往如此數習則利不習則鈍翻覆不定數人云十五心是見諦道十六心去是思惟道論家不爾十六皆是見諦道論家分利鈍在五停心中入見道無利鈍譬如平水乘船有遲有疾得風順流無復利鈍

餘三文可見善男子是四諦下第三總結迦葉白佛下第三明無量四諦慧文爲三初明無量無量二結爲四無量慧三結爲二無量他謂此文會通四諦開善謂是攝法盡不盡今謂正是無量無量慧章初文問答問中先舉昔事昔舉大地草木喻於無量無量手中少許喻有作無生當知先説者少不説者多如此之多四諦攝盡四攝不盡若盡不應言多不盡應有第五諦佛答亦攝盡亦攝不盡同名四諦名攝則盡分別相貌彼竟不説攝則不盡名同義異故有盡有不盡今佛答之以名往牧則皆攝盡迦葉復白去第二結無量無量爲四無量慧文有問答答中二先示根辨智次正釋諦相初文者具論諦智應有三品下是凡夫不足可論故不説之但舉中

上者就四人中判於中上若就法者應指四種四諦以判中上有作無生如前説無量今當辨夫無量者非是超然出四諦外還是四諦種別不同故文云分別校計有無量種若委論者應從地獄乃至於佛凡聖五陰種別不同於一一陰復更分別無量界入豈是聲聞緣覺所知是無量苦諦又從地獄乃至於佛行業不同一一行業分別校計有無量種亦非聲聞緣覺所知是爲無量集諦又從地獄乃至於佛應以何身應説何法令其修學一一身法分別校計無量法門以爲眷屬亦非聲聞緣覺所知是爲無量道諦又從地獄乃至於佛得解脱時因緣不同一一解脱復有無量解脱分別校計有無量種亦非聲聞緣覺所知是爲無量滅諦如此四境既異有

作無生亦非二乘中智所及名稱同異爲四諦相如大地一名爲無量其相浩然今當略說就正釋中四諦爲四初苦諦中經文但約陰入界三及重明陰略示苦相初陰者文云知諸陰苦是名中智分別諸陰有無量相是名上智云何分別六道陰者是蓋覆義蓋人天善及無漏善蓋人天善則沉沒三塗蓋無漏善則輪迴諸有二乘陰者蓋覆等德蓋四等則不能化度衆生蓋四德則不能至於寶所菩薩陰則蓋覆生死涅槃蓋生死則大悲拔苦蓋涅槃則大慈與樂佛陰則蓋覆法界事理蓋事則以應身徧應一切機根蓋理則以法身徧一切處又六道陰苦二乘陰樂菩薩陰雙是佛陰雙非如此分別豈是二乘所知次知入爲門名爲中智分別諸入有無量

相是名上智云何分別六道六入名爲入門亦名會入眼根色塵會入有爲乃至意根法塵會入有爲二乘入者入無常無我會入無爲菩薩入者眼根入施會入檀波羅蜜乃至意亦如是眼根入戒忍進禪慧之門會入諸波羅蜜乃至意亦如是諸佛入者佛眼是入普門普門入一切法界慈悲喜捨法界咸應會入薩婆若海乃至意亦如是諸經中明六根爲寂靜門平等門此義甚多云云又六道之入是入苦門二乘之入是入不苦門菩薩之入入亦樂亦苦門諸佛之入入非苦非樂門三又知界分性者是名中智分别諸界有無量相是名上智云何分别六道眼界性分唯見於色不能聞聲色界性分但對於眼不對於耳乃至意界性分但能知法不能見聞法

界性分但對於意不對耳眼二乘界者眼界性分但是無常苦空無我不得常樂乃至意界性分亦復如是菩薩界者菩薩眼界性分但見色空不能即空即假即中乃至意界性分但能即空不能即假即中亦復如是佛諸界者眼是法界法性性分即能見色聞聲嗅香別味覺觸知法即空即假即中不可思議具足一切無量佛法乃至意亦如是又六道以苦爲界二乘不苦爲界菩薩亦樂亦苦爲界佛以非樂非苦爲界又知色壞相是名中智下重廣約陰文云分別諸色無量壞相是名上智六道之色壞善壞定二乘之色壞因壞果菩薩之色壞有壞無佛色者壞上諸壞壞爲法界非壞非不壞悉是法界又六道色壞樂二乘色壞苦菩薩色壞雙是佛色壞雙非云云又知受是覺相是名中智分別是受有無量相是名上智六道之受受違受順受不違順於違起瞋覺於順起貪覺於不違順起癡覺二乘之受於三覺中一一皆起五分法身須陀洹人初覺無漏云云菩薩受者受佛法受衆生受佛法時覺於十力四無所畏諸波羅蜜受衆生時覺於慈悲喜捨四無量心諸佛受者自覺覺他即覺不覺非覺非不覺悉是法界又知想取相名爲中智分別是取有無量相是名上智六道之取但取人我衆生壽命色香味觸二乘之取取於無常苦空無我取於涅槃菩薩之取不取二邊但取中道如來取者取即不取即非取非不取悉是法界又知行作相是名中智分別是行無量作相是名上智六道之行能作二十五有二乘

之行能作涅槃菩薩之行作諸波羅蜜諸佛之行即作不作即非作非不作作等法界又知識是分別是名中智分別是識無量知相是名上智六道分別取此取彼飲苦食毒二乘分別猒生死沉涅槃菩薩分別離邊會中諸佛分別非邊非中經文約苦諦竟二知愛因緣能生諸陰是名中智知一切愛是名上智六道之愛是後陰因緣二乘之愛五分因緣菩薩之愛是無等等色乃至無等等識因緣諸佛之愛是色解脫乃至識解脫因緣三知滅煩惱是名中智知滅煩惱不可稱計滅亦如是不可稱計是名上智凡夫六道亦得有滅差已還生二乘之滅灰斷不起菩薩自滅復令他滅諸佛之滅滅一切滅即是法界道離煩惱是名中智分別能離之道無量無邊是名上智六道之道離善之惡離惡之善二乘之道離漏之無漏菩薩之道離邊之中諸佛之道無離無至何以故一切諸法即是佛道故動見修道品不動見修道品亦動亦不動見修道品非動非不動見修道品云是爲分別無量四聖諦竟從知世諦者是名中智去是第三結四無量爲二無量又二先明二諦次明二諦慧初文即是二諦文中直知世諦是中智分別世諦無量無邊是上智直知三法印即是中智知第一義無量無邊不可稱計是上智世間人但言第一義諦眞諦涅槃只得是一不得有二況復無邊今文明第一義諦不可稱計豈唯一種此中言無常涅槃等眞諦者與數論不同數云四諦十六諦並皆見眞得聖悉是第一義論家唯無

我一種通於眞俗餘皆世諦而皆相從言是眞者以無常盡於常等倒苦集隨眞相從名眞依淨名云不生不滅是無常義盡是實相皆第一義又是三法印爾時文殊下第二明二諦慧者先出舊解六種二諦一有空二虛實三世流布亦言隨事四相續五相待六因生空有指大品虛實流布指阿毗曇相續相待因生指成論又解意同名異一凡聖二虛實三空有四假實五事理六親疏舊釋名云俗是浮虛眞名眞實世是代謝第一義是無過俗待不俗不俗名眞眞待不眞不眞名俗虛實相待眞俗名生他問眞是眞實可稱爲諦俗是浮虛何以稱諦彼解云審實浮虛若爾諦義兩釋俗以浮虛釋諦眞以審實釋諦興皇云諦未曾二約緣故二俗於凡爲實眞於聖爲實俱用實以釋諦不用浮虛今問眞於聖爲實聖有照眞實智可得稱爲諦凡於俗爲實凡無照俗智安得稱爲諦若凡無照俗智而於俗爲實得稱俗諦者凡無照眞智於眞亦爲實亦應稱眞諦凡於眞無智不稱眞諦者凡於俗無智安得稱俗諦又聖於眞爲實而稱爲諦者聖何以於俗不實不得稱爲諦是則聖人無權智今言諦者還是審實淨名云四諦是菩提不虛誑故即是審實有隨情審實隨智審實隨情智審實故隨凡隨聖約眞約俗俱得稱諦喻如一色凡夫謂有賢聖爲無亦如一日醉醒不同有轉不轉一諦二諦其義亦爾舊解二諦一體不異龍光云旣稱二諦寧當一體二諦有二體亦俱通緣假法爲世體無相理爲眞體雖有二體而

實相即俗雖名相即無名相眞無名相不妨名相又言二諦一體空爲理本故以眞爲體俗是其用或言從俗取眞俗爲其體眞是其用開善云二諦共以中道爲體義皆不然若二諦二體則世無第一第一無世但是不相即不得有相即若其一體但是一諦則無二諦若其二諦以中爲體取相障眞無知障俗誰復障中二諦之智不能見中焉得爲體若二諦二體二體各異不論相即若二諦一體只是一諦與誰相即仁王般若云二諦不相即猶如牛二角大品即色是空淨名五受陰洞達空無所起是苦義及此經中皆云二諦相即云云舊云合四諦爲二諦或言苦集世間是世諦道滅出世是眞諦或言三諦是世諦唯滅是眞諦或言四諦皆是世諦明因果故

無相因果乃是眞諦或言只四諦是世諦即世諦是眞諦文云解苦無苦而有眞諦餘三亦爾今明非但四諦開合不同只就二諦開合非一在後當說就文兩番問答初問爲三一直審次世尊下雙定定相有不三如其有者下雙難難中意者若言有者即是一諦眞俗相即故眞中有俗俗中有眞二諦不異故言是一如其無者即是虛妄實而言之定有定無定一定異皆是虛妄皆出經者互現其文若定有無便成斷常虛妄之說善男子下如來直答二諦相即不斷不常定非虛妄世尊下第二番問答初問意者還成一諦故云則無二諦如長在短中則失長眞在俗中則失眞只成一諦佛答有二初略明大意理實中道唯有一體善巧方便爲緣說二若隨言

說下第二廣說凡有八種一世出世二名無名三實不實四定不定五法不法六燒不燒七苦不苦八和合他亦作六種二諦若言空有虛實等諦皆言有虛有實兩理鏗然故非經意今文云隨順衆生說有二諦如隨醉人說則有轉日當用此意以釋經文一師云七種一統隨緣說異一師言七種各異今明智者大師有七二諦名雖不同其義可會一生滅二無生三禪俗複眞四禪俗禪中五複俗禪中六複俗複中七圓二諦若依法華玄文名相稍別義意必同讀者應知就一種中復各三種謂隨情隨智隨情智今欲以彼七種二諦來釋此文佛旨難知且出一師之見八種不同即爲八文初約世出世兩人判二諦者通冠下七一一二諦各有此意世情多想束爲世諦聖智多知束爲眞諦此即隨情智判二諦次善男子五陰和合者約名無名判攬陰名生即世諦即陰離陰如性知之性即眞諦此約有作四諦立之三復次善男子或有法有名有實者他云世諦有名名於體物應於名眞諦但有名而無實今文反此世但虛名而無眞實不生不滅與法相稱即是眞諦不能即色而空故有名無實能即色是空故有實有名此依無生四諦立之四善男子衆生壽命如旋火輪此禪俗複眞以論二諦假名幻化熱燄火輪但有其名而無其實稱世流布即是世諦眞與中合共爲眞諦若禪以眞爲第一義者不得言苦集滅道是第一義俱指四諦即眞中合此明無量四聖諦中若眞若中同爲第一義諦前文云第一義

無量無邊不可稱説五善男子世法五種去此約禪俗禪中以明二諦上以熱燄火輪五譬以譬人我而爲世諦今以五法而爲世諦五法如燄輪燄輪譬法法譬互舉同是禪俗心無顛倒如實知之即禪指中道以爲如實此明有作無生等苦集爲俗指下一實諦爲眞六善男子若燒若割去此約複俗禪中以明二諦若燒若死此明體法始終若割若壞此明析法始終即以兩始爲有兩終皆無此之有無合之爲俗即是複俗禪指中道非有非無故無燒割即第一義明上有作無生之眞俗同名爲俗指下一實諦而以爲眞七善男子八苦有無去此約複俗複中以明二諦複俗如向言複中者非禪指理即事而理法界圓備名爲複中此合上來有作無生眞之與俗皆名爲俗指下一實不可思議而爲眞諦文雖不顯義推自成然此一番猶是複俗複中二諦八復次善男子下先譬次合明圓二諦眞俗相即皆不可思議譬如父母和合生子一人多能以譬圓俗十二緣和合三道即是三德即第一義以顯圓眞是名不可思議二諦一切二諦悉入此中方便隨俗説諸二諦無量無邊止論七種何足驚怪能如是知名慧聖行古來皆迷此二諦文今用天台大師七種二諦義來釋八番義則相應眞順聖慧文殊師利下第三明一實諦慧聖行若前文中舉四舉二共顯一實何不從四至三而超至二非無三諦但此中文束四爲二其義則便束四爲三義少不便故不言三解者不同此間以常住佛果是一依一實諦引勝

髮云一若滅諦即是眞實地人云除妄顯黎耶即是實諦中假師云除斷常顯中道爲一實諦興皇悉不用佛果所依能依焉是一實妄惑與黎耶爲一爲異若一既除妄惑亦除黎耶若異待妄說實豈是一實對邊說中中還是邊亦非一實然一切法本無所有畢竟清淨實無所有何曾有實及以不實諦與不諦爲緣方便假設言教依文正以一道清淨爲一實諦是正眞法故華嚴云法性遠離是故今明若非彼是此非一實諦若隨緣異說得意無咎文顯一實甚自分明就文爲二一標宗二論義初標有問有答答中有八善男子初二共成初義則有七不同一約境二約心三約言說私謂亦可約言行四據人五約教六約因體七約果體文殊白佛下第二論義還論七章初約境論義有問有答問中先領問一往似問如來虛空佛性三種有何差别尋下答意正是問此三種與一實諦有何差别佛答有三一倡兩章門二釋三結初倡章門又二初倡昔四諦次倡今一實與皇名初爲實滅章門次爲滅實章門取教爲實滅取理爲滅實亦以四諦教中之實即是實諦若虛空佛性皆是理實即爲諦實故名爲諦今此初倡昔四諦章者各有三句苦是苦境諦是苦教亦是苦智實是苦諦之理不二爲實又云除苦一句餘二亦得判實又但取實除兩句只用實爲諦次如來非苦下第二倡一實章門三種皆是實非苦者非境非諦者非教是實者是理後三諦亦爾如來虛空佛性亦爾顯時名如來隱名佛性虛空取隱顯

不二所言苦者下第二釋兩章門只約四諦即爲四別一一諦中皆先釋實諦實諦即是昔四諦中之實次釋諦實皆如文復次言眞實者即是如來下第三結章門又二先結三法與眞實相即更無異體次從有苦有苦因下更結是非又兩初結三法異於四諦故是諦實次結三法異於有爲有漏是故是實所言有苦即苦諦苦因即集諦苦盡即滅諦苦對即道諦問非虛非實稱爲實者非虛非實亦應稱諦答如所問問二義若齊何故二乘稱諦如來稱實答與奪之殊二乘審知是苦又解苦無苦與其諦名未窮理實故奪其實

大般涅槃經疏卷第九上

音釋

鴿（古沓切鳩屬）驃（毗召切）罽賓（梵語也此云賤種罽居例切）鬱（紆勿切）鏗（丘耕切金玉聲也）攬（魯敢切手取也）

大般涅槃經疏卷第九下

隋 章 安 頂 法 師 撰

唐 天台 沙 門 湛 然 再 治

文殊白佛言如佛下釋第二據心章門先問次答初問意云諦攝倒不如其攝者云何得言不倒爲實若不攝者復違前言攝法皆盡進退兩望悉皆有過然下文具明是苦集攝此中但明是苦諦者偏據果報酬因之義第三問答釋約言說章門其中二事可見私謂準佛答文既約斷惑知是約行文殊言如佛所說下第四就人爲問云二乘所說爲實不實佛不定判實與不實約斷惑邊是實而非常住義當不實文殊魔說下五就教爲難魔所說者聖諦攝不佛答意云四諦之中苦集諦攝問外道二十五六等諦爲屬何諦又外道所說四諦之中爲壞幾諦今明但壞苦集不壞道滅何者彼云冥初生覺後生五大五微等生覺是因壞佛集諦大微是果壞佛苦諦二十五六爲佛苦集二諦所攝文殊師利言如佛下第六釋約因體章門文殊牒佛一道清淨是實諦者外道亦云一道清淨應是實諦佛答意明外道但有苦集無道滅於非滅中而生滅想者即橫計非想以爲涅槃非道道想者計雞狗戒而以爲道非果果想者計於萬物微塵世性之果非因因想者計微塵世性是萬物因問前云不壞滅道今計非想雞狗等戒豈非壞耶答此起橫計橫壞道滅前則不爾彼明二十五諦直言冥初生覺等六諦之中但言主諦依諦何處云計非想之與狗戒故知不壞道滅二諦又問外道有

苦諦者前何故云凡夫有苦無諦答直言有苦境以爲苦諦非謂苦智文殊言如佛所說下釋第七據果體章門先問次答問爲三一唱外道有四德二釋三結此初唱有如文何以故下釋凡有二十四復次計有常樂我淨即爲四別初八復次計有常二五復次計有樂三三復次計有淨四八復次計有我此初八復次計常文在初者通以因果故知有常二列殺生因必得惡果故常三據能專念故常四舉憶想據所念五舉修習六舉筭數七據讀誦八據形相皆如文次計樂有五復次一據因果二據有求三據樂因四據樂緣五據三品三三復次計有淨一據淨因二據淨緣三據淨器四八復次計有我一據造作二據相貌三據別味四據作業五據求乳六據名字七據有遮八據伴類世尊諸外道等下第三總結外道應有實諦佛言下二如來答文爲三初略次廣三結初文二初非後釋初如文次何以故下釋非

聖行品下

起卷是如來次廣答所問破前四執文爲三一廣破計常二略破樂淨三廣破計我常我是執之端首故廣破之初破常文爲三一明外道理非二明其言謬三正答所問初又三一明非二舉過三結非初文者何故名非横計有常常非緣生緣生無常然諸外道有計自然應不從緣若自然者法塵對意而起此計豈非緣生是故外道悉是無常善男子佛性無生下二舉過即舉是對非舊云當果佛性故不生滅若是緣生即是生滅此不應然

今是舉正以對邪計三結非者正是一道清淨之理佛性之性不生不滅豈得唯作當果釋耶以是義故故須結非善男子是諸外道下第二明外道言謬又爲三一論其言謬二破其所執三舉是顯非初言謬者以不見佛性三寶眞理故有所説謬而非眞若見此理言即眞寶諸凡夫人下第二破執前文殊舉邪計中第八復次執於大地形相衣服及車乘等皆計有常今破此執一切有爲下第三顯非善男子有爲之法下第三正答所問又爲三一雙辨色心兩章門二偏明心無常三偏明色無常舊云總有三聚引梵行云色法非色法非非色法以非色非非色爲無作聚又引聖行云白四羯磨然後得者得於無作是義不然非色非無色乃是中道雙忘兩捨豈是無作無作有爲此過非小白四羯磨然後乃得此受得戒不足證於中道無作何者作與無作皆有漏善闡提信作不信無作若依小乘無作有漏若依今意無作無漏如向引戒聖行受戒無作爲證何等無作耶彼救云若不許有無作義者下文那云言無作是爭論耶答數人云無作是色論人云無作無色各執不同致成爭論我今設云有無作者終不計於色與無色況各計耶又我設云有無作者終不定執小有大無則無爭論又準文只云色之與心何以强説作與無作若數人心是心王數隨王起又識是心王數是想等色有十一謂五根五塵并無教色論人明五根五塵四大爲十四色然此但明四大五色下文明十一色所以然者互現一邊

不專一處善男子心名無常下第二偏明心是無常又爲四一無常二破常執三重明無常四重破常執初明無常爲四復次一攀緣異二六識異三六塵異四相應異善男子心若常者下第二破執常四復次一明識不應獨緣第二六識不應異第三所因不應異第四謂名不應異復次善男子下第三重明無常五復次一明三聖心異二三凡夫心異三三受心異四三毒心異五三外道心異初如文次三凡心中云在家遠離者身在家而心離遠善男子心若常者下第四重破常正是破於前八復次文還有八雖不相對或破前或生後不破私謂前七破前後一生後又出沒不同沒四謂不破因果殺生筭數形相而賸生後已作今作非冤非親及我物他物最後第八復次總結無常私謂是則但有第一破第三專念第二破第四憶想第三破第七讀誦賸有四五六第七破第五修習第八生後亦是賸文名有出沒者皆是隨宜非凡所測我今於此非色法中下第三偏明色是無常又二先結前生後次是色無常下正辨無常自有十句一初生異二時異三味異四力異五形狀異六果報異七名字異八壞合異九次第生異十次第滅異皆舉外對辨中間或略前後皆對若無常即是苦下第二總破前五復次計樂三復次計淨又二先正破後指上已答若無常即是苦破其計樂若苦即是不淨破其計淨因迦葉上問已答者有三解一開善云前四諦慧聖行初說苦諦明五陰皆苦迦葉以設諸難明有樂緣樂因理應

有樂不應皆苦佛答於下苦中橫生樂想是已答竟二治城云前性品中佛有真我之性迦葉即十二難責覓現用佛舉力士額珠等譬答竟三諸師多用長壽品末迦葉問世間亦說梵天是常與佛說何殊佛答外道皆是竊得此言如偷牛之喻故言已答河西記中云即是第七卷中已答觀師云是四倒品中具說淨樂等倒此中不復委悉但略破樂淨故指上也復次善男子下第三明無我以答前八復次計我文為二初總明無我二正破彼執初總唱色無色二章次釋二章前破常中亦先標次釋釋之則廣此中釋章門即略前亦就色心破常今破我亦就色心色非我下釋初章門中先明色非我色何故非我可壞可破故也非色之法下釋非色章非色是心心則無定從境生故樂緣觸心心即便樂苦及不苦不樂亦爾既其從緣故無常無我若諸外道下二正破所執上有八復次今有九復次亦不正相對今是隨機不同不破第一造作第四作業贍第一專念第二憶想第七三法是則第三破第七第四破第八第五破第六第六破第五第八破第二第九破第三不次第者但隨舉而破應無別意善男子是諸外道下三結過訶責凡舉兩譬初小兒後生盲初小見譬行非生盲譬教非如嬰孩唐戲終日不營家業外道亦爾無益苦身不成淨行故文云無慧方便次如生盲人徒聞四譬不識真乳外道亦爾闇信韋陀寧知常樂故文云而問他言云云文殊白佛下第二明圓慧行舊云破迷四諦二諦一諦之著又云

破前分別心明畢竟盡淨無所住著是義不然前標章說次第五行戒定兩行尚無破著何獨慧耶慧行被破戒定自破三行破者即破聖行聖行破五行亦破五行若破即無所修無修即無證無證則破十功德此義不然當知此文明圓慧行文爲四一發起二正說三領解四結章初發起中不稱四二但稱一實何以知之肯初教中析法四諦摩訶衍中相即二諦先已曾說非爲希有又非無上今臨涅槃方復更轉一實眞諦是爲希有名爲無上故次第後發起圓慧正說爲二一明不般示圓慧二約不更示圓慧不般又爲三一直示二約不轉橫歷事示三約如來虛空竪示就直示又二初止其云何二示其眞理云何有二意一寄文殊嗟於未達故言云何二難文殊爲是未達爲發起故故言云何次示眞理如文二從善男子若計有我去明不轉橫歷諸事以示圓慧明不轉者凡歷七事謂非果非因非轉非生非出非作非造皆即事而理悉是常住三從善男子轉法輪佛境界去是竪結圓慧無非常住或云如來約果理佛性約因理虛空通因果云云從善男子語有二種下是第二明不更爲二先明異故不更次明同故不更初異故不更者旣其兩異何得言更異有八一語異二衆異三根異四德異五利益異六請主異七所說異八聲徧異初轉法輪爲五比丘一陳如二十力迦葉三跋提四頞鞞五摩男拘利今總言之復次凡有所說下二明同故不更又三法譬結初法中明同故無更譬如下譬釋無更凡三譬初

譬生善滅惡二偏滅惡三偏生善此等義同是故無更是故汝今下是第三結無更爾時文殊下第三領解發迹爾時世尊下第四結初先對迦葉中間對文殊今慧行竟還對迦葉善始今終迦葉白佛下是第二釋行名問何故戒慧之後俱釋行名定行無耶答初後旣釋中間略無今文爲四前佛復宗通結竟今初迦葉問次則如來別結三迦葉更問四如來開結次第五行此之五行本爲五人有病行處說此法門二乘之人得有修義即聲聞緣覺如是聞已則能奉行故名聖行又有別根性抾度菩薩約次第修亦名聖行若是諸佛世尊之所行者名爲聖行此結圓行如來行之故作不治遇與不遇悉皆得差正結此人及此法門古來不見此結束意是故不

作別圓兩釋若二乘人及別根性有病行處聞佛說者修之則差不修不差此結次第善男子是菩薩下二明慧行果文爲五一倡地名二釋地義三明地體四明地用五結下地況上地初文者舊明慧果得二地謂無畏地從初至六地從七地至法雲名自在王地所以得二地果者慧行斷煩惱通道疾利今謂不然且戒定兩行不斷惑通道鈍者云何舊解不動堪忍皆是初地一體異名若其同是戒定之果何不二地通至法雲今明只是一地自在徃生乃是無畏用不應更開善男子若有菩薩去是第二釋地義此文與十地經合彼解初地離五怖畏今文亦然在名小異意義則同不畏貪恚下無不活畏無死畏不畏惡道下無惡道畏惡有二種下無惡名畏

亦復不畏沙門下無大衆威德畏無死畏即常無不活惡道畏即樂無惡名畏即淨無大衆畏即我具四德無五怖是故此地名無畏地亦復不畏受二十五有去第三明地體文爲三初出體所入位次善男子住無畏下出體所證三是名下結初如文次所證者此地得二十五三昧名諸三昧王一切三昧悉入其中即是中道第一義三昧總攝諸三昧所謂俗諦三昧眞諦三昧皆來攝屬故得稱王一諦三諦即是其體舊言二十五三昧斷三界惑故六地菩薩名無畏地與羅漢齊今不用之若二乘斷二十五有得稱王者可言其齊旣不是王何得云齊文云聖行者諸佛所行非諸聲聞緣覺境界何得云齊又六地菩薩斷三界惑是通菩薩非此文意諸師謬用

全不相關釋二十五三昧具如法華玄文第四卷中彼釋二十五名具四悉意雖二十五無非是王爲辨異故立名不同即世界意於二十五中如日光月光等即爲人意如不退心樂等即對治意如常樂等即第一義意一一三昧通皆四意一明諸有過患所謂三惑二本法功德即修三諦三昧三結行成即三昧成入於初地四慈悲破有謂得入初地即能現於十法界身徧入諸有令他破有古人釋此全無片意云善男子菩薩入如是等諸三昧王下第四明地用又二初明力用自在次明生用自在初力用中三雙一依正爲一雙須彌是依衆生心是正二自他爲一雙內他入已化已爲他三少多爲一雙可見次生用者初總生諸處即十界處次別生處即是

十界壞須彌包世界散合十方而不染游處地獄而不苦即地之用善男子菩薩成就去是第五結下況高如文問是諸菩薩功德悉等云何復有高下不同舊云等中等悉同無別等中不等故復淺深興皇釋云橫論一地具諸功德豎論則有高下橫豎亦復何定亦如一物推倒即橫捧起即豎云爾時衆中下是第二章歎經經詮聖行依教奉行華凡成聖故可稱歎文爲四一無垢歎教二如來述歎三迦葉自誓四如來述誓歎教爲二先經家叙次正歎教初經家叙内德外儀初内中有大威德者總論無畏地之體用威是外用德是内證備内外德故言具大威德大神通者即歎外用如自在地有吹山覆海之用得大總持者得二十五三昧王持諸三昧得無所畏者備如佛說上諸功德皆悉具足即從座起是叙外儀世尊下是正歎教又二先領佛旨結下況高百千功德次歎上說次第不次第別圓之教何故謂佛菩薩不如大乘大乘是佛毋毋能生子則教可尊崇文云方等力故能生諸佛若就道不自弘佛能說教則佛勝於教佛能弘教此就化他教能生佛此就自行藏王所歎舉自行邊時佛讚言下二如來述歎爲三謂述釋結述如文釋中法說開譬合譬開善謂譬五時教佛合牛出十二部經指初教修多羅指般若言修多羅是法本般若是行本故方等指淨名思益稱歎菩薩故般若是法華法華明平等大慧大慧只是般若涅槃可解又云般若始在十二年中終則鄰於涅槃乃在法華之後引釋論畢竟

品爲證若爾修多羅是淨名方等即法華般若即般若招提云前三明教後二明理前三教者十二部即小乘藏修多羅即雜藏方等即菩薩藏佛教不出此三故後二理者般若是因涅槃是果行般若因得涅槃果興皇云佛說法即是十二部經學此十二即了修多羅知諸法本即達方等達方等故生於般若般若生故能了涅槃觀師云此並從多之少從廣至略初歎十二部十二部通於小大此則是總更別歎修多羅修多羅又通更別歎方等方等未爲希有復別歎般若於般若中更別歎涅槃一句佛性如從牛出乳乃至醍醐則涅槃爲最義皆不然何者十二部經通於大小豈獨是小乘又十二部謂是初者小非初說故不可用復何故以修多羅爲般若餘經豈無長行耶復何故以般若爲法華名不相應義云何會假使以般若鄰於涅槃般若則是第四時教復違爾五時次第招提三教兩理者此文是述其歎教何故喻理縱如招提所說乃歎他經非歎今教興皇所說乃生解次第復非歎教藏王云諸佛雖有無量功德故不如是大般涅槃從教生解非文所歎若觀師所說從廣至略而爲最勝文云醍醐最上一切諸藥悉入其中廣豈過此既其是廣可不被歎諸師皆欲包括收攝不覺咫尺漏失正宗邯鄲學步兩無所獲云云今但依經即如藏王聞佛說於次第之別不次第圓次第之教能生漸行菩薩功德不次第教能生一切諸佛功德歡喜踊躍雙歎兩教佛助其喜還述歎之若次第相生窮玄極妙更加

稱美牛者即涅槃教主乳者戒聖行酪者定聖行生酥者四諦慧聖行熟酥者二諦慧聖行醍醐者一實諦慧聖行如五味次第宗於醍醐五行轉深極於一實故言最勝最上此即述其歎次第教若單說實慧一慧一切慧慧爲法界攝一切慧不由次第佛即醍醐最上最妙一切諸藥悉入其中如來即是人醍醐也一實諦者是法醍醐醍醐之人說醍醐法醍醐之法成醍醐人人之與法一而無二中間諸法無不醍醐次第一實一而無二歎五行之一實即是歎一實之五行作此釋者次第歎教二義皆成若望一期教次第者從佛出十二部者即指華嚴華嚴最初是十二部修多羅者即三藏中之一藏物不堪大即爲說小方等之教折小彈偏歎大褒圓般若之教三人同聞專歸一實引小歸大接偏成圓及住方便未證小果許其通學摩訶衍道大般涅槃尊極之教已住小果斥廢三修說勝常樂若爾何以不說法華法華破小果滅化城引入實所與涅槃同又迦葉如來二萬燈明皆說法華以爲極唱不說涅槃今此釋迦惡世垂迹宜以異名顯於常樂兩教同極不言法華意在於此又前畨小熟者以法華熟之後畨未熟更以般若洮汰今涅槃熟之釋論云般若至法華後即此義也又歎此教與一期教亦不相乖戒是聖行之首又戒廣攝如文所說與華嚴中初照義同定聖行正與修多羅中定藏義合四諦慧行以大涅槃三修斥小無漏之非與方等彈訶義合二諦慧行真俗相即正與摩訶衍即色即空義合

一實諦慧行即涅槃教可知一期一經次第皆成義不相違以是義故下第三結歎迦葉白佛下第三迦葉自誓文爲三一領旨二憫他三自誓自誓爲四一誓以正報皮骨以爲紙筆傳持五行二誓以依報財力充足飽滿令得宣行三誓以智力折伏攝受四誓於同好傾盡三業而宗事之爾時佛讚下第四佛述其誓又爲三一讚二記三證此初讚也汝今下是記記文有三一記超越行二記成道果三記轉法輪三乃往下引證一引昔次證今初舉昔中有三一陳菩薩昔行二者諸天謀議三者偏試陳解初昔行如文我修如是下諸天謀議二輪者福慧也大仙我當與汝俱往下是第三偏試先譬燒打磨三試次合三試者一說半偈試有智無智若知文義未盡即是有智若不知者即是無智二示可畏身試有畏無畏若心堅固不生怖畏若其浮弱即生怖畏三從索身試其能捨不捨云半偈者但說無常一邊不說常邊故言半偈有爲三相何故但明生滅而不言住一解四句偈進是故略之問若略何不略餘字答此復有義住法不顯生滅遷謝但明始終中間宜略問三相遷法那得有住住即是常常即不遷又與無常異答言是無常之住並三相自是無常而有無常之住亦應有無住之常云文云所說空義此偈明無常那得是空舊解無常未是空但是空方便後云得空一解不然只無常即是空之異名大品云無常即動相動相即空相淨名云不生不滅是無常義今亦無常是不生不滅義文云寂滅爲樂者

涅槃之體非生非滅今此既云寂滅爲樂亦得生滅生已寂滅生爲樂不答任道者是例不任則不例生起相滅除相正取除生除滅是寂滅樂生是起相涅槃無生是故不例超越十二劫者出曜佛藏等經皆云超九劫或云根緣不同佛爲增減說之次善男子汝今亦爾下證今云云

大般涅槃經疏卷第九下

音釋

賸（石證切多也） 頞鞞（梵語也此云馬勝頞烏葛切鞞頻脂切） 邯鄲（邯河干切鄲都寒切邯鄲縣名） 醍醐（醍杜兮切醐洪孤切醍醐酥之精液也）

大般涅槃經疏卷第十上

隋章安頂法師撰
唐天台沙門湛然再治

梵行品

諸師謂梵行四心爲體聖行三品爲體引經云說四無量是梵天道名轉梵輪說四諦是第一義天道名轉法輪又師言慧定戒爲梵行體七善悉知知即慧也四心是十二門禪即定也後明持戒得失即是戒也若然與聖行何異異者梵是化他聖是自行聖以慧爲正戒定相成梵以戒爲正慧定相成聖是聖人所行梵是淨道道通凡聖聖先戒後慧梵先慧後戒是爲梵聖異也又師言因果是梵行體梵者言淨是涅槃因能得涅槃故以因果爲梵行體義皆不然若四心爲體斯乃梵天道非大涅槃若三品爲體雖異聖行不出二乘非大涅槃因果爲體者尚存因果云何名淨非大涅槃若非大涅槃是誰梵行名義無取故皆不用今言梵者名淨淨義有三謂淨淨不淨淨非淨淨非不淨淨云何淨淨所謂七善四無量心三品六念如是等法悉是出世涅槃淨道今以梵行徧淨諸淨文云誰是一切諸善根本當言慈是名淨淨云何不淨淨我說是慈有無量門所謂神通調象調狂治眼治創慈游世間悲入湯鑊慈善根力無所不現使諸不淨悉皆得淨是名不淨淨云何非淨淨非不淨淨所謂大乘大般涅槃非因非果非自非他非染非淨畢竟清淨即是如來常樂我淨文云慈若有無是有是無是聲聞慈慈若有無非有非無如是之慈

是如來慈如來慈者乃是非淨淨非不淨淨若此三慈縱横並別非妙非淨即一而三即三而一不可思議乃得名爲清淨梵行從三得名名梵行品文爲二初明梵行次歎經初梵行爲三先七善次四心三持戒初七善中二初徵次釋釋中三標釋結標則標章唱數列名此七善者前三通自他次兩專自行後兩是化他若傍正言之正是化他傍是自行釋中二初明別七善次明圓七善別七善中即爲七章初釋知法者法通自他以知法故能自行化他此章亦有標釋結初標如文次釋中二先列次釋釋中十二部經爲十二段初云修多羅者舊云無翻五義訓釋或云契經是用此代彼或云契經是正翻開善云但通無別莊嚴云有別即是偈頌長行引成論云祇夜頌修多羅祇夜者具足應云路伽祇夜祇夜翻爲句亦云頌開善云等句莊嚴云等頌光宅云重頌是頌長行之偈受記者梵云和伽羅那論云解義經此翻受記即授六道三乘等記伽陀經一云不等句二云不等頌三云直偈即孤起偈所言除修多羅者除別相被頌長行又言及諸戒律者又除戒律中有此偈知前有長行無長行者即是孤起優陀那論云無頌之長行經云無問自說因緣此偈出法句尼陀那論云本末次第即因緣經阿波陀那論云即譬喻經伊帝目多伽論云一竹伊帝目多伽開善翻如是語莊嚴翻爲本事言我所説名界經者各有界別欲明各有封印名如是語闍陀伽論云本生然本生本事不異即合第九爲本生第八爲如

是語開異者第八名本事第九名本生毗佛
略者論云廣今經方廣亦云鞞佛略直廣是
小乘中名方廣是大乘中名阿浮達磨即未
曾有優波提舍即論義亦云大教亦云解義
大乘中没解義名光宅以前和伽羅那名解
義謂解受記義云云菩薩若能下是第三總結
次釋知義者即知十二部經所詮之理今明
此解極略應言解十二部經空平等義又於
一句解無量義又解畢竟清淨義若解三義
義勢則周第三知時如是時中任布施善即
是化他餘句多是自行四釋知足下兩善是
自我五自知者諦視善不善如曾子曰吾日
三省吾身六云何知衆下兩善皆屬化他知
衆者應備知十法界衆文中略舉人及二乘
於一一衆施三業化但略舉身口人化他多
用身口少用意是故略之七知尊卑者應備
知十界尊卑文亦簡略不信是闡提即地獄
界此則極卑不往僧坊無事中福德即餓鬼
界不禮拜是憍慢即畜生界不聽法不受法
訓諂曲狠戾即修羅界不至心聽散善不專
即人界不思義者雖至心聽不能思義是天
法界不能修行但有聞思無有修慧是二乘
方便道淺劣皆卑但求小乘無大志願雖復
發眞此亦爲卑若求大乘此乃爲尊次第相
望乃至圓別是佛菩薩界如是節節迭爲尊
卑善男子去即第二明圓七善舉兩譬者如
意珠譬圓生善甘露譬圓滅惡一善一切善
無善不備一滅一切滅無惡不除故舉兩譬
先譬次合譬可見次如是下合譬云於人天
中最尊最勝若直以世人天解者未爲允當

於賢聖人天中尊勝乃應合文善男子是名下第三緫結能具七善即梵行中之一品第二明四無量心者亦名四等無量從境四等從心何者前境非一故名無量在境雖多我心一相故名爲等通而爲言境亦名等心亦無量云文爲二初明四心後明心果初辨四心又二先明次第四後明圓四次第又三一略標二論義三領解初標如文次迦葉下論義先問次答問開五難一難四心應三二難四心應一三重難四心應三四難四心應二五重難四心應一合而言之亦成三難第一與第三難四令三第二與第五難四令一第四一難難四令二且依經文而分五難第一以兩心無異同能治瞋應同是一喜能與樂捨能除癡是故但三不應有四慈有三緣下

第二皆同有三難令唯一先唱三緣次釋三心三緣深淺但爲一義然約境雖異緣心無別如緣貧窮即衆生緣知此貧人應須衣食即是法緣若知衆生須知如來受第一樂則無所須即是無緣能緣既一不應有四故只是一緣五陰名衆生緣者五陰從何而生緣所須物而施與之是名法緣若緣如來不須此物即是無緣欲明緣境心偏乃至上緣於佛況復餘境慈之所緣下第三擧三緣難衆生境淺法空則深無緣兩無是故極深既有三緣寧得有四只應有三成論人云緣生是生空緣法是法空緣如來是平等空此失文意文云緣衆生者緣於父毋妻子願與其樂何時云空人有二種下第四難人有二種見行利根愛行鈍根利人好瞋爲教鈍者十偏

不解是故生瞋爲此義故須修慈悲以捨瞋心鈍見利者恒生嫉妒所以令其修於喜捨即除嫉妒若爾只見有二不應有四夫無量者下第二以名字離合作難既言無量豈得唯四既其但四不應無量若無量者唯應是一次如來答爲二先破定四之執次答無四之難初有三一明教門廣略不定二明反常不定三明治惑不定既其不定何必須四初約十二因緣不定爲答或十一乃至二一因緣隨機利益不可爲定除生一法者河西云薩遮尼揵聰明鍱腹頭戴火冠來至佛所其心高逸不聽佛法密迹杵擬怖方聽法其父是梵志毋是尼揵俱共出家以從非法父毋生故唯此爲恥餘無所憚佛將護之故除生一法唯說十一爲迦葉說以辟支根利復無忌諱具說十二善男子如來方便下第二反常不定或謂口密不定佛實具足常樂我淨亦說無常不淨生死實是無常不淨亦說常樂我淨善男子或有衆生下第三治惑不定謂身密不定作轉輪王施財是捨與五欲樂是喜作僕使趨走是慈訶諫是悲善男子是無量下第二答無四之問又三前總後別總又二初舉二事次總非前問舉二事者前舉體異次明用異初體異者得報不同慈得徧淨悲得空處喜得識處捨得不用處處異故治惑不同如是無量伴類下第二明用異者貪取人物慈與人物瞋與人苦悲拔人苦嫉忌人樂喜與人樂癡長憎愛捨亡愛憎以是義故下二總結前非非一者非第二第五非二者非第四非三者非第一第三如汝所說

下第二別答五問即爲五章此初答第一治惑難唯三無四今明雖同治瞋瞋有輕重是故成四有六復次如文是故迦葉是無量下答第二同緣難治惑不同伴類有四何得令同有三緣但共爲一復以器下答第三淺深難難令有三今明隨用有四豈逐行爲三或言器是境以行分別下答第四據人利鈍難欲明雖有兩人而有四行不得爲二以無量故下答第五名字難爲二初列四章門次廣解釋欲明無量有四句何妨得有四種無量迦葉白佛下第三領解如文世尊頗有菩薩下第二明不次第即圓四心又二初料簡小慈次顯大慈此之大小小亦不小不可以凡夫爲小二乘爲大二乘爲小菩薩爲大何以故凡夫二乘俱不住於大涅槃故今以次第慈爲小不次第慈爲大此兩俱住大涅槃故有人以似爲小眞爲大此亦不然次第似眞俱小不次第似眞俱大故簡小有兩問答初問有菩薩住大涅槃有慈悲心非是大慈不此正問次第梵行次佛答爲三一唱有二釋有三結有初倡如文次釋有中二先出境次明觀初境有九品寃親中人各有三品或謂中人唯一但七中人於我無寃無親不須開三一往如此然此中人不無愚智貴賤之殊故可分三便成九境即有九慈次是菩薩下正明修觀若全未修但欲與其三親三樂三寃三苦三種中人不與苦樂若初修慈於三親中與三品樂於三中人與三品樂於三寃人上寃與下樂中寃與中樂下寃與上樂第二修時上寃與中樂中下兩寃與其上樂

第三修時三寃併與上樂未是親中三種之樂第四修時即以中人下樂併與三寃第五修時以中人中樂併與三寃第六修時以中人上樂併與三寃第七修時以三親下樂併與三寃第八修時以三親中樂併與三寃第九修時以三親上樂併與三寃是名上寃與增上樂爾時得名慈心成就又直取三品樂與九種境初入觀時三親與三樂第二時中親與上樂下親與中樂第三時下親與上樂第四時下中人與下樂第五時下中人與中樂第六時下中人與上樂第七時上寃與下樂第八時上寃與中樂第九時上寃與上樂是名慈心成就今文中但略有四畨入觀初畨三親等與上樂此總三親以爲一畨別開三寃以爲三畨若明修觀實有九品修習不同而今文中但明三品善男子是名得慈下第三結有世尊何緣下是第二畨亦先問次答答爲三一倡難成二釋三結初文但次何以故下釋先法次譬凡舉四譬如文惑彊慈弱不得名大違惑慈成方名大慈以是義下第三結善男子菩薩住初地下是第二顯大明圓四心方是大慈文爲二一明大慈二明虛實初大慈又三一正明大慈二明兼用三明善本初正明大慈又三謂倡釋結初倡如文次釋中意者上來於上寃與上樂未於闡提與其上樂今此圓慈緣於闡提但見實相不見其過故不生瞋方是大慈三結如文善男子爲諸衆生下是第二明慈兼用者若慈但與樂悲唯拔苦則非兼用今明慈亦拔苦悲亦與樂捨中亦二如文唯四無量心下第

三明善本爲三初爲六度本次爲發心本三自相本迦葉白佛下第二明虚實開善謂爲實觀亦先問次答問爲三一奪難二縱難三遮難初奪難者又二先法次譬初法者明雖欲拔苦實未拔若皆是虚言雖欲與樂實不得樂此是假說次舉譬顯亦如比丘作假想觀觀羹爲薉而實非薉雖言與樂實不得樂世尊若非虚妄下第二縱難縱有實益何以不見得安樂者若實與樂今佛菩薩無量無邊何以不見與衆生樂若當眞實下第三遮難佛若答言是虚無實如來亦由往昔行慈得爲梵主最勝最上何得無益是故遮云不得無益故名遮難次佛言善男子下答前三難初答遮難次答奪難三答縱難初答遮難爲二先歎其遮次正答答中四偈爲三初一

行明大慈次一行大悲三兩行格量實能與樂功福無量善男子夫修慈者下二答奪難又二初倡眞實故舉聲聞假想之非顯菩薩是實云何知耶第二廣明是實又五一實能轉境二實能治惑三實能善本四實能徧諸法五實不可思議初爲三一倡二釋三結初如文釋中意者解此有二一實能轉境二但能令見若轉金爲土則可實轉若令衆生爲非衆生但能令見一師云經云能成云何二解菩薩非但能轉金成土亦轉衆生成非衆生非衆生者即是草木轉非衆生成於衆生若言衆生本來虚妄無所有者當知衆生有非衆生若言諸法有安樂性即非衆生亦是衆生情與無情有性無性準此可知私問若衆生與非衆生實更互轉情作無情無情作

情是義難信若不實轉聖力徒施總而言之只是諸佛菩薩自既依正不二而二二而不二能令衆生亦復如是此則永轉若暫轉者不無斯義亦令轉者不自覺知況復慈即如來如來即慈慈即佛性佛性即諸法敬請後德思之思之復次善男子下第二明實能治惑又三謂倡釋結舊云四等但是功德猗樂相伏非究竟斷此中四等即是般若即是能斷復次善男子四無量下第三明實爲善本又二先明能爲大乘善本次明能爲三乘善本初又二初明通爲一切善本次明能爲布施之本初文可見善男子菩薩下二偏明爲布施之本又五一正施本二無相爲得三有相爲失四明一心即四心五廣發誓願初明施本舉八事爲下八事作本如是施時下第二明無相爲得又三初總次別三結初如文次別中云不見因果者施時是因得報是果得果是常不得是斷菩薩皆不作如此施三雖復下結如文善男子菩薩若見下第三明有相爲失爲三法譬合法如文譬中人譬淺行菩薩箭譬慳起眷屬請醫譬知識勸施言且待者譬不肯時施我當觀者取相分別毒箭誰射譬分別福田若持若犯何箭竹柳譬分別施物何物可捨何物不可所有毒者譬執施之人竟不知施而命終者既不得施爲慳所蔽斷善根命合譬如文復次善男子下第四一心即四顯圓慈相明行施時具有四等施時生慈及以起悲施時心喜施已是捨菩薩於慈心中下第五廣發誓願凡有八重初明施食乃至燈明初三如文第四施衣云

離身一尺六寸者一依理云裂諸見衣除十六知見二依事云面各四寸即一尺六第五施華香中云無戒者是無戒之戒非是不受及受不得之無華嚴云如虛空戒無所依戒大集云無所住戒見住戒非故言無作戒者非是非色非心之無作乃是此戒不作生死涅槃之戒餘如文善男子一切聲聞下第二爲三乘本又三初明三乘次一切法三總結以此章用慈攝一切法無法不徧圓慈之義轉更明顯然善本者即是利他利他之中慈悲最勝初文即是三乘菩薩摩訶下第二別列一切法不淨與出入息即是二甘露門七方便者數師云一不淨二別相三總相四煗五頂六忍七世第一論師云一色若二色集三色滅四色道五色過六色味七色出三觀處者謂苦無常無我此小乘名若大乘者觀十二因緣苦業煩惱以爲三觀又瓔珞云明三觀者二諦觀平等觀中道第一義觀云云無爭有三解一云慈心成故無爭二云空解明故無爭三云隨心覺照與物不爭本際智者二解一空解爲本際故阿若憍陳如名了本際二以邊際智緣延促自在爲本際智以是義下第三總結善男子能爲善者下是第四實徧即是諸善亦是徧於一切善法明圓慈轉顯又二先明即大乘諸善一十五句次明即小乘諸善有十六句初十五句句句中皆結是如來慈慈若無常下是第二徧小乘善法十六句亦句句後皆結是聲聞慈善男子慈若有無下第五明實不可思議又四一歎大慈體二歎行慈人三歎詮慈教即大涅槃

四歎說慈主初歎慈體舊有三解一云衆生慈緣有法緣緣無無緣緣非有非無二云初地至三地空心多故是無四地至七地有心多故是有八地至十地有無並觀故云非有非無三云同據佛果妙有故是有無生死界故是無冥真故非有非無今言不然緣五陰法如何是無若是無者即應入真旣不入真何得是無有若是無無緣何異又初地至三地豈一向空又非有無豈皆佛地今文歎於行慈之人但行慈者皆有雙非不必唯佛此乃正明梵行中意若緣淨淨是無若緣不淨淨是有若緣非淨非不淨是非有非無不並不別又緣於三諦緣真故無緣俗故有緣中故非有非無中論云因緣所生法即空即假即中道義問四句是戲論何以釋經答定性四句即是戲論假名四句非是戲論菩薩住於下第二歎行慈人是大涅槃下第三歎詮慈之教諸佛如來下第四歎說慈之主迦葉白佛下第三追答第二縱難前難云慈悲若實應有利益故更牒問請答還復進退兩難一就實修慈爲難若佛實修應與衆生何以衆生不得慈益若慈不能與衆生益慈即無用答又三初明實有益二引事證三結歎不思議初又三前倡有益次善男子下釋益三以是義故下結益初如文次釋益若定業不轉則不得益若不定業則得益也雖是定業若修善者還成不定如定壽八十此不可轉若中間非橫慈即益之云何定業如初與殺起重毒害殺時決定殺後暢快並起恚心此業即定則不能與樂若不定者慈能與樂問

業自不定自應得樂何須慈與答業雖不定或轉成定若得慈益轉重爲輕見虎豹等自然生怖者喻行慈者人見生喜善男子我說是慈有無量門下第二引事爲證凡舉八事慈運神通以救衆生初事中文云謂呼是血者有三解此是十二年前未制壞色故純著赤二云五部不同十誦一衣三種雜點五分四分三隨著一謂青泥木蘭木蘭赤色三云三色衣中一衣即用三色點之如大豆許但諸弟子併著點衣但其點雖小遙望猶赤次五事可見第七事初云憍薩羅舍衛者或有言是一國異名或云憍薩是附庸國其國有賊故波斯遣兵善男子下第三結歎夫無量者不可思議乃是通歎菩薩所行不可思議歎次第慈諸佛所行即歎圓慈是大乘典即是歎教皆不思議俱會一圓言語道斷心行處滅不可說不可量

梵行品之二

起卷是第二明四心果又爲二初明三心極愛地果次明捨心空平等地果舊二解一云三心未成但共一果一心已成獨得一果二云三心同是有行故共一果一心空行獨得一果義皆不然三心未成何以得果又四心同緣衆生同緣於法同是有行同緣無緣同是無行有無既同三一應等今亦一往別圓兩判別者即理而事慈悲喜三與愛相扶故制一果捨心扶空故獨一果若圓判者上明一慈即悲喜捨圓慈即徧一切諸法無法不收果豈隔別特是文略亦是互現云云一子地文爲二初明地果後論義初先倡章門次解

釋初文舊云是性地二云八地巳上三云是初地今明不然先明聖行即是自行巳云初地此明梵行即是化他先之自行巳入初地化他何容但是性地何容超至八地巳上斯皆若過若不及正是初地證化他果云何此地去是解釋先標兩章謂極愛一子然極愛故一子一子故極愛不應有異而今分別極愛就心一子就境子非我内故言外境次釋中凡舉五譬初譬釋極愛四譬釋一子結判分明初如文譬如父毋下第二譬菩薩見諸凡夫起惡因是生悲如人小時下第三别譬發心學人起於取著土塊等譬五陰下文合云身口意業左譬實智右譬權智又左譬足覩右譬智拔捉頭救其身非挑出救其口過譬如父毋下第四别譬衆生感於苦果故言

同生地獄譬如父毋下第五通譬救因果迦葉白佛去第二論義兩番問答初番論義次番領解初中先問次答初問爲二一直申不解次若諸菩薩下正是論義或云五難或云三難一難殺婆羅門二難駡提婆達多三舉須菩提爲況初殺婆羅門又三一何故殺二應護念三何不墮獄若使等視者是第二駡調達三舉須菩提小乘況大小乘尚乃護生若此况佛果满猶有殺駡若慈何故令人增長煩惱汝今不應下第二佛答答前三問但不次第初答況難次答殺難三答駡難問何故不次答只是逐近何必須次是例甚多然況難最劇何者説師無慈不及弟子是故前遣仍訶責之言其不應先總訶次舉七事别别訶之初言蚊嗎者鳥口尖者曰嗎蚊口似

此以類名之中五可見云最後文中更有多事於中云寧與毒蛇等總寄迦葉誡制愚蒙善男子如汝所言下第二答殺難還酬三意今初答何故殺而實非殺廣舉六度文為三先牒問次正答三結實不殺汝向所問下酬其護念問亦三先牒問次我時已得下是正釋上迦葉問未得不動地時得破戒不佛答言得此中答云殺時已得一子之地二文云何一解云上問家問未得佛答云得地及破戒二解云上言未得未得於真此中言得即得於真舊解云是見機殺故云無罪河西云一大悲心恐其墮獄二為護法其既謗法是故殺之令免謗罪三為滅邪見四生其信心作此觀之亦似實殺與皇云是示現殺如前童子盜聽如後罵於調達今問若是化殺豈有地獄三念甘露十劫之事若皆是化如來所作為利益誰若俱非化童子死已後生何處故知二解不可偏用若得意者理在其間三以是義下結善男子若人掘地下三酬其不墮問又二一更反問二迦葉答如文佛讚下第三正答又三一歎述二簡內外諸殺三會通所問此初歎述明惡心殺草尚得罪者若無惡心殺人無罪婆羅門法下次簡內外初簡外殺如文佛及菩薩下簡內善男子若有能殺下第三會通言殺無罪者下文云施一闡提得千倍報施一餓狗得百倍報而此中云殺闡提言無罪者互明與奪若據闡提現在無善害之無罪過去五戒感報人身勝於畜生故報千倍汝上所言下第三答其罵難亦為三牒問正釋結會初如文次釋中引

昔七事為證又為二初緫略述意次如我一時下別舉七事我於爾時下三結會所問迦葉白佛下第二領解又二先領次述成四味者即四諦味出是出苦味離是離集味滅道如文迦葉白佛下第二明捨心果文為二初明空平等二辨知見所以然者即寂而照即空而有即實而權上三心果即事而理而後結云諸佛境界即事而理與今互顯初又三一明平等果二辨空義三明利益初文先問後答答中二初略明空門果後廣明空門果歎須菩提者於聲聞中解空第一舉小況大以明地體舊有二解一云七地引經云七地能入寂滅二云八地空有並觀故是平等今云初地與一子地理同能異故立別名何得淺深例聖行中戒定之果同在初地善男子下第二廣明空門果又三法譬合初法說具明人法二空不見父毋等即是生空不見陰界即是法空而復言衆生壽命者更牒前生空次譬如虛空下舉事空為譬一切諸法下合迦葉白佛下第二廣辨空門義又二先問後答答又三一列十一空章二一一解釋三結初文者若大品明十八空或論七空今處中說故但十一然大品廣空而略性此經廣性而略空緫其二經互顯其美菩薩云何下解釋十一空舊有二說冶城云前六空是互無空性空下五空是任理空任理是眞諦空互無是世諦空莊嚴用之開善皆是理空而廣斥冶城仍分為四初六是假名空次二是實法空次一是平等空次二是佛果空以修行有漸故觀師云此十一空皆是破病引釋

論云如藥有十一破十一病空十一有名十一空亦得皆明理亦得言前八是破病後三是顯眞今明羅列十一界分不同即世界緣宜十一說之生善是爲人治十一病是對治聞一一空即能見理是第一義通方融治豈應定執私謂經論不同不逾四悉該括漸頓融通顯密豈逾於斯此十一空即爲十一段初文明内空云無外法外空無内法治城呼爲互無空開善明外空時例解内法亦空内空時亦例解外法亦空知有爲是空時例知無爲亦空知無爲時有爲亦空有人評此二解謂治城於文爲得於理爲失開善於理爲得於文不便有師言待内明外既無内即無外此還扶開善解文解内空無有常樂三寶等後文又云如來法僧不在二空解言前云

無者無理外橫計後言不無者即理内正法若釋内外空作互無釋極不相應若作相待意則易見既待内外得離内外以爲二空既無内外即無内外合爲一空有爲空者如内外空無爲空者而言佛等四法非有爲非無爲即中道正法無始空者一云破外道冥初故言無始二云遠討其根無初來處非今始空始破明無無無有始性空一云破性説性空二云本性皆空如貧窮人一切皆空舊云從眼生滅去就法空明第一義從何等去就人空明第一義開善云何得用於淺近生法兩空釋大涅槃又諸經無不前明生空何故此中前明法空觀師云眼生時無所從來即不生義滅時無所去即不滅義還是中論兩不之義若眼是有不應本無今有已有還無

推其實性無眼無主推一切法亦應如是

大般涅槃經疏卷第十上

音釋

鑊胡郭切鍋也　很戾很下懇切戾郎計切　嫉妒嫉昨悉切妒當故切害賢曰嫉害色曰妒　鍱弋涉切鐵鍱也　憚徒案切畏也　劇竭戟切甚也　雋即委切喙也

大般涅槃經疏卷第十下

隋章安頂法師撰

唐天台沙門湛然再治

梵行品二之餘

問第一義空何得有業有報答此寄有以明無寄無以明有不有不無即第一義空空者爲三謂歎釋結歎者此是凡小所迷沒處是有是無正釋也一云是有是無是二章門後言是是還牒上兩是又言非是者兩是皆空二云上明有無兩境皆空下明權實二智皆空是是即權智非是即實智今更作三句責爲空境名空空爲空來空智名空空爲空來空能空之法名空空耶若直空境空智此猶是偏未得名圓若將空來空空乃是圓正中道之空大品云一切諸法悉皆是空是空亦空有兩師不同一云一切法空者空猶未妙今更將空來空此空二云不爾前一切法已是妙空今空亦空只能空之法亦空河西同後解故云或謂萬法雖空而智體不空遣破惑情故曰空空是有亦空是無亦空下句即云前計旣空智不獨有眞悟之心理無並照雖無並照遣義可知有漏空無漏空人多重無漏空將有漏空輕有漏空無漏空二空體一豈應輕重萬法旣寂智體又空蓋謂妙空非二乘所及有人言大空即般若空者色大故般若大釋論解大空有事理事者東方空乃至十方空理者即涅槃第一義空大品指涅槃涅槃般若更互相顯今約三諦釋十一空内空者眞諦空外空者俗諦空内外空者即二俱空有爲空者生死俗空無爲空者涅

槃眞空無始空者三諦相即不見元祖名無始空性空者三諦體性本來自空故名性空第一義空者眞即是中中即是眞名第一義空空空者一空一切空大空者三諦俱空後歎文亦約三諦爲歎三諦相即諸凡小聖所迷没處是有是無者雙照二諦故言兩是一一諦悉備眞中故言空空是是非是者單照一諦即具空假空故是是假故非是即備中道故言空空若雙若隻若三若一皆不可思議具足無缺故非凡小所議善男子菩薩下第三結歎我今於下第三明利益又二一明悟空二住是地已下說功能即是前離後得之意善男子菩薩住是地中去第二廣辨知見知見廣遠良由空寂亦是即寂而照文爲四一明知見二無所得三會通四結歎即寂而照故明知見即照而寂故無所得得無所得其性不二是故會通此法奇特是故稱歎初文爲三一知十三法二得八種知見三得四無閡智初文云行即是心緣即是境性即是內相即是外親者爲因疏者爲緣復次知而不見下第二明八知見一知非處二知是處三知共行四知因果五知轉障六知佛性七知二諦八知二智知外道邪法是知非處知善惡報是知處知常無常四德等是知共行求大乘是知因到彼岸是知果身戒心慧是知轉障佛性爲三一據凡夫二據十住三就諸佛不知不見是知眞亦知亦見是知俗惠施等是知權不見所施等是知實迦葉白佛下第三明四無閡智又二前問次答答爲三一章門二釋三料簡初如文次釋爲五一

就世諦釋二就出世釋三就無著釋四就譬釋五就往因釋初世諦釋者法者知法及法名字義者知法下義及名下義詞者音聲清雅分別了亮樂説者能宛轉變换無窮無盡隨字論者定其文字善識字體正音論者正其音詞分明切齒闡陀者法句論亦言合聲如合聲唄河西云即是此間詠歌聲也又言唯是外法未必全爾乃是偈聲通於内外復次下次就出世釋者知三乘義悉皆歸一三就無著釋爲二初釋次論義他云是遣執釋今依難意爲無著釋迦葉下論義先問次答初迦葉難意云知即是著佛答以無著故知四就譬釋中初舉六譬釋法無閡解還指六譬釋義無閡解言地持者持衆生非衆生勝鬘云大地持四重擔謂山海草木衆生彼廣此略山取壓地地取安山互相持故眼能持光有二解優樓迦計眼光與意合時能見借此爲譬二云非借外義眼有清淨四大之色因外光能見善男子菩薩下五就往因釋善男子聲聞緣覺下第三料簡又二初料簡後論義初爲三一明二乘無無閡二别釋三總結初如文次别釋中先釋緣覺次聲聞迦葉下二論義先問次答答爲三一正答二開昔權三顯今實如文迦葉白下第二明無所得知見又三一明無所得二引偈證三無得而得初又三一問二答三領解問又三初領指前文前文已遠故言梵行次菩薩知見下正難三云何如來下結難佛答又二初歎其問次正答又二先正答次結正簡邪初正答中凡十復次得無得相對得者非謂得中之得

乃是無得之得此無非是析滅之無是體達
無十對者所謂得無得倒無倒智慧無明涅
槃諸有大乘小乘方等三藏眞空生死常無
常眞空五見菩提二乘次善男子汝之所問
下結如文大品明諸有二者是有所得諸無
二者名無所得云云迦葉白佛下三領解又二
有領解有得益次引偈證者如來上云於此
正在雙樹云何更指雙樹解言直是語法未
必別處指此雙樹二云見聞不同寧有定所
假使異處指此何妨此偈是第二出釋得無
得文爲二一舉偈請問二釋偈爲答答爲三
一別釋二總釋三結釋別又三一略標二重
問三正釋釋中二先誡許次正答答中凡有
八番前六番正釋後二明不果得說一一並
前釋上半後釋下半又須望下總釋之意舊
釋此偈本有煩惱即是昔本今無涅槃即是
昔今不得云是今日之今何者今有涅槃故
若天魔梵說言如來有煩惱者無有是處此
乃今日佛果不爲三世所攝如此釋文一往
得去不遣他難只爲昔日有無無常後乃是
常還是本無今有焉能遣疑與皇云本無今
有皆是隨緣本有煩惱非有說有今無涅槃
非無說無若天魔梵能解此者說言如來有
煩惱者無有是處遣難釋文二塗俱了今謂
乃是總答中意若別釋文猶自未去此之偈
意爲化衆生衆生唯作善惡之見謂昔有惡
今則有善二乘作眞俗不一之見菩薩作三
諦各別之見文殊作三諦相即之解亦是四
門四悉等解豈可只作如上諸人一種解耶
私謂如來自作八重解釋佛意乃將此八爲

式當知其義徧一切法若如諸師各一種見佛何不唯一種釋耶欲許諸師一一皆是若欲非之假使諸釋寧得佛意略如章安四悉故悉是離悉故俱非故知四出則四是各計亦四非四非故一切俱非四是故八番皆是故更總釋以總冠別方稱佛旨四悉四門具如前釋如來普爲下第二總釋總成前意故知言有不有言無不無皆爲利益悉皆無定隨國土人其相不同是故輕重犯不犯異善男子一切世諦下第三總結釋皆以生死爲世涅槃爲第一義有時說世謂第一義或說諸法空寂即是生死謂說第一義或說妙有常住即是第一義人謂是生死如來說空欲明不空說有欲明不有衆緣皆作有無之見善男子是故汝上不應難言下第三明無得而得又三先標次問三答初標如文次問中二先問次難初問者若有得應是無常自有法譬合夫道者非色下次難若常則應無得三佛答爲二先答初問次答後難初文先汎明道有二種常道雖得而非無常道與菩提悉皆名常下第二正答今云道定圓常本來有之爲惑所覆斷惑復本義言其得得而是常次善男子道者雖無色像下答後難爲三法譬合初法說次如衆生心下譬說然實是常能修者得不修不得善男子見有二種下第三會通又爲二一會通二論義初會通者會前所說知見等法皆有似眞似是相貌了了即眞眞又爲二一菩薩了了二如來了了此下盡卷是會通兩章如文

梵行品之三

起卷是第二論義有問答問爲二一問同世間二問異世不知答爲二先正答次結初答爲三初明異世間二明同世間三非世非出世異故即世間不知不知十二部經或同者世間橫計微塵等生計世界有邊爲終無邊爲無終皆墮斷常舊云無始無終有兩解一云無始無明全無始終二云無始無明有始有終無有一始在此無始之初者故知有始而復終於佛果此之兩解同於此中橫計斷常十一空中明無始空爲破此始亦破此終於如是事下第三明非世出世若菩薩知謗言不知即是謗人言無菩提即是謗法次結如文爾時迦葉下第四說偈結歎他云初半行歎大慈次一行半歎大悲後兩偈結歎今謂初半行如前次半行歎大悲次世醫者一行半歎大喜喜之所離故言不發喜之所得故言甘露衆生旣服下半行是歎大捨次一行結歎如文說是偈下是第三明戒爲梵行開善云前明深梵行此明淺梵行是義不然以戒爲本故能化他就文爲三一持戒二護法三六念以持戒故能護法以護法故能修念次第相成法爾故也持戒爲二初略明持戒次廣明得失初文有問答問爲二初領旨後正難難中爲兩先難同世若世間不知見覺菩薩亦應不知見覺次難異世佛答有二先開兩章次釋兩章汝言有何異下釋兩章門先明不異即釋同章有同有異不一向同如文菩薩聞是下第二釋異章門又二先明聞經故得三法次明三法相資初文具明三法皆戒爲本以修慧下第二明三法相資文

略故但言二初明慧資戒二明戒資慧迦葉復言下第二廣辨得失有問有答答又二先舉不淨持戒不能相資次明淨戒正答問初文又二初明不淨次無相資有四不淨一爲有如難陀云二性不定或時能持或不能持三非畢竟不能從始至終永永長持四不爲衆生無廣大意自局在已不兼利他菩薩摩訶薩下第二明於淨戒正答其問亦二先明淨戒次明相資初淨中四淨對前四不淨戒非戒即對前無始終戒非戒非是五戒律儀等乃以無戒無持爲戒此是畢竟淨戒於戒淨中下第二明相資之力又二初三法相資次五法佐助相資中次第傳傳釋前句於中二初因戒故釋不悔又有法譬合譬有三譬次以淨戒故下次釋歡喜又二先明三相次明悅樂初文爲三初明持喜二明毀憂三雙明二義前二各有法譬合於第三雙明持犯中二先譬次合初中牛譬經教女譬稟者酪餅譬破戒漿餅譬持戒至城欲賣譬俱求當果以因貿果云脚跌譬命終二餅俱破譬身壞憂喜譬持毀漿餅者已𤛓得酥止餘漿汁所直不多不得亦閑譬持戒人已修得道只餘殘命命存亦善不存亦閑若也酪餅全未𤛓酥失酪酥亡譬破戒人未得修道此命若終其道亦失是故憂畏次持戒下合如文次心歡喜故則便思惟下釋悅樂又二初正釋後論義論義中先問後答答中有四重解釋後展轉深入成大涅槃皆由於戒然五受根中則樂淺喜深禪定之中則喜淺樂深各有所據今同禪支次明五法佐助中言得五涅

槃者即脫五陰涅槃非五脫五陰縛名五涅槃善男子若我弟子下第二明護法護法即是護戒護戒既牢即是持戒持戒不牢由無護法心又二先訶毀法次勸護法初訶毀又三一正訶破戒二訶求有作業三訶是處非處然極猥人無過破戒一無所用文云寧當不受不持不用毀戒而受讀之問上文爲僕趨令讀誦令文寧可不受不持兩言相反者何耶答此各有意前明汲引百方令入今誡人師令無瑕犯初訶毀中不出三業初是訶身次是訶心三是訶口初文者若人受持戒所有弟子亦斆是師自既不正號令不嚴次當正身心下第二訶求有若求三有名爲輕躁不求果報名爲沉審望有修因是則名爲爲有造業三莫非時說下第三訶離是處非處審能弘宣須離此等諸非法處莫不請者然與不請之友相乖釋云事須適時今正須請莫滅法說不持戒說不護法說是滅法說熾然世法說者即是求有造業而說他解多以世典詩書添足令他不信名熾世法令不爾於所說中增長苦集是熾世法善男子若欲受持下第二勸讚護法他云先列十智次勸淨心今初言自他欲受持者信故名受不忘爲持即是自行口所說者謂化他也涅槃宗體行教用果前說佛性爲宗後說見性爲果兩塗並使三業清淨復次善男子下第三明六念大品中明十念八念小乘亦有六念即是晨朝唱者一念何年月日二念戒臘年月三念施食法四念三衣長應說淨五念不別衆食六念有病應治皆各有意今此六念

爲梵行者居於林野有懷恐怖令修六念前三念他後三念自戒施是自因生天是自果戒是止善施是行善天有近果遠果云云就文爲二先唱數列章云何下解釋六念即爲六章念佛章爲二先念佛果後念佛因念因是念往因念果是念現果由何因得今果念果爲四謂兩章兩釋初立十號衆德兩章門次釋十號衆德兩章釋十號是釋名下義釋衆德是釋體下義先列十號章門成論與阿含皆合無上士與調御丈夫爲一號至世尊十數方滿今經與釋論開無上士與調御爲兩至佛則十名已足總結上德十號具足爲世所尊就别釋中不稱世尊但言婆伽婆此是佛之總名將代世尊常不變易下二列衆德章門三以知法下釋衆德章前文皆略直釋

最後大法師一事還以前七善爲釋知我能持戒能説大乘復知中道名大法師知小乘徧道皆非法師云何名如來下第四釋十號梵云多陀阿伽度舊但以乘如實道來成正覺一義以釋如來釋論四義釋如來謂如來如去如解如説依三世佛學十二部經修十一空而得成佛故名如來去離生死永免諸惡即是如去如如而解如如而説亦是説我所解解我所説此中三復次前後二復次是如説義中一是如來義如去在善逝中如解在世間解中云何爲應梵云阿羅訶有三義謂殺賊不生應供此中但云應不言供有五復次爲兩前四以殺賊爲釋後一以應供爲解前殺賊兼不生以破陰魔故即是不生云何正徧知下是第三號又二初正釋次云何

不偏下反釋初文者梵云三藐三佛陀有五
復次前四是佛能知四法皆悉徧故言因苦
行定得苦果者外道苦行後一斥小云何明
行足是第四號梵云毗侈遮羅那有四復次
前一就脚足釋後三就滿足釋皆先舉世譬
次用佛合明者名呪般若是大明呪因呪得
解即解脱也吉者菩提果名涅槃因於菩提
得涅槃故三明者菩薩明是因佛明是果無
明明三解一云無明是惑明是解用明解斷
無明故云無明明二云畢竟空境不當明與
無明而能生明及以無明故言無明明又一
解前分菩薩佛者作異解後舉無明明作不
異解佛與菩薩俱是無明明無明即明云云
何善逝第五號梵名阿耨多羅亦言修伽陀
亦言修伽度有三復次最後復次有法譬合

初中云善名高者辨於高勝逝名不高者雖
出生死而不捨就佛心爲言善知識者即是
道品云何世間解第六號梵云路伽憊世間
有三謂五陰衆生國土此中六復次即六世
間一五陰二五欲三國土四衆生五諂佛爲
世間六照世名世間云何無上士第七號梵
云富樓沙有五復次開斷惑不斷惑義文云
體大涅槃無新無故者過去諸佛已成名故
衆生是當成名新無新無故即無已當此任
理之體達也若爲緣云有新故已當也云何
調御下第八號梵云曇藐波羅提先明丈夫
次明調御丈夫又二先明能調開二章門能
調即如來所調即衆生後釋兩章如來實非
下釋能調實非丈夫方便示爲能調丈夫一
切男女下釋所調丈夫具足四法乃名丈夫

若無四法行同畜生大論亦云人頭鹿鹿頭人云云如御馬者以此四種法釋能調利鈍不同如快馬見鞭鈍馬痛手利人說生鈍說老死如大論野干云云云何天人師第九號梵云舍多提婆魔㝹舍喃有十二復次初兩復次釋師次五復次釋天並用勝義釋天次四復次釋人言憍慢者非惡憍慢欲立丈夫弘護三寶復能破慢次一復次總釋天人師如文云何名佛釋第十號前釋名後歎德梵云佛陀耶亦云佛陀四耶此翻覺者亦言教寤前緣覺者亦同此義故覺應是正如支佛翻爲獨覺不言獨教地人云自覺覺他復言他覺此太煩矣婆伽婆下釋第十一或謂是世尊彼此之異何者前列章云世尊釋章釋婆伽婆故知是也此恐不爾世尊梵云路伽那他此稱世尊龍樹釋婆伽婆爲四一能破煩惱二有功德三巧分別四好名聲今具四義初一復次釋破煩惱次一復次釋有功德三一復次釋巧分別四一復次釋好名聲初是釋破煩惱可見次又能成就下釋有功德成就善法正是功德三又能善解下釋巧分別四有大名聞下釋有聲名餘三復次屬釋功德當知婆伽婆有無量功德功德據內世尊者爲世所尊此即據外今將婆伽婆代世尊非即名世尊文有二義前七釋四義後一復次勸修善男子何故下是二念佛因欲明得果謂久修因文爲二前徵起次正釋釋中二先明六度四等爲因後明五十四心爲因於中云無爲心者非謂常住謂無所爲作無心無無心雙捨此二非但無心亦無無心無無記

心光宅云常住佛果有二無記一知解無記二果報無記即違今經修因之時尚無無記云何佛果猶有無記無報心者不求果報不住心者無住著無常心者無所定執無多少心者不厚此薄彼界知心者分別諸法各有界分生界知心者即生滅界住界知心者知常住不滅界自在界心者於常無常皆悉不生通達自在生界者知俗住界是知眞自在是知中云何念法下第二念舊云二先念別體法唯此正法下念一體法今不爾文云最上最妙能令衆生得現在果若準藏通能得現果而非上妙別是上妙而非現果動經無量阿僧祇劫唯圓上妙能得現果當知是圓一體之法云何念僧下即第三念舊亦爲二先明別體事和僧不可覩見下次明一體理和僧今明不爾文云受正直法三教非直唯有圓僧是正直法云何念戒是第四念雖無形色而可護持者或謂以爲無作之戒自有三釋一云僧祇部謂無無作色故自無無作無作亦無色但有其心故言而可護持二薩婆多謂無作是色即數人所用故自有無作而復有色色非質閡而有無教假色故須護持三曇無德部成論所用無作是非色非心如此等說並是爭論乃是小乘自論有無大乘之中都不明此故上文云有漏之法凡有二種謂色非色非色法者心心數法色法者地水火風何時云有無作色耶云何念施下第五念謂修善因言雜華者觀佛三昧海經云我於雜華已爲普賢賢首等說此土無雜華經唯有華嚴或謂別有雜華不來此土一

云觀佛三昧云雜華者是華嚴云何念天下即第六念或謂當果第一義天今謂不爾通念諸天直是念天不云當果當果天與前佛果無異正是通念此世天境隨義別立故名爲天善男子下即大段第二歎經文爲二初盡此卷歎經生善後兩卷歎能滅惡初生善文爲三一正歎經二歎弘經人三歎興衰此三次第者良由五行能顯於道復有亡身弘道之人人弘故興不弘故衰初正歎經又二初如來歎次迦葉領初佛歎中云十二部經所不及者二解一云小乘十二部二云大十二部亦不及涅槃大乘方等當機故勝又涅槃之中有十二部十二部中未必有涅槃是故勝也今明圓經勝於歷别十二迦葉白佛下是第二領解從世尊以何義故下第二歎

弘經人文爲三一問二答三領問如文次佛答歎菩薩有十三不可思議一能發心二受生死苦三受地獄苦四旋還赴救五終不退轉六度生死海七能稱量生死八能説常住九生死不惱十在胎不亂十一於法不恪十二遠離十惡十三忘於功用不思議者舊云人所不測是義不然如人間事咸所不測豈可以此亂於聖賢今明三諦相即不可以一二三思心行處滅亦不可作三二一説言語道斷雖列十三實非是數名不可思議初不思議中云無有人教自能發心者緣眞發心則墮聲聞理須人教緣俗發心則墮分别須境教之旨不得稱不可思議若緣中道三諦相即則非眞俗不從人境故言無人教者明了佛性故言自發不雜名精入流名進地獄

是舉生死果諸結是舉生死因累劫爲此因果所燒今了生死即是涅槃又了諸結即是菩提非復二邊故名爲一動寂不壞故名決定燒身碎首無非正道内不捨道外不求救此約三諦發心明不思議與止觀中發心意同次第二不可思議文云所見生死無量過患非諸聲聞縁覺所及不生猒離者二乘但知分段少分而不知於變易過患菩薩過之故言不及即俗眞中故言不猒即中眞俗故言不離約照三諦智明不思議此與止觀安心意同第三不思議文云受地獄苦如三禪樂者其文甚略亦應更言受三界苦如涅槃樂此約三諦上障明不思議此與止觀通塞意同亦似大慈第四不可思議文云如長者救子宅譬中道故言旋還燒譬於俗故言火起出譬於眞故言出舍此約三諦行明不思議此與止觀眞正悲心意同第五不可思議文云見諸衆生猒生死過退爲二乘菩薩不爾知生死常不見其過知涅槃近不退取小此約三諦證明不可思議此與止觀道品意同第六不可思議文云聖人神通譬體法智脩羅長大譬次第智人無兩種而能得度譬圓教智非通非次即圓智度此約三諦位明不可思議此與止觀次位意同第七不可思議文云藕絲懸山一念稱量生死者即是稱量一中無量無量中一非一非無量是約三諦法明不可思議此與止觀妙境意同第八不可思議文云無常樂我説常樂我者隨病設藥逗會得所此約三諦教明不可思議此與止觀中對治意同第九不可思議文云不

溺不燒者雖在生死不爲所害第十不可思議文云在胎不亂者前是死不能滅此是胎不能生此約三諦報明不可思議此與止觀中安忍意同第十一不可思議文云菩提與心皆不可說說之無悋此約三諦說默明不可思議此與止觀中通塞意同第十二不可思議文云從身離身等云云此約三諦業明不可思議此與止觀中破法徧意同第十三不可思議文云終不說言我破煩惱此約三諦無能無所明不可思議此與止觀中離愛意同此經明初心菩薩未入位時不可思議意與止觀圓教菩薩十觀相應故用釋此文云慧不能破火不能燒他云如是實法元用實慧是一心故故不能破相續之法即是兩心前滅後起故能破惑復伐於慧若斷惑已無所攻伐故於實法而不能斷然此中歎菩薩弘經何須假實但是推求慧不可得故言慧不能破例如求貪癡不可得故故無貪癡又生來生滅滅不能滅滅來滅生生不能生又生若是常生不應滅滅若是滅滅不應滅諸法例爾此中直歎一切諸法皆無所有智慧亦然不存其相三迦葉下領如文世尊無上佛法下第三歎興衰又四問答一釋尊佛法二迦葉佛法三一切佛法四重結釋迦佛法初問答問如文答中二先明修五行則興多犯戒則滅次迦葉復白下明迦葉佛法亦有問答初問又二先領旨次問初文者賢劫經云迦葉佛法住世二十年今言七日答七日之時與佛在無異七日之後佛法訛替不如在時二十年者明住久近迦葉如來下第二

問又二先難定有不次雙難佛答爲二先汎明有滅不滅次正答所問初汎答中又二先許次正汎答初中云文殊乃解者指本有今無偈欲明滅是不滅不滅而滅次汎答中文相可見次善男子汝向所問下第二正答所問於中又四一明先佛有經二明不須演説三今佛對辨四法實不滅此初明先佛有經次善男子迦葉佛時下二明不須演説今世衆生下三今佛對辨寧説蚊嗎下四明法寶不滅善男子若佛初出下第三通明一切佛法有六雙對辨初解義不解義二有檀越無檀越三爲利不爲利四起爭不起爭五説過不説過六種種説不種種説善男子我法滅時下第四重結釋迦佛法又三一明將滅起爭二明拘睒彌國佛法遂滅三大衆悲歎初文如迦葉品明洛沙者河西云從波羅奢樹出出時純蟲外國以染毛爾時拘睒彌下第二明佛法遂滅因六百起爭相害致滅爾時拘尸下第三大衆悲歎又三初大衆悲歎次迦葉慰撫三大衆悲止發心言聞滅則悲聞不滅即悲止達非滅非不滅即發心故知非滅非不滅而滅而非滅大作利益

大般涅槃經疏卷第十下

音釋

猥烏賄切鄙也　斆轄覺切法效也　躁則到切不安靜也　曇徒含切

逗大透切相投合也　詑替詑吾禾切謬也替他計切廢也　睒失冉切

大般涅槃經疏卷第十一上

隋　章安頂法師　撰

唐　天台沙門湛然　再治

梵行品之四

起卷是第二歎經滅惡之能惡即闡提四重五逆皆能滅之舊解闍王是實逆經力能滅非無此義而密迹經云闍王是方便示現滅逆之方例知調達破僧定非實破亦如善星示爲闡提實非闡提那提犯重亦非實犯此經威力能除重惡令實犯者決定歸依即顯梵行令不淨淨梁武不見謂此段文非經次第名爲客品若得不淨淨意正是梵行不名客品就文爲二前明起惡次明滅惡初起惡文爲三一惡因即喜行殺戮具口四惡其心熾盛具十惡因二惡緣純以惡人而爲眷屬貪著現世去是三正明造惡因害父已去是第二明滅惡又三一滅惡因二滅惡緣三正滅惡初滅惡因又四一深生悔熱二深信因果三母以藥塗四深自鄙悼時有大臣下是第二滅惡緣又二先明惡人爲緣後明善人爲緣問爲惡可以惡人爲緣今論滅惡何用惡人答惡人勸惡不從惡教亦滅罪緣若爾善人勸善不從善勸而作惡者善人亦是作惡緣耶一往亦例如大涅槃亦名甘露亦名毒藥二往不例原佛本心不爲衆生作煩惱緣汝不受勸自是惡緣惡勸不受於汝成善亦由於汝當知一切皆由自心惡人緣約六臣爲六章各爲四別一臣來朝白二王報答三奏王明滅罪處四倡歸依舊或云世王是實此即不可或言是應或法界用然此皆是

聖人權謀世王開逆方便顯經威力能滅諸惡刪闍耶者淨名云夜輕重音耳此是刪詩定禮之字借音胝者丁尼切阿耆多是名挘舍是敝壞衣欽婆羅是古貝衣穽有二音一靜二淨多用淨音字有二體一阜邊二穴下多用穴下爾時大醫下第二明善人緣又二一兄二父初爲四一耆婆問二王答三勸往佛所四羞恥未從初文者耆婆此翻固活童子生時一手把藥囊一手把針筒昔誓爲醫善能治佗從德立號翻爲固活菴羅女之子第二王以偈答偈有十七行半并少長行分爲三初十一行半偈汎明安眠者次六行汎明不安眠者第三少長行正明王不得安眠初文又四初四行明佛得安眠次五行半明菩薩得安眠三一偈結佛四一偈結菩薩初

就佛中二初兩偈明離生死得涅槃次兩偈明離惡過得常住但佛實無眠以無煩惱住安樂性義說安眠心無有取着下五行半明菩薩得安眠三四如文衆生無明冥下第二辨不得安眠又二初三行法說次三行辟說太子未紹位者即是先帝已崩嗣主未立四方未寧不得安眠非謂東宮不得安眠耆婆我今下第三少長行正自明不得眠又二初標次釋初標又二初標病重次言無醫何以故下釋此兩事又二先釋病重次釋無醫耆婆答言下第三耆婆慰喻勸往佛所文爲二初酬前兩意次勸往佛所初酬王意者又二初明王罪輕次示王醫藥初文又四一王有五德故輕二佗無五德故重三結無五德是一闡提四結王有五德非一闡提初有五德

中但四略無近善友一事者以下望上上理應有然者婆正當善友之事故讓不言言四德者一王有慚愧二王能懺悔三王能發露發露與懺悔大勢相似不無小異懺是懺謝悔是悔𠍴言發露者向人説過四明王有信心然四事已定而未信耆婆之言若定信者即是善友爲未定故但言其四若有衆生下第二明他無五德故罪重造罪即無發露德覆藏不悔無懺悔德𠑹㒄抵突無慚愧德不見因果無信心德不能諮啓無知識德云何罪人下第三就無五德結一闡提大王今者下第四就王有五德結非一闡提如王所言下第二示王醫藥文爲二初示良醫次示妙藥初示良醫中言字悉達多者此翻成利善知衆生諸根下第二示於妙藥藥即勝法妙藥良醫灼然在近云何言無藥文爲二一明知根次從去此十二由句是明説法又二初總次别初文是總説法次若有若無是别説法别説又二初約二法次約三法初二法者無有即二諦有爲無爲是煩惱涅槃有漏無漏即四諦煩惱果亦是苦集善法果亦是道滅若色法非色法下次説三種法色非色非色非非色數人云色是十一種色非色即是心心數法非色非非色即是十四不相應行論人云色是十四種色非色只是心法非色非非色即是無作觀師云色是色法非色是心非色非非色即是兩捨第一義諦中道之法此之兩捨只是俗諦豈成中道今明不爾前明二諦次明三諦色即俗諦非色即真諦非色非非色即是中道第一義諦自作自受

可解自作他受下文云無有我作他人受果兩文相害各各有據今且明自作他受他云如因諸人發心令王罪除又諸菩薩所作功德悉施衆生衆生得樂亦是他受今明不爾自作自受自從假入空自作他受是從空出假無作無受即是中道諸文例然下文云若於佛所聞無作無受罪即除滅故是中道王今且聽下第二勸往佛所又三一廣引昔十三事勸二明佛心平等勸三格量福德勸次第者昔爲惡者衆皆見佛得除佛心平等不厚昔薄今初列十三事又二先正列事次大王若能下總結證意次大王諸佛世尊下第二明佛心平等不隔也三大王假使下第三格量福勝爾時大王答下是第四鄙恥未肯信從爾時空中下第二父王爲縁文爲四一空中出聲二王反問三父王說實四世王悲毀初文爲三一佛法將滅故勸大王汝今下二明罪重必招地獄故勸大王我定知下三雙結兩事勸令急往二王反問三父王實答四世王悲毀皆如文問父王已死何由出聲答爲二一云父王得道雖殺不死是故能勸二云非是本父乃是諸聖託爲父言

梵行品之五

起卷是第三正明滅罪又二前爲往世後爲滅罪前文又二一爲往世二論義論義中二先問次答答爲二一正答二密語初答意者同在雙林之衆咸知不滅唯世王謂滅故須云爲善男子如我下第二明如來密語又三一倡密語二解釋三結歎唱密語如文解有六番初明此語多含即是通爲一切二云不

爲無爲無爲三解一云八地已上是無爲衆生二云登地已上眞證乃是無爲三云此文自説無爲者非衆生也當知佛果方乃稱爲無爲衆生又説理内衆生皆是無爲然非但衆師不同經亦不定文云爲者爲一切又云爲五逆五逆與一切不同又云爲未發心者下文又云汝於毗婆尸佛已曾發心發心與未發心不同又云闍王者不見佛性具煩惱人又云闍王者名不生不生者名涅槃涅槃者寧不見性他云夫密語者所解不同今謂如來密語豈可定作深淺遠近如來密語下第三結歎不可思議爾時世尊下第二正爲滅罪文爲二先身次心故云先治王身然後及心以其前言無有良醫治身心者是故放光治身説法治心初治身文爲二先放光次論光初放光如文次王覺創愈下是第二問答論光有五文於中又二初四番論光後一番解月愛初四番中各有問答前三如文最後番亦先問次答答中七子中一子遇病者三解一云通譬六道衆生以有罪者譬於二子二云六住菩薩并外凡爲七外凡是病者三云四果支佛菩薩爲六合取外凡爲七一子遇病即譬外凡起惡者是今明不爾文云七子之中一子遇病何曾的云是外凡病又一切衆生皆是吾子如前諸解或進或退收義不盡今取圓家七方便根性爲七子子之中起逆過者心則偏重云六住二解一云即眞解六地二云似解六心後番解月愛先指如來所入三昧次問次釋出於中皆先舉月爲喻凡六番如文王語耆婆第二滅其心罪

又二先明滅罪緣次正滅罪初文爲四一自
未發二受勸而往三如來稱歎四至佛所初
明未發有二番問答一王不能發耆婆勸往
第二番論一闡提先問次答答中先譬次答
初譬中爲四一闡提斷善二根緣感佛三善
不可生四而爲說法就初文又二先明起五
鈍後明起五利初又二初起惡次失善初又
二初總起惡後別明五鈍初總中兩句初是
病譬闡提有重惡次句云夜夢者譬無明心
升一柱殿譬闡提斷現未善盡唯有過去少
善所感報身譬如大殿唯有一柱將穨不久
次服酥油脂下別起五鈍夫愛使黏膩譬若
酥油貪欲浸潤譬之於脂在口爲服在身爲
途意通身口臥灰食灰譬起瞋使瞋體碎裂
躁急譬之如灰發瞋運身如臥灰縱毒在口
如食灰意通身口攀上枯樹譬於起慢自舉
陵人如上樹何不攀上茂華之樹若賢聖自
高可譬茂華以惡自高故言枯樹或與獮猴
下譬起疑疑使不定如獮猴騰擲從枝至枝
捨一取一譬疑心求理計有計無或我無我
又獮猴似人而實非人譬疑謂得理實不得
理沈水没泥下譬於無明輕者如沈水重者
如没泥墮墜樓殿下第二明失善又二先失
三品次失三乘初文者墜樓譬失慧樓是高
觀譬於智慧升出照達而今墜者是失慧品
高山譬失戒品樹木譬失定品次象馬牛羊
譬失三乘案此之意應有四乘相承但云失
三乘耳四乘皆有墜落之言但是文略身著
青黃下第二起利使又二初起利使二雜起
惡緣初身著衣譬起我見如人計我四種不

同婆羅門計黄刹利計赤毗舍計青首陁計黒喜笑歌舞譬起見取於無樂中而生樂心於無勝中而生勝想譬之喜笑烏鷲狐狸譬起邪見此之四類皆悉食肉故譬邪見呑啖善根齒髮墮落譬邊見即斷常兩邊今偏言斷見裸形枕狗譬戒取即持狗戒狗爲信首故言枕狗私謂全計五陰故云卧糞穢中復與亡者下第二雜起惡縁值惡知識亡即死人譬斷善盡私謂四儀動運無生善處故云行住坐起善纔欲生邪念尋起故云携手以邪自資故云食啖蛇譬多瞋私謂心所行處常與瞋俱故云滿路而從中過被髮女人譬多愛人樹葉爲衣譬無慙愧人乗壞驢車譬惡法自運正南者三解一云南是离地北是坎地去坎就离譬失善起惡二云就諸方爲語北是上方譬斷善人從上墜下三云天子南面殺活自在此人邪見判無因果此心自在身病轉增譬諸惡向重以病增故下第二明根縁感佛病増譬斷善心重諸家親屬者三解一云過去戒善感此人身唯此善在譬之親屬二云闡提斷過現善盡而當善方生皆應作佛名未生善以爲親屬三云不然自有善感佛自有惡感佛闡提無善但以惡感惡爲親屬即是遣使請醫形體缺短者若以善爲使此善爲惡所瘵故云缺短將若惡爲使此惡道理自是壓陋善根微弱故言缺信不具故故言短私云信等不具故云根不具足頭蒙塵土者五住所覆著敝壞衣者被無慙愧載故壞車者籍先世善感此人身殘缺善根私云冥機冥叩故云語醫速疾上車者

立望感應爾時良醫下第三觀善不可生又二初觀察二許應初又二一一往觀機二重觀察初觀機不得善根佛未欲捨故重更觀二復作是念下即是重觀又二先觀現世二觀過去現在爲三一觀日譬上根次觀星譬中根三觀時譬下根時言夜者最下闡提星劣於日中品闡提雖復三品俱斷善根初觀日中四日譬四倒六日六蔽八日八邪十二日撥無十二因緣亦十二我見十四日撥無十四諦十四諦出華嚴十四相差別示成事生起盡無生說入道如來智等二觀星之中凡占六星譬受六師教三觀時中凡占五時或云斷於五乘善根復作是念下第二觀過去善根觀二世善皆無善根從思惟是已下第二許應又二一許應二正應初許應又二

初正許應二更觀察初文云與使俱者一往許應感應道交故言與俱在路復念下第二更觀察又二初觀現在次觀未來初現在中云二小兒者即是斷常有無等見持火滅者火無光用譬失慧品斫樹木譬定盡曳皮革譬失戒品闡提雖受既不遵承猶如枯皮遺落物者出世善盡唯有憐愛妻子之善聖人所棄空器者雖有身器無道可受沙門獨行譬出世法獨一無侶復見虎狼是啖肉獸譬現在惡食善都盡復於前路下第二觀未來又二一觀未來因次觀未來果前路者次此身後亦未生善復聞南方下觀未來果即三塗報鳥獸聲譬聞受苦之聲爾時即入下第二正應又二先正應譬次更觀察初譬即入宅捨本地入生死故言入病人舍見彼病人

下第二更觀察又二先觀現在後觀過去現在爲四一三毒二五根三十使四三業初三毒者寒凝結譬癡熱躁變譬貪略無瞋次骨節疼痛譬五根骨節是身根目赤是眼根耳聲是耳根咽喉是舌根略無鼻根三其色正黑下是十使黑色譬無明使頭不自勝譬慢使欲將慢自舉而不得高體枯無汗譬瞋使無有潤澤便利不通譬斷常二見身卒肥大譬我見四語聲不調下譬三業語聲是口業舉體斑駁即身業其腹脹滿即意業醫見是已第二更觀過去又二先檢根緣既云昨來豈非過去次根緣對凡五句初一失出世善後四失世間善一失信三寶之善二失惠施之善三失少食無慊讓之善四失敝惡之善五失慈孝之善既云三寶知是出世餘是世間四善如文本性弊惡令和善者但有憐妻愛子和純之善弊惡是剛烈失護法之善醫聞是已下第四爲說法又三第一說法第二息化第三絶應說法爲二初一往爲說二窮源重說初文者嗅之譬一往爲說知七香五臭七香譬七漏五臭譬五欲觸身下第二譬窮源之說轉復相近如觸身唯見三毒語瞻病者下第二息化遽務者更餘方化明當更來者現在無善化緣已息且遥指將來恣意勿禁非佛教所制明日使到下第三絶應使到譬復更感佛善既不生故言我事未訖大王世尊下第二合譬文爲三一正合二簡闡提三住三塗救拔此初正合略合大意若望前譬唯合後兩不合前二初合第四而爲說法次合第三觀善不可生闡提輩下第二料

簡闡提而此中言現在生或後世生若即事爲言三世皆無若方將遠望有生善義又二初因時教化次果時濟拔譬如淨人下第三往三塗拔救也王語耆婆下第二受勸而往如文爾時佛告下第三如來稱歎又爲四一王歎疑二佛爲決定三持一切問四佛答初言疑者疑於佛智能除不能除疑巳罪可除不可除次我今下佛作決定以能除智除可除罪三爾時下持一切問佛說一切無定云何爲王而作定說四佛言下答王自謂可除不可除我爲其除除其不定爲定爾時大王下第四到佛所又四一王來至二佛慰問總喚猶惑别喚欣喜三迦葉騰述四王獻供如文爾時佛告下第二正是滅罪爲二前略說法次廣說法初略文又二初略說次領解略說又三初許誡次正說三結正說中先標二十事次釋釋中爲十雙初明無無漏眞法次明無有漏似解此眞似爲一雙次初通明有生死惡因後明墮三塗惡果爲一雙三初明無道前智慧方便次明無道前修定之力爲一雙四初明四倒生死唯苦無常後明不脫八難倒難爲一雙五寃讎爲一雙六初不免三塗苦果後不免苦因子果兩縛爲一雙七無始無終爲一雙八空有爲一雙九因果爲一雙十癡逸爲一雙今約三諦釋二十觀一無無漏無善根者此無眞諦中眞似之法生死末調深坑怖畏者此俗諦中因果有畏兩句佛性者此無中道道前慧定方便四倒是煩惱道八難是苦道寃家諸有是業道云凡夫之人下第三結得失作二十種觀者爲得

不觀爲失如文阿闍世言下第二領解世尊自我招殃下第二廣説又三一世王起執次佛廣破三王奉教行初起執有四一執重罪二執父王三執無辜四執定墮堅執此四妨於入道故須破之佛告下第二佛破又三初别破次總破三結勸初别破即破上四執但不次第初破第四定墮又三初正破者殺無定相如普賢觀云一切諸罪業皆從妄想生端坐念實相衆罪如霜露慧日能消除若達妄想則罪業釋然無業故無墮次世王領三如來述成大王如汝所言下第二破第二父王之執雖雙牒父王無辜而先破父王先明因緣假有故無父次明念念生滅故無父初中以於諸法推求檢覓父不可得若就世諦天性尊重父子炳然若就眞空諸法平等無

有差别旣無父子之殊寧有能殺所殺之色色有十種者即五根五塵乃至應有四大文略亦是相攝五塵成四大四大成五根四大成五根即是四大攝十色五塵成四大即十色攝四大故不廣説雖可見縛下第二明念念生滅故無罪大王一切衆生下第三破其第一定重之執混高下之心泯分别之見大王頻婆下第四破其第三無辜之執又二先引昔事次牒執破之大王衆生狂惑下第二總破又三初舉四狂等祛其定執實有次如王宫中下破其無慈不等三譬如涅槃下破其滯邊失理初四狂中二先法次譬法中貪狂猛𦿔倒亂尤甚藥狂迷悶衝突水火呪狂被詛縱横非法業狂持令其失心王無三狂但有貪狂貪狂所作貪之過耳次譬中二

先醉次幻初醉又二先譬次合初舉醉人譬若本時相瞋寄酒後罵者不名爲醉若從此義作罪得罪若其醉後全無所知都無避就如此作罪是則無罪王今下合王亦如是猶如醉人次大王譬如幻師下次舉幻化等九譬破其實有皆先譬次合初譬正舉幻化以破實有如王宮中下第二破其無慈不等重死者何人重死而輕生今不言故重於死莫問人獸皆以死苦爲重故言保命重死人獸無異若就結戒者人犯重獸犯輕此就往業善惡別論不可相類若就施食此就施心同緣實相故等此復別論大王譬如涅槃下第三破其滯邊失理又二先舉涅槃爲譬次將殺來合譬凡三番合如文三番破竟結勸其觀云云大王色是無常下第三結勸觀行又二先勸作無常等觀次若殺無常下勸作常樂等觀爾時阿闍世下第三奉行又二前明觀行次辨發心初觀行爲三一正作觀二諮佛三自慶初文中明作無常又作常何者若不作常不解無常觀常無常達非常非無常二作是觀已即是諮佛三世尊我昔曾聞下歡喜自慶又三初明蒙佛覆廕次須彌山王下明仰同佛解三我見世間下正是自慶無根信者本時五根未立今遂得信故曰無根世尊我若不遇下第二辨其發心又三一徧明王發心二夫人眷屬發心三辭退王發心又三一王發心二如來印三王重發心二爾時摩伽陀國下通明王及眷屬發心又三一發心二供養讚歎三如來述成正發心又三一國人二王夫人三王慶喜國人發心今王

罪輕者以是滅罪之疏緣故何以故由衆生病故菩薩病衆生病愈菩薩亦愈若依此文從毗婆尸佛所發心不墮若依世王經巳於七十二億佛所發菩提心說是語巳下第二供養讚歎又二初少長行身業供養次偈口業供養偈有十五行半爲二初九行半稱歎次六行發願就九行半又三前七行半歎口密次一行歎意密三一行歎身密初口密又三初三行歎實語次一行半歎輭語三三行歎義語實語對虛語輭語對麤語義語對綺語應有和合語對兩舌語無者文略又實語兼和合語二如來爲一切下一行歎意業大慈之德世尊大慈悲下一行歎身爲物示現我今得見佛下第二六偈發願懺悔即五悔意初一行明迴向次一行明勸請次一行隨喜次一行明懺悔後兩行發願初行願悉發始心次行終見佛性爾時世尊下第三述成又三一述其現世二汝昔巳於下述其過去三從今巳往述其未來亦是勸修世王經中明佛爲說文殊爲說王之重罪如須彌山一切皆滅所不滅者如芥子許猶入賔吒地獄雖復在中而無苦痛又爲授記成佛名惟首陀惟沙耶此言淨其所朗三辤退如文天行縣指雜華

嬰兒行品

此是第三明嬰兒行有師言借譬得名權智爲體化物爲用今明涅槃非大小亦得論大小小即嬰兒行大即如來行權智爲體可施黃葉此不得在如來之行文爲三初明嬰兒次釋嬰兒意三結嬰兒果上聖梵兩行皆爾

此不應無就初爲二一明圓行嬰兒二明偏行嬰兒他解不起不語是本地嬰兒此義不然汝云嬰兒是化他行本地化誰今明本地非大非小能起大小兩化作大小嬰兒就圓嬰兒爲二一譬二合譬爲四一不能起二不能住三不能來四不能語不起譬常不起邊中諸法之相不住者譬淨不著生死涅槃不來譬我不從淺至深動摇彼此不語譬樂寂滅涅槃不可言說此圓嬰兒從初發心常觀涅槃四德行道故言不能起住來去語言呼此嬰兒爲如來行佛作此行引上根者能化所化皆行四德悉如來行故名如來嬰兒行上聖梵兩行皆先釋次第行後釋圓行今品先明圓行後明次第當是前後赴緣自在從如來亦爾去是合向四譬合前三爲三如文

次合不語中爲四一究竟故不能語已至大涅槃故二明說即無說故不能語三祕密之言衆生不解故不能語四明隨類不同隨他言音於我非語非語故不能語是究竟樂説即無説是常祕密不解是淨隨類是我不能語中還具四德餘三譬亦應如是從又嬰兒者能說大字去是第二明偏行嬰兒文爲五一大字嬰兒二無知嬰兒三不作嬰兒四黄葉嬰兒五欣厭嬰兒初大字中二有譬有合初譬中言大字者婆和是也正取和字而爲大字即是六度菩薩嬰兒此菩薩三僧祇劫百劫種相志求作佛此佛是有爲半字無常之佛故知是和字嬰兒合文自釋文甚分明二從又嬰兒者不知苦樂下是無知嬰兒有譬有合譬中舉六字無苦樂是不取捨無晝

夜是無憎愛尋譬文似自行合文中合菩薩化他當是互現前後皆以如來合譬中間兩種以菩薩合譬亦是互出佛與菩薩皆能具行諸嬰兒行下文云迦葉及九十三萬人悉皆得此五行云云無知是通教菩薩嬰兒達幻化相苦樂平等冤親不二合文分明三從又嬰兒者不能造作去是不作嬰兒有譬有合初譬中云不作大逆不作小乘此是別教菩薩嬰兒次合文云無五逆二乘等心即是非生死非涅槃行於中道菩薩之行四從又嬰兒者啼哭之時下是黃葉嬰兒有譬有合初譬中云楊樹譬妄常黃葉譬妄淨木牛馬譬妄樂木男女譬妄我次合文中合於天上常樂我淨此中義推應有人中四倒常樂我淨文略不出五又嬰兒者下欣厭嬰兒直法說

無譬文爲二初略標二釋厭生死時說於二乘即是標然實無有者是釋又二初略釋二廣釋初略者知生死過是識苦集見涅槃樂是識道滅次廣者有斷不斷此約集諦正使有斷習氣不斷有眞不眞此約苦諦生死中無涅槃則不眞離生死有涅槃此則有眞有修不修此約道諦四倒惑等是不修四念處等是修有得不得此約滅諦利使鈍使名不得見道修道名爲得然此中先明道次明滅者若鈍根小乘望果修因滅前道後中乘利根道前滅後此亦無在問此中偏明五種嬰兒上何不明五梵行五聖行答彼之兩行依文則無義推則有所言義者以大涅槃心修於三品即別菩薩聖行諸佛說已聲聞緣覺則能奉行則是二乘聖行二乘既能奉行例

知六度通別人天等亦能隨分隨説奉行故則有也梵行中九品增修即是別菩薩梵行慈爲一切善法根本自然攝得聲聞六度通教人天等四無量心一切梵行何以知然此嬰兒行同他小善小善不一故具列五偏嬰兒行聖行正是自行但明次第不次第故不列餘行梵行是淨行化他但列佛菩薩次第不次第梵行六度通教雖有化他一是具惑二是半惑非淨梵行故不列二乘及以人天皆無化他故不列之有無之意大旨如此從善男子如彼嬰兒下第二釋嬰兒譬意文爲三一牒譬二合三釋初牒金譬妄淨木牛馬譬妄樂非道譬妄常木男女譬妄我二如來亦爾但合木男女一意餘三可解三若佛如來下釋既知是妄何以誑彼衆生若不以妄引墮邪因果無由得出今以妄引破彼邪因則因縛衆生想破破彼邪果則果縛衆生想破是名破衆生相衆生相破由此妄引人天嬰兒其意既爾顯餘可解若於衆生中下第三明嬰兒行果若於衆生作衆生想者但是嬰兒非嬰兒行以於衆生不作衆生想故能破衆生相即嬰兒行成以行成故止不啼哭以果成故得大涅槃得果之文分明若此古來不見如何如何前聖行梵行立果近在初地今嬰兒行立果遠到涅槃近遠互現勿起偏執又初地亦具常樂我淨亦呼爲大涅槃云云善男子下是大段第三單結次第五行文爲三一總結二迦葉領三佛述如文

大般涅槃經疏卷第十一上

音釋

翄施智切與翅同　穨杜回切與隤同　黏女廉切相著也　躁則到切不安靜也　鷲疾救切鳥名　啖徒濫切與啗同　瘵側界切病也　痤昨禾切癤也　駮布角切色不純也

大般涅槃經疏卷第十一下

隋章安頂法師撰
唐天台沙門湛然再治

德王品

瑶亮云五行是略十功德廣一二功德廣聖行乃至九十功德廣病行太昌宗云從初至六廣前三行主對相應後四廣後兩全不相應光宅云五行十德體一義異同是因善起自外凡終於窮學感後集果謂之爲行酬前習因謂之功德是則行因德果開善云五行據淺十德據深五行始於聞經終於初地十德始於初地終金剛心故品初則歎不與聲聞辟支佛共聞者驚怪第六功德以金心爲體河西云五行是涅槃因其趣深遠恐憚不修故舉十德莊嚴奬勸令學今皆不然前兩家以廣略主對義不相應如其所說光宅云行習因習果乃菩薩之位不關佛乗開善云行淺德深文云第九功德初發五事悉得成就此不應深聖行以大涅槃心修嬰兒行云得大涅槃此那忽淺河西云是奬勸之語奬勸則通何處不勸研其遺文不與經會皆不用之今依經文菩薩當修五種之行行即是修文云菩薩修行大涅槃經得十事功德豈非是證前三聖行各說行果亦是於證其文則少後十功德非不明修而證文多其事顯故判行爲修以德爲證就文爲三一佛明十功德二高貴領解三總結初又二一總唱十數二別釋初倡數爲三有對告倡數稱歎初對告者光明徧照論外化廣高貴德王辨内行深又光明是般若高貴是法身德王是解脱

解脱攝法故如王般若理周故徧照法性尊極故高貴三德具足以目一人從德名人從人題品次倡數者直倡十數不别列名下别釋中一一出名三稱歎者河西云梵本云希有奇特鈍根小智聞則驚怪翻者略希奇但存九句獨佛境界不與小共言語道斷心行處滅故不可思議深無底故驚廣無邊故怪不眞故非内不假故非外分别智所不知故非難泥洹智所不洎故非易無色故非相無心故非非相無去來今故非世法無邊無中故無相貌絶四離百故世間所無何等爲十下第二是歷别解釋先徵起次正釋即爲十章舊分此不同冶城爲兩周初功德不聞而聞從淺至深至第六功德金剛三昧爲一周第七功德又始發心至第十功德修三十七

品見佛性爲一周開善作三周初周如前第七第八爲二周謂從善友生即是外緣第九第十爲一周由信心得即是因由今謂若望法華明三周義初法次譬後因緣皆重説前義故言三周今之功德名義永異豈同三周今但爲十初文爲三先明五事次論義三結初文又三先標五章次列三别解舊明五事爲三慧初一聞慧次一思慧後三是修慧有云初兩是聞思二慧中聞二是聞思功用後一是修慧與皇以初一是本後四相成由聞得益益故斷疑疑除故直直故知祕今明不然三慧似道此文明證修大涅槃得十功德眞證炳然尚不得以别眞道釋何用小共似道釋之去文逾遠與皇以五法相由是亦不然夫入證在懷非復前後説非行時何況證

時猶在次第文明證得而作修解文明不共而作共解文明不聞聞而作從他聞解文明不思議作思議解文明祕密作顯露解文明圓偹作偏缺解文明驚怪作尋常解文明無差作差別解文明中道作邊窮解若依文者無十過失不知何故拒抗佛經云云私諮後學請觀初德五法之文不聞而聞猶㮣因相聞已利益等四全是果上之名初既多立果名餘九縱似修因亦是正中之行章安置多少之言意亦如是乃至細尋九句之文皆悉順於若修若證故知凡諸釋經若尋文取義若依義判文不然則罔象消文必招衆失三解五法文自爲五初釋不聞聞爲三標釋結標不聞聞者乃是圓證妙悟發解稱聞非他邊領若從他聞即是聞聞何得是不聞聞次所謂甚深下此即是釋釋此圓聞一聞一切聞不可具說略舉三種初不聞聞第一義諦二不聞聞俗諦三不聞聞眞諦此之三諦三法一心非前非後不淺不深故言不與聲聞辟支佛共二乘之人永不證中故不與共亦不證俗復不與共其雖證眞不知眞之祕密亦不與共如此不共是故驚怪乃至非是世法上所稱美正歎於此今初就不聞聞第一義中爲二初通列次通釋初列中一佛性二一體三寶三四德四涅槃常住五如來涅槃次通釋一一事中無非中道甚深凡二十句餘亦如是次從復有不聞聞一切外道經書下是第二不聞聞俗諦又二初列俗諦法二明祕密初俗法者然根本有三外道各有經書此但列迦毗羅優婁佉不明勒沙婆者略又

迦毗羅計一即陰是我優婁計二異陰是我勒沙婆計亦一亦二亦即陰亦異陰與二人略同故不說復有十一部經去是第三不聞聞眞諦法亦二一聞眞諦法二聞祕密皆言因此經而得聞之即是圓證之義毗佛略中明三寶一體佛性常住涅槃小乘所無是故除之三結如文次釋聞已利益者爲三標釋結標證得之益非是思慧之益又云得近三菩提思慧猶未發眞豈近義耶次釋爲二一略二廣略中又二先提緣由故言聽受次顯眞證是一心三智舉三譬譬之眞智照理如鏡內淨假智照事如炬了外物中智圓照如日徧朗而三番說者令人易解證時一心俱得三智二若有菩薩去是廣明利益又二初敘緣由次歷四法明益如文不從他聞是眞

證之益而能自知近三菩提故知非思慧明矣三結如文三釋斷疑心者爲三標釋結標如文前利益是內證斷疑是外論去離亦稱智斷明生暗滅雖前後互明同顯圓證功德故舊云是聞思功能若小乘聞思何曾聞思佛性之義若大乘聞思未見佛性今作離斷之義於證義便釋文爲二初略釋離二廣釋離略有三番初離名義兩疑次離八倒之疑三離權實之疑初名義可見次疑八倒云疑佛涅槃是無常倒次明常倒理須具八而文略將三單對一雙是五種云云涅槃四倒總別之殊三疑有三下離權實上疑疑三乘是疑權了衆生佛性是實理須具列佛性今但互現復次下二是廣離又三一離衆多疑以無常爲首者即離實法上疑次復次色是我去

即是離假名上疑三四重五逆下是離依正兩報上疑五逆四重就正報論重惡有佛性無佛性就正報論極善世界有邊無邊是依報初如文次假名中云生死之法有始有終者有始有終是邪外所計内亦有之一云生死都無終始十二因緣輪轉無際二云無明一念即是其始金剛後心即是其終三云無始而有終經云無始無明即是無始佛果即是有終若定作三執即是爭論眞證之時即便得離聽是經下三結如文四釋慧心正直無曲亦三標釋結初標前明内證三智外離諸疑未知何智今標正直之智非是二邊所以雙舉正直邪曲兩章次釋出既識二邊正直自顯菩薩修聖行時已能除凡夫二乘邪曲當知五行是修曲見既除所見則正當知十德是證明矣釋聲聞曲見如文三修行如是下結可解五釋祕密義亦三標釋結初能知者標也前無二邊邪曲而有正直中道之慧此慧能知深密之義次釋中爲三一果深密二因深密三不思議深密初所謂下即是如來大般涅槃即果深密次一切下是約因三復次下約不思議實無有我而於未來不失業果下二句此寄無而言有次諸業下四句寄有而言無寄有無而言非有非無寄非有非無而言有無不可思議不可思議復不可思議玄而復玄約不思議而論深密爾時光明下第二論義爲四一德王論二瑠光論三無畏論四德王重論初爲兩先問次歎問爲兩初領旨仰非二正難上雖說五事今正難初事凡作三雙初一雙作奪門次作縱門

三作況門初奪門爲兩先法次譬法説爲三初通約有無奪次正就不聞聞奪三結初有無奪又二初奪次遮初文奪分使成兩次無不應下遮生滅不得作一次如其下就不聞聞奪三世尊若不下正結先結定成兩次云何下結定不應一譬如下是第二譬説先譬次合譬中奪凡累三譬至是住相何因有去去既未至所以須去生已生故故不更生若其不生即不生不生不得不得例爾皆定奪爲兩次聞已下合譬不得爲一譬中無不一譬但是開合互現耳從世尊若不聞聞下第二一雙是縱難難有三初縱衆生有三縱一徼次縱佛果有一縱一徼三更結兩縱如文從世尊凡是色者下第三一雙是況難前就色聲況次就三世況初文者障内色可見障外不可見麤可見細不可見質柱一邊見餘邊不見世間之色尚有可見不可見況涅槃微妙云何可見聲亦類爾次三世者三世有爲尚不可見涅槃無爲何可見聞爾時世尊下第二歎答舊云稱歎此非是答今明亦是答其以定相難佛明幻等豈可得定衆疑皆息是爲歎答瑠璃光光來非青見青非黄見黄豈非不聞而聞即是瑞答後瑠璃光答問即兼答德王無疑爲衆與問凡此三答三答三根釋然河西亦言歎是總答下別答時大衆中下第二瑠璃光論義爲二一從遠來二至已論義初又二先現來相次正明來初現相中先放光次問答初放光者乃是奇異仍釋前問名爲瑞答以示來相放光是光體大衆遇光是光用師子王定即自在定迹既自

在乃顯光體不可思議云云爾時文殊下二問答又二先明其本次明其迹初本又二先無言辯本次寄言辯本初四菩薩相問皆默者一顯諸法無言二顯此疑應從文殊得解故餘人不答文殊問佛佛默然衆見佛默答咸謂文殊玄解所以迦葉復問文殊文殊又默衆謂迦葉已解如是傳傳乃至五百爾時世尊下第二寄言明本先問次答凡有七番前六皆破定相次一明因緣私謂此因緣答是破是立因滅無明即是破也如前皆默熾然菩提即是立也如後世俗又前是自行破立故衆皆默後是爲他破立故答光緣故知光之本者莫逾菩提之燈是故此光非色現色從眞起應自彼而來放光召機故非現而現問菩薩放光豈是常住一云藉彼佛力故有常光二云彼菩薩是佛自有此光佛言文殊下第二辯光迹亦有問答佛言莫入即止其本應以世諦宜明其迹迹文爲三初此述彼土次彼述此土三明菩薩欲來爾時瑠光下第二彼菩薩正來非彼佛不能答示佛道同欲生此土善滅此土惡令見性得道是故遣來問若諸佛道同彼土遣來此應遣往答亦應遣往但略不說又隨化主所舉此佛舉彼菩薩故菩薩來彼亦應舉此但略不舉問迦葉好世不說此經今佛惡世對治無常故說常經滿月如來亦出好世何以說之問難皆與德王同耶答常治無常其土應無若逗常機任理而說是故云同並云昔所不聞而今得聞可非對治又迦葉如來亦有常機何故不說今解不爾彼土雖無對治之說亦二悉

說迦葉亦爾爾時世尊問下第二至巳論義爲二初旁論去來二正問上義初文者然問答前後隨緣不定此中佛先問次菩薩問此中旁論與純陀異上文對佛而文殊旁難即是人旁而法不旁此中正應問不聞聞而問去來即是法旁而人不旁佛問意者汝見諸法有去來故來無去來故來瑠光答十番初爾就前境明無來後八番約迷悟悟無去來迷有去來瑠光明理不去來而迹有去來迷悟亦爾兼答高貴不聞而聞世尊且置下正論義爲四一請許二問答三重研四結難請許如文次瑠光下問若具足問應如德王三雙六隻此中直問聞所不聞凡有三異一德王問廣瑠光問略二德王問證瑠光問修三德王問不聞聞瑠光問聞所不聞云何會通解云瑠光在本土亦作三雙之問衆巳聞廣是故但略德王通問五行之證證是内悟不由外聞故言不聞聞瑠光問證中之修即是天行天行任運念念增明故言聞所不聞詞異理同云云佛答爲二初緣起二正答初緣起中二有讃許誠聽許有六句似如六度而不次第汝欲盡海我能善說此約精進許拔毒箭此約戒度許慧炬照明此約般若許其問不聞聞佛許汝於佛性未得明了我有慧炬能爲照明當知廣說不聞聞即廣佛性上文云云何不聞聞得聞常樂我淨復是其義若瑠光問與德王同瑠光得了因高貴亦然下文云我因是事即得悟解一句半句得見佛性入大涅槃若不聞聞是佛性者三句云何不聞聞是了因聞不聞是緣因不聞不聞是

正因聞聞是境界又是因性聞不聞是因因性云云例來不來生不生至不至等亦復如是作船師此約忍度許生赤子心此約禪度許惠施此約檀度許次諦聽去是誡聽又二初誡未聞次誡聞已誡未聞有三諦聽令不覆器善思令不漏器念之令不汙器不覆故能受不漏故不失不汙故堪飲誡聞已亦三初三事誡覆次二事誡漏次五事誡汙初標覆次釋覆當生敬信標法至心聽受標已恭敬尊重標師莫求其過釋覆法莫起三毒釋覆已不觀種姓釋覆師若無三事即器不覆從既聞法已下二是誡漏莫生驕慢去是勿漏生死亦莫生念去勿漏涅槃無此二邊即是不漏從於佛法僧去誡勿汙一勿汙一體二勿汙四德三勿汙大乘四勿汙無住五勿汙法相若作別體汙即不能尊師若起四倒汙即不能尊法若起小乘住著生貪汙即不能尊自無此五失即是不汙凡行十法結是至心云云問瑠光放光光即常住安被斯誡答椎椹叩物寄聖誡凡善男子有不聞聞下第二正答即爲二初約不聞聞四句次廣開不生生兩番四句南方舊解初四句是法說後兩四句是譬說地論人初四句是教相次二是證相觀師云諸四句無異爲逗三根三番說之舊解初番四句諸師不同一師約二諦云不聞聞即眞爲俗故眞得有聞不聞不聞此但眞諦絕無見聞聞不聞即俗爲眞無所聞也聞聞但是俗中有於見聞一師約眞應不聞聞者法身起應不聞不聞法身嶷然聞不聞者攝應還眞聞聞應迹聞見一師約生死

涅槃涅槃眞寂不聞不聞有感便應不聞而聞生死紛紏若能修道則聞不聞若不修道常是聞聞一師云聞聞四句非是正意後重研不生四句方是正意宜就不生等解不聞不聞是涅槃無始無終不生生是涅槃無始而始生不生是涅槃無終而終生死亦然生生是生死無始無終不生生是無始而始生不生是無終而終云云今謂義皆不然何者此三番四句圓冠諸法靡不該通用圓釋經猶懼不會安得偏作若教行證法譬解耶非但方不會圓兼復屠割傷體又一師依於一諦以釋四句雖言親密彌益踈遺況作二諦疵累轉多眞應生死涅槃等二亦復如是況作生生等三句解者損失事深況作互無只是小乘少分意耳不關大道今皆不用又此十

事皆是内證德王難不聞聞瑠光難聞不聞二詞雖異而同問證答正廣明四句若欲釋之千塗萬轍同顯斯證猶懼不當而諸師逢飛野外萍流海表偏據事相執一害諸非但乖圓永不聞證若以四句通釋諸義觸處皆通欲解初四句應扶佛語佛雖答證意在通修初入證道修道忽謝無所可有名爲不聞眞明谿開無所不照即是於聞故名不聞聞證得如是大般涅槃大般涅槃無有聞相故名不聞不聞證起惑滅名聞不聞寂而常照隨扣則應名曰聞聞今取佛解不生生中四句釋此既是佛解非徒穿鑿初句明證智次句明證理第三句明證斷第四句明證應若事若理智斷自他於初證中具足無缺如此之證不與小共不可思議聞則驚怪盡涅槃

海此一妙證釋二人疑復此不聞聞是證聖行聞不聞是證梵行不聞不聞是證天行聞聞是證嬰兒行病行一證一切證圓證具足故上文佛告迦葉不獨汝得如是五行今此衆中五十三萬人悉皆同得如是五行即其義也復次不聞聞是證了因聞不聞是證緣因不聞不聞是證正因聞聞是證境界故佛答瑠光云汝於佛性猶未明了我有慧炬能爲照明即其義也復次不聞聞是證圓淨不聞不聞是證性淨聞不聞聞聞是證方便淨故佛答瑠光云汝今欲盡大涅槃海我能爲汝具足解釋即其義也若得此意於一證中自在廣說云云第二廣明四句從如不生生去明兩種四句云何名如是不異義彼此四句不可異故於彼四句更立名義互相顯釋類例可通略舉兩種顯廣義端徧冠一切内外諸法那言此四是譬說耶興皇例以此四句通於本有今無雪山割肉等偈不生生是本無今有生不生是本有今無生生即是三世有法不生不生即是無有是處生不生是諸行無常不生生是生滅法生生即是生滅滅已不生不生是寂滅爲樂不生生是如來證涅槃生不生是永斷於生死生死即是生生若能志心聽常得無量樂即是不生不生

今明初約圓證根本其義既立徧通一切内外之法何但通諸大經亦通小律生生是諸惡生不生即是莫作不生生是諸善奉行不生不生是自淨其意云云非但通於大小經律亦得通於菩薩之論生生是因緣所生法生不生是我說即是空不生生是亦名爲假名

不生不生是亦名中道義云世尊云何不生生下第三重研何故重研良由不聞聞等義猶難解更研不生生等重助釋之若了不聞聞等則不重研不生生等今欲類例通之使徧一切故重研也又爲二一約內四句二約外四句內四句中句句皆先問次答安住世諦者有二義若就生死外法即是初念託胎來名安住世諦若就涅槃內法修習方便位名安住世諦從修發證無明豁破即是初出胎時亦是涅槃無始而言於始將此類通不聞聞等即是圓證其義轉明世諦死時亦有二義若就生死外法福命俱盡名世諦死若就涅槃內法即是無明盡時名世諦死亦是生死無終而終四住菩薩舊云十住中第四生貴住於生自在又云十地中第四地斷見

諦盡不生三塗能以神力示自在生今觀二解一似別義一似通義未會此文尋此義意但令菩薩四住惑盡非是結業牽生三界而能示現名生自在地經有六住義第四住與此義相應具如止觀第五是引彼亦引證不生生等第二約外法四句而言未生生者未之與不各隨義便瑠璃光下第四結難於三四中但難不生生等於不生生等四句中但難生生欲因生生廣解諸句就文爲三一難二解三領就難爲六隻三雙初就常無常難次就自生生他難三就本有本無難皆難生生爲常故生無常故生爲自生爲他生爲本有生爲本無生初文常無常者生若是常有漏之法應無此生生若無常則有漏是常生自無常無常則滅不能自固豈生有漏有漏

既其不爲生之所生故應是常次世尊若生自生下第二結自生生他難生若自生生無自性者言生既自是所生非復能生無能生性故言生無自性二云生本假緣未有自性何能自生若無自性何能生他能生他者等是生他何故但能生於有漏之他而不能生無漏之他有漏無漏望自俱他世尊若未生時第三難若本有者未生之時已是於生何故於今方名爲生於今乃是緣合之時若本無生而可生者虛空是無那不復云虛空生耶佛言下第二解釋爲三先非六問次釋六非三答六問合有六非一是爲七章門初非六問者若定如汝問則皆不可說初言不生生不可說即非初難生定是常生生不可說非第二難生定無常生不生不可說非其第三自生則失自性故是生不生不生不生不可說非其第四生他之難前云若能生他何不生無漏故言不生不生不可說生亦不可說非其第五本有之難不生不可說非其第六本無之難後一結有因緣亦可得說即是顯四悉檀因緣而可得說云何不生生不可說下第二釋上六非章門釋第一云自云是生復云不生不生即常兩事相乖故不可說釋第二章生若無常則生復生生爲生所生舉體皆生復爲滅所滅舉體皆滅生生故生即舉體皆生生生故不生即舉體皆滅故不可說釋第三章門生不自生本取生死釋第四章門涅槃亦有生義不可定言涅槃不生前難云等是生他何不生於無漏無漏只是涅槃涅槃亦有生義如是修道得故故復是

生是生不爲滅之所滅此生即常故不可説釋第五章門本無有生豈可言未生已是有釋第六章門不可定言有於不生而復有於可得之事所以復生不同虛空一向無生第七可説章門十因緣者除後兩支前十爲生而作因緣故可得説此只消文止觀中釋四句稍廣私謂準彼釋意與今大經文理雅合深會彼文無生之觀咸契涅槃無生之文莫入空定大衆鈍故有二解一云衆實是鈍不解空定故言莫入二云若作空定之説衆解則遲空義深隱取解爲難以遲鈍爲鈍然經文倡六句皆不可説有因緣故亦可得説佛六番釋不可説竟又指因緣亦可説竟此義猶略今更兩番説有因緣皆可得説具於一句作四句説所謂不生生生生生不生不生不生四句皆如此説是爲因緣亦可得説亦應言有因緣故皆不可説何以故一句具四何可偏作一二三説爲此因緣則不可説乃至四句悉具四句那可偏作一二三説爲是因緣皆不可説又四句即事而理理皆不可説又四句即理而事事皆可説何以故下文云若知如來常不説法是名多聞今例此義若知四句即事而理即是説地師名前三種四句約教行證一往而言非無此義今欲分別此之六句似如禪複通別惑解初兩句明通別惑次兩句明通別解不生生是別惑禪生生是通惑複不生生是通解禪不生不生是別解複次生句結前禪生複生同是惑生次不生句結前禪不生複不生同是解故如此禪複惑解皆不可説因緣可説具如前辨

云云善男子有爲之法下第三答即正答六問答前六句爲兩初答前兩問次答後四問答前又二先別就四相次合就四相初別就四相即爲四初言生是常者當其分部守其自性故得是常言無常者住來住生生即改變復是無常住亦如是爲生所生不得是常異亦如是而言法無常者前生中云住若無常生亦無常今舉法對異還是前生住無常法異亦有常無常義具如生住壞亦如是文云本無今有壞亦無常者本無今有只是生義已生來生壞壞不得是常本有今無復是無常善男子以性故下合明四相各守性分皆得是常以二義故不得是常近論念念遷變遠望涅槃即復非常爲涅槃所斷是故非常善男子有漏之法下二答後四難又爲二一正答第五兼答第六二正答第四兼答第三此初答第五問者上問若本有者云何於今乃名爲生今答云本有生理非是已有今方是生即兼答第六等是無生何故不說虛空爲生今答亦云有可生之理方得有生虛空無可生之理何得說空以之爲生無漏之法下答第四難有法譬合初文者初難云若能生他應生無漏今答無有生於無漏之理故不能生有漏之法有生性故故可得生兼答第三生無自性難若有自性生能生之既無自性豈可得生兼答兩意自然縣去次譬中舉火眼者各有其性火性能生眼性能見此中言有主性故生能生者即是破性義竟然後說性是則無爽如前非性執竟後方云有因緣時則可得說合如文爾時瑠光下第三

領解又二初經家叙相次正陳解陳解又二自陳陳衆初陳自云聞不聞陳衆云不生生此即陳其得解之門只爲不至至四句有未解者無畏更問生不動國德王更論不至至等世尊我今已解下第三無畏論義爲三一請許二論義三請答德王之問請許如文二無畏論義有三問答領解問中又二初問此生彼次問彼利根此兩相成轉側爲異問經說淨穢二土菩薩互有勝負今云何通答若敵對相望淨土則勝若權實相望若入實淨土勝若入權穢土勝次佛答正答初問兼遣後問偈有二十一行爲兩初十行是止善後十一行明行善然淨土之業即菩提心今論別行乃是總別不異三領解如文是光明徧照下第三請答德王之問上中已解爲未悟者更請先問次佛答問如文佛答爲二先讃誠聽次正答答中先舉未至不至次牒聞不聞初又二初標至不至章次解釋釋中意者然德王初問有三種六種佛說六喻及光瑞答不聞聞竟次瑠光論義已答不生生竟今更重牒不至至爾初聞不聞四句上根已了次不生生四句中根又悟今爲下根釋不至至緣之所宜故前後間出爾就此四句前兩句明涅槃有至不至修道除惑則至不爾不至下兩句明生死有至不至若修道皆厭則不至不爾則至還重反覆成上諸句然此中解釋還須望前前云不生不生即大涅槃此言不至還是不生更無別異若爾何以不同前明不至不至答爲緣禪複不至者即是凡夫不能修習所以不至不至至者亦望前初

出胎時名不生生此中言不至至於生死互舉一邊至不至者亦須望前世諦死時名生不生亦是互舉至至亦須望前前云生生不斷此中還論生死故與前同次牒聞所不聞又二前列四章次釋中但釋一句前已釋竟不欲煩文地人別分教證淺深之異然今文意只是緣宜宜作三說但是悟有前後非關法有淺深何以故語異義同故爾時光明下第四德王重論爲二初禪問果次雙問因果初問爲二一問二答問爲三一問涅槃始有即是無常二問因莊嚴故復是無常三問涅槃若有亦是無常於第三問中復有四章不者直作七問一問本無今有故無常二問因莊嚴故無常三問若是有故無常四問可見故無常五問不平等故無常六問有須待故無常七問有名字故無常初問又三謂領旨略問廣問廣問有法譬合第二第三第四如文第五有兩重譬合第六有譬有合引昔第七如文爾時世尊下第二佛答三問初答本無今有有法有譬有合地人作眞緣兩修釋言眞修是本有緣修是始有三論師用正因緣因釋正因是本有緣因是始有從汝言因莊嚴故下答第二有法有譬譬中三重譬合如文從汝言因緣故下答第三涅槃是有一往問答似不相應問直云涅槃是有即應無常今舉五因者明涅槃不同五因之有後舉生了而復簡生但同於了只答此問即兼餘四前舉五因似四緣三因生因即報因但長有草木和合因即是習因善惡自然相似住因即依因增長因即增上緣遠因即緣緣但

無次第緣後二因者不同作因同於了因如文以後二因簡前五因皆作因故爾時光明下第二雙問因果問中二先六度即是問因次問涅槃即是問果佛答又二一雙答因果二別答因果初雙答如文善男子云何是施下二別答因果又二先因次果初因中又二初明順因次明違因初文又二初正答次歎經初正答爲六辨度非度前五是少分涅槃後一正是判度有相有得則非度義無相無得乃名爲度其中廣舉一檀爲首餘五悉指雜華云何菩薩不聞十二歎經先結菩薩爲歎次結三乘爲歎初文中云十二部經其義深粹者昔十二部但明於空比生死爲深而非邃此經明生生即不生生即生不生即不生不生故爲深邃亦是即有不有即空不空即非空非不空是故深邃云云

大般涅槃經疏卷第十一下

音釋

佉 丘伽切　嶷 魚力切 山貌　疣 羽求切 贅也　穢 於廢切 與薉同　邃 雖遂切 深遠也

大般涅槃經疏卷第十二上

隋章安頂法師撰

唐天台沙門湛然再治

德王品之二

起卷德王問若犯重下第二明遠因於中爲三謂問答領解治城爲六問開善爲五問只是三意初兩問四罪次兩問一闡提三一問不定初問四罪者若有佛性不應墮地獄如其退落佛性不持第二問若有佛性云何復言無常樂我淨若無四德豈有佛性第三問闡提斷善應斷佛性第四問不斷佛性何名闡提第五問四罪與闡提等不定還生善根涅槃不定還成凡夫難文小廣入涅槃已若還出者聖還成凡若爾佛無四德若不爾者闡提亦無成佛之義前難令涅槃無常佛答非無常此中作不定難一切不定則一切無常則涅槃亦是一切之限亦應無常此難難一切人悉令皆轉云佛答爲兩先歎問次答問初歎問爲四一歎現德二歎往因三歎所問超逾人天四誡聽許說如文善男子一闡提下正答爲三一答第五不定問第二答第三斷善問即兼答第一第二罪人問第三重答第五不定問兼答第四問初答第五中三先標次答三結從如汝所言下第二正答第三有三番一約内外二約漏無漏三約常無常佛性中道非此二邊故不可斷人天是善三塗是惡凡法爲外聖法爲内世間是漏出世無漏有爲無常無爲是常佛性悉非此之兩邊故不可斷若是斷者下兼答第一第二罪人問彼雖作罪終不斷性明罪不定以不

定故得三菩提本取斷已名一闡提性非已得云何可斷既非定有豈能遮墮答第一問若非定有遣第二問又斷已得方名闡提今性非已得亦遣第四問犯四重下第三重答第五問爲三初汎明不定二廣明不定三結不定初文又四一明惡人不定二明諸法不定三明善人不定四明如來不定此即惡人不定也色與色相下第二明諸法不定有法譬初法如文次譬中凡三譬三合如文而言亦有定相謂常樂我淨者爲其前難不定云如來入已亦應出聖成凡即無常樂今答不爾無定之中亦有定相謂如來常樂我淨故言亦有定相須陀洹下第三明善人不定如來今於下第四明如來不定方便道中如來不定法身本地定不爲凡是名爲定二端不可得燒者兩解一云襯身譬本地在外譬迹應此二不滅二云襯身譬佛智觀機在外譬神通應物物機無窮故神通不盡是故不燒襯音者非應言親音此衣在裏名爲親衣善男子當知如來下第二廣明不定舊解諸句作一存一亡非鬼至亡法身非非鬼至存應身今謂法應兩分還是定義豈是不定興皇云非鬼法身不定法身則亡非亡非非鬼應身不定應身則存非存存非存能鬼能非鬼亡非亡能非鬼能鬼今謂皆未免定何者鬼定能非鬼非鬼定能鬼雖言不定亦名爲定今明鬼即非鬼亦即非鬼非非鬼非鬼即鬼亦即非鬼非非鬼非鬼非非鬼亦即鬼非鬼是一即三是三即一無一無三一三不定斯則眞不定義餘句例然今先唱章門次解釋

凡二十章門但解十六不釋四門於第九短非短門中云現三尺身者河西云其家無兒產一子長三尺而死父母悲苦失性佛現兒像父母見子還得本心謂兒言我言汝死汝何處來答言從死處來因緣暫會身屬衆緣四大假合徧觀衆緣何者是身種種說法惑心即斷便現三尺佛身光明色相長者得阿那含非漏非無漏是第十六章而最在後釋何故爾佛欲廣釋此章故留在後又私謂諸門之中若漏無漏凡夫聞之多易解故又二初明非有漏其文極廣後明非無漏其文甚少廣略相望亦應可見初非有漏文爲二先明三漏後明七漏問何不取三界煩惱爲三漏而取色無色爲有漏通取無明爲無明漏答佛說無定或轉三漏以爲四流然作三漏者欲重故獨爲一色無色小輕故合爲一無明是根本通共爲一但數家稱爲漏落生死論家稱爲漏失道理今經意者只是煩惱則名爲漏復次一切凡夫下第二明七漏一見二思惟三根四惡五親近六受七念前兩是漏體後五是漏緣見是利使思是鈍使根是內五根惡是外惡法近是惡人受是受取色欲等法念是晝夜念念不斷今文無思漏又惡漏作離漏名能離是道所離是惡初解見漏中應具十使但舉疑見者欲明貪瞋癡慢四使通於見思五見及疑但在見諦思惟門中則爲慢攝文又二先廣明疑心後別明見使疑乃非見但疑見相關故言疑見生六種心者具列諸見莊嚴云只是五見開邊爲斷常故言六開善云決定有我決定無我未是

六數但總唱決定從我見我下即是六數一我見我二我見無我三無我見我四我作五我受六我知所言六者一於假我計有眞我故言我見我二於假我上計無此我故言我見無我三於陰身上計有眞我故言無我見我我作下三種即十六知見中三河西以決定有無爲二我見我者本計有我入定之時見妙光明猶如日月即以所見證定有我故言我見我我見無我者計現有我過未無我即斷見外道無我見我謂諸有情悉無有我離五陰外别見有我如麻麥等我作我受者謂始終常有即是常見謂我能作因我能受果及以能知從凡夫不能善攝下三釋根漏又三一明凡夫因根起漏二明菩薩不爾三結如來無漏凡夫如文菩薩下二明雖復因根不起諸漏行苦者二解一云即三苦中之行苦此苦最通二云行是無常苦但是報不得爲一言二十五里者譬二十五有鉢譬色心油譬於戒不棄一滴譬不犯一戒王譬佛臣譬行人拔刀在後譬於無常如來拔出下第三結如來無漏也復有離漏下第四釋惡漏當體名惡從治道名離又二先明能離之道後明所離之惡初又二先明菩薩修行後引昔證今初文有五種法師而言一經於耳七劫不墮者前名字功德品云若聞常住二字生生不墮者聞有多種若深能思惟如說行者即生生不墮若不能深思惟行者只得少益八魔者舊云無常等四各有其因是爲八魔又一解煩惱等四及無常等四爲八善男子我念過去下第二引昔證今於中有偈

舊解上半明果下半辨因證涅槃是果至心聽是因果中有得離二事證涅槃是得永斷是離因亦有二至心是修行無量樂是得果言得樂果者非常樂果乃是行因得因中之樂果有人評之此太近局全無所以若只有此事何能賣身復云何聞此而得成佛觀師云偈意無量不可得盡所該甚廣義味無竭且出十義一三寶二四諦三三德四四德五生不生等四句六本有今無偈七雪山偈八四悉檀意九中論偈十四種佛性所言偈含三寶者只如來證涅槃此一句即是佛法二寶能證之人是如來即是佛寶所證之法是涅槃即名法寶永斷一句只是助語若能至心即是僧寶能至心聽即是秉行之衆豈非僧寶但此一句亦得兩望至心亦得是法寶

至期何處即是聽法今且屬僧得無量樂亦是助句明三寶者只是兩句且置兩句言四諦者不取諦義但取行證證此法者佛證涅槃即是證滅何故知爾涅槃翻滅豈非滅諦永斷於生死即是除集集是煩惱及以結業今生死亦是煩惱及以結業若能至心聽即是道諦由至心聽故即證道常得無量樂即是苦諦何以故苦果既遣便獲樂報三三德者即是摩醯首羅三目亦是伊字三點如來證涅槃即法身德永斷於生死即解脫德至心聽即般若德更須一一釋之四依品中明三德者一法身二解脫三般若四相品中不爾一者涅槃二者解脫三者般若即取涅槃代法身今此中既云涅槃者豈非法身永斷生死是解脫者有生死即有累不脫今既斷

除即是無累寧非解脱至心聽即是般若者由聽法故能生智慧智慧既生寧非般若不至心者容可不生今既至心聽即能生智復得法樂自娱非復世間之樂言四德者即常樂我淨如來證涅槃即常德問爲將如來爲常涅槃爲常今明人法皆常故前文云以法常故人亦是常永斷即淨德生死是可惡不淨充盈既除不淨便得淨法豈非淨德至心聽即我德由我能聽無我誰聽常得無量樂自是樂德亦云復是重明常德生不生等四句者前已委悉解竟今不復釋云云應本有今無偈者如來證涅槃即本無今有未證涅槃即是本無今既證竟即是今有永斷生死即是本有今無如來未斷生死之時由有煩惱即本有義既證法身無復煩惱豈非今無下之兩句不可分張只此三世是無有是處故直合是三世有法無有是處何者是三世法耶只證此法涅槃常果即是三世無有是處雪山偈者文小交加須善分别上半不應比中文義但取下半而復不全應今四句但應今兩句生滅滅已即是永斷於生死寂滅爲樂即是常得無量樂此兩偈相望互有所無此偈望彼即無諸行無常是生滅法彼偈望此即無如來證涅槃若能至心聽亦應四悉如來證涅槃即第一義有時説涅槃爲第一義永斷於生死即對治論中云以三觀治三漏今正斷生死豈非對治若能至心聽即是世界世界之中或言有我或言無我皆當至心領受此我無我常得無量樂即各各爲人論中云一法分爲兩種説之爲計我者即説

無我計無我者即說有我著苦說樂執樂說苦今此爲除計無常苦者故明常樂等法中論偈者因緣所生法即如來證涅槃涅槃只是因緣之法若非因緣即成性義我說即是空是永斷生死既斷生死故得是空亦名爲假名者即是至心聽若有假我方能聽受亦是中道義即是常得無量樂中道即是非有非無亦是非常非無常結之爲常無苦無樂結爲大樂今此常樂即是中道之常樂也四種佛性者除正因性但取果果因因四緣佛性如來證涅槃即是果果性故下文云果果者謂大涅槃永斷生死即因因性下文云因因者十二因緣所生之法亦斷十二因緣煩惱盡者生觀智解豈非因因至心聽者即了因性三十七品六度四等並是了因常得無

量樂是菩提果以常樂故豈非果性觀師云聊爾思惟即便得此十科大義是故當知其理無量非可述盡前梵行中言痛此中云不痛舊解云只是淺深云云次明所離之惡謂惡象惡馬諸惡獸等能害人者能生惡念動身口惡惡城惡舍無情之物何能爲惡如在邊城持弓執箭警柝過道豈不生人殺害心耶惡舍亦爾此是惡緣惡知識者甘談詐媚巧言令色牽人作惡是故須離次釋第五親近漏如文復次一切凡夫下第六釋受漏文云覺覺即受也聖行品云受爲覺相因三受後起三煩惱故名受漏其中復釋沙門等名皆有多義不可定執此中六難與上純陀有異上以檀爲難哀歎品以羅漢果爲難此中以怖心爲難何故三處辨難而五同一異純陀

品對俗故云最後檀難哀歎對道故羅漢難
此中通對著有凡夫故怖心難

德王品之三

起卷釋第七念漏又二先明漏相次明菩薩
無漏能斷念漏行心邪念爲漏理應具三受
中生念漏今偏據苦中生念漏起貪瞋等過
菩薩下第二明菩薩無漏又三法譬結初少
許法説正明菩薩思惟能斷念漏凡夫愚人
不能思惟令其漏滅從譬如有王下第二譬
説爲二先譬次合初譬者説之不同或七八
九望下合文應是八譬一四蛇二五旃陀羅
三詐親四聚落五六賊六大河七草筏八到
岸東八爲三初六譬道緣次一譬修道後一
譬得果初言王者三解一云佛説衆生身中
四大二云無明能構衆生四大之身三云此
經詮衆生四大各相違害譬之如蛇篋譬一
身養食譬摩洗準法者依所作惡品有輕重
戮之都市者斷善根絶慧命其事顯然故云
都市切令者敎惡莫作誡善奉行逃走者若
得眞解彰顯而去今初伏惑故言逃走次王
時復遣下五旃陀羅用譬五陰刀譬無常若
迴顧者欣涅槃爲逃走厭生死爲迴顧三是
時五人下詐親譬藏刀者以虛妄我覆於無
我妄樂覆苦密遣一人一人譬愛五陰行心
有此貪愛能惑衆生故言詐親四其人不信
下聚落譬譬於五根五根即是識所棲託如
人居聚落鍉器者舊云是重口罌譬五根重
沓字書爲洪音既不見人即人空求物不得
即法空坐地者安心空境五聞空中聲下六
賊譬譬於六塵能劫善財空聲譬於聞佛教

中說有六塵夜來者無明闇心蔽此六塵六路值一河下譬遇慼流但諸衆生恒在煩惱那忽云值然都未修道則不知慼過今始研心知其爲閡故名爲值斷常衝擊譬之漂急乏戒定慧故無船筏七即取種種下筏譬修道運手動足譬道用筏不可依處善微弱不能勝濟身倚者心依此善截流而去草木譬衆善法兩手譬權實二智兩足譬戒定二善八即達彼岸下譬得涅槃果在此在流多有所畏既度到果必無所怖次合八譬初合四蛇即是四大大有內外內身四大正合四蛇四大共造眼根合見毒共造身根合觸毒共造鼻根合氣毒共造舌根合齧毒次合五旃陀如文三合詐親親只是愛愛能諛諂誘害衆生但前三心不能生愛唯行心中能生親

愛然此五陰盡能爲惡但起愛取要在行心故云一怨文云怨詐親者有始有終愛心不爾無始無終復有二義一者如十二緣猶如車輪無有始終愛心亦爾無有始終然十二緣復有始終即無明爲始老死爲終言無始終義者求愛來處永不可得即無始義去處無從復是無終次合第四空聚落者即內六入外世間聚人所住處無人故空六根即是我之棲託求不可得故空如人望舍謂內有人比至進覓都不見有菩薩亦爾觀於六根皆空無我但此六入即爲六根并外六塵內外十二六根亦名六情亦云六識根以能生爲義情從生識得名然六根無情識即有情從能受名故云六情識取和會根塵和會故能生識次合第五六賊即是六塵賊從外來

劫人資財六塵之賊劫人善法但此六塵生三種法四事能生細煩惱者名爲四微所生者麤故名四大言四事者色香味觸四大各四亦不具四五事生者名爲五欲言五事者足一聲塵六事生者即名六塵塵是滓累之名次合第六一河河是煩惱但此關二河六河不暇併述有生死河涅槃河善法河佛性河云云但此經中三河不同師子中明生死河迦葉中明涅槃河此中明煩惱河既至河上取草爲筏下合第七譬戒定智慧以爲三品到於彼岸下合第八到彼岸譬常樂涅槃云何如來非無漏下第二釋非無漏半句文云如來常行有漏者數人云有漏無漏逐境爲判若緣漏境名爲有漏緣無漏境即名無漏此中明如來有漏似數人解何故爾文云如來常行有漏有漏即是二十五有故知是從二十五有境爲名論人從心何時逐境我體清淨無煩惱時雖緣漏境心不成漏此之兩解爲鬭爭本此中具明如來非有漏非無漏非有漏者乃明如來無復諸漏非無漏者明佛猶有漏此漏無漏欲明佛是非有漏非無漏漏無漏雙非何曾云是有漏無漏善男子以是因緣下第三結不定爾時德王下第三領解云云如佛上說下第二德王更請答上果問者前問既遠故重牒之就上第二雙問因緣中先雙答因果次別答因果別答中如來既廣答因竟今德王更騰果問文爲二先騰果問爾時佛讚下第二如來答又二一歎問二正答初但歎問即有二意一歎其有憶持不忘既經長時猶憶前問能請佛答故是得

念總持之力二者此涅槃中多有所舍汝今併欲而總持之是故復云得念總持如世人言下第二正答又二一者舉大小相對是就相待義答二者就絶待義答其大涅槃問初明相待即有十對絶待義者如下文中譬如虛空不因小空名爲大空涅槃亦爾不因小相名爲大相就相待中先舉十對以爲十譬次合合中爲兩先總合次别舉譬帖合總合又兩先列大小兩章門次云何涅槃下釋兩章先釋小次釋大初釋小又二先舉五事少分有滅苦之義名爲涅槃非大涅槃若凡夫人下第二舉斷伏之滅名爲涅槃先出凡聖兩章門次釋中二先釋次釋成初從或因世俗下釋上凡夫或因聖道下釋上聲聞世俗即是外道得禪伏惑之人聖道即是小乘斷惑之人何以故下二釋成上兩還生煩惱即釋凡夫有習氣者即釋小乘次文中具出習氣之義通論十使皆有習氣如舍利難陀畢陵伽等云云今偏就我見明習無我無樂唯有常淨無我樂者此是與其常淨奪則皆無常樂我淨常樂我淨下此三句合十二字釋上大涅槃章門善男子譬如下第二舉譬帖合上有十譬今但别合七餘三則兼合王城地三事共一合此三事相兼王即有城城即有地義勢相隨人天又共合於别合中先合海次合河三合山摩訶那伽鉢建提者大論云大龍大象天中力士梁武翻爲極壯隨小王下第四併合三譬大王大城等也四種兵下第五合前第七衆生大衆生譬若有人能下六併合前人大人天大天兩譬普示衆生一

實下七合前有道大道大名不可思議下第二釋大涅槃即絕待釋又二先總次別初總釋又二初明不可說次可說次別釋中但約三德不言常者二義一云前開宗廣明常竟故略不言二云名字品云所言大者名之爲常此更明大不復言常就三德中亦各有二初大我中二者先不可思議釋大次多因緣釋大即可說不可說也今文中云有大我故名大涅槃又云涅槃無我舊有二解一云無我者絕名冥真故涅槃無我俗諦寄名故涅槃有我二云無我者涅槃中無我者無生死妄我有我者有常樂之我觀師難此二解若絕名冥真名無我者亦應絕名冥真名爲無常彼解云不得無常涅槃是常故以冥真四絕名爲無我更並冥真四絕故無常云云難次家云既言無生死中我亦應無生死中常彼即反難生死中何處有常即應反問生死中何得有我彼若解云生死無真我而有假我者又並無凝然常有相續常若爾非但無生死之我亦無生死之常並之無窮八自在者一一多二小大三輕重四色心五根六得七說八見如文復次譬如寶藏下第二釋多因緣故名大我次大樂又二一明不可說大樂次世間下明多因緣大樂初文釋四樂於中初樂之中有三復次明無苦無樂之樂二大寂靜下即是明無喧無靜名大寂靜名之爲樂三一切下釋非知非無知乃名大知名之爲樂四釋身不壞者即是非生死非涅槃之身是故不壞名爲大樂次世間名字下第二釋有因緣還對無緣以之爲釋故分有因無

因二文釋之先明有因緣次辨無因緣涅槃即同無有因緣還是前絶待之意初有因緣中云迦迦者烏聲究究者雞聲怛怛者雉聲次無因緣中云曼陀等者河西云曼陀婆者梵本一音二物一者高座敞堂二者藥湯而出經者言殿堂飲漿薩婆車多云似馬芹一音二名坻羅婆夷是燕雀亦一音二名次有法不可稱量下第三就不可量釋淨初釋中文多因緣但是文略次以純淨故名爲大後釋淨義凡舉四淨義如文善男子是名下大章第三總結也

德王品之四上

起卷明第二功德他釋十德各各論體謂初功德以五事爲體此功德以五通爲體今云不爾此文云以得大涅槃威神力故當知十功德皆以涅槃爲其體隨事分別種種不同體應根本豈從枝末而言十德五通者皆約無分別中而論分別若十若五舊云初功德深第二功德淺此不應爾上以四句開拓人謂爲深此中直說人謂爲淺若欲開此爲四句者不得得得不得不得不得得得餘章亦爾何淺之有云云舊云大乘異小唯佛乃具漏盡菩薩乃是因人故但五通不說漏盡此乃一往以因讓果若具足論唯佛世尊有眞天眼不以二相見諸佛國他心宿命究竟在佛菩薩既其分得五通何以不云分得無漏今此文中雖列五章六通意足舊用不得而得是總標五通今云不爾不得得者得大涅槃大涅槃者中道佛性非漏非無漏之無漏故文中非外道即非漏非二乘即非無漏而言

得大涅槃即非漏非無漏之無漏釋云所謂神通者不如小乘十八變化之神通神名天心通名慧性天然之慧即是中道無二邊漏名大涅槃指此而爲無漏通也私謂驗此十德皆證初文既有知於略藏豈有不能分證六通故知德文皆悉互通爲辨不別而別故十相不同別而不別同一涅槃是故對地亦應無失況復十地義通圓別別而不別圓義也不別而別別義也若依此意以此十德中之法門一一皆挾十地帶圓法門作通別釋彌益其美此則與經部會與五時會與諸教會與逗機會就文爲四初標次列章門三解釋四結二列六名既異小乘當知六通不與彼共文中解釋一一簡出列名雖異今指此文亦名六通不得而得即漏盡通不聞而聞即天耳通不見而見即天眼通不至而至即如意通不知而知即他心宿命二通三解釋文即爲五然列章與解釋小不次第緣宜不同是故耳就初不得得章爲三一標二簡顯三結標者即標神通神是大涅槃天然之理此理融通自在無閡故稱神通其名雖同其理永別故簡除凡小顯出中道圓具自在故知漏盡方名神通從通有二種去是簡顯即爲二標釋釋中二一簡非二顯是初簡非中即簡出外道二乘如文顯是爲兩一明一心中神通圓滿具足如文二顯身心自在具足就其體圓自在明其用妙就自在天又二先簡出不自在次明自在第三結文可解復次所現身相下二釋不至至章門即是身通文爲三一明遠到二簡異二乘三明自在如文

復次善男子下三釋不聞而聞即是天耳通文爲二初釋次論義釋文爲四一修二得三簡四無著前二如文第三文中云復轉修習得異耳根者明其修得皆異小外轉修即是大涅槃心無閡自在之修又雖聞音聲無音聲想是名轉修得異耳根者不與小共第四無著中云主相依相者不同外道阤驃求那不作果相等者不以禪定爲因神通爲果簡異於小餘文可見爾時光明下第二論義有二番問答初問爲兩一領旨仰非何以故下作兩難一難善聲二難惡聲皆作定難佛答爲二初歎問次正答答又二初總答次別答就初總復二初皆不定次復明定還是不定中之定初有二重皆先法次舉譬後結次如汝言下別答爲兩初答善聲次答惡聲欲明原由惡心不關惡聲世尊聲若無定下第二番問答先問次答如文善男子下四釋不見而見是天眼通文爲六一修二得三簡四不著五明異知六結此有數番明知非是後知乃借知明見後結文乃借天眼文助結以不共故善男子云何下五釋不知而知即是他心宿命兩通文爲四一知他心二知宿命三重明他心四以是義故下結初他心又二先知他心次知佛性云云

大般涅槃經疏卷第十二上

音釋

柝 他各切夜行所擊木也　篋 苦協切箱屬　嚙 五結切噬也　芹 巨斤切　諛讇 諛羊朱切讇丑琰切與諂同面從曰諛佞言曰諂

大般涅槃經疏卷第十二下

隋 章 安 頂 法 師 撰

唐 天 台 沙 門 湛 然 再 治

德王品之四 下

復次下二明知宿命又二初正明宿命次念過去簡異準前可知略不具說也復次云何下三重釋他心又二先横知六道次竪知十六心此文明十六扶順數義論云見道無量心此心疾利名無間心成論云聲聞欲知第三心乃見十六心緣覺欲知第三心乃見第七心唯菩薩能偹知小乘根鈍欲知第三心來去併欲知後諸心比欲知已至第十六心中乘人小利欲知第三心去得知第七心菩薩不爾併知逐之無有一心而不知者此乃是三乘共義而有三人不同而同此十六心非今經意前知六道是知有邊次十六心是知無邊以非有非無中道之體能知有無復次下明第三功德舊言此中明慈成上梵行品云云於中先標次釋釋中二先釋次結初釋中意者然此中功德應具明四心而偏明慈者一云特是文略義應具有二云慈尚是一切善法根本何意不得即是三心捨偏得圓舉一知三略不說之釋文爲二先唱捨得二章門次釋釋中先徵起次釋釋中凡有五番初約二諦次約凡聖三約闡提對如來即是善惡四約卑鄙對菩薩即是勝劣五無著次結如文次明第四功德文爲二初明功德次論義初爲四初標次列章門三解釋四結治城云前兩是地前後八配八地前言根深即性地亦是生空決定心入初依亦是法空後

八初不觀福田即初地檀滿第十斷除二邊即八地是義不然今並是真證功徳云何根深下第三解釋文中第五第六合爲一釋釋初章文爲三標釋結初事中具足五義一根本二根深三根廣四根長五根勝不放逸即是根本若通塗行善皆不放逸若別論者以初檢心爲不放逸具此兩意以爲根本次阿耨三菩提根者即是根深深窮實相到際即真是菩提根故言深也一切諸佛諸善根本皆不放逸即是根廣以能增長即是根長諸善中勝即是根勝凡舉十三譬譬其勝相云何不放逸下凡舉十根重釋根長具此十義深固難拔私謂長勝既以多義解釋驗三亦然餘四皆十皆十三云何於身下釋第二章門文爲三標釋結標如文釋爲二一定身二定心初定身中觀身是有是生死器觀身是無是涅槃器今觀身非有非無正顯中道即三菩提器名身決定次心亦如是若陿小者即自爲心變易二義若論修因生滅無常名爲變易若論受果變易生死名爲變易聲聞辟支從人標心此屬無爲邊魔心即魔天自樂心通諸天樂生死心通三界此三心是有邊非決定求慈慈於無求悲悲於有是爲決定云何不觀福田下釋第三章文爲三標釋結上四依品匡持佛法須簡持犯此中自修宜用平等又前誡出家令遵戒行今誡在家修亡相檀異念處者異於二邊正觀中道持戒外道者非但持戒又得上定下文云施斷結外道勝持戒比丘持戒比丘止伏欲界惡比之言勝施雖四種俱得淨報者以無施無

報乃爲淨報云何淨佛土下釋第四章文亦三標釋結標如文釋中但淨土業菩提爲本此中十善者非直十善與菩提心和合而行例如上答無畏之問然十善者明相似因得相似果離妄語得華果者明妄無實如華無果今不妄語有實果報受報之時感好華果云何滅除下合釋第五第六兩章義勢相關合爲一釋解者不同一云此中開章明三種有餘初兩事釋第五滅除有餘後一事釋第六斷除業緣二云煩惱餘報釋滅除有餘餘業釋上斷除業緣餘有一事但是賸出就文爲三先倡三章門二次第釋三結二釋三章中初釋煩惱若以習報分門則習因爲煩惱報因爲業今分習報之異故言煩惱餘報然感報由業煩惱但能滋潤此業若大論中只任煩惱亦能得報云何餘業下第二釋上除業緣總明凡夫與二乘業言須陀洹人受七有業者然須陀洹人雖斷見盡猶有思惟潤生人天七人七天往還合數只是七有往還離數即十四有斯陀含人受二有業者斯陀含人但人天中各有一生此則兩生離數若合數者只是一有問何故初果合數二果離耶解云只是互現阿那含人受色有業者阿那含人斷欲思盡餘色惑在故云受色有業然那含有五種但出一上流者上流有二一者至阿迦尼吒二至無色所以經云樂論義者生五淨居樂禪定者生無色界然生尼吒即徧歷四禪若於初禪不得滅者復生二禪二禪不滅生第三禪三禪不滅復生第四禪方滅於中復三超半超徧沒若生無色名無

色般云云若生無色即不更生亦生即滅不同色界四禪受生故略不云受無色業只云受色業中不生故亦云有行無行生同於色故亦不云云何餘有下第三釋上除餘有無業無結而轉二果者莊嚴云羅漢轉爲六地菩薩支佛轉爲七地菩薩故言而轉二果今明此乃通教之義非釋今經開善云無此事轉者本是鈍根羅漢轉爲利根支佛亦爾數習故轉爲二果今明還是二乘全非今經河西云上句二果得道得向轉羅漢向得羅漢果支佛亦然文中自云得及果者豈可不作此釋今明還是二乘之義非今經意又一解云煩惱因盡果報亦亡而今不滅者只是輪轉餘勢然業既除唯此二果於菩薩爲累是故言轉轉即是捨還是他義不關今經輿皇云轉二果者二乘果身有寒熱飢渴此果得除故言轉二果亦小乘義今明此果不生任盡則止何用因經轉之答三界果雖盡界外果方生言轉果者轉界外果今明此是別教義亦非圓意云何修清淨身下釋第七章亦三標釋結初標次釋中師子吼品明或一業一相或一業二相三相此中明百福成一相文爲二先明相業次明好業外道所事各指一相佛集衆相備在一身十二日者即子丑等十二日河西云一年有十二吉日堪祠祀求福然修相好亦四悉意一者法王之體應以相好而自嚴身諸佛皆爾是爲世界令人見者生信起善是爲人一身具衆好對破外道是爲對治色淨故般若淨般若淨故色淨是第一義文舉四譬或當主此云云何了知諸

緣下第八章此中亦三標釋結初如文釋中他云知因緣和合即是世諦是義不然不見色相是行支滅不見色緣是無明滅不見色體是識名色六入觸受滅不見色生是愛取有生等滅不見色滅是老死滅不見一相是不見十二因緣空不見見者是不見因緣假眞俗雙云二諦俱泯亦不見中如是通達了知因緣爲若此云何只是世諦耶一切法亦如是云何菩薩下釋第九章文爲三標釋結標如文次釋文爲二初明離怨次簡出怨初離怨又二初自離怨次爲他離怨初文者遠離煩惱是自離怨次五住者是爲他離怨次何等爲怨下是簡出怨敵河西釋八魔者謗方等等四惡是四魔即生死魔無常無我等四即涅槃魔云云何遠離是第十章亦有標

釋結標如文釋文中以二十五有愛煩惱爲二邊即是因果二法私謂破二十五有中三種惑故離二邊河西以業與煩惱爲二邊私謂若云三惑有三種業方會今意直以界内惑業以爲二邊全非今意既得此意例一切法有無常斷垢淨縛脱等皆是二邊爾時光明下第二論義有問答問意者若菩薩具修十事如來何故不修淨土佛答爲四一我因具十事衆聖亦然二若使世界下訶其所問三西方下示其無勝淨土四爲化衆生下爲化衆生出穢土悉如文復次下第五功德文爲三標釋結標如文釋中二先釋次論義初釋者舊解五事有三説治城云通外凡及三十心既言不生邊地諸根完具即是其證二云此德不淺何者登地已上皆因事表裏

言諸根完具者非耳眼等乃是出世信首根諸邊地者非世間邊陲無佛法處乃是離斷離常諸天護念者以佛爲天四衆恭敬者爲物福田三開善云此乃登地菩薩猶生欲界故言完具等若論無漏得變易報而此菩薩猶有有漏故今受生雖有此五心不存著正以不著爲體今評之開善全是三藏菩薩義初家通地前是别教初心不關經意中間登地是證道意就文爲二先明功德後論義初功德者有標釋結標如文釋者此五前四是報果後一是習果次論義中先問次佛答又二先賛問次正答答中有二初是勝劣章次善男子下是顯勝劣相初舉五章定是樂勝是我常淨可見異是中道不共無漏是證中道利益安樂等是化他次文云離渴愛是釋

定釋樂生死斷不相續是釋常得作菩薩是釋淨斷一切貧善法是釋勝釋我無分無果是釋異釋不共兼得釋無漏利益衆生佛説五事因大涅槃得人師解通内外三十心當知地前不名爲得佛自説是無漏開善云是有漏既公抗佛語豈不疑誤後生故知人解全不可信將來學者但自依經善男子下第六功德舊解金剛三昧若論十地是最後終心若論三忍即是上忍退非菩薩名等覺進非妙覺是金心菩薩一釋云具空有二解二云但取照有之解不取空解空解未足莊嚴云金心斷惑盡引此文由乾陀山七日並照一切燒盡故知等覺斷惑盡開善解金心但伏無明至妙覺佛時斷此一念輕惑即得成佛勝鬘云佛菩提智能斷此文説伏爲盡金

心有解乃滿空解未足引二十二遇經及夫人經證廣論其義觀師云不可定判其位應例如般若通貫諸地又十地太高第五功德復是何地不應懸殊但使與三昧相應亦不簡高下舊又解十地得百三昧已方得首楞嚴方入金剛三昧者進非佛果退非下地唯在窮學此亦不然此一三昧亦有通別別據窮學通亘諸地亦通似道何異金剛般若通初後地般若既通三昧寧別何者舉體堅如金剛舉體定如三昧舉體利如般若故經云金剛三昧有三種名下文亦云佛性五名若言終心有斷無斷乃是二家相扼爲緣利益故作斷不斷說而其實理非斷不斷云云今謂莊嚴家引由乾陀山譬偏何者夫七日現時非但能燒由乾陀山一切洞然而今不以洞然爲諭但燒草存山者非譬十地終心斷惑取七日初出先照由乾陀故其草然明此三昧是初地功德最初斷惑故以燒草爲譬標釋結初如文次釋中爲三一略明三昧二廣明三昧三釋其名略中又二前明自德次辨化他自德又二初明能斷次舉非悉能破散是能斷見一切法是舉非住是三昧雖施衆生下第二明化他也譬如金剛下第二廣明又二初廣自行後廣化他廣自行又三初能斷次能見三重明能斷初能斷中凡舉八譬初一譬能斷後七譬稱歎善男子若有菩薩安住下第二廣明能見初一譬能見次二譬稱歎善男子如由乾陀山下第三重明能斷亦有三譬初一譬能斷次二譬亡功若有菩薩安住下第二廣明化他爲四一變身如佛

二還本處三斷他惑四三密示現示現又四一口密二身密三重明口密前則一音異適今明一法異適四菩薩下意密何故名爲下第三釋名譬有三初不定譬無相次不平價譬無苦後離苦毒譬無畏結如文

德王品之五

起卷明第七功德開善用此下兩功德爲第二周由近善友初聞正法於位則淺下第八功德九事爲體辨心慧解脫明義深極今謂不爾悉是初證不聞聞時所獲功德佛作第七第八沓說明其洞識涅槃近因之法堪爲衆生作善知識邪忽棄其内德化他之功而作外求師範自行之解縱令自求善知識者亦是寄事而表於理例如淨名念佛之時師子嚮等皆來說法說已而去如此知識聞法思修何得是淺就文爲三初標章次釋三結標如文次釋又二初明四事次論義初又二一標章二解釋標章又三一明是二舉非三正列名明是如文次舉苦行非中兩解一云外道無益苦行二云只佛法中直修苦行不能得道要須慧品爲正餘行相資三列名如文譬如有人下第二解釋又二先總釋後別釋初總中舉三譬初兩譬菩薩後一譬凡夫初菩薩譬中初譬自行亦具四事菩薩居因聖法未滿亦須善友聽法修行云云次一譬譬菩薩化他化他亦須四事諸佛起發如教行行云云後譬譬凡夫凡夫罪重故言如癩云云如是三譬一一有合初譬中熱譬愛冷譬癡勞譬慢下譬瞋瘡譬疑衆邪通譬五利云云問菩薩利鈍俱盡寧有此病荅寄通指别耳菩薩

別惑至佛方盡寧得無病私云通別之惑名同體一二三異譬如畜弟子下第二別釋四事又二先略後廣初略釋知識又四一善知識二聽法三思惟四修行初又四先稱歎有譬有合如文善知識者下第二出其人人有五別一菩薩二佛三緣覺四聲聞五人中信者何故名爲下第三辨其位初明五位一教離惡行善二如說如行三修善提四行戒施五不自爲爲他或以配前五人未必須爾如空中下第四得善知識益夫初月雖不可見不得言無初近知識謂未有益而實已潤若能聽下是第二釋聽法人又二先聽三經後得三解三經者謂十二部方等大乘此經尋此文意似如一化初中後教云云次專心聽法下明三解謂八聖道十一空大涅槃有人以三解對前三教今明未必全爾於一一教中具生三解文以修習故得大涅槃若有能修八聖道者即是佛性得大涅槃徒聞涅槃不修習者豈有能得三菩提耶譬如病人下釋第三思惟下文以五塵四相無常爲十相今以五塵三相男女爲十只是教門不同云何名如法下釋第四如文善男子第一眞實下第二廣釋四法亦爲四此是初明善知識人略而文廣先法說次舉七譬初法說中有三種語悉是如來善達根機應以輭語爲說善法應須訶責爲說苦切應須兩說即便雙用七譬之中或前喻或後喻云云何聽法下第二廣釋聽法又二先釋後引證釋中有法有譬譬中有四譬是故我於下第二引證又二先引諸經後引兩事初況引諸經二從以聽

法故須陀洹下引二事證先明初果事即是須達得病聞身子四說十慰喻便得病愈四種即是此中四法十慰喻者舊云八正道盡無生智然初果無兩智彼救云見諦盡爲盡智見諦不生即無生智此言無據河西云八正正智正解脱此出阿含不得作餘解無目謂凡夫一目謂法眼二目謂法慧又無目謂散心凡夫又一目謂天眼二目謂天慧云云如我昔下二引身子事佛遣阿難爲其說法阿難是初果上果不伏聽下果法令人舉牀往佛所聽法便愈云何思惟下第三廣釋思惟爲五一離五欲二離四倒三離四苦四知住因五解常初文者心思於法寧復有心緣於五欲若未聞法横計我常既已思惟我常倒遣此中明滅滅只是死云何如法下第四廣釋修行又三一明止行二善二明空無常解三明七種知見知見又三先標章門次釋三料簡初標章門次略列中舉實不實兩章實即有七知見不實中無云何名爲知下第二釋也第一知涅槃又二先略出三涅槃後解釋一佛涅槃二凡夫三聲聞後二皆少分滅耳初明佛涅槃者然佛具萬德略言八耳盡謂一切煩惱盡善性謂如來所作一切皆善實是不虚眞是不僞餘四如文外道涅槃八事者若散心外道不涉此文今取得非想定能脱下地惑故名解脱即有善性但非究竟眞實常樂我淨是故言無聲聞六事者互有與奪不及佛故奪其常我只有六事勝外道故與其樂淨此據有餘涅槃故云無漏八聖道有身智在故云安樂斷於子縛故言清淨

若有衆生下二釋上章門不釋前一唯釋後二以佛涅槃此經盛談無俟更廣後二須解此初釋凡夫涅槃云何六相下釋二乘文中明不眞不實以得無漏八聖道故故言淨樂未來當得大涅槃故所以無常後仍結異次釋第二知佛性章門下迦葉品中明五種性異一者佛佛性有七事一常二我三樂四淨五眞六實七善二者後身佛性有六一常二淨三眞四實五善六少見三者九住佛性亦六五不異前第六可見今此所明皆非佛佛性以義異故開善云此二皆是九地佛性若迦葉品則是約位分别初地至五地有五性六地至七地有五性八九二地有六性十地亦六性後身佛性有七即分判之今此文不約位明六七通據十地因位不可分别以配諸地然須直知通辨十地當見與可證並未具得降佛已還通作此説四者八住下至六住有五事與常名不異五者五住至初住有五事善與不善異耳次釋第三知如來相具有一體别體先明常樂之體次言示道可見即别體次釋第四知法章亦具二義一云常樂我淨一體法後無常等即别體次釋第五知僧章常樂即一體僧是弟子相即别體僧次釋第六知實相實相之體則非因非果非有非無若據用者徧通諸果皆有異義次釋第七知虚空此前未説而有行結之言又三一明眞空二辨事空三明涅槃空空乃無異約法爲三又唯二空涅槃自屬第一故也初明眞空故言慧眼見此見無見善男子空名無法下第二明事斷之空舉此爲譬善男子

衆生之性下三明涅槃空文云光明故名虛空者二解一云虛空不可見但有通光明之用若但空者無光明色色若因空故得見色若有障者即不見色因空無障即見光色二云虛空非識心所見識心見光導生行心方得見空涅槃雖樂下第三料簡簡前四種即爲四文初簡涅槃是别德故唯寂滅樂次簡佛是人人總於法故有二樂證於涅槃有寂滅樂有智照境有覺知樂三簡實相既通故有三樂四簡佛性中道當來可見故有菩提之樂此據正因爲言爾時光明下第二論義問爲二一正問二結難初正問爲三一問斷煩惱處是涅槃二問斷煩惱處非涅槃三重問斷煩惱處是涅槃初文又二初領旨仰非次正難難又二初據答魔二據菩薩亦斷此

惑此難從前云直是諸佛斷煩惱處故名涅槃準理只應難斷煩惱而言處非涅槃者恐佛轉宗逆遮佛意以處作難初據答魔者若斷煩惱爲涅槃者初成道時已斷煩惱便是涅槃何故待有多聞弟子方乃涅槃及云却後三月是涅槃者當知初斷煩惱未是涅槃答魔之詞出長阿含二引菩薩爲難者若必斷煩惱是涅槃者菩薩亦斷應是涅槃若斷煩惱非涅槃下第二難此遮佛意非是正難故文不多若斷惑非涅槃者何故昔告婆羅門云我今此身即是涅槃身若是者斷非涅槃斷若是者身處即非如來又時下第三重難斷處是涅槃又三一還據答魔云三月者月令不同亦得言却後二月三月四月四月是周時三月是殷時二月是夏時此云三月

用般時二云不爾如今年十一月中魔催佛去佛答却後三月我應涅槃二據在道場時三據語力士等爲難爾時者二解一云爾於道場時爾時既是涅槃何須今日後夜涅槃二云爾者爾於二月十五日朝已是涅槃何故方云後夜涅槃佛答爲二先直答結其過直是誠諦之言已是不虛況乃出廣長舌寧當妄語又復如來善識機緣適時逗益或説斷爲涅槃或説斷非涅槃皆是佛教無非實者後正答三難但不次第前答初難第二答後難第三答中間難答初爲二先答魔答魔不識涅槃謂默爲滅佛隨其情豈是涅槃之體善男子下二答菩薩之難明佛菩薩同而有異者佛有涅槃菩薩即無是僧寶故故云三寶各有別相但言常住清淨二事無異後兩釋亦爾善男子爾時我下第二答第三重難斷處問先明滅惡故唱涅槃後明生善故唱涅槃初滅惡中先法説次廣擧五譬次善男子如來懸見下是生善之時故唱言涅槃善男子有名涅槃下第三答中間難斷處非涅槃明有是有非若不見佛性雖斷煩惱得名涅槃非大涅槃若見佛性斷煩惱者是大涅槃是非既爾何得一向又爲二初分別是非二廣解大涅槃凡十一復次由來人引此中初文云般涅言不槃那言織將此爲翻文中了無槃那之語又是織識二字經本不同餘之十文文相可見三結如文云云釋第八功德有三標釋結初如文次釋中有九事文爲二先明功德後論義初爲二先列九事章門後次第釋列章門如文釋初除斷五事即是

五陰而菩薩實未全除五陰而復不爲陰之所蓋初釋陰中二先總釋次別釋初總言陰蓋及重擔等雖見陰下第二別釋色陰五根五塵以爲十色皆是因縁故言無性受有百八有二釋一云受陰之中無百八語但行陰中有諸煩惱九十八使及以十纏足爲百八二依釋論只受陰中自有百八通約六根一根有三即成十八就一根中復有善不善即成三十六復約三世合成百八云何遠離下釋第二章門謂離五見又云因是五見生六十二兩解一云合我邊二種爲六十二我見有五十六邊見有六我見五十六者欲界五陰各有即離四見爲二十色界亦爾爲四十無色但有四心各四見爲十六足前爲五十六邊見有六者三界各有斷常爲六二云但結邊見爲六十二不論身見約三世辯現在有我無我四見約五陰爲二十未來邊無邊爲二十過去如去不如去爲二十即有六十俱不離斷常以斷常足爲六十二中論觀涅槃品明佛威度後依佛起於斷常二見約過去未來不明現在計如來如去不如去約五陰爲二十常無常爲二十未來邊無邊爲二十斷常足之爲六十二云何成就下釋第三章成就六念與梵行品同但小不次第云何修習下釋第四章即修習五定前是四禪後是般若知定即初禪以有覺觀故寂定即二禪無覺觀故亦名聖嘿然故名爲寂受快樂即三禪樂受極故無樂定即四禪巳斷苦樂是捨受故首楞嚴者自有通別通則亘於十地乃至地前別則於十地中更修百八三昧

方得此定云何守護下釋第五章門謂護善提之心隨所修善皆菩提行有法譬合云何親近下釋第六章即四無量心云何信順下釋第七章門即是一乘一乘爲實法華云唯此一事實餘二則非眞云何心善下釋第八章門心慧異者二解一冶城云緣俗諦心無復貪恚是心解脱緣眞諦心無復無知是慧解脱二云斷貪恚等故心解脱斷除無明故慧解脱引論云煩惱趣心無明趣慧云何慧善解脱下釋第九章門如上釋所言因慧解脱昔所不聞等三句者二解一云聞即天耳見即天眼至即身通二云九地爲聞見佛性十地爲眼見佛性具足明了今因慧解脱至第九地是不聞而聞因九地至十地即不見而見因十地至佛地爲不至而至爾時光明

下第二論義論前第八章心解脱先問次答初問有三先就本無奪難次就本有縱難三就不定難皆令縛解初文者又二先領旨仰非次正問問中意者若心本有煩惱此亦不可本無煩惱此亦不可定有煩惱此亦不可定無亦不可就初立本無難中有九世尊爲三意初一雙明心無縛無脱次有五偏明無縛後三偏明無脱此即初文正難無縛無脱若心本性下第二五中偏明無縛又二前四明無所縛後一明無能縛舉安橛譬木卓空中無因倚住云云若心無貪下第三三者偏明無解爲三初明無解二明無得解者三明無得解道世尊貪亦是有下第二據本有作縱問又二意一明若本有者應善心中有貪二譬如鑽火下明應前境中有貪初中又二先

法說次舉二譬初法說中意者若言心本有貪是亦不可本有則不從因緣既借他色而生貪者當知非有又心本有貪不可令無應不得脫心應常貪次以境對心亦如是難世尊心亦不定下第三據不定爲難又三初明心不定次明貪不定三明貪及境亦俱不定爾時世尊下第二佛答有云即次第答前三問即爲三別初答本無之問有諸外道下答第二本有之問善男子諸佛終不定下荅前第三不定之問又謂不然次第安處似相主對亦觀文意全不相關但隨義爲三先據正義第二破執第三廣辨因緣中道此即第一明心體非有非無非心非不心非貪非不貪事事雙非兩捨寧非中道正義次有諸外道下第二破於定執又二先破計有次破執無

汝若謂心定有貪定無貪則同尼乾初文又二先廣出所計一切凡夫無明所盲下二結過訶之有諸凡夫下第二破其執無亦二先出所執如是等輩下正是訶責結過有法說譬說善男子諸佛菩薩下第三廣說中道因緣之義無所定執又二一明因果諸法非有非無因緣故有第二明心之有貪亦非有非無因緣故有初文爲三一明離於四句若言因中先定有果下第二定執爲非諸佛菩薩下第三正顯中道之法善男子諸佛菩薩終不定說下第二章正明心之有貪非有非無因緣故有又二第一明心性本淨不定非有非無第二明心性本淨無有和合初文有三一標二釋三結釋中又三先唱章門從緣生貪從緣解脫二章門因緣有二下第二釋兩

章門有因緣故下第三四句料簡也三以是義故下因緣結善男子是心不與下第二明心性本淨故無和合又二先明無和合次明因緣和合故有縛脱此即初文明畢竟清淨故無和合諸佛菩薩下第二明因緣和合得有縛脱又二先明縛脱之境次明縛脱之人就境中又二先標次釋標出境章除貪欲是解境有貪欲是縛境次譬如雪山下釋二章門又二初釋縛境先譬次合初譬中山譬八正道懸險難行苦行人譬魔獮猴譬外道俱不能行悉不修聖道獮猴能行即是得上界定外外道人不能行即魔住欲界二俱能行即五塵六欲俱能行之獵師者還譬魔邪黐膠譬愛欲之境置案上譬五欲置果報上以誑衆生手觸譬眼耳等觸色聲等黏手者於行心中以起繫著五處皆著者五根起染杖貫之者魔邪化行貿還歸者將入三塗合譬如文譬國王下第二釋得解境即四念處云何繫屬下第二明縛脱之人爲二先明縛人次明脱人縛人爲四一起倒故縛二取相故縛三我見故縛四非法故縛如文最後文中云慳惜他家者此家與我最爲親厚不許他往稱譽者唯應稱我不許稱他若有不受下第二明得解之人文略但一後結如文

大般涅槃經疏卷第十二下

音釋

陿（胡夾切隘也）　賸（石證切餘也）　陲（是爲切邊也）　扼（於革切持也）

瘧（魚約切疟病也）

大般涅槃經疏卷第十三上

隋章安頂法師撰

唐天台沙門湛然再治

德王品之六

起卷第九功德開善云第一至第六始不聞聞至金心第七第八始於善友至慧解脫第九第十始於信心至三十七品此卷即是第三周又有師言不爾而此十德兩兩莊嚴前之五行乍淺乍深今皆不然前五行是修今十德是證證中功德淺深非一若爾何以前深後淺答亦有此義如初功德已言不與聲聞辟支佛共最後而言三十七品聞道品名謂其初淺論其義理超絕二乘云於中先標次釋三結初標如文次釋中爲二初明五事次論義初又三一列二釋三歎初文二先徵次列名者信由內發得見聖性直起中懷不爲緣由戒是性成友全具菩提聞於不說如此五事多就理明豈可言淺在文可見云何爲信下第二解釋即爲五章初信又三前出信體次釋信德三結初信體者信何等法凡舉五種一信三寶二信因果三信二諦四信一乘五信三諦一師云信第一義是信眞信善方便是信俗一師云前已二諦竟何容重說依華嚴經云若歎菩薩作二智名若歎佛者作二身名只是一體隱顯爲異有言第一義諦善方便者即是二身亦是二智今明此文自稱第一義諦何容改諦爲智復改爲身今作三諦自異二諦不成重說而文約一乘顯其信意爲衆生故分別說三知無異趣是故說一準此一條例通四法三寶亦爾爲衆

生故分别二體知歸至極故説一體因果亦爾爲衆生故説因致果到於彼岸無施無受二諦三諦亦復如是次如是信者下釋信德釋有四意相次而來此信堅固無能壞者何故不壞得聖人性以爲根本即是見性之信深固難拔以根深故即能增長近大涅槃成就戒等初一切諸法從於聖性近大涅槃即是豎高戒聞智慧等即是横廣雖有横豎深廣之異而亦不見横豎之相彌著彌亡如此明信那忽云淺三結如文云何直心釋第二事又三標釋結初標如文次釋中文爲兩初以不諂爲直後以懺悔爲直初明不諂中二先釋次論義初中二初正釋次釋疑初文者以解因緣故不諂次雖見惡下釋疑左右解之初見惡不説後見善則歎疑者云見惡應説而不説者乃是不直何名直心即釋云恐生煩惱即復疑云既見惡不説見善亦應不説乃是直心次明不爾即釋云讚佛性故令得菩提次論義中有問答初問有六而爲三雙初兩從現病生彼明三種五種病人次兩從初功德生後兩從此文生就初兩中初一又爲三先非佛旨次領初開經時説若言遇不遇下第三正難既能自發菩提之心何須歎於佛性令得菩提是取第三病人爲難初中第二又兩先領旨仰非次正難明闡提人亦應發心何故爾其既有性應自發心何俟須歎此是取第二病人爲難如佛所説下是第二兩難從初功德生第二十卷中明五難初兩難據四種罪人中兩難據闡提後一難據不定佛答中明佛性非内非外非常非無

常所以不斷今還因此生問先領旨仰非次正難正言不斷佛性云何言斷善根只此佛性即是善根既其斷善即斷佛性云何復言佛性非内非外如佛往昔下後難若佛性不斷何故不遮令不墮地獄既不斷佛性但斷善根由有佛性應能遮惡答未了故更論義若因佛性下第三復有兩難近從此生若歎佛性令發心者何須復說十二部經直歎佛性其義自足有法有譬合諸佛如來下即是後難從第八功德佛答貪心非有非無非因非果或即因中有果或因中無果今還取此爲難若爾乳應無酪樹無五丈若乳有酪樹有五丈者當知因中有果不得汎言或無爾時世尊下佛答爲二初讚次答初又二初讚問次舉五句歎其功用初六種二人歎其能

開發大衆能令得解非但能除見世者疑亦使未來無有滯礙實爲希有是故歎之初兩人一者本不造惡二者作已能悔即是前二健兒第二知恩報恩他與我恩我復須報第三聽受新法二者直温故不忘書云温故而知新可以爲師矣第四造創新好二者治葺故壞第五樂說樂聽若無說者聽何所聽若無聽者說爲誰說第六能難能答正意在此二人前之五雙乃爲弄引善問是汝身善答即我是若無汝精問何得我善解無我巧答何得汝能問自有人身左能右能口辯通敏能主能客自有人專一無二昔莊嚴門下有淨藏法師唯能並難答無所以有善解釋不便論義者即彭城正公云云今推前六雙成後五句能問能答能聽能說成後轉于法輪句

造新修故成枯十二因緣大樹取有是新無明是故不生生是新世諦死時是故以新破新名造新以故破故名修故作恩念恩成度海句作恩爲他舟航念恩自運舟航故成度海句不作惡悔惡成摧魔幢句魔以惡爲幢今能倒之復自能建故前後相成歎生善即初一句歎滅惡即後四句既言因此善問即能轉於無上法輪寧非生善後四句復爲二初兩句歎能滅惡次兩句歎摧惡於初二句又二上句即歎枯十二因緣大樹者十二因緣枝條森聳喻之大樹今枯此樹使華葉不生能度無邊生死大海者即此生死海中勇浪可畏今得度此永免驚懼無復可畏能與魔王共戰者此明其始摧波旬所立勝幢者此明其終舉終攝始外國亦戰得勝樹幢魔

不勝者即倒此麾今魔戰敗即摧其幢次就答中次第答三雙六問初答前舉三病二問次答舉初功德兩問後答此中兩問但答前兩問不次第答直解三種病人竟即是答第一兩問了依理只應解於初後二種病人而今復解中間者不用此爲答只爲中間舉來今還次第爲釋彼不舉來今亦不解一闡名信下二答第三難前言若不斷佛性亦應不斷善根只善根即是佛性佛性即是善根今答佛性中道不同善根何者一闡名信提名不具佛性非信亦復非具云何可斷佛性非善非惡闡提但能斷善云何斷性其中諸句例爾古來云闡提具含衆惡不知的翻唯河西翻爲極欲言極惡欲之邊此乃於總惡之内取一事爲翻例如涅槃名含衆德亦無的

翻而翻爲滅度者亦是總中取此一事爲翻又善法者名生已得依數人義善有二種一生得善二方便善世間慈孝名生得善闡提亦無故言已斷如汝所言下答第四難前難云何不遮隨今牒問作答明闡提佛性非有非無即事求而頗得故非有而有是理故非無又善巧方便則非無無巧方便則非有故舉箜篌喻此有無先譬次合初譬中所言王者譬衆生箜篌譬衆生身音聲譬佛性大臣譬佛菩薩能善說之斷絃譬就此身盡命終皮木坼裂譬五根四大求之頗得即無方便故非有也合譬者佛性無有住處即非有以善方便故可得見即是非無如汝所說若乳無酪下第三答第五第六兩難明應有定性答意非定有性因緣故有若乳定有酪即應自生不假頗求樹汁既其假緣當知因中無果然前作六難今但舉一訶者何也答與奪適時皆爲利益正言此難是計性義與外道同寄正訶邪云是癡人實不訶德王此答即兼答第五歎善自足何須說十二部經今明既無定性因緣而有是故須說十二爲緣次以懺悔明直心者若有失不悔則非直心犯愆發露乃名直心文爲三初設有過下正懺悔次於師同學下即是發露三慙愧自責下即斷相續心結如文云何修戒下第三釋戒文爲二一離惡戒即牛狗等並取其相而爲護持外道得通者見牛狗等死後生天便學彼行望得生天餘皆例爾次得善戒如文云何菩薩親近下第四釋善友爲四一辨明是二辨非三證非四證是初明是爲二一菩薩

是二如來是刹多見佛得生天者二解數義必須上定乃得生天今見佛力發昔修定故得生天二云但令伏下界惡隨有散善皆得生天雖有舍利下第二明非既未識機不能稱緣是故云非如來稱緣知病識藥是故名是我昔住於下第三證非觀白骨者即背捨禪數息即根本禪舊云金師子善取火色故應教數息今明不爾金師之子善解調椎宜扶其習故教數息私云準莊嚴論云善解韛囊善知息相澣衣之人善取淨相故教骨觀今明不爾澣人厭穢作背捨易若使衆生下第四證是如文云何具足多聞下釋第五章文爲五前一就文言後四就義理十二文多而義奢佛略文少而義要義要故是多聞又除十二唯此涅槃者不言涅槃之理出十二

外正言十二文言浩博除廣就略其理存焉即是多聞何必在言故復除全體但取四偈又除四偈但取常住復除常住取寂黙故知損之又損遂至無爲但貴其理以爲多聞不取博言而爲多聞次善男子若有下第三稱歎又二一法說歎二譬說歎法說爲二一唱三章門二解釋解釋爲兩一釋三事二不存著如文譬爲三初爲難施作譬亦有合次爲難忍難作作譬亦有合三爲無著作譬有法譬合爾時光明下第二論義兩番問答初問又二先兩定次兩難先兩定者一定自空二定空空若性自是空此結初定爲一難若性自不空此結後定爲一難善男子下答爲二先答初定者性本自空何以故下明一切法不可得故既不可得豈不是空次答後定亦

須修空然後見空而其本性理本是空但不能見要修於空方乃見空既答兩定二難自遣答初定中爲三一略標次何以故下廣釋三相似相續下舉得失致結於中又三初舉凡夫失次菩薩得三更訶凡夫失善男子一切諸法下答第二定意明雖復本空復須修習然後乃見有無常性故滅能滅之有空性故修空得空當知本空具有法譬合譬有二初如一切法下舉内法爲譬如鹽下舉外法爲譬菩薩修空下合也光明下第二番論義還從鹽譬生問爲二一問觀空是倒何者本來不空而修空見空是於不空見空寧非顛倒例如實常而見無常無常見常皆是顛倒亦有譬合還轉鹽譬來此爲譬二問空既是無爲何所見若有可見即非是空若無可見

不應言見佛答兩問爲二章答初爲三一總標二廣釋三重結初總標中有法譬合佛答意云見不空法能令其空而非顛倒但就理論無非空者而於衆生乃是不空只滅其謂情故云能令不空作空是故非倒善男子貪是有性下第二廣釋又二先廣釋非空作空後廣釋非是顛倒初文云非空者於緣是有又二一明貪欲於其是有次明色性於其是有若不是有云何貪著今言非空使空者此法皆空以是義故下第二廣釋非倒又二初標非倒一切凡夫下正是廣釋又二一不生貪相故非倒次見佛性故非倒問入初地時已能見空此文云住九地者見法有性其義云何解云約二忍明義初地至十地是無生忍唯佛地是寂滅忍今約二忍九地望佛寂

滅則見法有性雖比於佛非究竟空亦分有空故華嚴云七地菩薩能入寂滅寂滅即空赴緣異說不應迷執諸佛菩薩下第三重結佛亦有時說有說無當知爲緣故今皆說以爲空也善男子汝言見空下第二答後難又二先牒問善男子下第二正答正答又二初正答次引昔證初文者以無見爲見例如般若無知無所不知是故我下廣引昔證如文次明第十功德亦先標次釋釋中舊用三十七品爲體興皇云涅槃佛性爲體舊以菩薩行因道品是因故以前文爲體興皇云前諸功德未以涅槃爲體最後義深故取後文爲體問此中何不用六度而用道品一解云但是略耳一解云釋論云六度是遠因道品是近因今明不爾道品攝度捨覺攝檀餘皆可見婆沙文中以十一法攝於道品十一與六名體相當但餘二念通於諸度就文爲二初明功德次論義初又二先明道品入涅槃次簡得失信者爲得不信者爲失初功德云不聞聞者常住祕藏即是中道不聞聞者外道經書毗伽羅論即俗諦不聞聞十一部經即眞諦三諦一心中不聞而聞今第十功德亦如是三十七品即眞諦入大涅槃即中道爲諸衆生分別演說即俗諦此亦一心三諦始終不異若能信者入大涅槃意謂此解方近於理云云興皇以最後功德涅槃爲體第九已上皆不如此此解大失已如前難論義爲二一問二答答爲二先舉惡人爲誡次舉善人爲勸惡人爲三先法說次舉五譬三還合五譬先別合後總合初譬栴檀貿凡木者二車

並載一炭一檀值冬炭售檀者遂乃燒香爲炭雖得易售而無所直持戒者貧寒飢渴見破戒者富暎飲啖即毀於戒甘嗜飲食所利無幾所失者大次譬中云金易鍮石者昔人乘馬腰著金帶見乘驢者著驢條帶即便問之市中何物貴彼即答云驢條甚貴其即易之人爲色聲而棄正法其猶如是餘三譬如文別合如文善男子當爾之時下二舉善人次光明下領解者是品中第二領解段如文三是名下總結

師子吼品之一上

諸師咸言此品譬能問者得名非爲不爾不一向然此俱譬能問能答雙題品目何者菩薩與佛皆二莊嚴下文中有師子王及師子子若師子子足滿三年則能哮吼又若能師子吼讚於大悲能吼無量師子吼徵文據義二種雙明講者因何只作一解惑者云題中只稱師子吼菩薩品云何强作兩種釋之答依題則失文依文不失題廣能兼略師子擬王菩薩擬子吼通兩處二義炳然更何所惑又師字𠂤邊安帀言師居左位事理皆帀則自行圓滿又師字訓帥帥師也師有他化之能故知師者擬佛明矣子者訓資弟子之禮受稟於師若從師者日新月益故知子字者擬菩薩明矣吼通兩處者吼是口密通有六位云云今明究竟與分吼通兩處身口意密皆有六位口密通六此是世界單約子者此從爲人單約吼者此從對治單約師者從第一義故題具多意地人呼此品是入證分開善云答安樂性問河西興皇同爲佛性門今悉

不用若是入證入證則無説若説入證非菩薩説若答安樂性問安樂性問爲是誰問而今以此品答之若明佛性佛性誰説而以此品用目説人諸説乖舛故皆不用今明此品是第四問答涅槃義是師子子問是師子王答若從其文應言問答佛性義前章皆稱涅槃相從稱爲涅槃義涅槃只是佛性佛性只是涅槃涅槃名總佛性名别總攝於别就品又爲二初明佛性後歎經初文又四一明佛性二明中道三明縛解四明修道佛性是基本由佛性故中當通達不識故縛識之則解欲得解縛應須修習初文有問有答問爲四一勸問二求問三許問四正問勸問中先舉諸法門後正勸初舉諸法中有六門一舉三寶次舉四諦三舉實諦四舉四德五舉五佛性六舉因果等有乘無乘是舉了因性何者萬善一乘皆屬了因有性無性是舉果性果果性有衆生無衆生是舉正因性有有無有有眞無眞舉境界性何者夫二諦是智所緣境境又生智故是境界性有因無因者單舉因果一解云先兩句明習因因果又三句明報因因果有作無作是煩惱因業非煩惱是善惡業報是煩惱業果二解云上兩句明出世因果下三句明世間因果復次舉法門勸者總論是舉二諦法門有佛即世諦無佛即眞諦乃至有報是世諦無報是眞諦文但二諦若准愆汝所問寧只二諦二門四門等一切諸法豈止二諦且通三諦乃至四門通三諦者有佛俗無佛眞非有佛非無佛中道乃至報亦如是通二門者有佛是有門無佛是

空門乃至有報無報亦如是若準迯汝所問應有四門兩門如上亦有佛亦無佛是兩亦門非有佛非無佛是雙非門乃至亦有報亦無報非有報非無報亦如是問佛勸問諸法門何不依佛所勸而別問佛性答諸法門雖別通入佛性若問佛性總能攝別何者依有乘無乘五句之勸即是問五種佛性又依三寶是問云何爲佛性果依苦集二諦即問境界佛性依道滅即問緣了依實無實即問正性依因果即問因性因因性果性果果性依作無作即是問因性依業無業即問緣性復次依乘無乘是問云何爲佛性體依報依三寶四諦等即是問何義故名佛性依四德即是問何故名佛性依有因無因即問菩薩何眼不了了見依有果無果即問佛以何眼能了了見依有作無作等二句即問衆生何故不見依報無報即問正性佛有十八條勸菩薩依此勸門起六種問同異若此而人不見私謂勸別問別實稱佛言但未爲得意總勸別問收法不徧未爲得意總勸總問亦稱佛意但恐時衆不曉總中之別故佛別勸而設總問深得佛旨時會易曉故佛別勸而師子吼總問良由此也此從今迯汝問下即是正勸正勸中有正勸敦勸佛殷勤令衆得益爾時會中下即是第二求問先經家叙次正發言欽字亦爲檢字皆是恭敬之貌次正發言爾時佛告下即是第三許問先勸供養次正許初勸中三先正勸次釋三結初勸供中備勸三業尊重是意讚歎是口迎送是身所以者何下二釋勸文有法譬合法中先明過去

德次明現在德善男子如師子下譬說又二先爲佛作譬次爲菩薩作譬佛譬中先譬法身次譬應迹法身又爲三先總次別後結初一句總譬自知身力下五句別譬諸德身即六度力即十力牙齒即智慧斷截煩惱四足即四如意地即尸羅巖穴即禪定境尾即大悲大悲俯救如尾下垂聲即八音說法三若有能具下總結晨朝出穴下二明應身方便又三一正應晨朝是暗終明始譬惡滅善生之機而能應之次出穴即是從法身起頻伸爲滅惡欠呿爲生善四望即四無閡發聲即說法有十一事三一切禽獸下即是衆生得道水性譬凡夫愛染陸行譬二乘高原飛譬降衆魔香象譬制外道如彼野干下第二爲菩薩作譬野干者先舉非次明是三年譬三

行然下合文於五行中略說此三又梵行是化他化他中同其斷惑是病行同其生善是嬰兒行梵行兼之故不具說如來正覺下合譬初合佛譬次合菩薩譬初文二先合妙本爲衆生次合應迹合初小不次第備合十一事合前欲壞實非師子詐作師子合云爲諸衆生而師子吼前文云欲試身力合云示衆十力云云從聖行下第二合應但不合晨朝師子吼者下第三合前衆生得益前有四句今合直言決定說所以降魔制外兼釋師子吼義次聲聞緣覺下合菩薩譬亦前合舉非次合明是如文開譬合譬明佛菩薩二義宛然豈可單釋品耶諸善男子下第三結勸供養爾時世尊下二正是許問師子吼白佛下第四正問凡發六問但爲兩意前三問問法後

三問問人初三問者舊解初一問果性次問因性後雙問因果性觀師云此與文不相應直依文者初問佛性體次問佛性義後問佛性名河西意亦爾今將後人來問前法初問理佛性體次問分佛性義後問究竟佛性名若一切衆生下問見不見人初問問不見性人後兩問問見性人於中又二初問何法有了不了次問何眼有了不了法據性體眼約性用佛答爲兩初歎問次正答歎問又兩初歎次論義初歎又二初歎二莊嚴次歎解六義汝自解六爲他故問歎六義中歎初後各二中兩則略師子吼下第二論義兩番問答初問如文答中爲四前三就勝劣義解智莊嚴勝於福德後一就平等解有云初番以空解爲智慧有解爲福德十地爲智五度爲福

直言般若即是有中智慧故屬福德若識波羅蜜即是空解屬智慧次番又取九住已還爲福德十住及佛屬智慧後以果地爲智慧因中爲福德此就法體相望如此勝劣若此土則福勝慧若淨土慧勝福令樹出衣食但企尚智慧故言慧勝耳篤論具足者善也今明三番應約三教而分別之十地發眞破無明故是智慧者此別教意十住菩薩與佛同爲智慧者通教意因中爲福果上爲智者六度因中都不斷惑故是福德佛斷惑故是智慧而文云常住者此非全是六度菩薩若消此文應云利根人於三藏中宜聞常住聞即得解如初轉法輪時八萬天子得無生忍最下既然例餘亦爾乃是密教意但差别不定不可執一汝今具足下就平等答故云汝之

與我各具二莊嚴故能問能答寧非平等無差別義今謂此釋似約圓教師子吼言下第二番問答問爲三正難釋難結過初正難者我若二嚴則不應問佛若二嚴則不應答以問答非二嚴故所以者何下釋難明諸法無有一種二種一種二種下結過是凡夫相佛答還訓其三一訓初難只由具二莊嚴一能問二能答二若言下訓其釋難只由解一二無一二故能問一二能答一二衆生不解一二無一二今示其一二令知無一二非是一二於一二乃是無一二之一二亦是言於無言非是言於言善男子若言下訓其結過翻其前難云前云是凡夫相今云是十住相先唱生死涅槃兩章門次釋一名涅槃是常常即無二次釋二名生死愛無明過現故爲二

二則非一此之一二非凡夫相解爲兩一云正須此語其云一二是凡夫相佛言一二非凡夫相二解云凡夫不知一亦不知二雖在生死不識生死若知一二者非凡夫相今解不爾一者是常此大涅槃常故非凡夫相二者生死無明與愛此即二乘涅槃未除無明沈空之愛即是生死之二此二非凡夫菩薩能知此二此不二無一二過則非凡夫福慧平等是圓教義今師子吼難此圓義圓教雙亡無一無二那忽能問一二能答一二佛還以圓教雙照答之良以雙亡一二則能雙照一二雙照一二即能雙答一二還以雙照答其釋難良以一二故能無一二若無一二何能無一二又以雙照答其結過汝言一二是凡夫相我言一二非凡夫相雙照一二豈非

凡夫相不作圓教問答此義難解善男子下第二正答五問兼答一問答初問又二先牒問誡聽如文次佛性者下正答初問又二一明佛性體二簡不見者初明體又三一標名二釋相三結體標者佛性名第一義空第一義空名爲智慧智慧是有即空而有即有而空空則三諦皆空一空一切空乃是第一義空名智慧者三諦皆照一照一切照乃是智慧當知空有非空非有即三而一即一而三即非三非一即空故盡一切相即智故照一切境即非空非智故云一切中是故名爲第一義空第一義空名爲智慧名爲佛性如此標名貴在得意不可言盡次所言空者下釋相者爲二先釋空次釋智初釋空則三諦皆空文云空者不見空與不空不見空者不見空邊不見不空是不見中無邊無中是第一義空次釋智智則三諦皆照文云智者見空及與不空見空是見邊見不空是見中見邊見中是第一義智慧若此空智非前非後不淺不深即空即智即智即空亦即非空非智而空而智是爲佛性之相文又釋不空者即是四德空者即是二邊無有四德對非顯是解釋分明三結體者佛性名中道中道之法常恒無變如文從無明覆故下第二簡不見者又二先簡二邊異故不見次簡起中道見故不見初文者無明所覆此簡生死有邊異故不見第一義空次簡二乘偏證空邊異故不見第一義空如文次從善男子去是簡起中道見故不見有人解云兩種不見一種見而皆言不見者以隨情故是義不然前唱中

道見凡有三種全未見而言見中道者此乃名同而於名起見後結以是義故不見佛性當知三種並不見性將後驗前前是唱中道見凡夫惑心雖作中道想而因苦果苦是定苦行是故不見第一義空二乘自行勝於凡夫化他邊劣於菩薩雖作中道之想名定苦樂行二乘偏空故不見第一義空菩薩慈悲甘苦如樂是定樂行即是偏假故不見第一義空如此三種雖同名中道與上名相違相違故無圓偏之義是故不見如汝所言下正答第二問舊云此答因性觀師云此具明五性豈獨因耶就文爲兩初答第二問後論義初答問爲二先牒問次正答初具提其問其問何義義者名之所以有何所以稱爲佛性佛答爲三初總舉圓義二別舉偏義三結歎初總答意者善得圓旨是其所以佛是圓人性是圓法人法合稱故言佛性又一切諸佛是圓人菩提是圓果兼得涅槃之果果也既言果與果果即知此果從因因生此果果從因生中道者非因非因因非果非果果皆顯現者悉由佛性爲種子故知此中道即是佛性佛性既爲種子種子能生兩因兩果此兩因果又是種子能顯中道即是更互以爲種子不作此釋無柰此文何通塗雖爾別説即是佛性以爲種子問佛性既爲四性種子何獨是於菩提種子答特是略出又是旁正如十二因緣非無旁義正發觀智生於菩提種子義彰餘之三性其義則旁譬如胡瓜正能發熱是熱病緣

大般涅槃經疏卷第十三上

音釋

葺七入切修補也 箜篌箜苦紅切篌戶鉤切箜篌樂器名 汁之入切液也 韛蒲拜切吹火韋囊也 澣胡管切濯垢也 鍮託侯切銅屬 舛昌究切錯也

大般涅槃經疏卷第十三下

隋 章 安 頂 法 師 撰
唐 天 台 沙 門 湛 然 再 治

師子吼品之一下

復次善男子下二別舉偏義應偏一切別舉四種偏有中道一顛倒上下二生死三斷常四因果他解此四是中論八不不上不下是不來不出不因不果是不一不異餘兩可知一師云法門無量何必如此今明初以上下屬當凡夫顛倒橫計上下不見中道諸佛體之不上不下得見中道次生死約六度偏行既不斷於無明愛惑惑心求佛是二中間則有生老病死不見中道諸佛體之不生不死得見中道三斷常約二乘厭生死是背常入涅槃是向斷不見中道諸佛體之非常非斷於二乘法得見中道四者十二因緣觀智是因得菩提是果修因克果次第淺深此約別教地前不見中道諸佛體之知非因果於菩薩法能見中道上文云一切諸法中悉有安樂性普賢觀云毗盧遮那偏一切處譬如耆婆執草成藥佛亦如是偏一切法無非中道中道即是佛性汝問何義其義如是略屬當竟今更帖文初云道有三種者先唱三章門次下者下解釋下者外道邪見謬謂梵天以爲涅槃實非涅槃還是生死故名爲下所言上者即是凡夫未免八倒無常計常常是上法當得上果故名爲上所言中者第一義空智慧無常見無常如理而見不同外道故不名下不同凡夫故不名上而是兩邊之上故言是上又言與佛不異故言是上復次生死

本際下第二明不生不死中道之義文爲二初明中道次舉解惑初爲三一唱中道二明能破生死三結是佛性無明有愛下但中間只是行識名色六入等何以云有生老死耶解云後文云現在世識名未來生現在六入等名未來老死中間即是生死義言中道者兩因夾一果一果居中如此論中方是妙中破生死義云何只以因緣因果不生不滅名爲中道今作易解無明與愛即現過見煩惱道也點煩惱道即是般若中間是苦道即是法身法身即中道若是中道則無生死無生死故名破生死以是義故下第三結爲佛性既是中道寧非佛性以諸衆生下第二舉解惑有法譬合法中初明惑者不見則是無常後明解者能見則非無常正用此語兼答第三難難云以何義故名常樂我淨以見佛性故常樂我淨譬如下爲惑解者作譬與上貧女譬同合如文復次衆生起見下是第三不斷不常明中道又三一唱章門二釋三結初章門中明凡夫菩薩二乘前後舉非中間明是次佛性雖常下即釋也又三先釋凡夫爲無明所覆故起斷常次又未能度下釋二乘只爲兔馬不盡河底二乘智偏沉空取證不見佛性無常無斷是觀十二因緣下第三釋菩薩章十二因緣即是觀境菩薩觀境生智合取境智皆名中道善男子佛性者下第四約因果明中道爲三一明有因有果二明非因非果三明亦是因果亦非因果只應明非因非果何得云因果若不明因果何所辨非初文有法譬法說中論兩因兩果兩因者謂

因因因兩果者謂果果果尋此文意不得以因家之因爲因因而得以果家之果爲果果得以因家之果爲因因得以果家之果爲果果何故爾單因是境重因是觀單果是菩提重果是涅槃境但是因不從因至於因但因非因因觀智從因至於因故得是因因菩提但是果不從果至於果但果非果果涅槃從果至於果故得是果果譬説中意是則不然譬中以無明爲因因無明當體是因而復爲行作因故是因因識當體是果復爲行作果故是果果以譬例法境是因因菩提應是果果而不例者境體非因不從因至於因但是因非因因觀智體非果不從果至於果若然譬與法乖答取少分譬私謂亦非全取無明行識以爲境智菩提涅槃之譬但是先舉無明行等亦有因果因因果果之名故下文中具舉四句佛性涅槃爲初二句十二因緣爲第三句言少分者名同義異故云少分若欲將境智爲二因菩提涅槃爲二果是則境體是因復爲智作因故名因因智體是因復爲二果作因例二果亦爾準因作之亦應可見以是義故下第二明非因非果即中道正性此中十不牘中論中有不因不果從是因非果下第三明亦是因果亦非因果開善作五性是因非果即境界性是果非因即果果性是因即了因是果即菩提果非因非果即正性而彼家用衆生爲正性與非因非果義不相應莊嚴作四性是因即了因是果即涅槃是因即正因是果即菩提非因非果非復是性但非前義觀師亦作五性是因非果即境

界性是果非因即果果性是因是果即了因性及菩提性言了因者以望境界爲果望菩提是因若爾菩提性亦應兩望望了因是果望果果是因非因非果即正性與皇但名正法正性不許稱爲正因今經中有正因之名何以不許然此五性乃是開合之異正性不二緣性則二二是因果開因出因因開果出果果合四爲二所謂因果合二爲一合緣爲正正無復數以是義故下第三結歎甚深又爲三一略歎二廣歎三總結初略歎者簡凡小不見唯佛能見以何義故下二廣釋甚深有六一明因緣甚深二明凡夫不見故甚深三唯佛能見四重明甚深難見五重明能見六雙明見與不見初中云不常不斷者諸句例作中道以明甚深雖念念滅即是不常而

無所失即是不斷不斷不常即中道甚深雖無作者即不有而有作業即不無即不可思議中道甚深一切衆生下二明凡夫不見十住下三唯佛能見菩薩少見如來具見然十住既少見於終亦應少見其始今互顯没者正言十地一轉即便作佛去終處近故言能見其終始則杳然故言不見舊云十住破元品無明當果不起故云知終生死久遠其始難知與皇云自性無所有爲易因緣所起不有而有則難今言十住有治道能分斷則分見其終而不能分見其始譬如健人破賊而不知賊起根元私謂亦可云初住所斷斷其始故故云見始並始斷故亦云見始故知賢位非但不見中道亦不見於無明故從初斷始邊名爲見始等覺菩薩餘一品在在者名

終由未斷終故不見終斷之終故亦名見終故知等覺非但不見最後眞如亦不見於終品無明故唯佛斷唯佛方見諸佛見始見終者究竟知無始終究竟鑑其始終文中從惑起邊是故及此始謂元品終謂終末最麤著故見謂知見有智能治故名爲見初住智淺但見終末故云見終末有治於元品之智故云不見一切衆生下四重明不見是故我下五重明能見觀十二緣智下六雙明見不見又二先唱四章門次釋四章三種不見唯上上能見可將此義類前定樂行等三皆不見於義明矣問十住少見者爲唯第十住少見九住至初住亦少見耶舊解爲二一云唯第十住分見九住至初住皆不分見二云初住至十住皆少分見而須兩望初至九住望二乘爲少見望十住爲不見有人難前解云二乘不見各得菩提九住既不見得何等菩提進不同佛退非二乘應當別得一個菩提云云今明若指住是地而言十住皆分見者此是別義若住非地十地則見十住不見此亦別義若言十住即十地地住皆少見者此即圓義若言十住非十地十住亦少見者此亦圓義若言十住非十地而言九住不見十住少見者此是別接通義人不識此於文於義往往不通云云以是義故下第三總結甚深即五佛性十二因緣名爲佛性者結因性第一義空結因因性中道者結正因性即名爲佛結果性涅槃結果果性文義具足此結甚妙爾時師子下第二論義此義起上結衆生行業甚深甚深若衆生與佛平等不二何用修道

初似是一問佛爲兩答則成二問下佛答中一答佛與佛性平等二答修道故知兩問地人云衆生是佛具足在妄便不用修道正當此難若成論人云佛果在當則不當此難而不得言即是佛此應作無差别差别答無差别故即是佛差别故未具足如父生子姓無差别用未具足故須莊嚴莊嚴故後則具足然但明佛性何關具足不具足具足旣藉緣而具佛性亦應藉緣而具若言佛性在當此據果性果果性若言佛性在現此取因性因因性若言佛性非當非現此取正因性若各以爲是如盲觸象若見此意無當現之爭佛答爲三一非問二正答三引證非問如文正答爲兩一答無差别亦有差别二答何用修道初答爲三一正答二引偈三舉乳酪而譬此意者據體不殊約緣成異初文有法有譬法說中云未具足者但有其理事用未足故言不具非謂悉無名爲不具譬如下二譬爲二先譬次合初譬又二先舉惡譬次引善惡例初文者必定當墮如害母者悔身雖未墮必去不疑衆生亦爾有佛性理未來必得次佛復引云行十善者名見天人行十惡者名見地獄亦是當報一切衆生下二合譬一切衆生未有相好以當得故一解云當得相好之果一解云當得果佛性佛性云何是當若是當者爲三世攝即是無常則不應言當果佛性二引偈答者略釋偈意已如前文此偈四出初答常無常二答得無得下二十六答破定性今答有無不定以明中道若但以有無别解俱不會偈旨常無常等亦應如是此

中準經應作差無差亦差亦無差非差非無差不一不異不思議釋乃會偈旨餘常無常等亦復如是今長行釋本有云三世皆本有如文準此而言生死與涅槃各應本有各應今無若生死本有者具足無量煩惱生死本無者本無涅槃涅槃本有者涅槃本有非適今涅槃本無者久已成佛無諸煩惱生死雖復本有今無本無今有悉束爲有以涅槃望生死生死有所得故涅槃雖復本有今無本無今有悉束爲無以生死望涅槃無所得故又即本有是今無不離有而論無即本無是今有不離無而論有此前三句即是差別三世所攝本有之有非有今無之無不無不有不無三世有法無有是處此一句是無差別不爲三世所攝更約本末重明四句自有兩本兩末一本一末末而不本本而不末非本非末上文云寄生一子舍主驅逐舍主是境豈非生死爲本一子正觀豈非涅槃爲末文云大般涅槃本自有之又如來藏依持建立豈非涅槃爲本迷理起惑豈非生死爲末若各有其本則各有其末爲是義故兩本兩末又生死無終將涅槃之始爲生死之終涅槃無始將生死之終爲涅槃之始二河相望互作終始是爲一本一末又生死若本若末皆束名爲末以其虚妄無根本故故末而不本涅槃若本若末皆名爲本以其眞實無僞故本而不末未本非本本末非末非本非末三世不攝分別本末四句既成例具不具得無得常無常皆悉不定不可思議亦復如是四句不定不可思議即是三諦不並不别如前

説譬如有人下第三舉乳酪譬以證當有此謂約有心論有佛性不即心爲佛性何異衆生有佛性之理後得佛時不取衆生爲佛心佛心亦爾只云有心爲佛性心不即爲佛性畢竟有二種下第二應須修道正答前何用修道之問衆生等有一乘正性應須修於六度莊嚴若不修不得正性他云一乘是萬善今此文中則以一乘爲中道正性此一道清淨能運衆生作佛故名一乘豈同萬善文中爲二先唱章門次解釋初章門有兩雙四隻次釋中先釋以六度爲莊嚴一乘爲究竟次釋世間出世間初六度與一乘更無別體但隨義異釋其間有譬有合初譬云忉利鬱越果報雖勝人不得見佛性既爲無明所覆不能得見故須修道復次佛性下釋後兩隻又二先偏釋出世畢竟後雙釋世出世兩畢竟初又三一出體二釋名三舉類初如文次釋名中云首楞嚴翻爲堅固和闍黎翻修治心而此三昧有通有別别在終心通通諸地如一三昧下三舉類覺名定覺即七覺中定覺分正名正定即八正中正定又云覺名定覺即八大人中定覺楞嚴亦爾有五種名云云善男子一切衆生下第二雙釋世出世兩畢竟下中即世間畢竟上定即出世畢竟於中二先具釋三定後重釋上定初釋三定中先釋上定即是佛性或云了因或云正因中定即色界定下定即心數定數人云十數並起呼爲大地通五品謂善惡無記不共穢汙等成論云法起十數義説爲十或云欲界十居止是十數三塗人六天一切衆生悉有下重釋

出世即首楞嚴釋論名爲健相三昧善男子我於一時下第三引證答此明如來觀機可不或說佛與佛性無差或時說異或說修道或說不修例如知外道機應須說我應說無我云云文爲二先正引昔證今次更會通初引昔證今又二先引昔次證今引昔又三一明洗浴二外道論義三時衆得益是佛性下二證今正言佛性非我而說爲我不應定執訓修道之問如來有因緣下二是會通如來自在或以我爲無我無我爲我又一解在因佛性故言無我在果佛性故言有我云云爾時師子下第三答上第四問爲二先申問次正答初申問長有金剛力士語正答爲兩初正答後結歎初正答中凡舉七譬大爲三意初三譬譬有而不見中間一譬譬平等皆有第三

三譬譬待緣故見三意次第而來雖復云有而復不見未知定有故不見定無故不見次一譬譬其定有既其定有何故不見次答須待因緣然後乃見初三譬一一皆先譬次合初是盲人譬譬底下凡夫如盲故不見色譬佛性數人解色有二十種青黃赤白高下邪正方圓長短光影明闇煙雲塵霧或加虛空爲空一顯色如眼膚翳第二眼病譬譬諸菩薩眼有少翳不得見色譬諸菩薩有煩惱故不見佛性不同前盲合譬中先舉十地菩薩後更舉四人凡夫二乘十住如來如來全見菩薩少見兩全不見譬如初月下第三譬亦譬衆生未斷惑者不見斷惑者見如初日月則不可見漸漸可見佛性亦爾本有此理衆生煩惱不能得見惑稍稍盡稍稍得見文云

大悲十力等一切衆生悉有性者舊云當有即事未有引下文云破一闡提然後乃得地人解云眞神佛性如敝帛裹金大慈大悲十力相好此事具有爲惑所覆若除煩惱即得見之除敝帛已即得黄金觀師云此二解相害若當有此經文云大悲十力四無所畏衆生有之既言悉有寧得言當若言現有如金爲所覆者夫佛性雄猛何不排惑若執當現便是爭論只具此理不可推當修道乃得不可言現彼三解偏據未會圓旨何者佛性非一二三而爲衆生作四門分别或言第一義空迦毗羅城空或言不空者即是智慧貧藏額珠或言亦空亦有如水酒瓶或言非有非無名爲中道欲使因四悟於不四捨執四以求通論人指當此執則無地人或覆此執即有觀師所説此執亦有亦無門今明佛性如王見象衆師所覩全同盲觸云云合最後譬中言三種破煩惱者舊有二解一云二國煩惱見思二惑是界内穢土煩惱習氣是兩國中間淨土煩惱無明是界外煩惱七地菩薩斷二國中間煩惱莊嚴所用二解云見諦爲一煩惱思惟爲二煩惱習氣是三煩惱無明元品品數與習氣是同故不别説初地至三地斷見諦四地至六地斷思惟七八地者並斷習氣無明此是開善解又一師難此二解文云三種破煩惱竟不出破煩惱意但出三種名與經乖較若論破意應如釋論三觀治三種病亦如瓔珞本業從假入空名二諦觀從空入假名平等觀二觀爲方便得入中道第一義諦觀用是三觀能破煩惱又世諦破性

病眞諦破假病此二諦但說伏爲斷若非眞非有即是中道觀雙除性假二病名斷煩惱今明是義不然前二解乖經觀師破其違經今難其義辟若三種破煩惱已見佛性破見思穢土煩惱及破中間淨土煩惱爲見性不見性若見性者二乘之人亦破見思何故不見若不見性與經相違開善云破見爲一破思爲二須陀洹人乃至四果悉破見思爲見性不若見性者無有此義若不見者與經相違又二諦觀平等觀皆是方便不入中道亦不見性復與經違世諦破性眞諦破假是伏非斷又不見性此亦違經唯非眞俗斷煩惱者乃得見性雖唱三種破煩惱名二種破者則不見性唯一種破得見經稱三種破於煩惱皆見佛性若一種破見二破不見者寧得相應今明七地修方便八地道觀雙流破無明見佛性者此以別接通是一種破煩惱得見佛性若入理般若名爲住破四住惑出生功德名十行破塵沙惑未見佛性十迴向伏無明登地破無明見佛性此是別教次第破惑又是一種破煩惱見佛性若圓觀法界煩惱即菩提初發心時便成正覺入銅輪位登初住時破無明見佛性三種破惑其義炳然而皆見性與經文會諸德寧知又一空一切空三諦皆空此觀破五住惑能見佛性又一假一切假三諦皆假此觀亦破五住惑能見佛性又一中一切中三諦皆中此觀亦破五住惑能見佛性如此三種數之與義正與經合諸德亦未能知前三種破惑是就別意後三種觀是約圓意善男子十二因緣下二有

一譬譬平等皆有先譬後合前譬就外今譬就内即爲四一唱等有二出因緣體三明有具不具四結等有初明平等皆有而言亦内亦外者此唯在人非謂外物心則爲内色則爲外具有色心故云内外又云在胎爲内出胎爲外私謂文中自云内外貪求及爲内外事然此文中非謂以十二緣而爲觀境但取十二以爲佛性例如十二緣支支別辨爲令衆生識於三世輪迴之相豈可無明之時唯有無明故知乃至老死常具十二故下合云佛性亦爾豈可在衆生時唯是衆生況一切衆生一一無不念念具足十界百界依正因緣故界界中無非佛性故内外之言意兼多義何等十二下二出因緣體具解十二支過去具有因果何以取二因而不取果然過去之果自酬前因是故不取是則二因生今五果取今三因生後二果識支二解一云初受胎七日爲識爾時有色色未顯現識義已顯故受識名二云但取託胎初念雖即有色色乃未足而名識者識是報主是故言識亦至第二念即是色支此解稍勝入胎五分釋第四名色支亦云五胞二手二脚及頭四根未具者但有身意未有眼耳鼻舌言名色者二解一云色陰是色四陰名名二云只此色與衆生之名故言名色次具足四根即第五支既具四根六根都具故言六入從此已去有麤細相生若細相生即是胎内識心未有想受若麤相生即是初出胎時未能捉火觸毒如一兩月小兒未別苦樂下第六觸支若細生相是胎内想心未知苦樂若麤相生即一

兩歲已能捉火觸毒而未有所知手内有物未辨貴賤染習一愛第七受支五果之後若細相生即胎内受心言一愛者於一樂緣而生想著若麤相生即三四歲但知食愛未知五欲習近五欲第八愛支即三因之初若細相生即胎内行心之初就行心爲三初名愛中名取後名有若麤相生即八九歲稍知欲愛内外貪求第九支即十餘歲稍復長大轉能貪求行中稍增爲内外事下第十支起即十餘歲身成長大盡屬百年現在世識下第十一支即未來二果之初還同現在識支時節即初託胎一念現在名色下第十二支還同現在名色等時即未來老死支識名色六入等並是未來二果未來二果還是現在識名色六入等但轉名名之三具不具中約色界言無三受者二解一云於三受中不具苦受故言無三亦無苦受家想故言無三種觸亦無苦受家行故言無三種愛若色無色不具十二云何文云亦得名爲具足十二然歌羅邏死及色無色界生雖復不具十二而苦輪未息往還三界終具十二二解據第四禪至無色界無復苦樂亦無中容之捨故言無三受無色既無色不具十二以定得故下第四總結皆具十二既未息苦輪始終長望故云皆具佛性亦爾第二合譬六道四生皆有十二譬諸衆生等有佛性雪山有草下第三三譬明待緣方見即爲三初文譬合合中二先正合次明理明理又三初唱九章門門門有三句合二十七句第二解釋釋中長出三事非章所列合三十六句後兩善男子是第

三總結云云第二舉黑鐵譬第三舉種子譬前二譬皆先譬後合後譬無合文是大涅槃下第二結歎如文爾時師子下答第五問先騰上兩問後作兩答以答前問答文爲二初唱十章後解釋其八是八大人覺屬自行後兩章是化他八覺是小乘名教云何是菩薩行一解云法門無定在大即大二解云只八大人自行爲小復有化他故得是大今明以大涅槃心修即異小乘師子吼下第二解釋十法有五番初番有問答答但以少欲知足共爲一解以義相帶故餘者各解就初釋少欲知足復數番初約善惡共解後有少欲下約小大共解文爲四句初句少欲是須陀洹前云少欲知足爲善今釋不少欲不知足爲善法華云得少便爲足自保守小謂是爲足今釋少欲是須陀洹知足是中乘皆是保非爲極少欲知足即知四果最極對菩薩不少欲不知足菩薩上求佛果無窮故不知足下化無窮復不知足餘如文第八釋解脱即是無上涅槃者二解靈味令正翻涅槃爲解脱此明涅槃與解脱異開善云涅槃翻滅度解脱翻無累觀師云涅槃與解脱同是斷德因滅煩惱故得解脱得解脱故得大涅槃即是不異又云四暴河者即前三漏長有見暴河即通覽三界見爲見暴河復次出家之人下第二番約出家人釋十法但有八文前合少欲知足後但釋解脱不明涅槃是故略耳四樂者大樂即出家人樂應是戒樂寂靜即禪定樂永滅即智慧斷惑樂畢竟即菩薩樂四精進即四正勤復次菩薩下第三番據菩薩釋

十法但有九者菩薩以涅槃心修故不説之隨順天行爲正定者此明天行以定爲體今寄一並若正定隨順天行天行遂以定爲體應身隨順衆生衆生應以應身爲體今明天行是理以理爲本故言正定復次夫少欲者下第四番解十法文亦可解八解脱爲正定者數人云八解脱以定爲體論人八解脱以慧爲體私云皆不爾云云復次善男子下第五番但解九五種樂者河西云一因樂受樂斷樂遠離樂菩薩樂因樂者因内外緣得樂受樂者從内外緣身得增長心得安隱名爲受樂修習聖道斷除諸受令道增長名斷受樂永離煩惱身心無患名遠離樂以常樂故名菩薩樂五樂皆從淺至深出菩薩地經善男子如汝所言下答第六問先牒問後正答答爲二先答後勸初答又爲兩先明了與不了次明眼見聞見初了不了中有五番最後釋一切覺者一心三智照一諦三諦名一切覺十住亦得此覺比佛猶昧故不了了地前十住全不見性是故不論了與不了次眼見聞見中有兩番初以十住爲聞見佛地爲眼見次番以九地已還爲聞見第十住爲眼見此中應作四句第十住亦聞見亦眼見九地已下但有聞見佛地但有眼見文中自出此之三句若衆生聞不信者非聞見非眼見云云若十住與十地異者非唯初住不見十住亦不見即是別位若十住與十地同者豈第十住見初住亦見今文云住又復云地故知此中住地不異即是圓位而簡九地是聞者以其見不了了抑之爲聞第十住勝加之以眼蓋

是圓位得作此釋餘位不得云云

大般涅槃經疏卷第十三下

大般涅槃經疏卷第十四上
隋　章　安　頂　法　師　撰
唐　天　台　沙　門　湛　然　再　治
師子吼品之二
起卷是第二勸修初勸修後論義上云十住聞見至佛眼見若欲聞見眼見應當受持十二部經故有勸修師子吼言下第二論義六番問答初一番明見義中間四番明能見之行後一結成初文者先問次答初問文者上云如來妙絶凡夫云何見聞是故興問次善男子下答中二初明實不可知次若欲觀察下明亦有可知上就究竟證爲眼見分證爲聞見今約凡夫修習中取聞見得道力强眼見色身則弱上德王品説見佛初生出家不達妙本悉是曲見今覩如來生行七步知是方便則得見佛各有所據不得一槩於中三先標章次解釋三結初標如文就解釋文有六番初身口二業次形聲兩勝三身通心通四受身説法五身口忍六身形聲説前五可見第六文中於聞見文末云爲梵王説中道者約顯露教説四諦五人得初果約密教説中道無量菩薩得無生忍乃至補處又鈍根聞生滅四諦中根聞無生四諦則不聞説中道利根聞説無量無作四諦即説中道明中道有五番或雙捨論中道或相成論中道或雙照論中道私云兩捨是兩教相成是别教雙照是圓教在文可尋如來心相下第三結成如文爾時師子吼下第二有四番問答明能見之行初番先問次答問又二先舉僧寶問次舉佛説難初文者即四依人問心是内

本行是外迹言初二種者以初二濫後二故不可知如佛所説下第二正舉佛難直置僧寶尚巳難知況乃如來但見色身聞説法云何依此二事知是如來佛答又二先答僧次答佛初答僧爲三一結問以難知下次以四縁故知具足四事下三結成可知戒有二種下第二答佛問復有六番初番持戒究竟不究竟復有二種下第二番爲利不爲利後四番悉如文可尋師子吼言下是次番問答前云持菩薩戒得見佛性爲作要求爲不要求要求者是市易法若不要求行而無願未知云何故有此問佛答有兩初發起十四句法性自爾而相鄰接任運法爾非作要求若心不悔持戒不淺次持戒下心任運成得見佛性住大涅槃云云第三番問答問中又三先領

旨次作難三結初如文次難中初難戒是衆行之本有果而無因應是眞是常涅槃居在諸行之末有因而無果應是無常後偏結一邊可見云云佛答先歎次答歎中爲三一歎因深二歎持力三誡聽初如文次文中善得時長釋迦日短者以縁宜故也例如日月燈明六十小劫此問食頃云云二佛答初答持戒無因之問有法譬合法中爲二一唱有因二遮無盡初有因者以聽法善友等爲作戒因從信心因於聽法下二遮恐無窮之難故指二法互爲因果次譬如下凡舉三譬初爲遮無窮作譬諸師多言尼乾淨行不以瓶著地三木爲拒以支一瓶瓶由拒立拒藉瓶成二梁武云尼乾口啖牛糞身倮穢根有何淨行而可稱耶拒者今之渴烏取水者是亦名轆轤

井上施之更互上下即是互爲因果之義而言尼乾者指其家有此拒次舉十二因緣譬若克定三世譬此不便取輪迴不窮更互義成三舉小乘中八相爲譬大生直名爲生小生言生生成論人破毗曇大小生義解此文云一期之壽是大生念念生滅是小生由一期有念念由念念有一期解文不了而復不許用毗曇義此不應然破立適時借譬何爽私謂古人以一期與念念更互相生何以不得然不及刹那八相只一刹那是生是生生故一刹那中大相是因小相是因因小相是果大相是果果是則更互爲因更互爲果如一信心即此信心是聽法心即聽法心是於信心雖同一念而更互相因既互相因即互成果信心聽法下合譬答前初難明戒有因從是果非因下答後難明涅槃是果而無因答後又三初唱兩章門一是果二非因次何故名果下釋是果章門是出世果故言上果是習果故故是沙門婆羅門果是佛果故故言斷生死是絶待果故故言無煩惱煩惱名過過者體是死因一過復得苦果故言過過又無明能迷理復能障智故是過過從涅槃無因下二釋非因章門無生滅者無世間因無所作者無報因非有爲者無生因常不變等三句是無相待因三善男子下結無因義次第四番問答問爲三初領旨仰非次舉六無爲難三結次畢竟無但是語勢非是正意正取有時無故爲難言有因者有習因了因言無因者無生因報因故舉有時無以之爲難如池沼之雨旱如日月之籠散因之有無

似同於此少無者以少故無非是全無不受無者只是不受爲無非無彼法不受惡亦如是不對亦爾後之三無俱是互無之意三結如文佛答爲二先明無因次明有因初答無因爲三先非五就一次六喻併非三結無因初非五就一者汝以畢竟無以爲正難尚不全是有少分是是故就之況以五喻寧得會耶次併非六喻六是世法不可對於出世之法而復重非畢竟無者以其隨斷無我無我所故與涅槃乖涅槃有我故重說之三善男子下結意如文是因非果下二答涅槃是因而非於果文爲二初標章次釋標者明涅槃是因以佛性爲因即是了因復簡出非因即非生因標其非果非沙門小果前云沙門果者指佛果爲沙門婆羅門果因有二種下釋

文爲三一明有生了二因二舉三譬譬之三三番舉法門合之合中悉用親爲生因疏爲了因此雖明不可思議之法略須分別前一番事理相對六度是事爲生因佛性是理爲了因次定散相對後橫竪相對云云而初文中云菩提者此欲明因取果又舉果成因問涅槃無因而義說生因了因亦應義說生了二果答了因所成即是了果生因所出即是生果何不得並別有二果生果即是無常了果即是於常世人謂屈此並此乃不思議法門何所不得且用首楞嚴通之譬如術人於衆前死得財物已而復還生今經二鳥雙游即是其義近是下文云佛身二種一常二無常云云師子吼下第三有一番問答結成本宗此問從前眼見聞見如來佛性生夫佛性之性

絕色非色云何可見佛答此爲二者皆悉再答悉開兩意故有可見不可見如文佛性非內非外下是品中第二大段前作佛性說此作中道說文爲三一略標中道二廣破邊執三結歎佛性初標中道有三句初句云非內非外者舊解云不定在衆生身內故言非內復不離衆生即此識神而得成佛故言非外觀師解云非在衆生身內故言非內亦不在衆生身外故言非外今皆不然舊說取捨如步屈蟲次說如鳥除二跋何者衆生五陰是因緣生法即是空不在俗諦故非外此法即假不在眞諦故非內此法即中故不俱在二諦此法徧一切處故不獨在中道諦此法不可思議不縱不橫不並不別豈作單能說之上文云一切覺者名爲佛性諸師單說非一切覺則非佛性不名中道三點具足名一切覺是名佛性乃是中道只以即空非外不在俗諦只依此意任運破諸師所說標第二句云雖非內外而不失壞此還成上意舊云非外故不失非內故不壞若定在外應東西散失若定在內應同於死身有臭壞故言非失非壞觀師云其本無成所以不壞其本無得所以非失今明二師解初句未成釋後句無託此句釋成上非內非外而復即中故言不壞而復雙照故言不失標第三句云故名衆生悉有者觀師云雖非內外亦不有無而假名爲有今明釋上不失不壞即徧一切處故名悉有師子吼言下第二廣破邊執文爲二先破因中有果執成上非內次破因中無果執成上非外此執若除不失不壞佛性中道

悉皆可解就破因中有果更爲四一據佛教二據世情三據緣因四據正因初據教者近據前文故名一切衆生悉有佛性遠據前品貧女寶藏力士額珠此皆內有寧言非內世情者世人求酪取乳求油取麻若無油酪人何故取舉緣因者內若無正何須外緣如穀無芽不須水土舉正因者由外有緣使正得生此皆據於因中有果顯衆生中悉有佛性性應在內就初據教有六番問答初引品初及如來性品爲問佛答明乳即是空故不定說有但言酪從乳生乳即是假故從因緣有如文第二番問答問一切法各有時節乳中有酪待時而生如穀有芽春來方出佛答爲三初作即空奪破故言乳時無酪二作縱答如其有者何故不得二種名字如文三從因有二種下更示乳即是假是故言有第三番問答若乳無酪何不從角而生此舉非因作難佛一往縱答角亦生酪第四番問答即取此爲難求酪之人何不取角佛答乳是正因是故取之角是緣因是故不取第五番舉非果爲難佛先縱答乳亦生樹如文次則奪答若一因生者可得如難須兩因乃生乳非樹之正因因緣各異何得生樹尋文可見第六番問答直問衆生佛性復有幾因佛答亦具二因正謂衆生緣謂六度莊嚴家據此文明假名是正因佛性觀師不用云緣因不但唯有六度復有境界及道品等皆是緣因正因何得但是假名亦有五陰及心神等今明莊嚴覽陰成衆生此據外觀師取五陰此即據內豈可然耶上文云佛性非內非外不失不

壞今謂衆生是正因時衆生假名爲定在内爲定在外内外求不可得還是非内非外雖非内外而有六度生其陰軀則不失不壞一切衆生悉有於陰還是向義不應餘解雖作此消文可更思之師子吼言我今定知下二據世情執有爲難佛答爲二初正破執次示正義初文二初作三番次更重破初三番者初番問取乳不取水據乳有酪爲問佛答爲二先非問次並難初如文次難中云汝言求酪取乳不取水者並云如人求面而取於刀不舉鏡者欲作横竪並之又鏡亦得爲刀仙人孫博屈刀爲鏡伸鏡爲刀云云第二番即執刀有面爲問佛答若定有面何故顛倒竪長横短若有已面何故狹長實不狹長而見狹長若因已面見他面者何故不見驢馬等面

第三番仍併通佛並眼光到刀中則見已面像不見驢馬面像又眼光到刀中同刀竪而長同刀之横闊是故見之佛答爲三一奪破光實不到二縱破假到則多過三結奪初奪如文光若到下縱破有四過一若光到火火應燒眼眼既不燒知光不到火二若光到遠那忽生疑三光若到者不應見水精中物水精閡眼不見外物淵中魚石水應閡眼眼何得到四光若不到能見者何故不見壁外若見辟外應見外物是故下第三結奪善男子下二重破上未委悉故更重破文亦爲三一縱二奪三結訶初縱爲三一應責酪駒二應壞子孫三應含五丈其既舉世情爲執佛亦用世情破之若乳有酪責乳之人應責酪直縱若有酪亦應五味一時若無醍醐那獨有

酪賣驊馬者應責駒直駒復有駒駒駒無已如其不然知馬無駒世人爲子聘妻妻若有子不得名女女則無子有子非女若女有子子復有孫孫孫無窮一腹所生併是兄弟世豈然乎如其不然知女無子子中有樹應具五丈已是亭亭雲外交柯接葉布濩八方如其不然知子無樹乳色味異下二是奪破色異者乳白酪黄味異者乳甜酪酢果異者乳治熱酪治冷既無此等云何有酪譬如服酥下第三結訶明當服酥今已患臭亦當明當醪湵今已飽飫得酪食用何有是事譬如有人下第二示正義文爲四一舉譬示正義二引偈證三下約衆生四高推佛境初舉三譬又二先譬次合初譬中示於無性假緣而有譬如文一切諸法下合譬以是義故下第二

引偈證成但取初二句證無性足若定有性不應本無而今有亦不應本有而今無本有應常有本無應常無既其不定云何而言乳有酪性下二句相仍而來此偈是第四出以證今義若諸衆生下第三約衆生身空以示正義自有法譬合重譬如文衆生佛性諸佛境界下第四高推在佛如文觀上經文縱奪破竟明佛性即空次舉三譬明佛性是假次引偈證佛性即空即假次明衆生身空譬於佛性徧一切處引諸佛境界明佛性即中觀文甚會亦與上文佛性名爲第一義空空名智慧等義甚相應私謂章安依經具知佛性徧一切處而未肯彰言以爲時人尚未信有安示其徧佛性既具空等三義即三諦是則一切諸法無非三諦無非佛性若不爾者如

何得云衆生身中有於虛空衆生既有餘處豈無餘處若無不名虛空思之思之師子吼下第三據緣能發因中之果若都無者何用緣耶又有五番問答初番問意若乳無酪性何用緣因虛空無性不俟二因答如文第二番轉緣因作了因名問中有三譬次引乳譬合如文佛答爲四一明性即是了因二明了應自了三應能兩了四舉正因爲決初言性即是了者了本了其令出若已有性性自是了何須他了乳已有酪性性自是了何須酵渜而了出之次若是了因下正言酵渜爲了應能自了若不自了何能爲乳而作了因初若自了者應能自了而出於酪不須了乳令乳出酪若言了因有二下第三應能兩了只酵渜自能了出於酪復能了乳出酪若有二

者下第四舉正爲決欲明酵渜能兩了者乳亦應能作於兩正自作酪正復爲酵渜作正第三番問意前雖四難正執第三自了了他故言我共八人者如數他爲七已足爲八此是自數他數他亦如是自了了他佛答爲二先破執二示正義初破又二初破若爾則非了因次何以故下釋夫智能自數已色復數他色色不能自數數他了因如色何能自了復能了他別有一法自了了他故言了因即非了因一切衆生下第二示正義欲明非本定有藉緣能有第四番更復轉難還引佛言明有乳有酪故知是有佛答爲二先汎舉三答轉答即隨問答默答即置答疑答即不定答後正用轉答如文師子吼下第五番不許當有之說故設此難問爲二先仰非次正問

爲三法譬合佛答爲二先譬次合譬爲四一明過去有二明未來有三重明過去有四重明未來有未來有即是當有答問即足而復更明過去者當由異部不同衆計非一薩婆多計三世皆有曾有當有正有曇無德計過去未來是無唯現在爲有已上破有竟今若用之但是假名隨俗之用且法王所爲豈可以人情測前云種橘牙甜熟酢後之酢味本在前甜證過去有今時此橘初酢後甜者或是國土物異或是取爛熟時爲後此時味酢衆生佛性下合譬正明當有即衆生當得師子吼下第四據正因執有凡四問答初番又四一法二譬三合四結初法中言正因佛性者即中道正性尼拘陀下舉譬又四一正舉譬二旁舉瞿曇姓三合譬四猶如下以譬帖姓爲難難意若尼拘陀子無樹性者云何得名尼拘陀子應名佉陀羅子乳無酪性亦不名乳應別生餘事佛性亦復下合佛答爲二初舉八事不可見尼拘陀子若有樹性何故不見次若言細障下更破二事又二先總非次何以故下正破破中又二先破細次破障初破細者夫樹相甚麤何得不見若本細者後不應大後若大者初亦應大次破障者若尼拘陀子障尼拘陀樹不可見者障常應障常不可見第二番問答問中還舉兩因了因了無正云何無耶良以了細成大所以可見佛答有五重一明本有本無皆不須了若尼拘陀下二舉非果爲難難於本無尼拘陀子本無尼拘陀樹麤相者亦無佉陀羅之麤相何故不生佉陀羅樹若細下三難麤應可見

四舉燒相爲並若樹樹本有性後生樹者亦應本有燒相後時可燒子性被燒不應生樹五更取意破其先生後滅文舉一切法生滅一時且就尼拘陀子生滅一時者云何先生而後方滅既生滅一時遂得先生後滅亦應先滅後生第三番問答舉非因爲問等是無性何不出油次佛云亦得出油壓子汁出汁即是油第四更問亦應得稱爲胡麻油佛答隨緣各異受名不同不得名麻油得名尼拘陀油衆生佛性亦爾衆生中有佛性草木中無佛性而有草木等性師子吼言下第二破因中無果執既非外義唯一番問答問爲三一領旨二正難三結歎領旨仰非者領無果之旨不復致疑因中既其不得有果衆生之中亦無佛性此義可信衆生即執定無爲實既其定無不復得言一切有性故云是義不然不然者豈非執無何以故下第二正難又二先難次答初文凡作七番一據業行二據斷善三據發心四據退轉不退轉五據修萬行六度六據退萬行七據僧寶初就行業爲難者人天無性但有業緣五戒得人十善得天天得作人人得作天菩薩亦爾但以業緣而得成佛非謂佛性次就斷善作難者若衆生有性善不可斷墮於地獄以佛性力應止地獄夫佛性是常常何可斷既斷於善即知無常若無常者則無佛性三據初發心難者若本有性應本發心心既始發知本無性又佛性無發發則非性四據退不退爲難者若本有性不應毗跋致只應阿毗跋致唯應不退不應有退既其有退知無佛性五據萬行

難者若本有性何須萬行修萬行者知無佛性六據退萬行爲難者佛性是常何得有退既見三惡而有退者知無佛性七據三寶爲難者如佛所說三寶是常僧既是常只應常住何得進修令後成佛進修則無常無常故無性何故云一切衆生悉有次佛言下正答七難但不次第第一答第一業行問第二答第三發心問第三答第六退轉萬行問第四答第二斷善問第五答第五萬行問第六答第七僧寶問第七答第四退不退問此答第一問止有八字具答問意舉人天由業不關佛性亦應由業致佛不關佛性佛答人天不須佛性只由於業致有往反不關佛性佛性常故作佛亦常知有佛性汝言下第二超答第三發心先牒問次正答汝言何故有退下

第三超答第六退轉萬行明實無退只是遲得謂之爲退而不答萬行爲下答可酬之此菩提心實非佛性下第四追答第二斷善問明菩提心非佛性闡提不發菩提心而佛性不斷善男子汝言下第五答第五萬行之問爲二一正答二更取意難前無此言一解云前應有此問翻者脫落二解云本無此問直是取意善男子汝言僧寶下第六答第七問有四復次初有二種和合次十二部經和合三十二因緣和合四諸佛和合皆明僧常乃是一體之僧非今事僧善男子汝言衆生若有佛性下第七追答第四退不退問文爲二先牒問誡聽次正答其難云若有佛性豈合跋致阿跋致興答文爲四一明退轉行二明不退頗三雙明退不退兩人四重明不退行

佛答意者不關佛性有退不退只由志願彊弱不同致退不退雖退非失遲得名退初論退行又爲四一明十三法二明六法三明五法四明二法初十三法如文次六法中有營世務者出家學道經營俗法巨有所妨言俗法者眞修之外皆名爲俗春秋中臧文仲有三不仁使妾織蒲席賣爲外邦所彈曰汝國之大夫失德與百姓爭利俗人尚誡貪況驅馳耕販必應休道設使彈訶何足以言又句句應論觀慧文煩不書得意自在夫觀解者非但執耒運斤名爲俗務坐馳五塵六欲即是世務又專念空無相願亦是世務又念蒼生塗炭慈悲慰拔亦是世務若能無念念於無念非念非無念一心中覺方非世務私謂如大師釋經句句之中依文消竟即句句觀解於文非要但爲法行者隨語起觀故處處明二云何下第二明不退之願願作心師有二解一云只是前後兩心前心起惡後心隨流者此非心師前心起惡後心能止是則心師二解以假人制心不隨心作所作假人人是心師今明太近上文云諸佛所師所謂法也心緣於法法爲心師深淺自在善男子不可以下第三雙明退不退兩人正酬其問有譬有合如文師子吼下第四重明不退之行先問次答通論六度皆是不退之行今趣舉三十二相業約求佛心便上文明百福成一相今文或一業成一相或多業得多相此就相似因果爲語一業一相多業多相示因果不差佛實有四牙而文但二牙者二牙大二牙白兩白爲一兩大爲一故言二牙又一解

若論牙則有四若論邊則有二今明二邊牙故言二牙善男子一切衆生下第三結歎佛性此文具五種佛性衆生即正因諸佛境界即果性果果性業果即了因佛性即境界性又一解衆生是正因諸佛境界是境界性業是了因性果是果性果果性後佛性是總結章耳又一解一切衆生明凡夫諸佛明聖人業即是因性因因性果即是果性果果性佛性即正因性下總結四法即指此爲四皆稱不可思議者不可以定相取即一性是五性五性即一性非一五性而一五性不縱横不並别如是乃名不可思議若得此意望上兩畨破義無性即有性有性即無性非有性非無性而有性而無性即是非内非外雖非内外而不失壞名諸衆生悉有佛性若失此意全非祕藏之宗文理抗行焉釋涅槃文云四法者衆生諸佛境界業果是爲四法文云衆生煩惱覆障故常者只名此爲常以其煩惱起故是常又一解云只衆生中有佛性之理是故名常今謂此解淺近常義亦不成衆生煩惱障覆即是常者衆生是生死生死即涅槃煩惱即菩提既言即是寧不是常問果果了因萬善如何是常一解云能了佛性故云是常今謂此不然皆不可思議不可思議故常明文在兹何勞餘解不可思議故常此是圓義無常覆障破無常已得受樂故此是别義云云

大般涅槃經疏卷第十四上

音釋

轆盧谷切轆轤井上汲水木也　濩胡故切布濩流散也　渜奴管切　飫依倨切飽也　酵古孝切

大般涅槃經疏卷第十四下

隋章安頂法師撰

唐天台沙門湛然再治

師子吼品之三

起卷第三明縛解衆生雖有佛性爲惑所覆不能得見須修萬行解生惑盡佛性理彰故明縛解文有五番問答初問答中初問爲二先領旨唱無次是五陰下生滅爲難若正性不生不滅故無縛解緣性念念不住又無縛解此惑體性即起即滅云何此惑能縛衆生既其無縛即亦無解有法有譬有合答爲二初誠許次正答又二初明縛後明解就初縛爲三一死陰二中陰三生陰就初死陰中三有法譬合初法如文次譬中云日既西沒雖殘光東照終不歸東人命將盡雖有餘氣終不更生此陰滅已彼陰續生此乃即死明生衆生下合又二先正合次如燈生闇滅重更引譬次如蠟印印泥下第二明中陰又二先譬後合蠟譬死陰泥譬中陰印滅文成者譬死陰若滅中陰即起文非泥出者此身非是中陰所出又非無因亦不餘來藉於死陰而得現也不可求其處所但因緣故有問亦有不受中陰者不答通論皆受如大理獄責定行刑中陰亦爾覈定善惡惡墜善升若有別從猛利善惡如五逆者徑墜十善者徑升猶矛離手遂到彼方則不論中陰現在陰滅下第二合譬初正合次二眼三食初又二初正合次舉譬帖合二料簡二眼三食者自無摶食既是改報寧得有飯而摶既有想陰則有思食有身故則有觸食以有意故則有識食

俱舍中廣明中陰等古人有四食章等於此非要父母交會下第三明生陰通論六道並有生陰且就人道初明起三煩惱次明具四顛倒所以爲縛不得難言念念滅故無有縛三煩惱者一愛二瞋三謂已有此是我見亦即是癡是人若得下第二明解又四初明近聽思行皆如文師子吼言空中無刺下第二番先問後答初問又二初作逆喻舉空中無刺後舉陰無繫者云何繫縛上德王云心本無貪云何貪欲能繫於心即是此義答爲二謂法譬初法者就理爲論謂續故不斷壞故不常不斷不常非縛非解若未達斯理即有縛解舉屋舉拳約掌合時論縛掌離時論開本不合時論不縛不開繫縛等三即此意也縛即論假脫即論真不縛不脫即論中道

乃是三諦相即之相師子吼言如眼下第三番先問次答此問躡前答文作難前云名色縛衆生衆生縛名色名色只是衆生云何自縛如刀不自割故後復難若其衆生只是名色者還是名色縛於名色云何名色能縛衆生答如文師子吼言若有名色是繫縛下第四番問答問如文答中有法譬合初法說中羅漢子爛故無縛報在故有縛而言未見佛性者大乘望之子果俱縛小乘不爾次譬合如文師子吼言燈之與油下第五番亦先問次答初問意者佛前言燈喻衆生油喻煩惱今難此語有兩解一云燈覽衆法明油器等共成一燈明名燈明器名燈器二云明與油異正取明爲燈燈是火性油是濕性正取後意爲難燈之與油二性各異衆生煩惱本來

不異云何爲喻佛答爲二初舉八喻後合燈喻八喻爲二初列章次解釋從小向大爲順喻從大向小爲逆喻現者取現事爲現喻前逆順亦是現事除逆順邊取餘現事非者都非其類先者先喻後合後者先法後譬滞此是帝音滴此是的音先後可解此中應作養音上看下爲養下看上爲樣音徧喻者盡其始末師子吼言衆生五陰下大段第四明修道旣其有縛云何得脱故論修道而脱其縛文有四問答初明道可修二正明修道三修道之用四勸修此四次第者諸法雖畢竟空而道可修是故正修修能斷惑是故有勸初畨有三問答初問五陰衆生人法皆空何故有修佛答諸心念念相續不斷雖念念滅煩惱連接所以有修是故第二更問心念念滅何有修道佛答雖念念滅得論修道如燈雖念念滅而能破闇汝言念念滅下更復取意解汝言無增長者不爾後舉六譬皆明有增長如文第三畨問更躡前六譬爲難雖念念滅而能破闇等修道亦爾初雖未圓久能破惑師子吼承此更難如初果人善法五陰亦應相似相續生淨國土那忽至於惡國生殺羊家佛答雖生惡國不失名者名謂無漏無漏恒在陰則不爾善陰惡陰由業所得非無漏法之取招也故佛答不相似雖生惡國不作惡者由無漏力持故答中先法兼出六譬香山譬初身師子譬見諦無漏雪山譬惡五陰飛鳥走獸譬諸惡法又香山譬善陰雪山譬惡陰雪山鳥獸並不敢住譬在善惡兩國之中皆不生惡法此關習報兩因之義習因

種類相似常生終不爲惡報因牽於異類之果故生惡國有人譬須陀洹身貲産巨富譬見諦無漏斷惑之功唯有一子者四果中之初果也又見思兩道中唯是見道故言一子先已終亡者見諦無漏而不現前出觀則無其子等者思惟無漏因見諦生故言其子有子復在他土者思惟無漏望於見諦名爲他土奄便終亡者須陀洹人七生終没孫聞是已還收産業者思惟道中還承接前見諦之功雖知財貨非其所有者見諦無漏非思惟中無漏無遮護者見思雖别同一無漏師子吼言如佛説偈下第二正明修道又二初明修道次明修道因緣初又二先釋次論義初舉偈問者上兩句修道下兩句得果能修三品不退得果三品是因近大涅槃是果初牒偈問次一一請答答中三番解釋初番眞僞對辨次番偏爲破惡後番偏爲生善就眞僞爲二先僞次眞初僞爲三品下下一向不能持戒下中畏於惡道之苦是故持戒下上爲度衆生苦惱是故持戒此三並僞今取此人尚不可得次眞者知諸法空而能持戒爲諸衆生而求佛果果不可得衆生尚無況有佛果名眞持戒次能破十六惡律儀者此就滅惡更釋三品魁儈者舊云是販魚肉典軍之人又云是行杖者無身三昧者空定滅色故言無身無邊心者即識處定淨聚者即不用處世邊者非想此定能知八萬劫以此爲邊又非想在三界表故言世邊世斷者八萬劫外既不能知便謂爲斷世性者即是冥初是世之本性世丈夫者以此定力能見劫初水

中丈夫即韋紐天非想非非想者即是存亡觀爲定體修習戒者爲身寂靜下第三就生善釋三品諸有者即是三有二十五有諸界者即是三界及十八界等諸諦者即二十五諦及以六諦師子吼言不生不滅下第二論義因前修道故見佛性得菩提涅槃今難涅槃及以佛性凡七番問答初三番難涅槃次四番難佛性初云若不生滅爲涅槃者只凡夫人亦不生滅應是涅槃凡人一期從生至老不更生故故名不生而復未滅亦是不滅此不生滅是涅槃不又云若以三相中生相爲難只此一念生已生故故是不生復未滅故故是不滅是涅槃不答中先印述之後解既非涅槃爲始終故亦須更通上之兩解成始終義初生爲始命盡爲終一念三相生相亦爾初起爲始念滅爲終世尊下第二難明生死法亦無始終十二因緣輪轉不住何有始終佛答者生死之法有因有果十二因緣輪轉不住過去二因現在五果故非涅槃第三番難明涅槃之中亦有因果戒定慧等能得涅槃豈非因果佛答涅槃有因而非果又復是果而非所得又佛性爲涅槃因復不能生涅槃之果云云第二有四番問答論佛性義初番就共有不共有爲難先標兩章門後釋如文佛答又二先法次譬初法中言不一不二不一故非共不二故非各雖爾終是一切衆生同共有之地人云一切衆生同梨耶識法界體性若爾一人得時應多人得成論師云衆生各有佛性但成佛時權智齊等同一法身力無畏等亦復如是若爾佛性可數即

是無常正當此難然佛性平等非一非二非共非各亦如今之持戒修行之人不可一不可異人人各修豈得是一我解彼解彼解我解是故不異又如五種佛性並不一異衆生等有豈可異五種不同豈可一云云問衆生於五佛性中爲具幾許答盡有盡無衆生無觀智之了則不能發境發境之智既無亦無觀境因既無因寧别得果及以果果既無因果云何非因非果盡有者必當得故從縁現故故言盡有今時雖無必當有之次譬如文第二嵛難忍辱草譬若一者一人修已餘人亦得佛答佛性是一隨多人修各各得之不相妨閡第三嵛問如多人在路於後無妨佛性亦爾前人修時亦妨後者佛答者如路橋醫並是少分聖道之路則不如是橋等亦然第四難天人六道其相非一云何共有一佛性耶佛答置毒乳中隨其五味毒能徧殺佛性亦爾徧一切處云云十六大國下第二明修道因縁又二初明道縁二明道因初道縁又三一處縁二時縁三人縁非處非時非善知識皆不能得故云待處待時待伴就處又二先城處二樹處城處又二先問次答問意言十六大國有六大城如來何故在此小城答爲二先訶次正釋初訶問者佛所居處不應言小舉三譬況如來世尊是人中之尊居止之處其處則尊君子居之何陋之有我念往昔下第二正釋又二一報地恩二驅邪黨初報恩又三一報發心二報四無量三報弘誓如文次驅邪黨又二初徧六大城後明至此降伏既了邪窮正盡即寂滅涅槃六城爲六初

即至王城然外道潰亂誘引衆生令墮三惡故須來此而驅遣之又國主有請佛不違言故徃王城外道自知其術淺薄仍奔舍衛佛因化三迦葉及通慧二人時彼城中有一長者下是第二徃舍衛逐外道就文爲三一明徃之縁起二共試神力正論徃彼然諸外道在王舍城不敢拒抗行至舍衛仍求面論珊檀那者是王舍城人此翻護彌祇陀此翻勝氏須達多者是舍衛人此翻善温問佛名聞十方須達亦是六大居士何以聘婚夜宿始聞佛名答初非不聞盂浪飄瞥今道機時熟聞則毛衣偏竪

師子吼品之四

起卷是第二至城共試神力文爲三一試縁二正試三衆益初又四一求試二王不許三重求四王許所以求者前於王城已被斥逐今復更來舍衛城中奪名失利不可容忍訴王求試就初爲二一褒美於王巧言令色二貶挫於佛動容劇謗年既幼穉者佛既三十成道于時只可年三十餘苦行止六年而已故言學淺眞實不生王種中者彼言佛是幻化必非王種劫奪他人父母者佛教令人離俗出家即是劫奪父母之兒亦是斷他父母子胤不許妻娶亦是劫奪他家父母云云王言大德下二是王不許六師答言云何無妨是第三重求王言善哉下是第四王許王雖私許又須咨佛佛言善哉下是第二正試又二初命王多造二正現神變如賢愚經云云三時衆得益此中不明交論徃復直爾示於希有奇異外道覩變自知不逮仍奔至於婆枳多

城問何不交論答三輪之中宜神通輪當是時也時衆及以外道徒屬得益其外道師猶未信伏爾時六師内心下是第三佛復向彼城問佛有大悲不惱衆生云何處處追逐六師不得停足答欲擢異見救無量人令出邪濟除生死縛得大涅槃此非哀愍更以何等爲慈悲耶於是六師復相集下是第四向毗舍離如來復往爲菴羅女及離車等種種説法此即耆婆之母瓶沙夫人既有麗色誡諸比丘觀身念處次爲離車説不放逸破其憍慢國法每選智能爲主餘者參議是故翻之爲邊地主亦云傳參國事是時六師下第五復至波羅奈城六師聞已下第六復至瞻婆城爾時六師周徧六城下二明至拘尸皆被追逐不知何去正言拘尸陿小且自保而住

不意佛來就此文爲三一邪教二正教三邪正論義初是外道至拘尸城廣談佛過令人起邪文云母既是幻子不得非此有何意意言人之生法自有常儀何因乃從右脇而生豈非幻母而生幻子二佛至説正撥邪歸正則邪正各行爾時六師復作下第三邪正合論凡七番問答前六番正論後一番降伏此即初番先立邪義以見者爲我即十六知見中一佛破有三初令六根俱用其上舉向爲譬令還難之人在向中見色聞聲俱取六塵汝以我在眼中只能見色不能徧取諸塵者當知汝非次令老少不殊如在向中乃至一百年見外分明我在眼中百年見物亦應分明若老我在眼不及少者何得用向而爲譬耶第三令内外俱見人在向中内外俱見我

在眼中何不見內六師復言若無我者下第二番進問此非正難爲前難甚故更問我佛言有色下答又三一示因緣二破邪我三結正我此即初示藉諸因緣而得見色曾非我見但横見言有六師若言下第二破其邪我又三初標唱不然次何以故下別出諸過我以自在爲義只應唯作婆羅門種何故復受六道不同色既無我受想行識悉無有我以無我下三結過六師如來下第三結示正我又二初略示次對辨初文意者前既破色受等無我其即更問如來爲是色等已不今懸取其意答云如來我者無復色縛亦無受想行識之縛具於四德汝所言我不免四縛次更結亦與外對辨外道言我從因緣故是故無常如來我者非因緣得故常樂我淨六師言瞿曇下第三番外道攺宗或云部別以徧一切處爲我不取色爲我佛言下如來破之有二意初直就徧破後更就一異檢初文又兩復次初復次責徧我既徧者不應初不見應常見也次責我徧者應徧五道何故畏三惡道爲人天身持於戒善次就一異者又二初先唱兩章門次一一釋就一責如文就多責者一一身中各有一我我是自在云何利鈍愚智不等瞿曇衆生我下第四番外道重救我則是一又亦恒徧衆生修業自有差別業果不同佛破云我既徧而且常豈得善惡迭謝便應罪福俱有故言行惡應有善行善應有惡若不俱有即是不徧又我是自在應善惡自行云云瞿曇譬如一室下是第五番外道復救以然燈譬雖同一明而燈體各異我

終是徧但善惡用異如一室中然百千燈云云佛破又二先唱不然次三種破一從緣破二就明出異處破三就明闇共住破初破云汝燈譬於法明譬我者明由於燈多油炷者燈則明盛若爾我由於業業滅我死業既陋小我則不徧第二責處者明從燈出若爾者我從業出則業有我非我有業第三明初燈時與闇共住若爾汝之常我皆應在於無常我中無常之我亦應在於常我之中瞿曇若無我者下第六番外更請問佛答又二一破邪我我既是常云何能作常何有作設令有作何不作善而或作惡既善惡不定則無常也次明正我即是如來常住無閡第七一番外道歸伏如來結章如文善男子以是因緣下第二明樹處又二先結前生後次正明處初如文東方雙者下第二正明樹處為三一表理二護法三法味利益初表理理即四德何意以東譬常無常等一解云趣取一事無的所在亦可以東譬樂無樂二河西云二株枯乾表應化身滅二株敷榮表法身常存然菩提樹亦一觚生一觚枯至佛法滅二株皆枯若爾何必定破常無常等然佛隨緣化應有所以河西云東方雙表常無常者外道所事大自在天在東方住教行於西今佛法常破其無常故言東方雙者表常無常南方表我者南是右方右手作便譬我用自在西方表樂者西方行佛教即得樂表佛法樂北是淨方又是出家之處故表佛法中淨又云自在天面向東則右手在南皆是為破外道四倒表佛法四德故作此配此中衆生為雙樹故

下第二護法先舉事後明理事者佛在樹下入於涅槃四天大王常護此樹不令外人侵毀其枝葉昔召伯治理有善政常聽訟於小棠之下及其既没百姓思其仁愛其樹而作勿翦勿伐之詩況復如來娑羅樹耶從華果常茂下第三明法味利益先譬次合釋華果者華敷嚴飾見者生愛譬法身湛然常住無變故用華表我果表樂者其味甘甜色香具足見聞嗅觸嘗食徧樂法身亦爾一切衆生皆同此樂師子吼言如來何故下第二時緣又二初二月時次十五日時前二月時有問答答爲二初舉喻明事次合譬明理初文者若依夏時即是二月若依周時即是四月衆生悅時皆保常故破著悟道又云六時中者二解河西云外國二月爲一時年有六時是則春夏冬三時各有前後金光明云若二二說足滿六時三三而說一歲四時今此正取二二足滿六時招提云舉春冬兩時各有孟仲季故言六時文中舉孟冬對陽春云云言二月者下第二合譬明理二法身者即是眞應河西云常身無常身俱爲照世果喻四果一云是小乘四果大能兼小故也二云是四德師子吼言下第二明日時亦先問次答問者長阿含說八日出家八日入涅槃此云十五日蓋由感見不同亦是如來身密自在次佛答爲二初就本次就迹初本者欲明妙本圓極故以十五日爲譬如十五日下即是就迹師子吼言何等比丘下是第三明人緣於中又二先出人次論義初明人中有問答言莊嚴者此人具德具行多知多見巧示巧說故

能莊嚴雙樹亦是德行具足堪可依憑故得是緣佛答爲二初明因中六人六人者或是略説或是物宜或是對上六師故舉六耳問何不取菩薩莊嚴雙樹答菩薩游化無定不常隨佛此六人者常隨侍佛得是人緣又此比丘即是菩薩云云文云身子聞涅槃不憂聞常住不喜者阿含中云身子聞佛欲涅槃不忍見佛去世乃前入滅云何言聞涅槃不憂佛答中述其德果知正是菩薩之義不可作小乘意釋若有比丘能説下第二明果人即如來是前出人竟次惟願下是論義有三番問答初雖非正難亦得稱問佛言下答爲二先明本次辨迹本爲兩一略無住二廣無住又二先法次譬初法中二先釋住次釋無住於中云名虚空者妙體非有故言虚空金剛

三昧即是如來者舊解云十地窮學乃未是佛相續道中轉金剛心即名爲佛今依此文云是如來此名通於因果例如首楞嚴通因果檀波羅蜜等者非謂六行能成於果上文云六波羅蜜滿足之身道品亦然譬如虚空下二就譬説無住又二先譬次合初譬如文次合中反以差别簡空空即無住於中云六住菩薩煩惱因緣墮三惡道者或言六心或言六地私云恐是六地善男子如來今於此下第二明迹方便道中還歸寂定衆生不見謂佛入涅槃師子吼下第二番問答如來何故不常利生而入寂耶佛廣答其意不共法藏者不與二乘人共其中或爲滅惡或爲生善即四悉意須入寂定師子吼言下第三番問答問云何名涅槃爲無相耶佛答爲三初

直明十無相次明有相之失三明無相之得師子吼言何等比丘下第三明修道之用文爲三初明三法次辨二法相資三明力用初文前略問答後廣問答略問答如文然三法不同若聖行以戒定慧爲三法今文以定慧捨爲三法定慧爲正捨是調停而言時時者非專一品應時時調均令得自在師子吼言云何名下第二廣問答問中二初通問云何爲定慧捨相耶次別問三法爲二初廣約定問次以慧捨例初問定爲三初據本有次就一境三就一行初本有中言皆有者謂一切衆生皆有三昧數師明十大地中有三摩提是定數此定本有何須修習河西云取造事心專不必十大地中定數次心在一境者若但行一境爲定者更復緣餘便非是定若不

餘緣云何得名一切智人三就一行爲問者若一行是三昧行餘行時即非三昧若不行餘行非一切智次慧捨二事例亦如是問佛答中先答別問次答通問先答別問中二先答定次答慧捨先答定中前問定有三今先答第二問以第三問例次追答第一本有之問今初第二云如是餘緣亦是一境謂心專一緣此是定境以定緣之無境不定非謂猶是問境之一蓋是定心緣境非是散心以定一於一切名一切智若是散心緣境爲境所牽若定心緣境設改緣易觀非境牽心故得是定行亦如是者即兼答第三一行之問若以散心而行諸行行牽於心若以定心行於諸行令諸行一又言衆生下追答第一本有之問善三昧者不取大地通三性定乃取善

修之定次以住如是下答慧捨又二先答其慧相不見三昧慧異答其捨相復次若取色相下第二答前通問文爲四一略標三法體二釋三法名三更廣三法體四明功用初略標體爲三先標定體言取色相者非定執色相之心乃是禪定門户入住出相不能觀色常無常者正作靜攝不作照知故不能觀次若能觀色下出於慧體常無常俱照故非偏慧三三昧慧等下明捨體二事合調故云平等又三先法次譬三合法如文次譬者偏定是遲偏慧是疾二法均平故以駕駟爲喻三菩薩亦爾下合合中云十住菩薩智慧多三昧少者河西云十住進求勝地方建大乘嚴土化人智用偏起故不見性二乘自調自淨志求證得定多智少亦不見性於二平等則能見性今明入空多則是遲相入假多是疾相空假雙亡是平等相能見性者是別教意即空即假即中乃不遲不疾是善駕駟即圓教意乃能見性奢摩他下第二釋名先釋定名一本云阤亦云舍皆梵音輕重翻名不同一翻爲止止息惡緣或名爲定此名多訓故留本音不可偏判毗婆舍那此翻爲觀亦云見憂畢差翻爲捨相亦平等不爭等奢摩他有二種下第三更廣三法體皆增數辨之初廣定中增至十法能大利益者百論云達分三昧因果俱樂者河西云謂佛所得定入出自在始終常樂念覺觀者善惡覺觀俱是過患觀生滅者人多於生滅起斷常觀十一切處者但列地水風不明火者有人言經本誤失火字河西云行人觀身内四大非觀外四

大身内三大顯骨肉等是地洟唾等是水氣息是風此三顯現火大劣有少煗所以但三而言不用處者明自下地至不用處招提云火大不恒假薪而有無薪不發三大恒有所以用之不用處者明此觀成窮不用處故數爲一慧有二種者下廣出慧體般若正是慧毗婆正是觀亦名見闍那正是智釋般若云名一切衆生者顯般若是慧能知一切衆生數故又釋毗婆是總相亦言是三昧所以三昧慧能總知也常塗解云慧是不癡故在凡夫見名小勝故在聖人智是决斷最勝在諸佛别相總相破相亦據優劣輿皇云凡夫分别是别相二乘聖人總前諸法無常是總相諸佛菩薩皆破此故是破相今明不然斯乃論一心三智破相是照空别相是照假總相是照中三智一心中得論不思議慧不云捨者異體非故四功用如文

大般涅槃經疏卷第十四下

音釋

覈（下革切考實也）穳（子筭切矛也）儈（古外切）潰（胡對切散亂也）誘（與久切導也）腋（羊益切左右肘脅之間曰腋）駟（息利切一乘馬也）

大般涅槃經疏卷第十五上

隋 章 安 頂 法 師 撰

唐 天 台 沙 門 湛 然 再 治

師子吼品之五

卷起是第二明定慧相資亦是相即亦應言捨但是略耳又捨無別法定慧均平即名爲捨文中先問後答問意云慧能斷惑何須用定舉偏別之難以祈圓融之説初師子吼引佛經爲難果知不破外人亦非破問者只是破佛爲緣之經佛經不出四教觀此義意正用圓破別別既被破餘例可知次佛答中初文爲兩初總破次別破初總中總唱是義不然何所不該若邪執若小教若共教若漸次皆墮不然之中但是治內之流滯非破外之閑邪次別破爲二先以法料簡後示圓融無方定慧於初文中爲七一約無異二約無有三約無所四約無缺五約無動六約無能七約無作初約無異破者文爲二一論體同次舉譬譬體同也何者惑者咸謂煩惱與智慧其猶水火怨賊須修智慧故破煩惱自別教已還莫不如此故師子吼挾此設難祈於異聞佛以圓破別何者智慧何者煩惱蓋是法界之解惑解惑同體無二無別若惑時舉體是惑惑外無智若解時舉體是解解外無惑經言煩惱即菩提菩提即煩惱又經言出法性外更無有法出外有法即非法界若然有煩惱時則無智慧何所論破若有智慧無復煩惱復何所破而言智慧能破煩惱故舉明時無闇闇時無明喻此圓法斯理斯文彪炳灼然不應餘解從誰有智慧下第二約無有

以破文爲二先責人法次結無破初文者自三藏已上别教已還不能法界圓融虛已忘物二乘猶存我衣我鉢菩薩則嚴土化人彼我雙存智斷俱諍此則有誰不得無誰佛以圓法責之只此智慧是煩惱誰以煩惱斷於煩惱只此煩惱是智慧誰以智慧斷於智慧尚無煩惱斷於煩惱何得智慧斷於智慧是故結云如其無者則無所破從善男子若言智慧下第三約無所以破文爲二先雙明不到到次雙結無破何者智慧是法界縱令出法界外有煩惱用法界内智慧破外煩惱爲不到彼所能破爲到彼所能破若不到彼所能破凡人不到亦應能破若到彼所即能破者爲初念能破後念能破若初念不能後亦不能是故結云到與不到若能破者是義不然法界之外更無復法是故無所從復次毗婆下第四約無缺以破文爲二先約法正破次舉譬初法意者智慧是法界圓滿具足無有缺減智慧即是戒定等而無有異那忽法界外而猶有伴共破法界外之煩惱既無伴破獨亦不能故舉盲譬若獨若伴俱不見色若獨若伴是缺減義從善男子如地堅性下第五約無動以破文爲二先舉類破次結破如四大性不可動轉更無一物改動四大令失本性煩惱亦爾與智同性智性自斷煩惱之性亦自是斷云何以斷能斷於斷次結文云毗婆舍那決定不能破諸煩惱從善男子如鹽性鹹下第六約無能以破文爲四前奪次縱三更奪四復縱初舉鹽蜜轉他同已即奪智慧不能如鹽蜜不滅之法智慧不能彊

令其滅此奪智慧無斷惑之功次若言下引鹽能鹹者縱於智慧能滅他者智慧自念念滅豈令他滅如溺人自沈何得浮他三善男子有二種下更奪正以性滅奪之皆是性滅不能令煩惱滅四若言智慧能滅下復重縱之舉火蚞斧伐求其滅處不可得也前一縱奪明無常苦空及緣修等智慧自是無常何能斷惑歷然可見後一縱奪責不見能斷所斷方所此破法界外別有於惑爲智所斷何以不見處所如火蚞如斧痕既無蚞痕則無惑可破既其無惑智慧破誰用圓破別文義明矣從善男子一切下第七約無作以破亦呼此爲總結於前此中明一切諸法性自空者誰令生滅無造作者那得智慧破於煩惱若修習定下第二示圓融無方定慧皆是法界非但慧能斷惑定亦斷惑文爲四一明定慧相具亦具一切法二明定慧相即即寂能斷即斷能寂三明定慧名相四明自在適時開此四科即四悉意定慧具足三菩提即第一義即寂能斷即對治定慧名相即是世界適時利益即是爲人就初定慧相具文爲三一即定具慧謂正智見也二定具世間生滅無常等法引證是也三具三菩提是也定爲法界包含既爾慧捨亦然次菩薩具足二法下明定慧相即若言相資此義則蹴又爲二初即定而慧次即慧而定初文中凡舉八譬即定而慧妙能斷惑次復調攝五根去明即慧而定在危而安處損能益云云初譬如刈菅草者字音姦詩云白華菅兮又云無棄菅蒯爾雅云白華野菅郭璞云茅類也甘鍋者融

金之器土釜也字當作戩並音戈而言廿者謂口斂也次文又二先正明次善男子下明功能並如文定相下第三明名相者無名而名緣一實相而言三相約三相立三名名相皆是法界具一切法定無定相故名空慧達清淨法故無願求捨無能所故有無相若有菩薩下第四自在適時巧用文爲二先唱時非時後更問答答中明三法時非時即是自行四悉受樂等生慢宜修定者此巧用爲人精進等起悔心宜修慧者此巧修對治二法平等宜修捨者此巧修第一義起煩惱宜讀誦六念者此巧修世界經云修習三相以是因緣成無相涅槃既言因緣即是巧修悉檀以爲因緣成大涅槃又宜修於定即是有門宜修於慧即是空門宜修於捨即非空非有門宜修十二部六念等即亦空亦有門從四門因緣成大涅槃復應巧作化他四悉不能煩文修者須具云善男子若有菩薩修習下第三修道力用文爲二初明感樂得涅槃後明離苦轉障初文又二初明得涅槃次論義論義有兩番問答初問躡修三法能得涅槃故問其相文爲二初牒無十相名大涅槃但因答竟此旨已領未解其餘更以十法爲問開善取此諸結火滅名爲滅度以翻涅槃莊嚴取離諸覺觀名爲涅槃以彈開善云子縛盡名滅度果縛盡名涅槃云何取子縛之文翻涅槃之果開善救云具存外國子果縛盡俱名解脫有餘無餘二滅俱名滅度而出經者巧互其詞以子縛盡存此音爲滅度果縛盡存彼音爲解脫然此中十答皆答涅槃之

圓德兩師各執一句而起於爭此是因於解義而起煩惱又同觸象云云師子吼下師子吼重問已聞十義未知修者爲修幾法得涅槃耶次佛言下佛答答意者向之十法但是涅槃果果之異耳若欲修行復具十法於中三標釋結師子吼言如佛先告下第二明離苦轉障又二先明所轉之業障次明能轉之治道初有二番問答初番明業不定故障可轉次明業不定故道可修初問答爲二先問善業次問惡業初問善業爲五一明無窮二明必定三重無窮四重必定五舉況結問初又三一語端二領旨三結問初告純陀者此欲設問之由漸如佛下領旨施畜生百倍闡提千倍者畜前因惡今報卑闡提取前因善今報勝故有百千之殊上文殺畜生得下罪殺闡提無罪此復云何答畜無斷善謗法之愆闡提有此之失純陀大士下結問次世尊經中復說下問必定又二先領次正問純陀心重而因勝此業決定何得成佛三世尊經中說下重明無窮四世尊經中說下重明必定五又阿尼樓馱下舉況結問次世尊若善果下第二舉四人惡業無窮云何能得菩提佛言下答又爲二一賛問二答答又二初緣起次正答初歎業力深是答問緣起然佛十力亦無優降特是宜爾又業輕重定不定等難知餘人不解故稱爲大有諸衆生下正答又四一開權二顯實三釋權四釋實初開權者爲不信人唱言決定一切作業下第二顯實業法不同有輕有重有定有不定安得一向決定或有人下釋權只緣邪者不信爲其定

說或重業下釋實又二先出愚智二人從一切衆生下二雙出二轉智轉重爲輕定爲不定愚轉輕爲重不定爲定若如是下第二沓問答明業不定可得修道問意有兩一以惡業不定何用梵行求於涅槃二以善業不定故亦何用梵行求於涅槃佛答此問其文甚廣所破疑惑處多故不可不委若不曉此一切行不成是故此文文相稍長文爲四一正明業不定故修道二明業定有多過三雙明業定不定四結不定故修道初又二先明不定次善惡相奪初又二先若定者不勞修道二以不定可得修道若能遠離下明善惡相奪以惡不定故可得爲善善不定故可得爲惡若一切業定得果下二明定則多過又二初明定則無修道次明定故則有多過就初又二前略次廣略中二初明若定則不須修道次明若不修道則無解脫若一切業下二明廣說亦二先廣明定則不須修次若人遠離下廣明若不修則無解脫期善男子一切業定下是第二明業定多有過又二初明業定過次明人時定過前文又二初正明有過則應一作善惡業永受善惡永無息期次業果若爾下結無修道人作人受下第二明人時定過又二初正明過次結不須修道前又二初明人定之過業若定者人天六道貴賤好醜永應常爾不可改動小時作業下二明時定之過小時作業還小時受壯老亦爾次業若無失下結無修道善男子業有二種下第三廣明業有定不定又二初唱定不定兩章次解釋然業有四句一報定時不定二時

定報不定三俱定四俱不定今合爲兩章報定時不定時報俱定同入定章門時定報不定時報俱不定同入不定章門所以然者正意皆據報定爲正定業有二下第二釋章門又二初釋定章門甚多次釋不定章門極少止十二字初釋定門更爲兩章一報定時定二報定時不定緣合則受下即釋先釋報定時不定時不定者於現生後三時應受而不受者此永不受必時不定報定者善惡報具唯待緣合緣合即受無有毫差若定心作下第二釋俱定又三一釋報定二釋時定三雙結初文又三一明定業二還復不定三釋疑證轉此初正明定復有四事莊嚴一信心二歡喜三發願四供養此據善業四事飾之惡亦例爾一信惡二歡喜三發願四供養惡黨

以此嚴於惡智者善根下第二明此業復遇緣迴轉還復不定又三一智人轉重爲輕二愚人轉輕爲重三結是不定菩薩無地獄業下第三釋疑證轉恐物情疑見諸聖人而生地獄豈非業定故今釋之實無彼業但是願力而生其中爲度衆生故結云非現生後受是果報所言證轉者前文雖言愚智轉業未見其證今明聖人入惡化物若業不轉則在彼無益旣其有益當知可轉其中又二初略次廣我念往昔與提婆下第二釋時定又二先釋現報次雙結生後現報又二前明爲調達所弊是現事次爲迦羅富所弊小般若云歌利賢愚經云迦利釋論云迦梨同是一人梵音不同忍辱名戒者次第六度相攝皆不言忍是戒今云忍名爲戒者何也此是戒忍

更互相成忍若內明戒亦外淨於忍只是忍於殺盜婬妄戒只防此是故忍有成戒之力故言忍名爲戒今明忍爲法界具一切法不能具說且舉一端故言忍名爲戒說文云劓者割鼻刖者斷足善業生報後報下第二雙結兩報菩薩得菩提下第三雙結報時兩定又二初雙結次偏結時初文者闡提犯五逆惡業雖不可現報復不得受後報應生報此時報定文云得菩提時一切諸業悉得現報者此時菩薩斷一切惑無生後報唯一生在即得佛果故云得現報又解若以一生之言同於分段則不名現報以增一品智斷名爲一生故雖一生仍名現報一云只法身佛有此現報二云是迹身佛有此現報即指應身若業定得現世報下第二偏結時定正爲時定故只得現報不得生後又修三十二相業不得現報者以此業難成必爲佛因故都無現報若業不得三種下十二字即釋不定章門對前可知故不廣說若言諸業定得下第四結成不定故有修道又二初結定則爲失次一切衆生下結不定爲得有二種人下第二明能轉障治道又三初轉障人次轉障行三明轉相初人又二先法說次舉十二譬初後二譬有合中十無合中十譬中第九譬云無副軸者二說一云乘車遠行須儲軸爲副擬偹折傷如天子御車有副牛代倦二解云此字誤應是輻軸若欲乘車須此輻軸師子吼言下第二明轉障之行有問有答初問中二先領旨次正問問意何等輕業重受何等重業輕受佛答又三先出愚智二人輕重不

定次舉六復次次以十四善男子譬說及多雜喻初文又二初出人次法說廣明其相云身戒心慧者合束爲言只是戒慧二事若然修此戒慧能令重業爲輕無此二事令輕爲重離而爲語故云修身修戒修心修慧身是七支戒防意地修心靜攝修慧者是般若七種淨戒者即七支戒不修心謂不修三種相即是入住出三相又不能觀生住滅三相無生無住無滅不修慧者謂不修梵行梵行中具三法以慧爲正次六復次者第一可見第二文中身數者五陰五根四大等數下戒者即雞狗牛雉等戒又言爲天五欲而持戒者即是下戒邊戒者河西云外道五戒非佛法内内方名中故名曰邊或言竆惡欲邊持樂戒者即是竆於樂邊持苦戒者即竆於苦邊

餘四如文十四善男子中第二云火天者火是天口若供養之無燒魚肉烟氣至天天得此氣故是天口又外道事火以火爲師又用此火供養於師以尊師故呼火爲天口最後雜喻中云兜羅茸者楊華身者八尺相者五包也因者飯食等也果者過去五戒感身爲果聚者色陰聚也身一者總彼假實合成一身身二者四大和合所得此身自身他者彼身又此身者業力所得他身者即遺體身滅者念念不住身等者有人觀身與虚空等又言六道各有身故言等身修即所修之法修者能修之人還是人法後戒慧例應可解師子吼言是人下第三明業轉之相二番問答初問云何轉輕爲重後問云何轉重爲輕答如文

師子吼品之六

起卷第四勸修文爲二一舉法勸二舉人勸初舉法中先問次答問爲三一問佛性力故應同得涅槃那有六道差別二問既有佛性應自得菩提何用修道三問既有佛性即能吸得菩提初問先領旨次作問如文世尊下第二問又四一領經二作譬三合四結難如文若一闡提下第三問又爲三法譬合如文次佛答爲二初正答次總結初爲四一答同得涅槃難二答吸取菩提難三答不須修道難四重答吸取難答初有譬合結譬中先總大意河邊七人咸俻手足手足雖同而有度與不度次別列七人初七人者前二是外凡次一是内凡後四是聖人外凡窮惡闡提次將立而退故爲二人内凡有五方便同爲一者雖復優劣俱未發眞聖人爲四者聲聞不侵習支佛侵習菩薩侵習復化衆生佛習氣盡若不作此解無以取異上說衆生皆有佛性衆生何故不同得涅槃欲令分明更作一河七人不同此經前後凡說六河謂生死涅槃河煩惱佛性河善法惡法河兩兩相對生死論得出不得出涅槃論得入不得入煩惱論能斷不能斷佛性論能見不能見惡法論能離不能離善法論至極不至極此中正明恒河譬生死迦葉品以大涅槃爲河河中七人離合不同此文明七人後品明七衆生此中合四果爲一第四離三乘爲三人後品離四果爲四人合支佛菩薩佛爲第七人至下當更分別言洗浴者譬出家受戒自身清淨怖畏寇賊者譬煩惱采華者二解一云七淨

華即是求因二云游諸覺華即是求果出家應是出河而言入河者欲明生死涅槃非迢然別須於生死中而求涅槃第一人者下別列七人沒即闡提過去乏善宿因既尠現在無信故不習浮第二人是將立而退身力大者過去善深今生不修名不習浮能斷善根第三人即是得住以譬內凡沒已出者昔日經沒第四人即是四果以譬四方四方者下文以四方譬四諦非今用譬文云不知出處故觀方以昔不知出處故不觀今知出處故言觀方又不知大乘出處故取小果第五人即支佛亦云觀方過於四果以利根故不取四果但為自證故言而去同畏生死故言怖第六人即菩薩去不住者不住生死淺處住者心安生死從其心邊故言淺處第七人即是佛善男子生死大河下第二合譬先合總譬畏煩惱賊合前怖畏發意欲度合前入河出家剃髮合前洗浴身披法服合前采華既出家已下第二合別譬七人初合常沒即一闡提此中略合有六因緣下廣合五部僧者二解一云五眾向五眾邊更互說過二云是五部律佛滅度後一百餘年育王設會上座他鞞羅立義摩訶僧祇大眾不同分為二部後上座部更生二部謂雪山薩婆多雪山絕後薩婆多更習僧祇生於三部謂彌沙塞曇無德迦葉遺就婆多僧祇為五部如來預見互相是非大集經亦預指五部如宗輪論廣明分部以為二十非今文要故不引第二人下合將立而退即外凡人亦能斷善而不同恒沒第三人者下此合內凡得住之人小大

兩位俱在中者豈非通教三人共位若作別義大乘教異不應同位文云信如來是一切智常恒無變一切衆生悉有佛性一云此是三乘初業不愚於法如勝鬘說此文多有所闕若信如來常不變易衆生有佛性則似別義以大涅槃心修方便行入方便位下文須踐得果即是其義第四人者合四爲一但斷正不侵習第五人是支佛但侵少許習第六人是菩薩能侵多習復化衆生第七人是佛習究竟盡爲此義故分四人之異此是通義既具兩文未可專是今作一種推之只是通義俱指分段生死爲河以大涅槃心發意求度而有七種差別不同同有佛性義同成涅槃義亦成答問宜作此說是恒河邊下第三結譬酬其應同涅槃之問手足俱脩答其佛性是同習浮不習浮得度不得度答其不同得涅槃之問文爲二初明不修不得非如來咎法譬如文次明修者必得舉三譬譬之又二先譬次合如文汝言衆生下第二超答第三問又二初牒問褒貶若能修者必得不疑是故褒歎若不肯修自恃有性欲令吸取者故貶之爲非次譬如有人下正答中二初答修者必得故舉汲井喻之井譬五陰身渴乏譬厭苦求樂心井深譬身性理遠雖不見而必有汲取譬因修見性佛性亦爾下合如文次胡麻下譬不修則不得合如文如汝所說世有病人下第三追答第二問又二初訶其引經謬解六住不同一云是十住中之第六住二云是十地中第六地此地般若現前有自差之義佛訶云我言遇病自差者爲六住

菩薩說不爲凡人示其僻引次譬如虛空下正答凡舉三譬有人云此舉世間眼所見空以之爲喻有取眞諦空爲喻有云即是理內非內非外之空中論云虛空非有非無非內非外此譬佛性次文中云財物者財在他方雖不現用往取即得譬佛性雖未能見修之即會後文中云造業者造譬初心業譬修習果譬見性其中有六句一非內二非外三非有四非無五非本無今有六非無因出非此作此受下二明修者必得有五句次第釋之一云非此陰作業此陰受果若此作此受則是一陰一即是常又不由此陰而有後陰此則爲斷第二句非字冠下即非此作彼受者非此陰作業彼陰受果河西云人作天受者則有因而無果有果而無因有果無因是常

見有因無果是斷見亦應有彼作此受無者可解彼作彼受同第一句第四無作無受都無因果是則不可時節和合是第五句衆生佛性下合譬初合造業六句但合五不合非無因出初合第五句非內非外合第一雙非有非無合第二雙非此非彼下合第二修者必得感果之相前有五句今備合初非彼非此即合兩句非彼是合非彼作彼受非此即合非此作此受非餘處來即合非此作彼受非無因緣合上無作無受亦非一切衆生下合前時節和合而有善男子下第四重答第三問前問答有法說譬說今直答譬初非其問次答初非者夫磁石不能吸鐵次何以故下釋不吸意又二先釋次譬初文者石無心識寧能吸取如葵藿無心而隨日東西芭蕉

無耳聞雷出華皆異法出生能隨能聽琥珀吸芥亦復如是安得以此例佛性耶今釋異法出生異法滅壞者異法有故異法出生諸法皆爲因緣所起因緣於諸法名之爲異有異因緣便有諸法故言異法有故異法出生亦如水土爲牙緣牙與水土何時有心領解生法云我與汝生汝可受生但有此異緣牙則得生亦如水因緣故火便盡滅水火亦無更相領解我起汝滅次舉葵藿東西向日豈應有心而作此事故更爲譬作譬凡舉五譬次磁石吸下又二初還以譬合譬次衆生佛性下更以法合所譬之法即是佛性文爲三一明因不吸果二明佛性無有住處三廣辨佛性初文又三初正合磁石之譬次舉十二因緣顯無吸之義無明爲因諸行爲果乃至生因死果無明豈能吸諸行耶亦如佛性不能吸善提三有佛下正顯不吸次善男子若言佛性下第二明佛性無住處有法譬合法可見如十二因緣下譬又二先正舉譬次舉如來帖譬如來是舉顯佛性是舉隱次佛性下合譬如文譬如四大下第三廣明佛性爲四一明非當非現而說當有第二明非即非離第三簡邪正第四廣出體性初非當非現約衆生當得故名當有有譬有合然四大無的一業能感地大復有一業能感火大餘二亦爾但聽業緣總能感得佛性亦爾時至即現故以四大爲譬譬云有輕有重者風火輕地水重又言赤白黃黑者此配其色火赤風白地黃水黑若配五行火赤金白地黃水黑木青又小乘中明風無色大乘明風有色五

行中金在西方主白又主秋秋氣白秋風蕭颸故言風白未詳合如文譬如有王下二明佛性非即非離有譬有合初文中言萊茯根者爾雅作蘆菔郭注爲蘿茯蘿茯爲正牽象示衆盲者他作一存一亡釋之頭足等皆非象亡也不離頭足等是象存也佛性非六法亡也六法之外無別佛性還用六法存也如此釋者不得出於即離兩句況得絕於四句離百非耶此文雙彈即離非頭足爲象此彈即也離是無象此彈離也頭足之中既無有象不可即也頭足之外既無別象不可離也非即非離非內非外而得言象衆生佛性亦復如是非即六法非離六法非內非外故名中道名爲佛性若取六法爲佛性者乃是衆盲之佛性若離六法爲佛性者如指虛空爲

佛性如諸婆羅門所謗爲僊豫所害取不即不離中道爲佛性者如大王臣智所見佛性若得不即不離意廣歷諸法悉是佛性四無量六度等悉如文於合文中又二先總合次是諸衆生下別合於中又三先正合次更舉本盲帖合三結初正合中六一一皆三先合六法次舉譬帖三結悉如文有諸外道下第三簡邪正爲二初簡邪我非外道所計或言常徧或言如芥子並是邪執次明正我又二初明假我次明真我初明假我文爲二初法次譬譬中有六初後有合中四無合開善假名有用有名無體莊嚴名用體俱有此兩皆不可若名用體皆有者何謂爲假開善雖無體既有名用亦復非假觀師引中論無我無無我無我破常無無我破斷亦破即離爲破

此等故言我與無我雖說此二皆是假名故文中舉六譬譬於假我如來常住下第二明眞我此之眞我對破妄我畢竟清淨即無我無無我衆生亦應得此眞我大慈大悲下第四廣出佛性又三初明佛性有八復次次如我上說下還結是當三我若說色下結非五陰前四如文第五云第四力者一云是十力中第四根力知物根緣化道之要二云別有名教一信力二忍力三定力四善權力善權力者化道便故故言第四力第六云十二因緣即佛性者於他兩解並皆不便一云十二因緣是觀智何得有境界性二云是果性此亦不可今明十二因緣是佛性別有所出云云餘二如文善男子若諸衆生下第二總結酬前問又三初結問不須修道次若諸衆生下結勸三佛性不可思議下結歎爲二初佛歎次師子吼歎師子吼言云何不退下第二以見佛性人勸修有問有答問如文佛答有三一自試其心二爲物受苦三用六度化他初一是自行後二是化他初自試者猶是淺行深者不俟言粟床者人讀爲和音非也復云黎音復云床音尋檢無此字善男子菩薩爲破下二明爲物受苦復次菩薩下三明六度化他如文復次菩薩下品中大段第二歎教爲三一歎弘經人即菩薩也二歎所弘法即涅槃教也三歎說教主即是如來教不自弘弘之在人教不自宣宣之由佛故相因而歎亦是稱歎三寶初文二前總略歎次廣釋初略歎中二初通歎菩薩次別歎補處諸大士謙勞勤苦利益衆生是故歎之補處方紹尊

位是故別歎初有九復次通歎如文次受後邊身下別歎有七復次第二文中云三事勝者欲天之中此天命定人中鬱單越命定將梵足之爲七此天處中文中云或怖或悎舊云盍音是教音中寺安法師問王儉儉是僧達之子博學有名古人作教字穴下豎心邊安告今人省穴單作耳善男子下二歎經爲二先歎次料簡初文法譬合法可見次譬中云深難得底者人解云豎論唯常樂我淨不得有無常苦等橫論具常無常等故言深難得底此亦不然經但云深那作單解今謂常無常非常非無常不一不二不可思議是故云深耳云云合如文師子吼言下二料簡有問有答問從前深難得底不生不滅不三種生獨一種耶佛答初總明不受卵濕二生次別明不受化生云云爾時師子吼下三偈歎說經主四十行偈初兩行請求說中三十七行歎三一行結云云

大般涅槃經疏卷第十五上

音釋

挾胡頰切持也　彪悲幽切彪炳文明也　叏徐刃切與燼同　釜扶雨切　剸牛制切　刖魚厥切　輻方六切輪輳也　磁疾之切引鐵石也　葵藿葵渠規切藿許郭切菽藿草名　飂音憂蕭飂風聲

大般涅槃經疏卷第十五下

隋章安頂法師撰
唐天台沙門湛然再治

迦葉品之一

此是善始發問今欲令終是故更請前隨義題品今從人立名故云迦葉迦葉如前說開善用此答安樂性問地師爲慈光善巧住持分河西興皇同爲佛性門今明第五涅槃用此經初後通論佛性此品與前有何同異異略爲五一義用異前品明中道佛性義爲菩提種子今品明佛性勝用能攝極惡闡提偏邪外道二因果異前品明因性在因不在果果性在果不在因此品明一切惡陰皆是佛性此即因性從惡五陰生善五陰此亦果性又云佛性有三世有非三世聖人果性通三世不通三世由來解果性通三世是應身佛性不通三世是法身佛性此不然只說果性通於因果何須分應法兩身若善五陰佛性通因果因中佛性即三世攝果佛性即非三世三開合異前品生死河合四果離三乘此品涅槃河離四果合三乘四通別異前品通明五種佛性天人六道皆有佛性此品專明正因佛性闡提由正因故還生善根前品別據萬善了因佛性今品通據善惡皆是佛性故云善根人有闡提人無闡提人有善根人無五者前品對告一人今品再對迦葉諸異乃多起品初明用異從初意立章故言涅槃用就文爲二初明攝惡後明攝邪就攝惡中二先明佛性用二歎經初明用又二先明斷善後明生善以虛妄力故斷善以佛性力故

生善舊解云作惡生善兩人更遞然不相關又一師云只是一人前顛倒故起惡後遇知識故生善今明不然或是一人或是多人如河中七種即是多人若一人始沒乃至成佛即是一人舊云生善有接識義衆生從界外無明識窟中始起一品無明而來未起四住有佛接去即得成佛此義大妨設有此經亦是一時改惡爲緣若無此經全不堪依若言必須起五住竟方能改惡作善亦無一經定作此說設有此經亦以一時爲緣而已若爾任惡極而任運被接何須修道與八萬劫得道何異若言從識窟中來者即是從無明中来云何言始起一品無明若未起惑應在別處若從窟中来始起一品而被接者自後起品乃至四住何不被接若無明窟中既被接四住窟中何不接之故是難信若爾併不須修上數破此義若佛性力任得菩提不須修者正破於此舊言善星無發迹處是實惡人是義不然雖未見經義推是權何者佛兩弟兩子各行善惡阿難爲善調達作惡悉皆是權今羅云爲善善星作惡例知是權斷善文爲三一明斷善人二明斷善相三明斷善見斷善人者即善星是斷善相者不定根性是聞不定教執成定解斷善見者分明推求諸法道理初就人中二先問次答問爲二先緣起次正問緣起中二先明佛有能化之德次明善星有可化之緣就佛又二初內有慈悲二外有方便初文者憐即大慈愍即大悲次不調能調下有七句即外方便善星比丘下第二明有可化之機又二初明是子即羅云

燕兄此縁則重次出家之後是有信戒受持十二部經是慧壞欲界結獲得四禪是定具足三德豈非因深次云何如來下正問先作兩難後作兩結初難何故記是惡人後難何故不先爲説法初又二初難何故記是闡提即惡因次難何故地獄劫住是惡果如來何故下是第二難與佛縁重何不先爲説法如來世尊下結兩難云何得名有大慈憫下結初難佛有慈悲云何名爲厮下劫住既爲厮下當知佛無慈悲次有大方便下結後難佛既不先爲其説法云何名爲有大方便若有方便應爲説法佛答中不答縁起但答兩難兩結先答後後答前前答後中凡七譬前六譬明縁有淺深故説有次第後一譬明佛心平等等説無偏前六譬中例有三一舉譬問二述事奉答三合譬作解何以有此三之次第解云如佛初爲提謂文鱗瞽龍説人天五戒次赴鹿苑爲二乘人轉四諦法後明方等教諸菩薩自是一塗約小爲初若初成佛道以舍那教初照山王次照平地此復一塗約大爲初今此文意包括始終以山王爲初文鱗爲中雙林爲後然第三子雖復極惡以體同故是故須教下田雖瘠以家業故是故不廢下器雖破防急用故下病雖必死以親屬故下馬雖老以代倦故下人雖卑以等施故前六譬中雖差别答義兼無差意猶未顯第七譬中文轉分明舉師子王不重象輕兔俱盡壯勢譬佛不厚善薄惡等運大悲若巨細而觀象不足兔有餘若量力而觀象須疾兔須徐獸王不爾等一無殊就縁而觀菩薩教

深細聲聞教淺近闡提教世間佛不二三大
悲平等我於一時住王城下二追答記彼之
問問有二句初答闡提次答記意初答闡提
自謂有信慧定盡非其問不許有之明無信
又三一不信佛是無所畏人我於一時在迦
尸下二明不信佛是無妄語人我於一時與
善星下三明不信佛是無嫉妬人初文者汝
言出家表其有信今以三事顯其無信第二
佛行時足離地四寸千輻印文常現迹中人
皆欲見其常滅之既不能滅取死蚯蚓置佛
迹中令無量人起賤害想云云第三文者夫人
鬼報别而宛然相見酬往問答豈實惡人所
能爲也驗知是權云云善星雖復讀誦下二明
其無慧但得文字不解其義是則非慧親近
惡友下第三明無定又二初明雖得後失故
言無定次退禪下總結起邪所以記之善男
子汝若不信下第二答其前問記意又二先
明記意次明不可治初文者以其必入故我
記之顯必入相故往見之見佛起惡即入地
獄必入明矣往善星所者或謂舉往事或難
思力不動而往云云善男子善星雖入佛法下
二答不可治人由彼放逸故不可治憫之而
已有法譬合合中二番各二皆先正合次以
譬帖合我從昔來下二答其兩結初答先結
無慈悲心又二先正答次料簡初正答中有
法譬合二更問答料簡於中二先問次答答
中二先正答次善男子下引昔顯實於中引
目連記事非全不著但見前兩不見後接但
見頭白不見體駮云云如來不爾是故無二善
星比丘常爲無量下答後方便之結明我今

其恒在左右不令遠去恐其爲惡云何是無方便第五解力即是欲力知衆生欲解也世尊一闡提輩下第二斷善之相文爲三初正明斷善二明根性不定故斷善三明説教不定故斷善初有五番問答初番先問次佛答中以斷善根故所以無善依數人解闡提起惡邪無閡斷此善根如無漏無閡道斷煩惱若爾當知畢竟不復生善云何能得還生善根是義不然闡提身中有重惡障善不並與名此被障善不得生後惡稍滅善復得生故言還生善根問闡提爲有善可斷無善可斷答具有兩義其曾作善後遇惡友斷滅此善故言有善可斷無善可斷者向時作惡全未有善而惡業將滅善業應生而復起障善不得起名無善可斷文云衆生悉有信等五根

闡提永斷者相承釋云理内衆生有信等五根理外顛倒虚妄故無信等五根此義不然只此理外亦有信等闡提既是理外起惡斷此五根但作惡衆生既有佛性應生五根而即事未有義説應有故云一切衆生悉有文云殺闡提無罪殺蚊蟻有罪者闡提有重惡在身殺之無罪蚊蟻無重惡故殺之有罪文云施畜生得百倍報施一闡提得千倍報者闡提過去五戒感人施之福重畜生先世惡業感此畜身施之福輕世尊一闡提者下第二番問答問中定宗答可見世尊一切衆生下第三番問答問中明闡提不斷未來云何斷善佛答斷有二種一現滅二障未來若現起惡善法不生故是現滅既現作惡復遮未來善不得起故斷未來亦具斷三世過去作

惡而復不悔即無復善未來復有還生善義但自微弱不能救之世尊一闡提輩下第四番問答明不斷佛性佛性是善此善不斷名不斷性又佛性是常實不可斷所言如世間衆生我性佛性者三解一云借外道我以之爲譬都無邪我故三世不攝眞我是常三世不攝二云不爾只是世間衆生我性即是佛性是佛性故三世不攝三云即是眞我語勢牽令佛性是常後文云佛性未來前云非三世攝兩語相違今須會通前云三世所不攝者就佛性體後言未來約衆生修一切衆生未來當得清淨之身故言未來迦葉言佛性下第五番問答初問佛性次問闡提初問者佛性既其三世不攝云何言未來如來若言下次問闡提若言闡提全無善法何以得有

憐愛等心若有此心即是有善佛言下答先答初問又二先答問次論義初答中二先歎問次正答性非三世約未來得故言未來故下舉例說因爲果說果爲因佛性亦爾云未來者因中說果言食及觸者食可見觸名不同或以識爲觸或根爲觸今具二義故論云觸不定故故無別法若意識在緣名觸此觸在識若言眼識眼觸此觸在想今言見色名觸此謂識心以之爲觸色是前塵能生識觸故謂色爲觸亦因中說果世尊下第二論義先問次答問因前生果性既非三世云何言衆生有佛答性非內外猶如虛空而諸衆生定有此性文云悉皆有之如汝所言下答次問初牒問非之何以故下正答有法譬合法說雖有孝慈等善文云皆是邪業雖有見聞

皆是無記既無正善皆名邪惡取業求業者對翻於善善中先生善欲次生善思今以取業對善欲求業對善思雖皆言善猶是無記次舉譬云如訶梨勒味唯是苦色香非苦然前難闡提豈得無善其有憐愛即名爲善故佛答云悉是邪惡莊嚴云無出世善有憐愛善光宅云設有憐愛並無記性不名善性如棋書等是工巧無記開善云斷善作惡設有憐愛並屬惡邪何得有善觀師同開善云重惡居身如種苦瓠根葉悉苦合如文善男子如來具足下第二明根性不定或惡或善又二初正明不定後更問答論義初又二初明不定次斷善根初明不定又三一知不定根二出不定相三結不定初如文次文者數習則利轉下爲中上不習則鈍轉上爲中下三結如文云云以無定故下二明不定故故斷善根又三初明不定斷善次明若定則不爾三是故下證不定迦葉白佛下第二論義云云問可見佛答爲二初就善星答後就餘人答非但知善星根性亦知餘人根性初又三初明其居王位即能破滅善星若不下二明出家不出家俱能斷善出家增其敬長讀誦修定等善具如上說若我不聽下三結知根力次佛觀衆生下約餘人爲答又二初明不定次辨升沈初又二有斷善生善初斷善又三一正斷善次何以故下出斷善之行三以是因緣下結其斷善次如來復知下二明生善有法譬合法可見譬中泉譬佛性村譬陰身熱渴譬苦逼欲往譬求樂心邊智者譬佛菩薩合譬中二先合次結知根力爾時世尊取地

少土下二明升沈不同沈多升寡又三初舉事問次領旨奉答三合又三初就果合次就因合三結知根力迦葉白佛如來具足下第三明說教不定佛照根不同說教則異衆生不達根教之殊執成爭論能斷善根爲二先問次答初問爲三一明知根二明執爭三結問何故作不定說致令起爭初明知根亦應知過去特是略爾如是衆生下次明執爭因玆廣出爭論之相開善云二十爭論治城云二十一爭論云云三如其如來下結難云云次答中佛具答三問此卷内答前兩問後卷初答第三問答初爲二初正明說教不定次廣明不定法初文爲四一明理深難解二出愚智兩人三明須不定說四結知根力即四悉意初言理深者非六凡識所知唯聖智能解故

是理深此第一義意次愚智中又二先出智次出愚初智人聞有知無聞無知有聞有無知非有無一二等亦如是次愚人聞有執有以拒無聞無是無而非有聞亦有無以封雙存聞俱棄而著兩捨面聞尚然末世轉尤斯由不解對治悉意三如來所有下須說不定此總據不定有法譬合初法者爲度衆生須說不定本令得益不令其執不定爲爭次譬中如醫用藥元爲差病終不顧其服藥成病合譬中爲國土封疆不同豈可一類一類則無益國土者如多寒國用毛褥著皮鞾時節者饑饉時乞唯得肉食爲他語者如九住言不見十住言少見爲人者隨人根性此即爲人意也四結知根力即世界意云云有一經文無結應是遺漏於一名下二廣出不定法又

三初正明不定法次引證三結非二乘所知初文又二初名義不定後廣略不定初名義中二初列章門次解釋初列中列三章門如經若欲對明應有六句對一名說無量名應云對無量名說一名對一義說無量名應云對無量義說一名對無量義說無量名應云對無量名說無量義今文略舉一邊云何一名下釋出先釋三章門後重釋第二門釋初章舉涅槃一名具含衆名大亮云涅槃八味之都名衆德之總稱意在於此而諸師種種翻涅槃者亦只因此而生爭論次釋一義說無量名舉帝釋釋者與前何異前寄法後寄人下重釋中復寄五陰者此寄果法亦是一義而復多名種種分別令易解故河西翻婆蹉婆爲好嚴飾昔好衣布施今報得麗服宫

闍陀羅翻爲調伏諸根明天帝外以麗服嚴容内以善法調意摩佉婆翻爲無勝無過超諸天故因陀羅翻爲光明光明最勝千眼者一時知千義斷千事金剛者身相堅固三釋無量義說無量名者就如來萬德具足釋之即是無量義一義一名即是無量名八智有三解一云常等無常等八二云四諦各有法比爲八數人就欲界論法色無色爲比論家就現在論法過未爲比三云優婆塞戒經有八智七如梵行中七善法足一知根四復有一義下重釋第二章門前約帝釋止就善義有無量名名不通惡爲顯斯意重約五陰此是有漏復名顛倒陰是苦諦境爲念處所觀觀色不淨受苦想行無我識無常復名四念處但除色陰餘四陰即是四識住處陰通内

外故名四食能通名道因於實法有假名時故云時體即無相名第一義三修即身戒心煩惱者正在行陰解脱者即有爲解脱亦名十二因緣者即以五陰爲因緣體亦名三乘者能成三乘之身餘皆可解不復釋云云善男子如來世尊下第二明廣略不定爲三初列四章門次云何下釋出三結釋中云世諦爲第一義者阿之言無若之言智謂其得無生智此即約世諦說第一義諦餘可意推三是故隨人下結又二先結不定次我若當於下結知根力又二初明佛知有智人下明非淺識所知次何以故下明爲人不定不爲五人說五種法者不用對治但用爲人只教慳人戒忍禪慧自能行施破戒之人令禪慧等自能持戒是故我先下第二引證廣略說法下

第三結非二乘所知善男子如汝所言下第二答第二執爭之問又二先略答次廣答初略中言第五解力亦云欲力是知衆生欲解之法文又云是二力者由第四力名根力第五名解力以成二力善男子若言如來下第二廣答中明佛赴緣異說衆生不解致成爭論凡二十一條一是涅槃不涅槃須解異部若薩婆多據事明畢竟涅槃曇無德及僧祇據理云不畢竟涅槃古來評云婆多非而短無德是而長皆失佛意文云若言如來畢竟涅槃不畢竟涅槃同是爭論不得我意云何評之妄判長短河西云畢竟是斷不畢竟是常言斷常者豈是斷常乃是非斷非常能斷能常言斷不違常言常不違斷斷常不相異斷常俱圓滿觀師云佛赴機說何得是非則

失佛意如醫治病授藥不同弟子不解妄執失旨此初爭論又二初章門次解釋釋中又二初釋執定涅槃次釋執不定涅槃前文又二先釋次結初文者佛爲五事說涅槃一爲諸仙二爲力士三爲純陀四爲須跋五爲世王先爲諸仙者然仙生香山而言展轉者從於諸天轉至山上仙人住處皆得羅漢有權有實破其保常故說無常拘尸那下第二爲力士有一工巧下第三爲純陀王舍城下第四爲須跋羅閦祇下第五爲世王失通墮而不死者以餘勢故頻婆娑羅王亦云瓶沙國曰摩伽陀亦云摩竭提羅閦祇此翻王舍城後總結可解菩薩二種下第二釋執定不涅槃又二先釋次結初文者爲假名菩薩言不涅槃眞實菩薩即不言涅槃及非涅槃此菩薩能知如來非常非無常豈偏作常無常解善男子有諸衆生下第二爭論明有我無我者須善異部意數人宗薩婆多純明無我破諸外道謂之邪我無假名我一向明無雖明無我終了無我無常而得入道不同外道論人同曇無德明有假我破諸外道即陰離陰有相續假我因成假我復言實法念念遷滅無復假名相續假我因成假我復言實法念念滅故無我假名相續不斷故有我又云眞諦無我世諦有我此即一向明有我義而此二家不得佛意故成爭論招提解云此之二文明我無我者以破兩病言有我者破邪見無我不言假我言無我者破即離我常見之人直說無我亦不言假眞諦難云若我無我破我無我者有此理不理中若不得有我無

我者亦應不得用我無我破病更並生死之中既用我無我破病涅槃中亦應用常無常破病若涅槃唯有常不得有無常者生死中唯得是無我不得有我若中論云諸佛或説我或説於無我諸法實相中無我無非我應將此意例諸爭論就文爲二先明有我次明無我初又二前明相續假我以破邪見無我次又我一時下明因成我又二初正明因成次明因成所成初文者文云我者即性舊有二解一云是佛性之性引前文云二十五有有我不耶云云二還以假名性爲我性性即是體體即因成三假之中唯因成是體續待是用内謂四陰外謂四大十二緣者色心之總名衆生者假名性也此等成身即因成假若爲其作佛性義者衆生具爲五陰所成佛性

正約衆生身内五陰實法性也心界者五陰中心王也功德業行下次明因成所成業行即因自在天即果修因得果言自在者不止但標欲自在天總語諸天升舉自在世者餘四趣也復於異時下第二明無我又二先佛説後起執初爲三一假問二假答三觀無我得益問爲三一問名云何名我二問體誰是我三問何緣故我我時即爲下二假答答爲三初總大意答次別答三結無益大意爲二先舉章門次釋出云云如汝所問下二別答三問大意已足何須別答然總論無我次別答假名假體假因緣初答假名中而言期者河西云如人期契應期而來即是合義不應期者是不合義五陰和合即成假名故是期義次舉業以答體問次舉愛以答緣問業正能

成果故是體義愛是煩惱潤生於業復是緣義譬如二手下三結無又四一明假名故有即先譬次合二手能出聲其聲譬體相拍譬愛比丘一切下第二明即離皆無諸外道下第三簡也文云終不離陰者外道起於即離之計此中云離陰無是處者云何解此爲兩一云元本皆計即陰是我無計離陰於草木計我佛破即陰無我即更計離陰有我今此中存破故云若離陰有我無有是處二云佛法小乘亦有計即陰我義所以破之亦不得計離陰有我一切衆生下第四結無我爾時多有下第三觀無我得益當時說此會機得益後執成爭云云善男子我於經中下第三有中陰無中陰爭論婆沙云育多提婆說色地受生定有中陰毗婆闍婆云定無中陰薩婆多亦言定有論家亦云有舉業利鈍如積矛離手惡業强者直入地獄善業强者徑生人天並無中陰文中前說定有有三復次後說定無有四復次若說有中陰即有六有又六有者只是六道佛爲帝釋別開修羅修羅只是鬼道則但五而不六善男子復說有退下第四爭論數人明無漏有退如初果見諦一向無退入思惟中二果用等智斷惑即有退義羅漢無漏理應不退前兩果退牽羅漢退舉沙井喻上下有甎中間有沙中沙既穨上去到下論家云無漏不退但禪定退修得欲界電光之定此定難捉有時退失名之爲退無漏無退文中先明退次執無退初退又三法譬合法又三先通明比丘退二別明羅漢三通舉六人初通明中二先通明次明退緣

有五因緣次復有二種下是別明羅漢又二初直云羅漢有退次別舉瞿坻即是死想羅漢我復或說下三通舉六人一退二不退三慧四俱五時六不時時鈍好退不時利不退次善男子下舉譬三煩惱亦爾下是合譬因緣者即外惡緣而羅漢下二正明不退内無惡因外不能亂所以無退善男子我經中下第五爭論明佛身有爲無爲薩婆多說有爲僧祇說無爲成論兩說絶言故無爲寄言故有爲應身有爲真身無爲文中先明有爲次明無爲善男子我經中說十二因緣下第六爭論先明執次解釋初文者薩婆多執因緣是有爲僧祇說是無爲言有爲者謂三世因果輪轉無窮寧非有爲言無爲者十二因緣理是無爲雖因果無常而其理無爲初執文中二先執有爲次執無爲次解釋中先唱章門次釋初句云不從緣生謂未來十二支者然未來但有生死兩支云何言十二耶即事未有輪轉必然雖不從緣十二義足豈非無爲用此一句證是無爲餘三句便來釋第二句云從緣生非十二者即是羅漢已壞三因復無生死即是已破十二緣竟而此身五陰從十二緣得云云釋後兩句可見云云我經中說一切衆生下第七爭論心常無常薩婆多云心無相續即是無常僧祇云心有相續即是常義成論用薩婆提義心有相續即是常也文爲二先執心常次執無常初執常云四大散壞是身破滅作善業者心即上行即生好處還將此心至於好處豈非常義作惡亦爾我經中說下第八爭論五欲障道不障道薩

婆多云障道僧祇云不障成論有障不障皆有其義我經中說遠離下第九爭論世第一在欲界通三界若薩婆多云色界四根本禪能發世第一法曇無德人云色欲兩界通發五方便無有論明無色界發五方便者唯犢子部云三界併發在凡夫時已作等智斷惑至無色界而後時更修無漏斷惑至無色界仍前所斷即發方便故云三界併發文中爲三即各執一界我經中說四種施下第十爭論施通三業不通三業成論云唯在意地以捨財相應思爲正體亦以身口暢之毗曇用薩婆多云施定三業但意地善故身口亦善文爲二先執在意次通五陰明四句施主信因果等並是意地後明色力等是身辨是口命是意我於一時下第十一爭論有三無爲無三無爲然諸部中不見計無三無爲者何有此文此亦有意若成論人云三無爲既同是無爲寧有異體此即是計無三無爲數人計三無爲別有異體既言三種豈無異體此即計有三無爲義我又一時爲跋波下第十二爭論有造色無造色毗曇定有因四大故有形顯等色成論則無文即爲二初明有者又爲二初明能造之四大譬如因鏡下第二出青黄等是所造色輕重澀滑是所造之觸次明無造文極略不廣者以就事爲言多因四大則有造義故不廣明無往昔一時下第十三爭論有無作色無無作色薩婆多定云無作有色成論曇無德定云無作非色僧祇總云無作不可言有色無色文中先執有色非異色因果者異色是心言無作不爲心作

因又不作心果故知是色河西云不生餘色文亦二先明有次明無我於經中下第十四爭論明有心數無心數薩婆多別有異體心數一時俱起僧祇說無心數佛陀提婆無異體起亦相次前起爲心後起爲數成論同之就文爲二前明無心數次明有心數就明無中二先舉聖人十二因緣次正明凡夫十二因緣於中又二先明後即前次明前生後既其相即即是一也故無心數初文可細尋之從受因緣下二明前生後須細尋釋此中言受或謂以未來生支爲受非今世支我於經中作如是說下二執有心數亦具約五陰十二緣明其相可見雖復相生而不相即故是別有心數不同我或時說下第十五爭論明五有六有餘部多說五道唯犢子部說有六道釋論亦言有六然修羅一道婆沙二釋一云天攝二云鬼攝言一有者通是一有爲私謂通是二十五有中一有所言通者如下三趣亦只通爲一有不同人天各離爲多有即人四天十七二即因果善惡三即三界四即四生五即五道六即六道七即七識處河西云色無色足五道爲七八即八福河西云色無色足六道爲八福此不應然三塗云何是福九即九衆生居二十五有等河西云九即八禪及欲界我往一時下第十六爭論五戒八戒具受不具受薩婆多具受乃得成論不具亦得如優婆塞戒經云直受三歸未受一戒即名無分優婆塞如是二分多分滿分又人師解云併受五但持一二名一二分云云文爲二先明五戒不具次明八戒具但是互出

我於經中下第十七明犯重失不失四卷毗曇有犯重捨即是失故毗曇云調御戒律儀有五時捨一邪見增二法滅盡三命根斷四犯重禁五罷道時若離心毗曇更增損之但是蔵戒除法滅盡及犯重禁並言不捨二根生時不入僧數又非尼攝餘部多言不失文爲二初執定失次執不失到道即真無漏示道即相似無漏受道即持戒汙道即犯戒我於經下第十八明一乘三乘諸部之中無此計何者一三皆是大乘所說非其境界所以無此文云一乘一道一因等並云不解我意者法華明解一乘一道即知三乘同還一理即是此乘何得言非解云前文亦云能得常住二乎不墮惡道此那更云執常不解佛意何異執一乘一道不解佛意耶又若言三乘同歸一乘得成佛者大論何故問云聲聞人成佛不成佛論主答云此事非論義者所知若爾豈可得言同歸一理爲定是耶文中二初明皆得佛道即是一乘後明不得即是三乘言羅漢二種現在未來者現在正斷未來不生我經中下第十九明佛性離衆生即衆生諸部亦無並是近代所計即離當果與真神即是離衆生有心及衆生即衆生有並不得佛意文中二先舉六事及三文明離後說衆生即是佛性以是因緣下第二十犯四重人有佛性無佛性開善云二十者此還屬第十九佛性即離之義若冶城云二十一此是第二十何故屬前前云即衆生離衆生此中云作五逆犯重佛性有無云何是同故爲異我於處處下第二十一有十方佛無十方佛

薩婆多明無僧祇明有成實一世界則無多世界則有

大般涅槃經䟽卷第十五下

大般涅槃經疏卷第十六上

隋章安頂法師撰

唐天台沙門湛然再治

迦葉品之二

起卷訓其第三結問如來善知根性何故作不定說使其爭論文爲二初歎理深次簡疑執初歎又二初明不定之說是佛境界故是理深非佛故作不定相違之說令其爭論由其不達所以執爭若人於是下次誡勸又二先勸生疑次誡勿執聞不定說而生疑者必牽於解是故有勸若聞不定執之爲是必成惑本是故有誡初文者夫疑是解津復是惑本若十使中疑者是見疑此疑非解津不能破惑如須彌山者一云煩惱高廣如須彌之隆闊疑能破之又云煩惱磐固如須彌之安峙疑能拔之故以爲喻迦葉白佛下二簡疑執爲二前兩番問執後四番問疑前兩番各有問答如文後問意者未見涅槃那忽疑之爲有爲無佛答生死名苦涅槃非苦其必因苦以疑非苦定有非苦能斷苦耶第二番舉現事問疑若見苦疑非苦者人見初果應疑墮苦佛答中四初責斯乃定義不合疑之我唯定說此果不墮未嘗說墮亦如言佛定一切智何得於定生不定疑次何以故下出疑心相以顯不疑中有三譬並云先見後疑三一切衆生先見二物下結定疑執四何以故下釋出疑由次第三番問有二先問涅槃次問濁水如此事理並未曾見而亦生疑何必先見後生疑耶佛答亦先想度涅槃生死生死是所治涅槃是能治故使比度能治爲有

爲無汝意若謂下答後濁水又二先牒問非之次何以故下正答將餘先見有淺有深以疑此中深之與淺次第四番問答如文迦葉白佛下大段第三明斷善之見又三一更出其人二明起見三能斷善根前已出善星今更出者將明起見故更舉人離是四事下第二出其起見文爲四一有六復次明無施業二六復次明無父母三三復次明無因果四九復次明無聖人夫福從緣生施受緣合自能生福如種良田天雨地水因緣具足則能生芽豈容施貧還得貧報貧是劣果施得勝報不應種穀而變爲稗田瘠收少置而不論私謂若施貧得貧應下種於地冬收水土若起見斷善斷善起見者多在閻浮三洲柔弱諸天著樂地獄苦重皆無剛決故少此心初六復次中先一復次以子果相似以明無因第二復次能施所受財物皆無第三復次施與前人前人得物作善作惡既其不資施主善亦不資若有施主施其利刀今殺前人此惡寧不資於施主第四復次施既施物物既無記焉得善果第五復次作不可見推施由意意不可見施豈可見但見於善惡之果第六復次無作無受若爲過去亡者修福何處有人而受此福無父無母下第二六復次明無父母如文第三三復次明無因果第二文中云行善死生三惡行惡者死生天人解云皆由臨終一念善惡而墮而升餘未償者終不敗亡以現生後三世分別理則可思餘悉可見第四九復次悉如文作是觀時下第三能斷善根又爲二初明斷善次料簡利

鈍悉如文問闡提昔有智慧習因應有習果何以斷善答但有世智無出世智以世智慧斷出世善亦能斷於清升善根世間此例其實不少昔徐僕射理人甚善爲上虞令犯事不閑答問如天柱瑜極解深義不曉世語此上智人闇於世事而是闡提雖有世智何必能知出世之法云迦葉白佛下是大段中第二明生善文爲三初雙明中道生善二單明中道三單明生善初有五番問答亦可爲三初一番明生善時節次一番明不斷佛性三三番因性生善初番問如文佛答中二先明時節次明生善初文者利人初入鈍者後出道理應有中根之人在中生善在獄受苦無暇能生是故不説善有三種下更對生善而論斷善但斷現善不斷過未由有此善令善得生又三先唱三世次釋三結釋中二過去之善善已隱伏不可得斷因雖滅盡果未熟者未來未起復不可斷三是故不名下雙結又二初明過未世不可斷次明現善可斷初文者過未二世皆不可斷過去即結過去不斷又言果字即結未來不斷次斷三世下正明斷三世因者正斷現在善因現善因滅即無當善當善不起義説爲斷既無現未過去亦息義説爲斷即是具斷三世之善習因既盡亦不能牽三世習果第二番問答明佛性不斷問爲二初問佛性是三世不次問佛性是可斷不初先領旨次定宗後結難於定宗中有四問即是通別三世結難但難別三世義初難云若過去者佛性若常即非過去云何乃言過去斷耶若未來者即有兩難一難

令非未來二難令在未來佛性既常常非未來若非未來者未來皆當得三菩提豈非未來現在亦兩難初難令非現在以其常故二難令是現在何者性既可見寧非現在如來亦說下第二問可斷不可斷又二先舉六事次方正問初之六事爲問緣起六義二解一云是了因二謂正因望下法性即是九地佛性故其數相應若斷善根下第二正問中三問初問闡提若有佛性不應斷善此從六事中第四佛性是生善若無佛性下第二問若斷佛性云何說言一切悉有此從六中第六可見生既一切可見云何斷耶若言佛性下第三問懸取答意難若謂往時等有後自被斷者則亦有亦斷云何言常此從六中第一常生佛答爲二初唱四章門次解釋釋中先解三門仍重釋分別後方釋置釋前三答即爲三文就重釋分別答正用遣問所以重釋前答後問後答前問初答後問有四一從如來十力下舉佛性七事次舉後身六事若七若六皆是答之緣由如汝先問下三正牒問其問有三今牒初問亦有如來下正答初明雖有而無後明雖無而有即通答前三如來佛性非過去下第二追答前三世問前問佛性是常則非三世佛今答之先分別如來九八五住等佛性不同然斷善人悉皆有此七種六種等性未來當得故不得言非三世法當相即非三世所攝而未來得復云未來文爲五一如來及後身佛性二九住佛性三八住至六住佛性四五住至初住佛性五結其所問初又四一如來性則非三世二後身性

則有三世現在少見未來全見三重明如來因是三世果有是非若善五陰猶是三世若菩提果則非三世四重明後身皆是三世可見九住下第二九住六事但言可見與前爲異八住下第三明八住至六住但有五事不與常名五住下第四明五住至初住但有五事言善不善異前後身六事言少見者其位既高能得少見隨分見性故言少見九地至初地其位既下未能見性當應得見故言可見五地至初地言善不善者善有修不修義修得是善不修不善並云亦應眞不眞解云眞實是佛性體不有而已有即眞實只爲此眞所以有於善不善異舊解六地般若現前有時失念失念不善不失是善問後身與九地同有六事六事之中同有常之一事八地至初地同有五事何故無常一事人解云後身位高九地位下故長有常仍未遣難故更並五地至初地位下同有無常一事後身望佛亦應無常有人答云佛隨自意語不可彊分別難亦未去問後身有常淨何意無我樂答菩薩常具二慧化物故言常境智俱明故言淨眞是對僞實是待虛無惡名善分見故少無八自在是故無我有報身在是故無樂今謂此解非圓後當別釋是五種六種下五結訓前問若有說言下釋置答先正釋後明問答置答有二置而不答是置答反質答之亦是置答私云以置爲答名爲置答迦葉白佛下是第三明因於佛性而生善者爲三番問答初明因果性次正明因性生善三釋疑初番問意言如來果性非三世攝可是佛性

因中因果是三世者何名佛性佛答爲二先
正答次結性爲惑隱初爲三一分别因果二
性有是三世有非三世次出因果性體三引
證初又二初明因果章門次則解釋初章門
中所言五陰有因果者五陰之中惑業爲因
善陰是果因中二乘即是三世若大菩提則
非三世前文云如來未得菩提時因性即是
過去未來果性不爾有是過未有非過未今
至此中方始解釋次釋因者一切無明煩惱
結業惡五陰者因佛性也從於無明煩惱等
生善五陰者即是果性惡法五陰一向因性
善五陰者即通因果因即三世果非三世前
文云果性亦三世亦非三世有人解云應身
果性是三世法身果性非三世善男子一切
無明下第二出因果體爲二初出因體次出
果體初文者欲明中道性即諸法若約煩惱
即名爲因從無明行下第二出果體又二初
明善陰果性通因即是四果十地之果即是
三世次明陰果唯在於果即非三世是故我
於經中下第三引證又二初證因有法譬合
是故我説下二證果亦有法譬合就果中備
有因中之果及菩提果現在煩惱下第二結
性爲惑隱還明中道而被惑覆又爲三法譬
合迦葉白佛五種六種下第二番正明因性
生善先問次答問中先牒前七六五佛性次
正問中意既在未來云何言有而能生善佛
答爲三一雙譬二雙合三雙結初又二先舉
過去業故現受樂報次舉未來業未生故終
不生果有現在煩惱下二雙合又二初一句
合前過去業現在樂果即合現在以煩惱故

能令斷善必由過去今言現在煩惱者本是過去今來現在次若無煩惱下合第二譬未來業未生終不生果即合未來佛性因緣故能生善根是故斷善根人下三雙結如文迦葉言未來云何下第三番釋疑疑云未來未有云何生善佛答又二先譬次合初文先舉燈日譬若鏗然固執燈日未出不能破闇若因緣假名燈日未生亦能破闇次佛性亦爾下合衆生皆有未來之善能生佛性迦葉白佛若言五陰下第二單明中道爲成生善衆生若無中道之理何能生善由有佛性依持建立文爲三一明非内非外中道二非有非無中道三約諸法廣明中道亦得言前兩正明中道體後一廣明中道用初文兩番問答初番如文次番先迦葉自申非是我意專爲利物佛答有六復次一就解惑明中二約内外道明中三就果内外明中四就内外因緣明中五就内外行明中六就身内外明中六中爲二初一略明大意故約解惑後五廣此非内非外初略明又三一標是中道二釋三結此初標善男子我爲衆生下第二釋總明爲物非内者非内六根非外者非外六塵但後五別爲破兩執是故如來下第三結私謂此之一經大分五章皆稱涅槃涅槃只是佛性即三而一即正因性即一而三即三德性今明衆生有佛性者備此二義章安至此稱爲中道豈有無眞俗之中名佛性耶是故佛性中道佛性咸徧故上下文多處論徧所以至此云非内非外言雙非者不唯雙非復應雙是故下諸文云亦内亦外若無雙是云何

言偏故文斥云凡夫衆生或言佛性在五陰中如器中果及如虛空世言佛性唯有情者如器果耳尚未能計猶如虛空安能曉了非内非外況經文自釋根塵合故乃名中道根塵合者豈非體一豈非相即豈非性偏豈同器果今問牆壁爲是根耶爲是塵耶爲二合耶爲雙非耶若雙非者亦非五陰何但牆壁哀哉世人苦哉講者請細將六門以括一部願以一部統收一期釋迦以望十方三世理無二是事弗毫差所失不輕故勤勤耳復次下第二廣明中道有五復次皆明非内非外於中二初一復次先出二執次四復次正結中道善男子衆生佛性非有非無下第二文二一明宗二廣破執初明宗又三先明非有非無次明亦有亦無三結非有非無初又三

先倡兩非次釋兩非三結兩非次亦有亦無文爲三雙倡雙釋雙結倡釋如文有無下結是故佛說下三結兩非如文善男子若有人問下二廣破乖中之執多寄譬文文爲三初種子譬破次乳酪譬破三擧鹽醎譬破初種子中三譬合結私謂合文爲二先示次釋初示中言衆生別有佛性是義不然次釋云衆生即性性即衆生既作内外又亦内外内外不二亦可云色即佛性佛性即色故前第二復次以相好爲外力無畏等爲内若色等無相好亦無下三復次準此可知次乳酪譬中二先正作乳譬次更爲乳作生識譬初又三先正定中道次破偏執三結就性理初正定中先問次答答中爲三初定二結假說亦有亦無三釋善男子二破偏執亦應雙破有無

今但破有文爲三初作因果同時互出難次
明因中有果例並難三明果中有因例並難
初明乳酪既其同時亦應酥醍醐等一時而
出以同時故是故更責若不時出誰作次第
善男子若有下第二因中有果難又二先作
例並次難不例初例並者乳是酪因而能出
酪水草乳因亦應生乳云次何以故下不例
善男子若言乳中下第三果中有因例並難
言例並者乳爲酪因酪爲乳果乳爲酪因因
中有果者酪爲乳果果應有因其中又二先
正難次結難於中二先結本無次結非有非
無善男子是故如來下第三結性理又二先
結離偏後結中道次善男子四事和合下二
舉生識譬爲譬作譬又二先正舉生識譬次
乳中酪性下還以乳酪合譬又二初正合次
破執破執又二先牒執次正破破中二先兩
章門次釋章門初一異因異果是初章門次
非一因生一切果非一切果從一因生是第
二章門如是四事下二釋兩章門先釋後章
然眼識者但生眼識即不能生耳鼻等識豈
是一因生一切果乳能生酪亦復如是必待
衆縁衆縁生者即是無後釋前章門初釋非
一因生一切果非一切果從一因生章門如
文次是故我於下追釋前異因異果章門因
生故計有因滅故計無有滅不滅即異因異
果善男子如鹽下第三舉鹽鹹破又二初正
舉譬次更破執破執爲二先牒執次破執初
牒中凡牒二執一牒鹽中有鹹執二牒種子
中有四大執次鹽性亦爾下正破二執又二
先破不鹹中有鹹次破四大初破又二先非

次何以故下正破又二先責難次例餘物正責難意者若鹽置不鹹而鹹者當知即無本性本來無鹹而今鹹者豈非本無次並之將一升鹽置多水中失本鹹性而水中又無鹹性既兩處皆無何有鹹性次例一切皆爾若言外四大下二破四大即破其後執亦二先破後例云云如我所説十二部下第三約諸法廣明中道亦云明用爲三一依理起教用二明修因趣果用三習解除惑用初教用中又二先標次釋釋中又二初通明三語次別明自意語初又兩一就昔教明三語次就今教明三語初昔教中具解三語爲三文初隨自者如諸比丘各説身因佛亦自説即隨自意語如長者稱幻佛隨其説幻即隨他意語隨自他意可知云云善男子如我下二就今教明三語文亦自三如文善男子如來或時下次別明隨自意爲三初廣略隨自意次明七種隨自意三明有無隨自意初文者就一法即略就無量法即廣次七種又二先列次釋釋中自爲七文初因中説果者行善見天人行惡見地獄是也次果中説因者見貧知慳見富知施是也餘五如文三如來復有下明有無隨自意爲三一正明有無二明衆生不解三作四句分別就有無又二初就如來佛性有無二明闡提佛性有無初明如來又二初明有無次類例釋初又二初明無所有次明有所無初文者十力無畏等並是無有而有次明有所無者不善無記一切煩惱等並是昔有今無次如有無善不善下舉二十二雙法雙類前二事有漏無漏者有漏類有所無

無漏類無所有世間類有所無非世間類無所有下去皆爾次一闡提佛性下是明闡提佛性有無皆悉反上如來有無如來有善闡提即無如來無惡闡提即有云云我雖說下次明衆生不解如來是語又二初正出不解次引昔證初文有二初不解次舉深況淺深行菩薩尚自不了況復淺人次我往一時下引證佛說世諦聲聞不解者二解一云世諦種別事關業行因果深隱故難解二云應身爲世諦故二乘不了問佛於何處說世諦五百不解一云華嚴中說五百聾啞二云外國經多度此者少云云天台大師解此別有所關云云或有佛性下第三四句分別此爲二先正約四句次勸分別舊解者闡提人有有於惡邪境界性善根人有有萬善了因亦名緣因二人俱有併有正性或衆生性俱無者無果果果性河西云闡提有有惡五陰不善性善根人有有善五陰善性二人俱有者俱有無記五陰性俱無者俱無妙絶涅槃果性此與舊語異意同興皇釋此從一句至七句一句只是中道二句是如來闡提佛性若有若無三句是三種語佛自語闡提有性他語闡提無性自他語亦有亦無四句是此中四句七句是七衆生前二人是惡後五人是善復作三種釋一總就諸義二就理內外三單就理內通就諸義者理非善惡而有善惡二用善根人有有善用闡提人有有惡用俱有者各有一邊俱無者各無一邊次就理內外者佛性本非得無得約緣故有得無得理外闡提是有得理內是無得善根人有無得之性闡提

有有得之性俱有俱無如上説次單約理内闡提即是善星善根人即是羅云此是順逆二化闡提有逆化不善之性善根人有順化善法之性俱有俱無如上説謂此爲能解難解之説今明欲依此文作四句者闡提人有但有於没善根人有但有於出二人俱有俱在恒河二人俱無俱不到岸欲思作者亦應無量略出如此云云又約三諦者闡提人有者世諦惡因善根人有者出世善因二人俱有俱有世諦果報之身二人俱無俱無中道因果次我諸下勸分別如文如恒河中下第二修因趣果用亦是約譬明中道有譬合結譬説二先總次別舉七衆生不同而佛性是一如是微妙下合譬具合前品以河譬生死今以河譬涅槃初合總如文次常没者下合别譬合初常没闡提爲四初合背善次作是念下合其向惡三如惡法住下合住惡四是人具足下合是斷善人我雖復説下合第二暫出還没人亦四初起行背理即是爲有修善次何故名没下是第二釋出没義是人雖信下第三明行不具足出還没下第四别出其人就行不具足又二初正出五事次結初五事者一信不具二戒不足三聞四施五慧信可見第二戒中言威儀戒者内無實德外揚廉儉欲人恭敬從戒戒者内外相稱不爲人事但求實利而持戒者謂從戒戒也求戒者求三有也捨戒者捨三有也第三聞中云信六部不信六部者河西云修多羅祇夜毗伽羅優陀那伊帝目多伽優波提舍此六顯現易解故信餘六深隱難解故不信復有人言

但於十二中信六不信六餘者可見是人不具下第二結第二之人下第三合得住之人準理應言第三那云是第二人耶解云此第二人習行應得作第三人故言第二師子品通五方便三十心皆是得住今此中但據初得位且據小乘即前二方便念處煗法若作七方便即前四方便從頂法忍法已上至初果便屬觀方人若據大乘則通三十心爲觀方人登地已上屬到彼岸文爲四一本起二出其人三明得住四辨行法前三在此卷末今第一明本起因前第二爲今第三或改爲第三者非我佛法中下第二出其人應出似解之人而今身子目連並是眞解者舊有二義一云此第三人位通上至羅漢所以通舉其人二者取其昔初是似解人修得入眞今

仍本似位所以列之云何爲住下第三明得住問涅槃河中四人同得涅槃羅漢支佛菩薩佛生死河中唯佛一人是第七人餘三未度有人解云涅槃河中三乘同得涅槃所以皆是第七人生死河中四果未免生死河故不得度也羅漢後雖無生而猶有此生在故是不度所以得涅槃未必免生死度生死已必得涅槃云云今評此解解語似去其理未明今更問涅槃河中四人同得涅槃者四人同見佛性不彼若答云同見性者此殊不見理若答不同見者亦不同得涅槃那忽前文同爲第七旣同第七有見性不見性者故知涅槃有異生死不同今觀經意生死河者亘於變易唯佛得度餘悉河中涅槃河者專在分段通於四人即小乘七人故釋論云阿羅漢

地名爲佛地又迦葉共佛同解脱牀即是其義通别互舉適悦時宜不可定執

大般涅槃經疏卷第十六上

音釋

稗（傍卦切稊稗也）瘠（秦昔切瘦也）煗（乃管切與暖同）詶（時流切以言答之曰詶）

大般涅槃經疏卷第十六下

隋　章安頂法師撰

唐天台沙門湛然再治

迦葉品之三

起卷是第四辨行法又五一修行二通別三名體四人數五結住初文又四一不淨觀二念處觀三因緣觀四煖法觀然得住人但具二方便何用四耶不淨因緣是念煖前方便開則列四合只是念煖初又二先明緣起中云智不具足有五事者即前信戒施聞慧次正明四法而以不淨當名若依雜心三度門此中賸有著我多者說十八界依地持五度門則足因緣次如法行已下是念處觀觀有總別總深別淺云云得是觀下第三因緣觀如是觀已下第四煖法觀通論前二方便亦皆得住別論正據煖法空解成時決定不退名爲住人次迦葉白下明通別料簡煖法先問次答初問又二初問人通舉煖觸爲問次引佛說爲證佛答爲二初非其問汝之所據非我所說次如是煖法下正答又二初明地別次明人別初地別者色有欲無次人別者我弟子有外道則無文云煖法以色有欲無仍作三義釋之一多用色定發煖法觀從多爲言二據中間三界皆能發於煖法而色界居中言色界有三據勝處爲語色發煖爲易欲界爲難色界雖有下第二明人別簡除外道唯佛弟子外六行觀者攀上勝妙出厭下苦麁重佛弟子十六行者即十六諦亦是苦法忍苦法智苦比忍苦比智等此中既未斷惑只是十六諦觀私謂緣此諦觀而修欣厭是

佛弟子亦修欣厭若外道修唯約地也迦葉白佛下第三定名體先問次答問中二先問名次問體如文佛答中先答後問後答前問初答體爲二初正答次料簡中先問次答初引佛明馬師無信即是無煗次佛答我亦不取信心爲煗信是煗因煗者從觀四諦智生言十六者即四諦下之十六也如汝所問何因緣下次答名又二前正答次重論初又二初牒煗略答明從譬得名次譬如下第二廣答又二先譬次合如文次重問答初問中二先領旨次若是有爲下正問所言報得色五陰者若依數師實用煗法得色界報但不爲受身爲無漏業即是滅報論師解煗焦生死不復受報但是色定得報故從之受名佛答中二先然其問如是煗法下正答有三法譬合意同數解以想心爲愛愛故受生厭故觀行爲無漏相得煗法人下第四明人數言七十三者三解一莊嚴云欲界十善相應心名電光定時得時失故名電光此人名具煩惱性而不開品數若論方法定有九品惑亦九品以九定斷九惑足電光人合成十人色界四禪無色三空一一地中皆有九品惑九品定七九六十三足前十人合七十三二開善云無别電光異方法亦無方法異電光只電光定以對九惑而成九定初一品定只是實法未穎於假猶與惑抗行未能伏惑第二品定與初品定作相續假共爲力用方乃能伏初一品惑第三品定伏第二品惑乃至第九品定即伏第八品惑餘有欲界一品惑在牽於初禪一品定起而共伏之幷四禪三空一

一皆有九惑九定乃至不用處第九品定伏第八品惑猶餘第九品惑在更將非想定來伏不用處第九品惑八九七十二復取非想定足之合爲七十三引鬱頭藍弗得非想定即其義也此中云欲界初禪乃至無所有處前文得非想定斷不用處惑皆是良證三數人解者亦二不同事障未來性障根本一云分爲九品解一品解對一品惑復有十善相應心即具煩惱性足前成十具煩惱人與初品定共斷一品惑後去一品解對斷一品惑四禪三空一一九定九惑亦成七十三人第二解云性障根本者未來禪九品定斷欲界九品惑取欲界具煩惱性一人足九品合成十人如是八人皆有未來二禪未來定斷初禪九品惑三禪未來九品定斷第二禪九品惑乃至非想未來定斷不用處九品惑亦得七十三人問前云煗是色界法何得通三界作七十三人答初學之人須依四禪據後利時則通三界又昔在凡夫外道曾得七十三定今入佛法中作煗法觀如是等人下第五結得住人不復斷善根不犯四重是人二種下合第四觀方之人又二前列觀方人體次更問答論初果義初又二此先牒前次正合初文者牒前第二暫出還没人若遇惡友即恒爲此人若遇善友則進爲住人復成觀方是故先還論於前人次觀四方者下第二出觀方人體或謂從苦忍去至於初果方是此中人文意不然凡有五人一頂法二忍法三世第一法四苦忍至十五心五初果至第十六心以此五人皆觀四諦並名觀方然前煗

法亦觀四方且從得住立名没觀方義頂法已上方受其名明此五位即爲五章文悉可見但前二文皆云性是五陰實論頂法唯是行陰而言五者以其未免陰之所蓋是故通以五陰爲言而能觀四諦世第一法言五根者以最深勝近生眞解顯是根義別本亦云陰次得苦忍即是眞解緣一諦者得於平等眞空一諦師子吼中則以四方用譬四果今譬四諦者各有所據而婆沙云東方是苦乃至北方爲道次迦葉白佛下第二論義即初果義三番問答初番中先問有四一問斷惑二問觀方三問名義四問譬喻見思共有九十八使見諦有八十八思惟有十八十八先盡但有十使故言輕也有經言須陀洹夢八十八頭蛇死即表此意如四十里水者如池

喻經云佛答四問爲四先答斷惑之問爲二初正答次明所爲初又二先倡兩章門次釋初又二一重章門二攝一切煩惱章門譬如下次釋兩章門先釋攝章有譬有合此三煩惱能攝一切如王行多從世人但言王來王去三是惑本徧攝諸惑何因緣下次釋初重章門凡有五句一常所起故二微難識故三難斷除故四爲惑因故五是三對治諸怨敵故初言常所起者恒存有我即是我見皆信邪神即戒取猶豫未了即疑心次難識者我見似正見戒取似正戒疑心似正解三四可見五是三對治怨者我見乖見慧戒取乖正戒疑心乖正定有諸衆生下第二明所爲即是爲引物故略言此三若言斷無量煩惱者衆生或當生於退意故不説多次答觀方又

二先牒問次善男子下正答答中言五根者即信首五根言訶内外煩惱者以三毒爲内疑及諸見爲外次答第三名義又二初正答次重顯初正答中二先牒問次正答正答中二先釋修無漏名次二種下釋逆流名流有二種一生死流須陀洹人即逆此流衆生順之二者道流須陀洹人順入此流小般若云名爲入流而無所入次論義重顯初問通義若逆流者後三果人亦皆逆流盡名須陀洹不佛答又二初正答次明根别初正答中二先明下名通上次明上名通下下名通上又二初明修無漏名通次明逆流名通所以下名通上者以初得故名須陀洹後得者名斯陀含云云須陀洹者亦名菩薩下是第二上名通下又爲二初明菩薩名通下次明佛名通下佛只是覺能見理故今須陀洹覺知諸法斷惑見理豈不名佛是須陀洹下第二明根别又二先倡兩根次别釋别釋中二先釋鈍根極鈍七反生死乍滅無出鈍中又有六五四三二也次釋利根即生至第四果次答第四譬喻又二先牒問次釋於中二標釋釋中堅持者如魔説五諦長者不信是爲堅持迦葉白佛下第二番先問次答先問中有兩定兩結難初兩定如文若先得道下結兩難先結初難若初得道則名須陀洹者得苦忍眞解亦應名須陀洹不應名向云云次結次難舉外道昔斷煩惱得上定伏下結後迴心時齊所伏而斷即成那含既是初果應名須陀洹佛答有二此答初難本以初果名須陀洹苦忍之時未得初果由是向故是故非也如

汝所問下荅後問又二初牒問後正荅可見迦葉言得阿那含下第三番先問次荅問云那含亦具八智十六行佛荅又二初明行異次明境異此先明行異所言十六行即觀十六諦言有漏者即似解有共不共者三解一毗曇師云前十五心共觀十六不共一時併觀若觀苦時只得觀苦不通餘諦乃至道亦爾故言共若得十六心一時獨觀十六諦者故言不共第二愛師言有漏十六與凡夫共無漏十六不與凡共此解不然經本云有漏有共有不共何以無漏釋之第三河西云以七方便中前三方便亦觀十六是則名共後四方便則是不共若初果次第行則備作七方便觀捨共得不共若超越人但作後四方便仍證三果故言不爾無漏十六行亦有二種一向二得者論家解云初果前未有果故言捨向得果那含前已有二果超越者雖不取證皆從中過故云不爾若依數義超越之人懸得那含亦不從前二果而過則從方便道入十六心十五心是那含向十六心證那含果亦是捨向得果解此不便彼亦釋云若初果定爾那含不定若超越者亦爾次第者不爾既其不定故言不爾八智亦二者即四諦各有比現故爲八非十智之八若依數師則向中但有七智果唯一智此亦不便須陀洹人緣於四諦下第二明境别所言初果緣四諦那含緣一諦者初果入道之初方便之時具游十六行觀故備緣四諦那含在思惟道擇法覺支隨得一諦爲緣故言一諦徧觀已行者合第五譬即是斯陀含果若攝諸賢

聖者即攝得那含向復攝得斯陀含向并自地果攝此三事何故攝阿那含向那含本取觀已即住汝在向時猶行非住所以攝得已上向屬下果攝故若得那含便名行已復住例如羅漢向屬那含果攝若依此例斯陀含向應屬初果攝而不然者以初果但明正位不說進行又見思道異故不相攝今斯陀含果位則有一果兩向文云爲斷四惑三毒及慢者乃應具言十使以思惟道中五見及疑皆攝入慢所以不述文有二先正合次舉譬帖行已復住下合第六譬阿那含人又四第一章門第二解釋第三簡中滅第四釋復住此初章門中又四一列二人二列五人三列六人四列七人此初先列二人即經生不經生經生者即上行人問依莊嚴即有十一那含於九人中即更明信解與見得人足成十一開善師但云有九又彈莊嚴云此簡利鈍非是二人今只問此文於九何故但出其七不言身證及轉世人答有三義一者不言轉世與身證者以轉世人竟不出觀故不說身證人乃入滅盡定大乘不說此定故無二人二者只是廣略不同三者身證與轉世目足論所明我大乘所無行般涅槃復有二種下第二釋章門上雖有四今但釋兩先釋二人次釋五人六七兩章門並略不釋此初釋二人於二人中第一現滅人雖在章門前章已釋又現在身得那含已亦更進修即得羅漢竟不滅此身於現身上即得兩果極是利根易解故不釋但釋上行之人又二初明生數次辨行別此即初文言行般即上流貪著色

無色人也或受二身者初禪死生二禪四身者徧四禪受生二身爲利四身爲鈍利鈍亦不正闕生數今約多少明之利根那含初禪死生二禪即得羅漢果鈍人本從初禪生二禪不得羅漢復更生三禪不得巳復生四禪爾時始名得羅漢果今約四禪故作此說復有二種下第二明行别并言二種即是四句約進定兩行有無從欲色界衆生有二業下釋第二五人章門即爲五此先釋中陰滅人何者是耶即已離欲未及色界於中即得阿羅漢果又三初明用業二釋中陰名三明入滅此初明用業中言二業者業即散業受生即上界定業又捨欲界身下第二釋中陰名在兩生中間故私謂是於色界中陰而入涅槃既不受正生故言利根是中涅槃下第三明入滅之心言四種心者二解一云前兩是那含果空有二心後兩即羅漢果空有二心一非學非無學者即那含緣世諦心二者學即那含緣眞諦心三無學即羅漢緣眞諦心四非學非無學即羅漢緣世諦心以那含得滅即是羅漢故就兩果明之二解云此四句同就那含果上明之一非學非無學即被導心二學即緣眞心三無學即修舊心四非學無學即失念心有師云此解不可其見文云阿那含四心應言那含自有此四心前解當理初二心是那含後兩心是羅漢問既其二果共四心者何得云那含四心解云今云那含四心者此是帶本爲語此中是釋中滅人只滅已是羅漢又言一是二非還應兩解若前解者則言羅漢兩心是涅槃那含兩心非

涅槃羅漢得無餘極果所以是涅槃那含未得無餘非極果故非涅槃若後解則世諦兩心是眞諦兩心非更須釋之次釋第二受身涅槃又二初正釋次論義此初正釋即生滅之人生初禪滅次論義先問次答可見次釋第三行滅常修行者即是鈍根言三昧者慧心靜故作三昧名次釋第四不行滅不待自勤然後得滅故是利也次釋第五上流人又二初單就色界次徧就上二界此即初文所言得第四禪已退生初禪者解云實無聖人得上界定生上界已退生下者有此言者以曾懸修得上定已而退故生下非身在上界而退又言以道流故上生者即是方便非實煩惱受生是四禪中下第二徧上二界從此分流生於兩界樂論義者即生尼吒樂三昧者生不用處問自有人從於初禪即生尼吒即得入滅復有人生不用處方得入滅有人未至阿尼吒即滅未至不用處即滅此屬何人答云此屬見得信解兩人不名上流凡四義相對初據樂定樂慧二明修五差不修五差三明樂寂靜樂論義四修熏禪不修熏禪此之四義還成兩意第三成第一樂智慧樂三昧第四還成前有五差無差之異前三如文於第四中所言熏者二解一數師云兩無漏心挾熏一有漏心二者論師云以慈悲心而熏此定所以不釋後兩章門者前六人本加現滅人上章門已解現滅人竟故今不釋前七人本加上行人至無色處滅上已兼釋第五人竟故不須解迦葉白下第三論義料簡中滅先問次答問中有二初問中滅旣是

利根何不現滅即得羅漢二問何故欲界有中色界則無佛答爲二此答初問以三義故故不現滅一羸劣二乏衆緣三喜作世俗忩務等事餘皆可見初如文二乏衆緣事出婆沙彼云天須菩提非今解空須菩提如汝所問下答第二問又二初明緣別次明根別初緣別中又二初明欲界多在緣二明性勇健故色界中爲無外諸苦所以不得欲界既有外諸煩惱以厭此故即修道品名修爲勇若依數解上界全無初入道者論師亦有同前云無或云上界亦有初入故普曜經云八萬諸天得法眼淨是則上界亦證初果而有此文者以信法行人初在方便可得出觀上生故言得果非元發始從凡至聖次明根性勇健次有三種下明根不同如文喻以鯌魚下

第四釋行已復住到彼岸者合第七人又有四人一羅漢二支佛三菩薩四佛前三皆分到佛究竟到如恒河中下第三結譬又三初正結譬次明得失三辨同異還成前意初正結中又三一通結七人二更問答論義三偏結到彼岸人初文又兩初結七人即見佛性人次結七法法即佛性此初明七人悉皆不離佛性之水有譬有合是七衆生下第二明七法即佛性一善二不善三方便四解脫五次第六因七果前後可見中間三者即婆沙三道方便是似解解脫是解脫道次第是無閡道故論文念處品云如次無閡必生解脫然此七法爲佛性者即有二意一次第合上七人二總合次第合者若善法即合第二人凡夫衆生有少善根不善者即合第一常没

人極重闡提無善可論故言不善方便道者即是第三得住人具四念處煗法二方便也若解脫道即合第四觀方之人從頂法去至十六心是眞解脫人故名解脫道次第道者即合第五觀已行從見諦道次入思惟得斯陀含故云次第因者即是行已復住未得羅漢始是那含故云因也果者即是第七到彼岸人羅漢中乘菩薩佛四人二總合七人者於前善惡兩人故是河中常沒及出已沒若因者即從得住至阿那含並皆是因果者即羅漢等四人盡皆是果前方便道者盡是因位迦葉菩薩言下第二論義爲二番問答初問有二前問涅槃無因那得名果次問云何涅槃復名沙門果佛答爲二先答初問次答後問此先答初問又二先明七果涅槃是遠離果次明二因涅槃有了因況論亦得義說不生名爲生因其實是了文云三解脫門能爲煩惱作不生生因者令煩惱不生而善法得生即是義說三解脫了因而爲生因而復能爲涅槃作了因此即正義如汝所問下答其後問具於三義一斷乏二樂靜三上人迦葉言下第二番問答初問者更論前意佛答云翻那即道沙門名乏斷餘乏餘道名八正道即兩非意阿羅漢人下第三偏結到彼岸四人又二前結羅漢支佛次結菩薩佛初文者問支佛是果屬到彼岸其向屬何所攝答前既云那含向屬第五觀已即行本取住爲第六向中猶行那不屬第五行人亦是本果爲第七人向猶是因所以屬第六行已復住問本用得果爲第七人菩薩未得果云何是

第七人答經中解云何故爲菩薩以行六波羅蜜波羅蜜者翻度彼岸又十地是十波羅蜜云何非度彼岸人今謂此答未遣難别有意也云云是七衆生不修身下第二明得失又三初更結中道不定次正明得失三總結大宗初文又四此第一明沒人言七人皆不能修身戒心慧者四種果人正是能修云何不能解云初皆不修後時佛菩薩修故得到彼岸闡提不能修即不到彼岸佛性亦有亦無得此亦有亦無即是兩破云云今謂不應作此解七人初皆未修未修之時非是第七人修已方名第七人經文現云七人皆不能修云何言初初非第七人今明此是以别破通故七人皆不能修身戒心慧此中以通涅槃爲河明文在此不須致惑是七人中下第二明

出人若有説言下第三明偏執不可是七種人下第四正明中道不定或一人具七則始終爲語初雖作惡後漸修行成第二三及以第七或七人各一則當分爲言若人心口下第二正明得失又二初單明失次雙明得失初又二先就三法明失次結於失初爲三初就闡提次就聖道三就佛性定皆不可是故我於契經下第二結失義又四初倡二人能謗若信心下第二倡信慧互無不信之人下第三結皆是謗是故我説下第四結互無若有説言下第二雙明得失又二先就闡提成佛不成佛次就衆生有佛性無佛性各有三句初三者前兩是謗後一不謗何故爾各據一邊取有取無故兩句成謗若以從容中道之解故一句不謗有人云闡提不捨惡心即

得成佛是謗義復言闡提只即此身不得成佛於異身中乃得成佛復是謗義有人云闡提改惡修善善心相續不斷即非謗義佛性義亦爾有人云衆生有佛性身中已有相好常樂具足斷惑即得者亦是謗義若言衆生全無佛性亦名爲謗今時有說當果佛性則墮此中後之三句初二是謗後一不謗如文夫佛性者不名下第三總結大宗又四一明佛性之理未得菩提下二明約法因中說果三引證明如來或因中說果果中說因是名如來下四結隨自意語迦葉菩薩言下第三明異同又三初明佛性同虛空次明異虛空三破外道執虛空佛性言同異者肇云爲好同者說同雖同而異爲好異者說異雖異而同前明佛性有同虛空不同虛空此乃法王正典有同不同破外道虛空者此乃破世性眼所見之虛空初明同義先問次答答中有三先明佛性同虛空非三世攝次明同虛空非內非外三明同虛空無罣閡初文廣明三世相待是無故不得有三世三世既無虛空即不爲三世所攝文云虛空無故非三世攝其相如何空只是無無即是常佛性是有而復是常故三世所不攝虛空是無而常亦非世攝問若爾即應佛性是有不爲世攝何因云常非三世耶解云佛性不全有故不云有又虛空無故非內外下第二佛性同空非內非外如世間中下第三佛性同虛空無罣閡不復細開

大般涅槃經疏卷第十六下

音釋

鯌倉各切魚名　閡五溉切與礙同　罣古賣切罥也

大般涅槃經疏卷第十七上

隋章安頂法師撰

唐天台沙門湛然再治

迦葉品之四

迦葉白下第二明異虚空義又兩番問答此初番問者正言佛性涅槃虚空等並非三世虚空非三世而名爲無涅槃非三世而名爲常同無三世何不同有佛答爲三一章門二解釋三結酬先唱章門如文云何名下次釋三門皆有所以涅槃等三爲利益故相待而説空無利益故無相待但得是無不名爲常私謂言利益者只爲將護末代權機者不宜聞於生死是涅槃二乘是如來瓦礫是佛性忽有機緣不可不説但依下答其言有歸法華已説豈可固違故經云世間相常住世間之言豈過五陰國土等耶况陰界入色大小兩乘不唯正報一切世間下第三結酬以虚空無待故所以名無涅槃有待故名爲常問涅槃對非涅槃虚空亦對非虚空何故非待解云欲互顯故涅槃本絶而名爲待虚空本待而名爲絶涅槃相待故得是有明是妙有虚空絶待故得是無明是妙無此即不倒後番迦葉因佛上答即設並云如來向云涅槃有對是故名有虚空無對即是無者四大無對亦應是無四大無對而是有者虚空無對亦應是有此文不易故一切世間無非四大對猶名四大有者一切世間凡所有物皆是四大即皆是有無非四大對於四大雖復作並佛竟不答但牒虚空以對涅槃問何故不答亦有深意迦葉本云四大無對是故名有

虛空亦應無對是有今明四大雖無外計非四大來對於四大而四大中自有相對如地水等各自相對而虛空中更無有物自相對者所以是無此並虛出故佛不答佛答有三初牒問非之何以故下二釋明涅槃有十五句所以有虛空無十五句故所以無若有離於下第三正答有五句先明虛空若有應同四大有三世攝如世人說下第二明虛空若有應同心數自有三句虛空若同下第三明若有待者是三世攝若三世攝下第四明應是四陰但同四陰除色一事餘名四陰四陰非見虛空亦然陰三世攝空亦然耶是故離四陰下第五結非有此意正明法若是有可論相待空既是無無何所待復次諸外道言下第三破外道計空又二初正破執次結同

異就正破又二先別破八執次總舉五大例破初別破八執一破空是光明二破空是住處三破空是次第四破空在三處五破空是可作六破空在無閡處七雙破兩執八重破空是住處初破空是光明者數家亦謂二十一色空屬明色於中又二先牒執次破之文云亦可說言虛空是常者具足應云亦不可說是常文中略故而無不字虛空雖無不可說常終是無常但此外道不解空義云空是色乃是空中容於光色何得乃言空是色耶言亦可者應言不可語略故爾復有人言下第二破空是住處亦先牒次破三結光宅云既言眞諦有重數亦言虛空有處所如東西二室一滿一空當知有處亦同此破復有說言下第三破空是次第言次第者如簫管中

及門向内數人云窻内見於外間之空先於第一窻檽中見復於第二第三中見此是次第亦先牒次破若復説言下第四破空在於三處即有三計亦二先牒次破彼計一云空還在空處有中無空二云空在有處無處無空三云在有無處如濕爛物當爛未爛即名有空破執如文如説虛空可作下第五破空是作法亦先牒執次破之今時數論等各計穿地斫樹等悉皆得空並是作空世間人説下第六破無閡處先牒執次破彼執於中二初具不具下先兩句定次若具下難只問無閡處爲空者此空爲具足容十方空爲不具足容十方空耶若具十方虛空者當知十方無有虛空若不併著者亦是此有彼無若有人説下第七雙破兩執一執空與有並二執虛空在於物中先牒兩執二俱不然下正破先總倡不然次何以故下雙破兩執又二前破空與有並次破器中初文又二先作三章門次次第解釋三章門者一異業合如飛鳥集樹唯鳥來棲樹樹不來棲鳥亦如物來合空空不來合物二二業共合如兩羊相觸空亦合物物亦合空三巳合共合如二雙指合者物用與物巳合物只是體用是物家動用此二事體用巳合空用與空巳合空即是空體用即是空所容受用此體用巳合復更以物合空如兩指先巳合後更兩兩共合若言異業下次釋上三章先釋第一文自有三一無常難二常難三亦常無常難今初先作無常難中言一是物業即是動業二虛空業即是空業言空業合物空則無常物旣無常而

空與其合豈不無常若物來合空物則不偏者此既合彼應隨空亦徧復應物隨空是常百論中或心神等覺以覺等神破云然今在言小異而其還於此執正言物既不徧云何合空言則是無常者空亦無常耶若言虛空是常下第二作常難又二先牒執非之次正難難意並之令併無常若言虛空亦常無常下第三作常無常難彼意或言合物之空自是無常不合物空恒自是常云亦常無常者今直難云無有是處謂法相中無有一法半常半無常者若共業合下釋第二章門又二此初牒執非之何以故下正破言若空與業合業亦應徧者謂空體與用合用亦應徧若空用徧則應徧與物合不得更有離物之空不應說有合與不合若言已合共合下釋第三章門又二此先牒章門非之何以故下正破其中有法譬合言先無後有者謂空之與物先時不合後時方合則是本無今有應是無常然此唯破後合不破前合所以然者前空體與空業用物體與物業用不有則已有則俱時豈可得言先時無合後時方合而淺識者謂空是體有若來時方有空用物亦如是體移動時方有動用只此前合亦是本無今有破則應云無常只此先無今有破者即具破於前後二合正破後雙合旁破前單合若言虛空在物下破其後執明空在物中又三初牒執非之次正難後結句此初牒執非之何以故下正難又二初作理責次作並難初又爲三此初正責若言有器空在器中者本無器時空在何處若有住處下第二難應

有多空未有器時已有一空後有器時復有一空寧非多空如其多者下第三結過凡結三過一不得言常謂先是無器之空今是有器之空寧得是常二者不得言一可解三者不得言徧有器時空非無器時空空寧得徧若使虛空離空有住下第二並難若謂無器時空離有器時空而有住處者物亦離空而有住處是故當知下第三結句可見若有說言指住下第八重破空是住處亦先牒次破所言指住處者若言即指一切住處爲虛空住處既有四方方若異者空應四方隨空住處有法若從因緣下第二總結舉五大住例破可尋虛空無故非是過去下破外道執中次結同異所言同者涅槃虛空同無三世所言異者涅槃是常虛空是無又三初明空非三世次舉兔角亦非是故我說下三結同異善男子我終不與下明用中第三習解除惑之用亦言無爭之用何以除惑已得中道觀故能去之若無此觀何由能斷大分爲二先明如來習解已滿故不與世爭二明諸菩薩等觀解除惑前文又三一觀解二論義三結成不爭之用此即初文世間智人體中道理雙說有無佛亦如是不違彼說復是由佛得中道故故與物和所以不爭豈非中道觀解之用世間愚人所述乖理不當法相言有言無違於佛旨如與佛爭況世間人迦葉菩薩言下第二論義有四番問答此初番先問次答答中有三初唱十法次列十法三結不爭倡結二文之中皆有沾字須作點音次第二番問答論世智所說有無問可見答中定於

法體又二先明有次明無次第三番問中二先正作相違之問次結佛有顛倒答中明不相違各有所據衆生之色從煩惱生故色是無佛色不然故得是有次第四問答明色常無常相問含二意一問云何色陰從煩惱生而是無常二問云何色不從煩惱生而得是常答中具明二義今問中略故但舉色從煩惱生是無常一邊佛答有三一明觀與不觀爲常無常之本二正明常無常果三結所屬之人初文又二初總明觀與不觀次單明觀者亦可云先略後廣廣中唯明一義前文又四此即一明生三漏是所觀境智者應當下二出能觀人如人將盲下三出不能觀者有四種人下第四雙舉二人前二如文第三文中不觀之人人譬三漏盲譬衆生棘譬惡道

欲明三漏牽諸衆生令墮三惡縱出惡道法身破壞法身破壞故三身盡壞四雙結兩人中有四句前二即是觀不觀者後二即是任業之人若人能觀下第二單出能觀人又二先單出人次廣明其人又二初總後別總中又二此初正明觀漏有六句復作是念下二明其自能勤修亦有五句是故我於下第二別明觀漏亦二初正明觀漏次明能自勤修前文有三此初先觀因有法譬合有智之人下次觀果報觀果報已下三觀於輕重智者若知下二明自能勤修亦有法譬合有人能知煩惱下二正明常無常果又二先明不從煩惱生則得常果次明從煩惱生得無常果知煩惱煩惱因下三結所屬人又二先結得常果者即是如來次明得無常果者是凡夫

世間智者下第三還結成不爭之用迦葉白佛下第二明菩薩除惑即是諸菩薩等習此觀解離諸結漏若無中道力用云何能令惑使俱盡又四一觀漏體二觀漏因三觀漏果四結觀智初觀漏體有三番問答此初文先問三漏之體佛答中三漏爲三初明欲漏又三一出體二引證三結名初出體內惡覺觀即內心因於外緣即是外境是故我昔下第二引證此偈出出曜經佛將阿難共行見一女人將兒汲水見一男子遂生染心瞻目不已因繫兒頸內兒井中乃說偈自責云欲欲我知汝根本意以思想生我不思想汝則汝不得生說者或小不同但明三漏兩處不同前德王品以欲界一切煩惱除無明是欲漏上二界煩惱除無明是有漏總三界無明是無明漏今文所明以欲界中愛爲欲漏上二界愛爲有漏無明與我見合爲無明漏是故一切下第三結名次明有漏中亦三初出漏體次簡異欲漏三結名次明無明漏中又二初出體次明能生諸漏此初一行餘出體從無明即一切下第二明能生諸漏文有三倡釋結迦葉言如來下第二番問答先問何以異說如是二法下佛答有三初倡兩章門一互因果二互增長不善思惟下第二釋章門先釋互爲因果其能生長下釋增長如子生牙下第三譬結迦葉白佛下第三番問答問意言佛前說第三漏云是無明今復云何從無明生佛言如我所說下佛答又三先倡有兩無明若說無明下第二釋兩無明又二先明無明漏是內無明次解從生是外漏內心

不了是一無明而外復生煩惱是外無明若說無明漏下第三結兩果言無明漏名無始終者謂得無始無終果十二因緣無明最初而能生於行識等果如是因緣三世輪轉名無始終若得中觀能焦因緣成有始終翻彼生死歸涅槃終從無明生陰入等者謂從無明生於諸漏亦招陰果迦葉白佛下第二觀漏因有兩番問答此即初問智者當觀下佛答有四此 初明外因何緣轉下作中下第二明內因菩薩作是觀時下第三明為觀得道是故我於下第四引證迦葉言衆生一身下次番問答初問次如一器中下佛答先譬次合初譬中言如一器者譬一神明有種種子者譬成就諸惑得兩各生者謂得取相各自相生若取好相生貪取惡相生瞋次合譬云愛因緣故生煩惱者還復取相名之為愛或復說愛未必明取相迦葉言下第三觀漏果亦兩問答此初問答中又二先明報果次明習果就報果中有三種苦及三無常者二解一云三苦即苦苦行苦壞苦三無常者一生滅二流動三大期二云此謂三界為三苦三無常者即是三界皆無常也迦葉言佛有無漏下第二番簡無漏果報問中有二初略次廣初略問又三一倡有無漏果二明智者斷果三問斷無漏果不諸得道人下第二廣問亦三此初倡有無漏之果如其智者下第二明云何言斷如其斷者下第三問云何言有問意云有有漏果復有無漏果聖人若當斷無漏果者云何能得聖人果報然佛答有二意一云當體為言即無漏無有果報今言有

者是因中說果佛答有三初舉因果互說次明無漏無果三明無煩惱果前文三句初倡如來有兩種說如世間人下第二明世人之說我亦如是下第三出如來之說言身從心至梵天邊者是因中說果謂色界爲身初禪之定爲心定是意業所以名心所以常謂色界爲心生身是爲定心心實非身但能得身故名爲身即是因中說果果中說因可見一切聖人下第二明無漏無果果謂三界中但以漏業得報故云無無漏果下句復云無漏果者此是因中說果因此無漏能得佛果因實非果能得果故名因爲果有智之人下第三明無煩惱果又二初明斷惑次智者下明修道聖道者下第四結觀智

大般涅槃經疏卷第十七上

大般涅槃經疏卷第十七下

隋 章安頂法師 撰

唐 天台沙門湛然再治

迦葉品之五

起卷是第三單明生善兩番問答初爲三一緣起二正問三結問緣起中法譬合云若從是義下二正問用煩惱爲衆生衆生復是煩惱煩惱爲衆生即是因苦而無善衆生復是煩惱即是果苦不善若爾俱不善云何而得生於善法何得復有妙藥王耶若言下三結問佛答爲三初歎問次合前譬三結能修之人即佛性力初歎如文雪山下次合前譬然前妙藥譬於佛性今云藥王即淨梵行在言少異若有衆生下三結如文迦葉白佛下第二問答正出所生之行此更問前意何等衆生有清淨梵行佛答爲二初總答所問次別答初總中先譬次合佛答意者衆生亦不盡具有此梵行如世果子其巳是果但此果不必併生於子鳥食火燒水爛則不能生不被三事即能生子衆生亦爾不能修者是煩惱果而於果上復生惑因若修善者即但有惑果無有惑因即此衆生身中有清淨梵行衆生觀受下第二別答明修觀解文爲五一觀受二觀想三觀欲四觀業五觀十二因緣此之五觀但成兩科前四觀五陰後一觀因緣觀五陰中何故不觀識色兩陰識初起時未別苦樂論人云識得實法想得假名未能分別是故不觀色陰麤淺故亦不觀三陰猛盛所以觀之於三陰中受想不開行陰開二謂

欲業是所以然者行陰過重是故開之觀中一一例皆有四一觀受體二觀受因三觀受果四明修道初觀受體夫受心者只是果報言近因者以受是五果之末從於此處復起三因生諸煩惱名觸因緣言因緣者觸名不定無別自體亦可說識爲觸亦可說想爲觸此是次第因緣言無明觸即是煩惱前心言明觸者即是無漏前心言非明無明觸者即是有漏諸善前心復當更觀下第二觀受因前討受因無所從生後明從和合生次觀果報下即第三觀果若人能作如是下第四修道文云觸有三種一無明觸者若行心作惡即識想受三名無明觸行心起善即前三心名爲明觸行在無記非善非惡即前三心名非明無明觸又一解如次文云明觸即入聖道餘之二觸增長諸惡復次善男子下第二觀想例前爲四此言想者非謂想陰以行心中別有想倒又思惟中名想倒心倒見諦之中名爲見倒今乃總論不得名見通名爲想又云無色界爲一切想者無色界中乃有不用處非謂一切但前二是一切故以爲名觀想體中又二先正觀體次問答云初問中云滅受想名解脫者數人云得解脫者不止滅此二心滅一切心乃得解脫今偏言二心者過患多故受心修禪想修無色受心味禪想計無色以爲涅槃論家不爾緣世諦名想受緣眞諦名慧心世諦想心可滅得脫眞諦慧心不可滅與數大同故迦葉難云滅一切法名爲解脫豈滅兩心得解脫耶佛答須滅一切方得解脫佛或時總說即攝一切或時別

說今說受想二滅即得解脫此則總論已說一切文中初云因衆生說聞者解法者即是因於衆生說善惡等法聞即得解又云因法說衆生衆生得解者先說善法須近惡法須捨衆生聞此即能得解此兩意正酬前問次觀想因亦二先正觀因次兩番問答三觀果四修道悉如文復次智者觀欲下第三觀欲即是煩惱門亦例有四此初觀欲體正是內心今但舉外塵者能生心欲故名塵爲欲此即因中說果倒想因緣便生於受下第二觀欲因次觀下三觀果報是故下四修道復次智者下第四觀業亦爲四先觀體文云受想觸欲是煩惱者數論二解一云受想觸欲心王起時數即隨起此中云受想者即是十通心數中四數受即痛數既屬通心俱通善惡心數起善即名爲善心數起惡即名煩惱今據起惡言之論云無王數異此中云受想四者即是四心但無色陰觸即是識欲即行陰若行起善即名爲善若行起惡即名煩惱此中正明作惡義也又言能作生業不作受業者二釋一云由此煩惱因緣不絕故云生業而不能分別五蓋果報諸受差別故不作受二云由此煩惱潤業得生故言能作生業而不能招捨受二捨中容捨心既是煩惱云何能潤生於受樂受正是樂心復不能潤此並論潤業生義與業共行則有二種者欲出業體比論業時猶有於惑故言與業共行而業法不同故具爲生受二業又云身口二業亦名爲業亦名果者其能造作即名爲業復暢口意即名爲果意但是業無自暢義故不名

果又云正業是意以意正是業體故也期業爲身口業者以身口自然符會有若期契故云期業也第三觀果報又二初正解四業次兩番問答料簡初如文初番問如文答中云無漏名果不名報者或時云果報不異此中判別私謂無漏是習果故但云果不得云報次番問如文答中云又言十不善法有上中下重苦入地獄輕苦入餓鬼不重不輕在畜生十善有四報在四洲閻浮年命果報最劣下業之果而言上上者取其修道行善邊勝四有智之人下修道復次智者觀業煩惱已下第五是觀十二緣文亦有四謂煩惱業有苦但今文準前受想等皆具四門今文但云煩惱等私云十二緣中體因果報三義具足能觀之智即是修道且依現文即是果報以此文推煩惱得苦業亦得苦不應云煩惱不能招報十地經分十二因緣爲三道謂煩惱業苦無明愛取是煩惱道行有是業道識等及老死是苦道此中爲四長出於有即指現在五果爲有生死爲苦苦之與有此亦無定而上文明八苦不取識名色但取老死故作此說然此四句若具存其相一從煩惱生煩惱二從煩惱生業三從煩惱生有四從煩惱生苦次更約業一從業生業二從業生惑三從業生有四從業生苦後兩句亦爾即應十六句今文但九句亦有經本說十二句者但九句少十二句多準理應有十一句何者十二因緣次第相生如因無明生行因行生識乃至因生生老死老死不知更生何等若爾只十一句但出經者安十二時意欲彰於十

二因緣今此不足只是廣略不同夫相生者有前生後後逆生前復有跨節相生且作初句煩惱生煩惱無明是本即是煩惱而生愛取煩惱生業即是無明生行煩惱生有者即是無明生識等煩惱生苦即生老死第二句從業生業者從行生有從業生煩惱者行生無明從業生有者行生識等從業生苦者即是行生老死第三句從有生有者識生六入等從有生煩惱者即識生無明從有生業者識生行從有生苦者即識生老死第四句從苦生苦是從生生老死從苦生煩惱者從老死生無明從苦生業者即老死生行有從苦生有者即識等五果文云内外愛則有愛苦者經有二文一云受苦二云愛苦愛義稍弱義解皆通言受者由此受故則受於苦言愛苦者經中多言恩愛爲苦就觀因緣今亦準前四觀不同體中爲四一明因果相生二觀五道皆苦三觀三界皆苦四觀八苦初又二初正辨相生後結十二義相生九句並相關如文有智之人觀地下第二觀五道苦就五道中具有十二因緣中煩惱等四地獄即是苦煩惱即是煩惱業即是業體即是有例餘道亦然智者深觀三界下第三觀三界皆苦然三界未必皆苦唯三塗是苦人天至第三禪皆樂第四禪是捨此且一邊若依如來初成道時手指上下三界皆苦智者若能下第四觀八苦智者深觀下第二觀苦因文云苦因即愛無明者小乘中業煩惱爲苦因大乘中即愛有無明爲苦因小乘業爲苦本無明爲旁是故文云愛爲集諦皆用煩惱爲苦本

文云愛無明有内外者有二義且出愛内外者見外色境生心想著名爲外愛自心起染名爲内愛見他人身是外愛見自已身是内愛無明者内心不了名内無明不別外事即外無明文云愛因縁取取因縁愛者此如十二因縁順則愛縁取逆則取縁愛此二義者還是取愛互相因待如無明縁行行縁無明亦因亦果三觀果報四智者下修道如文迦葉白佛云何下品中第二歎經分文爲三一正就教歎二就行歎三就佛歎初正歎教能生中道佛性遂使闡提還生善根是故歎教依教而行此行希有是故歎行佛是教主是故歎佛此即歎三寶也初教中文有二番問答初問意者云何梵行之縁此非正問梵行之體佛答一切法是此乃通答一切諸法皆能生行此文意在涅槃滿教含一切法後義自現第二番問答正是歎經問意者經能生行云何通言一切法是佛答二先歎後答答中意者只此涅槃是一切法又二先廣舉二十五譬後善男子下結指涅槃歎此經也第二十五中云割習氣者輕品同斷今斷最輕無明以習氣爲言若三藏通教皆先斷正後斷習正是界内正習若依別教先斷界内正習次斷界外正次斷界外習依圓教界内外正習一時同斷今文云斷習者即是歎圓教同斷之意非方便也如我先説下第二就行爲歎爲二初明道品次明十想此有兩義一爲行之要二皆是大行言行要者菩薩應修六度四等爲行之要何得以聲聞道品十想爲要此明道品取眞解之位已上十想取方

便之位此是似解正觀是入道宗寧非要耶又以大涅槃心修則非二乘法言大行者欲攝衆善無非大士之所行故初明道品於中爲二初正明道品體次明道品因緣初體又三一明眞解爲是二明有漏則非三還結眞是莊嚴解道品云三四是外凡所觀二五是內凡能觀八七是眞聖作觀開善云不爾三十七品通內外凡三四二五並是內凡似解之觀八七皆是眞聖觀之八正是見諦七覺是思惟觀師彈莊嚴云大品明三十七品是出世法云何三四是外凡彈開善云此文世第一法非淨梵行三十七品是清淨梵行云何外凡而能觀之天台明道品多種具在止觀道品文中莊嚴據約位道品開善據通修道品皆是一塗云就初明是有四第一明三

十七品爲梵行之宗若離如是下第二明離道品則不得果以是因緣下第三結是何以故下第四釋是之意迦葉白佛有漏之法下第二明非有四番問答此初番問中明有漏善非問意云有漏之善亦資生無漏何故不說以爲梵行答以其體是倒故是故不得言是倒者不明有漏之善有常無常等倒但旣是有漏則有執心不能無得故名爲倒迦葉白佛世第一法下第二問答問意欲舉世法爲難故先定義宗佛言有漏者佛答開善云五方便皆帶取相實是有漏然又是相似無漏但未能斷漏不攝無漏之異故言有漏然其體實不執故難文即云性非倒也世尊雖是有漏下第三問答正難問意云雖復謂爲有漏而能生解體非顛倒旣其若是何故非

梵行佛答有二此初言向無漏故不名倒者明此觀發無漏故不名倒而自體有執次又言世第一法唯是一心者正取鄰於苦忍為第一法則唯一刹那心今佛答意明我說梵行本令衆生發心相續世法即唯一心是故不取迦葉白佛衆生五識下第四問答問中舉五識為問文云衆生五識非是顛倒者諸解不同有說識陰未有取相或言識心有相但輕後三心而今問家云五識非倒者謂但一往得境未分別三假參差之相故說非倒而復云非一心者如眼見色即心心相續若爾者不得不為梵行佛答云然是有漏復是顛倒故知識心已有取相又云體非眞實非著想故倒下文釋云生男女想乃至舍宅𫗦衣等想者識心未得男女形心𫗦衣等解此乃想心而有此文者欲明想時何故有執正由前識心已著色聲故生今想著舉果明因也善男子三十七品下第三結是也善男子若有菩薩於三十七品下第二明道品因緣即能知九義九義即是道品之用婆沙中明道品有九性此則是性若論其體各有所據言九性者一戒二定三慧四念五信六精進七喜八猗九捨約道品中唯三是戒即正語業命八種是定四如意為四定五定根六定力七定覺八正定九種是慧四念處為四慧根慧力為六擇法覺分為七正見正思惟為九四種是念念根念力正念念覺分兩種是信信根信力八種是精進四正勤為四根力為六正精進及精進覺分為八所餘各一此文有五一列名二明體三釋義四約法五料

簡此第一列名然此九義即爲三別初四是道品之因中三是道品之體後二是道品之果言前四因者根是欲欲發心求於菩提因是明無明善因是明惡因是無明攝是收攝不令散失增是善思惟思惟作善所以此四是因主是念導是定勝是慧既云念定慧寧非是體實是解脫即少分畢竟即涅槃果此二豈非是果迦葉白佛下第二明體先問次答答又二先讚問次正答答中云因名明觸者即善知識之緣善男子善欲即是下第三釋九義即爲九文此先釋欲爲根本又二先釋次料簡釋中二先答次譬次料簡中有兩番問答世尊云何明觸下第二釋觸最有多句以觸無定然則隨有觸對之義皆得說也文云因正命故得淨根戒前明正命已是木叉木叉云戒此中叉未明定共道共何以知然下文自云因淨根戒得樂寂靜始是得定能善思惟始是得慧既未明定慧云何已有道定戒耶而今得木叉竟在道定前而說淨根戒者有二釋初云前明正命是木叉戒正是堅持不犯此復明淨根者更明此戒漸細乃能攝護五根不令起過故謂淨根二云不言淨於五根但菩薩自有信等諸根戒有能生之義即戒爲根此戒既淨能生定慧等法故謂淨根戒十住論優婆塞戒經並有淨根之說受名攝取下第三釋攝受前明觀受受是生煩惱之始攝取煩惱今明受生道品故還謂受爲攝取因善思惟下第四釋增謂因思惟故心解增進故名爲增其中先倡次釋若觀能破下第五釋念有法譬合也既入定

已下第六釋道導謂定能導生於智故有導名是三十七品下第七釋勝有法譬合意言慧能正斷故名爲勝雖因修習下第八釋實先舉定伏非實次正明智斷是實是三十七品下第九釋畢竟其中二先明四沙門果猶非畢竟後正明得大涅槃乃爲究竟而文言除斷三十七品所行之事謂得果之日因中有爲諸慧悉捨復次善愛念心下第四明約法又三一約法二約人三就譬此初就法明其中九法爲三意前四是因中三是體後二是果復次欲者即發心下第二就人此中九法爲二前四就因後五就果然因中通内凡果地通學與無學復次欲名爲識下第三就譬此又三解一開善云此舉十二因緣是九法之境道品緣此境也二者今之所用此是就譬明此九法次第如十二緣相生此九法亦爾次第相生然此十二因緣有三事難解一不具足二識支重出三不次第所以不具者正爲存略而略行不略無明者以無明是因緣根本所以識支重出者一正是識支二謂觸爲識所以不次第者正欲明因緣輪轉無窮不定次第迦葉菩薩言根本因增下第五料簡先問次答答有五復次初復次云根者初發可解因者即是相似即是初後兩心相續不斷增者滅相似得相似者即滅前相似心更復得後相似之心而但簡三法其中有三道之説見道即見諦道修道即思惟道唯除羅漢果無學即羅漢迦葉菩薩言如佛所説下第二就十想明行先問次答答中有三初總標次解釋三總結此初總標十想次列

然論其體實是慧也以想名說之初作觀時未能明了想像其事後觀成時從方便立名亦名爲想若論其位則通淺深以其初習亦名十想大品中亦有十想釋論云初習名九想成就名十想名數大略與此是同但有兩異一者大品賸有不淨想斷想二者大品無有多過罪想及無愛想其中離惡想即離解脱想盡想即滅想但此十想爲二前六明觀行後四明出離就前六爲二初三是正觀謂苦無常無我後之三想相成而已古來二解一云別相主對以死想成無常不可樂想成苦厭離食想成無我言食厭成無我者然世間人於食生貪者只由計我欲美其色故佛知無我即不貪求精好飲食故知厭食成無我想不可樂成苦想者所以瑞應經云三界皆苦何可樂者死想成無常者此最易見以死故無常言通相成者只由食厭不可樂死故無我亦只由食厭不可樂死故苦由食厭不可樂死故無常後四想者多過罪想通厭世間離解脱想與滅想爲異者三解一云斷因盡爲離斷果盡爲滅二云分知爲離全盡爲滅三云伏惑爲離斷除爲滅無愛想者既離滅之後故心無愛著文云稱比丘義可知故下云稱可沙門之相迦葉言云何名爲下第二解釋又三初別解六想次總歎六想三略標四想此初先別解六想無常爲初先問次答答中六想自爲六文初無常中二先標次釋釋中二先麤次細言二苦因者二解一云因内生内苦因外生外苦二云出在文中飢渴爲内寒熱爲外言行六處者即是六塵

次修苦想下第二解苦想云深觀此身即無常器者身中三苦八苦皆在身内故言苦器文又云無常故苦者數人云無常力切故苦若無常所偪則不苦論師云不爾苦必無常無常未必有苦如一切草木亦無常而不苦有情之類有苦必無常三聚爲色與無記並皆無常而不苦唯心一事是苦從智者復觀下第三無我想可見次明食厭想又三初正明次論義三結成文中云四食揣(摶正)觸思識者揣只是今時人飯食可分段故觸食即是依報衣服卧具彊輭諸觸思食是業食識食只是意食次明不可樂想如文次明死想又二初明大期之死後明念念死又二初問次答文云一息一眴四百生滅成論云一念六十生滅問云何兩文不相應耶解有二意一云成論是小乘明無常猶奢所以六十生滅經是大乘明無常稍切故所以四百二云論云一念者此念短故但六十經云息者息長故有四百智者具足下第二總歎六想明從六想得於七想文云一常修想非觀常境但常作此修故也樂修想作願樂之音亦是恒樂欲修也若人具足如上六想下第三略標四想文云能訶三界即是過罪想遠離三界即離想滅除三界即滅想不生愛著即無愛想是名智者下第三總結爾時迦葉下次偈歎中第三就佛爲歎三十六行偈大分爲三初兩行總標次三十行正歎三四行結歎靈味師云師子吼歎佛大慈此品歎佛大悲今謂不爾文中自言佛具一味大慈心復云所謂慈心救世間寧直大悲今謂應如靈味師

子乳明佛性即是大慈與樂此品明闡提生善即是大悲拔苦別說若是雖明大悲非無大慈雖說大慈非無大悲云云

大般涅槃經疏卷第十七下

音釋

礫郎繫切小石也　櫺郎丁切闌楯下横櫺也　偪彼側切迫也　揣徒官切與摶同　賸實證切餘也

大般涅槃經疏卷第十八上

隋 章 安 頂 法 師 撰
唐 天 台 沙 門 湛 然 再 治

憍陳如品之一上

憍陳如翻火器姓也阿若翻無知名也其義甚多且出四意在先得道是最初上座左面右面前佛滅度持法領法于今未來者年長德爲最後座首佛欲善始令終故對其人二初轉法輪最先對之布衍甘露後轉法輪復更對之以開祕藏三本行理外最初翻邪令因其人最後破外四初對之令五人見諦後對之令十仙見理以是義故從人得名若作付法對陳如者若領受言教應在阿難若住持紹繼應在迦葉弘闡大旨應在文殊而諸大弟子或已滅度或復未來者年長德見佛始終必藉上座堪任付囑故對告之流通遺命開善云翻經未盡只有序正正又爲三初開宗略說二辨宗廣說此品是第三攝邪歸正說光宅云翻雖未盡三段且足此品即是流通段也又云此品答第三十七今欲問諸陰而我無智慧興皇云若是答問得前少意失後諸文若言流通得命阿難文又失其餘若評諸師各得一意若引曇無讖言此經義足而文未盡若引居士請僧經云三品未來又引下文命阿難則有二事一令化須跋二應付囑命化已竟未見付囑當知未盡言有流通者一攝邪歸正流通二付囑流通雖無付囑之文而有攝邪故言有流通分今明此品猶是涅槃用其義則寬現在有攝邪攝惡之用將來有救惡救邪之用欲爲正說流通

兩塗皆得欲作翻盡不盡二義無妨今明涅槃用前品是攝惡用此品是攝邪用就文爲二第一結正觀行第二破諸邪說修行之要莫過此兩正觀是自行上求破邪是利他下化正觀是行善破邪是止善正觀是解生破邪是惑滅正觀是智德破邪是斷德即四悉意初明正觀又二第一正辨觀行第二總結褒貶此初雙明常無常觀皆憑陰爲境不論餘法者總有四義一化道始終二隨物所宜三結一經首末四諸法初後一化道始終者法華云昔於波羅柰轉四諦法輪分別說諸法五衆之生滅五衆即五陰生滅即無常今入涅槃還滅五無常得五皆常二隨所宜者可見三言結一經首末者此經開宗便言我今施汝常命色力今最後經還結共意辨五陰是常欲明命色安辨即是五陰四言結諸法始終者凡觀行之體無不先以五陰爲始種智爲終故大品等經多言色空受想等空乃至種智五陰即其始涅槃即其終略其中間他解色是閡法心是緣法佛無閡無緣故無色心若有色者應覆之以屋著之以衣所言色者辨智明淨譬之於色今明此解違經經云因滅是色獲得常色亦應滅於閡色獲無閡色亦應滅於緣心獲無緣心何得猶存緣心復呼緣心而爲色耶若以色譬智慧受想行識復譬何等豈可以小乘牛迹秉於大海又一師云據實論之佛無色心引經云爾時過意界住在智業中雖引此經還成自害智業是何豈非佛心又言凡夫名陰佛豈然乎佛名五分何者陰名蓋覆佛無蓋覆故非

是陰例如因名萬行果名萬德此亦違經經云獲得常色受想行識亦復如是豈非常陰常色心耶上文云我今施汝常命色力安無閡辯即常住陰覆蓋法界何所妨害而言非陰夫法身者非常陰非無常陰界入亦爾而能常陰能無常陰此中正對陳如說於前義破無常色獲得常色即常色陰云何違經言無色陰若作圓說即無常色仍是常色受等亦爾即無常陰是於常陰界入亦爾雖別圓二種同明常陰常界入等二結成褒貶其文可見因此破邪爾時外道下第二破邪又二初緣起次正破就緣起中二初謀議次求佛捔力謀議有五番可見爾時多有下次欲求捔力爾時衆中闍提下第二正破十仙即為十章此是其一闍提首那宗迦毗羅執因有果因果同時故百論云迦毗羅弟子誦僧佉經二十五諦今此具出故知是也此章為二一論義二歸伏論義為四一定義宗二受定三正難四通釋初定宗者我聞瞿曇涅槃常者為定爾不次答如是如是即是受定然涅槃何曾定是常無常亦常亦無常非常非無常耶欲以常破之故言如是如是婆羅門言下第三正難又三先非佛義次正難三取意結初如文次正難中有五難不出兩意初四難同令無常後一難非但無常亦無樂淨我初明修無常想得常涅槃不應無常因得於常果舊當此難彼云涅槃是果修於習因還生習果涅槃之果既其是常復以何等為此常因乃至我淨亦復如是彼若答言我之涅槃自是常果墮自然義云瞿曇又說解脫欲

貪下第二難明解脫欲貪得於涅槃所脫欲貪既無常者能脫涅槃亦是無常此難最拙瞿曇又説從因故生天下第三直明從因生故故是無常涅槃是果即從因生不得是常瞿曇亦説色從緣生下第四開作兩難若涅槃即陰陰既無常涅槃亦爾若離五陰與五陰異猶如虛空即不可得云何衆生能得涅槃瞿曇亦説從因生下第五難明涅槃既是無常不得是常者何但無常亦無樂淨我若瞿曇説亦常無常下第三取意結難意云佛見難常既不可通恐佛移宗向亦常亦無常即成二語若二語者即不名佛佛言下第四通釋文爲二初答正難次答結難初文又二初答第一難次答第三難所以不答餘三難者其難涅槃今是無常故餘從倒不答第二所斷欲貪者欲貪無常云何令能斷亦無常不答第四者涅槃是常何論即離不答第五者涅槃是常寧無樂淨今先答初難佛先問之令出彼義其向拒抗不出其義佛因餘難遂出其義我性是常大等諸法何妨無常若爾即是能生之因是常所生之果無常佛便並通如汝法中因常果無常者何妨我法因是無常而果是常云云此二十五諦與百論中有同有異總爲三一者名異體同論云從冥生覺從覺生我心此中云從性生大從大生慢即是名異體同者冥是八萬劫外冥然不知此中言性是萬法性冥伏在於八萬劫外不可得知論云覺者即是覺知八萬劫事此中言大只是能大覺知慢我易見二者名體俱同即是五大五塵五情五業并心平等三

名體俱異者論云神我爲主即是一根此云染麤黑者亦是一根此即大異染麤黑三云何爲一解云三不並起貪等後前隨取其一足二十四問此闍提旣其宗於迦毗羅義何故不同解云當佛世時不見三師但見其徒其徒改本故說不同有染等異如莊嚴云佛果無有續待因成三假後招提琰是彼學士即改云佛果無因成不妨有續待開善云二諦同體後龍光是其學士即改二諦各各有體云云五業中云男女二根論以大小便爲二根各有所據論就一體經就二人云云但此性諦或謂即是神我或謂是冥初皆有其義冥初據二十五諦之初以是冥諦又言是常乃是神我未測何異於中云從慢生十六法者此未即生一十六法無有染黑麤三一時而起隨從其一生此不定故先不說言十六法者即是五大五知根五業根心平等根列五根名乃云觸者謂身爲觸問平等根者論家所明意識以託五根起者爲五知根心旣偏緣故名平等文言是二十五法皆性生者其實性生二十四法能所合數故二十五準彼義者性即是常所生無常佛以彼義而並通云何妨我義因是無常而果是常從汝等法中有二因不下第二答彼第三難亦先一一覈出彼義文言了因所了即同了不者謂了因所了之果必與了同不如燈是了因了出缾盆之果此之了因與缾盆等了果同不彼云不同何故爾如燈名了因因人息之火滅豈令缾滅涅槃亦爾雖從了出涅槃果常汝不得云從因生果即是無常若答汝義旣有

二因了因所了之果不同能了之因我亦如是此之涅槃從了因有了因無常涅槃果常是故如來所説有二下第二破其取意結難明佛無二言隨根説法有時説有有時説無意欲令解中道正法寧是二語後文更取眼色生識釋所説意佛之二語爲了一語者謂眼色雖二而同生識識是一故故言一語從婆羅門言下二歸伏又六一請二説三述四印五歸六許初更請佛説爾時世尊下二佛即答云苦諦者亦二亦一乃至道諦亦復如是此有二解一愛法師云以實法苦樂爲二而相續道中終以苦識研成此樂故是一義故言亦二亦一道諦例爾又有師解佛説四眞諦首那因此四諦悟道不應只是相續假義所以有此文者如大品差别品中善吉問佛爲以苦諦得度爲以苦智乃至道智得度佛答云不以苦諦苦智乃至道智我説四諦平等名爲得道又云四諦平等即是涅槃是則苦諦是境苦智是智世諦道中有境智二若見無生則不見有境智之别皆是一相故亦二亦一婆羅門言下三述言苦諦一切凡夫是二聖人是一者若依愛師寧解此文後用凡夫分别故見有境智之二聖忘境智皆是一眞故言聖一四印五歸如文

陳如品之一下

六許佛告陳如聽其出家者陳如是最後付囑汝既上座須知僧事得羅漢果者若依開善此皆現迹若依莊嚴實得羅漢以佛神力説法之功即令此人從凡入聖極爲奇特但前文明已得正見此中復言出家之後方得

羅漢故知前明正見難測淺深亦可始得初果亦可只是方便是故今方得羅漢果私謂迴邪入正即是正見何論入位之淺深耶婆私吒下第二人此是優樓僧佉學徒文亦有二初論義後明歸伏論義有四番前二文各有問答可尋然問佛涅槃常耶佛亦答言如是至論涅槃何曾定常復問無煩惱爲涅槃耶佛亦答如是佛何曾云無煩惱爲涅槃耶前文不云已斷煩惱爲涅槃但以不生煩惱爲涅槃今對此外道宜作此說爲其是計斷見之人但第三番所舉四無意以滅無爲難若法滅無云何復有常樂未生即是未來之無滅無即是過去之無佛答云同於互無此亦對於外道故說若論正理非全互無所以然者本以牛馬互無名爲互無今明生死之中本有涅槃是故正理非全互無其中第四番彼仍復難若是互無亦應無常雖牛中無馬而言有馬馬中無牛亦爾牛馬終是本無今有涅槃亦爾涅槃中無生死而有涅槃者即是本無今有亦是無常佛今答之雖同互無而復不同爲異無中有三種無一是互無二是先無後有三已有還無當知涅槃同是異無即無此三事是故常樂文中有三此先法說次舉三病三藥爲譬三舉譬明果次文中云蜜能治冷依醫者說蜜性乃冷是土宜異不必皆爾又譬中云三種病中無三種藥三種藥中無三種病者舊以此文證無同體若使慧中得有無明藥乃有病乖於此說然莊嚴舊解明無漏中實有有無之惑此言無者但無取相等惑若招提解以眞無漏實不

得報無勞說於無明以人解體而勝鬘中說無明住地緣無漏業爲因者此說相似無漏及被導無漏不言眞無漏婆私吒言如來爲我說常無常下第二歸伏其文云色是無常解脫色常者有二解一者色既無常我解脫色則無復色故所以常二云解脫即色色即是常故前文云獲得解脫常住之色後解爲勝此中寄陳如懺悔文言稱瞿曇姓者舊爲禰音謂彼呼汝爲禰故言禰瞿曇姓今依治城西房從法師說爲苊音但翻此在北北人多云苊亦云禰我之音大集經中亦用此字彼經即是人旁作爾文云瞿曇姓者若佛弟子稱佛爲瞿曇如前現病品偈中云瞿曇大聖德願起演說法者此謂稱歎之詞明佛雖復七世已來釋種王世而其本族起自瞿曇大姓世胄殊遠非始今日若外道意稱瞿曇者此不論德直以姓爲言此是輕略之謂如世人言不呼人位但呼姓者遂爲輕略又云我亦不能久住毒身今欲入滅者謂本有神通即得聖果用邊際智故入涅槃前文云得阿羅漢施三衣者準理得羅漢已具足衣鉢今言無者若善來羅漢即有三衣既自得羅漢是故須衣又此人本是出家外道不俟剃髮何以知之前文闍提云婆羅門今婆私吒但言梵志梵志即是出家外道所以更須施其應器爾時衆中復有先尼是第三外道外道先尼非止一人今此非是前卷先尼如佛弟子中同名迦葉者衆此章有四一緣起二破執三論義四歸伏然佛說不定自有先明正義使外道得解自有先須默然待彼立義

然後破之以申正理今宜先默然故三問不答然不答凡有三義一者根緣所宜雖復不答是默然答二者定問有無皆是邪意故大論中有十四難佛皆不答有邊無邊有常無常如去不如去等所以不答三者佛欲對彼自立之義出其網宗然後乃破如來上答恒被彼難竟未得破所以默然有此三意先尼言若一切衆生下第二破執其中有二先立宗次正破此下是立宗凡有三義一者立我是徧二者立我是一三者立我是作者我即衆生士夫壽命我既被破人及士夫衆生自去作者知者既被破已起者即是作者之類亦皆被破今問外計爲是即陰爲是離陰今謂計我是作者者作即行陰計行爲我若計是知者見者並是計即陰爲我其計我是作者所作之業雖復不同而同是作者佛言先尼下第二明正破有二初正破前三次别破餘三見者知者受者就初文爲三初破徧次破一後破作初有四番此初第一先定彼義佛言若我周徧下第二正破明若我徧者應在五道何須修善欲受天報離惡道耶惡與生天我應常在不須修善先尼言我有二種一作身我二常身我者先尼本計常身之我爲被破故轉成二我佛言如汝說我下第三佛更逐破若常身我在作身中作身無常常身之我亦應無常若常身我不在作身則非徧義先尼因此更舉舍譬舍主譬常身舍譬作身舍既被燒主即出去如作身無常常身即去佛言如汝說我下第四便逐破之明常身我既其徧在常即無常在常既常在無常

中寧不無常如是徧在色與非色在非色既即非色在色寧得不即是色舍與主異有燒不燒不得俱明舍主可爾常身作身此則不然何以得云作身無常我即出去今當問汝出何處去常身既常常體恒徧出無去處汝意若謂一切衆生下第二次破一義凡有八番此下初番我既是一父我子我二我何異次先尼救云謂一人一我非一切人同共一我故有父子二我不同此即破竟便轉義宗佛言若言一人下第二佛便逐破若一人一我我有衆多則不名常先尼若言一切衆生業報應同汝言一人各一我者我既是徧無處不有如張人我亦來在於王人我中王人之我亦來在於張人我中若爾者我既互通即無愚智亦無貴賤亦如天得我既在佛得眼見佛得之我亦在天得佛得之我既因眼見天得之我亦應因佛得眼見天得佛得是人名也先尼救云我徧一切法而諸法不相徧故天得佛得二作不同佛言法與非法下第三佛復逐破法與非法非業作耶以定先尼或釋先尼所計我是作者業字應作我字義則可然不須改字隨下文業字既計我是作者所言業作即是我作次先尼答可見佛言法非法下第四又破既同是我作故天得作時即佛得作二作既同報應不異下舉業平等果亦應同次先尼舉燈明救佛言汝說燈明下第五逐破彼譬明在炷邊復照於堂譬有邊表之處我亦應有眼識處所我既徧於法與非法法與非法亦應徧我是則相與俱徧先尼言汝引燈喻下復救於譬善男子

我所引喻者則是非喻下第六又破彼譬如是喻者則是非喻故知燈明不得喻我若喻我者則於彼不吉於佛爲吉先尼言汝先責我又救明佛亦不平佛言如我不平下第七明我之不平破汝不平令汝得平即是我平同諸聖人得平等者始是大平先尼救云一切衆生平等有我即是我平汝亦説言下第八佛更逐破平等之義旣言當受五道之身我豈得等汝意若謂我是作者下第三破作者有六善男子此初文者約受苦破若我是作者那自作苦若苦非我作一切諸法應非我作衆生苦樂下第二明憂喜汝説我常下第三明有十時若我作者下第四明有盛衰衆生亦有盛衰衆生旣即我我應盛衰豈是常耶我若作者下第五明不應利鈍那得此人於書利於棊鈍彼人於棊利於書鈍餘例皆爾我若作者下第六明汝自説無我而疑我有無汝意若謂離眼有見下第二破餘三義故言别破此中有三初破見者次破受者三破知者初破見者自復有三此初正破若謂離眼有見者此謂我是能見衞世師執神使智知而神異知此義同僧佉所計神即能知故言離眼有見是義不然若離眼有我而能見者何須此眼若離我見用眼能見者如言華能燒村但因華裏火擲在屋上故云華燒者神因眼見亦復如是終是眼見神不能見先尼言下第二救云如人執鎌則能刈草譬我因眼則能見色就正義中乃是假我令眼能見必無實我須因眼見善男子鎌人各異下第三重破鎌人不同可得刈草若離根

外無别有我故不爲例汝意若謂身作我受下第二破受者是我身作即是我作下乃自顯先尼言我有二種下第三破知者是我於中有二此先明執佛言善男子所言知者下正破我因智知同華喻壞者還是前義華能裹火火能燒屋名華燒者神雖能知而復更用智爲知者終是智自能知神不能知前已破竟故言同華喻壞佛法正義亦有假我御智知義但不同實我因智能知先尼言若無我者下第三論義上佛句句破先尼義邪義既除今更與佛共論比義爲定有我定無我耶一者亦是難佛無有我義二者復立我義難佛無我義佛義不立有我義顯自有五番此先尼第一問若無我者誰能憶念佛答若以憶故知有我者今以忘故知應無我汝以有念證有我者既有忘失證知無我若暫時憶顯有我者亦應暫忘顯無有我我既自在云何念惡而不念善又云念所不念正在定中應當思惟憶念定境何故更緣其餘事耶又云不念所念者正作惡時復存善法既其有我何得不定先尼誰見誰聞下第二問若無我者誰能見聞佛答意者根塵和合故有見聞實不由我而能見聞自舉二譬先尼言若無我者下第三問意以名責之云何名爲我見我聞世人並云我見我聞我苦樂憂喜等佛答有二意一者却反還之言我見聞知有我者如他作罪云不見聞亦應無我次如四兵下復舉假名合我見聞先尼言如汝所説下第四更問若内外和合者誰出聲耶佛即答言因無明者即是因十二因緣和合成

身以有身故覺觀動風風擊脣舌出聲說我如大論云風名阿優陀觸臍而上去至牙齒脣舌鼓動故出聲風鈴熱鐵亦復如是先尼言如瞿曇說下第五問明若隨理者全無有我如來何緣得有常樂由有我故有常等法若無我者何得此法佛答意者得常我者須滅身後爾乃得之豈即此身得常我耶先尼言唯願大慈下第四歸伏復有四番此初請佛說佛廣爲說因說慢義欲彈斥彼本慢之心先尼言如是如是下第二領旨如來因此重說又二先誠次說言非自非他非衆生者明法與衆生同一平等先尼言我已解已下第三自獲得解如來因更責出其相世尊所言色者下第四出已所解又二先自述次佛命善來得慧眼淨言法眼者即是初果言慧眼淨是第四果但其與佛言論之時已得初果後命善來得第四果外道衆中復有姓迦葉下第四外道文爲三初緣起次論義後歸伏此初三問皆默以爲緣起是故不答如來欲令彼出已義梵志復言下第二論義自有五番此初彼先立義明身異命異如人捨身未及後身受中陰時爾時身命異先身命非因所得次善男子我說身命下如來破明萬法從緣不但身命諸法悉然陰死之時此命假緣續其中陰梵志復言我見世間下第二番出彼立義彼明有法不從緣生如來復責梵志言我見大火下第三彼因立事言凡明絶餤是不從緣如來復破明亦從緣其中榛木之字或以爲臻音或以爲愁申反今以臻音爲正詩云樹之榛栗傳云榛栗棗羞說文

云㮏似梓實如小栗梵志言絶餤去時下第四重申明不因薪炭佛即破之明因風而至瞿曇若人捨身下第五復出彼難明兩身中間誰爲因緣佛即答言終以煩惱而爲其緣言有因緣身即是命命即是身此據一期果報一業所得有因緣故身異命異者據色心連持謂之爲命五陰名身其義異也梵志言唯願爲我下第三歸伏又有三番此初請説次佛答又二先答次牒計之亦名印述世尊我已知已下第二領解次佛重徴次世尊火即煩惱下第三委陳已解經五日已得羅漢果者説其證果賒促機悟早晚外道衆中復有富那下第五外道彼之所執即是邊見雖有其執恐有屈滯不敢述之故且舉問就文有二初論義後歸伏此初論義自有四番此

即初番舉六十二見問六十二見有二解一云身見邊見共六十二何者身見五十六邊見有六約於五陰各有四執即色離色亦即亦離不即不離餘四例然則爲二十欲界色界則爲四十無色無色但説四陰四四十六故知身見有五十六邊見六者謂三界中各有斷常以足身見成六十二故大品云譬如我見攝六十二見二直就邊見自六十二現在世中即色爲我則色滅我斷離色爲我則色滅我常亦即亦離亦斷亦常不即不離則不斷不常四陰亦然則成二十去來例然則成六十雖有六十不出斷常故以斷常而標其首爲六十二个文中云常無常者則是過去有邊無邊則據未來此言邊者非謂闊陿竪論分際故是彼邊如去不如去者據佛滅

後乃計如來即色涅槃畢竟永滅此是如去若身不滅是不如去亦如去亦不如去等云足前成六十復云是身是命即常見身異命異即斷見合成六十二見而此文云如來滅後者他人不見此既不許約如來作二十計即自解云我如色來即如色去不如色去故云如去不如去佛即答之我不作此說梵志言今者見何罪過下第二問此有何過而不爲說佛答明此是見取之過故不作說瞿曇若見如是罪過下第三問如來何所見著何所說耶佛答之先遣見著之言後明就見能說瞿曇云何下第四重責見說佛乃廣答又二先正答後更反責以出其相富那言請說一喻下第二歸伏譬云如大村外者此譬佛果涅槃有娑羅林者有人譬金剛心今譬衆生心中有一樹者譬佛性足一百年者是一數之圓名譬中道佛性圓滿端正文云一樹先林而生一樹既譬佛性可云佛性在衆生前無衆生而已有衆生即有佛性今何以云先林而生若言佛性衆生有先有後若共若離皆悉不可並須破之性執破已方得假說有前有後此之前後則不相乖既不相乖乍可義說佛性在前何以故佛性本有以本有故故義云先即不失理林主修治者即修持人其樹陳朽皮膚悉脫者譬煩惱諸惡一切都盡唯貞實在即是萬德

大般涅槃經疏卷第十八上

音釋

苨（奴禮切）　鎌（力鹽切鍥也）　刈（魚制切割也）

大般涅槃經疏卷第十八下

隋章安頂法師撰
唐天台沙門湛然再治

陳如品之二

起卷是第六外道文爲二初論義後歸伏論義有二番初番問衆生何法故起常無常等六十二見佛答不知色故起常無常乃至不知識故起常無常等夫言色者先業爲因今世父母衣食爲緣虛僞假合謂有定性所以能起常無常等乃至不知於識亦起諸見次番更問知何色知何識故不起諸見佛言知色但是因緣和合無主無我即無諸見乃至知識亦復如是梵志言唯願爲我下二是歸伏文云捨故等者故名無明與愛新名取有解者爲二一云無明與愛是過去所以名故取有現在所以名新愛是現在那忽言故乃强解云由行得愛此解不然二云若據煩惱無明愛爲新若據業者取有爲故此亦不可取是煩惱那忽爲新無明愛新那忽屬業最爲不可又一解云不須云過現及煩惱業但論無明與愛是起身本取從無明愛起即是枝末所以名新無前諸失上云無明爲父貪愛爲母若尊敬此死入無間又云生死本際凡有二種無明與愛此豈非故今約三世現在望過去無明是故未來望現在愛即是故與觀師同又不失三世文云我今已得正法淨眼或法眼淨此應無異特是左右之異十五日後得羅漢者悟有早晚犢子梵志下第七外道文爲三一緣起二論義三歸伏亦以默然爲緣起者不得側前表其儒雅是故徐

詳待三方答犢子言下二是論義此無自執但荅正義故因佛黙先問黙意次佛思黙意乃開問端次犢子言下正論義既無自執但問正義於中二先問法次問人初問法中二先問次佛答答中又二先許次正答三種十種於中先雙釋次雙結於釋中云解脱欲者此是無貪善根次問能修善斷惑之人者其欲修習先訪其人若有高倒我亦隨修此中但問出家二衆兼得四衆斷一切有者此明羅漢即出家二衆得阿那含者即問在家二衆度疑彼岸者少分稱得度此中再明優婆塞者有離欲者有妻子者文云受五欲樂而心無疑網者是佛皆答非一二三乃至五百者何如大品明大數五千分然諸經中多明五百弟子此是數方之言從世尊我於今者樂説譬下第三歸伏於中五先請述次佛許三述已四請出家佛令四月試優婆塞經明必四月言四月者只是一時根性不同復不一種聞不一種即求出家五佛聽出家出家後修行得益言二法者或言止觀或定慧奢摩舍摩輕重音異報佛恩者依法修行是報佛恩納衣梵志下第八外道此亦出家外道常服此納因衣名人此間亦有麻襦杯度之流文爲二初論義後歸伏論義又二初執後破初執者開善分初文爲八復次一據煩惱二據五大三據鏍釧四據自性五據五塵六據五根七據小兒八據有無招提分此文爲二初難正義後立邪義就初復二一非業行後難煩惱觀師分爲四初一復次難因緣義次三復次立自性義三一復次重難正義四

三復次重立自性但分文在人孰是孰非且依觀師諸師多云納衣正問衆生之始三界流來弘廣問終咨決如來涅槃問始是問流來問終是問反出觀師據三文推之一陳如答弘廣云若人來問常無常有始佛常默然若納衣問始佛何故答二其初難衆生無量世中作善不善業未來還得善不善報此問行業因果何關問始三可中問於初流來者佛答不去何者界外初起一念流來此之流來復何處來向前推之求不可得知答不去由不作此問故如來解釋納衣正問因緣愛潤生義惡因緣死見地獄時反更生愛而生其中善因緣死則見天堂而生愛者則生其中解此數論不同數人言於生陰前起愛潤生有身有惑同在一時亦起愛心即便得身此即身先煩惱在後論人云於死陰後起愛潤生即煩惱在前身乃在後初難因緣又兩初領旨而非次難煩惱文又爲四一領旨二雙難三別難四揔結此下牒佛所說煩惱與身故云領旨若因煩惱下第二雙難又三先兩定次兩難三兩結初兩定可見兩難者初云若煩惱在先全未有身那得煩惱煩惱何處住煩惱因誰生若煩惱復因煩惱煩惱則不是先故言不可次難身在先者則不從煩惱而得是身身既不從煩惱煩惱亦不因身此俱不可若言一時下三別難既言因果不應一時先後一時下四是總結三義三皆不可故知諸法不從因緣復次瞿曇堅是地性下次立邪自性之義有三復次彼明地性堅乃至空性無閡體性如此非因緣成五

大既爾一切亦然即自性義復次世間之法有定用處證成前義在額名鬘等者如此土嚴具故初舉工匠揆木爲難直者任牀曲者任机復舉五道爲難乃言自性生地獄等又舉陸龜生即入水海裏蚶蛤誰之刻畫三舉貪欲一復次更難因縁前非佛旨後乃作難難有四意一難貪不對塵如人睡時亦不對塵而生欲貪二難小兒初生無所分別亦復生貪三難賢聖在於山林雖離五塵亦復生貪四難自有對塵貪對塵不貪並是自性第四有三復次重立邪義初明五根不具而多財五根雖具而少禄根若不具則過去作惡今生何以多財若根具者過去行善今生何以貧窮並是性爾不關因縁第二復次可見第三復次舉有無難彼以虛空爲有兎角爲無誰作虛空之有誰使兎角令無二事既然一切亦爾皆是自性佛言下答以答望問略有三異一有無二鄭重三不次第言有無者前有四難爲八復次今但七復次何故爾佛答七難竟其即領解是故不答第八難也鄭重者重答第二難何故爾性是其宗故再破之不次第者第一答第二第三答第三第三答第四第四答第一第五重答第二第六答第五第七答第六第八答第七初答第二破立自性義者彼以五大不從縁生倒一切法亦不從縁佛逐破之汝立五大不從縁生是故名常例一切法不從縁生亦應是常汝言用處下是第二答第三破其證義彼云鏍釧無有因縁佛破云皆從因縁得名亦從因縁得義名鬘名纓此是從因得名匠爲箭槊此

從因得義若性是箭無假工匠況本是鏍今打爲釧改釧爲鏍向是曲者任机熨机直爲牀向是直者爲牀今熨牀曲爲机皆是因緣何性之有汝言如龜陸生下第三破彼第四復次中有七事爲破七事此即初事何不入火數角正反彼宗若言諸法悉有自性下第二事其上復次中全無此語但言誰有教者而今有此破者既云利是性爾鈍亦如之豈有教而長耶若一切法有自性下第三事明婆羅門不應祠祀世間語法有三下第四事明皆有造作之語寧是自然若言諸法悉有自性下第五事縱則應定若一切法有定性下第六事明既其無定則應從緣汝說一切法下第七事明說喻故故知無性若使解則性解何勞爲說若不解者性自不解雖復說喻無所成益善男子汝言身爲在先下第四追破彼第一復次但前難本有四一領旨二雙難三別難四總結今答不一一相對但總答之而此四意但正難中本來有三一者難身在先二難煩惱在先三煩惱與身一時別難中即無結難中有之今亦答三初答身在先難次答一時之難後答煩惱在先難初又二先雙非次正答三難此下第一答身在先然佛之本義說煩惱爲身因則彼應正難煩惱在先所以又難身在先者相對而來非其本意今欲答正先發遣旁故先云我無此說汝義亦然何忽難此本欲難我還成我義善男子一切衆生下第二答一時之難就文爲三初明一時次明前後第三更取意答初言一時者除彼所計之一時若是其所解言一

時者此則不可今言一時此是前後而一時亦是一時而前後云第二文中言其前後者此是一時中之前後無前後異一時亦無一時異前後今只於一時義中說有前後即煩惱爲前身屬於後煩惱是因身即是果豈非因前果後若如中論所明緣成由果此有別意云私謂諸大乘經云無始者不獨云身不獨煩惱若一在前一則有始今經從於對治化機以說故云要因煩惱故而得有身仍帶理說故云雖無前後雖是不盡之詞不盡是有餘之說故知實理却是權道之有餘實而言之非但過去言無先後只於現在煩惱爲身而作因時亦無先後何以故因果無二色心體一三道三德一念無乖五陰五脫剎那理等貴在納衣執破破已了性同空空無前後內外誰施三十六軸唯從涅槃五十二衆咸成佛性至此不了終歸結緣此兩段只有二行餘經文是釋疑之要也從汝意若謂如人二眼下第三更取意破若言煩惱與身是一時者不應前後如牛二角左不因右右不因左是事不爾如炷與明是一時有而要因炷有明終不因明有炷煩惱與身亦然但炷是燈器因燈有明而云炷者但齊火燒者名炷未燒之時不得名炷云明佛此義正是一時因果舊說多謂此明衆生之始是一時因果今謂不然此不明衆生之始但明衆生用業得身必由煩惱自有二種一者潤業二者潤生若潤業者身果爲奢今之所明正取潤生若依數解正以生陰之初有染汙識爲潤生惑即結一期果報是爲煩惱與身一時而

有於義爲便但今依後解若靈味法師亦用生陰云初起潤生愛極似數義其餘師並云死陰之中起潤生愛得言一時因果者此前迦葉章中云由愛無明二因緣故得住壽命十地經云有漏有取心生熱惱種子漸備經云有漏有取心生有漏種子潤生之惑雖在前起而正由識是有漏故潤生之愛所以結之是爲取識有漏已有即是一時因果之義故此義意微釆靈味之說彼前難云若言一時義亦不可今答一時而有此義殊堪反於邪難故也故云汝意若謂如人二眼下正取彼意破之明雖俱是同時實有相因之義如炷之有明一時而有而復相因汝意若謂身不在先下第三答煩惱在前難又二此先牒彼難何以故下正破但此中文有兩家讀之

一云若以身先無因緣故名爲無者此是牒於難汝不應說者即是非之汝不應作如此說一切皆有因緣者還明一切法實有因緣然不須如此分句直云汝不應說一切法有因緣也然彼是自然之義無有因緣而言汝不應說一切法有因緣者然此三師外道云有二十五諦皆悉相生即因緣義而與佛因緣義異佛法據過去爲因現在得果彼家直據現在一世相生以爲因緣又如勒叉婆有依諦主諦如五大造五根五大是主諦五根是依諦並是因緣如火大造眼令能見色色是火家之求那亦如空大造耳可能聞聲聲是耳家之求那云若言不見下復取彼意破之汝若言不見身因故不說者今現見鉼從泥出何故不說見故不說乃是違心若見不

見下此明誰論汝見與不見但云現論諸法皆從因緣善男子若言一切諸法悉有自性下第五重破第二五大性難先且破其地大佛翻其義酥蠟等物是彼家地但酥蠟不定或時爲水或時名地是不定後更破之白蠟等物舉爲五大云云不言三大四大寧非因緣耶此中兩雙前謂汝義説有五大後説有香爲地有色爲火如論文香相品中明儻世師義不言香爲水色爲地寧非因緣耶後雙者前謂汝義云從泥出缾從縷得衣寧非因緣後謂汝義濕是水大假使由寒緣故凍汝猶隨濕緣是水不隨寒緣是地又水凍時不名爲地故名爲水何故波動時不名爲風者此是芟角並難若例難者應言水本流性凍時不流而尚名爲水者風本動性應有物不動尚不爲風而今此文若作芟角並意者水本流性凍時不流尚爲水者風本動性波旣是動應名爲風波雖是動不得名風水旣不流不得名水又解此是例難如水本流遇寒因緣凍而不流而猶隨本爲水風本性動遇水因緣激而成波應猶隨本是風若波動遂逐因緣成水不名爲風凍時亦應逐因緣成地非是水並意爲水本是流濕之性凍時無流守本濕性猶名爲水者風本動性風激成波猶自名水不名風者水凍成氷應名爲地水凍成氷守本濕性猶名水者何異波動時守本動性應名爲風只爲波動名水凍時名凍所以得並動是風大水爲浪時雖藉風爲緣猶隨因屬水不隨動爲風寧非因緣汝言非因五塵下第六破彼第五明五塵但爲外

緣復由覺觀内因善惡覺觀即生貪瞋汝言具足諸根下第七破彼第六明業因不同致果報參差如汝所言世間小兒下第八破第七明兒有啼笑則知有緣又不破第八者二解開善舊云第八是二種無法無不從緣則無勞破二冶城云此破七竟彼便領解是故不破梵志言若一切法下此是第二歸伏文爲二初作兩問汎爾求解次從唯願爲我去是正歸伏佛知根利直説二邊及與中間彼即領悟夫破義多方不唯一種隨病用藥不定後前若棄通從别須論次第初起道樹多用因緣破性次用無常苦空以破因緣次用體破析次用分别破析體空次用中道破於二邊次用圓常破於偏漸如此等義偏乎經論今大涅槃圓常極説而用因緣破彼納衣自性計者蓋隨其病以此初藥而後用之初後既然中間亦爾於一切處以智方便或隨欲隨宜隨治隨悟互用無失而次第宛然私謂四悉義兼祕密不定雖祕不定次第宛然若得此意應具作所以使文義分明因緣破性雖具經文更須懸作無常析空乃至圓常等義令法行成就節目顯然皆與修多羅合此義若成破諸外道邪教邪執破一切内道正教正義破一切小乘賢聖教行位理破一切大乘賢聖教行位理包括佛法尚盡況復執性外道耶於十仙文中一一須作具載則文煩故於納衣章中略出此意得斯問意將對前後縱横用之云云復有婆羅門名弘廣下第九外道文爲二初論義後歸伏彼無所執直問知心念不佛知其念故作異説其本有

四念佛亦作四句答者涅槃是常有爲無常曲即邪見直即八正此四義者與其名同而意則異故重問之佛方爲説即云乞食是常别請無常曲是户籥直是帝幢即是以所懷之事黙以試佛佛知其意乃跨節用所表之理而以答之答過其表所以更請然闔字應門裏作説文云函闔下柱今經中草下作此乃草名説文言雀麥也後問八正能令滅盡佛不答者以此問意衆生修道皆滅盡者應無復衆生然至理中衆生無盡是故不答若有可盡即是有邊私謂準文恐且約事舊用此文謂弘廣問終善哉善哉下二此明歸伏其中發迹植因已久賢劫近成云云靈味以此一人例九外道皆並是權觀師不許並云若見一人發迹例九非實亦可九人是實反例一人非權但諸人直云證果不明是迹此人欲知城知道自作守門既發大心非爲小事隨文判之不須盡例爾時世尊下第十外道有人云此章有三與前小異不止化外一爲付囑二爲降魔三化須跋爲付囑者以説經竟須付囑阿難爲降魔者正法之障本由天魔今以呪降令法無壅爲化須跋者前諸外道恊邪難佛佛降伏竟須跋自恃不來顧命阿難喚來得道今明不然皆化外道詞異意同何者佛大慈無量非但當時破執亦使將來救邪所以顧命阿難付囑流通阿難現爲魔罥魔亦能罥障未來故以神呪呪之使二世無壅須跋自狠表將來背化遣阿難往召表流通傳法故須跋來而得道表於將來咸得歸正作此消文化外義成流通不失就文

爲四初顧命阿難二更論義三正命阿難四兼化須跋初文二先問次答此下是問欲爲付囑此經兼化須跋所以顧命阿難所在陳如言下二答文爲二初明衆魔爲亂次明阿難受亂先衆魔亂中二先衆說爲亂次神通爲亂初衆說中云毗伽羅那即是論文亦言和伽羅那梵音不同然此中魔說盡明佛法正義不說魔邪之法若說魔義念阿難解之然其常聞如來所說纔聞異義即不信受若爾云何爲亂解云或說十二因緣或說四緣復說四諦八諦等以爲惑亂文云三觀者有多種一云苦無常無我一云觀陰入界亦云觀三毒言七方便者數人云不淨觀總別四念處并煗法頂忍世第一成論人云一者觀色苦二觀苦集三觀苦滅四觀苦道五觀苦過六觀苦出七觀苦入約一切法皆爾從世尊阿難比丘見是事已下二明阿難受亂而阿難得初果親爲佛侍而今忽受衆魔所亂此有二義一者迹中現受表神呪功方能降魔二者阿難旣不在座欲令如來顧問文殊往復論其德業堪爲付囑河西解云阿難所以爲魔所惱凡有五義一者陳如應是對揚化諸外道所以阿難不來在座二者謂魔得度故示在彼三者欲顯阿難內德八事四者欲令阿難往召須跋五者欲折阿難高心爾時文殊白佛下第二更論義釋疑復爲二初問次答問中復二初問具出菩薩自能流通從何因緣故下此問阿難何爲獨蒙顧問爾時世尊告文殊言下二答文爲三初具述本緣次現前稱歎三正答二問此初具述本緣

即是如來昔於僧中命覓侍者之本緣云文殊師利阿難下第二現前稱歎若阿難在衆豈得歎美又二前歎八事不可思議次歎希有又云毗舍浮佛七佛之名定應如此脱有本有舍浮者非從如汝所説下第三正答二問明菩薩雖能流通各有重任調伏眷屬故不付囑阿難下果親爲侍者多聞最上所以付之長壽品初盛明聲聞不堪菩薩堪受今付阿難不付菩薩此有三義一者前訶實行故言不堪今明是權故言其堪二者對揚大法弘宣深理其即不堪於教文言受持章段其即堪能下文自云若阿難所不知者弘廣菩薩自爲宣説深義正理即付菩薩三者明聲聞者自有與奪奪故不堪與故言堪文云是吾弟者此是從弟但欲論近不復言從直云是吾之弟所未聞者弘廣菩薩當能流布者此有三解一冶城云十外數中迹居第九實是菩薩是故佛言弘廣菩薩自能流布二者招提云佛法之中大士何限而忽取同外道名謂能弘經言弘廣者非據一人但能弘通教化利益即是弘廣故大智論結集法藏中具明其事迦葉對阿難則出修多羅阿毗曇對優波離出於毗尼即是律藏若文殊師利與彌勒等對阿難出大乘藏是則文殊彌勒即是弘廣菩薩第三解旣非外道又非通説别有菩薩名爲弘廣如言普賢文殊等之流從文殊師利阿難比丘今在他處下第三正命阿難舊明三義而文中唯有降天魔喚須跋應有付教之事文少不來今就文有五一佛命文殊二如來説呪三文殊奉命四魔

王發心五阿難致敬第一佛命文殊令其持呪以解阿難文云大陀羅尼者翻音不同亦云總持亦云能持能持正法不失邪法不起故謂爲持亦翻辯才是梵音兼義正翻爲持故其文云聞是持名其中令持呪人行於五事斷辛等悉如文爾時世尊即便說之下二如來說呪呪之名義已如前解但呪中云若竭禪經本不同或作衣邊或爲土邊今以衣邊爲正而有二音一徐愛音云此是卑音今以爲婢離反然土邊作亦有二音又云婆嵐彌其字山下風此本是攜字若作攜音者字當作嵐說文云從嵐省從圭聲又賴綈之字或爲第音今爲提音說文云厚繒也然新金光明經陀羅尼淨地品佛爲十地菩薩說十篇呪此之一呪即是彼經第十篇擁護十地

此呪正護第十地菩薩若爾當知阿難位行即高乃是十地菩薩如來說呪而擁護之彼經云得此呪者不畏毒蛇師子虎狼等圓教一生既許超登十地肉身未免如是等畏故呪護之然阿難縱非此生始證本迹何殊呪護之意思之可見若不爾者菩薩斷煩惱無復怖畏今何得云得呪方乃免怖故人多釋或云其事實是難知不可淺情所度而有一義法身之體而無所畏就應身爲論此當示畏如來道登種覺尚有九惱況乃菩薩皆依前釋爾時文殊受呪下第三文殊奉命魔王聞是下第四衆魔發心文殊與阿難俱下第五明阿難致敬但古來呪文不譯而有五義一是三寶名二四諦名三空境名四勝行名五鬼神名總此五義故稱爲總能持善不失

持惡不生故名爲持三寶名者請觀音云南無佛陀達摩僧伽但三寶名種種不同或當如此所以摩竭大魚聞三寶名即便合口四諦名者賢愚經中聞四諦名鸚䳇生天空理名者眞境無名無所不名故聞此空名即便悟道成聖斷惑勝行名者大品言般若波羅蜜是大明呪無上明呪又請觀音明六字章句即六妙門一數二隨三止四觀五還六淨鬼神名者一者善神王名二者惡神王名佛告阿難是娑羅林外下第四兼化須跋文爲三一緣起二論義三歸伏初緣起又三一告阿難二阿難奉命三相隨而來初文須跋陀羅此有二翻一云好賢二云善賢雖得五通未捨憍慢者慢是散心之惑既得上定應伏下惑而言未捨憍慢者數論兩解若依數義

慢從他使背上而起彼既得非想定即緣彼地而起慢也故言未捨憍慢若依論解慢是散心煩惱此實已伏非想一地猶有慢在且慢本自高而彼得下定我心殊多以有我心故得名爲未捨憍慢生一切智起涅槃想者此是須跋長存之想謂生一切智想及涅槃想又云其人愛心習猶未盡者可有二義一云此是善愛謂父慈子孝之愛此乃由煩惱愛故生此心但今判屬世中之善而謂爲習猶未盡者未必便是習氣但明數起此善其事既數數習不已是故便云習猶未盡二者此論煩惱之習若煩惱習有二解舊云要永伏斷方始起之即是所用二解明凡夫所起之習而言未盡者以其得上地定伏於重惑餘輕者在故云習猶未盡時須跋陀到已問

訊下二是論義文爲二初論業行後論解脱初業行者即是世間解脱即出世間具與佛論世出世二事就前文爲四此下第一求聽佛言今正是時第二佛許瞿曇有諸沙門下第三彼正問佛四如來答前二如文第三問佛中不云是其巳義但言世間有諸沙門等皆作此説何故不自出巳義宗此亦有意前來聞佛破諸外道所立之義所以今時不自立宗恐爲佛破直舉諸人所解問佛明一切善惡果報皆由本業無有現身起業及現因緣有業之義殊近正説但無現在因緣即便爲邪只因過去之業能感苦樂二報若現在能修斷苦樂報既能修道現在此身便得涅槃故云一切衆生苦樂果報皆悉不由現在之業因在過去現在受果現在無因未來無果若有沙門下第四佛答文自爲三初難彼邪説次責其邪師後爲明正義此下先難彼邪説有四重假設皆立一彼一我相對文皆可見從我言仁者下第二責彼邪師文中言彼若見答富蘭那然須跋之師實是欝頭藍弗故下文云汝師欝頭藍弗利根聰明而今言是富蘭那者是假設之詞蘭那是六師之宗其人邪見撥無實不説業行但云假使是火師富蘭那者亦須併責文云下苦因緣受中上苦不者實論因果則下因得下果亦有轉障隨緣不定故言下因得中上苦上因得下果可有轉障又云能令樂業受苦果不者謂行善是樂業而轉於地獄獲報人中受果即是樂業受樂果也苦業受樂果者即是爲王除賊此是苦業而得富貴是苦業受樂果

令無苦無樂業作不受果者此非無起之業爲無苦無樂今以下善爲捨受之因即是無苦樂業隨緣異故都不得報故云不受果也又文云能令無報作定報不者此非超然無報正謂無定之報能令作定報不仁者當知定有下第三正義仁者若以斷業因緣力故下第二論解脫義此有五番此初番也世尊我已先調伏心下第二述已自陳佛言汝今云何下第三重責世尊我先思惟下第四文云我先觀欲是無常無樂無淨者然外道所觀多作六行謂苦麤障止妙離若佛法弟子作八行觀謂無常苦空無我不淨如癰如創如毒如箭今此須跋亦作八觀但例而爲言應觀欲界爲無常無樂無我無淨而今獨不言無我者以外道爲我修禪令我出離無無

我觀然此須跋次第斷三界煩惱得非想處謂爲涅槃是先調心佛言汝云何下第五如來重破汝雖言調心而猶有計非想處而爲涅槃涅槃無想汝自計之豈是調心前斷三界思惟煩惱是除麤想而復計有涅槃是存細想其中云汝師鬱頭藍弗後退非想定作飛貍身所以然者此外道本欲界身得非想定爲衆鳥所鬧乃發誓願願作飛貍殘害魚鳥後時退定遂受此身然其得定以爲涅槃生大邪見後墮無間是受惡身世尊云何能斷諸有下第三歸伏文爲三一請說無想之法二時衆得益三須跋悟道私謂此悟道文少應如後分此下請說無想之法又二先請次答答文自二初略後廣此初略說實想者若從境爲名應言實相若從智爲名即云實

想想是智名相是境名須跋言云何下第二更請廣說於中先請次佛答答中文云隨所滅處名眞實想者此有二義一者以眞實智斷諸煩惱故云隨所滅處二以此空遣於俗有故言隨所滅也又言名第一義諦第一義空者涅槃果上亦有此名如師子吼初說今文中則正明眞空爲第一義下智觀故得聲聞菩提中智得緣覺菩提者古來有解謂三乘異觀今此文中明三乘同觀第一義空但智有下中成三乘別例如三獸度河得水深淺三乘同觀中道深智即得無上菩提淺智但得辟支與聲聞菩提說是法時十千菩薩下第二明時衆得益文云得一生實相二生法界者謂十地補處大士以爲一生九地則是二生若具論者則如法華經損生義說須跋陀羅下第三明須跋悟道應有正付囑而文來未盡開善云自斯已後幾可哀傷然皆已蒙作得度因緣故如來滅後得道不一今經教滿足唯宜自勵脫復不遇沒苦如何居士請僧經云涅槃後分更有燒身品起塔品囑累品此文三品不來

大般涅槃經疏卷第十八下

音釋

苨奴禮切韻會作苨字　嗽所口所角二切　犢徒谷切牛子也　襦人朱切短衣也　鍰釧鍰戶關切釧尺絹切　蚶蚙蚶呼談切蚙古沓切蚶蚙並蚌屬　槊所角切與矟同　熨紆物切　攜戶圭切提也　巂戶圭切　綈杜奚切

大般涅槃經玄義
隋天台沙門灌頂撰

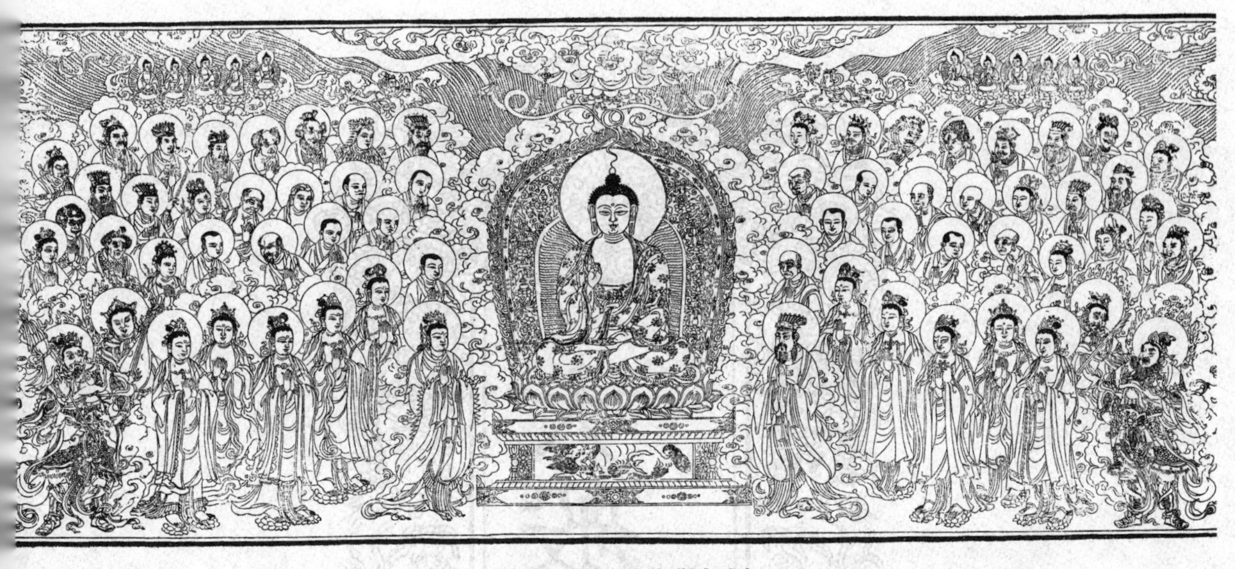

清刻龍藏佛說法變相圖

大般涅槃經玄義卷上

隋天台沙門灌頂撰

夫正道幽寂無始無終妙理虛玄非新非故無始而言其始者謂之無明生死無終而語其終者即是種智涅槃無明生死本自有之名之爲故種智涅槃修因方克目之爲新此經乃於非始之始分別佛性三因之殊還就無終之終辨於涅槃三德極果之別若佛性之因非因涅槃之果非果是則因如不異果如果如不異因如若因如不異果如非止涅槃之如非新佛性之如亦復非新若果如不異因如非止佛性之如非故涅槃之如亦復非故是則佛性涅槃因果之如皆是非新非故非新非故之理即是法身非新而新之果即是摩訶般若既有非新而新種智之圓極

則非故之故無明生死患累究竟斯亡目之解脫此則三德之義宛然不縱不橫妙等伊字但衆生利鈍不同是以大聖赴緣之教亦有頓漸之别頓則譬於忍辱之草牛食即得醍醐漸則五味階級次第圓滿或有不定根緣爲赴此機所說教門非頓非漸喻之置毒於乳也皆是能仁妙窮權實巧赴根緣化他利物罄無乖爽今此大經爲欲開通往昔教門顯發如來方便密義故於娑羅雙樹大師子吼師子吼者名決定說決定說者說一切衆生悉有佛性如來畢竟不入涅槃不入涅槃即是入於無上大乘大般涅槃此經若具依梵本應云摩訶般涅槃那修多羅摩訶言大般涅槃那此翻滅度釋此三字具依兩義一别二通第一别釋者大即法身故此經云

所言大者其性廣博猶若虛空其性即法性法性即法身也滅者即是解脫解脫二種煩惱生死永滅免斯因果患累即解脫義也所言度者即是摩訶般若故大論云信爲能入智爲能度當知别以三字標今經之目即是三德之異名也第二通釋大者謂大法身大般若大解脫也滅者即是三德皆寂滅也度者即是三德皆究竟圓滿也故通以三字標名表三德皆大寂滅究竟也别通之義雖殊然並是用非果之果無上祕密之極果以標一教之首也修多羅即是聖教之總名有翻無翻事在别釋若具依梵本應言摩訶般涅槃那今翻爲大滅度大若虛空不因小相又其性廣博多所容受又名不可思議諸佛之法界是爲三義釋大也滅者滅二十五有及

虛僞物又得二十五三昧種種示現又生滅
滅已寂滅爲樂是爲三義釋滅也度者度於
不度又度於度又度此彼之彼岸亦度非彼
非此之彼岸譬如神龜水陸俱度是爲三義
釋度也總攬三法三目三點名大般涅槃金
剛寶藏滿足無缺不縱不横不並不别微妙
祕密以當其體常住不變恒安清涼不老不
死以當其宗置毒佛性徧五味中味味殺人
震大毒鼓雖無心欲聞聞之皆死八大自在
我以當其用常住二字無上醍醐與諸典别
決定之吼以當其教名含體攝常宗毒用極
教之相也
玄義開爲五重
一釋名　二釋體
三釋宗　四釋用

五釋教
釋名又五謂翻通無假絶翻者四説謂無有
亦有亦無非有非無初言無者天竺五處不
同東南中三方奢切小殊西北兩處大異如
言摩訶摩醯泥曰泥洹此則三方如言洹隷
槃那般涅槃那此則二方類如此間楚夏耳
有人以泥曰目雙卷泥洹目六卷涅槃目大
本是義皆不然雙卷明八十無常六卷明金
剛不毀豈可以方言簡義毘婆沙云涅槃那
今經無那字蓋譯人存畧耳摩論以摩訶涅
槃爲彼土正音古今承用其各説者凡有五
家一廣州大亮云一名含衆名譯家所以不
翻正在此也名下之義可作異釋如言大者
莫先爲義一切諸法莫先於此又大常也又
大是神通之極號常樂之都名故不可翻也

二云名字是色聲之法不可一名累書衆名一義疊説衆義所以不可翻也三云名是義上之名義是名下之義名既是一義豈可多但一名而多訓例如此間息字或訓子息或訓長息或訓止住之息或訓暫時消息或訓報示消息若據一失諸故不可翻四云一名多義如先陀婆一名四實關涉處多不可翻也五云秖先陀婆一語隨時各用智臣善解契會王心涅槃亦爾初出言涅槃涅槃即生也將逝言涅槃涅槃即滅也但此無密語翻彼密義故言無翻也二云有翻者梁武云佛具四等隨其類音溥告衆生若不可翻此土便應隔化四等亦是不徧引釋論般若尊重智慧輕薄既得以輕代重何得不以眞丹單別翻天竺兼含既可得翻且舉十家一竺道生時人呼爲涅槃聖翻爲滅引文云聞佛唱滅悲哀請住魔王所以勸令速滅云云二莊嚴大斌翻爲寂滅引文云生滅滅已寂滅爲樂前家止滅於生後家滅生復滅於滅故言寂滅云云三白馬愛翻爲祕藏引文云皆悉安住祕密藏中云云四長干影翻爲安樂引文云如人病差名爲安樂安樂名涅槃五定林柔翻爲無累解脱既無創疣即無累也六太昌宗翻爲解脱引四相品云涅槃名解脱迦葉品云慈悲即眞解脱解脱即大涅槃七梁武翻爲不生引文云斷煩惱者不名涅槃不生煩惱乃名涅槃八肇論云無爲亦云滅度九會稽基偏用無爲一義爲翻也十開善光宅同用滅度引文云大覺世尊將欲涅槃引六卷云大牟尼尊今當滅度彼此兩存正是翻也

例大本稱娑羅雙樹六卷云堅固林又引法華長行云中夜當入涅槃後偈云佛此夜滅度又引華嚴云古來今佛無般涅槃除化衆生方便滅度又引遺教佛臨涅槃畧說教誡又云時將欲過我欲滅度是爲十家明有翻也三明亦可翻亦不可翻者廠師云秦言謬者定之以方冊梵音不可變者即而書之匠者之公謹受者之重愼今經翻摩訶爲大般涅槃三字存梵音是則一字可翻三字不可翻梵漢雙題正應在此四云大名不可思議故非可翻非不可翻今明漢人多不曉梵即有衆說莫知孰是世旣咸用開善未能異之今雖同其翻不用其義同翻者摩訶此翻爲大般涅此翻爲滅槃那此翻爲度是爲大滅度也有翻無翻四家竟次出開善四解一云滅據法度據人生死之法滅已還無生死之人轉而作佛二云滅名目無滅有還無故度名目有從此至彼故實法道邊人法俱滅相續道中人法俱度三云滅是有餘度是無餘有餘涅槃既未究竟止可是滅無餘永免方得是度四云滅是本有今無之義而加之以度者是永免之名欲明凡夫之死亦得是滅而非永免不得稱度觀師難初解云若生死之法滅無生死之人附何而度若生死假人轉得成佛生死之法何不轉爲涅槃今研初解是何等義若依聲聞法者三果生死未併滅假人不永度若第四果凡法因雖滅凡法果未滅假人猶未度若灰身滅智假法俱寂寂則不論度又不得作佛若菩薩法者凡法都不滅假人又不度是誰法滅何等人度如

此往推非三藏義也若依聲聞菩薩共法者三乘之人同以無言說道斷煩惱入第一義即體生死法是涅槃法不論滅與不滅即生死人是涅槃人不論度與不度既無法可滅何用以滅目之既無人可度用度目誰如此推之則非通教義也若獨菩薩法非但滅生死之僞法亦滅涅槃之眞法非但度生死之凡人亦度出世之聖人彼師言不涉眞法語不論聖人以此往推非別教義也若就佛法者滅之與度不縱不橫無二無別彼師分滅異度離法論人如此往推非圓教義也既非小非共非菩薩非佛並非先聖之法言則不敢道也云云今研第二解若以滅目無以度目有者若受此有無猶是苦諦執此有無猶是集諦修此有無猶是道諦盡此有無猶是滅諦滅諦之眞尚不可以有無名之云何以有無名大涅槃如此往推非三藏眞義若以滅目無以度目有若雙目生死生死本自不然今則無滅生死既無滅以滅目誰生死本自不然那得是有非有則無度法亦無度者度復目誰既不可以滅度目於生死云何以滅度目於涅槃彊以疣贅累彼虛空以此推之非是聲聞菩薩共法若以滅目無以度目有者此以名召法以法應名名物尚存爲見所縛云何以見義釋大涅槃若以滅目無門以度目有門者爲目小門爲目大門小門能通拙所通僞貧住化城久已被棄云何以拙能通釋大涅槃若以滅目無以度目有明眞俗二諦者此是偏邪二邊云何以二邊釋中道大涅槃如此往推則非菩薩法也若以滅目

無以度目有有不闕無無不闕有滅非是度度異於滅縱橫狼藉劫掠群牛不解鑽搖獧猶難得況酥醍醐如此往推則非佛法既非小乘非共乘非菩薩乘非佛乘是何等義邪云云今研第三解若有餘涅槃既未究竟止可是滅無餘永免方得稱度者亦應滅度四住非是究竟滅度塵沙方得稱度又滅度塵沙亦非究竟滅度無明方得稱度又滅度無明亦非究竟滅度究竟滅度方得稱度以後望前前非究竟第二第三亦非究竟何得以初番滅度釋大涅槃云云今研第四解凡夫已有還無得是滅亦應凡夫從此至彼便應是度若凡夫非度凡夫亦復非滅若聖人已有還無亦得是滅聖人從此至彼復應是度若凡聖俱度俱滅若爲論異若同凡聖則近陋非高廣若異凡聖亦非高廣非高故則非無上非廣故則有邊涯云何以此釋大涅槃若具研四解應作四四十六番今但十番而已餘皆可知明括自解何俟多言時人以開善爲長故遂研之餘人置而不言耳翻名已如前說釋其大義者大有三義一理大二智大三用大釋論謂大多勝大取包廣多取含攝勝取秀出今言法身法界徧一切處是廣大義報身智境照發相應不可窮盡是含攝義應身自在無能遏絕是勝出義於一大字三法具足不縱不橫不可思議名祕密藏祕密藏者即大涅槃釋般涅爲滅滅有三義謂性滅圓滅方便滅性滅者理性至寂非生非起生起不能喧動故名性滅圓滅者照無不徧發無不足明窮境極故名圓滅方便滅者權巧

妙能逗必會取必克故名方便滅如是三滅即三解脱無縛無脱是性淨解脱因果畢竟是圓淨解脱巧順機宜無染無累是方便淨解脱於一滅字三脱具足不縱不横不可思議故名三點三點者即大涅槃釋槃那爲度度有三義謂實相究竟度智究竟度事究竟度實相度者諸佛之師也非此非彼亦非中流非能非所無始無終故名實相度佛師度故諸佛亦度論云智度大道佛善來智度大海佛窮底即其義也智度者如如智稱如如境函大蓋大照發相應故名智度論云智度相義佛無閡即其義也事度者自度度他彼我利益無不究竟慈悲誓願一切周悉故名事度如此三度即三般若實相般若是一切種智與諸佛同體觀照般若即一切智與諸佛同意文字般若即道種智與諸佛同事於一度字三智具足不縱不横不可思議故名面上三目三目者即大涅槃今作三番九義淺深别異各各不同者雖復多含攝勝未是今經正意文云法身亦非那可單作三身釋大文云解脱亦非那可單作三脱釋滅文云般若亦非那可單作三智釋度故知單釋非今經意意者文云三法具足名大般涅槃三法即三智三智即三點三法即九法九法即三法三法即九法是不縱九法即三法是不横不並不别亦復如是不三而三不一而一所以名祕密藏攝一切法悉入其中是諸佛體是諸佛師都名總號乃爲具足稱大涅槃意在此耳一智三智三智一智所以名一面三目涅槃亦耳一脱三脱三脱一脱所以名

爲伊字三點涅槃亦爾體意及事不得相離不得相混不可言言不可思思故名大涅槃二釋通名者涅槃之名徧布諸處安樂一意亘十法界皆稱安樂梵行品云寒地獄中若遇熱風以之爲樂熱地獄中若遇寒風以之爲樂如是安樂亦名涅槃獮猴得酒則能起舞騰枝躍樹秋水卒至河伯欣然魚鼈噞喁歕沫戲沼如是安樂亦名涅槃餓鬼飢渴得水食飽滿則得安樂如是安樂亦名涅槃修羅怖畏得歸依處則得安樂如是安樂亦名涅槃如貧得藏如病得差則得安樂如是安樂亦名涅槃檀提婆羅門飽食撫腹我今此身即是涅槃此計欲界果報法爲涅槃阿羅羅仙得無想定此計色界法爲涅槃鬱頭藍弗得非想定此計無色界法爲涅槃文云斷欲界結則得安樂乃至斷無色界結則得安樂如是安樂亦名涅槃此多用善因爲涅槃也若三十三天常樂我淨用善果爲涅槃也若修二乘者多貪欲人得不淨觀則得安樂如是安樂亦名涅槃乃至數息慈心念佛因緣亦如是此計二乘方便法爲涅槃也若斷三界煩惱八萬六萬四萬二萬一萬住處則得安樂如是安樂亦名涅槃此計二乘果法爲涅槃也釋論云菩薩從初發心常觀涅槃行道初心菩薩亦名涅槃此文云十住菩薩雖見不了了亦名涅槃諸佛法王聖主住處乃得名爲大般涅槃也涅槃之名隨情逐事浩蕩若此蓋是通名也達摩鬱多羅此翻法勝解云煩惱滅名有餘涅槃引經云滅諸煩惱名爲涅槃離於生死名無餘涅槃引經云

離諸有者乃名涅槃此就所滅釋二種涅槃也二乘所得二涅槃若於如來皆是有餘唯佛乃是無餘引勝鬘云二乘是有餘如來是無餘昔滅是盡今滅非盡經云不應生滅盡想涅槃非滅非滅故常也若依鬱多之解乃是通涅槃今昔相對一塗之說若擘肌分理義則不然何者二乘有餘無餘所滅則異眞諦則同若於如來皆是有餘唯佛是無餘者若爾二乘既是有餘涅槃子縛斷破無明入菩薩位見佛性生死身謝即應同佛入無餘涅槃何事被訶言非不斷煩惱不到彼岸破除草庵若此等皆無分者云何對佛是有餘涅槃又若二乘有餘無餘對佛而得是有餘涅槃者自地獄已上至菩薩已還例應如此若諸涅槃皆不可得然二乘安是故知鬱多

羅之說不可依也問安樂之名通十法界佛性四德名復云何答經云一切諸法中悉有安樂性一切衆生悉有佛性豈非佛性通耶文云二十五有有我不耶答言有我竊言刀刀又楊樹黄葉等豈非四德通耶然名乃該通義不得混應作三番四句料揀初四句謂通别亦通亦别非通非别通者如向説别者各有所以六道以安身適性爲安樂猶起煩惱惡因招生死苦果安樂義不成要斷煩惱使苦樂不復隨身憂喜不復隨心得有餘無餘灰身滅智隔别生死入于涅槃者則與六道别也菩薩從初心爲一切衆生觀涅槃行道望二乘是别望佛猶通即是亦通亦别也諸佛究竟大般涅槃非六道之通非二乘之别即非通非别之安樂也又安樂之名或是

病非藥或是藥非病或亦藥亦病或非病非藥是病者長者没已劫掠羣牛𤛓乳自食漿酪醍醐一切皆失如來去後鈔竊正法常樂之名如蟲食木偶得成字不識是非廣起顛倒沈淪生死隨其流處有種種名或辛或酸故知三界四倒但是病而非藥爲治此病說四非常倒瀉斯病病去惑盡名入涅槃文云三種病中無三種藥三種藥中無三種病此小涅槃但藥而非病雖復病去而藥不亡還執此藥而復成病文云其後不久王復得病當知四非常亦藥亦病也治此病故還用常樂我淨而倒瀉之故斥無常病說於新伊是勝三修不同凡夫之倒病不同二乘之偏藥故名非藥非病又新伊但是藥而非病正法正性非藥非病之安樂也又小而非大大而非小亦小亦大非小非大小者二乘也雖斷煩惱猶有習氣我身我衣我去我來謂佛與已等唯有常淨無有我樂三寶差別則是習氣所以爲小也云何名大諸佛如來豎出九界橫收一切無邊底故常大丈夫故常能化度一切故常不可思議故常具八自在故我斷苦樂故樂大寂故樂一切知故樂身常故樂有大淨故業淨身淨心淨是故名爲大涅槃菩薩望下爲亦大望上爲亦小凡夫六道不斷通惑故非小無四德故非大例前應就理爲非小非大互顯令易解耳前一番從地獄已上料揀次一番從外道已上料揀次一番從二乘已上料揀問如此料揀六道二乘既非安樂何故强說爲涅槃耶答通有四悉檀因緣故則作通說云何更別問耶所以作

通說者爲悅衆生故引導生善故破壞諸惡故顯昔第一義故通說無咎又佛常依三諦說法依俗故說六道安樂依眞故說二乘安樂依中故說佛菩薩安樂又不離俗而有眞中尚得即俗即眞即中何意不得六道說通安樂是涅槃耶龍樹云因緣所生法即空即假即中是其義也三釋無名者先出舊解一云眞如實際等是眞諦名佛果涅槃常樂我淨等是俗諦名而言涅槃無名者無生死患累之名而有美妙之名也引互無爲證涅槃無生死之名生死無涅槃之名耳二云眞諦涅槃俱無名無相名相所不及言語道斷心行處滅引肇論江河競注而不流日月歷天而不周豈有名於其間哉三云眞諦無名佛果涅槃雖復冥眞猶是續待二假故涅槃不得無名也初家眞俗俱有名第二家眞俗俱無名第三家眞無名俗有名應更有第四家執眞有名俗無名未見執者若定執此墮四倒見若以四爲方便正是三藏四門何者若引互無有美妙之名者斷奠是三藏有門能通是有所通是非有何得用小乘能通釋大涅槃所通指荒塗爲寳所認魚目是明珠大無所以若言眞諦涅槃皆無名者秖是三藏空門若言眞諦無名佛果涅槃猶是續待二假者秖是三藏亦有亦無門復應有計非有非無門者未見其人也然三藏涅槃旣非數法尚不是一何得有四四者能通之門耳不可以能通爲所通縱令跨節是通教四門者亦不可以通教能通爲通教所通何得以共能通釋別所通又跨節爲別教能通者亦不

得以別能通爲別所通那得以別能通釋圓所通將此望之節節無意窈然大遠故不用此無名釋大涅槃云問古來傳譯什師命世升堂入室一肇而已肇作涅槃無名論其詞虛豁洋洋滿耳世人翫味卷不釋手意復云何答高僧盛德日月在懷旣不親承其門難見鑽仰遺文管窺而已覯其旨趣不出四句其論云有餘無餘涅槃者良是出處之異號應物之假名若無聖人知無者誰若無聖人誰與道遊即其有句也寂寥虛豁不可以形名得微妙無相不可以有心知豈有名於其間哉即其無句也果有其所以不有故不可得而有有其所以不無故不可得而無耳恍忽窈冥其中有精本之有境則五陰永滅推之無鄉則幽靈不竭即其亦有亦無句也然則有無絶於內稱謂淪於外視聽之所不曁四空之所昏昧而欲以有無題牓標其方域者不亦邈哉即其非有非無句也然其作論談大意不在小不可謂是三藏四句也文云超度有流言不涉界外之流大患永滅不滅涅槃之患故不可謂是別圓四句也辨差中云三車出於火宅俱出生死無爲一也此以三三於無非無有三如來結習都盡聲聞結盡習不盡盡者去尺無尺去寸無寸脩短在於尺寸不在無也智鑒有淺深德行有厚薄雖俱至彼岸而升降不同彼岸豈異異自我耳以此推之歸宗指極在於三人同以無言說道斷煩惱入涅槃文義昺然何可隱諱故知是通教四句也夫通教詮理非有非數而以有無四句爲通道之門若執門求所通其

失一也又通教體法之觀非如來本懷隨自意語乃是俯提枝末隨他意語故嬰兒行云不知苦樂晝夜親踈等相不能造作大小諸事名曰嬰兒不知苦樂是泯憂喜不知晝夜是齊明暗不知親踈是等憎愛不作大小是亡巨細三人同學體觀喻之以嬰兒俱證無爲喻之以入水論其智德喻之以三獸論其斷德喻之以灰斷宗在他經要非此典那忽將彼釋此其失二也又法華教起已破化城一切諸菩薩疑網悉已除千二百羅漢悉亦當作佛佛開通教方便之門示眞實相云何追欣三獸更建草庵其失三也又聾瞶之徒不在法華席者於哀歎品中更爲分別汝先所修悉是顛倒我先所說亦非實語斥故顯新指劣明勝云何違經波動水浪握捉瓦礫持作月形其失四也然綱維既闕綱目安寄執佛法之遺棄謂是眞實徒施於十演終非三德明矣今言涅槃無名涅槃者指三德涅槃也無名者無六道安樂之名也又無三藏有門見有得道獲有餘無餘涅槃之名亦無見空得道亦無亦空亦有得道亦無非空非有得道獲有餘無餘涅槃之名也又無三乘共行十地有門得道獲有餘無餘涅槃之名也亦無空門亦空亦有門非空非有門得道獲有餘無餘涅槃之名也又無別教有門得道常住涅槃之名也亦無空門亦空亦有門非空非有門得道獲常住涅槃之名也無如是等諸方便之名從所離故故言無名從所得故故言涅槃此即圓教有門之意也又非離諸名外別一涅槃即諸名無名便是涅槃

故言涅槃無名此圓教空門意也又從所離故故言無名從能離故故言涅槃能所合稱故言涅槃無名此圓教亦空亦有門意也若有能所則大有名何謂無名今無能所稱爲涅槃無名此是圓教非有非無門意也門雖有四涅槃非四也云云無名之意超度爾許諸涅槃名然後乃顯圓當四門大般涅槃諸師都未嘗分別一兩節目即道無名無何等名名曰無名疑誤後生今所不用也故梵行品云無緣慈者不緣衆生亦不緣法緣於如來故名無緣今亦例此無六道之名無四聖之名而有祕藏涅槃之名故言涅槃無名也四釋假名者德王初云涅槃非名非相云何而言可得見聞不可見故無相不可聞故無名佛以佛眼佛耳尚不見聞況復下地及與凡夫而能見聞大悲方便動樹訓風擧扇喻月能令機緣而得見聞其見聞者實無見聞而言見聞迦葉品云涅槃一名有無量名亦名無生無出乃至亦名甘露亦名吉祥凡列二十五種示其無量悉爲衆生而假施設文云如坻羅婆夷名爲食油實不食油無有因緣强爲立名名爲食油如經廣說涅槃亦爾無有因緣强爲立名名爲涅槃智度云名假施設受假施設法假施設實非色心而言色心是法假施設於色心上更設五陰十二入十八界等是受假施設於陰入界上更立張王李趙等是名假施設亦如攬色香味觸是法假施設於四微上更作根莖枝葉等是受假施設根莖之上更立楓柟桋柏等名是名假施設是大涅槃亦復如是强指此實法名爲

佛師是佛祕藏是法假施設於佛師上更復分別法身般若解脱三點是受假施設於三點上更立名字大般涅槃是名假施設或復呼爲洲渚窟宅或復呼爲乳糜妙味或復呼爲醍醐上藥或復呼爲一闡提或復呼爲一破戒明鏡譬説虚空不可得無障閡如是豈非名假施設當知從地獄巳上至佛巳還皆言安樂者悉假名也大論云衆生無上者佛是法無上者涅槃是所以設此假名者欲令衆生知名非名名不在内亦不在外亦不在中間亦不常自有大品云菩薩菩薩但有字佛佛但有字是字不住亦不不住是字無所有故涅槃亦爾涅槃不在法身文云法身亦非又涅槃不在般若文云般若亦非又涅槃不在解脱文云解脱亦非三德中各各求皆不可得三法合求亦不可得故智度云若人見般若是則爲被縛若不見般若是亦爲被縛若人見般若是爲得解脱若不見般若是亦得解脱法身解脱亦如是譬如幻化物不可見而見見而不可見是事爲希有此經名爲微妙不可思議但假名字名此三身爲祕密藏涅槃但假名字名此三般若爲摩醯三目涅槃但假名字名三解脱名三點涅槃但假名字具足三法名大涅槃但假名字引導衆生譬如空拳爲喜小兒爲引小兒爲止啼見爲教黠見其事辦巳散指舒拳拳無拳矣涅槃亦爾以新伊悦之以新伊引進之以新伊破之以新伊悟之是爲假名四種利益得利益巳寧復執名而起諍乎假立有名既爾假立無名假立亦有亦無名假立非有非無

名亦如是云云應說將跨來因緣云云又如治噎法云云五釋絕名者有人以無釋絕亡有而存無無則不絕非今所用有人以離釋絕言涅槃之中無有諸有此尚非小乘義亦所不用有人以滅釋絕言滅諸煩惱悉無所有猶如火滅存於涅槃者經稱是邪解邪難此豈可用耶有人引經云如大香象頓絕羈鎖自恣而去將此釋絕者此乃三修比丘偏歎菩薩所絕一邊義未具足同上無名之意非今絕名也若言語相逐對無說有乃至對有無說非有非無等待對不息言則不絕若以心分別介爾動念心起想即癡心亦不絕心既不絕言那得絕若知心是攀緣三界攀緣三界生滅是無常苦空無我息此攀緣心無所得心絕故其言亦絕此乃修習言語道斷心行處滅非真絕也若入見諦苦忍明發世諦死時名生不生身子云吾聞解脫之中無有言說亦是解脫之中無有分別此則真證言語道斷心行處滅蓋三藏絕意指此一絕凡絕幾許人法況復餘耶然入真時絕出觀不絕何者真俗異故一絕一不絕待對宛然云何名絕若能道遠乎哉即事而真聖遠乎哉體之即神見色與盲等聞聲與響等其說法者無說無示其分別者無所分別無絕無不絕而名爲絕此亦方便道中言語道斷心行處滅若空慧相應入第一義豁然清淨無能絕無所絕無絕者無絕法此通教絕名意也此雖冥真未冥中雖斷通未斷別淨名云結習未盡華則著身下文云無明未吐迴轉日月如瘂病者對界內說界外想通惑對別惑是

則不絶若能以大涅槃心修行五行具十功德是時一向專求大涅槃行無復界内之心無復界内之説如是方便亦名言語道斷心行處滅而未是冥中若發中道所得功德不與聲聞辟支佛共昔所不得而今得之昔所不絶而今絶之蓋是別教絶名意也然證絶之時乃同圓極而修時梯隥江河迴曲何者發心不能徧法界故法界外更有法故不名絶法拙行不能行一行是如來行如來行外更有行故不名絶行非無上方便方便上更有方便非絶方便若圓發心觀大涅槃諸心法界法界外更無復法界獨一法界故稱絶法界又如經復有一行是如來行如來行外更無復行故名獨絶行又如經正直捨方便但説無上道尼俱耶洲直入西海猶如直繩

是絶方便絶方便絶者如經斷絶一切疑網心故名爲解脱三藏四門即是法界即如來行即上方便何者生死即是涅槃況聲聞法生決定心寧起疑網通教四門亦即法界共乘疑網斷故別教四門即是法界菩薩乘疑網斷故是名斷絶一切疑網之心名獨絶解脱唯説一法界不説餘法界唯思一法界不思餘法界是爲方便道中言語道斷心行處滅是圓方便亦有四門若謂一切法絶是法界唯一法界此約有門絶名也若謂法界尚無法界寧有其餘此約空門絶名也若謂法界微妙一法即三法三法即一法此就亦有亦無門絶名也若謂法界不可思議此就非有非無門絶名也此皆方便道若謂開示悟入如以金鎞抉其眼膜二指三指了了分明

是名究竟絶言言滿法界而無一言心滿法界而無一念是爲圓教絶名意也然諸經絶名其旨非一華嚴云如執虛空風如畫虛空中説之巳自難何況以示人淨名云諸法不相待一念不住故又諸菩薩言於言文殊言無言淨名杜口絶言善吉云我無所説不覺不得龍樹云若法爲待成是法還成待今則無因待亦無所成法今經云譬如虛空不因小空名爲大也涅槃亦爾不因小相名大涅槃云何小相從二乘所證乃至生死安樂皆是小相不因此小而名大也又云譬如有法不可稱量不可思議乃名爲大涅槃亦爾不可稱量不可思議故名爲大當知絶名涅槃其義顯矣斯文甚多逗緣亦異不可一槩今以四句料揀謂不絶絶非絶非不絶絶絶云何不絶如前六道安樂等云何爲絶如三藏通共等云何非絶非不絶如别四門等云何絶絶圓四門是也云何絶絶絶能絶所故言絶絶從别教四門巳下名爲所絶從圓教四門名爲能絶以能絶絶所絶能絶亦絶如前火木然於草巳亦復自然當知絶名與無名爲異義在此也故言絶絶次總結釋名一章開爲五重都是圓教四門意也若大涅槃名眞善妙有本自有之非適今也此是有門義故作翻名同名釋之若大涅槃空迦毘羅城空此是空門義故作無名釋之若大涅槃亦色非色此是亦空亦有門義故作假名釋之若大涅槃名爲中道遮二邊故此即非空非有門義故作絶名釋之夫大涅槃者尚非是一云何爲四四者門也門以標理有種種名

如天帝釋有千種名解脫亦爾多諸名字名字功德品云涅槃是名其餘稱歎是則爲字若爾涅槃是總而當機立之爲名三點等及餘一切皆屬於字若法身當機是總已復爲名涅槃及一切物已復屬字若爾更互無定雖復無定今既定以涅槃爲名若定不定若總若别皆無待對悉是不可思議悉是大絶故名絶大涅槃也

第二釋涅槃體先出舊解莊嚴云佛果涅槃出二諦外非眞俗攝凡夫以惑因感果是浮虛世諦假體即空故是眞諦佛果非惑因所感故非世諦不可復空故非眞諦引仁王經云超度世諦第一義諦住第十一薩雲若地也開善云佛果涅槃還爲二諦所攝體是續待二假故是世諦即此二假可空故是眞諦佛果靈智亦復冥眞也冶城秀云佛果涅槃非世諦是眞諦微妙寂絶故云世諦死時名生不生龍光云佛果涅槃具相續相待二假即世諦乃即眞之義而不冥眞若冥眞同頑境即無靈智故非眞諦也有人難此四解若佛果出此二諦外即應非有爲非無爲汝義中那云佛果一向是無爲若爲二諦所攝佛果應是亦有爲亦無爲若佛果是眞諦眞諦不可說於衆生無用若佛果是俗諦佛果一向是有爲此皆成論師說自相矛盾都不愜人情亦不稱肇論論云不可形名得不可有心知言之失其眞知之反其愚有之乖其性無之傷其軀肇意推之墮在四見佛法邊外尚非小涅槃門況小涅槃體尚非小涅槃門體焉得是共别涅槃門體尚不是共别門體

何得是大涅槃體耶經云是諸人等春陽之月乘船遊戲失瑠璃寶即共入水競捉瓦石歡喜持出謂瑠璃珠都非眞寶是珠澄渟清淨故在水中猶如仰觀虛空月形超然獨遠非衆人所執亦非衆盲所觸古來復約三聚論涅槃體言佛地一向有心聚一向無無作聚色聚亦有亦無無麤色有妙色引經因滅是色獲得常色六卷云妙色湛然常安隱云云又一解色是頑閡不可研進故佛地無色無無作唯有靈智獨存經道色者能應爲無窮之色又妙果顯現義説爲非色引文願諸衆生滅一切色入於無色大般涅槃又分别兩界有色一界無色又四空無色者無麤色耳三界並有色界外變易則無色六地已還身在分段故有色七也已上身在界外則無色又七地是兩國中間猶有光影色八地已上則無色又言金心猶有色故經言意生身者雖無一期壽命但有念念生滅名爲變易故言意生身身者猶有色也唯佛地無復色耳無作者金剛已前皆有無作唯金心無心無無作也有人難此義若涅槃定有色應有長短質像須依食住處若定無色心無所依豈可有心而無色若色頑須離心是取相何意不離如是等釋皆是妄語猶如盲跛見佛亦盲跛王語諸臣我庫藏中無如是刀不須多難也

大般涅槃經玄義卷上

音釋

斌（悲巾切）創疣（創初良切與瘡同 疣羽求切 贅也）叡（俞芮切）贅（朱芮切 贅瘤也）遂（羽委切）噞喁（噞疑檢切 喁魚容切 噞喁魚口上見也）歕沫（歕鋪䰟切 吐也 沫音末 涎沫也）寱（研計切 寐中有言也）掠（力灼切 奪取也）犖（居候切 取牛羊乳也）窈（伊鳥切 深遠也）邈（墨角切 遠也）孱（鉏山切）瞶（五恠切 聾也）柟柹（柟如占切 梅也 柹鉏里切 果木名也）羈（居宜切 繫也）鎞（邊迷切 掠器也）抉（於穴切 剔也）膜（末各切 翳膜也）愜（詰叶切 快也）跛（補火切 足偏癈也）

大般涅槃經玄義卷下

隋天台沙門灌頂撰

古來復約三性明涅槃體言佛地一向是善性一向非惡性無記性亦有亦無云云光宅云常住佛果有兩種無記一知解無記二果報無記如棊書射御闡提亦有故非是善佛地亦有故非是惡即是無記性也果報者如生死苦無常報既非是惡只是無記涅槃地常樂我淨亦非是善直是無記開善莊嚴並言佛無無記唯一善性知解無記有多釋莊嚴云是善性開善云通三性在闡提是惡在佛是善在餘人是無記言果報者生死中多有異具故果報可是無記佛果報何以是無記佛果唯一習果無復報法豈得類此是無記以習善既滿併成習果也夫三性者若有若無只是世俗尚不是眞何得用此釋涅槃體此皆數論之極說安處佛體如野人碁背獻至尊耳今明涅槃體者上來釋名論無無一切方便論絕絕能絕所名下妙理寧可思議德王云大般涅槃非色非聲云何而言可得見聞古來諸師云何以色爲涅槃體又經云夫涅槃者不從因生體非是果古來諸師云何以佛果釋涅槃體又涅槃之體無定無果古來諸師云何謂涅槃體定是一法當知其體非色非聲非因非果非一非異非諸聲聞緣覺所知亦非十住能了了見不能默已強作五種言之一約性淨涅槃二約法身德三約一諦四約不生不生五約正性初論性淨總指一部次論法身指哀歎次論一諦指聖行次論不生指德王次論正性指師子吼迦

葉等不可備引斑駁各周耳性淨者淨有三種一方便淨二圓淨三性淨方便淨者嘔和善巧權能逗物住首楞嚴建于大義或一閻浮提或一四天下或一大千界或十方土隨諸衆生應可調伏種種示現無生而生王宮七步無滅而滅倚卧雙林是以晨朝放光大聲徧告正覺世尊將欲涅槃若有所疑今速可問爲最後問所以三界躃踊八部悲號獻供塡空流血洒地高幢翳諸日月廣蓋徧覆大千如經廣說乃至下者作九法界身非生現生非滅現滅不前不後一時等現然於寂滅無所損減於諸生死無染無累故名方便淨涅槃也圓淨者因圓果滿畢竟成就原其初基以大涅槃心行如來行持戒不殺擁護正法廣宣流布利益衆生迴向大乘感得金剛堅固之體法身常身圓滿具足獲大涅槃修道得故安住於此祕密藏中復能須宣廣說一切悉有佛性施與一切常命色力安無閡辯雖破煩惱亦無所破雖圓智慧亦無能圓雖施衆生不得衆生及以施相是名圓淨涅槃也性淨者非修非得非作業非與業本自有之非適今也沖湛寂靜不生不滅雖在波濁波濁不能昏動猶如仰觀虛空月形五翳不能翳雖復隨流苦酢其味眞正停留在山雖没膚中膿血之所不涂故名性淨涅槃也此三涅槃不可相離即三而一不可相混即一而三雖復一三即非一三雖非一三而復一三會之彌分派之彌合橫之彌高竪之彌闊微妙莫測不可思議今欲分別令易解故總唱涅槃即是其名專據性淨以當其體

指於圓淨即是其宗方便善巧以爲其用作此分別即是其教雖復分別都是一法所謂大乘大般涅槃若得此意無俟多言其未解者更重復說耳二約法身德者德有三種一法身德二般若德三解脫德法身者即是金剛堅固之體非色即色非色非非色而名爲眞善妙色眞故非色善故即色妙故非色非非色又眞即是空善即是假妙即是中例一切法亦復如是以是義故名爲佛法名佛法界攝一切法名法身藏名法身德也般若德者即是無上調御一切種智名大涅槃明淨之鏡此鏡一照一切照照中故是鏡照眞故是淨照俗故是明明故則像亮假顯淨故瑕盡眞顯鏡故體圓中顯三智一心中得故言明淨鏡攝一切法故稱調御是佛智藏名般若德也解脫德者即是如來自在解脫其性廣博無縛無脫是廣博義體縛即脫是遠離義調伏衆生是無創疣義如是解脫攝一切法亦名解脫藏亦名解脫德如是三德不可相離文云法身亦非乃至解脫亦非如是三德不可相混文云三點具足無有缺減當知雖一而三雖三而一雖復三一而非三一雖非三一而三而一不可思議攝一切法攝一切人文云我及諸子四部之衆悉皆入中微妙難思爲若此今欲分別令易解故總唱祕藏以當其名法身攝一切法不縱不橫以當其體般若攝一切法如一面三目以當其宗解脫攝一切法如三點伊以當其用如此敷演即是其教非但經體義明餘義亦顯云云三約一諦者世人解諦或境或智或教非無此

義今用理釋諦理當即境正境正即智教皆正以理釋諦其義爲允有四種四諦一生滅四諦集是能生苦是所生能生生所生所生還生能生苦集迴轉生死無已道名能壞滅是所壞所壞亦壞能壞能壞亦壞所壞更互生滅故稱生滅四諦若論其相逼迫生長能除所除等是也如經二無生四諦者推苦集之本本自不生不生故則無苦集既無所壞亦無能壞故稱無生四諦論其相者解苦無苦而有眞諦集道滅亦如是如經三無量四諦者分別校計苦集滅道有無量相非諸聲聞緣覺所知如經四一實四諦者解苦無苦而有於實乃至解滅無滅而有於實實者非苦非苦因非苦盡非苦對而是一實乃至滅亦如是是名一實四諦具如經非離生滅四諦別有一實四諦即達生滅而是一實四諦無生無量亦復如是一中有無量無量中有一不可思議不可說示强欲分別令易解故總唱一實四諦即是名也取一滅諦即是其體故勝鬘云一依者即一滅諦也道諦以當其宗取道諦所治以當其用調御心喜說此眞諦即名爲教雖差別說只是一無差別法耳（此中遺一章）五約正性者性有五種謂正性因性因因性果性果果性正性者非因非因因非果非果果是名正性因性者十二因緣因因性者十二因緣所生智慧果性者三藐三菩提果果性者大般涅槃今且約一事論之五陰下所以即正因佛性五陰即因性觀五陰生智慧是因因性此智慧增成是果性智慧所滅是果果性於陰既然餘一切法亦爾

當知五性亦非條別即一而五即五而一一而不混五五而不離一不可思議不可說示强欲分別令易解故指果果性爲名指正性爲體指因因性果性爲宗指因性爲用作此分別五性爲教雖復分別只是一法更無差別若人能如此解者非但識體於名宗用教觸事泠然爲未解者更論宗耳

第三明涅槃宗者有人言宗體不異是義不然何者若論至理二即不二不二即二此則宜然若論名事不二不可爲二二不可爲不二既立宗體寧得是同宗者要也修行喉襟莫過因果此經明因畧有三種一破無常修常如哀歎品以常樂我斥諸比丘無常苦無我虛僞不真宜應捨離今當爲汝說勝三修此是破無常修於常能得常果顯於非常非無常煩惱爲薪智慧爲火以是因緣成涅槃食令諸弟子悉皆甘嗜劣三修是煩惱薪勝三修是智慧火非常非無常是涅槃食四衆安住祕密藏中即是甘嗜又云如來體之是故爲常體者履也履而行之法常故佛亦常亦是法非常非無常故佛亦非常非無常也問初爲純陀直說一常次明常住二字次斥諸比丘云勝三修何意增減答皆是今昔相對昔說四非常總是一無常今論四德總是一常舉總常破總無常耳昔說生死無常而復流動今以常破生死以住破流動故舉二字以破二耳諸比丘置事緣理但修三想今舉勝理破劣理但用三修云云二者以大涅槃心修從淺至深次第行學如聖行中專行五行初謂戒定慧居家如牢獄梵行若虛空從

頭至足其中唯有髮毛爪齒大小腸胃觀察八苦五盛陰等次解苦無苦而有眞諦次分別校計苦集滅道無量無邊次非苦非集非道非滅而有實諦廣說如經修是行已得二十五三昧住大涅槃況出諸佛功德不復可說當知從淺至深成因克果顯非因非果始終莫不以常爲宗德王品中亦如是初觀四大如篋五陰如害六塵如賊愛如怨詐煩惱如河八正如筏運手動足截流而去得到彼岸戒定如動足智慧如運手涅槃是彼岸師子吼中亦如是初從少欲知足乃至住大涅槃又善修戒不見戒因戒果戒一戒二等是名善修定慧等亦復如是原始要終皆宗常住以常爲宗明矣三者如聖行中云復有一行是如來行所謂大乘大般涅槃大乘即是修因涅槃即是得果大乘爲因何所不運大涅槃果何所不克一切無閡人一道出生死莫復過此大畧可知不復委說但此文中處處論行或修十想或知根知欲種種不同不出三種初破無常而修常即是以圓接小接通意也次以大涅槃心修無常次修於常即是從漸入頓次第別意也後即無常而修於常即圓頓人也雖三不同悉以常爲因歸宗常果住大涅槃等無有異故文云因雖無常而果是常即第二番意也餘例可知云云問明體一章即識五意明宗亦爾否答例然宗有三義一宗本二宗要三宗助宗本者諸行皆以大涅槃心爲本本立道生如無綱目不立無皮毛靡附涅槃心爲本故其宗得立也宗要者行之宗要要在於常行會於常能顯非

常非無常如七曜之環北辰似萬川之注東海行以常爲要亦復如是宗助者助名氣力也常宗得成賴於資助或人助或教助或行助或道助由助得力故言宗助總此三宗是釋名專論宗本即體意專明宗要即宗意專明宗助即用意分別此三異餘法門即教意

第四釋涅槃用者爲三一本用二當用三自在起用本用者先出舊解靈味小亮云生死之中本有眞神之性如弊帛裹黄金像墮在深泥天眼者捉取淨洗開裹黄金像宛然眞神佛體萬德咸具而爲煩惱所覆若能斷惑佛體自現力士額珠貧女寶藏井中七寶闇室缾盆等喻亦復如是此皆本有有此功用也新安述小山瑤解云衆生心神不斷正因佛性附此衆生而未具萬德必當有成佛之理取必成之理爲本有用也開善莊嚴云正因佛性一法無二理但約本有始有兩時若本有神助有當果之理若能修行金心謝種覺起名爲始有始有之理本巳有之引如來性貧女額珠闇室等證本有引師子迦葉明乳中無酪但酪從乳生故言有酪酪非本有必假醪暖種植胡麻答言有油油須擣壓乃可得耳又引佛性三世衆生未來當有清淨莊嚴之身此證當有雙取二文意與瑶師不異又引木石之流無有成佛之理則非本有之用衆生必應作佛今猶是因因是本有果是始有本有有始有之理即是功用義也有人難初義若言衆生身中巳有佛果此則因中有果過食中巳有糞童女巳有兒若巳具佛果何故住煩惱中坐不肯出耶何故不放

光動地故文云若言有者何故黙然正破此執耳次難第二有得佛之理此理若常爲相續常爲凝然常若相續常何謂本有佛果之理若凝然常則因中有果過同於前難第三家若言本有具始有亦應本有常住復有無常本有只得是常不得無常者本有只本有那得有始有又若本有有始有亦應無常有於常無常不得有於常本有那得有始有又本有有始有則了因有生因若了因了本有是常生因生始有是無常不得相有者今本有那得有始有耶鷸蚌相扼更互是非由來久矣今當宣明此義若定執本有當有非三藏通教之宗乃是別圓四門意本有是有門當有是無門雙取是亦有亦無門雙遣是非有非無門別家偏據不融門理兩失爲圓家所破何者若執本有之用譬之樹木工匠揆則任曲者梁用直者桁用長者稍用短者箭用本有之用亦復如是佛即破之草木生時無梁箭用工匠所裁因緣獲用若裁曲爲直曲無梁用展直爲曲直無桁用割長爲籌長無稍用折短爲薪短無箭用何得苦執本有之用經云三世有法無有是處何得苦執本有當有當本不立勝用安在耶若專難破復失適緣何者理非本非當非亦本當非非本當有四利益或言本有即是常用或言當有即是無常用或亦當亦本即常無常雙用或非當非本即雙非不用之用本有常用攝一切法何得無三門用三門亦攝一切法何得無本有常用文云大般涅槃是諸佛法界即其義也是爲圓教赴緣論此四用大獲利益

不同舊義云云二當有用者先出舊解解有三一云理出萬惑之外須除惑都盡乃可見之譬十重紙裹柱雖除九重終不見柱併盡乃見二引漸備經明一切智慧皆漸漸滿不可一期併悟也三云眞諦可漸知佛果可頓得何者即俗而眞更非遠物所以眞可分知佛果超在惑外不即生死故不可漸知有人難初義若理不可漸見惑豈可漸除既不見理由何除惑若言理可漸見夫理若是分可作分知理既圓通若爲漸解若初見稱後見與後無異不名漸見若初不稱後不名頓見云云若言見眞者須漸得佛須頓是義不然釋論云若如法觀佛般若與涅槃是三則一相華嚴云虛妄多分別生死涅槃異迷惑聖賢法不識無上道眞與涅槃既其不異云何眞漸果頓耶今明諸解更相馳逐水動珠昏然理非遠近見理之智寧得漸頓智若漸頓寧得稱理如方入圓殊不相應如理而解解如於理不見相而見無所得即是得耳有因緣故亦得漸頓此中應有四句漸漸漸頓頓漸頓頓漸漸尚非漸頓況復頓漸漸頓尚非頓漸況復頓頓法華玄廣說頓漸者無差別中差別耳頓頓者差別中無差別耳三種修三種見明宗中意是也漸頓修漸頓見者是不定觀意也漸更不同又開四句漸修漸見漸修頓見漸修頓漸見漸修非頓漸見見此一句意餘三句亦可解四四十六句不同當知顯體之用甚多那只作一兩種解耶文云王家力士一人當千種種技藝能勝千故一人當千又云譬如大地草木爲衆生用我法亦爾

當知用同草木比大力士故知用不一也舊論照境之用不同問俗有三世流動萬境去來佛智若爲照之若逐境去來則生滅無常若不逐境去來則不與境相稱由此一問七解不同治城嵩云佛智乃無大期死滅猶有念念流動逐境去來此人臨終舌爛口中浪語之過現驗也二藥師解佛智體是常住用是無常逐境去來此解亦違經經云若正見者當說如來定是無爲那忽體是無爲用是有爲三光宅云若無常之智照常住境而不逐境是常今常住之智照無常之境豈應逐境無常此亦不可四作九世照境義明此境雖在未來復有當現在當過去義今遂來現在及過去我皆照竟所以不生滅也此亦不可向在未來時猶是當現在未正現在今遂來在現在即作正現在照當知已息豈不生滅耶五作逆照義云如來道迎正覺時初一念併逆照萬境從初流來至後成佛併皆照竟後萬境自有去來我都不更新照如天子初登極時併付制法後人犯者隨輕重治不更復制也此亦不可佛智照境何嘗暫息忽言初照後都不照縱令如此終不與境相稱六開善云佛在因日導發初心已能橫照數境豎照數時次入初地一念橫照百法豎照百時二地千法乃至佛地一念橫照萬法豎照萬時如懸鏡高臺此亦不可鏡照先無而後有未免無常之難七靈味更借虛空爲喻萬物在空空不生滅物自去來此亦不然佛智靈知豈同頑空今明三藏教中二諦不相即故二智各照所以諸解喧喧若此若通教

中二諦相即二智二而不二尚無此諍況復三諦即一諦一諦即三諦三智即一智一智即三智一照即一切照一切照即一照非一非一切不可思議寧復有此微淺問答耶又開善解佛智照眞與眞冥無復智境之異智體與眞境都復不殊約位分別凡夫不冥不會因中聖人會而不冥佛果亦冥亦會第二解云佛智是靈知眞諦是無知二體既殊豈可併有知同無知但會之既極詺之爲冥豈得有冥異會慧印三昧經云冥不冥寂不寂肇論亦有用冥體寂之語今難佛之眞智既其冥眞與眞不異佛之俗智亦應冥俗與俗不異佛雖知幻而非幻人若爾佛雖知俗不可冥俗佛雖冥眞不可同眞不應作如此冥眞冥俗義冥眞不出二乘冥俗不出凡夫境界云何得是佛智用耶云三自在起用用徧法界廣不可委文云譬如大地一切草木爲衆生用我法亦爾當知勝用無量無邊且約三種一不可思議用二二鳥雙遊用三善惡邪正雙攝用不可思議用者舊釋有七一云令他見須彌入芥子其實不入唯應度者乃能見之此解不可若不入者何謂神通二解實入但佛神力蹙大令小開小令大此亦不可若爾乃以大容小何謂以小容大三解不知入與不入既是不可思議那可定判入與不入此亦不可佛果上地皆是不可思議盡應不可解餘者盡言可解至此一義獨言不知耶四若有則相妨小大皆空故相容此亦不可若其皆空何所論入亦無大小也五大中有小性小中有大性以芥子之大性容須

彌之小性此亦不可若執定性過同外道又似毘曇又還是大容於小何謂以小容大六地論解大無大相不無無相之大小無小相不無無相之小以無相之小容無相之大無相之大還入無相之小此亦不可大小本是相既言無相那有大小若有大小應是有相若定無相還同空也七興皇云諸法本無大小因緣假名相待假說大爲小假說小爲大說大爲小小是大小說小爲大大是小大故得相容此亦不可大不自大待小爲大小不自小待大爲小此墮他性義自性大小尚不能相容他性大小那能相容今明小不自小亦不由大故小大不自大亦不由小故大因緣故小大亦不離大離小不在內外兩中間亦不常自有不可思議大亦如是通達此理

故即事而眞唯應度者見不思議須彌之高廣入於不思議芥子之微小是名以不思議之大入於不思議之小住首楞嚴能建大義如經廣說云一往明不思議用在於道後其理實通乃至善惡邪正等例如是所謂四趣是邪人天爲正又三界是邪二乘爲正又二乘偏邪菩薩爲正云邪正兩用亦偏法界四趣是惡人天是善又三界悉是惡二乘是善又二乘是惡菩薩爲善此用亦徧法界三界皆悉無常二乘是三無爲常又二乘是無常菩薩是常常無常用亦徧法界其門畧義廣也常無常雙用者俱亡二邊如鳥喻品中說即是一時雙用也前後倒瀉即是異時偏用宜一時即並用宜前後即單用不必一種用自在故善惡雙用如迦葉品中說善星至惡

尚能攝受令得出家況復善者寧當不攝或雙用或前後云云三邪正善惡俱攝者陳如品中說邪即外道正即陳如弘廣邪即諸魔正即阿難平等皆攝巧施妙用遊諸世間作大利益若見此意即是自在之用善巧四隨稱機利益住首楞嚴種種示現不動法性其見聞者無不蒙益此義可知不俟多說云云問此一章五意云何答例前可解若總論三用即釋名意若專本用即是體意若專當用即是宗意若專自在用即是用意若分別三用即是教意

第五釋教相者爲二一增數二經來緣起增數者謂一乳二字三修四教五味也所言乳者此名則通外道言教亦稱爲乳文云是時舊醫純用乳藥二乘言教亦稱爲乳阿舍云舍利弗是所生母目連是乳母二人說法生養四衆後文亦云聲聞緣覺佛性如乳菩薩教行亦稱爲乳故云手出香色乳施令得飽滿佛教亦稱爲乳故目連騰請云譬如犢子其生未久若不得乳必死無疑又云醫占王病定須服乳乳名既通若爲分別舊醫偷教竊取乳名不解其義而爲相續悦意轉動薄皮所誑起四顛倒毒亂心中多所傷害即邪教也二乘乳者佛以方便合三種藥謂鹹苦酢二乘之人用此方便爲於四衆治彼邪乳如以楔出楔此以四非常教名爲乳也菩薩乳者以大慈大悲隨諸衆生應以何法而得度脫隨而說之或說方便法或說眞實法或治邪常或治無常稱彼機緣令得飽滿是名菩薩教乳也佛教乳者究竟眞實如經其犢

調善不馳不住不處高原亦不下濕不食酒糟麥麩滑草不與特牛同共一羣故其乳多德最爲第一正顯涅槃之教是最上乳也又外道教如驢乳𦸅之成糞從其教者墮落三塗二乘教如羊鹿乳𦸅之成酪從其教者升出生死菩薩教如下品牛乳𦸅之成酥從其教者華凡成聖亦華聖成無上道佛教如上品牛乳從佛教者即得安住祕密藏中當知涅槃教乳最上最妙問何故於一乳中多種分別答此經意爾如本有一偈四出證義明無差別差別等例作此說之無咎又德王中不聞聞不生生等皆作四句今亦例爾邪乳名乳乳二乘名乳不乳菩薩名不乳乳佛是非乳非不乳意高例盡子何須惑二字者世亦二字出世亦二字上上出世亦二字今文亦二字二字既通復須分別世二字者如瑞應云太子乘羊車詣師學書師教二字謂梵佉婁此二字應詮世間禮樂醫方技藝治政之法故是世間二字也又云梵字應如金光明中說出欲論明修梵法歎梵報故是出欲論也佉婁字應是無量勝論明十善法歎釋天報善能攻惡故言勝論總而言之世間二字也謝靈運云梵佉婁是人名其撮諸廣字爲畧如此間倉雅之類從人立名故言梵佉婁雖復廣畧還是世間之二字出世二字者嬰兒行云婆和二字所謂有爲無爲爲二字也若出世與出世上上共爲二字者即是半滿爲二字也衆經同以鹿苑說爲半字摩訶衍所說爲滿字小大相對共爲二字又諸師釋此滿字不同他人云涅槃六行俱明是滿

字法華是大乘非滿字由是無常此都非義不須論難云云與皇朝諸師作五滿半邊滿豎滿積足滿共滿具足滿今不委論云云今明半滿二字更爲五意一直是半二對半滿三帶半滿四廢半滿五開半滿如鹿苑無常此直半無滿若方等之流說無常逗小又彈小褒大此正對半明滿若大品通三人共學是帶半明滿若法華正直捨方便是廢半明滿亦有開權顯實即開半明滿若此經斥劣辨勝即廢半明滿一切衆生悉有佛性須跋陀羅得羅漢果即開半明滿而復對破生死流動明於常住二字常破生死住破流動此亦是廢半明滿一切諸法中悉有安樂性又是開半明滿故知二字雖通不可一槩今之常住二字於諸字中最尊最勝其義可知又結爲四句二乘無常是半非滿一乘是滿非半若斥小帶小等是亦半亦滿若世間非半又非滿大意可知云云三三修者有邪三修劣三修勝三修邪三修謂世間顛倒隨邪師教見相似相續謂爲常適意可悅謂爲樂轉動運爲謂是我愚惑所覆如執掣電如蛾如蠶追求無厭如渴飲鹹唐無毫益亦是厭下苦麤障攀上勝妙出故名邪三修劣三修者依半教破於邪執無常鹹味破其執澹無樂苦味破其執甜無我酢味破其執辢三界皆無常諸有悉非樂一切空無我無我所能破欲染色無色染無明掉慢疑如諸迹中象迹爲最於諸想中無常爲最如經廣說是名劣三修勝三修者依佛勝教破於劣修謂常樂我法身常恒無有變易遊諸覺華歡娛受樂具八自

在無能過絶如是修者八祕密藏名勝三修又邪修是世伊劣修是故伊勝修是新伊大涅槃理即非新非故伊今經即是新伊勝修最尊最上之教也四四教者此該佛一化名相理趣别有疏本云三藏教者謂戒定慧藏爲彼嬰兒梯隥出苦畏憚長遠止息化城即小乘法也菩薩以大涅槃心修即成聖行如經浮囊白骨八苦等觀即其文義也通教者三乘共學近遠俱通若能前進亦可得去即摩訶衍法也菩薩以大涅槃心修即成聖行如經解苦無苦而有眞諦乃至解道無道而有眞諦即其文義也别教者别在菩薩不與二乘人共所行事理非彼境界即獨菩薩法也若以大涅槃心修即成聖行如經苦有無量相分别校計有無量種非諸聲聞緣覺所知乃至道亦如是即其文義也圓教者即事而理一教一切教一切教一教非一非一切不可思議隨佛自意是佛境界非諸二乘下地所知如經非苦非諦有實乃至非道非諦有實是名一實諦即其文義也菩薩大涅槃心修即是圓心圓心爲本行於衆行從淺至深届極而止如放金剛到際則住當知聖行之一意即是漸頓之教亦名漸圓教此乃文中一種耳復有一行是如來行所謂大乘大般涅槃者即發軫仍頓仍圓一切諸法悉入其中衆流悉鹹無非性海漸圓與頓圓更無别異歷次第門故言漸耳今經乃具二文從勝受名即是圓頓之教於諸教中最爲尊上也若類通異名者即是四藏三藏是聲聞藏通是雜藏别是菩薩藏圓是佛藏上能攝下

佛藏第一也若例四句三藏是聞聞通是聞不聞別是不聞聞圓是不聞不聞乃至生生等例可解五五味者即五種牛味正譬說教次第不應以淺深意取若謂初淺後深是義不然文云醫占王病定須服乳又云如得乳糜更無所須無所須者即眞解脫眞解脫者即大涅槃此豈淺耶文云如水乳雜臥至一月終不成酪若以一滴頗求樹汁投之於中即便成酪衆生佛性亦復如是若本有者何故待緣如此酪譬不可淺也文云譬如甜酥八味具足是大涅槃亦復如是當知此酥其況深矣文云阿羅漢辟支佛猶如醍醐如此醍醐不可言深若初味定淺後味定深妨文害義若作次第意釋者則無過咎牛者譬佛大覺朗然圓明成就如血變爲乳具足在牛

從牛出乳譬佛初說也即寂滅道場從法界體流出法界法教諸菩薩如日初出先照高山故言從牛出乳也次從乳出酪者爲小機不堪如聾如瘂隱其無量神德示丈六身覆如來藏但說三藏以貧所樂法隨宜方便令華凡成聖故華嚴大後次說三藏之小如從乳後即有於酪也次從酪出生酥者譬三藏之後以大訶小挫其取證敗種壞根無生無用先與後奪如身酪作生酥也次從生酥出熟酥者譬方等之後委業領財使諸聲聞轉教教菩薩也次從熟酥出醍醐者譬般若已後付財定性與記作佛故文云八千聲聞於法華中得記作佛見如來性如秋收冬藏更無所作無所作者即究竟也夫衆生不見佛性智手指撝或作大說或作小說或訶責說

或教化說或定天性說衆生若見佛性則靜乎雙樹指撝畢矣息教二河法流竭矣如牛出乳極至醍醐諸佛布教極於見性今經是最後之說喻彼醍醐一切諸藥悉入其中歎於橫廣在四味之上歎其竪高故此經處處歎教不可思議只是歎於上妙之乳常住二字最後新伊極圓之教醍醐妙味耳種種名目只是一法一法者只是佛師諸菩薩母佛菩薩辯所不能宣凡夫千舌豈解揄揚二乘百盲安能舞手者哉五味義具在法華玄中說又從增一至五總諸說者即釋名意若專五所以是體意若專五所以設諸名相是宗意若專對破是用意若分別其相是教意準前可知不復委釋云云二經來緣起又二一經緣起二疏緣起經緣起者有雙卷六卷大本雙卷明八十入滅不辨常住蓋小緣所感三藏教也六卷與大本皆明常住俱是大緣所感同座異聞例如大小品耳又云小本是法顯於天竺鈔初分飜爲六卷大本上帙是道猛齎來斯乃廣畧二文耳世猶惑焉若是異聞那忽問詞答旨兩本皆同若是鈔者只應存畧那忽前後大本則如來說偷狗六卷迦葉問偷狗大本偈說三歸六卷長行說三歸解云問詞答旨所同處少不同處多昔鈔梵文尚無前後秦人飜譯逐意奚互於二義無妨也昔道猛亡身天竺唯齎五品還謂壽命金剛身名字功德如來性大衆問等品到西涼州值沮渠蒙遜割據隴後自號玄始其號三年請曇無羅讖共猛譯五品得二十卷遜恨文義不圓再遣使外國更得八品謂病行

聖行梵行嬰兒行德王師子吼迦葉陳如等品又翻二十卷合成四十軸傳於北方玄始五年乃得究訖是時姚萇復號弘始弘始非玄始玄始五年即晉恭帝元熈元年次入宋武劉裕得四年次入宋文帝文帝尚斯典敕道場寺慧觀烏衣寺慧嚴此二高明名蓋淨衆康樂縣令謝靈運抗世逸羣一人而已更共治定開壽命足序純陀哀歎開如來性足四相四依邪正四諦四倒文字鳥喻月喻菩薩凡十二品足前合二十五品製三十六卷則一萬餘偈讖云經義已足其文未盡餘有三品謂付囑燒身分舍利二萬言未來秦地耳小亮云是羅什足品由來關中不聞涅槃恐其言爲謬經録稱謝靈運足品相承信用初三人欲删畧百句解脫俱夢黑神威猛責數剛切汝以凡庸改聖人言義其過大矣若不止者以金剛杵碎之如塵因不敢删畧但去質存華如啼泣面目腫改爲戀慕增悲慟如嗚呼我口改爲如愛子法故其文璀璨皆此例馬經者通名也如法華疏說序品第一者亦如彼云云二疏緣起者余以童年給侍攝靜攝靜授大涅槃誦將欲半走雖不敏願聞旨趣於是負笈天台心欣藍染登山甫爾仍逢出谷不惟菲薄奉從帝庭師既香塗二宫光曜七衆道俗參請門堂交絡雖欽渴甘露如俟河清詎可得乎嘗面請斯典降旨垂許有期無日逮金陵土崩師徒雨散後會匡嶺復屬虔劉爰西向江陵仍遭霧露敕徵師江浦頂疾滯豫章始舉飃南湖巳聞東還台嶽秋至佛隴冬逢入滅歎伊余之法障奚可勝

言昔五百羣盲七迴追佛祇洹一狗聽兩鐘鳴唯彊唯沈無見無得入山出谷浮墜沂江希聞斯典竟不獲聞日既隱於重崖盲龜眠於海底馮光想木詎可得乎余乃掃墓植樹更伏灰場口誦石偈思遂畢世事不由已迫不得止戴函負封西考闕庭私去公還經塗八載日嚴諍論追入咸陽值桃林水奔而夜亡其伴又被讒爲巫收往幽薊乘氷濟北馬陷身存臨危履薄生行死地悼慄兢兢寧可盡言昔裹糧千里擔簦於東南負罪三讒驅馳於西北若聽若思二塗俱喪情不能已尋諸舊疏將疏勘經不與文會怏怏終日恒若病諸效羣盲之觸象學獨夢之談刀以大業十年十月十日廬于天台之南管窺智者義意輒爲解釋運丁隋末寇盜縱横海閙山喧無處紙筆匿影沃洲陰林席箭推度聖文衣殫糧盡虧其次第於是懷挾鄙志託命遂安草本畧通放筆仍病縣令鄧氏呼講淨名曳疾應之事不兼舉寄疏他舍他舍被燒廓然蕩盡冥持此本得免灰颺重寄柵城海寇衝突玉石俱罄蕭亮提挾復獲安存所謂焦不能燒賊不能得再蒙靈異重厲微誠更往遂安披尋補削復值軍火食息無寧乃卜安洲安洲者微瀾四繞絶人獸之蹤峯連偉括兼二山之美左臨水鏡澄徹鑒心右帶蕖池紅葩悦目脩竹泠風勝白牙團扇萋蒨翠草加戴氏重席雲霞鏤糅於松桂五彩盖其繪圖猨鶴和韻於蠷蛙八音陋其絃管雅有高致豐趣冥倫仍蒔栗拾薪勤兼曉夜暨染筆已來凡歷五載何年不遭軍火何月不見干戈

菜食水齋氷牀雪被孤居獨處夢抽思乙詞旣野質意不會文其玄義一卷釋文十二卷用紙七百張有崖易迫空海難徧盲瘝偏知敢稱圓識特是不負本懷遽茲石火卷舒常佳之卷酬報乎身手讚歎解脫之法仰謝於心口麤耘毒草微養藥王瞠蠍螢熠非能抗曜也

大般涅槃經玄義卷下

音釋

棋渠之切與碁同　闡提梵語具云一闡提此云信不具闡齒善切　暴背暴步木切曬也背補昧切脊也　駁北角切斑駁不純也　嘔和梵語具云漚和俱舍羅此云方便嘔烏侯切　筏房越切桴也　醪郎刀切　鷸蚌鷸以律切鳥名蚌部項切蛤也　扼乙革切持也　桁何庚切屋橫木曰桁　矟色角切矛屬　詺彌正切辨別物名也　楔先結切櫼也櫼音尖　麨半即切麥麨也　嘲陟交切言相調也　撝吁爲切　揄容朱切　齎戕西切持也　沮渠沮子余切沮渠本匈奴官名以官爲氏也　萇仲良切　唼作答切　璀璨璀取猥切璨蒼按切璀璨玉光也　笈極曄切篋也　颿符咸切與帆同　怏倚兩切情不滿足也　颺余章切風所飛颺也　蒨倉甸切草盛貌　鏤糅鏤郎豆切雕刻也糅女又切雜糅也　麏俱倫切麏麞也　螳蠍螳徒郎切螳蜋也蠍牛刀切謂螳蜋足也　螢熠熠弋入切螢熠謂螢火之光也

涅槃玄義發源機要
宋錢唐沙門釋智圓述

清刻龍藏佛說法變相圖

涅槃玄義發源機要序

夫涅槃無方佛性無體而菩薩見之謂之假二乘見之謂之空凡夫日用而不知故如來之道鮮矣古者能仁大覺愍群機之未悟也於是仰觀妙理俯立嘉號圓常之經於是乎作也其體言見心得兎忘蹄不知紀極洎乎去聖踰遠人根漸鈍故四依大士撰之以疏童蒙之類又不能曉其旨故人師申之以記俾因記以了疏因疏以知經因經以識理理斯達矣孰爲經乎孰爲疏乎孰爲記乎混而爲一則如來之道不遠而復若乃考其功則記爲啓發之先也故秉筆立言者實難其人甞試論之夫欲開前疑決後滯者必在乎識也學也才也匪識胡以宗圓理斷是非匪學胡以曉群言通理論匪才則言之不文行之

不遠三者備矣始可與言筆削已矣斯玄疏者蓋章安法師用智者義趣演龍猛宗旨以申經意也遂古作者莫之與京圓不佞識昧學寡才短故非立言之人也竊念斯文墜地傳受道息於是辯理解紛而筆記之乃有玄記兩卷疏記二十卷文淺義迂實無所取意者竢夫後世者有達如荆溪者忿我之紕謬秉洪筆敷麗藻而發揮之俾斯經斯疏光大於時導無窮之機入祕密藏者豈不功由於我耶夫經名者題牓大理經文者剖析衆義衆義由大理所出也譬若觀發源必知其流多也挹衆流必知其源一也故玄之五義疏之五門大底申明於此旨使大理衆義總别相涉無越三德爾夫三德者實諸佛之所證也衆生之所具也生佛不二同歸于心若然者則首題之總品卷之别在我方寸豈他物哉晋撰疏記以指歸爲名者蓋令於别而識總也今玄記以發源爲號者蓋令於總而識别也此乃賛述疏主之微旨耳豈古自我作哉抑又此之玄義皆用經語以成文章具引則文煩略之又義關繇是麤徵經文聊輔大義機要之名又在此也吾宗達人且不以狂簡罪我或有可觀無隱乎爾時聖宋三葉天子在宥之十七載大中祥符紀號之七年歲次甲寅正月旣望錢唐沙門釋智圓字無外於大慈山崇法寺方丈絶筆序云

涅槃玄義發源機要卷第一

宋錢唐沙門釋智圓述

此玄義即章安舊文既辭旨盡善故荊溪不更修治或曰下文有此中遺一章之語即知亦經再治今謂不爾遺章之語蓋後人籤注書者謬寫此乃鄙語常談豈是荊溪再治之例若再治者應書云四明不生不生下注闕字如梁氏刪止觀書三大章皆注闕字今以七義驗之知不再治一者疏文再治則於總題削大般二字今此備有知非再治二者題下無再治之人號故三者或謂闕逸借使闕逸治者之號則不合顯書疏主之名例下疏中只合云頂法師撰今既顯書名諱知非再治四者文中全無私謂之語知非再治五者準淨名部荊溪亦但刪略疏文而不再治玄義以此例彼知非再治六者疏文舊本再治二俱在世而此玄義唯有一本知非再治七者準下疏文釋義有闕則荊溪私加補助今既再治何故不生一章闕遺無釋然義非難見但恐後學穿鑿故此評之初題目二初標法題玄義者五章釋題妙盡經旨故稱玄義二顯作者沙門者此翻勤息謂勤勞息斷煩惱故瑞應經云息心達本源故號爲沙門若乃息見思之妄心達眞諦之本源藏通沙門也息塵沙之妄心達俗諦之本源別教沙門也息無明之妄心達中道之本源圓融沙門也又次第息三惑達三本者是別沙門一心中息三惑者是圓沙門今疏主即圓人也然沙門之名於諸教中復通因果今約疏主迹說乃住前因中沙門也灌頂即名諱華嚴第

十法雲地名灌頂位菩薩也經云諸佛智水灌其頂故名爲受職故名灌頂字法雲小字非凡蓋言十地之聖非三賢之凡也俗姓吴氏常州義興人祖避地東甌因而不返今爲臨海章安人也父夭早亡母親鞠養生甫三月孩而欲名思審物類未知所目母夜稱佛法僧名師乃口効音句清辯時共驚異因告攝靜寺惠拯法師聞而笑曰此子非凡即以非凡爲字及年七歲還爲拯公弟子才業日新玄儒並騖弱冠之歲進具律儀洎拯師猒世沐道天台即陳至德元年時俗壽二十七也智者辯才雲行雨施能領能記唯師一人故方集奔隨爲法上將後於隋大業十年十月廬于天台之南撰此疏文越五年於安洲絶筆即唐武德元年也常於章安攝靜寺講説此經值海賊抄掠道俗奔委師擲鐘就講顔無懾懼賊徒麾旛詣寺忽見兵旗曜日持弓執戟人皆丈餘雄悍奮發群賊驚散其感通有如是者事蹟見唐續高僧傳習禪科若乃撰疏之休徵爲法之艱苦則下文詳悉以唐貞觀六年八月七日終國清寺春秋七十二將終之際身現微疾室有異香命弟子曰彌勒經説佛入城日香煙若雲汝多燒香吾將去矣有同學智晞智者親度於貞觀元年卒臨終云吾生兜率矣見先師智者寶座行列皆悉有人唯一座獨空云却後六年灌頂法師陞此說法焚香驗意即慈氏降靈計歲論期審晞言不謬是故灌頂之名法雲之字豈有過實之畏哉撰者鳩集文義解釋之也

本文二初總序玄旨二初標題大般涅槃經

序者以此序是開題序王故别標之如法華玄别行經序亦標云序王或除削此題者非也二夫正下正序二初總歎三德宗歸二初歎所詮宗極三初雙歎事理二初正歎事理融即二初歎即事之理二歎即理之事理即三千三諦之理生佛一貫因果無殊事即十界迷悟之事始終兩異新故有别然而即事而理波即水也即理而事水即波也故此事理是今經之所詮斯教之極致故於文首舉而歎之初文者正道即妙理綺互其文正以簡邪道約能通謂涅槃佛性之理無二邊邪而徧通一切故名正道妙則不縱不横理乃無所不統無始終之喧動故稱幽寂無新故之滞礙故稱虚玄又幽寂即妙理寂絶虚玄即正道虚通而言正道幽寂者蓋言正道即妙理故妙理虚玄者蓋言妙理即正道故雖有二名而無兩體然則約理乃無始終新故之異約事則始終新故宛然今談於理實不離事即始終而無始終即新故而無新故其猶指波即水也二無始下歎即理之事即無始終而有始終即無新故而有新故其猶指水即波也波水融一理事誰分無明生死等者無明對種智爲始終生死對涅槃爲始終翻無明爲種智即生死證涅槃故本自有之者無始本迷故修因方克者由緣了因得智斷果故二此經下結爲今經所詮非始之始等者問向以無明生死爲始今何故以佛性三因爲始耶答無明生死體即三因二若佛下複疎釋成三初按定是則下釋上二句義如即理事也因理即果理故佛性非因果如

下果理即因理故涅槃非果二若因下復釋上文既顯因果理同則非但極果所證之理非新非故下凡所具之理亦非新非故也文中反覆釋成故云因如不異果如果如不異因如大抵只顯因果理一耳問據前所釋乃以涅槃爲新佛性爲故此中合云非止涅槃之如非故何以却云非新耶答若因果對明誠如所責今雖分句釋義但顯因果理同並非新故耳故下結云是則佛性涅槃因果之如皆是非新非故也三是則下結成三非新下結歸三德以理事對一性二修共成三德一性是理以配法身雖理本具三今對修成一二修是事雖智斷俱冥於理今對性但二此即合性爲一合修爲二若約開說則修性各三理具三法身智即三般若斷即三解脫開雖成九九只是三三九互融展轉無礙下明體宗用三各各互具即此意也即理成解故曰非新而新即理成惑故曰非故而故既惑解即理故種智不發無明不斷而斷即一而三故非點水之縱即三而一故非烈火之橫不縱不橫如新伊字凡論修性進否非一顯性録備明之二辨能詮興由二初通舉一化利鈍不同者一切衆生無不本具三德平等無殊但由熏習淺深故成利鈍差別利根者於華嚴座席即悟圓常故法華云始見我身聞我所說悉皆信受入如來慧其鈍根者如聾如啞全生如乳故須三味次第調熟來至今經方歸祕藏故法華云除先修習學小乘者如是之人我今亦令得聞是經入於佛慧其有不定根性則於三味得悟妙理對前

名鈍對後名利由此根機不等故有五時之教差别故云是以大聖赴緣等也頓即華嚴漸即三味鹿苑漸始方等漸中般若漸終法華涅槃會前頓漸歸非頓非漸頓則下徵下經文證成其義忍草等者第二十五云雪山有草名曰忍辱牛若食者即得醍醐雪山譬佛忍草譬教牛譬機緣食譬修行得譬入位頓機扣佛説圓頓教聞教修行解發入住此證利根於華嚴會悟三德理彼雖兼别且約圓説漸則下第十三云從牛出吼譬從佛出十二部經即華嚴也從乳出酪譬從十二部出九部即阿含也從酪出生酥譬從九部出方等從生酥出熟酥譬從方等出般若從熟酥出醍醐譬從般若出大涅槃法華與涅槃開顯義同故經省之此證鈍根既於華嚴全

生如乳故須歷三味漸次調熟至于今經方悟三德故云次第圓滿因前四味次第得至今經三德圓滿故云次第圓滿喻之下二十七云置毒乳中乳即殺人酪及二酥置毒亦爾宿習了因名爲置毒藉今聞教毒發不同若昔於二酥下圓乘種故今再聞無明即滅名爲殺人此證不定根性味味得入也皆是下總結也釋迦此云能仁妙窮權實者五時增減不出四教教教所詮豈離十界藏通詮六别圓詮十由即不即故分四殊今能仁究竟顯理十界唯心九權一實權實理等故云妙窮巧赴下亦由衆生理具權實故感如來施權實教權實雖異理常平等故不二門云由衆生理具非權非實爲權實機佛亦果具非權非實爲權實應罄盡也爽失也二今此

下別彰此經開通往昔等者開諸權門顯今實義故法華云開方便門示眞實相也密義者佛若不說偏小不知故名密義又已前顯施方便而密意在圓今談此意故云顯發如來方便密義也畢竟不入涅槃者偏小之機謂佛灰滅圓頓之機知佛常住二此經下別序五章玄義初序二初廣序釋名二初翻名釋義二初約三德釋二初通舉梵文二隨文翻譯二初釋別名三初翻對開章二依章正釋二種煩惱生死者界內見思煩惱感分段生死界外無明煩惱感變易生死免斯因果者因謂煩惱果謂生死通釋下包廣曰大三德圓融包括百界故俱受大名圓融故俱無二邊之喧動故皆稱寂滅圓融故俱超二死之暴流故悉名究竟三別通下結意顯題無上至極果者即約究竟所顯涅槃以立題也二指通名聖教之總名者大小偏圓總名經故事在別釋者如法華玄義中約有翻無翻各有五義也無翻五者以彼語多含此方單淺不可以單翻複應留本音既不可翻而含五義一法本二微發亦云顯示三涌泉四繩墨五結鬘有翻五者一翻爲經二翻爲契三翻法本四翻線五翻善語教昔佛法初度梵漢未明故有無翻之說乃是河西群學所傳晩人承用耳有翻之家雖具五義以經爲正以此方先聖之語悉名經故以佛語爲經此義翻也是以三藏中但有經藏十二部中但有經部而無線藏線部等名二若具下約三諦釋然三德三諦同體異名故前約三德次約三諦文分爲二初重翻別名二再釋三字

初約眞俗中俱名大也初明眞諦徧蕩相著故大故云大若虛空次明俗諦體具三千故大故云其性廣博後名中諦遮照不二故大故云又名不思議等不因小相者虛空絕待非對小名大也二約眞俗中俱名滅也初約眞諦自行名滅滅凡夫生死故云滅二十五有滅二乘涅槃故云及虛僞物次約俗諦化他明滅則隨類現形滅彼三惑故云得二十五三昧也二十五三昧如聖行品說後明中諦滅眞滅俗故云生滅滅已生即是俗滅即是眞二邊俱滅故云滅已是則中諦名寂滅樂三約眞俗中俱名度者度以過越爲義三諦無着悉是過越咸得度名不著於俗故云度於不度不著於眞故云又度於度又度此彼下約中諦明度也不著雙照故云度此彼之彼岸不著雙遮故云亦度非彼非此等此即生死俗彼即涅槃眞神龜者中華古今注云靈龜者玄文五色神龜之精也上隆法天下平法地能見存亡明於吉凶水陸俱度者譬中道度於二邊也水喻生死陸喻涅槃二總攬結歸三法等者哀嘆品云何等名爲祕密之藏猶如伊字三點若並則不成伊縱亦不成如摩醯首羅面上三目乃得成伊我亦如是解脫之法亦非涅槃如來之身亦非涅槃摩訶般若亦非涅槃三法各異亦非涅槃故知即一而三即三而一方是涅槃也二金剛下略序餘四然釋名總論三法體宗用別論三法總既含別別不離總故體即是大宗即是度用即是滅教相分別總別之三法耳是故五章不出三法金剛寶藏等者二十一

經云譬如寶藏多諸珍異種種具足佛道甚深奥藏亦復如是多諸奇異具足無缺名大涅槃二邊不壞故曰金剛含攝三千故名寶藏無二死遷變故曰恒安無三惑熱惱故曰清涼不老不死即常住不變也置毒佛性者毒喻佛性五味喻五道二十七經云譬如有人置毒乳中乃至醍醐皆悉有毒名字雖變毒性不失若服醍醐亦能殺人衆生佛性亦爾雖處五道受別異身而是佛性常一無變應以見性破惑名爲殺人即是今經大力用也前引置毒喻五時教此引置毒喻五道機同引一文而用意各别毒鼓如第九經譬如有人以新毒塗鼓於衆人中擊雖無心欲聞聞之皆死唯除不横死者是經亦爾於諸行衆中有聞聲者所有三毒悉皆滅盡雖無心

思念是經力故能滅煩惱犯重造逆聞已亦作菩提因緣漸斷煩惱除不横死一闡提輩八自在我者一一多示一身以爲多身身數大小如微塵充滿十方如來身實非塵以自在故現微塵身二大小示一塵身滿大千界三輕重以滿大千之身輕舉飛空實無輕重四色心如來一心安住不動所可示化無量形類五根六根互用六得得一切法亦無得想七說演一偈經無量刧義亦不盡八見如來徧滿一切處如虚空不可得見具如第二十一經常住二字者壽命品云常當繫心修此二字佛是常住若有修此二字當知是人隨我所行至我至處四諦品云或聞常住二字音聲若一經耳即生天上無上醍醐者即經云從熟酥出醍醐如從摩訶般若出大涅

槃也二名合下結極教之相也者聖人被下之言曰教分別同異曰相謂分別今經三德圓融異偏小縱横也又望前諸部明圓雖同兼等則異今雖重施同知佛性故與兼等其義亦殊天竺五處不同者五國咸名天竺而言音各異天竺或言身毒或言賢豆皆訛也正言印度印度月名月有千名斯一稱也良以彼土賢聖相繼開悟群生照臨如月因以名也奢切小殊者謂言音大同但奢緩親切小異如中國云摩訶東南稱摩醯也此間楚夏者此則言音大異如中國云般涅西北稱涅隸淮南曰楚中原曰夏楚即蠻夷也中原語正類彼中天淮楚語訛類彼西北春秋後語曰楚之先季連苗裔曰鬻熊其子事周文王早卒子熊任任生熊繹成王舉文武之勤

而封於楚蠻也孔安國曰大國曰夏雙卷者自有二經一在王舍城鷲山中說名佛般泥洹經上下兩卷即西晉帛法祖譯一在毗舍離國大林中重閣講堂說名大般涅槃經亦上下兩卷即東晉釋法顯譯而此二本皆是小乘六卷名大般泥洹經亦法顯所譯大本即無讖所翻六卷乃是大本前分耳是義下斥古非也肇論下彼涅槃無名論云泥洹泥曰涅槃此三名前後異出蓋是楚夏不同耳涅槃者正也故今云爲彼土正音如言大者下以此方大含多義以例涅槃不偏翻一切至於此者此即涅槃大品云一切法中涅槃爲第一又大下名字功德品云所言大者名之爲常神通者瓔珞經云神名天心通名慧性天心慧性究竟開發名之爲大故曰極號

常樂下總包四德故名爲大故曰都名故不可翻也者以涅槃多含故存梵語是色聲之法者手書故屬色口説故屬聲不可下累書是色疊説是聲意云既書梵名不可更書華名也又一梵名具含多義不可累説由是不翻義豈可多者此師不許一名含多義也但一下正云已義還引此方息字爲例問多訓與多義豈不同耶答不同如訓子息時但有子息一義故子息名下更無多義此皆人師情見如此蓋匪通方或訓長息者以生長訓息也暫時消息者此以調養爲消息報示消息者此以音信爲消息一名四實者先陁婆一名而有鹽器水馬之四實智臣善解者菩薩品云如是四物共同一名有智之臣善知此名若王洗時索先陁婆即便奉水若王食時索先陁婆即便奉鹽欲飲奉器欲行奉馬經喻如來密語唯大乘智臣應當善知四等者謂慈悲喜捨也亦曰四無量無量從境四等從心境雖無量我心常等以輕代重者以智慧翻般若也真丹者或云震旦旃丹指那指難皆梵音賒切也若準華嚴翻爲漢地又婆沙論中有二音一云指那此云文物國即讚美此方是衣冠文物之地也二云指難此云邊鄙即貶挫此方非中國也西域記翻摩訶支那爲大漢國或謂日出東隅其色如丹故云震旦真丹者此皆訛也竺道生者竺姓也道生名也本姓魏鉅鹿人幼而頴悟聰哲若神後值沙門竺法汰遂改俗受業因姓竺也言涅槃聖者初生遊長安從羅什請法關中僧衆咸謂神悟後還建康住青園寺寺即

晉恭思皇后褚氏種青之處因以爲名以六卷泥洹先至京都生剖析經理洞入幽微乃說闡提皆得成佛遂撰十四科其第十衆生有佛性義云經言闡提無者欲擊勵惡行之人非實無也以其見惡明無無惡必有抑揚當時誘物之妙豈可守文哉于時大本未傳孤明先發獨見忤衆於是舊學以爲邪說譏憤滋甚遂顯大衆擯而遣之生於大衆中正容誓曰若我所說反於經義者請於現身即表癘疾若與實相不相違背者願捨壽之時踞師子座言竟拂衣而遊初投吴虎丘山旬日之中學徒數百其年夏雷震青園佛殿龍升于天光影西壁因改寺名龍光時人嘆曰龍既去已生必行矣俄而投迹廬山銷影巖岫之中僧衆咸共敬服後涅槃大本至于南京果稱闡提悉有佛性與前所說合若符契既獲斯經尋即講說以宋元嘉十一年冬十一月庚子於廬山精舍升于法座神色開明德音俊發論議數番窮理盡妙觀聽之衆莫不悟悦法席將畢忽見麈尾紛然而墜端坐正容隱几而卒顔色不異似若入定於是京邑諸僧内慙自疾追而信伏其人鑒之至徵瑞如此嘗著涅槃記事跡委如梁傳第九其於涅槃獨見若此故時人美之爲聖引下文引唱滅速滅即是譯人翻涅槃爲滅也前家下今師判也前謂生公後指莊嚴唱滅速滅但約生身故云止滅於生復滅滅者亦滅涅槃也二邊俱滅故稱寂滅白馬引第二文長干引第十五文定林引第五文瘡疣即二死也梁武引二十三文因中用智名斷果上惑

盡名不生叡師下叡公釋論序也秦言者秦有亡秦符秦姚秦乞伏秦今云秦者姚秦亦曰德秦以符秦爲前秦也叡乃什公門人即姚秦時也方册者即此土經籍也禮記中庸篇曰文武之政布在方册鄭玄注云方版策簡也或曰一扎曰簡連編諸簡曰册故左傳序曰大事書之於册小事簡牘而已梵音不可變者謂不可翻也唐三藏明不可翻凡有五例一祕密如陁羅尼二多含如薄伽梵三此方無如閻浮樹四順古如阿耨菩提五生善如般若今涅槃不翻應在生善多含之例即時書之者即就也匠者謂師謂什公也受者謂資謂筆受之人也謹敬也四云下約所詮之理不可思議故雙非華梵又理難思故不可翻而摩訶亦可翻大故非不可翻滅據

下法即五陰人即假名生死下滅生死妄法證涅槃眞法轉凡夫因人爲極聖果人以轉釋度義也滅名目無者目謂題目以滅名題目其無以度名題目其有也實法即第一義諦假人五陰俱不可得故云俱滅相續即世諦從因至果革凡成聖故去俱度三云下苦依身在名有餘身智俱滅名無餘而非永免者謂死已還生故但名滅佛於三界更不受生方得名度觀師下難開善初解也生死之人附何而度者且人之與法豈得相離由五陰實法有衆生假人如攬指成拳故無異體其法既已先滅其人附何而度此難彼釋滅義也若生下人既可轉例知法亦可轉以人法無異體故何得云生死法滅耶此難彼釋度義也今研下今師以四教望之次第破彼

四解三果生死未併滅者初果雖滅四趣生死而有欲界人天七生二果尚有一生三果雖無欲界生死尚有色無色生死故前三果未併滅也凡法下約有餘解脱難子縛已斷名因滅苦依身在名果未滅若灰下約無餘難假法俱寂者謂假人實法也寂則不論度者人既寂滅約誰論度又不下小教所談二乘取證無餘無作佛義凡法都不滅等者以三藏菩薩不斷惑故不論滅與不滅度與不度者以本自不生今則無滅若法若人俱如幻化故非但下滅僞法在十住滅眞法在十行滅僞法故度凡人滅涅槃故度聖人言不涉眞法者彼釋滅但云生死之法滅語不下釋度但云生死之人轉故云不涉眞不論聖也滅之與度不縱不横者滅即三解脱度即三般若而體同名異三一相即不縱不横既非下小即三藏共即通教菩薩別教佛即圓教先聖法言唯茲四教彼既並非故不敢道受此有無猶是苦等者領受二見故逼迫爲苦執此起惑故成集修行對治故是道斷常俱離故是滅此斥開善有無之義全同斷常言猶是滅諦者謂縱滅斷常未出三藏小乘意未涉大故云猶是滅諦之眞下開善所説尚非小乘滅義云何釋今圓頓涅槃若以至目有者牒義若雙下按定雙目生死者謂以滅度俱約生死以説也生死本自下正難則無度法等者實法既無假人亦無故云亦無度者既不可下以生死本空如幻化故云何下生死尚不可何況涅槃耶疣贅者上音尤下之汭切説文曰疣贅也小曰疣大曰贅釋

名云疣者丘也出於皮上如地有丘今以滅度之義如彼疣贅通真之理喻之虛空若以下約別教破且以初地中道爲涅槃文中先邪次小約二邊次第縱破也縱非邪執乃是小義縱非小義乃是教道二邊定非中道涅槃以名召法等者以滅度名召有無法以有無法應滅度名名物尚存者物即法也能通拙者且據三藏二乘爲破析色故拙所通偽者所證偏真非是真實故貧住化城者乏大乘財食猶如貧子止住草菴患佛道長遠譬之疲商權息化城法華開顯破草菴之滯情蕩化城之執教故云久已被棄云何下安用法華已棄之義用釋今經圓常之名偏邪二邊者望當教但中理故二邊悉是偏邪有不關無等者有無不融故非圓義縱橫狼籍者

各體故縱並得故橫劫掠下掠力尚反奪取也經喻外道竊佛常樂之名喻以劫牛今斥開善但得滅度之名如掠劫群牛不知其義如不解鑚搖三藏酪漿尚猶難得況通別二酥圓醍醐耶又滅度無明亦非究竟者以破無明通分真故滅度究竟者破惑究竟唯妙覺故方得字上或有滅度二字者文悮以後下後謂妙覺前謂分真第二第三者文亦悮應云第三第二也第三約塵沙無明第二約四住塵沙初番即有餘無餘尚不可以第四番中分破釋涅槃況用第三第二尚不可以第三第二況用初番小乘義以釋圓頓極果涅槃耶亦應凡夫從此至彼便應是度者準前開善立義乃云度者求免之名不云從此至彼今此例難也既得以巳有還無釋滅例

應以凡夫死此生彼釋度也文中初難凡夫展轉複並意云既許是滅即應是度若不是度亦應非滅何得云滅通凡夫度唯聖人耶若聖下次難聖人既許滅義同凡例應度義亦同故云聖人從此至彼等若同下結難也若同小乘凡聖則近同小果非至圓極之高狹唯六道非包十界之廣若異下借使異小凡聖但是通別是故亦非高廣云何下結斥應作四四十六番者難第三第四解亦應例前二解作四教難之故有十六今文存略前二解各約四教則成八後二解各合爲一故但十番然後二解文雖但一義各含四第三約有餘無餘及以三惑則已該四教第四既約近狹非高廣以斥之則高廣在圓近狹收三義各含四其旨煥若明哲下示存略意哲

智也時人下示研難意遠音偉遠也已如前說者如前依開善翻名也釋其下依翻釋義於中分二初且寄歷別爲釋義故次正約圓融爲顯理故非前歷別無以顯後圓融非後圓融無以會前歷別故知圓融更無別法但是達前三九互攝耳復於二文皆徵下哀嘆品中祕藏之說以顯其義於次第中引法說文用結三身故云祕密藏者名大涅槃伊字三點首羅三目只是譬說還譬三德故無別途今就義便點是文字宜結解脫目能照了宜結般若至圓融釋乃取合譬之文以結其義故云法身亦非等故哀嘆所談祕藏法譬合三義無別趣既用法譬以證歷別合文以證圓融乃知二文義歸一揆不可見下斥云未是今經正意便棄歷別別覓圓融若得此

意至下釋經用別用圓處處多爾秀出者秀亦出也又榮也智境照發相應者以智照境由境發智境大智大故曰相應境即法身智即報身應身自在者應徧法界如鏡現像形對像現故曰無能過絶非生非起者前生即因後起即果照無下以徧以足釋其圓義照無不徧者圓滅周徧照三諦故發無不足者性滅具足發三智故雖境智雙舉正顯報智圓滅耳照徧故明窮發足故境極逗必會者以四教法逗權實機隨自隨他示生示滅稱機無乖故曰必會取必克者義同上句克勝也諸佛之師也者諸佛即智師即是境境能發智故稱佛師非四即之此岸非究竟之彼岸非分眞之中流非能契智非所契理無始因無終果實相絶待故並非之故云故名實相度佛師度故諸佛亦度者境既絶待智亦絶待也以境智不二故此雖明智正在示境論云下釋論讚般若偈也境發智故名佛善來智照境故名佛窮底如如智等者全境如爲智如故曰如如智全智如爲境如故曰如如境佛無礙者即大義自度度他者自既出二死亦令他出二死也度他故彼利益自度故我利益一切周悉者等彼十界故名周悉淺深別異者於三番中各有深淺也法身則深二身則淺性淨涅槃一切種智則深二淨二智則淺身智脫不同故別異未是今經正意者意本圓融說有次第今據所説故非經意意者下正約圓融三法即三智等者三法謂三法身也以理智用皆可軌故同受法名三智即三般若三點即三解脫法身即一切

種智性淨涅槃報身即一切智圓淨涅槃應身即道種智方便淨涅槃三法下兩番融即初明九三相即次明三一相即良由九只是三三只是一故也三法即九法者以身智脱各開三故九法即三法者以合三身爲法身合三智爲般若合三脱爲解脱故不三而三下明三一互融不得相離者即三而一故不得相混者即一而三故涅槃之名徧布諸處者涅槃是安樂法諸處即十法界此乃約事以辨故有十界淺深之殊獼猴者毛詩草蟲經曰猱獼猴也楚人謂之沐猴騰枝躍樹者後漢王延壽王孫賦曰緣百仞之高木攀窈裊之長枝河伯者水神也名天吴山海經云天吴八首十八尾亦曰水伯援神契曰河者水之伯上應天漢喻喝上音驗下牛凶切說文云衆口上見也淮南子曰天且雨也魚已喻喻修羅怖畏得歸依處者謂與天主鬬戰奔北故怖入藕絲中即歸依處也欲界報法等者即人中飽足爲樂是報法也斷欲界結等者即第二十一文多用善因者謂斷結之言皆在人中懸發上二界定故云善因若三下嬰兒行品文也八萬等者初果八萬劫成菩提六四二及十千如次對二三四果及支佛以由界内經生多少故成菩提賒促有差經有三文第十云成菩提十九云至大涅槃二十云得阿耨菩提心委釋如疏記釋論下諸文明菩薩法界多明三教菩薩或但取別教今此乃以圓教分真名菩薩界故知從初發心即指初住故引此經十住見不了了證成其義唯取極果爲佛界問三教菩薩及圓

住前何不明之答欲顯極果住大涅槃是經正意故且以眞因爲菩薩界餘可準知各有涅槃義也隨情逐事者十界事别各謂涅槃此翻法勝者亦法尚是阿羅漢佛滅度後八百年中於婆沙中取三百偈以爲一部名雜阿毗曇又撰增一集文中解二涅槃皆先立義次引證悉是今經第二十一文也滅煩惱即子縛斷離諸有即果縛斷皆是有餘者二乘雖斷果縛無明全在是故望佛仍是有餘故引勝鬘證成其義昔滅下昔教小乘以灰斷爲涅槃故云是盡今經大乘以常住爲涅槃故云非盡若依下約别義正斥今昔相對者昔小今大俱有涅槃正是通途之義非别顯今經圓極涅槃也若擘下蓋約别義以彈剥之也故云義則不然肌謂肌肉理謂湊理張平子西京賦曰街談巷議彈射臧否剖析毫釐擘肌分理注云言此人彈剥善惡雖毫釐肌理之間亦能分擘何者下牒彼立義所滅則異者彼以滅煩惱爲有餘滅生死爲無餘若爾下今師正難也法尚既於小乘以斷見思子縛爲有餘斷生死果縛爲無餘若例大乘亦應以破根本無明爲有餘破變易生死爲無餘此則大小兩教各有二種涅槃高下碩異小既未破無明豈得以小所得二種爲大乘有餘耶汝今既以小乘二涅槃爲大有餘則應小乘已破無明入菩薩位也故云若爾至同佛入無餘涅槃也何事下既若二乘已破無明入菩薩位何故復被彈訶言非大乘耶故云被訶言非也不斷下出訶小之文不斷根本無明故不到三德彼岸故門外

草菴非長者宅内故云何下結責也此約别義則大乘二種涅槃唯佛及證不應對佛云小是有餘也又若下約通義例斥通則九界皆應對佛稱爲有餘何但二乘皆不得然者然是也謂皆不是大乘有餘也豈非佛性通耶者安樂性即佛性也前明涅槃約事通於十界如云寒獄以熱爲樂等今明佛性約理通於十界且取通義故得例答

涅槃玄義發源機要卷第一

音釋

蹄杜奚切與罤同 洎其冀切及也 紕繆紕疋[illegible]切繆靡幼切[illegible]謬踈戾也 鶩亡遇切馳鶩也 疣羽求切贅也 衲而銳切

涅槃玄義發源機要卷第二

宋錢唐沙門釋智圓述

文云下即如來性品文二十五有者即細開六道也謂四洲四趣無想天那舍天六欲天梵天四禪天四空天二十五有生死不亡故並名有我謂眞我亦佛性也不耶即迦葉問辭答言即佛答云一切衆生悉有佛性即是我義也寤言下文選曰寤言莫予應注云謂卧而語也依經應作寱牛世切眠言也如來性品云譬如二人共爲親友一是王子一是貧賤見王子有一好刀心生貪著王子後持是刀逃至他國貧人於後寄宿他家即於眠中寱言刀刀傍人聞之收至王所乃至云菩薩亦爾出現於世說眞我相說已捨去譬如王子持刀逃國凡夫說言一切有我如彼貧人止宿他舍寱言刀刀又楊下嬰兒行止小兒啼故以楊樹黄葉爲金等者取木人木馬皆爲止啼此喻說三十三天妄常樂我淨也下䟽云葉喻妄常金喻妄淨人喻妄我馬喻妄樂六道以安身適悅等者如寒地獄中以熱間爲適悅也餘道可知望佛猶通者以未能究竟隔别變易生死故非通非别者此成四句故屬雙非若束而明之只是通别九界是通佛界是别故上句明菩薩而云望佛猶通也聲古候切取牛乳也隨其流處等者如來性品云譬如雪山有一味藥名曰樂味輪王爲此藥故處處造作木筩以接是藥其味眞正王既没已其後是藥或酢或鹹或甜或苦或辛或淡如是一味隨其流處有種種異是藥眞味停留在山猶如滿月乃至云祕藏

亦爾以煩惱故出種種味所謂五道四姓委釋如疏記倒瀉斯病者倒即吐也文云下引陳如品也三種病貪瞋癡也三種藥不淨慈心因緣也事理不融故藥病互無王復得病者即哀嘆品中客醫喻也王得病即小機執無常爲病也亦藥亦病者治邪常故名藥障眞常故名病是勝三修者謂常樂我也舊伊縱橫喻無常苦無我劣三修也又新下前對二邊故中道教行理三悉受雙非之名今以教行對理則圓伊教行能治二邊故得名藥圓理亡泯故屬雙非故云正法正性等唯有常淨等者此約半與半奪故與二奪二若全奪者四德俱無如下疏記則是習氣者謂三寶差別即無明心也無明即習氣淨名云結習未盡華則著身此無爲緣習非界內習也

豎出九界者此約自行破九顯佛界名豎出然但破事九不破性九橫收一切者橫徧彼彼九界也無邊底故常者橫收故無邊豎出故無底由達無邊底故名大丈夫自旣丈夫復調丈夫故云能化度一切自他融攝故不思議斷苦下亦四句釋樂初二約斷後二約智初二中前一明斷用故云斷苦樂故樂即是斷生死苦及涅槃樂故得中道之大樂後句明斷體故云大寂故樂即是中道永寂二邊故名大寂後二約智中初句明智用故云一切知故樂即中道雙照二邊名一切知後句明智體故云身常故樂即了了常知也業淨者總標也身淨下即三業俱淨也以身兼口但云身淨即色心不二咸空假中故並名淨是故下總結然此文中明常樂各有四句

明我唯一句明淨有三句各隨語便更無他說例前應就理等者例前正法正性非藥非病之文也互顯等者前已約理明非令但約事明非以前例後以後例前故云互顯從地獄已上料簡者即通別中云六道以安身適性爲安樂也從外道已上者即藥病中云長者没已劫掠群牛也二乘已上者即大小中云小者二乘也四悉檀者名出智論悉是華言檀乃梵語悉之言徧檀言爲施以歡喜生善破惡入理四法徧施有情故曰悉檀又應法師云悉曇此云成就論中云悉檀者亦悉曇也準此二字俱是梵音故他宗學者或謂天台不善華梵且古來亦云二字俱是梵語豈獨唐代方知故淨名玄義云悉檀是外國之語諸法師解釋不同或言無翻外國多含例如修多羅名含五義此土不的翻也有翻者或翻爲宗乘墨印實成就究竟如是異翻非一難可定判南岳云此例如大涅槃是胡漢兼舉也南嶽親證不應錯用故天台智者依之釋義又如龍樹之名古者譯家皆云二字並是華言謂龍生法身樹生生身至于唐代乃云龍是華言樹是梵語梵云那伽樹那此云龍猛應知龍猛既有父母禱樹之緣復與樹那音濫故致異釋以例悉檀以悉訓徧借是梵語亦應無爽如翻究竟亦是徧義顯昔第一義者昔人天教及小乘教各指當教涅槃爲第一義也引互無爲證者即第三十五卷云牛處無馬馬處無牛名互無也真諦涅槃者亦同初家以涅槃爲俗諦也彼爲涅槃因修而證故屬俗諦引肇論以證俗諦無

名無相也肇有四論一物不遷論二不眞空論三般若無知論四涅槃無名論今引物不遷文也江河至不流者前波後波雖復相續而不相到其性各住雖注不流日月至不周者日月歷天晝夜無停亦由各住故不能周豈有下結顯涅槃無名無相也謂江河等物及以涅槃俱俗諦故猶是續待二假者以冥眞故無明已盡故非因成而有緣眞相續之假迷悟相待之假具二假故即是俗諦故有名也執眞有名者謂俗本無名依眞立名如劫初聖人仰法眞理俯立俗號眞理能通因名道路眞理不動因名山嶽所通非有者以四門所通同一偏眞故但存隣虛名有門析破隣虛名空門兩亦雙非準義可見指三下引喻結斥三塗者山名泰行轘轅崤澠是也

左傳曰三塗四嶽九州之險也或作荒塗者後人妄改彼以小能釋大所其猶指三塗之險阻爲寶所之坦夷魚目喻小明珠喻大其旨可知問古下嘆美立問而有三嘆一問一嘆師承道勝二肇作下嘆述作辭高三世人下嘆古今共許意復下是一問雖具三美所詮義意比望今家孰優孰劣故云意復云何命世者文選李陵書曰皆信命世之才抱將相之具注云命名也言其名流播於時代也孟子云五百年必有王者興其間必有名世者矣注云名世次聖之才物來能名正一世者生於聖人之間也升堂入室者以於道淺者爲升堂於道深者爲入室論語云子曰由也升堂矣未入於室也一肇而已者什公門下有十哲八俊四聖肇皆預焉生肇融叡爲

四聖更加影嚴憑觀爲八俊兼常標名十哲僧傳曰通情則生融上首精難則觀肇第一劉遺民覽肇所撰之論嘆曰不意方袍復有平叔洋洋下謂其文辭洋溢盈人之耳也論語云師摯之始關雎之亂洋洋乎盈耳哉卷不釋手者釋放也答中初謙巳總指日月在懷喻其明達也既不下自斥既不親承肇師其法門深旨我亦難見鑽仰下雖不親承遺文既在尋其旨趣亦應可知鑽仰者顏淵嘆仲尼云鑽之彌覺其堅仰之彌覺其高管窺者莊子曰以管窺天以錐指地二其論下以四句判論文也彼論凡有九折十演共十九篇今之所斥皆於上秦主表及第一開宗第二覈體中撮其妙言要辭不出四句故參雜引之不成次比今先指會其文次消釋其義

初有句中初是開宗中文若無下表中文次無句中初二句即開宗中文具云余嘗試言之夫涅槃之爲道也寂寥虛曠等豈有下一句是表中文具云既曰涅槃復何容有名於其間哉兩亦句中唯恍惚窈冥其中有精句是表中語餘開宗中語雙非句並開宗中文而欲下具云斯乃希夷之境太玄之鄉而欲以有無題牓標其方域而語其神道者不亦邈哉次釋義者出處至假名者有餘住世名出無餘入滅名處斯皆應機示有生滅既無實體故並假名若無下此本秦主之語斥諸家通第一義諦皆廓然空寂無有聖人故肇舉之若真諦廓然無聖人者誰知真諦耶既有知者驗有聖人故彼文云實如明詔也若無下即肇公伸明秦主之意聖人忘懷動靜

合道故曰與遊即其有句者既存能知能遊之人豈非有句即無句也者既無形名復非有心所知豈非無句故不可得而有者此即亦無不可得而無者此即亦有恍有也惚無也窈幽也冥暗也謂有無不定幽暗難測故曰窈冥雖曰難測而有靈明知覺其妙甚存故曰有精也窈冥即亦無有精即亦有五陰永滅故亦無幽靈不竭故亦有有無絶於內者冲而不改故不可爲有故有絶至功常存故無絶稱謂下涅槃之體既內絶有無故外没稱謂視聽下釋上二句也由外絶稱謂故兩界視聽之所不及由內絶有無故無色四空之所不了題牓謂名字也方域謂理體不亦邈哉者若執有無去道甚遠然其下以四教定論意文云等者開宗云滅度者言乎大患永滅超度四流不涉界外者但度界內欲有見無明之四流耳不滅涅槃患者但以陰身爲大患故辨差下既彼論是大又非別圓今尋辨差之文知屬通教辨差即第九章也無爲一也者彼云以俱出生死故同稱無爲此以下彼云三乘諸道皆因無爲而有差別此三三於無爲非無爲有三也如來下彼云放光云涅槃有差別耶答曰無差別但如來結習都盡聲聞結習未盡耳請以近喻以況遠旨如人斬木去尺無尺去寸無寸修短在於尺寸不在無也令師引之語或改轉有本云聲聞結盡習不盡者結下多盡字也在於尺寸不在無也者尺寸喻三乘淺深無喻涅槃理一雖俱下彼岸涅槃也升降三乘也以無言說道者即大品共般若也僝（士限切）然者

尚書曰方鳩僝工孔安國云鳩聚僝現也夫通下斥肇四失也次第在文俯提枝末者肇云仰攀玄根俯提弱喪初句是上求下句是下化理爲道本故云玄根嬰兒失故鄉名爲弱喪方便善微名爲嬰兒本有眞如名曰故鄉今判彼意故云乃是等也是泯憂喜等者通人了達幻化即空故憂喜等一切亡泯齊明暗者智明惑暗也不作大小者下疏釋云是別教嬰兒謂不造五逆名不作大不起二乘心名不作小今爲通教嬰兒者不以文害義也以達即空故亡巨細喻之以嬰兒者準下品意但是和光利物能令衆生得見菩薩同其始學名嬰兒行是則示同人天三教弁圓住前悉名嬰兒也今判肇論但是通教嬰兒也喻之以三獸度河以三乘俱證涅槃而

智有深淺文載大品及今經第二十一卷則聲聞如兔緣覺如馬菩薩如象灰斷喻文載智論聲聞斷正使如燒木成炭緣覺侵習如燒炭成灰菩薩俱盡如炭灰俱無宗在他經者通教體法非今圓頓也一切下下三教菩薩藏通羅漢咸破偏疑同成圓佛佛開下既開通即圓云何更立通義聾瞶之徒者於法華中機生未脫斥爲聾瞶於今得悟悉是聰明瞶（五怪切）聾也斥故顯新者故即劣三修新即勝三修波動下用哀嘆春池失珠喻也瓦礫喻小理月形即珠喻圓理委釋如疏記肇以昔教三乘所證之理而解今經圓融涅槃何異捉礫爲珠也綱維即網上大繩故綱維整則網目正綱維闕則網目隳涅槃大義喻以綱維九折十演其猶網目涅槃義壞折演

何爲故云安寄執佛下昔教方便佛於法華涅槃已斥爲權故云遺棄十演者彼有十九篇而名九折十演折者問難也演者答釋也謂一開宗二覈體三位體四徵出五超境六搜玄七妙存八難差九辨差十責異十一會異十二詰漸十三明漸十四譏動十五動寂十六窮源十七通古十八考得十九玄得於中一三五七九十一十三十五十七十九是演餘九是折終非三德者十演之談但明昔教涅槃終非圓常三德也今言下今師正明涅槃無名之義請尋文覈旨比望肇師雖塗漢之相遠山毫之相絕未得爲喻優劣歷然其猶指掌非獨情也初舉三德釋涅槃次離九界釋無名六道并三教三乘合成九界從所離等者所離即九界能離即佛界乃是無

九界涅槃之名故曰無名而有佛界三德之名也故知涅槃無名四字上二顯能離下二明所離以約能所相待故屬有門即諸名無名者即九界名是佛界無名故云便是涅槃此約絶待故屬空門涅槃非四者三一互融豈存四相須知四門還是三觀即空故名即無名即假故不離九界名即中雙照是兩亦雙遮是俱非當曉十界一心三觀融攝涅槃無名之旨不離方寸皎在目前豈假九折十演迂曲而談哉故名無緣者不緣二邊也今亦下無六道名即不緣衆生無四聖名即不緣法有祕藏名即緣於如來況復下地等者佛眼佛耳尚不見聞況餘四眼四耳而能見聞耶問佛眼佛耳豈不見聞耶答見無見相聞無聞相故云不見聞也大悲方便者隨四

悉機施設假名也動樹舉扇喻名相月喻實理文云下即第二十一文也坻羅婆夷疏云是鶡雀一音二名智度下論四十六文也更設五陰等者開心故成五陰開色故成十二入心色俱開故成十八界故此三科不出色心楓栟或復下所列諸名散在經文欲有見無明四流所不能漂名洲陼爾雅曰水中可居曰洲小洲曰陼能遮煩惱惡風雨故名窟宅圓法徧攝故圓修者如服乳糜更無所須最第一故喻之醍醐能扶起闡提圓信心故喻之以杖故三十四經云是經能爲一闡提杖猶如羸人因之得起照了破戒猶如明鏡故經云是經即是毀戒衆生之明鏡也如世間鏡見諸色像故云爲破戒明鏡有本於爲字下加一字者非不可下釋喻虛空義也即空中故如空不可得徧一切故如空無障礙大論下衆生假名五陰實法皆因中之稱既通極果例知涅槃果稱亦通因中故知十界悉言安樂名不在内等者不在内即非空不在外即非有中間即兩亦常自即雙非是字不住即四性不可得名性空亦不不住者此空亦空名相空涅槃亦爾者佛菩薩是能住之人涅槃是所住之法人既二空法豈不爾人法不二體性無殊合求亦不可得者謂具足三德亦非涅槃也此明三德若具若各皆無定相故各各求及合求皆不可得方名涅槃故智下引大論讃般若偈證見與不見各求合求俱縛俱脱顯向涅槃不在之言是不見脱也若人等者於法起見名見被縛迷於法相名不見縛稱法起見名見得脱見無見

相名不見脫法身解脫各例般若以爲四句故云亦如是譬如下幻體本虛故不可見而有色像故而見不可見而見喻見脫見而不可見喻不見脫但假名字引導衆生者假立祕藏三德之名欲令衆生悟名下理達名非名即是大悲動樹舉扇也譬如空拳下次第配四悉可知以新伊悅之者大機發悅即歡喜益引進即引生大善破之即破昔小惡悟之則悟小即大無則不絕者於無起計何曾得絕尚非小乘義者以通教二乘即有達空證涅槃故大香象等即哀嘆品文羈鎖者革絡馬頭曰羈釋名曰羈檢也所以檢持制之也介爾動念者介微弱也周易繫辭曰憂悔吝者存乎介心既不絕等者心爲語本故也楊子法言曰言者心之聲書者心之畫此乃修習言語道斷等者即小乘內凡方便道也苦忍明發者即見道十六心中初苦法忍苦法智也略舉見道意該修道以此二道皆真證故世諦死時者即見思破處名世諦死指此下舉劣況勝三藏之劣已能絕六道人法況餘三教大乘之勝乎然入下將明通義先斥三藏真俗異故者以三藏事理相隔故入觀冥真故絕出觀入俗故不絕不同通人事理相即出觀入觀咸皆契絕若能下正明通義初二句即肇論中語以肇論所詮但在通故遠乎哉者言不遠也初句明法即俗而真故道不遠次句明人即凡而聖故聖非遥無絕無不絕者皆如幻化故無二相方便道即性地也空慧相應者見地已上悉名相應淨名下即天女訶身子文也無明未吐者下哀

嘆品二乘白佛云我於往昔情色所醉輪轉生死如彼醉人卧不淨中如來今當施我法藥令我還吐煩惱惡酒而我未得醒悟云何放捨迴轉日月者又云如彼醉人見上日月實非迴轉生迴轉想衆生亦爾爲諸煩惱無明所覆生顛倒心我計無我乃至樂計爲苦如彼醉人於非轉處而生轉想如瘧病者者又云如瘧病人值遇良醫所苦得除我亦如是邪命熱病雖遇如來病未除愈未得無上安隱常樂對界下結示經意界内通惑雖除界外别惑全在故云結習未盡無明未吐等也以大涅槃心修行者以但中解修次第五行具歷别十德也然五行約修十德約證亦互通修證今此且約地前教道以説則二俱在修則是一向專求初地眞證大般涅槃而修地前諸行也無復界内之心等者界内心即析體智界内説即藏通教如是方便者即别教三十心也而未是冥中者以初地分證爲冥中昔所不得等者昔於凡位不得證中智今聞中智不絶無明今絶無明而修時梯隥等者以果望因斥爲次第階級如登梯隥離邊求中如河迴曲第十經云一切江河必有迴曲發心不能徧法界者信本有性至果乃發故次第滅九顯出佛界不能達九即佛名爲不徧非無上方便者别三十心非圓融相似方便故也方便上更有方便者别教方便上更有圓教内凡方便也若圓下通明圓絶文中明理行教皆絶初明理絶言諸心法界者諸心即九界心達九界妄心即三諦眞理故云法界更無復法界者如觀地獄心即

三諦理具足三千攝無不徧離此心外更無餘法觀九界起心徧攝咸爾故云獨一法界也又如下明行又如下明教尼俱耶洲喻教也指事即理如直入海第十經云於此大千有洲名拘耶尼其洲有河端直不曲名娑婆耶猶如直繩入西海絕方下正釋方便初絕偏顯圓有本絕方便下多一絕字者誤如經下依經總立三藏下約教別示一切疑網即三教偏疑寧起疑網者寧願辭也以疑是解津不起疑心豈得生解故迦葉品云若人於此生疑心者能破煩惱如須彌山故知執小爲決定者無由入圓方便道中者即觀行相似也是圓下結成四門亦有亦無門者一即三是亦有三即一是亦無不可思議即非三非一故屬雙非門若謂下眞道開示悟入即四十眞因位也金錍喻涅槃教眼膜喻無明三指喻三諦是名究竟絕者對前方便眞因分顯通名究竟非剋指妙覺也而無一言者言由心變即言是心心空故言空故滿法界無一可得心滿例爾心無定相隨緣而起隨染緣則起九界心隨淨緣則起佛界心染淨雖別只是一心心性亡泯故無一念然諸下引諸經證成又諸菩薩言於言等者三十二菩薩各說不二法門即是言於詮理之教故曰言於言淨名杜口直顯絕理文殊讚淨名云寂然無說眞入不二即是以言詮於無言之理非絕非不絕如別四門者非藏通之絕非六道之不絕前火木者進火杖也草喻所絕木喻能絕次總結下顯前五重皆依經立義非是徒然故徵經顯門以收五義在文可

見同名即通名也四者門也者涅槃是所入理四説是能入門如天下天帝喻理千名喻門涅槃是名等者亦由人以定體爲名彰德立字也不可復空者意謂涅槃是妙有故也具相續相待二假者如前説乃即眞之義者以即眞故非全同世諦而不冥眞者以不冥眞故非全同眞諦故與前三師立議並殊有人難下次第破前四師初破莊嚴二若爲下破開善三若佛下破冶城四若佛下破龍光此皆成論等者爲諸師皆依成論立義謂佛果是無爲也及至釋義翻在有爲等故使人情不伏遭前四破矛盾者矛兵器盾傍牌也莊子曰楚有鬻矛盾者兩皆譽之買者曰以子之矛擊子之盾如何鬻者不答凡説義相違皆喻矛盾愜伏也肇論下涅槃之理非色

像故不可以形名得非緣慮故不可以有心知本無言而强與言説故失其眞實本無知而强起慮知故反成愚執謂有則乖非有之體謂無則傷非無之軀此由涅槃不思議非有無故也肇意推之下正出肇意也墮在四見者謂以四句言之以四句思之謂有謂無但是邪見故云不可以名得等也然肇師立義但離邪執及小四門而正是通意廣如前説經云下引哀嘆品喻以斥諸師以四見釋大涅槃如捉瓦礫謂瑠璃珠也春陽譬塵欲躭湎之境乘船譬乘諸業遊戲譬著可愛果失寶譬無解因於放逸慧解潛昏故言失耳即共入水者信教如入水謂佛果是二諦等如競捉瓦石皆謂得意故歡喜以此示他如持出謂是涅槃深理如謂瑠璃珠俱背圓常

故都非眞實體非四執故云澄渟清淨爲教所詮人自不曉故云故在水中周徧一切如仰觀虛空圓備無缺如彼月形非衆人所執者結斥諸師解義如執礫爲寶此喻本斥小乘三修今借之以斥異解衆盲所觸者競執尾牙不見全象亦譬諸師色聚亦有亦無者亦有眞常妙色亦無無常麤色經道色者下此師釋妨恐他難云佛果若但有心何故經云獲得常色等故以眞應二義釋之一則應同方類故有色二者眞果顯現有可見義故喻以色故云義說爲色爲下多非字或爲字下欠色其實三字應云義說爲色其實非色兩界有色者欲色二界也無麤色耳者舍利弗毗曇云無色有色此經云無色界色非諸聲聞所知故此師定謂三界並有色也六地已還者通六地也即前三果猶有生故故云身在分段七地下殘思已盡故生界外兩國中間者以分段變易爲兩國亦是同居方便爲兩國金心者即等覺是金剛心也意生身者楞伽大慧問佛何名意生佛言譬如意去速疾無礙此即從譬彼經兩義而釋通名初云如十萬由旬外憶先所見念念相續疾至於彼次云如幻三昧力憶本願故生諸聖中二義並是意憶生故也而有三種意生如跡記皆有無作者皆有第三聚也何意不離者旣離妄色亦應離妄心若許有眞心何妨有眞色如是下今師斥前若立若破皆是妄語無如是刀者略如前記廣在下經今以貧賤竊言喻諸師異解也無記性亦有亦無者謂無記有四種一異熟二威儀路三工巧處四

通果異熟者謂三界五道果報五陰即異時熟故變異熟故異類熟故具此三義故名異熟二威儀有二一威儀事謂行住坐卧四塵爲性二威儀心即意識强盛能引發威儀眼等五識自性羸劣雖緣威儀不能引起威儀第七末那唯執頼耶爲内我既不緣色等四塵所以不發威儀第八頼耶雖緣色等諸塵亦性是羸劣不能引發威儀言路者謂威儀行路也工巧者一工巧事謂彩畫彫鏤五塵爲體二工巧心即是意識眼等非威儀準前四通果者謂證果有於通用亦名變化無記一變化事謂改易形質無而欻有小乘以五塵爲性大乘以五陰爲性二變化心即是意識今云亦有即佛果有工巧及異熟亦無即佛果無威儀路及通果如下光宅簡出二種其義自顯故注云云一知解者即工巧二果報者即異熟然此去取皆是人師情計不當正理弗可致詰緫如下破如棊下釋佛地有知解無記也棊者博物志曰舜造圍棊丹朱善之書者帝王世紀曰黄帝垂衣裳蒼頡造文字然後書契始作射者禮記曰男子生桑弧蓬矢六射天地四方鄭玄注曰天地四方男子所有事也御者家語曰善御馬者正銜勒齊轡策均馬力和馬心故曰無聲而馬應轡策不舉而極千里夫無銜勒而用箠策馬必傷車必敗故曰御四馬者執六轡果報者下釋佛地有果報無記也開善下即開善寺智藏莊嚴寺僧旻并光宅寺法雲即梁朝三大法師也今此二師立義不許佛地有無記初且總示故云並言至善性知解下釋出佛

果無知解無記也有多釋者合云有二釋不應云多是善性者謂綦書等知解非是無記以通佛果有之故云是善性餘人下除闡提及佛果凡夫至菩薩悉曰餘人此謂綦書等在餘人得云知解無記在佛地悉名爲善非無記也言果下釋出佛果無果報無記也多有異具者具應作熟文悞無復報法者謂佛無生死中異熟報故此明佛但有習因習果也夫三下總斥尚不是眞者三性尚非小教偏眞也以偏眞涅槃無三性故何得下尚非偏眞何以用此釋於中道極亟果大涅槃耶如野人曝背等者列子曰野人之所安野人之所美謂天下無過者宋國有田夫常衣緼黂符分切緼黂亂麻也僅以過冬旣春東作自曝於日不知天下之有廣夏隩室綿纊狐狢顧謂其妻曰負日之暄人莫之知以獻吾君將有重賞里之富室而告之曰昔人有美戎菽甘枲莖芹萍子者對鄉豪稱之鄉豪取而甞之螫於口慘於腹衆哂而怒之其人大慙子其類也今以諸師喻野人三性喻曝背涅槃喻至尊今師斥之喻里之富室也五種言之者五名雖異其體無殊性淨即法身乃至即正因正因即不生不生乃至即性淨餘義皆爾舉一即五舉五即一總指一部者以二十五品通名涅槃故方便淨者下初正釋相三初方便淨文中先釋方便義次然於下釋涅槃義初釋方便即現十界身也又二初明能現由住首楞嚴故能現像漚和此云道種智建于大義者建立也或一下二明所現先明處所從狹之廣始一閻浮終乎十方隨諸下次明現

身初廣明現佛界身示生示滅示生中云七步者四相品明東行七步是對小機十方各行七步是對大機示滅中示倚卧者即如來答迦葉三十四問畢乃倚卧如彼小兒及常患者如現病品初說是以下明序中發起倚卧示滅之相也擗踊者擗拊心也踊跳躍也翳隱也障也乃至下示九界身也下者即劣機所感但見地獄乃至菩薩等身且約見身以爲下劣若論聞法則一一界身各說四教若然者勝身說劣劣身說勝論其悟解勝劣自分今約現身且以見佛身爲勝見九界爲劣不前等者總結十界生滅隨機利見不相妨礙故云一時等現然於下釋涅槃義雖十界喧動而不損寂滅由契寂滅故於生無染於死無累涅槃之義其在此也故名下總結

二圓淨文中亦二初釋圓淨義次雖破下釋涅槃義初又二先總後别總釋中言因圓果滿者分真因圓妙覺果滿也原其下别釋先明因次明果二文各有自行化他初文至正法因中自行也始乎名字達性成修故曰初基五行互融名如來行持戒下别舉戒聖行也不殺事戒無非中道斯則理事自他不二名護正法廣宣下化他也弘通正法故曰廣宣令彼聞悟故曰利益迴事向理迴因向果故曰迴向大乘此之自他始從名字終至等覺悉名因中感得下果上自行也感即能感之因得即所得之果謂妙覺極果也金剛下正示所得不可破壞故喻金剛理可軌則故曰法身理無遷改故曰常身此之三名悉是法身異稱耳雖三身不二且從勝說修道得

故者舉因顯果由修常因得此常果復能下化他也一切悉有佛性者介爾有心三千具足不簡闡提及以定性故云悉有又依正唯心不簡草木故云悉有施與下此由純陁獻最後供故佛印之得五常果當以常字貫下力等五法並常故初云常連持曰命常命則以無始無終而無斷絶以非色爲色吾今此身即是法身作用爲力徧一切處用無窮盡不動名安雖具力用安固不動被機有辦無緣慈悲普施法藥雖破下釋涅槃義也初約自行明寂滅雖施下次約化他明寂滅亦無所破者以煩惱即智慧故亦無能圓者以智慧即煩惱故不得衆生等者佛如生如一如無二故是名下總結三性淨文中亦二初釋性淨冲湛下釋涅槃初文云非修等者謂三千三諦始凡本具非修因非修果非作業非與業者字誤作應作正與應作期非意業故云非正業非身口故云非期業第三十四經云正業者即意業也期業者謂身口䟽釋云意是業體故也以身口自然符會有若期契故云期業本自下既非因果及以三業故知本來具足非今修成果證始有也適始也冲湛下釋寂滅義不生不滅者由性本寂滅故名此性以爲涅槃雖在下舉春池喻以釋之如前記五翳者烟雲塵霧修羅手以喻五住煩惱不汙性淨之理猶如五翳不隱月形此言月形即池内珠故非五翳能隱隨流等如前記雖没下如來性品云譬如王家有大力士眉間有金剛珠與餘力士角力觸珠尋没膚中都不自知是珠所在其處有瘡命醫欲

治醫善方藥知瘡因珠入其珠入皮即便停住廣如經文今以珠喻性淨之理本來寂滅故云膿血不染此三下明互融不得相離者體性互融故唯一法不可相混者體用既分自成三種會之彌分者即一而三故泒之彌合者即三而一故橫即豎故彌高豎即橫故彌闊更復重說者更約法身以明義也

涅槃玄義發源機要卷第二

音釋

轘轅（轘戶關切轅雨元切轘轅山名）崤澠（崤胡茅切澠彌兗切崤澠山名）枏（音南木名）鞞（音卑又篇迷切）膜（音莫翳膜也）茙（如融切葵也）哂（式忍切笑也）蜇（陟列切螫也）

涅槃玄義發源機要卷第三

末　錢唐沙門釋智圓　述

德有三種者然此釋體正約法身以三德互融故須備舉而於此三各自具三謂三身三智三脫開之成九合之成三三九雖殊同歸一體一尚無一豈有九三雖無九三九三宛爾佛果既爾生因亦然乃識體宗用三展轉相成只我一念若知此旨前後易明法身者下釋三德相一一德中各自具三在文可見釋法身中云非色即報身即色謂應身雙非謂法身由三身互融故名眞善妙色又眞下約三觀釋因修三觀果證三身例一切法者亦應云眞善妙心眞善妙陰界入等乃至根塵細開凡聖備歷皆可加於眞善妙三字以明諸法同歸三諦焉又例一切法者即是以眞善妙三字攝一切三法也法身藏等者包含三故名藏皆具常等名德下二結云藏德者亦爾二般若言一切種智者大論云一相寂滅相種種行類相貌皆知名一切種智一相寂滅即中道雙遮也種種皆知即中道雙照也當知三智圓融名一切種智故下結云三智一心中得照中即一切種智照眞即一切智照俗即道種智三解脫自在解脫等者自在即方便解脫解脫即實慧解脫其性廣博即實相解脫無縛下次第釋出三脫義也體縛即脫者體達也即是實慧達結業之縛即解脫也此即釋上解脫二字調伏衆生自在無礙即方便解脫此即釋上自在二字令彼衆生離二死苦名無瘡疣所引三文皆下經中明百句解脫中語攝一切法攝一切人

者十界實法假人俱在一念即三德故悉皆入中者我究竟入諸子分入餘義亦顯者謂餘四章也世人解諦等者下䟽云舊或以境爲四諦或以智爲四諦謂凡夫無智但有於境所以經云有苦無諦或云苦集滅道皆是對境說智智即是諦境能發智令智無所有智能照境了境本無境智相成故言四諦下䟽中闕約教釋諦義應謂言教詮辨分明是審諦義經云心喜說眞諦說即教也各得一途故云非無此義今用理釋諦者此即用興皇義也故下䟽云興皇云諦者只是佛性涅槃非境非智非漏非無漏非因非果非世出世故名聖諦此乃約理釋也然令約一理隨機而有四種四諦之別則與皇所釋未爲盡善理當即境正者以境是事事元依理故境正即智教俱正者以依境發智依智說教故以理下理爲境智教之本舉本攝末故以理釋諦義方允合能生生所生者習因招苦果也所生還生能生者於苦果上還起集因因又招果故云苦集迴轉道名能壞者戒定慧能治苦集也滅是所壞者苦集盡處名滅諦也更互生滅者能壞生則所壞滅聖人是也所壞生則能壞滅凡夫是也逼迫下如次對四諦如經者如四諦品及聖行品明四諦慧中說下三文末皆云如經悉指二品有無量相者以約十界明四諦故解苦無苦者陰入皆如無苦可捨煩惱即菩提無集可斷邊邪皆中正無道可修生死即涅槃無滅可證故云乃至解滅無滅皆即一心三諦故云而有於實苦因即集苦盡即滅苦對即道一中有

無量等者一即是一實四諦無量即三種四諦取道諦所治以當其用者苦集滅處用義乃彰調御下即迦葉問云何諸調御心喜說真諦故佛以四諦一品答之只是一無差別者前約理釋諦妙在此也此中遺一章者此非正文乃是古本闕落不生不生一義後人校勘籤於卷上或注於界外寫者不曉輒入文中亦如疏中如是下有白書重點二字亦是文中合重書如是二字而疏本闕落勘者籤之令於如是字下重點寫者不曉亦書在文中鸜鵒學語斯言驗矣然此不生不生之義若欲例說者如德王中明四句謂生生不生不生生不生不生也生生是無明生死生不生是斷德解脫不生生是智德般若不生不生是理體法身而此四句即一而四即四而一令易解故總唱四句即名不生不生即體不生生即宗生不生即用如此演說即教非但經體義明餘義亦顯性有五種者正因約理餘四約事以約理故雖非因果體徧因果所生智慧因緣之境巳是於因智慧望果復是於因故曰因因果果性者菩提智德巳是於果復得涅槃斷德之果故云果果令且下約五陰正示以五陰之境常現前故所以止觀初唯觀陰煩惱等九待發方觀今從要的故約陰境以示五性五陰下所以者所以猶義理也五陰是事佛性是理事由理變此事即理故云所以也五陰是因復生智慧之因故曰因因問五陰是果何名因耶答凡夫妄果望佛仍因智慧增成者分證究竟悉曰增成智慧所滅者所滅即無明無明滅處

即涅槃果餘一切法者即界入等果果性爲名者以經名大涅槃故正性爲體者正性是妙理故因因性果性爲宗者以因果爲宗故問既以因果爲宗何故不攝涅槃斷果耶答其實兼之但經題正約果果而立其義既便故宜當名若準前義亦應云總攝五性爲名也因性爲用者十二因緣是所破故以所顯能用義明矣二即不二等者二謂因果不二即理體事理融一故並相即不二不可爲二者以名事分别則不二之體不可爲因果之宗故云不可爲二下句例説既立下正約名事分别以立五章修行喉襟者如身之喉如衣之衿蓋言要也莫過因果者以因收萬善果攝萬德故略有三種者謂三修五行一行也次第標釋故不先列問淨名玄云涅槃非無五行之因而果正因傍以果爲宗又上句云莫過因果何故但引三種明因之文以釋宗義耶答雖引因文因必克果則與上句義同符經簡示則與淨名玄義義同下名三修云能得常果成涅槃食五行中云修是行已得二十五三昧住大涅槃德王中到彼岸師子吼中住大涅槃一行中大乘大涅槃此等皆是所克之果故知明因意在於果則是今經明宗之意以此經中正譚果人所證故也斥諸比丘者以圓斥小也顯於非常非無常者即因果所顯之體也劣三修者即所破無常也是煩惱薪者以二乘人無明全在故勝三修即常住因果也涅槃食者即所證理分理極理悉名爲食四衆即四十眞因也即是甘嗜者智能證理故喻甘嗜履而行之者履

踐其性體而修因至果法常等者法即所履之境佛即能履之智何意增減者增至二三減至二一置事緣理者諸比丘棄置小乘事行而對佛稱嘆昔教苦無常無我三修之理觀也故經云譬如諸迹之中象跡第一此無常想亦復如是舉勝理破劣理者苦等劣理也常樂我勝理也問何故但言三修答空濫果證今明修義故且不言既增減由機亦應至四二者下約次第五行明修因也初謂戒定慧者以五行中聖行居初故云初也聖行不出三種故標戒定慧居家下次第釋出初文即戒聖行即經云在家不樂猶如牢獄出家閑曠猶若虛空文云梵行者非指四等之梵行蓋指出家爲梵行耳以離在家染穢故此明戒聖行也從頭下明定聖行此即特勝禪也引文雖略而有修有證從頭至足修也唯有下證也證此特勝發開身倉備見巳身三十六物觀察下明慧聖行而有四種慧行初觀八苦等是生滅次無生次無量次無作在文可見如經者指第十一卷得二十五三昧者即慧行果由慧行成謂無畏地得二十五三昧隨機利生也分證三德名住涅槃況出等者舉分果況出極果從淺至深者因淺果深顯非下以因果事顯雙非理德王下五行約修十德明證故彼品云菩薩修行大般涅槃證十功德也然五行通證十德通修捨傍取正以分二別疏記委論四大如篋者大如毒蛇身如篋笥四大成身如蛇在篋五陰如害者即經云五旃陁羅拔刀隨之也經文甚廣截流者流喻煩惱生死從因名煩惱河

從果名生死河經中凡有六河謂煩惱生死善業惡業佛性涅槃初從下第二十五經有十番初少欲二知足三寂靜四精進五正念六正定七正慧八解脫九讃嘆解脫十以涅槃化衆生今舉初二及第十中間並略故云乃至又善下文在第二十九彼云若見戒戒相戒因戒果戒上戒下戒聚戒一戒二此戒彼戒戒滅戒等戒修修者戒波羅蜜若有如是見者名不修戒釋曰見有戒體防止戒相修時名因成時名果聖上凡下多戒名聚總一別二自此他彼息過名滅餘善名等修上七門名爲戒修修人名者戒能到果名波羅蜜見如是相名不修戒今文直顯修相故云不見等也定慧等亦爾者謂定定相定因定果等例戒釋之原始要終者始因也終果也

何所不運何所不克者大因大果無所不攝故因運萬善果克萬德因果融通即事而理一切下圓因圓果徧融一切名無礙人生佛無差名爲一道如是修證能出二死或修十想至知欲者並在第三十四卷也經云菩薩若四衆能修十想當知是人能得涅槃一者無常想乃至十者無愛想知根知欲者經云菩薩於三十七品知根知因知攝知增知主知導知勝知實知畢竟者則得名爲清淨梵行又云三十七品根本是欲因名明觸等故今云知根知欲也接小接通者小即三藏以圓常法接引兩教三乘也此約通途接引故云接小若明三接則不通六度菩薩及兩教二乘委明如蹟記從漸入頓者以地前爲漸登地爲頓故文云下引迦葉品證別意本立

道生者涅槃本立則諸行道生涅槃也者其唯行之本歟如無下如無綱維則網目不正也綱皮喻涅槃毛目喻諸行靡無也要在於常者雖破偏次第圓融三行不同而常果無別故向文云雖三不同悉以常爲宗行會於常者行即因常即果能顯下果上所顯理也即前宗本義故知宗本約理宗要約智宗助約行以此尋文義無不曉七曜謂日月五星也北辰者荆州星占曰北辰一名天關一名北極北極者紫宮天座也論語爲政以德譬如北辰居其所而衆星共之似萬下尚書曰江漢朝宗于海七曜萬川喻行北辰東海喻智或人下人理教行並能資助令分眞極果常智開發也謂依人聞教依教修行以行契理由斯四法得入分眞乃至極果故云由助得力或道助者道即理也亦是用偏人偏教等爲助如止觀對治助開中說如弊下即如來藏經喻也彼經云譬如持金像行詣於他國裹以穢弊物棄之在曠野天眼見之者即以告衆人去穢現眞像一切大歡喜我天眼亦爾觀彼衆生類惡業煩惱纏生死備衆苦又見彼衆生無明塵垢中如來性不動無能毀壞者力士下今經喻也額珠如前引經寳藏者如來性品云一切衆生悉有佛性從本已來常爲無量煩惱所覆是故衆生不能得見如貧女舍多有眞金之藏家人大小無有知者井中下經云如闇室中井及種種寶人亦知有闇故不見有善方便然大明燈照之得見是人終不生念是水及寶本無今有涅槃亦爾本自有之非適今也大智如來以善

方便然智慧燈令諸菩薩得見涅槃正因佛性附此衆生者由心神不斷故但約下謂其理元一約時有異故云兩時異或作若字者誤本有下神時雖無當果之事而有當果之理時或作助者誤金心即等覺種覺即妙覺明乳下乳喻衆生酪喻佛性醪煖喻修行醪應作撈謂取酪必撈攪也應法師云應作酵古孝切起酒麯也經文多作醪音勞三蒼說文皆云有滓酒也醪非字體胡麻喻衆生油喻佛性擣壓喻修行雙取二文者取如來性文證本有取師子吼及迦葉文證當有又引下即迦葉品云爲非佛性説爲佛性非佛性者謂墻壁瓦石此師但得簡去本石之文豈識依正互融之理當知木石刹塵悉由心變當體即心我心成佛即刹塵俱成安有木石

別居心外則非本有之用者謂衆生則有本有之用木石則無也寧曉因中有依正互融之理果上有依正互融之事耶因中有果過者斥彼所解過同外道若相續常者由因相續得至果故亦應至無常者此亦他人不了二鳥雙遊之旨故有斯難若達雙遊則常與無常二皆理具了因了本有等者了因是智照本有性如燈照物生因是福從因至果如泥成瓶鷸蚌下令師雙斥二家也專執者不許專破專破者不許專執更互是非其猶鷸蚌而併爲令師漁父所擒也春秋後語第十云趙將伐燕蘇代爲燕説趙王曰臣從外來過小水見蚌方出暴而鷸啄其肉蚌夾其喙鷸曰今日不雨明日不雨必見蚌脯蚌亦謂鷸曰今日不出明日不出必見死鷸兩者不

相捨漁父得而併擒之今趙且伐燕燕趙相支以弊其衆臣恐强秦之爲漁父也故願大王熟計之趙王乃止今當下雙斥二家初約理非三世以斥專執次約適緣四說以斥專破初文中非三藏通教之宗也佛性之名不在二教故工匠揆則任用者揆度也左傳曰山有木工則度之有本任下闕用字稍用者山卓切埤蒼云稍長丈八尺或作槊俗字也佛即破之者此段皆師子吼中破定性文也扆直爲曲者扆音臣字誤也扆應作熨下陳如品疏云向時曲者任机熨机直爲牀向時直者爲牀令熨牀曲爲机若專下約適緣四說以斥專破也是諸佛法界者法界徧攝四門互融舊義下云云者今四句互融不同舊師各執又約理非四句不同專執而隨機說

四不同專難故此二家悉爲今破須除惑都盡等者惑許漸除理須頓見不可一期等者由智漸滿故理漸見三云下此師明佛果在二諦外故眞可漸知果須頓得既不下除惑由見理故理既下以理體圓通如太虛空不可分知故若初下反覆詰難也初既稱後即是頓見則不須後見初不稱後者謂初淺後深也既有淺深故非頓見然第二師但執漸見恐彼被難轉計於頓故此遮之如法觀佛等者佛即佛果涅槃即眞諦此計涅槃在眞不同前師謂涅槃是俗也佛與涅槃既是一相不應眞漸見佛頓得引華嚴者彼謂即俗而眞故可分知果在惑外不即生死故不可漸得既不即生死豈非虛妄分別生死涅槃異耶以佛果無所證但證涅槃故眞與下佛

果所證涅槃即是眞諦故也依此知是執佛果不出二諦家難也若以今家會通並是通義約當教則不出二諦約被接見中故出二諦今明下將明正義先斥古師諸解相攻故云馳逐由是諍計水動妙理珠昏然理下文有二初明理非漸頓次有因緣下明漸頓隨機約理則不同執家約機則不同難家寧得稱理者以如理而解方名智故智不稱理全是邪執如方下如方鑿入於圓柄言不相應也不見下不見約理無得約智俱非漸頓能所一如故不見不得而見而得明宗中意者即前文云初破無常而修常即是以圓接小接通次以大涅槃心修無常次修於常即次第別意後即無常而修於常即圓頓人雖三不同悉以常爲宗同歸常果即前二是頓漸

後一是頓頓所接藏通及別次第既已會歸則顯前教是頓家之漸頓乃無差漸則有差故向云無差別中差別以解行俱頓故名頓頓是不定觀者兼前二句及後漸漸即三種止觀也漸更下謂約漸漸句更自開四也前文但明三句者此既細開漸漸故前闕之此中細開仍闕三句前後互顯四句咸足漸修漸見者藏通當教修行見眞也漸修頓見別教地前漸修登地頓見也漸修頓漸見者別接通也接歸地前還是漸見接歸登地則是頓見漸修非頓漸見者圓接通別也異前三教故非頓漸餘三亦可解者謂漸頓頓漸頓頓皆各開四準漸配釋思之可知今且明頓頓中四義以示後學頓頓修漸見者修圓頓發藏通三乘境也頓頓修頓見者圓修圓發

也頓頓修頓漸見者修圓頓發別教菩薩境也頓頓修非頓漸見者約理故雙非亦是發煩惱等境也照境之用者即當有用上有照境之能舌爛口中事蹟如疏記當說如來定是無爲者體用俱是無爲也那忽下責彼違經光宅云下無常智謂凡夫智常住境謂佛境意云凡智觀佛既不逐佛境爲常今佛智觀凡豈逐凡境爲無常耶此亦不可者如大論云若如法觀佛般若與涅槃是三則一相豈非凡智逐佛境爲常耶若然者反例佛智逐俗境爲無常也作九世者過現未各更開三也欲明佛智無遷且約未來三世以說復有當現在等者當即未來也今遂來等者謂至未來時則未來成現在望今成過去故云及過去例如今日望明日爲未來至明日時今日乃爲過去若於今日併知明日之事則是徧知三世以今日是現在明日是未來明日望今日是過去故既於一念徧照故非逐境生滅此亦下今斥照當知已息者今照正現在故向者當現在智已息也豈不生滅者即照當智已滅照現智方生正是無常也文中照當智或作知者字誤逆照者反觀過去名逆照則知向九世家約未來三世是順照也從初流來者流來爲迷眞起妄之始天子登極者易緯曰天子者繼天治物改政一統各得其宜父天母地以養人至尊之號也終不與境相稱者境體常照智體亦然若後不照何能契境佛在因日等者指地前爲在因時導發初心者謂引導開發初心衆生也其心便能橫竪照了但力用微劣未能周廣故

云數境數時數去聲三四五並名數若據下云百千萬展轉而增則數當其十境謂十方故橫時謂三世故竪懸鏡高堂者梁元帝講學碑云詳其懸鏡高堂衢鏄待酌或改堂爲臺者非萬物在空者萬物喻境空喻佛智況復下諦智三一既乃相即豈所照俗境能照俗智是無常耶因中聖人謂初地已上也亦冥亦會者冥約體一會約契合故冥之與會其義兩殊第二下此師立義復破開善冥一之義二體既殊者佛智有知真諦無知有無兩異故曰體殊豈可下責開善但會下示已義會極爲冥不以體一爲冥也慧印下引證會極爲冥寂亦冥也肇論下即般若無知論中文也故彼論云用即寂寂即用用寂體一也佛雖知幻等者如下經中長者難佛云瞿曇知幻應是幻人佛反問云汝知旃陁羅應即是旃陁羅耶若其非者如來之幻豈是幻人若爾下依經顯義須知中智雙照當體雙遮故知俗不冥俗真不同真三當有起用下前列章云自在起用今云當有者謂今第三即是第二當有果成起自在用相由明義故云當有起用望前列章乃是互現疏中此例甚衆或改此文當有爲自在者非且約三種下即三輪施化也不思議謂芥納須彌即身輪現通二鳥雙遊謂雙照常與無常即心輪鑒機善惡邪正雙攝謂聲教等被即口輪說法也不思議用者四相品明身密中經云善男子是大涅槃能建大義汝等今當至心諦聽廣爲人說莫生驚疑若有菩薩摩訶薩住大涅槃須彌山王如是高廣悉能取令入於

芥子其諸衆生依須彌者亦不迫迮無往來相如本無異唯應度者見是菩薩以須彌山納芥子中復還安止本所住處此名不思議用而古來解釋七家不同一云下次第出七家義也何謂神通者但是衆生自見何顯菩薩神通況經云如是高廣悉能取令入芥子中而此師云其實不入顯背佛言三解下此成論師義下釋四相品疏文重破此論師意云此是聖人權巧於凡不解故云既是不可思議等餘者下經所談無非聖人境界既皆釋義驗悉解知耶於權巧獨云不解耶小大皆空者長沙所解義與此同彼頌云須彌本不有芥子本來空將空納不有何處不相容若其下破也況大小相入正論事用不應以皆空約理釋之大中有小性者須彌有芥子性故能小小中有大性者芥子有須彌性故能大此亦下破此解凡有三失一同外道二同小乘由執定性故縱非外道還同小乘有門之義故云又似毗曇三不成妙用故云還是大容於小等地論師義大約與第四師義同興皇謂法性本空絕大小相故云本無大小世諦虛假相待而說有大小名其體無異但是一有爲法耳小是大小者芥子是須彌之大相也大是小大者須彌是芥子之大相也既是一有爲法中有此二相何妨相入故云故得相容大不自大等者須彌自無大相待他芥子之小爲大相也小不自小等者芥子自無小相待他須彌之大爲小相也故墮外道他性之執自性下舉前第五師況斥興皇也前解云大中有小性小中有大性即是

自性大小其義甚巧尚已被破況今作他解其義迂拙耶今明下明今義二初依理起用二用徧法界由分證妙理故有大用而自在應機普周十界故有二文初又二初理絕四計以芥子之小須彌之大二並是事而此事即理並絕四性豈同古師文中先明小次以大例明小中初句明不自生亦不下明不他生大不下此二句屬推大然是相對而來以此段正推小故下云大亦如是方是明大也因緣故小大者明不共生應以上句亦不字貫下亦不下明不無因生不在下引經以證理絕四計也內自外他兩中間共常自有無因由此妙理本絕四執故不可以九界心思言議也大亦下明大例小可見故云亦如是通達下明依理起用通達此理者通達向明絕四之理也即事而真者達大小事即實相理唯應度者即能感之人見不思議等即能應之事感應道交以所見也大小俱言不思議者以須彌之大芥子之小俱由心變無非心性而此心性本具依正心性既一相入何疑但由在迷則無外用此理顯已轉變無方內則果住楞嚴外則建斯大義如經廣說者指四相品一往下明用徧法界在於道後者唯於佛界現變也其理實通者謂變於十界乃至現地獄身等乃至下以例善惡等用亦徧十界菩薩爲正下云云者此則九界邪正悉爲佛界非邪非正所攝下明善惡其義例爾三界下例二鳥雙遊用亦徧十界是三無爲常者謂虛空擇滅非擇滅通舉乃三其實但證擇滅無爲也如疏記以眞空比生死故

眞空名常又二下菩薩破空出假空既可破故二乘無常菩薩是常常無常雙用者句首合有二字即前例章云二二鳥雙遊用也俱亡二邊者中智之體非常非無常故俱亡即亡而照雙用二邊而用有二異一並用如鳥喻品以鴛鴦雙遊並息以喻涅槃二用同時前後下二單用如巳前二用無常破邪常今經用眞常破無常喻以倒瀉病無不盡宜一下結示二意用時雖單佛意必並故知單用不失雙遊用自在故者單並適宜也善惡下以例攝善攝惡亦是雙遊不妨亦有單並之別故云或雙用或前後也邪即外道等者彼品之初如來始告陳如談五陰常住結正觀行故捨無常色獲得常色等能如是知是名沙門名婆羅門以斥外道虛假詐稱都無實行外道聞之心生瞋恚遂索論議凡十外道其第十人即弘廣也以是權人故在正攝故經云是婆羅門乃往過去於普光明佛所發菩提心久巳通達了知法相爲衆生故現處外道邪即諸魔等者即經云世尊知巳即告陳如阿難比丘今爲所在答言阿難比丘在娑羅林外去此大會十二由旬而爲六萬四千億魔之所嬈亂平等皆攝者非但攝陳如阿難亦攝外道諸魔同歸祕藏也若見此意等者謂見不思議雙遊雙攝之三意也具此三者名自在用善巧四隨者禪經名隨大論名悉謂隨樂欲隨便宜隨對治隨第一義也住首楞嚴者謂分住及究竟住悉能起十界用故云種種示現雖終日示現而不離楞嚴故云不動法性其見下見形聞聲俱蒙四益

若專本用即是體者以本用在理故是體當用在果故是宗自在化他故是用手出香色乳等者此請觀音經文也今約觀解應以兩手表二智出乳表說教令他飽滿法味也舊醫偷教者外道偷佛教也用佛常樂之名故云竊取乳名不解下不解四德眞義也而爲下由不解四德則起四倒妄計念念相續爲常妄計人天悦意爲樂妄計轉動自在爲我妄計薄皮所覆臭身爲淨由此四事所誑而起四倒毒亂下四倒毒乳悶亂眞心而傷法身害慧命也醎苦酢喻三修也以楔出楔者又作楔同先結切說文楔櫼也櫼子林切以正乳之楔出邪乳之楔或說方便法者以小乘無常治邪常也或說眞實法者以圓常治無常也此即別教十行隨機利他如經者即哀嘆品文也犢喻佛也得中道理柔和善順名調善不馳空不住有不處涅槃高原不居生死下濕不染眞諦三昧如不食酒不著俗諦三昧如不食糟泥洹智易得如滑草分別智難生如麥麩特牛無乳譬無慈悲明佛有不共慈悲革凡成聖者此約別教革地前凡成登地聖亦革下革十地聖成妙覺無上道佛教下圓信圓修初後不二故云即得安住等四出證義者即本無今有偈人師名爲四出偈亦名四柱偈則涅槃如室四出如柱一出菩薩品二出梵行品三出二十五卷四出二十六卷大意是同而爲緣則異一菩薩釋差無差二釋得無得三釋有不定有無不定無四爲破定性說無定性故云明無差別差別等也例此說之無咎者例彼四出說乳多

種邪乳名乳乳者以生死喻乳涅槃喻非乳凡夫因果俱生故名乳乳子何須惑者結責問者子謂男子之美稱也詣師學書者此方古者子生六歲而教數與方名十歲入小學學六甲書計之事則文學之謂也出欲論者明梵天出離欲界也釋天即忉利也倉雅之類者然倉雅多種倉有蒼頡篇埤倉三倉雅有廣雅博雅小雅倉即人名帝王世紀曰黄帝垂衣裳蒼頡造文字雅非人名爾近也博於聞識可近而取正故曰爾雅謝氏正引蒼頡以證梵佉婁是人名雅則相帶而來還是世間二字者例如此方蒼雅二書俱說文字詁訓之義名爲二字是則梵是一人佉婁是一人也婆和者是小兒習語之聲以喻方便小教也所謂有爲無爲者苦集有爲道滅無爲此名生滅二諦爲二字也半滿爲二字者前有爲無爲合爲半字對大爲滿六行俱明者勝劣各三修也是大乘非滿者意謂涅槃勝劣俱談則是大小滿足故稱滿也法華廢小故是大非滿由是無常者由應作猶謂談常住謂在涅槃也此都下法華開權顯實超出諸教已今當說最爲第一却謂非滿世間相常住知法常無性顯談常住却謂無常非聖反經顛亂已甚不可與言故云不須論難興皇五滿略如疏記彈小褒大者彈三藏褒三教也帶半者帶二乘也廢半明滿者若以四教明之則後三教俱得滿名若在法華涅槃則前三悉是半字唯圓名滿開半明滿者廢約相待開約絶待故知半滿二字其名則通其義則異須跋此云善賢陳如品云娑羅

林外有一梵志名須跋陀年百二十得非想定起涅槃想佛令阿難召來爲說第一義諦得羅漢果彼聞圓常而證小果者由小半即大滿故明於常住二字者如哀嘆品又結下約五時結爲四句也初句是鹿苑次句法華涅槃三句二味四句即鹿苑已前人天教也邪三下初約邪慧釋次約邪禪釋如執掣電速滅喻妄常非久住飛蛾赴火喻妄樂唯是苦蠶蠒自縛喻妄我非自在追求下明由起邪執故追求五塵亦是下約邪禪釋此即六行觀也外道於初禪覺觀支中猒離覺觀以初禪爲苦麤障二法動亂定心故苦從二法生喜樂故麤二法翳上定故障二禪異此名勝妙出修上三禪四空皆爾此猒三欣三亦得名邪三修也能破欲染下明三修有破惑之功染即是貪遊諸覺華者七覺如華故云覺華又邪修下哀嘆品文但有新舊兩伊令以義加世伊及非新非故伊例前一乳多種分別智論明四依菩薩依義立名名爲法施此其例也然經以舊伊喻外今既義立世伊故以舊伊之名以名二乘也別有疏本者開淨名前玄以爲三部謂四悉四卷四教四卷三觀兩卷今指四教也謂戒定慧藏者即是律藏詮戒經藏詮定論藏詮慧藏有三別故云三藏此是合字解義四念處中謂聲聞緣覺菩薩故言三經律論故言藏者即分字解義也爲彼嬰兒等者三乘悉名嬰兒歷修三學如登梯隥畏憚長遠者不能行五百由旬也止息化城者偏約二乘以說若菩薩因中不入至果方入菩薩下此指圓頓菩薩修小

三學以爲助道亦是漸次止觀行人也下明通别亦爾浮囊是小戒白骨是小定八苦是小慧近遠俱通者鈍根近通偏眞利根遠通中道即受接人也若能下借彼法華開小之文以成通人受接之義所行事理者事則塵劫修行入空出假理則初心知中登地開發故非兩教三乘所知兩教菩薩所證眞理既同二乘故悉在二乘所攝故上云不與二乘共顯前菩薩與二乘共是彼境界也非諸二乘下地所知者圓融三諦之教非兩教二乘非别教下地所知也下地即地前也證道同圓則有知分從淺至深者三教互有淺深圓教唯深菩薩備修四教故云從淺至深即是漸頓之教等者歷三教偏漸至圓頓故故名漸頓漸圓也此乃文中一種者即次第五行

從漸至圓於三種止觀中即次第止觀也復有下一行即不次第五行也於三種止觀中即圓頓止觀也發軫者文選曰發軫清洛汭注云軫車也言發車洛陽也今以發軫喻初脩也更無别異者圓法無别從漸入故名漸圓非謂圓有漸頓之異通是雜藏者以當教三乘及被接者其人不一故稱雜也正譬說教次第者以從牛初出於乳譬佛出世先說華嚴乃至最後變成醍醐譬佛最後說法華涅槃也如第十三卷中說不應以淺深意取者不應謂乳等定淺則以華嚴等爲劣醍醐定深則以涅槃爲勝須知約次第相生故有五味而諸味中悉有圓融故無勝劣鹿苑顯無祕密亦有此亦不約開未開别以分勝劣也若謂下廣引諸文用破定執所喻淺深之

見四味若淺不應喻深醍醐若深不應喻淺醫占王病等者醫喻佛王喻衆生病喻執無常乳喻今經以常藥破無常病也甜酥八味者乳酪時淡醍醐時濃酥居中間故具衆味一生味二熟味三酥味四漿味五乳味六甜味七淡味八膩味以喻涅槃具常樂我淨恒安無垢清涼不老不死之八德也其況深矣者況比也不可言深者旣喻二乘其法乃淺如血變爲乳者無明即明如血變乳從法界體至界法者即依圓頓理説圓頓教也

涅槃玄義發源機要卷第三

音釋

鷸蚌 鷸以律切鳥名 蚌步項切蛤屬 ⿰麥戈 音弋麥⿰麥戈也

涅槃玄義發源機要卷第四

宋錢唐沙門釋智圓述

如日下日喻法界體照喻法界法高山喻菩薩如聾下喻小機在華嚴座不得大益聾故不能聞大瘂故不能說大隱其下初約隱身次約隱法初文者神德舍那身丈六釋迦像覆如下明隱法如來藏者圓頓法也令改華凡夫成小聖人無生無用者敗種無生壞根無用先與後奪者與小即鹿苑奪小即方等委業領財者用法華窮子喻也此喻委以大乘家業以化菩薩如諸部般若多是空生身子滿願對揚也付財定性者會父子定天性也如經云此實我子我實其父以喻法華開權二乘皆當作佛也文云下即第九卷指法華持品中八千人也故知法華涅槃開會事等悉號醍醐但彼廢此施義有小異然由法華本懷已暢故至今教遂般涅槃夫衆下通示化意也衆生本具與佛無殊日用不知乃淪生死故佛出世以二智手指撝迷徒點示本性方將直顯復慮謗法機既不等遂有五時兼别但小對三帶二一期調熟乃獲開權法華今經所以興也或作下叙五時華嚴唯别圓故大鹿苑但三藏故小方等訶責偏小褒嘆圓大意令耻小慕大般若委以大法令教菩薩漸使通泰法華開權名定天性衆生下明法華既見佛性故於今經涅槃故知一經見性義一靜乎雙樹者即經云右脇而卧表一期化極内智指撝其功已畢息教二河者即經云寂然無聲也故云息教也二河者跋提河大在城南熈連河小在城北相去百

里佛居其間於四雙八隻樹下涅槃也諸佛下燈明迦葉出於淨土但說法華即入涅槃今佛世尊既出穢土故須扶律以拾殘機二經雖殊見性無别又若約扶律爲涅槃者則唯穢土若約談常爲涅槃者則淨穢皆說只是下能發究竟智故名佛師能生分真智故名菩薩毋佛菩薩下舉佛菩薩之勝以況凡小之劣千舌百盲者舉千百言多耳安能舞手者毛詩序云嗟嘆之不足故詠歌之詠歌之不足故手之舞之足之蹈之專五所以是體意者五番所詮之理名爲所以謂從上品乳滿字勝修圓教醍醐所詮俱是今經正體設諸名相者應云行相即依理起行故是宗意對破者即五番中皆有以圓破偏意也皆言若專者專獨也謂五番具含衆義今若獨

取其一故成體等不同雙卷等者如上卷記大本者雖南北二本不同同名大本對六卷名小本也同座異聞者宜廣聞大本宜略聞六卷例大小品者般若有大品小品故以爲例準諸經目録秦弘始五年四月二十三日譯大品竟二十七卷成者是也竺法護於晋太康元年譯上帙爲光讃羅什又重譯爲十卷名小品是知小品亦是抄其前分若然者則次說爲是以六卷但盡菩薩品故斯乃廣略者六卷則略抄前段大本則廣有後文世猶惑焉者或云異聞或謂廣略難可準定故人尚疑如來說偷狗等者示其前後不同也如來說則在後迦葉問則在前偷謂盜賊以喻見魔狗喻愛魔如四依品說三歸在如來性品秦人翻譯者六卷東晋所翻大本北涼

所翻俱非秦代而言秦人者但姚秦翻譯最盛故義學之家相承而用撗互者撗胡計切換也或作係奚者俱悞昔道猛等者按譯經圖紀及僧傳並云曇無讖以玄始元年歲次壬子至姑臧賫涅槃前分十卷止於俗舍遜聞讖名厚遇請譯遂以玄始三年歲次甲寅起首至玄始十年辛酉譯經律總二十三部合一百四十八卷慧嵩筆受又南山涅槃弘傳序云北涼沮渠氏玄始三年有天竺三藏曇無讖者涼言法豐賫此梵本前分十卷來達姑臧僞主蒙遜珍賞隆重於涼城内閑豫宮中前後三翻成四十卷終宋武帝永初二年據此諸文乃是讖公賫至不云道猛將還沮渠蒙遜者胡人其先爲匈奴左沮渠遂以官爲氏蒙遜博覽群史頗曉天文殺段業自稱涼州牧又破傉檀于窮泉乘勝入姑臧僣號西河王隴右即隴西也右或作后後並誤自號玄始者攺元玄始也是時下南經緣起也經從北涼入于江南後因治定既與舊本品卷開合不同遂號南本姚萇殺符堅攺長安爲常安都之攺元白雀後攺建元萇卒子興立攺元皇初後攺弘始今云姚萇復號弘始者誤應云姚興弘始非玄始者别其兩國年號也玄始五年即晋恭元熈元年者恭帝者即東晋第十一帝都建康在位一年遜位于劉裕是爲宋武帝故云次入宋武裕也恭帝元熈元年即是宋武永初元年以當年攺號故宋武姓劉諱裕字德興得四年者宋武在位三年而崩長子義符立是爲少帝即位昏亂太后廢帝爲滎陽王在位二年武帝第

三子諱義隆即位是爲文帝以少帝於武帝三年當年即位在位二年至文帝元嘉元年凡四年矣故云得四年此即大本始至南朝之年也故開皇録云宋文帝世元嘉年初達于建康也即北涼玄始九年也此二高明者謂德高智明乃美稱也事跡如梁傳第七康樂縣令者南史第十八云謝靈運少好學博覽群書文章之美與顔延之爲江左第一縱横俊發過於延之深密則不如也襲封康樂公令云縣令恐誤抗世逸群等者抗舉也逸群猶出群也南史云以國公例除員外散騎侍郎不就爲琅琊王大司馬行叅軍車服鮮麗衣物多改舊形制世共宗之咸稱謝康樂也開皇三寶録云陳郡處士謝靈運治定者蓋靈運自稱處士也靈運陳郡陽夏人嘗爲永嘉太守郡有名山水公素愛好肆意遨遊稱疾去職於始寧縣修營故墅傍山帶江盡幽居之美因著山居賦尋山登嶺常著木屐上則去其前齒下則去其後齒會稽太守孟顗事佛精懇公謂之曰得道應須慧業丈人生天應在靈運前成佛必在靈運後顗深恨之今撫州城東南四里有翻經臺唐顔魯公碑云宋康樂侯謝公元嘉年初於此翻譯涅槃經因以爲號問謝公但修定舊本安稱翻譯答翻經之所有譯語者筆受者綴文者證義者潤色者而通稱譯人謝公治定乃是證義潤色之職也故稱靈運翻經焉開壽命下開壽命爲四品復改壽命爲長壽開如來性爲十品凡十二品者新開品目則有十二并舊壽命如來性共有十四皆準六卷中品名

開之故三寶録云靈運等以讖涅槃品數踈簡初學之者難以措懷乃依舊翻泥洹正本加之文有過質頗亦改治足前等者弁舊大衆問等品也北本但十三品成四十卷南本二十五品成三十六卷故北遠師名北本爲少品多卷經名南本爲多品少卷經有三品等者至唐麟德中後分方來尚闕分舍利其後分中立品與讖説不同者和會如疏記第二十卷由來關中者關中秦地羅什居關中不見大本故知足品非羅什也録稱者即梁寶唱録及隋開皇三寶録第十三云豫州沙門范慧嚴清河沙門崔慧觀陳郡處士謝靈運等加品改治故今依之知小亮非也初三人下此明事蹟與梁僧傳及開皇録不同者恐是傳説有異而彼二文咸云三十六卷始有數本流行未廣嚴後一夜忽夢一人形狀極偉厲聲謂嚴曰涅槃尊經何以率爾輕加斟酌嚴既覺已懷抱惕然旦乃集僧欲收前本時有識者咸共止之此蓋欲誡勵後人耳若必乖理何容即時方始感夢嚴以爲然頃之又夢神人曰君以弘經精到之力於後必當得見佛也如法華疏説者即玄義第八明有翻無翻各具五義也亦如彼者如文句也以玄義文句皆是解經通得稱疏釋序品義既指法華文句故下疏文直釋通序五事而已更不消釋序品名義又下疏文初且離文通示五章所以疏初不題序品二字若法華疏發初即解序品故云序謂庠序等所以疏初乃標序品二字或倒法華文句於此疏初加序品二字者非也且淨名疏初亦不標其

品目用意各别豈須一準又疏文已經治定標題從省故削大般二字但題云涅槃疏此乃荆溪新意或加大般二字者亦非必也正名宣尼所誡後之學者宜善思擇二疏下疏緣起二初通示二由二初製疏遠由二初受經攝靜緣起者因由曰緣興致曰起余我也童年稚歲也攝靜寺名在章安即慧拯法師也傳云及年七歲還爲拯公弟子具載上卷予甞讀高僧傳見古來盛德鮮有不講誦斯經者信夫法王顧命慈父遺囑爲臣爲子理合遵奉邇世講誦闃其無人法漸陵夷於斯驗矣庶幾同見同行勉力流通載紐頽綱重樹顛表忠臣孝子於是乎在二走雖下求旨天台二初别示緣差二初八障喪聽二初師存喪聽二初正明八障凡稱走或僕或蒙皆

謙也東京賦曰走雖不敏庶斯達矣注云走謂走使之人公子自謙敏達也願聞旨趣者旣誦其文願知其義負笈天台者切韻曰笈負書箱也史記云後漢蘇章字士成北海人負笈追師不遠千里天台指智者所居之山也陶隱居眞誥曰高一萬八千丈周回八百里山有八重四面如一當斗牛之分上應台星故曰天台輿地志曰天台山一名桐栢衆嶽之極秀者也心忻藍淶者劉子云青出於藍而青於藍淶使然也此以淶義喻從師求解不取勝義登山甫爾者甫始也言未久也仍逢出谷者又值智者奉陳後主詔出山也疏主傳曰陳至德元年隨師出京住光宅寺不惟下自謙也言不思巳德荒薄而輙侍奉隨從智者於皇帝朝廷也易緯曰帝者天號

也德象天地不私公位稱之曰帝香塗三宮者或作六宮並由斯文古無章記講貫者寡故令傳寫魚魯成訛今謂三宮定非二六通用有云三宮爲正乃地名也引唐僧傳疏主傳云三宮廬阜九向衡峯無不揖迹依迎訪問遺逸此不應爾今叙大師正宮京輦地乃金陵非三宮也今按三宮即東嶽泰山故茅君内傳曰岱宗山之洞周回三千餘里名三宮空洞之天言二宮者文選曰婉孌二宮徘徊殿闥注云婉孌徘徊皆顧慕貌二宮謂帝及太子宮也故大師別傳云陳主幸寺捨身大施又云皇太子已下並託舟航咸宗戒範故云二宮也續高僧傳中皆指帝宮及儲宮爲二宮既禀戒法故云香塗即經云常用戒香塗瑩體也或謂大師爲陳隋二帝戒師即是二宮此亦不然此中正叙陳主欽崇下云金陵土崩方歸隋國豈於陳世預說隋朝無乃不可或作六宮即特指天子其義亦通言六宮者周禮天子后立六宮三夫人九嬪二十七世婦八十一御妻鄭玄注曰六宮者前一宮後五宮也五者后一宮三夫人一宮九嬪一宮二十七世婦一宮八十一御妻一宮凡一百二十人后正位宮闈體同天子七衆者一比丘二比丘尼三式叉摩那四沙彌五沙彌尼六優婆塞七優婆夷也比丘等六翻名釋義具在疏文式叉摩那者此云學法女不別得戒也先以立志六法練心爲受緣也四分云十八童女應二歲學戒又云小年曾嫁年十歲者與六法十誦中六法者練心也試看大戒受緣二年者練身也可知有胎無

胎此式叉尼具學三法一學根本謂四重是二學六法謂一染心相觸二盜人四錢三斷畜生命四小妄語五非時食六飲酒也三學行法謂一切大尼戒行並須學之言光耀七衆者此謂戒香既塗於二宮道光彌耀於七衆也道俗衆請者道謂出家五衆俗謂在家二衆交絡者謂衆玄請法之人往來不絕也雖欽下甘露喻涅槃旨趣也瑞應圖云露色濃甘者爲之甘露王者施德惠則甘露降其草木甘露仁澤也一名天酒如俟下謂待智者講說此經如待黄河之清言其難者也王子年拾遺記曰丹立千年一燒黄河千年一清皆至聖之君以爲大瑞又黄河清而聖人生左傳子駟曰周詩有之曰俟河之清人壽幾何杜預注曰言人壽促而河清遲詎豈也

有期無日者雖許講宣以我多障竟無日得聞也逮及也金陵地名也吳晉宋齊梁陳謂之江南六朝悉都其地建康實録云本楚金陵邑秦改爲秣陵吳改爲建業晉愍帝諱業改爲建康元帝即位稱建康宮土崩者隋開皇八年文帝命晉王楊廣清河公楊素督兵五十萬以伐陳旌旗千里金鼓震天俄而平江東虜陳主陳國傾壞喻以土崩文選陳琳檄書曰必土崩瓦解不俟血刃師徒雨散者陳國既破法集遂停師徒相捨如雨分散絕交論云駱驛縱横烟飛雨散大師遺囑云朝同雲集暮如雨散或作兩字者誤後會匡嶺者匡嶺即廬山也廬山記曰匡俗出於周威王時生而神靈隱淪潛景廬于此山俗稱廬君故山取號焉大師别傳曰金陵既敗旋錫

荆湘路次湓城忽夢老僧曰陶侃瑞像敬屈守護遠公寘請也於是往憩廬山俄而潯陽反叛寺宇焚燒獨有茲山全無侵撓復屬虔劉者左傳曰虔劉我邊垂杜注云虔劉皆殺也即是值潯陽反叛也江陵荆州也仍遭霧露者仍值兵亂也抱朴子曰白霧四面圍城不出百日大兵必至又三國名臣贊曰雖遇塵霧注云塵霧謂恥辱也勑徵下江浦即江都今揚州也亦曰洛浦文選曰歸骸洛浦注云揚州則梁之洛陽也勑徵者即煬帝潛龍之時鎮守江淮兩請智者初請出江都求受戒法即開皇十一年也事畢仍歸江陵建玉泉寺後又請出江都撰淨名疏此言再出江都時疏主滯疾於洪州也若初出江都則獲隨從故疏主傳云開皇十年晉王作鎮揚越陪從智者止于邗溝漢制天子曰勑太子曰令諸王曰教煬帝鎮揚越時猶是諸王後既登極故云勑徵故别傳云奉勑撰淨名疏也頂滯疾豫章者頂疏主稱名也始稱余次稱走今稱名文體之變也豫章郡名今洪州也大師既再出江都而疏主滯疾洪州不獲隨從既遠聖師安聞斯典始舉飄南湖等者南湖即宫亭湖亦曰拱亭謂於豫章病愈始舉棹飄帆速往江都以就智者而值隋文東巡狩晉王入朝於是大師東旋台岳是故無暇講演且給侍東歸此乃大師最後入天台即開皇十六年春也東旋者旋或作還同似泉切文選曰祗召旋北京作此旋字也秋至佛隴者神邕天台山記曰從修禪寺南行二百步有盤石平正猶如削成古老相傳佛嘗於

此放光故名佛隴春離江都秋時方至者以隨處利人行程故緩冬逢入滅者即其年十一月二十四日未時於天台西門石城寺彌勒像前加趺而終也嘆伊余之法障者伊維也語辭耳余我也法障者欲聞此經法義竟不獲聞由前八事爲障也一逢師出谷障二条請交絡障三金陵土崩障四復屬虔劉障五仍遭霧露障六滯疾豫章障七東旋台嶺障八冬逢入滅障由具八事障我聞法故曰法障若不出谷則合得聞雖在帝庭若条請事簡則合得聞雖其人交絡若金陵久安亦當得聞乃至若不入滅雖有前障終當講演令我得聞故入滅之障最爲深重故下嘆云日既隱於重崖盲龜眠於海底也奚可勝言者奚何也勝平聲謂法障之多非言所載也

二昔五下引事感傷初引事類已賢愚經第六云毗舍離國有五百盲人乞匃自活時聞人言如來出世盲人聞已還共議曰我曹若當遇佛必見救濟即便問人佛在何國答云佛在舍衛遂各乞金錢一枚雇人引往時有一人收取金錢將諸盲人至摩竭提國棄諸澤中盲不知處互相捉手經行他田傷破苗穀長者行田見彼踐苗甚多瞋怒盲者求哀具宣上事長者使人將詣舍衛適達彼國又聞佛往摩竭提國及到彼國復聞世尊已還舍衛如是追逐凡往七反佛知根熟乃於舍衛待之盲到佛所蒙光目開佛爲説法成阿羅漢祇洹等者譬喻經第三云昔有一人作兩業有二婦適詣小婦小婦語言我年少壻年老我不樂住可住大婦處作居其壻拔去

白髮適至大婦處大婦語言我老頭已白壻頭黑宜去於是拔黑作白如是不止頭遂禿盡二婦惡之便各捨去坐愁致死過去世時作寺中狗水東一寺水西一寺聞揵椎鳴狗便往得食後日二寺同時鳴磬狗浮水欲度適欲至西復恐東寺食好向東復恐西寺食好如是猶豫溺死水中文云祇洹者通取寺名非直指祇洹寺也唯彊唯沉無見無得者結前二事盲雖七追唯至於他疆竟不見佛故云唯彊無見狗聽兩鍾唯死於沈溺竟不得食故云唯沈無得次入山下以已類事已之多障如盲如狗入山出谷總前八障入山攝七八出谷攝前六浮墜泝江者釋上句也浮墜字誤應作乘陵謂入山乘陵出谷泝江空歷艱苦不聞斯典文選比征賦曰乘陵岡以登降注云陵岡皆山丘也左傳曰吳將泝江入郢爾雅曰逆流而上曰泝洄順流而下曰泝游字林云順流曰沿逆流曰泝泝蘇故切日既下舉喻嘆師滅也日喻師解圓明隱崖喻師入寂滅崖山也淮南子曰日入崦嵫注云亦曰落棠山盲龜喻已無智眼海底喻迷深雜含第十六云告諸比丘如大海中有一盲龜壽無量劫百年一遇出頭復有浮木止有一孔漂流海浪隨風東西盲龜百年一出得遇此孔龜至海東浮木或至海西違遶亦爾雖復差違或復相得凡夫漂流五趣之海還復人身甚難於此今借彼文以喻聖師難值也憑光想木者人在半夜欲憑日光鑒物龜居海底空想浮木安身其不可得也故云詎可得乎二余乃下沒後思憶師既已滅

斯經旨趣莫得而聞省已宿僁於是躬事塔廟口誦斯經以期未來值師聞法也掃墓願值師誦偈期聞法西土塔婆即此方墳墓也掃灑墳塔種植林樹以墳必樹故含文嘉曰天子墳高三仞樹以松諸侯半之樹以栢大夫八尺樹以槐庶人無墳樹以楊柳更服灰場者更平聲謂常更換淨服於塔所誦經也故法華云著新淨衣內外俱淨也或作伏字者非如來闍維之地號曰灰場今大師土葬而言灰場者用其故實耳亦猶法華疏序云晚還台嶺仍值鶴林鶴林之言例同灰場也石偈即此經也以聖行品中雪山大士既獲半偈乃於草木石壁書之以示來者故名此經爲石偈也疏主童年誦經已半知此誦其全部非只一偈也思僁畢世者則是思往世

之僁成今法障遂乃身掃口誦隱居求志期盡此身故云畢世二事不下五難喪思五初僧使迫已雖欲隱居畢世而爲衆舉差因與智璪同充僧使屢入帝京故云事不由已蓋爲僧事所逼迫也故云迫不得止事備國清百録蘂函負封者所持牋表詔勅皆用函也百録云金書一函與天台衆西考關庭者考應作朝字誤也闕謂雙闕以石爲之其上隱起奇獸異禽之狀在端門外夾道置之亦曰象闕魏闕周禮太宰以正月懸理象之法於象魏使萬人觀理象焉左傳哀公三年火季恒子命書藏象魏曰舊章不可忘也崔豹古今注曰闕者觀也古者每門樹兩觀於其前所以表宮門也其上可居登之則可遠觀故謂之觀人臣將朝至此則思其所闕故謂之

闕天子所居曰闕庭隋都長安也私去公還
者充僧使而去奉勑命而還或度僧造寺或
修營香火事備百録故百録云今遣大都督
段智興送師還寺故曰公還經塗下往還充
使經由道塗凡八年也二日嚴下諍論遭追
雖免僧使仍因諍論重入帝京日嚴寺名也
唐高僧傳曰煬帝時爲晉王於京師曲池施
營第林造日嚴寺咸陽即長安今永興軍也
諍論之事而不傳不書乃傳捜訪之闕耳三
值水夜奔桃林水奔者尚書放牛桃林之野
是也左傳晉侯使詹嘉處瑕以守桃林之塞
杜注云桃林在弘農華陰縣此言行至桃林
山水夜至避之奔走故失伴侣四又被下被
讒收徃及至京都又遭讒佞謂爲巫蠱惑亂
於人而煬帝信讒故收徃河北幽薊二州名

在河北薊音計五乘氷馬陷冬月度河故乘
履其氷以濟北岸馬雖陷氷而死其身猶獲
生存臨危履薄者詩云戰戰兢兢如臨深淵
如履薄氷疏主意云昔聞詩語喻以戒慎而
今身當履踐故下句云生行死地也寧可言
盡者危難若此那可具言二昔裹下總結俱
喪者裹糧至東南者即指前負笈天台已下
文也入山出谷揚越徃來何啻千里文選云
裹糧萬里簦長柄竹笠也史記虞卿躡屩擔
簦說趙孝成王一見賜金百鎰再說拜爲上
卿負罪至西北者即指又被讒已下文也三
讒者晉獻公三子皆爲驪姬所讒故曰三讒
疏主自比也三子謂太子申生重耳夷吾也
左傳第五曰初晉獻公欲以驪姬爲夫人卜
之不吉筮之吉公曰從筮卜人曰筮短龜長

不如從長弗聽立之生奚齊其娣生卓子及將立奚齊既與中大夫成謀姬謂太子曰君夢齊姜必速祭之太子祭于曲沃歸胙于公公田姬寘諸宮六日公至毒而獻之公祭之地地墳與犬犬斃與小臣小臣亦斃姬泣曰賊由太子太子奔新城公殺其傅杜原欵或謂太子子辭君必辯焉太子曰君非姬氏居不安食不飽我辭姬必有罪君老矣吾又不樂曰子其行乎太子曰君實不察其罪被此名也以出人誰納我十二月戊申縊于新城姬遂譖二公子曰皆知之重耳奔蒲夷吾奔屈言東南西北者以帝京居中則揚越在於東南幽薊居乎西北也若聽若思等者前希聞斯典故擔簦東南有入障故喪其聞後欲思僊畢世由驅馳西北有五難故喪其思故云二塗俱喪二情不下製疏近由後時雖獲生還台嶽以昔兩緣聽思俱喪於是慕法不巳更尋他疏以勘經旨義既遠經因自撰疏舊疏即河西光宅等諸師疏義各存也不與文會者乖經失旨也怏怏於亮切悵快也病諸者諸之也見其義非如巳有病此即製疏之近由二斅群下正明述作時處二初謙光述懷經第三十云譬如王告大臣汝牽一象以示盲者時彼衆盲各以手觸其觸牙者即云象如萊茯根其觸耳者言象如箕等經自合云王喻如來臣喻方等大涅槃經象喻佛性盲喻一切無明衆生獨夢談刀如經第十八略如上記刀喻佛性夢寐謬談非親得刀此皆疏主謙也謂心思經旨如盲觸象豈識全軀口說經文如夢談刀故非實有二以大

下著述時處二初明時處二初示染筆時處大業即隋煬年號十年即甲戌歲也廬于天台之南者小爾雅云廬寄也謂寄止也亦别舍也黄帝爲廬以避寒暑春秋去之冬夏居之故云寄上也神邕天台雜記云赤城爲南門石城爲西門今云天台之南謂赤城也二管窺下明憑師述作管窺智者義意者莊子云以管窺天也謂智者法門如天之高遠已解推尋如以管窺義意者五時四教之義三觀六即之意依此義意輙爲此經解釋旨趣也爲去聲尚書序曰承詔爲五十九篇作傳大業明製撰之時天台之南顯筆削之處管窺智者示所學之宗二運丁下叙難緣二初避難四移兩蒙靈異丁當也大業十二年有大鳥似鵰飛入殿内至于御幄至明而去九月幸江都以代王侑留守西都越王侗留守東都既至江都唯以酒色爲務五月星隕爲石徵求螢火數斛夜出遊山光徧巖谷郡火守羽林星如斗出王良閣道聲如隤墻矢出一斗米一斛計錢八九萬用錫環錢細如線十月李密起兵於梁楚之郊竇建德盧明月等所在稱號盗賊公行劫掠州縣又諸道賊師孟海公徐圓朗朱粲劉武用薛舉蕭銑李子通沈法興等各率衆寇掠多者數十萬少者二三萬天下無處無賊故曰寇盗縱横于時天台悉爲沈法興所有雜記云大業十四年沈法興擅置海州即改臨海縣爲海州也匿影沃洲者匿藏也沃洲山名在剡即支遁所棲之山也赤城既喧復更匿藏形影避盗於沃洲山也蔭林席箭者山宿野棲故

無屋宇但蔭茂林以爲帳布箭竹以爲席亦猶古人班荆而坐也箭竹偏産會稽爾雅曰東南之美者有會稽之竹箭焉衣殫等者殫音丹盡也既避盜深山而衣糧又盡故於撰述致乖次第於是下明爲撰述緣闕更求他處挾藏也鄙志謙也託命遂安者寄託形命於遂安也遂安縣名今屬睦州縣令鄧氏者即遂安令也曳疾應之者赴請爲講也應去聲事不兼舉者既務講宣且停筆削因將草本寄於他舍冥持此本者謂冥聖護持故得舍燒疏在故云得免灰飈飈音羊風所飛飈也重寄栅城者講經既畢復寄栅城意欲補削草本也栅音册編木成援也未詳何處今仙居縣有栅岸保恐是其地玉石俱罄者玉石喻貴賤賢愚海賊刼掠貴賤並盡故云俱罄尚書曰火炎崑岡玉石俱焚蕭亮即當時將帥也復獲安存者身安疏存焦不能燒者即前云冥持此本得免灰飈賊不能得者賊刼栅城玉石俱盡而此疏獨存也再蒙靈異者初火不燒次賊不得故云再也勵勉也誠心也或作厲非也食息者息寢臥也無寧不安也二乃卜下幽境稱懷勤加補削二初敘幽境稱懷卜者禮記曰龜曰卜蓍曰筮古者移居必卜故離騷經有卜居也左傳曰非宅是名唯隣是卜今疏主以移居爲卜居安洲在樂安縣今仙居縣也故僧傳云樂安南嶺地曰安洲然安洲之名始於疏主台州圖經曰管竹山在縣東南五里高二十丈周回二里其下舊有潭唐武德年中邑人請天台國清寺灌頂尊者講于光明寺時此潭之魚取

者甚衆尊者率道俗於潭側講金光明經誘漁者令止其採捕一夕忽暴風雨至旦視之乃爲洲矣故號爲安洲以此洲渚在樂安故微瀾者瀾力旦切又力安切爾雅曰河水清且瀾漪大波爲瀾小波爲時絶人獸之蹤者山深溪隔故人獸不到峯連偉括者謂偉美山及括蒼山也陶弘景玉匱云括蒼山西南百餘里有偉美山狀如宮闕多靈異可偉美也皇朝新修圖經曰亦名天姥山又云大括蒼嶺在縣西一百八里兼二山之美者謂安洲景象兼有偉括之好水鏡者溪水澄淨有若明鏡也蕖池者謂池有荷花也爾雅曰荷芙蕖郭璞注曰別名芙蓉江東呼荷紅葩普巴切華也白牙團扇者善見律云優波離昇座執象牙裝扇先集律藏萋蒨者草茂盛貌

加亦勝也戴氏重席者東觀漢記戴憑字次仲拜侍中正旦朝賀帝會群臣諸生能說經史者更相詰難義有不通者輒奪其席以益通者憑遂坐五十餘席今疏主承修竹之風籍翠草而坐勝於牙扇重席也以彼由造作此任天眞其實勝之固非誇飾下云羞繪圖陋絃管亦爾雲霞赤白松桂青黒雕鏤雜糅而有五彩之文則使畫圖有羞色繪畫也猿吟麏呌蟬噪蛙鳴相和成韻似其八音之樂翻令絲竹成陋聲故左太冲招隱詩云非必絲與竹山水有清音麏居筠切鹿屬八音者五經通義曰金石絲竹匏土革木也金爲鍾石爲磬絲爲絃竹爲管匏爲笙土爲塤皮爲鼓木爲柷敔雅有高致者竹風草席畫圖音樂皆得之於自然故云高致也豊趣冥倫者

冥幽也倫人也謂此高致豐饒歸趣於我幽人也倫亦可作淪淪没也謂隱没於山澤也二仍蒔下明資緣勤苦蒔種也種粟充食拾薪備爨二暨淶下感傷講巳二初感傷多難暨至也從此絶筆逆至淶筆凡歷五載即唐高祖武德元年戊寅歲撰疏絶筆也煬帝即位改元大業在位十三年十二年幸江東宫十三年唐公起義師於太原破宋老生於霍邑所在克敵遂入長安尊煬帝爲太上皇奉煬帝孫文德太子之子侑篡位即恭帝也改元義寧至二年遜位于唐公改元武德既云凡歷五載知是武德元年絶筆也於此五載凡經六移初寄天台之南二移沃洲三移遂安四移柵城五重移遂安六移安洲并前八障及中五難共成十九難緣於後六中更取火賊二事則有二十一也五難謂僧使遭追值水被讒馬陷也前八中五是製疏之遠由尋舊疏是近由後六是正製疏問前八爲障何名遠由答由不聞法故自撰疏若其聞者則疏是師説安得自製前八爲障竟不聞法後六雖艱終成斯疏嗚呼正法難聞正道難行其若是乎干戈者孔安國曰干盾也戈戟也論語曰而謀動干戈於邦内菜食水齋言其儉也氷牀雪被喻其寒也其有圓頂方袍暖衣飽食既逢遺教又偶清時而口不談出世之言心不則至眞之道自樹迷暗反輕學宗吾知斯人紹三塗種疏主聖者得無悲乎夢抽思乙者乙應作一昭明文選序云耿介之意既復壹鬱之懐靡愬注曰壹鬱憂思也今謂軍火所怖干戈所駭而夢驚若抽憂思

壹鬱辭既下謙已述懷野質者論語曰質勝文則野此言辭鄙意豈會文者謂所立義意淺近豈能契會斯經圓頓之文也此言義暗辭鄙義暗皆謙也有崖易殆者爾雅曰重崖岸注曰兩崖累者曰岸殆危也有身速滅如土岸易崩空海難徧者圓空廣大若滄海難徧故不可以易殆之身窮難徧之義也盲窺下如盲觸象如窺談刀或可偏知於少義敢言圓解於大理也特是下正明述作之意既是偏知何故撰疏故釋云特是不負本懷也言本懷者始爲此經遂親智者即前文云走雖不敏願聞旨趣於是負笈天台心忻藍染也遽兹石火者淮南子曰人生天地之間如鑿石見火電光過隙疏主自謂無常忽遽如彼石火不能久研經義故且率爾成疏也卷舒下自慶也初句明卷舒尋經次句明讚嘆撰疏仰謝於心口者由心思故口讚也鹿耘毒草或作麤芸並豕亥之誤應作麃蔉上彼苗切下音衮左傳曰譬如農夫是穮是蔉杜注云穮耘也蔉壅苗也然毒草藥王之語出在今經故如來性品云譬如雪山多生諸藥亦有毒草諸衆生身亦復如是雖有四大毒虵之種其中亦有妙藥大王所謂佛性或執訛字便求麋鹿耘草之縁者何異聞三豕渡河便謂豬行水上乎故僧傳道丕議沙汰云僧之清尚必不露於人前僧或凶頑而偏遊於世上必恐正施藨蔉草和蘭莛而芟方事淘澄金逐沙泥而蕩彼用藨蔉之語義與今同又麃藨穮三體並通爾雅云緜穮也經典釋文作麃耘也字林云耕禾間也說文云穮

耨鋤也今疏主斥諸師非義如蔗蓤毒草顯佛性正理如微養藥王故前文云將疏勘經不與文會怏怏終日恒若病諸也螳螯螢熠者螳螂性怒遇物必舉螯而拒之莊子曰螳螂怒臂以當車豈免碎於轍間文選曰欲以螳螂之斧禦隆車之隧注云前有兩足舉之如執斧之象崔豹古今注曰螢火一名暉夜一名景天一名熠熠一名燐一名丹良一名丹鳥一名夜光一名宵燭非能抗曜也者曜即日也廣雅云日名曜靈謂螳螯不能拒抗於車轍螢熠不能爭輝於曜靈此疏主自謙識見微劣不能抗曜於諸師也吾祖聖師爲法之志艱苦之迹盡在於此文矣傳斯宗者得不思齊詩云伐柯伐柯其則不遠可不懋乎或卷末有半紙批文者蓋後人謀録

涅槃玄義發源機要卷第四

音釋

撝許爲切 僔奴沃切 萇音長 墅上與切 顗魚豈切 婉孌婉於阮切孌力兗切婉孌美順也 邗音寒邗溝水名 犍椎梵語也此云磬亦云鐘隨有九木銅鐵鳴者皆曰犍椎犍巨寒切椎音地 僁去虔切過也 簦音登笠有柄者 鎰夷質切二十四兩爲鎰 胙存故切祭肉也 斆胡教切教也 侗他紅切 蒨倉甸切 柷敔柷昌六切敔魚巨切柷敔樂器也 蒔時吏切 爨七亂切炊爨也 愬蘇故切訴告也 茝昌亥切香草也 芟音衫刈平也 螳螯螳音堂螳螂也螯五勞切大足也 穮音鑣耘也

辯正論
東宫學士陳子良撰

清刻龍藏佛說法變相圖

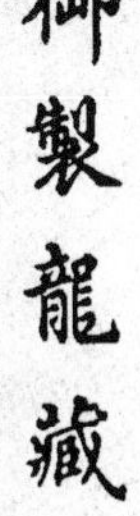

辯正論序

東宮學士陳子良撰

蓋聞宣尼入夢十翼之理克彰伯陽出關二篇之義爰著或鉤深繫象或探賾希夷名言之所不宣陰陽之所不測猶能彌綸天地包括鬼神道無洽於大千言未超於域内況乎法身圓寂妙出有無至理凝玄迹泯真俗體絕三相累盡七生無心即心非色爲色無心即心故能心斯心矣無色爲色故能色斯色矣藤蛇於是併空形名所以俱寂筌蹄之外豈可言乎若夫西伯拘羑遂顯精微子長蠶室卒成先志故易曰古之作易者其有憂乎論之興焉良有以矣法師俗姓陳氏漢太丘長仲弓之後也遠祖宦遊播遷江左近因江寓又處襄州隋世入關從師請業王移荆岫

皎潔之性彌彰桂徙幽林芬芳之風更遠法師應眞人之祥稟黃裳之吉内該三藏外綜九流既善縁情尤工體物篇章婉麗理致遒華郁郁閒縟錦之文飄飄竦陵雲之氣班賈金玉未可同年潘陸江海寧堪方駕至如莊生墨生之學黃子老子之書三清三洞之文九府九仙之籙登眞隱決之祕靈寶度命之儀呑若胷中說猶指掌加以舊習中觀少藴法華既有聞持比專著述運思之外汲引無疲辯中觀則龍樹可期談自然則老莊非遠於是四方雜沓如歸長者之園七貴紛綸若赴華陰之市固以學侔安遠才邁肇生實闢士之棟梁法城之牆壍者也乃有道士李仲卿劉進喜等並作庸文謗毀正法在俗人士或生邪信法師愍其盲瞽恐入泥犂爰發大悲遂製斯論可謂鼓茲法海振彼詞峯碧雞之銳競馳黃馬之駿爭騖莫不葉墜柯摧雲銷霧捲狀鴻爐之焚纖羽猶炎景之鑠輕水負勝之儔於斯可見暫歸慈定已破魔軍聊奮慧刀即降愚賊佛日於是重暉法雲由其廣被然法師所作詩賦啓頌碑誄章表大乘教法及破邪論等三十餘卷在世久傳然此論凡八卷十二篇二百餘紙窮釋老之教源極品藻之名理修述多年仍未流布昔秦孝公聽說帝而寐聞談霸而與陽春和寡深可悲歎但法師所述内外兼該恐好事後生致有未喻弟子潁川陳子良近伸頂禮從而問津爛然溢目若明月之入懷寂乎應機譬寶珠之矚物既悟四衢之幻便息百城之遊於是啓所未聞聊爲注解庶將來同好幸詳其

致焉

辯正論卷第一

唐 沙門 釋法琳 撰

東宫學士 陳子良 註

三教治道篇第一上

有上庠公子問於古學通人曰蓋聞氣象變通莫過乎陰陽埏埴覆燾莫過乎天地尋夫五運未形本無人物易鉤命決云天地未分之前有太易有太初有太始有太素有太極爲五運也氣象未形謂之太易元氣始萌謂之太初有氣形之端謂之太始形變有質謂之太素質形已具謂之太極轉變五氣故稱五運言氣形質具而未相離皆太易之名有五種也爾時空虛未有人物也三材既立乃叙尊卑乾鑿度云太極太素太始名别其理一也易緯通卦云太極是生兩儀言氣清輕者上爲天濁重者下爲地以人參之謂之三材易序卦云有天地萬物然後立君臣定父子長幼夫婦之禮尊卑上下之别也自然之化已興無爲之風廣被河圖括地象云天地初立有天皇氏澹泊自然與太極同道身佩九翼以木德王無所施爲自然而化開山圖云地皇興於熊耳龍門之山以火德王命曆序云人皇駕六羽乘雲車出谷口分九州長天下凡弟九人依山川地勢分爲九域各君一州帝系譜云天皇治各一萬八千歲地皇凡一百五十世治天下合五萬四千歲次五龍氏皇伯皇仲皇叔皇季皇少凡弟五人並乘龍上下凡一百八十世治天下合九百二十七萬三千

六百年即靈威仰等五神是也次有神農氏駕六龍飄度四海寒暑均以布人民通風雨凡十六世各治九百歲次有四姓次有不終一世次有七十二姓次有三姓或乘飛羊飛鹿始教民穴處食鳥獸肉衣皮毛衣次有巢氏駕龍麟乘鳳虎構木為巢教民居之以避禽獸之害次燧人氏教民鑽燧出火變生為熟以避腥臊之屬鑄金作刃而民大悅此凡六紀有九十三代一千二百八十九世合一千一十萬一千八百四十年自天化下總謂三皇也次則蛇軀牛首之聖六藝論云太昊帝庖犧氏姓風蛇身人首有聖德燧人歿宓羲皇生其世有五十九姓羲皇始序制作法度皆以木德王也制嫁娶之禮受龍圖以龍紀官故曰龍師在位合一萬一千一十二年炎帝神農氏姓姜人身牛首有火瑞即以火德王有七世合五百年也珠衡日角之皇六藝論云軒皇姓公孫二十五月而生有珠衡日角之相以土德王天下建寅月為歲首生子二十五人有十二姓凡十一世合治一千七十二年夢受帝籙遂與天老巡河而受之得河圖書師於牧馬小童拜廣成丈人於崆峒山帝王世紀云三皇之世合二萬二百九十七年也始畫八卦而重八純河圖括地象日宓羲氏仰觀象於天俯察法於地始畫八卦以通神明之德至神農氏重八卦為六十四焉設雲官而陳鳥紀六藝論云軒皇有景雲之瑞用雲紀官少昊帝有鳳鳥之瑞故以鳥名官

焉教畋漁以濟俗作耒耜以資民六藝論云宓羲氏為網罟以畋以漁取犧牲以充庖廚故曰庖犧氏神農斲木為耒耜揉木為耨耨始教天下種五穀故號為神農氏也立市神農所建鑄器服牛乘馬營宮室垂衣裳為杵臼罝舟檝模鳥跡以造文字因化通而裁禮樂並黃帝時也六藝論云黃帝佐官有七人蒼頡造書字大撓造甲子隸首造筭數容成造曆日岐伯造醫方鬼諛區造占候奚仲造車作律管興墠壇禮也暨乎翼善傳聖之君仁盛聖明之后舉八元八愷之職舜攝政舉高陽氏高辛氏才子各八人以掌司牧之任也命羲和羲仲之官羲氏和氏為堯掌日月四時之官也種百穀以勸農后稷播種百穀敷五教以軌物允恭克讓庶績咸熙協和萬邦平章百姓流四凶於四裔竄三苗於三危渾沌檮杌窮奇饕餮為四凶也堯流之於國四外有苗氏叛舜放之於三危之山也調律呂以暢八風察琁璣以齊七政夏禹導九河代父治水平九州名山大川受洪範九疇於河神獲地理於洞府九州貢銅鑄作九鼎以八家為隣三隣為朋三明為里也乘四

載（陸行乘車水行乘船泥行乘橇山行乘檋）任土作貢踈山箕川殷王伐罪弔民（有黃魚黑鳥集于壇化爲黑王乃伐桀色尚黑白遷九鼎於亳以百戶爲里也）平暴靜亂解綱剪髮拯溺救焚爰至赫赫隆周濟濟多士關雎麟趾之德（季歷妃大任夢長人感已而生文王文王妃大姒生武王發建子之月爲歲首色尚赤以五家爲隣畿內則有比閭族黨州鄉周公居攝罪人斯得秋有雷風之變拔樹偃禾啓金縢之書遂迎周公卜宅於洛度土定鼎制禮作樂老於酆葬於畢開雎稱王后之德麟趾與仁人之族也）周南邵南之風（言周邵風化自北而南也）列五行六正之儀（金木水火土爲五行預見來事進善舉賢恭勤不懥明察法律辭祿讓賜君失則諫是爲六政也）布九田四井之法（三等爲九田三屋爲四井）陳服錫之禮（叙五等之服制九錫之禮也）廣輦車之節（通十爲城城出輦車一乘）爲世楷範作物典謨遐邇闊迥年移三古曠遠綿邈時經百王聖德所覃神化所洽龍庭鳳穴候氣輸賝日域麟洲占風欵塞泉露呈其珍味草木變其嘉形鸞頷魚背昭彰於羽族狼蹄牛尾耀煥於毛群惟德動天休徵允集元首延明哉之美股肱肆良哉之歌周卜永年殷稱弈葉其爲道也人倫禀以利建庶物資以有生邦國賴以無他君臣藉以致治德教天下化被華夷道貫五天恩加百姓立功立事可大可久時義備矣世用足矣至如李老仙方意存羽化釋迦梵本期自涅槃縱體於太清之中遊神於常樂之境貴練形以不死求寂照於無生構鵬鷃之寓言張過未之虛說何異鄒衍談天終歸眇恭虞丘辨夢徒騁華詞今大唐馭極聖皇垂拱尚賢尚齒貴德貴仁反正之化已弘還淳之風廣扇理須捨繁就簡去僞歸真愚謂佛道三流在政非急久欲聞奏請試論之不揆所疑敢陳未喻天子多識前古深究學源獻替可

否幸詳其要於是古學通人斂容峻坐良久而謂曰異乎吾所聞也論去觀天之象則見日月五星次度之分觀地之象則知百川四瀆所歸之處觀古今之跡上形太極混元之前却覩將來未萌之事秋毫不疑乃曰智也子既知而故問余亦述而略說考周孔六書之訓忠孝履其端李老二篇之旨道德創其首瞿曇三藏之文慈悲爲其本事跡乃異理數不殊皆盡美盡善可崇可慕也是以談衆妙以虛心開善權以汲引吾從嘗見遠遊先生頗亦聞之說通方論具叙三教兼陳九流先生遁逸巖阿莫知氏諱容儀閑雅進退可觀言笑溫雅動上有則雖語有品藻而志無褒貶飯餌松菜靡測其年棲寢煙霞孰詳其世至於三古本末煥若鏡中百氏枝條明如

掌內窮周孔之令典究佛道之弘規察其所懷在乎逍遙齊物觀其所尚歸乎平等性空先生燕默之餘顧謂僕曰世不達者多相是非以是其所是而非其所不是不非其所非而非其所不非此則是其所非而非彼所是矣夫論儒之教也意在居家理治長幼順序在上不驕爲下不亂臣子盡其忠孝僕妾竭其歡心大則配天祀帝尊親享祖欲使天地昭察鬼神効靈災害不興禍亂不作小則就利乘時謹身節用施政閨門之內流恩僕隷之下咸奉其事各得其宜也道之教也言萬物之所以生至功之所以成必生乎無形由乎無名然而無形無名者萬物之宗也叙道則爲始爲母談教則有徼有妙是以元始拱默於金臺太上垂衣於紫殿遣二真以導俗

命五老以披圖履幽而明抱一而貞寂怕乎大羅偃仰乎太清然後設無爲之化行不言之教布黃庭紫府之文授金版銀繩之籙玄霜絳雪之妙玉液雲英之奇九靈明鏡之華八練神丹之彩足以還年却老足以羽駕長生遊閬苑而忘歸沐咸池而不返乍披褐於闔閭或控鶴於蓬萊靜處姑射之阿思微崆峒之上與天地而遐久共陰陽而晦明佛之教也大矣哉牢籠華藏出九重圓蓋之表照灼靈臺吞八維方質之外非色妙色流光混元之前分身化身列影太虛之始故以旁薄而造陰陽爐錘以成天地大象之象含育於四象剛材之材通運於五材玉衡轉渺渺乎不測其機合璧懸茫茫乎孰詳其化不皦不昧惟微惟彰統衆聖之靈府赴群生之嘉會也於是出火宅而御三車入愛河而揮八棹現希有事豈獨菴羅樹園說不思議非但摩伽陀國種種方便一一慈悲破生死之樊籠濟涅槃之彼岸莫不意珠騰曜智炬凝輝總納百川濬東溟之在地綱維萬象逾北極之居天寧與高下相傾儒墨交競誠固推之於眞際反之於玄源玄源也者則境智俱亡眞際也者則權實斯泯大宣究竟之旨普運神通之力尋其善巧漚和之致陶鈞負荷之功造化無以方日月莫能擬足以括囊四大超然三景子當書紳以自鏡也

公子曰美則美矣疑且疑焉夫能匡社稷者莫過懷忠養至親者莫過奉孝經天地者莫過修文定禍亂者莫過講武安上下者莫過弘禮移風俗者莫過習樂此固皇王之要訓

亦治道之大方雖摩竭慈悲之談厲鄉道德之論未爲濟世之急猶涉木鴈之詞非惟僮僕之未賓抑亦賢愚之同去也
通人曰訥言敏行君子所稱無以巳之寡聞切取況於典論子不聞魯侯之誡乎無多言無多事多言多害多事多患若事親殉主則以忠孝爲初遠害全身則以道德居始利生救苦則以慈悲統源奉孝懷忠可以全家國行道立德可以播身名興慈運悲可以濟群品濟群品則恩均六趣播身名止榮被一門全家國乃功包九合故忠孝爲訓俗之教道德爲持身之術慈悲蓋育物之行亦猶天有三光鼎有三足各稱其德並著其功遵而奉之可以致嘉祐也
公子曰前漢藝文志云全身保國凡有九流一曰儒流謂順陰陽陳教化述唐虞之政宣仲尼之道也二曰道流謂守弱自卑陳堯舜揖讓之德明南面爲政之術奉易之謙謙也三曰陰陽流謂順天歷象敬授民時也四曰法流謂明賞敕法以助禮制也五曰名流謂正名列位言順事成也六曰墨流謂清廟宗祀養老施惠也七曰縱横流謂受命使乎專對權事也八曰雜流謂兼儒墨之銓合名法之訓知國大體事無不貫也九曰農流謂勸勵耕桑備陳食貨也遵其道可以安庶品行其事可以利國家爲政備矣於民足矣縱先生通方之說古學盡善之詞恐類風牛不相及也
通人曰觀一可以知百觀此足以明彼但佛教冲曠名義弘多總而言之具有玄録今爲

吾子略舉大猷自梓雲散空瑞蓮現海半滿之門洞啓空有之策兼揚毗城有迴情入法之謨靈山有攝末歸本之訓在用如水分千月爲體若鏡鑑萬形斬籌含識共蔭慈雲塵沙佛土咸霑甘露及收光白氎韜影提河於是乎五百應供摇象扇而闡持八萬修多拂龍牀而器寫珠函寶印既溢王宮貝葉梵文還盈海藏昇堂萬計競沐身田負牆百億爭開心樹爰至摩騰入洛僧會遊吳遠流法鼓之音俱傳慧風之業以類相聚亦有九流顯其嘉名稱爲九録一曰眞詮二曰權指三曰戒品四曰禪門五曰呪術六曰論部七曰註解八曰章疏九曰傳記言眞詮者蓋方等之中心諸佛之要觀也事無不統理無不窮其言巧妙其義深遠包十仙之奥行總八藏之玄文緣覺涉求迷同汎海聲聞在聽悦若闚天此華嚴之弘致也裂見網之宏宗破邪軍之要術珠清濁水藥現深叢迷亂之色既分迴天之醉俄醒樂因剋滿常果仍圓斯涅槃之極旨也三獸混迹一乘總轡衣珠已現髻寶仍傳十無上之沖規四安樂之妙行鑑多寶之所爲悟長者之本心迺法華之會歸也布此十如寘兹四絶即色非色離名無名昭昭乎汎六度之舟瀰瀰焉登三空之岸謂般若之玄鋒也理之包舉在此四焉言權指者世雄方便之教也誘五濁之衆逗三乘之機接疲侶而置化城引窮子而持糞器如來殁後迦葉集經所謂四種阿含八部譬喻本生本事之旨貫華散華之談王宗之所分判安廒之所編録爲緣散說部袠彌多言戒品者

代佛之爲師訓僧之令範也亦如出必由戶濟尅待舟盖萬善之梯基五乘之脚足也或約時約處隨事隨根致有七聚别名五篇殊旨開遮之説既異輕重之相靡同天竺流行乃分五部中華傳習今有四焉迦葉創其綱維崛多分其條貫教訓正俗旣非禮不成滅惡生善亦非戒不克佛在任持爰因憍梵滅後傳授實啓波離寔三業之司辰乃六根之御史也言禪門者三學修心之紀也能爲得聖之因最稱盡漏之要是以聲聞繫想則水淨心池菩薩熏修則華開意樹禪能發慧佛有誠言四等六通偬禪林而始就八除十入依定窟而方成智度論云以禪定力服智慧藥得神通已還化衆生況復置世界於一毛凝海水爲五味故曰緣法察境惟寂乃照其

斯之謂歟言呪術者衆生滅罪之訓毒害消伏之方挫慢摧兇救危起死如禪提逐鬼若先敕神六字之除災七佛之護命反常合道因物成務濟世之術孰若是乎言論部者摧邪立正釋滯開蒙之義府也良以代移正像人變澆淳直路難登邪途易入致令雪山採藥爭取毒草深水求珠競持瓦礫故有通法聲聞傳燈菩薩折彼邪論伸此正經鯨鯢旣翦五翳所以云亡雰霧廓清三光於焉遂朗古録序云至聖繩墨曰經弟子述經曰論論者如丘明之作傳也呵黎曰經若有論義則易解旃延以深了實諦創乹度之文諸聖以富洽名理繼婆沙之説次則成實毗曇鋒頴精密考而詳之蓋小乘之英華也至於建無畏幢馬鳴標其稱首然正法炬龍樹統其機

源百論破外以開邪中觀祛内之偏執十二玄門之精旨摩訶衍義之宏深並大教之棟幹也言註解者就文現義述而不作之儔也並立像以取形即事而出理若生肇之註淨名支陸之訓般若屬詞灑落抗意標奇昔仲尼既歿寄微言於荀孟大覺已逝傳法印於通人高山仰止實開蒙滯者也言章疏者舉綱提綱拾遺補闕通一部之文義亦所以備遺忘也大法初度未遑解釋衞安帛遠創啓玄章自斯厥後競摛談柄至於憑敷大品愛亮涅槃焦鏡毗曇靜琳成實何但詞省意深固亦義周文愜猶丹青之寫狀若水鏡之圖形也並懸諸日月足稱罇俎矣言傳記者釋門記事之書也如班馬述作陳范修文王隱之序晉儀袁宏之著漢紀斯並治民小術動

碩學之奇才忠孝片善摇史臣之芳翰況三達易隱八我難思卓朗擅其嘉聲瑶開播其清辯帛祖既方諸嵇阮支遁亦匹彼王何高逸隱節之文遯世遊方之録十科導世之士五部利物之賢美德形容簡素斯在矣尋法王垂軌爲息苦輪既病有萬殊故藥非一準致使牒盈天府偈積龍宫香象八億負初分而莫勝羅漢五千閲散華而靡徧況乎數塵寶軸點墨玄言十地覩而未詳八恒觀而不測豈儒道名流之類能擬議其性海之門乎公子曰古哲云文繁者失其要理寡者喪其實今見之矣縱釋氏銓旨禪戒之談呪術傳記之典自是一家勵已之謨未爲五常經國之訓猶方孔圓柄雖美於形而闕於事矣且書有五常之教謂仁義禮智信也愍傷不殺

曰仁防害不婬曰義持心禁酒曰禮清察不盜曰智非法不言曰信此五德者不可造次而虧不可須臾而廢王者履之以治國君子奉之以立身用無暫替故云常也夫子向序佛教言緩而義迂非不昊然太爲濩落矣五常也者在天爲五緯在地爲五嶽在處爲五方在人爲五藏在物爲五行廣而言之無所不統仰觀俯察其能有加焉於是通人听爾而笑沉吟久之徐而喻曰世云千金易傾一言難吐徒貴指掌恐子夜遊不免失言強復論其大較

案沈氏均聖論云炎昊之初純厖之始人未粒食非肉非皮死亡立至雖復聖德慇懃恩存救勉而身命是資理難頓奪實宜導之以漸稍啓其源故燧人改火變腥爲熟腥熟既變蓋佛教之萌兆也君子曰沈侯學綜玄儒理兼孔釋匪斯人奚有斯論乎所以爾者太昊本應聲大士仲尼即儒童菩薩先遊茲土權行漸化愍濟五濁宣布五常而吾子未訪所聞今粗爲陳其本何者佛初成道近接下凡爰開小教因尸利而說三歸由末伽而說五戒爲迦王而說十善爲長者而說六齋此四者何耶三歸勸其捨邪五戒防其行惡十善使其招貴六齋令其得樂釋名云歸向也戒止也善嘉也齋肅也言三歸者教其歸向三尊防止五欲備延嘉貺肅敬容儀則冥祇欣萃徵慶允洽者矣一曰不殺二謂不盜三不邪婬四不妄語五不飲酒爲五戒也戒者禁也勒也勒身口如馬著轡禁情欲如猴帶鎖智度論云大惡病中戒爲良藥大恐怖中

戒爲守護死闇冥中戒爲明燈三惡道中戒爲橋梁五怖海中戒爲大船也夫不殺者如負天蹐地之屬圓首方足之儔水陸山空胎卵濕化語其種類凡有四生一一生中皆有八萬四千形狀不等然而人畜乃殊貴賤云別至於顒顒怖死汲汲貪生避苦以樂其身求安以養其命此情一種斯理萬均何有枉害忠貞濫誅淳善所以良士殲其神被髮趙同死大厲摶膺卭阜積怨魂之悲秦坑肆無辜之酷乘舟之歌已作黃鳥之詠徒哀次則列圍灞川縱禽夢澤張羅亘野布網連山火逐嶺以高低煙隨草而踈密奔電之鷹爭舉追風之馬競前猿覩箭以虛驚鴈看弓而迴墜洞胃達脕之痛解頭陷腦之酸奚獨喪蜯池空遂使亡狙林盡加以毒絲曲渚下鉤深潭獲朱鯉於河湍收紫鱗於井谷斯等並禀五常俱含四氣同霑佛性共有神明何忍陳此肉山樹玆炮烙極鱗羽之命盡芻豢之群臛染指之黿無如朱之鼈供何曾之盛饌備婁護之珍羞美彼心肝充其口腹歡他燕爾樂我嘉賓慶七德之光榮悅九功之繁會實乃傷大慈之本意故至聖以禁焉所以飼魚長者疇感天華（見金光明經）救蟻沙彌冥延促算（見賢愚經也）爰致金剛之體終爲長壽之因（護法因緣得金剛體不殺果報爲長命因見涅槃金光明等經也）此則求斷宿嫌其德一也言不盜者盜跖之行舉世不容梁上之賊是人皆患囊裝無子遺之貨筌篋有絕本之貧遂使布被莫充葛袍奚擬長者慙寄口之累精民羞屠販之勞豈止犯菜偷魚竊瓜私棗兼以盜僧髮物用常住財惡求多

求以利生利曽無媿色都不介懷何獨帶累見前信亦殃咎後世智度論云一切諸衆生衣食以自活若奪若刧取是名刧奪命大聖慈愍制戒過之其德二也言不邪者敗德滅身婬辜爲甚所以妺妃亡夏妲后喪殷褒姒之仆隆周麗姬之傾皇晉神仙遭騎頸之辱天廟致焚軀之災故稱衆罪之根是曰搆殃之本近乖梵世遠障菩提斷而不行其德三也言不飲者酒爲亂本亦稱狂藥徧興三毒之懋備造六根之舋祼露形體咆哮高聲貴賤悉欺親踈等罵既檮旣杌或哭或歌殷王牛飲而喪朝楚子虎酣以敗德成都縈累月之醉中山困千日之眠體湏湏其如泥心昏昏其似夜三十六失過患並生見智度論等八萬四千塵勞俱起見在遮智慧之業將來獲愚癡之報此罪最深故佛不許誡

能奉戒獲福無窮其德四也言不妄者口是禍媒舌稱鬪本能爲伐身之斧厥號衆惡之門刀劒起咽喉之間繩索居脣齒之際語寒風足使翠柯零葉談芳節能令槁木舒華褒貶由其一言生死出其三寸友于因之以水火室家爲此而乖離大害則滅族傾邦小愆則危身致命招未來之重報結見在之深怨實四過之根株乃十惡之林藪釋典述如鼻之誡周廟書銅人之銘福無以加其德五也公子喜而對曰鄙聞海無異鹹湯無異熱仁者所談殺盜等戒亦猶先王仁義之教也終是眼目之異號頭首之別名耳將知殊途同歸百慮一致斯之謂矣五教已足何煩五戒通人曰五教之職禁其見非五戒之謨防其來過五教事彰爲罪言殺盜事露獲贓狀者官始結政而成罪也

五戒口動成辜書但息其一刑經乃遮其三報（謂現報生報後報）息一刑免一時之現罪遮三報斷三世之來殃亦如六宗七廟之儀三饗四郊之禮時月朔望之奠吉凶慶弔之羞禮王制云庶人薦韭以卵薦麥以魚薦黍以豚薦稻以鴈諸侯用牛大夫用羊士用犬豕祭天地以蠒栗饗宗廟以角握皆謂有故而行殺也是以修其教不易其俗齊其政不易其宜教謂禮義政謂刑禁縱禮見其生不忍其死聞其聲不取其肉抑亦漸斷之談未爲極慈之訓

原夫釋氏之教也勸之以善化之以仁行不殺以止殺斷其殺業以斷殺故而民畏罪王者爲政閑之以獄齊之以刑將殺以止殺不斷殺業以不斷故而民弗禁智度論云殺有十罪一者心常懷毒世世不絕二者衆生增惡眼不喜見三者常懷惡念思惟惡事四者衆生惡之如見毒蛇五者睡時心怖覺亦不安六者常有惡夢七者命終之時狂怖惡死八者種短命業九者身壞命終在泥犂中十者若出爲人常當貧窮短命矣夫懼十罪於將來而殺自止制五刑於現在而過不懲（書防目下經遮未來）立驗目前此之謂也法句經云殺生求生去生道遠提謂經云不殺曰仁仁主肝木之位春陽之時萬物盡生正月二月少陽用事養育群品好生惡殺殺者無仁不邪曰義義主肺金之位七月八月少陰用事外防嫉妬危身之害內存性命竭精之患禁私不婬婬者無義不飲酒曰禮禮主心火之位四月五月太陽用事天下太熱萬物發狂飲酒

致醉心亦發狂口爲妄語亂道之本身致危亡不盡天命故禁以酒酒者無禮不盜曰智智主腎水之位十月十一月太陰用事萬物收藏盜者不順天以得物藏之故禁以盜盜者無智不妄曰信信主脾土之位三月六月九月十二月中央用事制禦四域惡口傷人禍在口中言出則殃至氣發則形傷危身速命故禁以舌舌者無信

譬喻經云安持淨戒馬巧提堅鞚勒身被精進鎧乃脫魔王賊百句譬喻經云五根之禍劇於毒龍過於醉象五根納受如海吞流如火得薪未嘗猒足五根如箭意想如弓思念如矢以五戒仗守護六根如視逸馬天地本起經云劫初之時人食地肥有一衆生頓取五日之食因制盜戒以禁之也以食地肥而生貪欲因制婬戒以婬欲故共相欺奪因制殺戒以求欲故妄語諂曲因制不妄語戒以飲酒故昏亂行非因制酒戒計五戒之興其來已久萌於天地之始形於萬物之先細入無間大彌八極衆生之父人道之根包括三才牢籠三世含育群有統御陰陽者也四天王經云一戒有五善神若有歸向三寶守齋持戒四王上啓天帝天帝令二十五神營衞門戶臨其命終往生天上云云於是曳七寶之妙衣羅百味之香食明珠類月美女如雲華合華開既無終始目迎目送自有周旋魔化比丘經云五戒人根十善天種云云言持五戒當得人身修行十善必獲天報十善者所謂身三口四意業三種合爲十也智度論云無放口之四害無恣身之三患發菩提心經云

以此十戒防身口意持身戒者永斷一切殺盜婬行不斷物命不侵他財不犯外色又亦不爲殺等因緣及其方便不以杖木瓦石傷害衆生若物屬他他所受用一草一葉不與不取又亦未曾攀賴細色於四威儀恭謹詳審是名身戒持口戒者斷除一切妄言兩舌惡口綺語離間和合誹謗毀呰文飾言詞及造方便惱觸於人言必至誠柔軟忠信言常饒益教化修善是名口戒持心戒者除滅貪欲瞋恚邪見常修軟心不作過罪信是罪業得惡果報思惟力故不造衆惡於輕罪中生極重想設誤作者恐怖思悔知恩報恩心無慳悋樂作福德常以化他恒生慈悲憐愍一切是名心戒持十善戒死得生天受上妙樂云云是以披五色之雲衣曳三銖之綺服質多樹下妙勝堂中隨天衆而優遊步香園而容與坐間一劫瞬頃千年光華麗日月之輝芬郁美栴檀之氣

育王經云王令國中人民悉行十善持五戒月六齋年三長齋牛馬犬豬一切皆齋云云

淨度經云當持九齋所謂歲三月六九齋應九神除九惱滅九惡愈九病三齋出三界求三道制三流斷三苦治三毒塞三途應三尊六齋制六情禁六賊止六衰得六和起六行成六德

譬喻經云天主帝釋敕四天王以六齋日案行天下伺求人間所造善惡見大國王以十善四等治化天下天主歡喜即賜人王金輪千輻雕文刻鏤衆寶廁填光明洞達絶日月光金銀銅鐵凡四輪寶空中自下八解明珠

光焰如日能除熱氣在王宮中復有女寶從空而降純肉無骨具滿女姿腕圓不現耳輭而垂容態閑美六十四變睫毛青緻髮澤不亂能知王心應時供奉奇異七寶水中涌出寶馬八萬白象六牙四大天王提七寶瓶香湯灌頂持天寶冠爲王著之王若行時七寶導前四兵從後云云

又育王經云育王夫人寶瓔二具珠衣千領雖處王妃受天快樂云云所謂珠光列後玉女羅前風生霧縠之裙香起雲羅之袖大論云奉戒持齋見得五利刀不能傷毒不能害火不能燒水不能没於一切瞋恚怒害惡衆生中見皆歡喜譬喻經云一日持齋有六十萬歳糧得五種福少病身安少婬少睡生天淨度經云八王者謂八節日也言天王所奏文書一歳八出故稱八王此日最急言歳終事畢考課結定上言天帝三十二臣四鎮司命司録閻羅所司神明聽察疏記罪福不問尊卑一月六奏六齋日是一歳三覆即三長齋月也令人左右肩上有左右契左神男右神女男神疏善女神疏惡先前一日夜半上天校定罪福各自求功爭了罪福毛髮不差如來大悲爲拔彼苦勸修齋戒令其得樂余今明以語子子當回也無違勿爲下士自取笑也宋典云文帝以元嘉中問何侍中曰范泰謝靈運云六經本是濟俗若性靈眞要則以佛經爲指南文帝又云如其率土之民皆淳此化吾坐致太平矣尚之對曰臣聞自渡江已來王導周顗宰輔之冠蓋王濛謝尚人倫之羽儀郗超王謐等或號絶倫或稱獨步

略數十人靡非時俊清信之士無乏於時竊謂釋氏之化無所不可何者夫百家之鄉十人持五戒則十人淳謹千室之邑百人修十善則百人和厚傳此風訓巳徧寓內編戶千萬則仁人百萬夫能行一善則去一惡去一惡則息一刑一刑息於家則萬刑息於國陛下所謂坐致太平也凡人一日受八戒則一日不殺生而一日無殺罪一日不偷盜則一日無盜罪一日敬三寶則一日爲善人一日事二親則一日爲孝子一日不妄語則一日不失信一日不綺語則一日不失禮一日不兩舌則一日兄弟睦一日不惡罵則一日室家和一身一日尚獲此功況一月至十月一年至十年自作教他展轉相續從一人以至百人從一郡以至百郡小善則閭閻士女大善則卿相王公校而言之足以立身輔化匡國保家若以此立身無身不立以此匡國無國不匡乃得聖人之遠圖實輔治之洪範也

公子曰周孔設教必導之以德齊之以刑故有五刑之屬三千之罪民猶罕遵法度多陷刑網若依佛語護戒捨刑則曰長姦盜若存公用罰又偏負大慈進退兩楹幸聞厥中

通人曰趙書云石虎嘗問國師佛圖澄佛法既不許殺罰今爲天下之主非刑殺無以肅清海內既違戒殺生雖復事佛詎獲福耶澄答曰帝王事佛當在體恭心順顯暢三寶不爲暴虐不害無辜至於凶愚無賴非化所遷不能改但有罪不得不殺有惡不得不刑但當殺可殺刑可刑耳若暴虐恣意殺害非罪雖復傾財事佛無解殃禍願陛下省欲興慈廣及一切則佛教永隆帝祚方遠石虎雖不能盡行而爲益不少

宋典云文帝之世外國沙門求那跋摩道化之聲播於遐邇以宋元嘉八年至于建業文帝勞問慇懃又因言曰弟子常欲持戒不殺

以身徇物不獲從志法師不遠萬里來化此國將何以教之跋摩對曰夫道在心不在事法由已非由人且帝王與匹夫所修各異匹夫身賤名劣言令不威若不克己苦躬將何爲用帝王以四海爲家萬民爲子出一嘉言則士庶以悅布一善政則人神以和刑不夭命役無勞力則使風雨適時寒暖應節百穀滋繁桑麻鬱茂如此持齋濟亦大矣如此不殺德以衆矣寧在闕半日之飡全一禽之命然後方爲弘濟耶帝大喜焉嘗試論之可爲永鑑必能存至治之本者當坐朝問道奉法無親寬猛相資威惠兼舉弘通三寶憐愍四生則百姓畏而愛之九有不嚴斯治周官無以陳其薄効洪範不足比其玄功

公子問曰奉佛能有益者何故三方雲擾四海鼎沸行道轉經而無福耶

通人對曰趙書云晉軍出臨淮泗人情危懼莫知所之石虎瞋曰吾之奉佛供僧而更致外寇佛無神也澄明旦早入虎以事問澄澄因對曰王過去世經爲大商主至罽賓寺常供大衆會中有六千羅漢吾此微軀亦預斯會時得道人謂吾曰此主人命盡當更受雞身後覇晉地今得爲王豈非福耶壃場軍寇國之常耳何爲怨謗三寶反興毒念乎虎乃悟而媿焉

仁王經云佛告波斯匿王一切國土安立萬姓快樂皆由般若波羅蜜是故付囑諸國王不付囑四部衆何以故無王力故此閻浮提有十六大國五百中國十千小國其國土中有七災難一切國王爲是難故講讀般若七

難即滅七福即生萬姓安樂帝王歡喜云何爲七難一者日月失度時節反逆或赤日出黒日出二三四五日出或日蝕無光或日輪一重二三四五重輪現當變怪時讀誦此經二者二十八宿失度金星彗星輪星鬼星火星水星刀星風星南斗北斗五鎭大星一切國王星三公星百官星如是星等各各變現亦讀此經三者大火燒國萬姓燒盡或鬼火龍火天火山火人火木火賊火變怪亦讀此經四者大水漂没百姓時節反逆冬雨夏雪冬時雷電霹靂六月雨冰霜雹雨赤水黒水青水雨土山石雨沙礫石江河逆流浮砂流石如是變時亦讀此經五者大風吹殺萬姓國土山河樹木一時滅没非時大風黒風赤風青風天風地風火風如是變時亦讀此經

六者地國土亢陽炎火洞然百草亢旱五穀不登土地赫然萬姓滅盡如是變時亦讀此經七者四方賊來侵國内外賊起火賊水賊風賊鬼賊百姓荒亂刀兵刧起如是怪時亦讀此經是名七難攘七難法當作九色旛長九丈九色華高二丈千枝燈高五丈九玉箱九玉巾作七寶案七寶高座置經案上於七寶帳中其國王等燒香散華日日供養如事父母如事帝釋云云若未來世國王護持三寶者我使五大力菩薩往護其國一名金剛吼菩薩手持千寶相輪二名龍王吼菩薩手持金輪燈三名無畏十力吼菩薩手持金剛杵四名雷電吼菩薩手持千寶羅網五名無量力吼菩薩手持五千劒輪并五千大神王等往護彼國作大利益當立其形像而供養之

云云夫水積浮船風積運鳥護國土者須憑五力(天龍鬼神人爲五力也)匪唯世策獨恃六軍五力必幽顯同心故獲安隱六軍或表裏殊計便致危亡所以降伏脩羅遠因般若招延豐樂近寄寶寘但能依王論正論以定民(出金光明仁王等經)奉日藏月藏而寧國務興七善增長三氣則有五千大將各振劒輪四大夜叉俱領神衆敬順佛語守護人王(大集經月藏分云佛以震旦國土付囑毗首羯磨天子迦毗羅夜叉大將須摩那龍王雙目大天王士女等各將眷屬主領神兵共護震旦所有鬭諍怨讎忿競言訟兩陣大戰飢饉疾病非時風雨水寒毒熱悉令休息令我法眼得久住故紹三寶種不斷絕故三種精氣得增長故云云王者用心則無不果)星辰流景而正行日月重光以合度陰陽和而無變雨水浹以應時有感斯通無靈不契至如業稱過現福說重輕但非定報皆可禳也經不徒然枉爲功德定之不棄業報無差矣

辯正論卷第一

音釋

賾(士革切幽深難見也)婉(於阮切美也)遒(慈秋切健也)鶩(亡暮切亂馳也)鑠(書藥切銷也)誄(力水切壘述前人之功德曰誄)埏埴(埏式連切埴丞職切埏埴和黏土也)燾(徒到切溥覆照也)鑽燧(鑽祖官切燧徐醉切鑽燧謂鑽木取火也)臊(蘇遭切豕膏臭也)犧(許羈切)耒耜(耒力遂切曲木曰耒耜序姊切耒端曰耜)揉(忍九切矯揉曲直之也)檝(子涉切)頡(胡結切)墠(上演切除地祭曰墠)檮杌(檮徒刀切杌五骨切)饕餮(饕土刀切餮他結切)峗(魚爲切山名)橇(丘妖切泥行所乘者)蕐(居玉切禹所乘直轅車也)亳(濟各切地名)姒(祥里切)逖(他壓切遠也)賝(丑林切美寶也)鷃(於諫切斥鷃小鳥名)茱(直律切藥名)閬(落宕切)姑射(姑古

胡切射神夜切錘直追切權也皦吉了切明也濬私閏切深也殉
辭閏切從也袠直質切書袠也枘儒稅切木耑也濩胡郭切听
疑謹切听然笑貌龎莫江切厚也蹐資昔切小步也殲子廉切微盡也
灞必駕切水名狙七余切猴也豢胡慣切臛黑各切肉羹也缹
方久切烝缹也飼祥吏切餧飼也跖之石切盜跖人名⿱竹去篋⿱竹去丘魚切
篋苦協切妹莫葛切妹嬉桀妃名妲當坂切妲己紂妃名釁許覲切隙也
咆哮咆薄交切咆哮也哮蒲沒切哮逆也澒胡孔切蠒古典切鞚
苦貢切馬勒也銖市朱切十黍重曰銖睫即涉切目旁毛也緻直利切密
也顗魚豈切壃場壃居良切場夷益切壃場邊境也

辯正論卷第二

唐沙門釋法琳撰
東宮學士陳子良註

三教治道篇第一下

公子問曰竊覽道門齋法略有二等一者極道二者濟度極道者洞神經云心齋坐忘至極道矣濟度者依經有三録七品三録者一曰金録上消天災保鎮帝王正理分度太平天下二曰玉録救度兆民改惡從善悔過謝罪求恩請福三曰黄録拔度九玄七祖超出五苦八難救幽夜永歎之寃濟地獄長悲之罪七品者一者洞神齋求仙保國之法二者自然齋學眞修身之道三者上清齋入聖昇虛之妙四者指教齋救疾禳災之急五者塗炭齋悔過請命之要六者明眞齋拔幽夜之識七者三元齋謝三官之罪此等諸齋或一日一夜三日三夜七日七夜具如儀典其外又六齋十直甲子庚申本命等齋通用自然齋法坐忘一道獨超生死之源濟度十齋同離哀憂之本始末研尋其功甚大其間威儀軌式堂宇壇場法象呟虛備諸楷則衣冠容止濟濟鏘鏘朝揖敬拜儼然齋肅旋行唱讃眞氣自然燒香散華神儀欝在身心俱致感應必臻賔主同諧自符景福明眞儀云安一長燈上安九火置中央以照九幽長夜之府正月一日八日十四日十五日十八日二十三日二十四日二十八日二十九日三十日夜中安一長燈令高九尺於一燈上然九燈火上照九玄其佛家娑羅藥師度星方廣等齋威儀軌則本無法象世人並見何所表明

通人謂曰余結髮從師早經庠塾備覩百氏躬習三玄爰自開闢迄于漢魏不聞王者奉道爲國家建三録之齋禳天災行七品之法若言其法早行世者昔洪水滔天四民昏墊炎威爍石六合洞然當爾之時豈所不以道齋往救眼看狼狽若是者乎若救而得者其文昌釋羑武發疾瘳復應是齋力所致乎如其救不得者豈復不是道齋虛妄乎余嘗歷觀道經備詳其要見玄中經云道士受戒及符籙皆置五嶽位設酒脯拜又案三張之法春秋二分祭竈祠社冬夏兩至同俗祠祀先亡及受治録兵符社契皆言將軍吏兵之事又見上元金録簡文威儀自然經云上元總眞中元總仙下元總神常清朝向本命迴心禮三十二天者揺頭以兩手指天鳳翔各九迴手摩額案兩目案鼻兩邊上下兩孔各七過受録用上金五兩素絲五兩食米五斗薪五束式用金人金鐶金龍金魚銀人銀鐶銀筒銀榼等莫不廣陳金玉多費繒綵但肆貪求之術未聞出要之方何者竊尋道士陸修靜妄加穿鑿制此齋儀意欲王者遵奉其法屬梁武啓運道化不行何以知之案梁武先世事道潛龍之日親奉老子到天監三年既得自在四月八日出勑捨道修靜不勝憤恨於是遂與門徒及邊境亡命叛入高齊又傾金玉贈諸貴遊託以襟期冀興道法文宣帝令曇顯法師挫其鋒鋭修靜神氣頓盡結舌不言其徒是日並皆捨邪歸正求哀出家未發心者勑令染剃具如別傳所載時有偏執儒生厥姓劉氏自稱漢末黄巾之裔延承修

靜左道之餘聞通人出修靜叛梁所由叙入齊被戮之狀乃勃然作色攘臂而起厲聲言曰夫子大人言何容易可不聞乎造次於是則顛沛於是尋三録七品並出靈寶自然洞神等教獨超生死之源同離憂苦之本傳之在昔行者登仙是以入道之士冠冕服章佩符帶印操持簡籙接奉仙庭扇古道而佐明時修無爲而崇上德進則動飈輪而登金闕轉飛蓋而遊玉京退則開小善而救三塗運大慈而濟六道此其狀也

通人謂曰夫言尚浮華語非實録猶瓦雞靡司晨之用陶犬無守夜之功何者檢諸古史遜聽先儒不聞靈寶之名未記天尊之說討其根起皆張陵僞經之所傳也其末學道士管見儒流不測所之奉以爲實亦未詳道士之號從何而來若能聞已勤行當爲子說通人之言未止儒生遽而應曰余聞珠育於水銅生於石取者委之傳者迷之若不委而傳竊爲夫子不取也三間有言曰道可受而不可傳其斯謂矣今對夫子略叙大宗案道教衆經並云初應一氣號曰大羅在三清之表置玄都玉京玉城金闕天尊治在其中寶玄經云自然應化有十種號一號自然二號無極三號大道四號至眞五號太上六號老君七號高皇八號天尊九號玉帝十號陛下統領一切立君臣之道正一經云上化三清以置仙眞聖王三公九卿二十七大夫八十一元士一百二十曹局千二百仙官各治宮府天曹普領星辰日月分文垂象令下界天子則而像之故云人法地地法天天法道道法

自然是以先代聖君皆法此爲治又從一氣化生三氣以應三君言三君者從三氣生道者氣也靈寶九天生神章云有天寶君是大洞神靈寶君是洞玄神神寶君是洞真神天寶丈人則天寶君之祖氣丈人是混洞太無高上玉皇之氣九萬九千九十九億萬氣後至龍漢元年化生天寶君出書時號高上太有玉清宮靈寶丈人即靈寶君之祖氣丈人是赤混太元無上玉虛之氣九萬九千九百九十萬氣後至龍漢開圖化生靈寶君經一劫至赤明元年出書度人時號上清玄都玉京七寶紫微宮神寶丈人即神寶君之祖氣丈人是冥寂玄通無上玉虛之氣九萬九千九百九十萬氣後至赤明元年化生神寶君經二劫至上皇元年出書時號三皇洞神太清太極宮又言

此三號雖年殊號異本同一也仍分爲玄元始三炁而治三寶即三炁之尊神自然懺謝儀云臣等歸命東方無極太上靈寶天尊臣今仰謝東方九氣清天太清玄元無上三天無極大道太上老君太上丈人天帝君太帝君上皇老人三十九真七十二聖高玄真君九老仙都君九氣丈人始清天真東華玉寶高晨太司上相青童君元老九玄主仙真人千二百官君太清玉皇陛下青帝九氣玉門神仙四司真人諸天至極上聖大神下謝東鄉無極世界五嶽四瀆神仙正真九叩頭九搏頭也洞神經云有三三皇故曰九皇是初三皇虛無空同之變化次三皇是玄元始之應變後三皇是三元之變以爲三台化形接物此九皇者並是大道妙用應化相生及五帝行化其次三王氏代代習眞莫不法道又云三界二十八天之上次四民天從四民天到太清境從太清境到上清境從上清境到玉清境從玉清境方至無上大羅乃登極果應化宮臺難以言說謂爲道中

之道又是天尊之位處七映之宮居九華之殿坐金牀而怳性凭玉机以恬神玉女軿羅仙童侍衛分判善惡決斷死生凡是鬼神莫不崇仰爲天中之主蓋聖者之尊惟鬼惟神可信可尚是以古之賢哲率共依行或隱迹於市朝或藏形於林藪或門人隨從或弟子諮詢王駘之侶三千庚桑之衆非一無不二觀調心重玄滌想談空極妙扇大道以匡時修善立齋運玄功而佐國是以代代天子咸所導崇世世英賢悉皆欽尚夏后鍾山之感漢文河上之徵妙應蟬聯無時暫替義非虛說出自由來故稱道教難可名也

通人折曰予能誦文不知求理互鄉之類誠難與言夫凝冰慘慄不能彫款冬之華朱飈鑠石不能靡蕭丘之木舉熠（溪入切）燿於日月之間非智也擁甋甌於鴻鍾之側非慮也子所引文今當立驗何者禮云太上貴德鄭注謂古之王者老子云太上下知集注云太古之世知上有君而不臣事即三皇時也天尊之號出自佛經陛下之名肇於秦始其公卿大夫及元士曹局並用周官秦漢之制而改頭換尾以僞爲眞所叙三皇並引帝系譜等其三界品次諸天重數並依傍佛經假立名字而增減出沒似異而同若上古已來實有斯法庖犧著易未見叙之往代皇王不聞奉事周秦已後漸出訛言莊子天運篇云孔子行年五十有一而不聞有道乃南從清沛見老聃曰使道可獻人莫不獻其君矣幸子思之無多言也而云三界之外別有京闕都城者有識之徒咸所嗟怪笑道論中備詳其僞

矣莊子云王駘癈疾之人庚桑抱患之士不行章醮未出符書身著時俗之衣口授先王之典弗爲道士靡戴黃巾輒引將來欲何所表縱夏禹開鍾山之藏不道天尊漢文詣河上之遊絶無蹤迹案潘嶽關中記嵇康皇甫謐高士傳及訪父老等無河上公結草爲菴現神變處事並虛謬焉可憑乎又言道稱教者凡立教之法先須有主道家既無的主云何得稱道教以三事故道家不得別稱教也一者就周孔對談周孔二人直是傳教人不得自稱教主何以故教是三皇五帝之教教主即是三皇五帝二者案前漢藝文志討論今古墳典總判凡有九流一儒流二道流道無別教總在九流之內據此而言無別立教何以故無教主故若言以老子爲教主者老子非是帝王若爲得稱教主若言別有天尊爲道教主者案五經正典三皇已來周公孔子等不云別有天尊住在天上垂教布化爲道家主並是三張已下僞經妄說天尊上爲道主既其無主何得稱教三者姚道安作二教論唯立儒教佛教不立道教何以故儒者用三皇五帝爲教主尚書云三皇之書謂之三墳五帝之書謂之五典用墳典之教以化天下毛詩云風以動之教以化之墳典是教帝皇爲主儒得稱教佛是法王所說十二部經布化天下有教有主也然佛是出世人經是出世教故得稱教三皇五帝是世主三墳五典是世教先以世教化後以出世教化事盡於此攝法既周爲緣亦了何須別有道教又毛詩云一國之事繫一人之本謂之風天

子有風能化下故得稱教道非天子不得有風既其無風云何布化無風可化不得別稱教也據此而言但有二教縱稱有道判入儒流又老子是俗人未斷煩惱有所言説但序三皇之教化河上公云大道之世無爲養神無事安民謂無所施爲無所造作日出而起日入而止名爲大道無別天尊住於天上此謂道是道理淳和之氣亦無形相也又葛仙公云吾師姓波閱宗字維那訶西域人也亦不云天尊是我師也

儒生問曰道以自然爲宗虛無爲本其證非一如太上玄妙經云道曰自然者道之眞也無爲者道之極也虛無者德之尊也不視不聽而抱其玄無心無意若木生根精聚化爲其身又昇玄内教經云太極眞人問大道以何爲身生在何許名之爲道答言大道玄妙出於自然生於無生先於無先又靈寶自然經訣云太上玄一眞人曰太上無極大道無上至眞玄居虛無無形自然極虛無之上上無復天下無復地故曰無上至眞大道道雖虛無而能生一爲萬物之本也通人問曰道能生一誰復生道若道無從生亦道不生一若道不從他生一亦不從道生若道自生一亦自生一既不能自生道亦不能自生若道自生道亦道自法道何故老子云人法地地法天天法道道法自然既道不自法而法自然亦可道不自生從自然生若道不從自然生亦一不從道生又一不及道從道生亦可道不及自然從自然生一從道生道得稱大道從自然生亦可自然稱大道

不得稱大若不稱大應云小道若道埊自然即道法自然自然即爲道本既道本於自然即自然是常道不得是常今道既稱常自然亦常亦可道法自然自然亦應法道若自然爲本道不得爲本自然爲常道不得爲常若兩箇俱是常亦兩箇俱相法如其一法一不法亦一常一無常若言俱常即俱自然既有自然不自然亦有常有無常若自然爲本道爲迹本迹俱稱常亦可道爲本天爲迹天道俱無常今以道本對天迹道常天無常迹可自然對道迹道無常而自然常若道即自然亦天即是道若天體非道體即一常一無常今亦可道體即自然體同體亦同常今道法自然云何得同體既道法自然不法還是自然常道無常若有常異無常可得無常非有常無常異常何得今常異無常由無常有常有常故無常常法尚無常有何得有無常若離常有無常因餘常有常亦離常無有常是故知無常常法既無有云何有無常道若稱常便爲諸見之首如其稱大復被域中所拘鳥鼠二端何以自出假令有道因藥成仙耳故袁宏後漢紀郊祀志云道家者流出於老子以清虛淡泊爲主裕善疾惡爲教禍福報應在一生之内畜妻子用符書其修行不已得至神仙也

通人曰尋老子在世未捨俗塵儀貌服章亦無改異不立館宇不領門徒處柱下之微官隱龍德而養性和其光而避外患同其塵以攝内生愚者見之謂之愚智者見之謂之智非魯司寇莫能識也今之道士不遵其法反

同張禹漫行章句苟求潤屋葺得養身棄五千之妙門行三張之穢術如茅山道士陶隱居撰衆醮儀凡十卷從天地山川星辰嶽瀆及安宅謝墓呼召鬼神所營醮法備列珍奇廣辦綾綵多用蒸魚鹿脯黃白審料清酒雜果鹽豉油米等先奏章請喚將軍吏兵道士等皆執手版向神稱臣叩頭再拜求恩乞福與俗並同既非出家具造邪業然紫微太微少微等總謂天皇三官案古來先儒云天皇太帝者是紫微尊神一名曜魄寶即中央天也謂之北極在勾陳之內爲天之主衆星所尊左有太一神右有太一神爲左右將如今左右丞相也主承事天皇人命所屬尊中之尊依尚書周禮國家自有祭法皆天子親所敬事孝經云周公有至孝之心乃宗祀文王於明堂以配上帝郊祀后稷以配天天謂五方天帝謂昊天上帝以祖父配祭於明堂及員丘南郊等本非道家之神亦非道士所行之法云何今日乃用道士醮祭大乖禮教深恐天神不饗非禮從漢末張陵以鬼道行化遂有道士祭醮爰及梁陳盛行於世麤法易染習俗生常天下僞濫莫過於此依周禮及郊特牲等國家祭天自有儀式醮者祭中一名盡爵曰醮三史九流亦無道士爲國禳災奏章行醮也昔武王病篤周公請命置壇設祭祈禱上天不聞召請道神徵喚道士若道神在天上衆聖所尊壽夭吉凶由其決斷周公行祭敢不先之尚書金縢篇云武王病篤周公立三壇因太王王季文王請命於天言旦多才多藝能事鬼神言王不能事鬼神若不救恐墜天寶命公歸乃內册於金縢之匱王翌日乃瘳若道神必尊人命所屬周公豈敢不先求請子細推勘虛

謬可知也若言有者書何不載孔子云獲罪於天不云獲罪於道案五千文解節中經序云令喜辟穀斷米爲粥三日一食用上金錢九千唼白馬血君子曰老旣慈仁不應弑馬爲誓道稱無欲何乃貪金說經其一曰泥洹府解道可道名可名無名萬物始有名萬物母有欲徼無欲妙同出而異名衆妙之門深兮似萬物之宗其六曰人之府解谷神玄牝天地根綿綿若存等道者謂泥洹君名者謂脾毋者謂丹田泥洹者天德也其神所治在人頭中歲五來下下至丹田老謂尹曰脾者中黄一也黄氣徘徊治於中宫黄神長一尺戴日履月名曰金滕主常飲甘露食駏驉之脯其神太白主之於日月五光覆之太一封之青龍負之朱雀跱之中有神一不可不思又丹田者玄牝也却著脊膂治下元中有神氣名小童子行一來下至丹田灌鼻上去入泥洹其妙謂虛無其徼謂丹田異名者謂諸精其名有六一曰精二曰尿三曰汗四曰血五曰涕六曰唾故曰異名玄又玄者謂左右目衆妙門者謂人死無氣氣絶於口道沖而用之者沖謂一也道一身常沖行之不盈淵兮者謂口也有華池㖔唾而咽之言津液滿口中一行浸潤百二十府口不可滿若淵泉也似萬物之宗者謂口飲食萬神於口也谷神者亦謂口也神入口則生人也玄牝者謂鼻與口也天地根者謂口鼻爲門神氣於中出入爲生養根也鼻不言不語其氣綿綿爲天䆫用之不勤也凡八十一章總以三元甲子爲所明旨趣大都與黄庭合契皆在服氣養身

及行房縮精之祕爲俗所重非道所遵但爲詭說非真行也以此求仙大爲河漢豈有嗜欲翻得長生縱使延年終爲罪本黃庭云上有黃庭下有關元前有幽關後有命門噓吸廬外出入丹田審能行之可以長生黃庭中人衣朱衣關門壯籥闔兩扉幽闕俠之高巍巍丹田之中精氣微玉池清水上生肥靈根堅固志不衰中池有士服赤朱橫下三寸神所居中外相距重閉之玄雝氣管受精符急固子精以自持宅中有士常衣絳子能見之可不病方寸之中謹蓋藏精神還歸老復壯使理長尺約其上子能守之可無恙呼吸廬間以自償赤神之子中池立下有長城玄谷邑長生要助房中急常存玉房視明持時念太倉不飢渴精子精路可長活五行參差同根節三五合氣要一本抱珠懷玉和子室仙人道士非有神積精所致專和仁欲義相得關命門常能行之可長生陳思王辯道論云夫神仙之書道家之言乃云傳說上爲辰尾宿歲星降下爲東方朔淮南王安誅於淮南而謂之獲道輕舉鉤弋死於雲陽而謂之尸逝柩空其爲虛妄甚矣哉中興篤論之士有桓君山者其所著述多善劉子駿嘗問言人誠能抑嗜欲闔耳目可不衰竭乎時庭下有一老榆君山指而謂曰此樹無情欲可忍無耳目可闔然猶枯槁腐朽而子駿乃言可不衰竭非談也君山援榆喻之未是也何者余前爲王莽典樂大夫樂記云文帝得魏文侯樂人竇公年百八十兩目盲帝奇問之何所施行對曰臣年十三而失明父母哀其不及事教臣鼓琴臣不能導引不知壽得何力君山論之曰頗得少盲專一內視情不外鑑之助也先難子駿以內視無益退論竇公便以不外鑒證之吾未見其定論也君山又曰方士有董仲君有罪繫獄佯死數日目陷蟲出死而復生然後竟死生之必死君子所達夫何喻乎夫至神不過天地不能使蟄蟲夏逝震雷冬發時變則

物動氣移而事應彼仲君乃能藏其氣尸其
體爛其膚出其蟲無乃大怪乎世有方士吾
王悉所招致甘陵有甘始廬江有左慈陽城
有郄儉始能行氣導引慈曉房中之術儉善
辟穀悉號三百歲本所以集之於魏國者誠
恐斯人之徒挾姦詭以欺衆行妖慝以惑民
故聚而禁之也甘始者老而有少容自諸術
士咸共歸之然始辭繁寡實頗切有怪言若
遭秦始皇漢武帝則復有徐市欒大之徒矣
桀紂殊世而齊惡姦人異代而等僞乃如此
耶又世虛然有仙人之說仙人者黨猨猨之
屬與世人得道化爲仙人乎夫雉入海爲蛤
鷰入海爲蜃當其徘徊其翼差池其羽猶自
識也忽然自投神化體變乃更與黿鼈爲群
豈復自識翔林薄巢垣屋之娛乎而顧爲匹

夫所罔納虛妄之辭信眩惑之說隆禮以招
弗臣傾産以供虛求散王爵以榮之清閑館
以居之經年累稔終無一驗或殁於沙丘或
崩于五柞臨時雖復誅其身滅其族紛然足
爲天下笑矣然壽命長短骨體强劣各有人
焉善養者終之勞擾者半之虛用者夭之其
斯謂矣子可詳焉

儒生悅焉莫知所對久而言曰豈若是乎豈
若是乎鄙聞道德二篇歷世宗仰漢文魏武
親自修行洞玄經云五千文者道德祖宗眞
中之眞誦之萬徧則身飛仙學者議云布李
老無爲之風而民自化執孔丘愛敬之道而
天下孝慈夫子學優見遠辯若懸河請述所
聞敢同夕死也

通人曰學不師古無克永世先賢往彦孰不

因師僕之所崇世號總持開士現生五濁爰踵四依縱有鍱腹奇才聞便喪膽折角雄辯見即緘脣儒綜五車釋該八藏綽綽有裕彬彬可觀綺藻蘭言禀乎天骨神情機警由於自然高名發於上京雅調流於下國傳燈在意梁棟居心寄金之業以成護法之功遐播嘉聲震於萬寓玉格覃於六幽然而老氏宗源偏所詳究請爲吾子函丈論之於是共造祇園頂禮開士退坐一面具陳所懷開士運不請之心縱無礙之辯顧而說曰尋太古無爲其民朴素未崇仁義不尚威容衣服莫用於六章飲食詎調於五味自世運推革時節流動淳源一變澆波四起既失序於結繩因昭俗以書契八索緣茲以作九丘自此而興及軒轅在政淳風更隱頗競聲色兼好畋漁遂感隱者容成爲說五千文也明道德之純序無爲之治欲使還源反朴抱一守雌者耳故說云五色令人目盲五音令人耳聾五味令人口爽馳騁畋獵令人心發狂奈何萬乘之主而以身輕於天下輕則失臣躁則失君善行者無轍迹善言者無瑕讁善計者不用籌策善閉者無關楗善結無繩約去甚去奢去泰（甚謂貪淫聲色奢謂服飾飲食泰謂宫室臺榭言此三者須去之處中和行無爲則天下自化也）果而勿矜果而勿伐果而勿驕果而勿强者也考其所以但是禁抑物情近爲世訓未能斷煩惱本絕生死根尋黃帝之時垂衣裳營宫室尚聲尚色以畋以漁人主驕奢下民勞役容成因時故述斯要矣雖言崆峒問道詎曾脫躧鼎湖輕舉反葬橋山至於燕處超然未聞其說

儒生曰夫五千文探道德之與順古歸朴致之太和貴虛靜以守眞抗至言以崇本其文恢廓以弘遠其教淡泊以柔弱棄忽名利而潛世聖智遺心而成功不在於己而究萬物之幽情存聖人之風是以班固楊雄尚不呰毀子長或以尊於六經或以冠於儒首叔皮君山或以言約易守用過儒術蓋知言之機知道之徼可爲百王不刊之誡矣而開士抑爲世訓同之俗典若是可乎

開士曰智大者盤桓於山峙器小者逢飛而萍浮吾聞爲可爲於可爲之世則天下同爲是爲可爲也今示子以爲明可爲者可以不爲矣夫五色致盲謂貪淫好色傷精失明也豈非淨名云所見色與盲等乎五音致聾謂耽淫聲則損和氣心不能聽無聲之樂也豈非淨名云所聞聲與響等乎五味致爽謂人嗜五味則舌損而猒生也豈非淨名云所食味不分別乎不貴難得之貨息盜也豈非觀受無常乎不見可欲自靜也豈非靜也非觀身不淨乎去煩亂令心虛愛精血令骨彊則有心可虛有骨可彊氣散形枯非心虛也神去體朽非骨彊也挫其銳黜思也解其紛不聞也但是抑其聰明息其紛競清儉自守不與物嫌蓋爲士之一志非通人之大度也和其光不亂人也同其塵不自別也直是揚波淈泥以避患未能利益同事以化衆生乃爲有爲事有事非無爲無事也以己而和不知物之所以自和則和所不能和也盤桓形骸之間倥傯分別之境例可知矣

儒生曰顏光祿云道者流出於仙法佛者本

在於神教道也者必就深曠飛靈猴丹石粒芝精所以還年却老延華駐彩也佛也者必辞親偶閒身性師淨覺信緣命反一無生克成聖業智邈大明志挾恒劫雖殊塗而同歸亦何異而獨往哉向聞其異未知所以爲異請示其門冀同歸也

開士喻曰顏氏知一不知其二夫道體無名無爲天地之始乾坤有質有爲萬物之母此則道不出於始無物而資於今有便是本無今有已有還無拘限有無之間生成始母之内矣請吾言之眞諦故無無爲天地之始世諦故有有爲萬物之母母能生也故爲世諦始爲本也故爲眞諦世諦說有非無而有眞諦說無非有而無非無而有不有有也非有而無不無無也非無而有常見自消非有而無斷見便息不有有者非有非不有也不無無者非無非不無也言其有者言非是有既非是有非謂非有是則執者失之爲者敗之者也子知異之爲異未知異之所以異之所異焉知同異之所以異未知同異之所以異焉知異同之所以異未知異同之所以異焉知異異之所以異未知異異之所以異焉知同同之所以異未知同同之所以異焉知非同非異之所以異未知非同非異之所以異焉知非非同非非異之所以異未知非非同非非異之所以異焉知非非不同非非不異之所以異未知非非不同非非不異之所以異焉知異同同異無異不異之所以異哉是以如來說法常依二諦起慈悲以救物行喜捨以濟人無念而成就衆生不動而淨佛國

士雖有所作實無所爲子其詳焉無自誤也儒生問曰初列三教各陳其美後將道教判入儒流棄太史之正言從班生之曲說君子不黨何若是歟

開士喻曰小人黨親君子黨理若理符而事順者亦何愧於蒼蒼乎吾聞世間法者有字無義出世間法者有字有義何者世法浮僞喻如驢乳出世眞實喻如牛乳然而驢乳爲不能出酥縱强抨之還即成尿所以然者勢分絶也牛乳酥酪乃至醍醐轉抨轉淨唯香唯美五種具足八味甘濃佛所說經引之爲喻考史記先黃老後六經漢書先六經後黃老者其見乃異就理不殊各隨所愛非盡言之論也且班固云易有六十四卦道止當謙一卦藝文總判九流道止入在一流孔安國云三皇所行謂之大道五帝所行謂之常道不言別更有道令人奉之今以勸子當用理求不可隨其臆斷善自求其實也

辯正論卷第二

音釋

墊 都念切溺也 羑 云九切羑里文王所囚處也 榼 苦盍切酒器也 攘 如羊切攘臂猶捋臂也 軿 蒲眠切猶屛也 甂 補玄切小瓮也 譜 彼五切錄也又世系日譜 謚 彌畢切 粊 卜管切米餅也 駏驉 駏其呂切驉休居切 跱 丈里切立也 膂 兩舉切脊骨也 嗽 色角切吸也 籥 以灼切 猱猨 猱奴刀切猨雨元切猱猨並獼猴也 蜃 是忍切大蛤也 差池 差楚宜切差池舒張貌 柞 才各切五祚官名 鍱 與涉切裹鍱也 楗 渠偃切限門木也 躧 所倚切與屣同履屬也 淈 胡骨切與汩同治也 倥傯 倥苦動切傯祖動切倥傯事多不暇給也 糇 戶鉤切乾食也 抨 普耕切彈也

辯正論卷第三

唐　沙門釋法琳撰

東宫學士陳子良註

十代奉佛篇第二上

儒生曰信心漸發邪執稍迴又問曰漢地君王奉佛至信久而彌篤爲福有徵者可得聞乎

開士喻曰自項日降靈摩騰入洛歸心奉法不可殫言今當爲子略陳十代君王三公宰輔通儒博識敬信佛者以告子也

晉世祖武皇帝龍顔奇偉盛明華運大弘佛事廣樹伽藍

惠帝歸心妙道契意玄宗仍於洛下造興聖寺供養百僧

愍帝篤意冥感遂降神儀仍於長安造通靈白馬二寺

右西晉二京合寺一百八十所譯經一十三人七十三部僧尼三千七百餘人

中宗元皇帝文軌大同中興江左造瓦官龍宮二寺度丹陽建業千僧

肅宗明皇帝聰聖玄覽設齋興福造皇興道場二寺集義學名稱百僧

顯宗成皇帝至意冥通聖德遐感造中興鹿野二寺集翻經義學百僧

孝哀皇帝延問侍臣迴心妙理嘉賓切對大啓龍光

太宗簡文皇帝仁恕温洽作聖欽明造像建齋度僧立寺於長干故塔起木浮圖壯麗殊偉

烈宗孝武皇帝精心奉法志念冥符師子國王欽其懷道故遣沙門曇摩攞遠送玉像以表丹情召解義僧造皇泰寺仍捨舊第爲本起寺

安皇帝篤信無怠福興皇業於育王塔立大石寺

右東晉一百四載合寺一千七百六十八所譯經二十七人二百六十三部僧尼二萬四千人

宋高祖武皇帝啓聖建元還淳反朴口誦梵本手寫戒經造靈根法王二寺供招賢聖徧學千僧

太宗明皇帝至治克昌口誦般若造丈八金銅像四次鑄不成改爲丈
皇帝四立即圓滿莊嚴始就還高丈八三食解齋受感舍利造弘普中寺以召名僧

太祖文皇帝奉齋不殺精心慕道真際爲本佛戒爲宗坐致太平允如聖旨欽仰求那務興大法造禪靈寺常供養千僧

右宋世合寺一千九百一十三所譯經二十三人二百一十部名僧智士鬱若稻麻寶刹金輪森如竹葦釋教隆盛篤信倍多僧尼三萬六千人

齊太祖高皇帝手寫法華口誦般若四月八日常鑄金像七月十五日普寺送盆供養三百名僧立陟屺正觀二寺

世祖武皇帝造招賢遊玄二寺集義學翻經三百僧三教格量四年考校

高宗明皇帝寫一切經造千金像口誦般若常轉法華經造歸依寺召習禪僧身持六齋務修十善

右齊世合寺二千一十五所譯經一十六人七十二部僧尼三萬二千五百人

梁高祖武皇帝性度弘偉風鑒朗拔遊心七覺陶思八禪制五時論轉四方等造光宅同泰等五寺集重雲殿講衆千僧國內普持六齋兆民皆受八戒

太宗簡文皇帝天姿高朗風神超邁委心妙法徧覽玄章造資敬報恩二寺刺血自書般若十部太后諱日不食而齋撰法集記二百餘卷法寶連璧四百許篇

中宗孝元皇帝體聖多能入微靈悟造天居天宮二寺召高名高行千僧自講法華經解成實論

右梁世合寺二千八百四十六所譯經四十二人二百三十八部僧尼八萬二千七百餘人

孝宣皇帝

孝明皇帝文明在政中興大寶復梁社稷光被生民於荆州造天皇陟屺

大明寶光四望等寺

右後梁二帝治在江陵三十五年寺有一百八所山寺有青溪鹿苑覆船龍山韭山等並佛事嚴麗堂宇雕奇覩即發心見便忘返僧尼三千二百人

陳高祖武皇帝膺寶歷以君臨起會昌而司牧身長八尺鬚長三尺旋毛覆耳垂手過膝以大力康濟群生以大莊嚴戡翦多難永言沛邑思報地恩願使譙都同斯嘉慶永定二年於楊州造東安寺復爲家國爰逮群生於楊都治下造興皇天居等四寺皆繡栱雕楹文棍粉壁三階畫而宛轉千柱赫以零瓏長表列於康衢高門臨於馳道美音精舍未或可儔善德仁祠詎能爲比寫二一切經一十二藏造金銅像等身一百萬軀度僧尼七千人修治故寺四十二所

世祖文皇帝紹隆三寶弘化五乘盛澤比於慈雲大明方於慧日美譽形于四海仁心貫於三靈刁斗無虞于戈載戢修治故寺六十所寫一切經五十藏度僧尼三千人

高宗孝宣皇帝執玉版而導中麾乘金輪而指上國地居且奭任總機衡歲有豐年民唯大蓄域中無事天下咸康於揚州禁中里造太皇寺然以慎終追遠情切章陵爲始興昭烈王孝太妃於太皇寺造七級木浮圖金盤將曜靈比色珠輪與合璧爭暉又以漢光禪位代丕承家式樹福田造崇皇寺太建二年爲始興昭烈王孝太妃爰逮蒼生奉建靈刹高一十五丈下安佛爪長二寸闊一寸飾鎣珍龕藏諸寶篋或光飛五色焰起一尋神變不窮觀者彌敬造金銅像等二萬軀修治故像一百三十萬軀寫一切經十二藏修補故寺五十所度僧尼萬人

右陳世五主合三十四年寺有一千二百三十二所國家新寺一十七所百官造者六十八所郭內大寺三百餘所興地圖云都下舊有七百餘寺屬侯景作亂焚燒蕩盡有陳大統國爰及細民備

皆修造連甍接棟櫛比皇居表塔相望星羅治下書經造像不可紀言無遮大會供僧布施放生宥罪弘宣十善汲引四民難得稱矣僧尼三萬二千人譯經三人十有一部此五代君篤美玄宗廣弘佛事立寺造像招集名僧晉世祖來蘇家給晉中宗富有江表皇明丕承寶運孝武光啓德風宋高祖殷憂稍移天步猶阻二年塗鯁四戰兵勞百慮暢於胷中萬機總於襟内不倦檀那之業常持護法之心崇重大乘瞻仰螺髻諷誦龍宫弘聖不疲清音無輟宋太祖運茲日用布此天下太平每興解網之仁恩返結繩之政齊高祖洞眞假之玄妙盡儒墨之精華聿修上善光隆下武梁高

祖邁有德之前蹤躡淨名之聖軌紐地維之既裂振天綱之云頹未明求衣坐以待旦自强不息歛緝彝倫至於鷲峯輿典雞園密義二諦五乘之旨三藏九部之文赤髭之所未詳青目由來不釋並得文無重覽義弗再思鄙周孔之俗謨譏老莊之名理能令先儒解體足使時彥伏膺罕入戶庭孰窺牆隩獨開聖覽迥發天情大智閑閑外齊八則小心翼翼内斂四儀臨赤縣而濫慈悲寄玄扈以孚弘誓澤周有頂道被無垠靈應嘉祥兆符先見寬仁德孝史備後書顯護之所弗傳聶支之所未録並編之金簡藏諸寶印覆以珠帳擎以玉牀蓮華之臺妙於四柱師子之座超于九級非

直輭草之賓書皮代紙亦見衆香之客灑血淹塵梁記云武帝在位四十九年每以庭蔭早傾常懷感思恒加歎曰雖有四海之尊無以得伸罔極故留心釋典以八部般若十方諸佛之母能除罪障善滌煩勞故採衆經躬述註解法輪相繼齋講不絕藉兹勝福望展孝心頻代二皇捨身以祈冥祐每捨身時地爲震動於鍾山起愛敬寺青溪起智度寺捨舊第居爲光宅寺至普通八年更造同泰寺殿臺華綺房廊彩飾陵雲九級麗魏永寧又於宮內立至敬殿景陽臺起七廟室月中再設淨饌每及宗廟蒸嘗未曾不流咽涕泗預從左右潸欷交懷雖億兆務殷而卷不輟手披閱內外以夜達晨著通史書苑及經律異相三教義類五典文言數千餘卷至於流恩獄市多行慈恕其有罪不可原者改容久之然後下筆察姦聽訟明若通神自非享宴不許音樂後宮侍御皆無羅綺內殿寢處衣衾率素布被莞席草屨葛巾天監年來口味備斷日唯一食食止菜蔬蜀獻蒟蒻訝其香美似肉因復出勑禁之自古帝王莫能爾者信不可思議之君父也

晉齊王大猷（雅度清簡）　王弘度（器局淹和）

安平王（志節峻舉）　義陽王（理思入神）

下邳王（篤志經術）　高密王（節儉孤標）

南平王（信而有徵）　建平王（立身雄勇）

此等諸王莫不翼佐勳業廣崇佛教左右部

落咸使六齋合第尊卑皆受五戒
宋臨川王義慶　彭城王義康
南譙王義宣　臨川嗣王道規
建安王休仁
右宋世諸王並懷文藻大習佛經每月六齋自持八戒篤好文雅義慶最優炙輠不窮霞明日朗懸河無竭雨散煙飛閤内女娘並令修戒麾下將士咸使誦經著宣驗記讚述三寶
齊竟陵文宣王蕭子良博覽六經遊心七籍世稱筆海時號儒宗迴向桑門遵崇釋典講成實論誦法華經著淨住子二十餘卷國俸之資悉營功德寔感雅梵有類陳王躬說芸若還同帝釋金言暫啓已邁前心王軸纔披先燋後皦褰帷東夏變越絕之風摧瑞西河改隆中之俗
梁昭明太子

晉安殿下昭明道契生知晉安德光天縱遨遊禮樂之圃馳騁仁義之場洛濱之譽振古莫儔河曲之文於焉靡逮夏開方而且媿姬誦擬以多慙昆季八王連枝十俊並學窮百氏文統九流絢氣於風雲好詞光於日月尊重妙法欽敬福門至如承華旦啓肅城晚闢名僧結侶通儒總萃吐納辭理品藻内外能令碩德折談先賢播疾無勞擁經入巷不假羊車詣門
陳鄱陽王　豫章王　衡陽王
桂陽王　義陽王　新蔡王
右六王並漁獵墳典遊戲篇章崇奉釋門研精妙理書經造像受戒持齋每事悲田相仍檀捨
晉彭城侯劉遺民撰五時教著九想詩
預章太守雷次宗精心慕法造栖靈寺
臨淮令周續之服道日新
新蔡侯畢頡之心期淨域

南陽長宗炳之（加事懇苦）

右五賢謝職遺榮策名神府從遠師遊憩意志隱淪等布一心俱履幽極藉芙蓉於中流蔭瓊柯以詠言飄雲氣於八極汎香風於百年體忘安以彌穆心超樂以自然

尚書令何充（忠素篤質）

尚書左僕射褚翌（志操冰霜）

尚書右僕射諸葛恢（雅道貞固）

尚書馮懷（不避顏色）

尚書謝廣（抱誠直諫）

桓玄庾冰輔政之日共扇邪風嫌僧亢禮充等五賢與議官博士等建議云尋漢魏逮晉不聞異議尊卑憲章式無暫替今沙門守戒之篤者每燒香呪願必先國家欲福祐之隆情無極已奉上崇善出於自然禮儀之簡蓋由守法是以先皇御世因而弗革所謂因其所利而惠之賢愚莫敢不用情上有天覆地載之施下有守一修善之人宜遵先帝故事僉議為長衆莫不允

司徒公王謐（謐見東掖寺門飄有金光燭地因往掘之得一金像舍光七天別起精舍終身供養又感瑞呈真造東安寺）

護軍將軍王默　後將軍劉坤

江州刺史庾悅　尋陽太守阮侃

右四賢皆立寺造像歸命釋門

輔國大將軍何無忌（崇信克終造枳園寺忌以安帝西還皇運凱泰道俗同慶江表會昌勸帝興啓釋門修營功德）

雍州刺史郄恢（彌陀出遊造金像寺）

武昌太守陶侃（侃臨廣州日有漁人於海中見神光經旬彌盛恠以）

白佩佩就看乃阿育王像接歸武昌送寒溪寺感動功德遠近發心佩之力也

丹陽尹高悝 奉福感靈造靈應寺咸和中悝行至張侯橋望浦內有五色光出水上高數尺悝往看之乃得金像無有光趺靈顔希世工製殊常悝大發心勸民功德

清信士張繼世 繼世以捕魚為業見水上有光乃是金銅華趺簡成帝送安悝像齊同如一世遂發心棄其本業終日策勤成帝迴向信佛感靈

清信士董宗之 宗之本合浦漁人每見水底光耀就取乃得佛光文帝送安像背宛然符合因爾懇懺捨惡歸善終身行道自寫大品月轉一徧三十許年專意為業

太常卿朱膺 膺在松江滬瀆口感二石像水上浮來懸帝奉迎於通玄寺供養膺遂委命法橋以為自任

常侍戴安道 學藝優遠造招隱寺手自製五夾紵像並相好無比恒放神光

符璽郎李通 守志一心

彭城侯黃欣 至信純厚

太僕卿王珣 克意今終造石澗寺

豫章太守范甯 檀捨不倦結志慧持於鶴嶺山造棲禪寺

太常殷仲堪 至孝克終靈文為感

東海何承天 博覽內外師表嚴公

吳郡張恭 懇誠奉戒

兗州刺史王恭 欽勝重德延敬特公

丞相王導 緝諧妙理

瑯琊王珉 直而無悔

太尉庾元規 淳性不渝

廷尉桓茂 德及有情

太常謝幼輿 顯仁藏用

陳郡謝琨 風彩映俗

光祿周伯仁 特達生涯清風自遠

中丞郄超欽賢重法託意遠林
右衛將軍褚叔度風雅通贍
長廣太守李嶷碩信懷道
尚書太原公王濛仁厚濟世
陳郡殷融英俊罕匹
尚書衛玠敏雅絕倫
尋陽刺史桓伊忘己濟物造東林寺
侍中袁彥伯清風道舉
東陽太守謝安石神彩超邁
尚書殷仲文風流儒雅抗志雲霄
會稽內史王羲之文翰驚絕
益州刺史毛璩傾慕頂禮託志持公
文學王洽　劉惔　殷浩
許詢　孫綽等
並一代名流千里駿驥學無棄日洛市
知其博文手不釋卷傍人懼其爲疾英
聲跨俗逸氣超群至若彥伯著後漢書
嘉讚佛理玄關義府崇慕道林
宋尚書宗敬懇至感人
中書令沈慶傾誠動物
光祿卿戴顒巧思通神顒手製治丈六金像相好無比後放光明
新亭劉紹至願寔符
徐州刺史王仲德精誠感激
中書范泰博物玄通
御史王弘清通邁俗
侍中司空昭公劉勔謀佐王室
始興公王惔敬重彌至委質嚴師
儀同蕭思恬子弟合門克己謙戒
尚書謝莊聰悟特達
齊御史袁敫孫奉戒無怠

吏部謝朓緣情貫世敬信絕倫

太尉文忠公徐孝嗣

太尉文憲公王儉文忠有柱石之材文憲懷伊霍之量經綸備舉朝野具瞻篤信甚於嘉賓識悟方之靈運佛法光顯實寄其人

持進張緒發心至理

中書令周顒解玄蓋世

侍中左民部尚書中書令太子中庶子國子祭酒徵君何胤素履忠密風力閑贍抱玉燭之禎氣膺大賢之一期學窮經史心包玄與和天變序之樂后成曲臺之禮淹中稷下之論歐陽蕭子之書易剖京兆詩分韓楚皆爲訓釋靡不必該請業質疑虛至實返衆徒教授學治成群於般若寺立明珠柱深向釋氏雅敦内教珠柱放光七日七夜

梁東陽郡烏傷縣雙林寺傅大士當轉法輪紹隆尊位分身世界濟度群生或冒臆之問作表金色拳握之内時吐異香或見身長丈餘臂過于膝腳長二尺指長五寸兩目分明雙瞳照耀顏貌端嚴有大人之相遣使賷書贈梁武曰雙林樹下當來解脫善慧大士白國主救世菩薩今修上中下善希能受持其上善略以虛懷爲本不著爲宗忘相爲因涅槃爲果其中善略以治身爲本治國爲宗天上人間果報安樂其下善略以護養衆生梁武延之仍居鍾山之下定林寺坐蔭高松卧依盤石四徹之中恒注甘露六旬之内常雨天華梁武於華林園重雲殿開般若題獨設一榻與天旨對揚及玉輦昇殿晏然箕坐憲司譏問但云法地若動則一切不安且知梁運將盡救愍兵災乃然臂爲燈冀禳來禍至太建元年夏右脇而卧奄然涅槃于時隆暑赫曦溫暖無異色貌敷愉光儀鮮潔香氣充滿屈伸如恒觀者發心歎未曾有

侍中尚書左僕射中衛軍特進右光祿簡肅子徐勉溫雅夙聞珪璋早著明堂曲臺之典左夏韓孟之書鳳飛焱豎之文淹中稷下之學龍宮半珠之道鷲山

華水之卷莫不窮源盡與遁爲留心

侍中護軍將軍簡子周舍岐嶷夙成珪璋幼發蒸蒸色難無勞孟武之問謇謇敬勸不待季康所疑事顯閨庭名傳邦邑九流百氏之記六詩五禮之文皆博窮前古爲准當世兼以受持佛戒迴向釋門絶彼羶腥甘茲蔬素究龍官之金牒鍕鶴林之玉旨每以毗城勝集摩竭微言折角解頤獨高時彥

尚書令沈約文苑翰林獨推江表學爲世範才蓋時英

尚書僕射朱异弼諧帝道建立法幢

始興令陸咸穎銳出群傾心正覺

侍中袁粲操履明直每樹法筵

國子祭酒張充碩學鉤深篤志玄道

太子侍讀王曄絶世無儔

東宮太子庶子柳澄談玄不窮

中書令王僧孺學綜玄儒

著作蕭子顯品藻內外

度支尚書蕭子恪安心玄道

秘書監何敬容不墜彝倫

吏部尚書謝舉面折廷諍

行軍主簿劉孝威有安國之詳謹蹈靈運之玄風

黃門陳伯之信而好古

中庶子孔休源立身忠正行己清恪

中庶子平西北戎昭將軍襄陽邵令劉遵儀表溫潤風姿韶朗趣步生光久而可敬芝葉銀鉤之巧堪懸帳中龜紋鳥足之奇信安臺上

天官尚書劉孝綽聲名蓋世

襄州太守柳津誓捨簪纓崇玄履道

文學王元長俊氣無前

領軍將軍劉孝儀素履忠容遠崇出世

左丞張稷識真通理

寧蠻長史徐摛風雅閑贍清辯入神

中書顏之推 恭儉篤信

侍中中庶子温子王訓 神用韶朗風儀閑俊出忠入孝勇義尚廉墳素必該流略斯總

散騎常侍章侯王規 朝廷羽儀廊廟杞梓昂昂後進飛纓石渠婉婉來儀摳衣金馬

陳尚書右僕射章侯徐陵 文章冠絕敬信罕儔造像萬軀寫經一藏

少保尚書左僕射袁憲 忠節罕輩篤信莫過於上定林寺造夾紵像十軀

尚書僕射江總 緣情獨拔形于前代於匡山造彌勒像高八十尺寫一切經一藏三千七百五十二卷

吏部尚書廷尉卿毛喜 志節高峻仁厚兼隆書遍二王學侔三賈躬自運筆寫維摩經梁世子雲不能加也

東宮舍人傅縡 學侔王鄭才方謝陸深閑三教妙解一乘拔萃超群海內推揖

此等所引並有錄者具在史籍不復委言至如謝朏謝覽捨生存義柳忱柳惔推功弗有江淹任昉終始宜哉劉杳顧協著述盡美張弘策之慎密呂僧珍之匪懈鄭紹叔忠誠王業蕭穎胄首膺義舉咸爲世寶抑又通家皆一代之大儒實四海之名胄並蘊經國之略俱稱君子之門社稷由其乃安上下賴其方穆有文有武匡世匡家人標九合之功並樹千秋之業莫不委其五體敬我三尊忍辱慈悲恕己推物視玄黃其若夢聽鐘鼓其如聾賤尺璧而重片言投髮膚而祈半偈蒙筆屢盡不能記其所行蔡紙徒窮未易陳其爲孟茲例甚衆罕以究言暨五涼四燕三秦二趙宇文拓跋夏蜀陳隋世貴時英閭閻士女髙門連於閶闔崇基接于太階戚里之皇親帝

京之富室顒顒慕道各各横經口誦金言手披玉軸其衆也如草木之依大地其遇也猶鱗介之汎長川至於白屋農夫無名野老薄知希向少發信心者不可稱計胡得紀言所以福祐於四生慶資於三世允仁允恕及子及孫其能行之德無不至也

魏元氏太祖道武皇帝諱珪運鍾喪亂宇内分崩生民不見俎豆之容黔首時覩戎馬之迹禮樂文章掃地盡太祖以雄傑之深姿包君人之雅量克平朔野奄有中州大啓龍光潛被日用天興元年下詔曰佛法之興其來尚矣於京邑建飾容範修整寺舍又於虞號之地造十五級浮圖起開泰定國二寺寫一切經鑄千金像召三百名僧每月法集

太宗明元皇帝諱嗣明叡寛雅非禮不言聦念四生敬重三寶仍於鄴下大度僧尼

世祖太武皇帝諱燾氣蓋當時威振天下運續四海牢籠萬邦迴向一乘歸依三寶復伽藍之勝地創招提之淨宫仍於鄴城造宗正寺後因崔寇始淪正法

高宗文成皇帝諱濬聦達穎悟風格異倫重興佛教修復寺宇釋門廣被始自文成凡度僧尼三萬許人

顯祖獻文皇帝諱弘德配天道隣極聖造招隱寺召坐禪僧

高祖孝文皇帝諱宏神光照室和氣充庭仁孝綽然岐嶷顯著聽覽政事從善如流哀矜百姓恒思濟益以太后忌日哭於陵左絶膳二日哭不輟聲仍於鄴都造安養寺碩德高僧四方雲集六宫侍女皆持年三月六日其精進誦經者並度出家事無大小務於周洽常謂史官無諱國忌手不釋卷覽之便講愛奇好士情如飢渴善談莊老尤敦釋義才藻富贍文章百篇悠然遠邁不以世務妨道而紉承洪緒早著睿聖之風時以文明攝事優遊拱已玄覽獨得著自不言神契所標固以符於寞化及躬總大政一日萬機十許年間曾不暇給欽明稽古叶御天人帝王製作朝野軌度斟酌用捨煥乎文章然而盡聖窮神繼天紹曆

奉爲先皇於大覺寺修葺堂宇覩施隆厚供給豐華影塔經臺粲然備舉上標金剎下列銀楹鴈翼臨雲龍首承日名僧繼踵法侶排肩朝歩蓮池暮栖香閣風流慧苑梵響禪林召三百許僧六時不墜所度僧尼一萬四千人

世宗宣武皇帝

諱恪於式乾殿爲諸僧朝臣講維摩經喜怒不形雅愛經史尤長釋義善風儀美容貌德格陰陽明並日月播文教以懷遠人調禮樂以雄定等四三河六郡之也涇渭灞學千僧造普通大定等四寺供養三學千僧

肅宗孝明皇帝

諱詡得一居貞體二鄰極總三乘以馳騁臨四衢而閑步仍於鄴下造大覺寺窈窕曲房參差複殿風颺出其戶牖雲霞起於簷楹局見珍木之相繚傍視芳草之交茂其如須達金地差得相方迦蘭竹園猶難比擬

敬宗孝莊皇帝

諱攸風神秀邁姿貌瓌偉素履忠貞夙彌民望造五精舍刻萬石像

西魏武皇帝

諱脩善窮數術兼閑武藝纂登真之要旨欽出世之玄猷永熙元年於長安造陟屺寺供養二百名僧四時講誦略無棄日

文皇帝

諱寶炬立德立仁允文允武常行信捨每運慈悲大統元年造般若寺拯濟孤老供給病僧口誦法華身持淨戒起七覺殿爲四禪室供養無輟檀忍不窮

孝靖皇帝

諱善見

右魏肇曆王瑞遠叶冥符慶集壽丘神照若水九圍仁被四海威加繼三皇之懋緒纂五帝之徽蹤高祖以藏聖御天徙京定鼎世宗以叡明承統廓寧夏區紹累聖之基資則天之統式觀乾象俯恊人謀遠遵古式深知時事考龜習吉遷宅漳滏再昌寶曆剋樹洪基聖德重光曁於九葉而受終文祖運鍾靖帝右元魏拓跋氏君臨一十六帝一百八十九年國家大寺四十七所又於北代恒

安治西旁各上下三十餘里鐫石置龕徧羅佛像計非可盡莊嚴弘觀今見存焉雖屢遭法滅斯龕不壞其王公貴室五等諸侯寺八百四十九所百姓造寺三萬餘所總度僧尼二百萬人譯經一十九人四十九部

高齊高祖文宣皇帝

諱洋降就日之靈垂望雲之慶河圖負字驗帝録之禎符海外占風知中國之有聖九牧來貢百神咸袟貴道之尚德藏用顯仁或出或處非小人之節之所量作智作愚故大之所鑒至如弘通像法莊嚴金地機來深淺並赴涅槃之門土隨淨穢皆等瑠璃之色至如折伏憍慢殊冊水之戰猷離纏縛異邪華之禮所以准的能仁碎波旬之衆憲章覺者輕輪土之尊固是大權應物弘誓利生者也天保之始請稠禪師受菩薩戒於是又斷肉禁酒放捨鷹鷂去官漁網又斷天下屠殺月六年三勸民齋戒諸官園及六坊私公葷菜皆悉除之外有者不許入大起寺塔僧尼滿於諸州又以昭玄大統法上爲戒師常布髮於地令師踐之天保二年詔曰仰惟慈明緝寧四海欲報之德正覺是憑諸鷲鳥傷生之類宜放之山林其以此地爲太皇太后經始寶塔廢鷹師曹爲報德寺所度僧尼八千餘人十年之中佛法大盛

肅宗孝昭皇帝

諱演襲樞電之徵繼星虹之慶光被四表叶順三辰體道居尊顯仁作聖奉崇至教情寄玄門泰國法輪尼園廣說四諦八揵之旨五乘十行之詮香山巨力且日難勝表裹皮書猶云未備隨世間之行業應群生之弘誓奉爲先皇寫一切經一十二藏合三萬八千四十七卷青首紫條銀縄金縷覆以蓮華之帳輦以師子之臺文與日月俱懸功將造化周廣凡度僧尼三千許人

世祖武成皇帝

諱湛廣濟群生應遊佛剎芳林園內更與華蓋之詞洛邑城旁還紆璽書之頌層臺別觀並樹伽藍璧玉珠璣咸充供具躬自頂禮每事經行大寧元年創營寶塔脫珍御服並入

檀財轉大品經月盈數徧

右高齊五君三十年皇家立寺四十三所譯經六人一十四部

周孝愍皇帝

諱覺明裕研機踈通弘遠天縱神武民歸徽訟握金鏡以居尊齊玉衡以建極時逢剥喪世距雲雷地絡絕維曦輪掩曜遭迴九服震駭百靈既而象緯重章宸樞再紐惟睿作聖知機日神周元年大弘像化海內名德慕義歸仁廣開解脫之門洞啓善提之路欲使天窮有頂等被慈雲地極無邊俱蒙慧日

孝明皇帝

諱毓君臨萬國平章百姓內親九族外穆四門封介丘之瓊珍觀塗山之玉帛乃至本支維翰列辟度官五戒十行俱識歸依之道外觀內覺同登解脫之門世界有邊弘誓無盡二年奉爲先皇敬造盧舍那織成像一軀并二菩薩高二丈六尺等身檀像一十二軀各二菩薩及金剛師子等麗極天成妙同神製

太祖文皇帝

諱泰聰明藏智岐嶷繼體四門允穆百辟時序上隆休寶下叶禎祥於長安立追遠陟岵大乘魏國安定中興等六寺度一千僧又造天保寺供養瑋法師及弟子七十餘人於安州造壽山梵雲二寺又造大福田寺供養國師實禪師又於實師墓所造福田寺又爲大可汗大伊尹尼造突厥寺

高祖武皇帝

諱邕膺期御辯握鏡乘乾登上格下之訓天經地義之則五緯殊方則御之以天挈四維失紐則援之以地軸移風易俗安土治民道被震門昭華陳賜舜之玉功開伊闕踈河降錫禹之珪山瀆効靈中外禔福武成二年爲文皇帝造錦釋迦像高一丈六尺并菩薩聖僧金剛師子周迴寶塔二百二十軀莫不雲圖龍氣俄成組織之工水濯江波非假操刀之製照淨土於神光開化佛於圓影仍於京下造寧國會昌永寧等三寺飛閣跨中天之臺重門承列仙之觀雲甍藻梲繡柱文槐夏戶秋窻蓮池柰苑奐處精潔一一妍華見者忘歸覩之眩目凡度僧尼一千八百人所寫經論一千七百餘部後遇張賓始爲不善

孝宣皇帝

諱贇重隆佛日光後超前造塑像四龕一萬餘軀寫般若經三千許部六齋不替八戒靡渝永夜清晨經行誦念立四大願志

三菩提

右周世宇文氏五帝二十五年合寺九百三十一所譯經四人一十六部

隋高祖文皇帝

諱堅膺千齡之運當百王之末玄德通於神明至功包於造化揖讓之始未動戎衣樂推之辰咸熙庶績於是握璿璣而運乾象履文昌而齊斗極經天緯地之業重光紫微仁盛聖明之姿聰華日月至德被於人鬼神化今於陰陽威震九圍澤霑四海紹三皇之懋緒纂五帝之徽蹤文景成湯莫能及也故有玄龜赤雀瑞鹿祥龍總萃於江漢俱遊於蘭圃致騶虞於平樂降麒麟於富昌東鰈西鶼紛綸上苑丹鳥翠鳳煥爛華林殿闕產於靈芝桂礎成於美玉石開奇字山出嘉聲甘露垂醴泉涌景星曜浪井浮朱草叢生嘉苗合秀孿者能步瘖者能言慈洽九垠澤潤八表明壽以合變往幽計以知年來乃聖乃神多能多藝無為之政遠嗣離連有道之風寔方炎昊聞思息訟比屋可封弘護居心汲引興念棟梁三寶荷負四生開皇三年詔曰

朕欽崇聖教念存神宇其周朝所廢之寺咸可修復京兆太守蘇威奉勑於京城之內選形勝之地安置伽藍於是合京城內無問寬狹有僧行處皆許立寺並得公名日著高祖以後魏大統七年六月癸丑生於同州般若尼寺神尼之房于時正氣寘符赤光滿室浮輝溢戶紫焰燭天其內覩者莫不驚異互相禁約不許外聞比至三日紫氣充庭其人物在內皆成紫色四隣望之氣如迴蓋或似高樓復有景風甘露合頴連枝池發異華林生奇果毒蟲隱伏吉鳥翔鳴仍為神尼護持保養及登大位爰憶舊居開皇四年奉為太祖武元皇帝元明皇太后以般若故基造大興國寺焉般若寺往遺建德內外荒涼寸椙尺椽掃地皆盡乃開拓規摹備加輪奐七重周亘百栱相持龕室高竦欄宇連衮金盤捧雲表之露寶鐸搖天上之風又以太祖往任隨州亦造大興國寺京師造大興善寺大啓靈塔廣置天宮像設憑虛梅梁架迴璧璫曜彩玉額台暉畫栱承雲丹櫨捧日風和寶鐸雨潤珠旛林開七覺之華池漾八功之水召六和大德

及四海名僧常有三百許人四事供養開皇五年妥請大德經法師受菩薩戒因放獄囚仍下詔曰朕夙膺多祉恭嗣寶命方欲歸依種覺敦崇勝果以今月二十三日請經法師於大興善殿受菩薩戒然菩薩之教以解脫為先戒行之本慈悲為始今囹圄幽閉有慟于懷自流罪已下悉可原放計天下輕囚預得放者二萬四千九百餘人其死罪蒙降者三千七百餘人舍齒戴髮相趨舞蹈門門受福人人稱慶意欲華此蒙心明茲慧日有生之類同知遷善也其年勑云佛以正法付囑國王朕是人尊受佛付囑自今已後訖朕一世每月常請二七僧隨番上下轉經經師四人大德三人於大興善殿讀一切經雖日覽萬機而耳餐法味每夜行道皇后及官人親聽讀經若有疑處問三大德又於亳州造天居寺并州造武德寺前後各一十二院四周閭舍一千餘間供養三百許僧始龍潛之日所經行處四十五州皆造大興國寺於仁壽宮三善寺為獻皇后造禪定寺又詔曰若能高蹈清虛勤求出世咸可將勸諭訓垂範山谷閣

遠舍靈盥異幽隱所好仙聖攸居學道之人趣向者廣石泉栖息巖藪去來形骸所待有須資給其五嶽及諸州名山之下各置僧寺一所并田莊仁壽元年文帝獻后及官人等咸感舍利普放光明砧槌試之究然無損於四卜州各造寶塔光曜顯發神變殊常具如王劭所紀自開皇之初終於仁壽之末所度僧尼二十三萬人海內諸寺三千七百九十二所凡寫經論四十六藏一十三萬二千八十六卷修治故經三千八百五十三部造金銅檀香夾紵牙石像等大小一十萬六千五百八十軀修治故像一百五十萬八千九百四十許軀宮內常造刺繡織成像及畫像五色珠旛五彩畫旛等不可稱計二十四年營造功

煬帝

諱廣
於億

德弘揚莫能紀隸首無以加嗣膺下武丕承大業至德光被兆神化覃洽於黎元占風候雨之鄉梯山請朔蟠木流沙之地況海輸賝外洞九流內窮三藏究眞如之妙理嬋造化之幽源體物超前緣情冠古每以鼎湖之篤邈矣寧追長陵之寬悠然茲求乃聿興淨業標樹福田大

業元年爲文皇帝造西禪之寺並式規大壯備准宏模起如意之臺列神通之室仁祠切漢靈刹千霄寶樹八行和鈴四角巃從三層之格樓懸自響之鍾布護千葉之蓮捧飛來之座色香琅琊之殿陵夸魯恭之宮蓋世珍奇具諸文物又於高陽造隆聖寺碑文秘書郎虞世南撰爾乃儼香閣以遠臨暎華臺之相拒金波夜上徘徊壁璫之側玉繩曉映的歷珠網之間濬虛白於房惟生風雲於軒牖靈龕禪室像設化城涌塔寶臺極圖神變又於道場設無遮大會度清信士女百二十人奉爲文皇帝敬造金銅釋迦坐像一軀通光趺七尺二寸未及莊嚴而頂凝紺翠體耀紫金放大光明照映堂宇既感通於嘉瑞勑諸郡各圖寫爲又於弁州造弘善寺傍龍山作彌陀坐像高一百三十尺楊州造慧日道場京師造清禪寺日嚴寺香臺寺又捨九宮爲九寺於泰陵莊陵二所並各造寺平陳之後於楊州裝補故經并寫新本合六百一十二藏二萬九千一百七十三部九十萬三千五百八十卷修治故像一十萬一千軀鑄刻新像三千八百五十軀所度僧尼一萬六千二百人

右隋譜錄如楊氏二君三十七年寺有三千九百八十五所度僧尼二十三萬六千二百人譯經二十六人八十二部然有隋建國佛教會昌文帝創啓靈儀禎瑞重沓煬帝嗣膺寶曆興建彌多自昔在蕃邸立四道場釋老雙標內外資給爰至登極更廣搜揚一藝惠於有生三徵居於別館四事供養二千餘人年別諸諱普建大齋各度僧尼永充常式大業末歲妖冦勃生雖郊壘多虞干戈競接而隆敬盡一終始無虧毗讚佛理勸諸銘碣

辯正論卷第三

音釋

殫多寒切盡也 戡口含切克也 榌婢脂切榍也 戢側入切 奭施隻切 鎣縈定切粧飾也 甍莫耕切屋棟也 櫛比櫛側瑟切比毗至切櫛比謂相聯也而呂也 鯁古杏切塞也 緝七入切續也 聶尼輙切 苑居頫切茅草也 蒟蒻蒟九過切蒻而灼切蒟蒻菜名 輠胡果切 褰去乾切舉也 鄱蒲波切 悝枯回切 滬瀆滬胡古切瀆徒鹿切水名 嶷魚力切 玠古隘切 勔美辨切 猋卑遙切與飈同 异余吏切 卭丘巳切縣名 摛抽知切 綷作亥切 朏妃尾切 忼口朗切 黔巨壇切黔首黎民也 虢古獲切 漼所簡切 詡況羽切 漳滏漳諸良切滏扶甫切漳滏並水名 邅諸延切迍邅也 可汗可苦得切汗何千切可汗戎酋之稱 禔音支福也 梲朱劣切梁上楹也 騶虞騶側留切騶虞仁獸也 鰈徒協切比目魚也 鶼古嫌切比翼鳥也 礎創所切柱下石也 攣閭員切拘攣也 袤莫候切延亘也東西曰廣南北曰袤 櫨落胡切柱上柎也

辯正論卷第四

唐沙門釋法琳撰

東宮學士陳子良註

十代奉佛篇第二中

唐高祖太武皇帝　太宗文皇帝

魏元氏大丞相勃海王

侍中太保司徒公廣陽懿烈王

廣陽忠武王　司徒廣陽王

廣陽文獻王　相國高王

汝南王　宜都王

上黨王穆　常山王鷙

淮陽王尉　河東王苟

東陽王丕　淮南王他

秦王翰　司徒北海王詳

司牧高陽王雍　彭城王勰

濟南王文若　安豐王延明

中山王熙　瑯琊王誦

尚書令廣陽王嘉　陳留王虔

齊獻武王

使持節中外諸軍事齊王

鉅鹿王闌

録尚書事彭城王韶

譙郡王亮　江夏王彛

臨洮王榮

太師大司馬洛州刺史馮熙

使持節幽州刺史司徒公胡國珍

司徒祖瑩字元珍

司空李無爲　太傅昌寧王李寔

少保建昌公竇略　司空高傲曹

司徒高隆之　侍中尚書令元又

右僕射大行臺慕容紹宗
吏部尚書邢巒
驃騎大將軍儀同三司恒州刺史陸政
太常卿恭侯鄭瓊
雍州刺史韓仲詳　黄門崔陵
幽州刺史盧令守　沛郡太守趙元則
河南尹武邑公李獎
太子中庶子御史中丞陸載
衛尉卿許伯桃　散騎常侍温子昇
寧遠將軍侯莫陳引
齊大丞相内外諸軍事常山王確
太尉蘭陵王長恭　司徒瑯琊王儼
録尚書事長廣王湛
大都督録尚書廣平王
大司馬清河王亶

左僕射廣寧王孝珩
侍中尚書令録尚書事使持節都督趙州諸軍事驃騎大將軍開府儀同三司護軍將軍趙州刺史帶六州都督并州大中正長安公晋昌王唐邕
右丞相咸陽王斛律字明月
左丞相平原王段孝先
録尚書事淮南王和士開
太常清河王高嶽
太宰章武王庫狄千秋
侍中秦王高歸彦　侍中尚書令元羅
尚書令高肇　太尉彭樂
司徒潘相　司空司馬子如
光禄大夫尚書僕射楊遵彦

少傅尚書僕射魏收
光禄大夫尚書僕射崔纖
右僕射崔季舒　左僕射燕子敬
僕射趙彦深　侍中斛律孝卿
侍中斛律文若　侍中徐之才
侍中高正德　七兵尚書王元景
太常卿崔昂　散騎常侍劉逖
衞尉卿杜弼　殿中尚書邢子才
秘書監祖孝徵　尚書左丞封孝琰
使持節平南將軍仁州刺史金紫光禄
大夫安康侯樊儒
周
柱國襄州總管衞王
柱國益州總管趙王
柱國雍州刺中齊王
太師大冢宰柱國大將軍晉國公宇文
護
柱國尚書僕射楚國公豆盧寧
太傅柱國大將軍大宗伯鄧國公竇熾
侍中柱國大匠卿武衞將軍冠軍將軍
中散大夫安豐公段踦
柱國雍州牧南兖八州諸軍事兖州總
管鄭國公竇恭
大將軍幽州刺史安定公宇文貴
開府儀同三司太子洗馬雲寧莊公瑯
瑘郡王拓拔勝
使持節陝州都督行臺郎中通直散騎
常侍河東公宇文善
開府儀同三司陽化公元昂
柱國大將軍隴東郡公楊纂
通州刺史右侍上士散騎常侍楊操

司空貞侯鄭穆
侍中少傅京兆郡守行臺郎中大匠卿
燕郡公盧景仁
太保柱國大將軍呉武公尉遲綱
大將軍南蠻都監常山公栁慶之
北荆州刺史安道公席顗
使持節柱國大將軍大都督潼州刺史
徐國公若干鳳
使持節太傅柱國大將軍清河公侯莫
陳休
太師柱國蜀國公尉遲迥
開府儀同三司安政公史雄
開府平北將軍仁州刺史安化公丘洪
竇
益州刺史中郎新州刺史蔡胥

開府威遠將軍王靜
大將軍和雞雄　大將軍爾綿永
司金大夫破多羅紀
軍司馬洪和公意力勤仲慶
隋弘聖宫樂平長公主
皇太子勇　秦王俊
蜀王秀　蜀王秀妃長孫氏
益州長史昌平公元巖
漢王諒
太師上柱國申國公李穆
太保上柱國薛國公長孫覽
上柱國使持節淮南總管壽州刺史觀
王楊雄
大司馬上柱國神武肅公竇毅
上柱國尚書右僕射魯國公虞慶則

上柱國尚書左僕射齊國公高熲
上柱國左衛大將軍陳國公竇抗
上柱國武衛將軍梁國公侯莫陳芮
上柱國洛豫十七州諸軍事洛州刺史
左翊衛將軍詢陽公元孝矩
上柱國荆州總管上明公楊紀
上柱國尚書左僕射越國公楊素
上柱國尚書右僕射納言邳國公蘇威
上柱國都督河東諸軍事河東太守竇
慶
上柱國右衛將軍南康公劉嵩
驃騎將軍儀同三司汾州刺史崔鳳
上柱國河間王楊辟邪
兵部尚書上大將軍龍崗公段文振
著作郎濟南侯王劭

上柱國亳靈四州總管海陵公賀若誼
使持節大將軍涼州諸軍事涼州刺史
趙國公獨孤羅
上柱國涼益六州總管蔣國襄公梁睿
上柱國廣宗莊公李崇
上柱國左武衛大將軍使持節涼州刺
史宇文慶
上大將軍營州總管魏興公韋世文
上柱國吏部尚書上庸公韋世康
廣漢太守襄垣侯薛琰
大唐高祖太武皇帝
纂堯居晉契武基周雲起龍騰撫期命世叶
一匡以興運因九合而樂推發自參墟克定
京室弔俗之規巳布約法之教便伸井集五
星化覃四表地紐還正天維重張自東自西

遠安邇肅而義旗初指經彼華陰望祀靈壇以求多祉其地乃萬國朝宗之路六合交會之樞可以瞻仰儀形栖遅禪誦乃於神祠之右式建伽藍造靈仙寺一所碑文李庶子百藥製藻繡交映金碧相暉引曜朝夕之光煥爛虹蜺之彩華臺森聳近對蓮峯畫觀岧嶢斜臨貝闕又造像書經備修禔福京師造會昌寺勝業寺慈悲寺證果尼寺集仙尼寺又捨舊第爲興聖尼寺并州造義興寺並堂宇輪奐像設嚴華複栱圖星重楣畫月高窻蕩霧洞戶延風慧苑禪林莫不周備武德元年於朱雀門南通衢之上營建道場設無遮大會繽紛羽客執板來儀容與福田揚煙總萃步虛纔引殆過行雲清梵徐迴堪留度馬芬芳妙供類五淨而攀來照灼名華麗三山而捧至於是車馬偪側士女駢填若湊峴山如爭禊飲假令日光通夢唯傳白馬之徵菩薩應生徒聞赤烏之歲比之今日良有愧哉

又爲太祖元皇帝元貞太后造栴檀等身像三軀相好奇特莊嚴希有於慈悲寺供養武德元年仲春之月于時韶景揚暉青祇獻祉兩儀交泰萬物咸亨應多福之宜布惟新之澤命沙門道士各六十九人於太極殿七日行道散席之日設千僧齋法琳以釋老二教同處弘宣冀神功將三景連衡寶命與二儀齊久乃課鄙詞上頌云爾

緬尋曠古　遡聽元皇　時因作訓　用智垂芳
祈恩望祑　報德蒸嘗　唯崇小祀　焉聞大方
未弘三教　但佩九章　膺期撥亂　粤我聖唐
明達因果　端拱文昌　化侔十號　仁深百王

律中仲月　時登少陽　下憐蠢蠢　上答蒼蒼
式陳金闕　爰開道場　日官照曜　星臺焜煌
空懸珠影　焰動輪光　雲披玉字　煙散名香
供疑飛下　聲含鳳鏘　麒麟表瑞　甘露呈祥
功隨劫遠　德共天長　恩霑有際　澤被無疆
命同元始　體類金剛　鴻基永永　降福穰穰
唐太宗文皇帝
稟太易太初之氣資天皇天帝之靈幽房啓
高陽之基姚墟搆重華之業赤光流戶紫氣
衝天龍顏鳳臆之形日角月懸之兆河目海
口之異豐上兌下之奇聰聖玄覽知來藏往
探幽入微窮神盡性凡厥天授具體自然往
潛初德經綸天下屬隋氏季世寓内分崩火
燎崑峯水飛滄海王世充跋扈於鞏洛竇建
德趑趄於冀定唐弼薛舉旣蟻聚於三秦黑
闥武周亦鴟張於六郡皆爲逐鹿之意各開
僭號之儀擁無賴之子弟率烏合之徒衆縱
牛羊之力發水草之凶河右已來龍蛇等斃
中原之地玉石俱焚遂使地表天垂競有來
蘇之歎上京要服人興杼軸之悲我皇居帝
子之親膺天策之命用若厲之重救蹈冰之
危以夕惕之深赴倒懸之急備行九伐總統
六軍上臨之以日旗月旗下布之以天陣地
陣鼓聲震野氣動天門角響鳴山威驚地戶
於是帶流星而迴入乘奔電而前驅莫不瓦
解冰銷風行草偃凱歌獻捷無與論功自天
皇九紀已來五十二戰之後凡經一百二十
五代一千三百五十九世一千一十二萬二
千一百二十七年已來仗鉞臨戎麾旌誓衆
驅除氛祲夷剪攙槍拯橫流之溺救燎原之

禍平一區宇廓清天下未有我皇之用兵也高祖凝神鯱聖馳想煙霞之表出窅入冥高蹈天人之外徃以萬方昏墊百神愆祀屈頴陽之高風拯率土之沉溺黔黎蒙再造之德庶類荷裁成之恩上以黃屋爲心俯以蒼生爲念脱屣之懷無忘於靈府釋負之志有形於明發喜禘郊之可託忻宗祏之有主考時練日傳大寶於少陽矣自光膺鑒撫作貳春宫德覃內外仁被幽顯既而重光掞彩照燭宇宙之間副武弘仁衍溢風雲之際聿遵三善爰貞萬國及天門重啓寶曆惟新臨赤縣而大誓莊嚴撫黔黎而廣興利益開四等之日徧燭堯雲揚六度之風橫流舜雨寶舟沉而更涌慈雲捲以還舒仙臺將法苑共華玉鏡與金輪齊轉澤周有頂道被無垠靈應休徵兆符先見自寬仁德孝史備後書每以解網爲心結繩在念意欲求空囹圄長息烽爟蠢蠢群生同歸仁壽茫茫率土共奉真如貞觀元年獻肇夾鍾之月高豎勝幢少陽姑洗之辰洞開慧殿京城僧尼並於當寺七日行道齋供所須有司准給散齋之日總就大興善寺貞觀二年下詔曰神道設教慈惠爲先玄化潛通亭育資始朕恭膺大寶撫愛黎元矜愍之心觸類而長是用傍求冥貺幽贊明靈所冀九功惟序五福斯應比嚴霜早降秋實不登靜言寡薄無忘虔惕今百穀滋茂萬實將成猶恐風雨失時字養無寄敢藉聖明介兹多祉宜爲溥天億兆仰祈加祐可於京城及天下諸州寺觀僧尼道士等七日七夜轉經行道每年正月七月例皆准此玄恩咫

尺聖力冥扶景風膏雨應時届節嘉苗穜稑被野亘原國富九年之資家豐萬箱之歛皇帝宿樹五恒曠資十善啓興王之覇業赴億兆之歡心但以建義之初時逢世季親當矢石屢總元戎或東剪七雄西清八水縱神兵而彂封豕乘天策以斬脩蛇既動赫斯之威恐結怨寃之痛其年季冬躬發詔旨自隋末創義志存拯溺北征東伐所向平殄黃鉞之下金鏃之端凡所傷殪難用勝紀手所誅剪將近一千竊以如來聖教深尚慈仁禁戒之科殺害爲重永言此理彌增悔懼爰命有司京城諸寺皆爲建齋行道七日七夜竭誠禮懺所有衣服並用檀捨冀三塗之難因斯解脫萬劫之苦藉此弘濟滅怨障之心趣菩提之道三年孟春降勑京城勑僧尼於當寺每月二十七日行道轉仁王大雲等經以爲恒式又奉勑波頗三藏等於大興善寺翻寶星經琳爲序曰

寶星經梵本三千餘偈如來初證覺道度目連身子及降伏魔王護持國土說此經也自像化東漸綿歷歲時三輪八藏之文四樹五乘之旨顯神光於石室流梵響於清臺雖鞮譯相尋尚多疑闕我大唐皇帝迺聖迺神允文允武乘機撫運拯溺救焚反上皇之風行不言之化去泰去甚既掩頓於八紘無事無爲迺朝宗於萬國瀚海天山之地盡入提封龍庭鳳穴之鄉咸霑聲教仁踰解網治踵結繩大德開開外齊八則小心翼翼內整四儀臨赤縣而溢慈悲寄玄扈而敷弘誓每以諸有非樂物我俱空眷言眞要無過釋典有中

天竺國三藏法師波頗唐言光智普傳法化不憚艱危遠涉葱河來遊震旦經塗所亘四萬餘里以貞觀元年庚戌洎于京輦既登上席爰懋錦衣有詔所司搜揚碩德兼閑三教備舉十科者一十九人於大興善寺請波頗三藏法師相對翻譯沙門慧乘等證義沙門玄謩等譯語沙門慧明法琳等執筆承旨慇懃詳覈審名定義具意成文起貞觀三年三月訖四年四月凡十卷十三品用紙一百三十幅總六萬三千八百八十二言其年仲冬勝光寺主僧珍奉勑就宮迎像於勝光寺供養四年獻肇諸寺大德四十九人經三七日慶像行道日滿設千僧會王公並來行香琳又上

皇帝繡像頌曰

緬以八樹韜光兩河晦迹匿王戀仰鑄鑛而寫全身迦帝翹誠鎔金而圖真相乃洎乎青睛南度白馬東翻像教鬱興靈儀徧跱於是儼神姿以登松井屈聖體而施明珠光烈張橋色流滄瀆示佩日於漢后感揮毫於晉君或顧步而躡萬山乍徘徊而遊夢渚禎祥嘉瑞兆自由來未有刺縷圖真援空範狀我大唐皇帝曩植四弘夙資五德神功邁於軒昊至治美於成康仁勲上玄力侔大造慶雲垂彩金鏡含七曜之暉瑞鳥呈祥玉燭和四時之氣素髮文身之長俱請命於王庭穿胷瞻耳之酋共獻賝於魏闕加以留心八正篤意五乘廣運檀那聿修淨業永言善逝冥漠何追爰勑上宮式摹遺景奉造釋迦繡像一幀幷菩薩聖僧金剛師子備擒仙藻殫諸神變

六文雜踏五色相宣寫滿月於雙針託脩楊於素手妍踰蜀錦麗越燕緹紛綸含七曜之光布濩列九華之綵日輪吐焰藹表宏之綵蓮目凝輝發秦姬之縷楊侯百里之珠慙斯百福子羽千金之璧愧彼千輪華蓋陸離看疑涌出雲衣搖曳望似飛來何但極思迴腸抑亦巧窮玄妙以今歲在庚寅月居太簇三元啓候之節四始交泰之辰乃降綸言於勝光伽藍設齋慶像四十九僧三七行道大秦紅粟備香積之餐周穆金膏陳梵王之供四等福田生生具足六因善報世世莊嚴劫石碎而實曆長存芥城空而皇基永固不勝慶悅輒迺頌云

於鑠上帝　天策我君　乃神乃聖　允武允文　就之如日　望之如雲　禎符輝煥　美氣氛氳　光宅天下　攸序彝倫　體道迴向　式建福田　針裁赤果　縷制青蓮　文含綺爛　彩奪霞然　華疑迥發　蓋似空懸　方諸涌地　邁彼騰天　歲在提格　時旅青陽　奉遵徽命　爰崇道場　十科星聚　八座霞張　風迴雅梵　殿鬱名香　鴻基盛業　永永無疆

主上每以聽覽餘暇遊息藝林討孔壁之謨披石經之訓觀百王之往事考三教之指歸而謂理未涉於空空事終淪於有有詳夫性靈眞要可以持心濟俗者莫過乎釋氏之教矣眷言法藥有意流通爰有中天竺國三藏法師本剎利王種姓剎帝名波羅頗迦羅蜜多羅唐言作明知識遠聞唐國弘闡大乘故涉葱河來遊聖世以貞觀元年大呂之月躬賫梵本達乎上京昔高宗治興傅巖入夢今

我皇道盛德星現野法師識度通敏器宇沖邃五百應供結集之文八萬修多所詮之理自法蘭赴漢僧會遊吳傳譯相尋而有所未喻者法師皆委其首末究其異同假令內部諸計外人別執莫不吞若胸中說猶指掌至於承華論席肅成解義特蒙悅可簡在帝心其四年孟春有詔波頗三藏等可就勝光伽藍翻譯般若燈大莊嚴二論上柱國尚書左僕射邢國公房玄齡散騎常侍左庶子詹事杜正倫等奉勑銓定碩德一十九人右光祿大夫太府卿蘭陵男蕭璟爲勑使檢校百司供給四事豐厚琳又預充執筆迺爲序曰般若燈論梵本有六千餘偈摩伽陀國種姓大士婆毗薛迦菩薩唐言分別明之所作也始夫萬物非有一心如幻心幻如故雖動而恒寂物非有故雖起而無生是以聖人說如幻之心鑒非有之物了物非物則物物性空知心無心則心心體寂達觀之士得其會歸而忘其所寄於是分別戲論不待遣而自除無得觀門弗假修而已入蕩蕩焉不在不離無住無依者也佛滅度後七百年間有出家菩薩厥名龍樹深達實相得無生忍爲報佛恩開演中論付法藏云其人於像法中然正法炬折邪見幢外國傳云智慧日已頹斯人令再曜世昏寢已久斯人寤令覺中論凡五師注釋分別明菩薩即一人也此菩薩多聞總持智深志固以本願力不捨群生住脩羅宮待見彌勒屬以去聖時遠衆論紛然致令雪山採藥多收毒草深水求珠競持瓦礫誠恐一理不窮返增邪見一言不盡翻起異端乃

讚述龍樹偈文爲兹般若燈論其爲論也訶斥内外讚揚真俗窮無生理究實相源照無不寂寄名般若執無不破喻曰明燈蓋方廣之中心諸佛之行處矣嗟乎後之學者便息百城之遊求無五失之謬論凡二十七品爲十五卷若内人立義皆標人名無名者例稱自部若外人立義亦標人名無名者例稱外人縛解品已前慧賾執筆觀業品已後法琳執筆於是起四年夏訖六年冬勘定既周繕寫云畢所司詳讀乃上奏聞勑令所司各寫十部散付諸寺普共流通既踵輪王十善化世國内諸市悉斷屠行普禁民間不許宰殺江南之地立寨取魚三十餘州觸處皆爾必須破堰然乃取之所取者比鄧林之一枝枉死者過恒沙之億數又降慈造悉廢除之又屬歲阜時和海内豐稔又度僧尼三千人諸州散配既而德動上玄感通至聖七難俱殄七福備臻恩洽九垠之表威加八極之外其年孟夏匈奴王頡利等並率其臣子攜其部落襁負爭趨前後繼踵延望闕庭傾國而至謁天門而請命就夷邸以餐和不煩衛霍之師自窮巢穴詎假軒轅之衆席卷逋逃漢南無雜虜之憂塞北罷强胡之寇馬岸龍堆之域既沐唐風交河清海之濵咸爲聖土康哉康哉共歡於兹日無爲無事同慶於今晨統天立極之功獨高前古奉佛崇善超諸往賢主上曾經戰場白刃相拒至于登極情深厥衷乃下勑凡所陣場並建寺有司供給豫令周備宇内凡置十所嚴整可觀又昔因避暑躬幸南山卜此神居啓兹大壯其地也帶秦

川之眇眇接隴岫之蒼蒼東觀浴日之波西臨懸月之浦鳳企窮奇之石鬱律鑽天龍盤譎詭之崖穹窿剌漢豈獨巖松撥日抑亦澗竹捎雲實四皓養德之場蓋三秦作固之所爲太武皇帝捨而爲寺既曾利見因曰龍田又送太武及主上等身夾紵像六軀來鎭供養大衆所資有司供給無勞買地不待布金逆風和氣之香氛氳滿院吉祥柔輭之草爛熳垂階又爲穆太后於慶善宮造慈德寺甄叔迦寶閣浮檀金種種莊嚴一一華麗雖知所作希有猶言罔極未伸六年仲夏於臺城西眞安坊内又爲穆太后又造弘福寺考茲形勝襟帶市朝爰命梟人開基締構甫移銀榜即此金園法侶摩肩朝貴延首其地則高墉負郭羅百雉而紆餘層城結隅峻九重而延袤於是廣闢寶坊備諸輪奐瞻星測景置臬衡繩玉舄垂暉金鋪曜彩長廊中宿反宇干霄浮柱繡栭上圖雲氣飛軒鏤檻下帶虹蜺影塔儼其相望經臺鬱其並架磐丹青之矩矱殫藻繢之瓌奇妙極天仙思窮神鬼金盤承露比玉樹於甘泉寶鐸和風狀瓊林於安養踈鐘夜徹清梵朝揚韻合漁山響符龍木靈異之所栖託定慧之所依憑了義息心於是乎在

辯正論卷第四

音釋

鷙支義切 勰胡頰切 酇則旰切 哿古我切 頰居永切 黼斐古切繡斧於裳謂之黼 偪側偪彼側切側阻力切偪側迫隘也 峴胡典切山名 禊胡計切祓禊也 鞏居悚切 趑趄趑七私切趄七余切趑趄不進貌 斃毗祭切死也 攙槍攙初銜切槍七羊切攙槍彗星也 掞

舒贍切舒也
爟古玩切烽火也
姑洗洗蘇典切姑洗律名也
惕他歷切懼也
種稑種徒紅切稑力竹切穜稑黍稷也先種後熟曰種後種先熟曰稑
鏃作木切箭鋒也
殰於計切殺也
鞮譯鞮都黎切西方曰狄鞮北方曰譯
紘戶肱切九州之外有八賔入賔之外有入紘
酋慈秋切酋長魁帥之稱
幀猪孟切開張畫繒也
蔟干候切太蔟正月律名
邪雲俱切國名
梟五結切辨方正位之梟也
舃思積切履也
栭人之切梁土柱也
貜鬱縛切度也
績胡對切畫也謂彰施五色也
瓌古回切偉也

辯正論卷第五

唐沙門釋法琳撰

東宮學士陳子良註

十代奉佛篇第二下

魏元氏太丞相渤海王神氣精靈天姿秀異德備文武藝兼禮樂珪璋社稷之器廊廟柱石之才實有王佐之風咸稱靜亂之託至於歸心服道獨超名輩不恪象馬無愛珠璣於定國寺興建寶塔

持中太保司徒公廣陽懿烈王

廣陽忠武王　司徒廣陽王

廣陽文獻王　相國高王

汝南王　宜都王

右七王並敬信居懷敦崇爲業或文或武臣國匡家叶柱石之風有廊廟之德知空雲之遽變識蜃氣之非常同悟巳身等歸磨滅乃迴心佛理共遵聖化咸受八戒俱持六齋造寺度僧設會崇善

上黨王穆　常山王鷙

右二王穆性和厚美形貌鷙容貌魁傑腰帶十圍立性方雅少言清愼常息省闥雖當炎暑不解衣冠官至侍中大司馬

淮陽王尉　河東王苟

東陽王丕　淮南王他造法王寺尉苟丕他並容貌壯偉大耳秀眉四十年中三長月六守齋持戒無替於時誦維摩經造法王寺年耆望重負杖來朝然丕又聲氣高朗博記國事問無不知及辛孱之際恒居端坐每與王公學士大德名僧研味佛理抗音大言謂衆人曰佛教沖洽非儒墨者所知

秦王翰闕當世之務盡成敗之理近事遠謀造次備舉重仁行義朝野具瞻

司徒北海王詳　自本枝或他居外戚總政本之要當神州之重並感圓珠慕勵已克心式光朝政數宣治道而虛襟佛理崇信法橋造像書經興立塔寺寫一切經一十二藏罄盡心力保護世宗內外指攜至于登立法門大啓佛事廣興

司牧高陽王雍親或

彭城王勰　修造伽藍創建靈塔

濟南王文若　風流寬雅姿制開裕吐發深美辭色淹和時人爲之頌曰三公楚楚盡琳瑯未若濟南備圓方至於口誦金言心期淨土持齋萊食護法敬僧無以加也

安豐王延明

中山王熙　並以宗室博古

瑯琊王誦　學文俱立道場齋講相續以香汁和墨寫華嚴經一百部素書金字華嚴一部五香廚四寶函盛靜夜良辰清齋行道每放五色神光照曜臺宇衆皆共觀倍更發心義綜六經史該百氏衣冠儀貌朝野所推高論清風獨超時輩弱冠歷聘梁武帝奇之與語終日梁武謂曰昔王陵在漢姜維相蜀所在成名何必本土其見禮如此常與梁武啓必云魏臨淮王誦而梁武亦不責之頌以敬重爲意六齋之日恒設淨供獻佛飯僧俸祿所資多入經像

尚書令廣陽王嘉　喜愠不形沉敏好學仁厚至孝造次不渝讀一切經凡得三徧造愛敬寺以答二皇爲衆經抄一十五卷歸心委命志在法城

陳留王虔　姿氣毘嶷贊力絕倫自小出家虛心慕道其後歸俗不廢習真雖干政事頗敦勝業

齊獻武王　思隨寘運智與神行恩比春天威同夏日恒至心於萬物被大道於八方修心克己迴向正法造大悲寺普濟群生

使持節中外諸軍事齊王

鉅鹿王闡

録尚書事彭城王韶

譙郡王亮

江夏王昪

臨洮王榮　並英毅挺拔風格超倫而信敬法言迴向釋氏

太師大司馬洛州刺史馮熙文明皇太后之兄也奉佛至信於諸州建浮圖精舍七十二所寫一十六部一切經常與名僧講論佛義

使持節幽州刺史司徒公胡國珍靈太后父也唯事齋潔自強禮拜書經造像起正化寺供養百僧

司徒祖瑩字元珍鍾美多福資神積善器局虛閑志識開悟口含碧雞之辯手握雕龍之文義府玄宗於是乎在

司空李無為率性不群自然行已鉤深致遠懷文抱質鴻鵠將飛便懷四海之志騏驥方騁已有千里之心雖政事殷廣常以金剛般若為業每月六齋終身靡廢

太傅昌寧王李寔立身雅正為人清儉慎終令始奉法尊師無廢六齋恒持五戒

少保建昌公竇略素抱伊霍之量夙懷柱石之材尊正授律知甲乙之孤虛當敵制權識風雲向背富而不驕貴而無傲敬信崇重委命世雄造靈山法雲二寺供養二百許僧

司徒高傲曹勇氣絕群武略超世

司徒高隆之逸氣超倫德風可挹

侍中尚書令元乂氣幹宏拔英華清煦羽儀朝野匡讚有聞於代州起法音寺

右僕射大行臺慕容紹宗聰鑒可稱禮賢斯篤

吏部尚書邢巒有清規美談笑閑莊老味詩騷敬重大乘造像立寺即晉濟寺也

驃騎大將軍儀同三司恒州刺史陸政平直無私守道寡欲有長仁之操善文雅之容口誦維摩以為論本時人高上莫敢抗談即陸載之第二子也

太常卿恭侯鄭瓊萱蘭表德琬琰為心朝貴羽儀人倫龜組起淨域寺建法華堂月別營齋年常寫像

雍州刺史韓仲詳簡略清通標舉雅俗深懷非我造韓使君寺

黃門崔陵精心道藝託志詩書彫篆為文斧藻成德承風虛想望美傾心獨步當朝為物稱首而廻向三寶委質四弘於鄴城中起報恩

寺

幽州刺史盧令守珪璋内潤風飈外肅器度海美神用高明於幽州造通玄寺供養百僧

沛郡太守趙元則稟精辰象資靈河嶽幼譽擅美弱冠馳名信敬之志不移檀忍之心無竭寫經造像心未爲勞

河南尹武邑公李獎羽儀文物冠蓋相望守一抱真志在安養三長之月必自清齋二親諱日達曙悲感造彌勒寺供養百僧

太子中庶子御史中丞陸載載本吳人爲宋咸陽王義眞行軍大都督長史後没赫連因即仕魏有才調善談諧爲魏朝貴公所稱重而性愛虛靜常以佛法爲意每讀衆經讚揚玄旨末年精至經宇於光口誦法華時感舍利

衛尉卿許伯桃有長仁之風弘莫逆之道崇奉正法無替於時

散騎常侍溫子昇有太中三都之筆美子雲百奏之才錦繡怛其文章金玉懋其暉映崇重妙法愛樂大乘

寧遠將軍侯莫陳引本漢中山靖王之胤涉漢已來肇有豐國因俟而氏遂號陳焉造祇園等寺常營齋講及施悲田

已前並魏代時英一期髦彥欽仰佛教者梗概條之

齊大丞相内外諸軍事常山王確勳業崇美特達超倫

太尉蘭陵王長恭聰敏絶群朝野敬憚

司徒瑯琊王儼翼讚皇家光隆朝政

録尚書事長廣王湛王室股肱文武憲章

大都督録尚書廣平王智思超倫操履溫直

大司馬清河王亶業行優深風格遒遠

左僕射廣寧王孝珩識悟優遠貞幹令終

侍中尚書令録尚書事使持節都督趙州諸軍事驃騎大將軍開府儀同三司護軍將軍趙州刺史帶六州都督并州太忠正長安公晉昌王唐邕造衆義莊嚴大寧國寺鑄彌勒金像一

軀星氣程符嶽神降祉屬此昌
年挺茲上德光事五君寵加八
命出陪黃屋入覆青蒲拾遺補
闕獻可替不軍制之經嶽符之
秘國之利寶不可示人心膂攸
歸尸掌切密重以剌舉秸服督
察全趙杖節伸威下車布惠豪
右兼弁望風霜而欽手單弱擠
墜沐雨露以息肩金口木舌提
耳捐掌衣食盈而知榮辱禮樂

覃而識忠孝旗亭絕奇貿之貨
園土有哀矜之識約比食魚清
倅酌水參墟長吏畏之若神明
農墅黎民仰之如日月加以良
田居體眞金在性遊戲衆法調
伏諸根聞必修行見便隨喜爲
國及蒼生於堯之舊都建衆義
莊嚴寺擬大壯模乾象測圭表
度几筵背陰面陽啓寒舍燠月
宮日殿晝夜齊光柰苑蓮臺春
秋興態名僧踵武淨信連衡令
月嘉辰爭稱禮拜又於平陽造
大寧國寺寶剎上浮精盧遠秀
梁栽文杏柱鏤梅檀欂藻相暉
朱綠交映又鑄彌勒金像一軀
舍光七尺白石丈八像二軀并
一切經三千餘卷修
治故像一萬許軀

右丞相咸陽王斛律字明月 勇氣無前抱節彌勁

左丞相平原王段孝先 恪勤政事允副朝委

錄尚書事淮南王和士開 篤敏勤恪奉法自強

太常清河王高嶽 勇幹清美

太宰章武王庫狄千秋 猛毅恭順

侍中泰王高歸彥 泛愛優美

侍中尚書令元羅 才名之士王元景邢子才等咸爲賓客然爲性儉素恂恂接物崇敬三寶欽尚四弘於法喜寺興建七層浮圖甎塔至於盡心以匡聖主修已以圖永安則上寧於君下保於民蓋人倫之水鏡天下之楷模

尚書令高肇 造開居寺

太尉彭樂 仁厚著美

司徒潘相 尚仁貴義

司空司馬子如 學業清美介節峻舉

光祿大夫尚書僕射楊遵彥 識懷溫敏風儀道逸早標玉閏鳳擅金聲而文綜九功武包七德震天下之美譽感海內

之歡心文宣高視於上京僕射總知於時務鼓腹擊壤人無怨聲十年之中齊國大治臣合之力楊公有焉而博涉內外兼閑孔釋仁祠櫛比列刹相望法衆連衡士女廻向護持在意民具脩瞻也

少傅尚書僕射魏收備閑禮樂總緝彝倫深達苦空尊重正法學該馬鄭才蓋劉應

光祿大夫尚書僕射崔纖才膺佐命寵亞二南蓋朝廷具瞻人倫勢望兼信佛法大建福田樂與名僧高談至理書經造像修補伽藍

右僕射崔季舒物望清高羽儀當世

左僕射燕子敬奉上接下守法自強

僕射趙彥深仁厚清恪

侍中斛律孝卿義勇蓋世

侍中斛律文若清儉峻恪

侍中徐之才德風遒舉

侍中高正德儉約不渝

七兵尚書王元景清通風著

太常卿崔昂篤義尚仁當朝冠族

散騎常侍劉逖學該七略才顯四門

衛尉卿杜弼志節可稱言行惟允

殿中尚書邢子才絢彩流光奇文蓋世

秘書監祖孝徵學業優贍才藻映俗

尚書左丞封孝琰清飈峻遠時望所先

使持節平南將軍仁州刺史金紫光祿大夫安康侯樊儒體調凝邃理識清遠精誠壯志莫與爲儔於廬州造竹林寺在仁州造拔苦寺造像書經年別不替

右齊世英賢北朝俊逸並學通今古解貫玄儒而深信釋門洞明因果手披玉軸口誦金言其衆也如草木之依大地

其遇也猶鱗介之流長川至於白星震夫無名老叟薄知希向少發信心者不可稱紀胡得措言所以福祐於四生慶流於三世允仁允恕及子及孫其能行之德無不至也

周柱國襄州總管衛王　殖衆德本於襄州修造上鳳林寺憑危跨谷接棟連雲香閣禪龕依巖架岊佛事嚴整殿宇光華月入秋窻風生夏戶忘憂滿院長樂盈階竹篠茅簷松橫石砌奇峯亘日迴樹參天寓目開心自然忘返

柱國益州總管趙王　歸命仁祠在益州造慧眼寺重門跨迴飛閣連雲鳥跋龍盤鳳翔鱗接窻開神女之電梁映美人之虹簷四注而傍臨階三休而直上金繩界道仍圖忉利之園露幔垂陰即寫由乾之地三春令月八節嘉辰士女信心都鄙豪俠委質迴向頂禮歸依

柱國雍州刺史齊王

太師大冢宰柱國大將軍晉國公宇文護　晉公地屬文昭名高王陝納四履之包茅專五侯之征伐周文作輔庶績咸熙皐陶爲謨天下無事社稷由其建立朝廷賴其銓衡而篤信不群迴向無比興隆像教創製仁祠凡造法王彌勤陟岵會同等五寺湯沐撤俸不費水衡之財郡國減租無勞泛舟之役汾陰寶鼎之地安邑紫殿之基園開長者之金泉涌沙門之錫盡大秦之木難傾日南之火齊製窮彫匠不因工玉之圖巧極神功方待由余之對中天寶塔遥臨望氣之臺地涌靈龕還對鹽車之坂持戒四部安居二時恒轉法輪常凝禪室又供養崇華寺

柱國尚書僕射楚國公豆盧寧　燕文明皇帝慕容晃之後祖什文成皇帝直寢司隸大夫父萇柱國大將軍涪陵郡公寧年始弱冠爰初筮士月角稱奇星精表德在軍三十七年身經四十二戰胡兵不敢南牧趙人詎肯東漁人倫水鏡當世杞梓而泛愛居心迴向爲業造羅漢會宗二寺鑄像寫經相續

不斷

太傅柱國大將軍太宗伯鄧國公竇熾五陵冠族三輔良家孟津稱同德之門咸陽乃先登之佐功參八柄位入六符熾即安豐華胄也昔尊黃老今信大乘建白馬梵雲二寺種當來出世之業

侍中柱國大匠卿武衛將軍冠軍將軍中散大夫安豐公段踦千木後胤撫軍幼子風流重世嘉聲踵武山澤通氣儀表純和時以茹茹擅强跨有燕薊奉命尊對示其逆徒即請附降還教好穆所獲口馬及金貝等並用寫經幷施孤老

柱國雍州牧南兗八州諸軍事兗州總管酇國公竇恭龜鏡蟬聯衣纓奕合門奉法咸歆嘉慶

大將軍幽州刺史安定公宇文貴太祖文皇之孫柱國齊王之子東膠西敘敬業離經德重儒林名高太學事親

盡孝奉佛惟恭檀忍在心老而益至

開府儀同三司太子洗馬雲寧莊公瑯琊郡王拓拔勝侍中太保司州牧廣陽王嘉之孫父通捨其國嗣脫躧王家敗碣石爲香城變睢陽爲柰苑棄冠冕而服田衣罷絃歌而遵雅梵莊公爲父亦慕歸依仍於私第常修淨業

使持節陝州都督行臺郎中通直散騎常侍河東公宇文善公宇文善字仲良成童就學傳衣百氏弱冠登朝逸轡千里大統初於沙苑獻捷舉河東之地仗劒歸誠其宗從鄉人並得開國而信奉正法畏懼將來造像書經一生與福

開府儀同三司陽化公元昂魏大丞相京兆康王之孫太保錄尚書桓芝之子温恭爲節仁孝居心遊學儒林早習經史深敬釋氏捨宅爲酬德寺

柱國大將軍隴東郡公楊纂河南近臣華山貴胄祖丘

以羽林三軍治兵於六鎮父安仁比道大都督朔州鎮將祖考已來並崇佛教

通州刺史右侍上士散騎常侍楊操西漢十人東京四世朱輪華蓋奕葉相承尚書忠公之孫汾州刺史之胤二楊同世皆崇佛法

司空貞侯鄭穆出忠入孝肇自彼天敬佛重僧久而無倦

侍中少傅京兆郡守行臺郎中大匠卿燕郡公盧景仁太僕卿靖之少子雅好博古家傳析薪之業夙夜強學世續良弓之教三兄景裕學冠玄儒四兄景辯博聞強記俱能鑿攺憲章制度禮樂關中號於夫子河上疑於仲尼並彌佛教窮深莊老虛薄

太保柱國大將軍吳武公尉遲綱軒轅誕聖新鄭肇其洪源昌意降居若水承其遺烈始祖魏氏之政尉遲國君官族表於世功命氏因于胙邑蟬聯華緒彜鼎鏤其深功爲奕崇基庸器紀其行業父柱國大将軍長樂公夫人尚昌樂大長

穆公主造褒義寺及宣化尼寺

大將軍南蠻都監常山公柳慶之嵩高峻極大夏雲構器宇冲邈風度凝整追王戎之簡要邁裴楷之清通有德有才可師可尚於襄州造香山寺刹飛雲表旛颺天垂日殿蓮臺珠叢金地遠方祇樹若寫雞園

北荊州刺史安道公席顧器宇淹凝才略通濟銀章青綬明經俯拾疏爵疇庸元功克舉令德彰於國史策勳載于家諜基茲閥閱累葉光華於鄧州造德王寺房宇精嚴殿堂塽塏住居形勝見者發心

使持節柱國大將軍大都督潼州刺史徐國公若干鳳司空之孫武公之子建社嗣齊執珪續衛高峯掩日長翅垂雲造至聖寺庶憑寘福

使持節太傅柱國大將軍清河公侯莫陳休文武兼施忠孝備舉厶而念善常行慈恕於大乘寺受戒發心寫一切經造丈六夾紵無量壽像俸祿所致咸用檀那

太師柱國蜀國公尉遲迥魏室喪亂經綸夷阻周朝建國匡翊揖讓勳高効重所在難方崇善慕福久而彌著造妙像寺四事無闕法輪恒轉三學倍增

開府儀同三司安政公史雄昔柱史留滯周南消聲函谷因官命氏遂稱史焉祖遵涼州刺史父寧柱國安政烈公並深謀宏略匡時濟世而門崇三寶人奉八齋造安政寺寘熏祖考時人敬焉

開府平北將軍仁州刺史安化公丘洪寶世挺忠烈門承顯貴巷通長戟擬王濬之居門方駟馬同魏舒之宅弟廣化公並器均瑚璉質表珪璋難兄難弟同元季之德或將或侯齊列冊之貴敬重釋氏研味法音捨其舊居爲本起寺

益州刺史中郎新州刺史蔡哿待詔金馬之門論儒石渠之學梁園作賦遇等鄒枚從梁沒周禮過申白

開府威遠將軍王靜供養烏丸寺

大將軍和雞雄造和雞寺

大將軍爾綿永造爾綿寺

司金大夫破多羅紀造破多羅寺

軍司馬洪和公意力勤仲慶造意力勤寺

隋

弘聖宮樂平長公主造萬善寺

皇太子勇造像書經相繼不斷轉誦行道無替於時

秦王俊京師造延興寺濟度尼寺并州造開化寺

蜀王秀益州造空慧寺法聚寺大建昌寺供養孝敬寺

蜀王秀妃長孫氏造福成寺

益州長史昌平公元嚴造福勝寺

漢王諒京師造禪林寺并州造開業寺法忍寺各度百僧供養

右秦蜀漢三王並敬信居懷流通在意篤愛仁孝秦王最優常持六齋每行十善書經造像所在用心爲襄州總管之日綏撫化導大得物情俗詠來蘇時稱

至晚其延興堂宇濟度神宮悉是王所
卧居捨而爲寺

太師上柱國申國公李穆器度英舉風宇清曠奇功茂績兼濟生民周道既衰三邊鼎沸肅寧方面摧過兇醜精誠冊欵貫徹幽明志慮沉深聲猷遐遠勳庸風著名器早隆盛德至道坐鎮雅俗時宗人傑朝廷羽儀爰用祖徠之松新甫之栢建興佛殿起立僧坊禪室鍾臺廡不精麗講堂門屋咸悉尚華即修善寺也

太保上柱國薛國公長孫覽降靈川嶽稟和純粹山廷玄宇寅符佐旗之德龜文河目天挺命世之姿孝表率由忠爲令則温恭寬裕之性簡久遠大之才治國隆家之道匡世濟時之略謇謇有周捨之氣肅肅懷管仲之風十亂無以加三傑莫能擬股肱良哉斯之謂也然而迴向法本崇奉釋門捨其第居傾竭堂宇仍充金地即構寶坊月殿金人蓮臺華蓋種種嚴麗事事光新即實際寺也

上柱國使持節淮南總管壽州刺史觀王楊雄平暴靜難之才禦侮運籌之策爪牙之用既顯鷹揚之力遂宣光國光家可大可久股肱攸屬文獻具瞻至信法言汲引無倦興福造寺恒建檀那奕葉公侯傳家台鼎識空鑒有服道知歸其望益高其心逾下其所造寺即歸依寺也

大司馬上柱國神武肅公竇毅幼稱令譽長號通人家有賜書門標衛戟供奉四帝終始一心義重龍文財輕蟬翼折獄動哀矜之念臨下盡寬和之仁而護持三寶體達五家造寺建齋以爲常業造寺即雲華寺也

上柱國尚書右僕射魯國公虞慶則奕葉衣纓朝廷杞梓志識詳幹器宇淹通善六國之音達四方之俗既總彝倫之要徧知惟策之機而篤信居懷片善必記興福建寺所在行檀大起法堂廣羅佛殿於襄州造盧舍那夾紵像高一百二十尺相好奇異靈應殊常其所建寺即沖覺寺也

上柱國尚書左僕射齊國公高熲器局和允識慮

優長禮綜夏殷樂窮韶武百官
氏族之諱九州土地之宜憲章
經國之圖訓世安民之術朝政
之事知無不爲其位彌高其心
彌下皇隋建極實有殊功而善
達世間早知幻化存心出要篤
志香城至於七覺華臺三明實
殿瑠璃梵宇碼磂禪龕柰苑祇
園竹林檀閣處處忘返一一留
人凡是名僧海内大德慧崇禪
師道彦法師等並感其敬信同
赴伽藍又延信行禪師別起禪
院五衆雲衆三學星羅道俗歸
依莫斯盛也又造積善尼寺頗
亦嚴
華

上柱國左衛大將軍陳國公竇抗三輔良家五陵

貴胄洪源浚於姬水層巒鬱于
岐山世載軒冕之榮門承羔鴈
之禮扶風振其茂緒平陵結其
盤根雖在俗塵志存出要嘗造
靜法
寺焉

上柱國武衛將軍梁國公侯莫陳芮卓犖不群

骨梗無輩參謀王室首建義旗
去煩就簡之功佐命平暴之力
任居闈閫有積炎涼宿衛宮城
頻移氣序用心恭謹獨美當朝

文物具瞻聲猷遐布一門昆季
三人駙馬敬信崇重造寺書經
每以法言備修善事
造寺即舍衛寺也

上柱國洛豫十七州諸軍事洛州刺史左翊衛將軍詢陽公元孝矩志識幽遠

風骨陵霜參務治基早知禁衛
用心匪懈奉法無親捨其第居
充斯淨域靡恪資産常建福田
玉質金相英聲遠振嘗造空觀
寺

上柱國荊州總管上明公楊紀荊門勝地楚塞神鄉

舳艫之所混并水陸之所衝要
唯仁是寄雖親弗居布政宣條
咸稱緊賴清風遠沐盛績有聞
人唱來晚之歌咸陳去思之詠
啓茲福地置此仁祠月殿流輝
珠臺曜彩華開粉壁荷發圓池
至於鄭氏維摩孫公安養皆爲
絶世妙畫丹青即定水寺也

上柱國尚書左僕射越國公楊素鑒土開家俾侯

建國少懷伊霍之志長叶廉藺
之風唐舉知其相秦郭賀稱其
輔漢聰明神粹器局淹弘納比
吞流照同懸鏡英俊天挺穎拔

自然至於推斥九流咀嚼三古挹衢鐏而不竭運滄海而無窮方朔虞延恥諸魁岸魯匡晁錯懸其智囊郁郁美其爲文桓桓壯其用武弼諧之力燮理之功無以加也而尊重正覺闡獎法門俸祿所資並營淨業捨赤霄與像殿陵倒景起鍾臺七寶之堂九層之塔高臨漢表上出雲端布濩名華綿巒吉鳥善能留目甚暢遊情播美關中傳名海內嘗造光明寺

上柱國尚書右僕射納言邳國公蘇威

貞幹足以濟事和義足以利生確乎不拔體乎其性隱弗違親貞無絶俗類八公之赴漢同四皓之入朝國政天綱從斯大備頗閑百氏兼達三玄放心於四德之場託質於五門之觀書經造像禮佛然燈備彼莊嚴具諸功德隋朝良宰蓋此吾人而心下志高識幽見遠憲章文武敦緝彝倫嘗造濟法寺

上柱國都督河東諸軍事河東太守竇慶

文足宇民武堪靜難泛愛仁厚來晚去思汲引爲心檀忍不倦

上柱國右衛將軍南康公劉嵩

武毅剛直奉法無私猒離居家欽尚解脫嘗造律藏寺

驃騎將軍儀同三司汾州刺史崔鳳

操履貞肅奉法優勤篤愛大乘迴向正道嘗造經行寺

上柱國河間王楊辟邪

儀貌溫雅志操貞確常欽出世早猒有爲嘗造大慈尼寺

兵部尚書上大將軍龍岡公段文振

世襲通侯家傳寵命器局和允識慮優長武冠孫吳文齊班馬待詔之策屢顯應對之美日隆蓋朝廷之羽儀皇家之棟幹崇敬三寶體達四衛造寺供僧寫經鑄像慈惠仁厚檀捨不渝其所造寺即雲化寺也

著作郎濟南侯王劭

學窮經史才邁群英著齊志一部釋老志一卷又撰仁壽舍利現瑞記一部總敘佛法由來云釋氏非管窺所及率爾而可言之昔春秋莊公七年四月辛卯夜恒星不見夜中星隕如雨而意說者以爲四月八日佛生時也案周四月於夏之六月日辛卯非八日年紀云言魯知不及他國年融

云漢明帝夢金人其名曰佛於是遣使往求經書又案漢武帝得休屠王祭天金人劉向列仙傳讚云七十四人在佛經矣然則明帝前已有佛之經像魚豢此云老子入西戎教作佛圖者世言出自化胡經不足取也漢日浮屠即佛陀也猶沙門與桑門語之轉耳典略云黃帝夢遊華胥氏之國華胥氏者即天竺國也在佛神遊之所

柱國亳靈四州總管海陵公賀若誼 寔卿相之門稱冠蓋之里山庭儀表月窟風猷篤信大乘崇奉正覺

使持節大將軍涼州諸軍事涼州刺史趙國公獨孤羅 景公之世子獻后之長兄敬法重人

上柱國涼益六州總管蔣國襄公梁睿 導靈尊師尚義源於少昊分休蔕於伯益東漢良宰西晉鼎臣敬信有聞丕業克著

上柱國廣宗莊公李崇 挺生拔萃秀出罕儔唯昆與季師王

友帝誦習般若興建法輪

上柱國左武衛大將軍使持節涼州刺史宇文慶 包文武之幹略蹈仁義之規矩宣條萬里圖讚百城鑄像寫經爲福無已

上大將軍營州總管魏興公韋世文 聞詩聞禮之風三義三君之德鍾慶流澤奕葉不窮慕正法於當年習微言於積歲

上柱國吏部尚書上唐公韋世康 容狀魁岸風韻韶粲同玉樹之華滋類壁山之朗潤善經略美銓衡歸心慧門遊情法苑

廣漢太守襄垣侯薛琰 鳳毛麟角標文示武家崇正法門奉玄風暨五涼四燕三秦二趙高門連於閭闔崇基接于大階戚里之皇親帝京之富室顒顒慕道各各橫經口誦兪言手披玉軸至于隋代王公盛名帝宇並欽崇釋教俱敬福田或造寺立形或行檀悲敬或誦味經典或研覈玄義如是比屋可封尤難

具列至如大唐朝仕賢官成林蕭族以法華爲福基實宗用塔寺爲命代戴尚書之普敬泰將軍之濟生或府省同欽或寺臺共奉爰逮要荒華夷令長沿諸讃隷等布一心者也以佛理爲指南並修勝業爲已任既形于耳目故不即事而叙之豈以李老理名故由深鑒有託矣

辯正論卷第五

音釋

髦莫褒切俊髦也 秸古鎋切藁也三百里爲秸服謂服藁役也 岊子結切山陬隅高處曰岊 皐陶皐古勞切陶餘招切皐陶舜臣也 萇直良切 涪扶鳩切 諜徒頰切譜諜也 塽塏塽所兩切塏口亥切塽塏地高明處也 徂徠徂從租切徠郎才切徂徠山名 犖呂角切卓犖超絕也 藺良刃切 燮蘇協切和也 豢胡慣切 蔕都計切根蔕也

辯正論卷第六

唐　沙門　釋　法　琳　撰

東　宮　學　士　陳　子　良　註

佛道先後篇第三

儒生久之更爲議曰尋佛教東夏未六百年晉宋已來其風始盛猶謂功無與等世不能名況老教中華年代綿遠經史具載略可而聞案道經元皇曆云吾以清濁元年正月甲子下師伏犧治國太平白日昇天又云未分元年八月甲辰下師神農太元元年師裕一本作祝容凡經一十二代變爲一十七身始自玄老終乎方朔隱眞論云處天地之先不以爲長在萬古之下不以爲久隨時應變與物俱化勘其遊世輔國時節可知至於誘引黎元匠成品物安能紀乎略計已經二百七十餘萬年矣（彈曰太素之時氣形始具清濁未判名之渾沌二儀既闢而不分三才亦眇而未見六紀序命之外伏犧方生四姓燧人之末神農始誕何得庖炎二皇出清濁之世祝容六甲生未分之前委巷之書不足承信）故云常道非可道之道無名出有名之名既曰寂寥是稱怳惚託周朝而爲柱史居漢世而作大臣戲水乘魚遊空駕鶴玉井含潤美地下之飛泉金竈生煙烈人間之餤火三宮白珠之帳或餌甘芝九華青瑣之階恒餐凍髓玫珂琥珀之樹不日舒光瑠璃瑪瑙之枝無風自響髑髏能語曾假夢於莊周白骨還生豈虛談於徐甲西王玉文之棗聖女孳來東海金色之梨仙人捧至形無定所見種種之容情有異端啓紛紛之迹超江跨海詎藉舟航入市登山隨心自在綿綿叵測眇眇難尋莫不利益天人楷模今古釋氏之化日月未淹焉得與道

而爲比校

開士讓曰吾子學無稽古困在師心不能擇善返迷而守株信度吾聞智無不周曰聖化不可測曰神遠近難尋始終莫究者其在茲乎焉得措意於其間也子疑尚擁當復言之何者夫世界初成未有日月二大菩薩下救蒼生爰列三光是興八卦伏羲皇者應聲大士春秋內事曰伏羲推列三光建立八節以文應氣有二十四消息禍福以制吉凶也是以羲氏和氏世掌日月之官皆伏羲之後也故曰名羲和蓋羲皇之本號也女媧后者吉祥菩薩何以明之尋此劫中千佛出世第四佛者即釋迦文自餘續與終乎劫盡爾乃劫劫相次則佛佛無窮者也立世毗曇云跋陀劫中凡有千佛相續出世以法化不絕故號賢劫一賢劫中有成住壞空四大中劫也如從十歲至八萬歲後從八萬還至十歲如是一轆轤上下經二十反爲一小劫二十小劫爲一成劫凡經八千萬萬億百千八百萬歲爲一中劫俱舍又云七火一水災七水一風災七火災已度然後風災起經八八六十四大劫過四不可數劫始是一賢劫也住劫之中方有佛出相次一千釋迦如來位當第四餘有九百九十六在世界是佛依報衆生是佛因緣但有衆生即有佛也依須彌像圖山經及十二遊經並云成劫已過入住劫來已經八小劫也光音天等下食地肥諸天項後自背光明遠近相照因食地肥欲心漸發遂失光明人民呼嗟爾時西方阿彌陀佛告寶應聲寶吉祥等二大菩薩汝可往彼與造日月問其眼目造作法度寶應聲者示爲伏羲寶吉祥者化爲女媧後現命盡還歸西方山海經云身毒之國軒轅氏居之郭朴注云則天竺國也信知三皇根起在彼奉佛使者故不疑焉取例尋文可以意得帝系云開闢之初人情昏梗唯眠與食莫曉逆從起乎太昊上皇因時作範比象畫卦尊卑位焉始知敬以奉上慈以育下微用心識漸開慧路自非無涯大悲深妙解脫孰能俯質同愚發蒙化世二聖來應信而有徵其弘道也塵劫所不窮其利物也筭曆所不計過去倍於恒沙未來逾於上

數汝元皇之歲猶大地之始一塵開闢之年比滄海之論一滴耳非所聯類也非所頡頏也夫食木之蟲尚不知皮外之味豈知宇宙之廣哉案三史正文與五經典誥並云老子周末時人次則阮氏七録王家四部華林徧略修文御覽陶隱居之文劉先生之記王隱魏收之録楊玠費節之書並編年紀咸爲代曆莫不共遵正史曾無異談隋世有姚長謙者名恭齊爲渡遼將軍在隋爲修曆博士學該内外善窮筭術即太史承傳仁均受業師以春秋所紀不過七十餘國丘明爲傳但敘二百餘年至如世系世本尤失根緒帝王世紀又甚荒蕪後生學者彌以多惑開皇五年乙巳之歲與國子祭酒開國公何晏等被召修曆其所推勘三十餘人並是當世杞梓備諳經籍者據三統曆編其年號上拒運開下終魏靜首統甲子傍陳諸國爰引九紀三元九頭五龍括提合雄連通序命修飛因提善通等謂之九紀天皇人帝五經十緯六藝五行開山圖括地象古史考元命包援神契帝系譜鉤命決始學篇太史公律曆志典略之與世紀志林之與長曆百王詔誥六代官儀地理書權衡記三五曆十二章方叔機陶弘景等數十部書以次編之合四十卷名爲年曆帝紀頗有備悉文義可依從太極上元庚戌之歲至開皇五年乙巳計有一十四萬三千七百八十年矣梁紀云從開闢至梁太宗大寶二年凡二百八十三代七十六萬一千四百一十五年案諸部年紀莫見老氏爲伏羲師考此一虛則百事無實

長謙紀云佛是昭王二十六年甲寅歲生穆

王五十三年壬申之歲佛始滅度(至開皇五年得一千五百七十六載矣)與周書異記幷漢法本内傳及法王本記與吳尚書令闞澤魏曇謨最法師等所說不差推老子以桓王六年丁卯之歲仕周敬王四十二年癸丑之歲五月壬午乃西度關(至開皇五年得一千三十七載)案葛仙公序云老子以上皇元年太歲丁卯二月十二日丙午爲周師者即桓王丁卯之歲也又云無極元年太歲癸丑五月壬午去周西度關者即是敬王癸丑之歲檢三皇已下本記亦無建元至漢武世始有元號彼稱上皇無極等並爲妄說全無依據又高麗王表問齊后諸佛生世可得聞乎文宣帝召上統法師爲文具報于時引周穆傳(蓋穆王別傳也)以對使人與姚長謙所引無異劉向列仙傳曰聃與尹喜俱之流沙之西服苣蕂實是知孔老二儒皆生周末老在佛後隔十二王國語云幽王二年三川震岐山崩伯陽又云周將亡矣別有老人非老子也案梁元帝解莊老云老子以景王初終莊生以景王末卒姚將軍言孔老相見問禮之時亦在景王十年甲寅之歲爲尹說經亦於景王之時此則佛先道後的可明矣子云清濁之年爲國師者甚大河漢不近人情原夫清濁始兆而陰陽未分陰陽未分則兩儀尚渾兩儀尚渾則三才莫形是以窈窈冥冥不可名也甲子起於大撓年月定於堯典非唯羲皇未出固是天地靡開驗知天地搆精男女化生羲之與老其是人耶必在二儀之内不越三才之中焉得道聽途說以自欺乎又言方朔亦聃之身彌不可也傳云東方朔者

歲星之精也何以明之尋曼倩在朝二十餘載歲星不見亦二十餘年朔之云亡木精始出通人所紀驗可知矣抱朴子神仙傳云夫聖者不孤必應物以成化豈可天下國師皆待李耳一人乎異哉斯言良盡美矣若歷多世唯一老聃爲師亦經多朝皆一羲皇爲主既有多政必賴多君信可一師但匡一治耳知其歷代並是聃身靳固之言出何承據葛稚川云並是無識道士假生神異豈其然乎

儒生問曰皇甫謐云老子出關入天竺國教胡王爲浮圖此則老之與佛一時人也何爲浪談前後以矯俗乎

開士喻曰尋夫至人玄寂有類谷神應變無方事同山響不疾而速豈隔華夷井坎之徒好師偏見朝三暮四空生喜怒是以虛已應物者必有千變之容狹情適事者豈知萬殊之妙案西域傳云老子至罽賓國見浮圖自傷不及乃説偈供養對像陳情云我生何以晚新本改云佛生何以晚佛出一何早新本改云泥洹一何早不見釋迦文心中常懊惱言不親覩佛所以戀慕交懷魏略西域傳云臨倪國王無子因在浮圖其妃莫耶夢白象而孕及太子生亦從右脅而出自然有髻墮地能行七步其形相似佛以祀浮圖得兒故名太子爲浮圖也國有神人名曰沙律年老髮白狀似老子常教民爲浮圖近世黃巾見其頭白改彼沙律題此老聃曲能安隱誑惑天下前漢哀帝時秦景至月氏國其王令太子口授浮圖經還漢浮圖所載略與道經相出入也皇甫之言未究其本化胡經云罽賓國王疑老子妖魅以火焚之安然不死王知神人舉國悔過老子云我師名佛若能出家當免汝罪其國奉教皆爲沙門也佛若先無老聃豈知變身爲佛良以罽賓舊來信佛老氏因推佛以化之非起尹聃始有佛也隋僕射楊素從駕至竹林宮經過樓觀見老廟壁上畫作老子化罽賓國度人剃髮出家之狀問道士云道若大佛老子化胡應爲道士何乃爲沙門將知佛力大能化得胡道力小不能化胡此是佛化胡何關道化也于時道士無言以對也晉世雜録云道士王浮每與沙門帛遠抗論王屢屈焉遂

改換西域傳爲化胡經言喜與聃化胡作佛佛起於此（裴子野高僧傳云晉惠帝時沙門帛遠字法祖每與祭酒王浮一云道士基公次共諍邪正浮屢屈焉既瞋不自忍乃託西域傳爲化胡經以誣佛法遂行於世人無知者殃有所歸致患累載幽明録云蒲城李通死來云見沙門法祖爲閻羅王講首楞嚴經又見道士王浮身被鎖械求祖懺悔祖不肯赴孤負聖人死方思悔）魏世姜斌道士之望引開天經對魏明帝自云老子定王時生破邪論中備引斯證莊子云老聃死秦佚弔焉關中記云老子葬於槐里（今古扶風始平之南有槐里鄉）然漆園吏親學聃道雖可宋魯邦異出世時同所説之文足堪依信靡徃天竺灼然不疑皇甫士安斥其詭説明彼謬談叙老流沙皆無實録備在高士安可誷乎佛先道後爾無惑也

釋李師資篇第四

儒生問曰大唐運興蓋太上老君周師李聃之聖胤也開無爲之化弘道德之篇考胄子以業六經命司徒以敷五教導德齊禮仁布九區懲惡勸善威加四海天成地平遠安邇肅光宅寓內于茲八年於協洽之歲當夾鍾之月天子躬幸辟雍親臨釋奠沙門道士並預禮筵奉口勑云道士潘誕奏言悉達太子不能得佛六年求道方得成佛是則道能生佛佛由道成道是佛之父師佛乃道之子弟故佛經云求於無上正真之道又云體解大道發無上意外國語云阿耨菩提晉音翻云無上大道若以此而驗道大佛小於事可知何得浪判先後及師資耶

開士讓曰吾聞堯舜之典伍伯不肯觀孔墨之籍季孟不能讀夫夏蟲不可以語冰者篤於時也曲士不可與論道者局於教也今當

爲子略明斯致夫妙色無形理融眞際大音無説體寂虚宗不可測之於言象不可尋之於視聽三際推而靡得二諦格而莫知沖性弗遷孰能令有至功罔墜孰能令無然則内外湛於百非稱謂淪於四句暨乎無形之形應周法界無説之説化洽情源故能運大悲以鼓之開大慈以攝之於是著弊垢衣現生五濁隱眞實智權駕三車考夫一米支身本爲摧伏外道六年樹下但欲斥破邪師如本行經苦行品云諸外道等或一日食或七日食或一日一食或七日一食或食牛羊糞或食藕根草枝或常翹一脚或常舉兩臂或四肢柱地或五熱炙身自餓自墜塚間棘上卧灰土中事諸天神以求解脱菩薩觀其邪求乃行可畏極苦之行住寂靜心一坐不動如是六年日則止食一粒烏麻或一食粳米小豆大豆緑豆赤豆大小麥等日唯一粒糞得支持以活於命身體羸瘦喘息甚弱全無氣力手足不遂如八九十衰朽老公佛時説偈菩薩旣至尼連河以清淨心岸邊坐爲諸求道不具實故行大苦化彼邪愍苦行之徒勞傷自餓之無益悲念外道無益苦行虚爲自餓然後食九轉乳經又云是時善生村主二女聞天所告即集千牛穀取好乳展轉相飲至十五牛乳著于一分淨好粳米爲於菩薩煑上乳糜當煑糜時現種種相或現萬字之相或現千輻輪或現帝釋梵王之形其乳沸涌上至半多羅樹一多羅樹已還下無有一滴離於彼器落餘處者於二月二十三日晨朝之時受二牛女一鉢乳糜食已身體平復如本受吉祥草坐菩提樹證三菩提是時也六師眷屬莫不頂髮周羅頂上胎髮千子魔王並共歸心降伏爾時欲界魔王將其千子及三邪女鬼神兵衆八億或見齋中千眼項後八臂口中雷震手出電光或蛇繞左腰或龍盤左脇種種神變來惱菩薩放大光明現希有相魔王眷屬並發善心一時稽首也邪鋒颰焉落刃慧日赫以舒光其汲引也如此其威神也如彼子所言道九十五種之道爲彼道耶問是九十五種道以不爲異彼乎爲非九十五也若同彼者即二天三仙之徒佛未出前有摩醯首羅韋紐婆等二天迦毗羅優樓迦勒沙婆等三仙行邪三寶以化世間如來出世並爲弟子枝末餘者提婆菩薩後破見智度論及百論九十五種之裔富蘭那

等是汝之師彼師所墮汝亦隨墮若異彼者即佛弟子何得謬云求我道故方得成佛潘誕之言罪莫大矣妄奏軒階輕觸天威理合推繩其罪一也眯目朝廷疑誤信心變正爲邪其罪二也以無上大師求域中小道違彼經教其罪三也長未來之謗讟黨見在之邪朋自誤誤人其罪四也旣負謗聖之愆必入無間之獄塵劫受苦其罪五也且震旦之與天竺猶寰海之比麟洲聃乃周末始與佛是周初前出計其相去二十許王論其所經三百餘載豈有昭王世佛而退求敬王時道乎勾虛驗實足可知也（年紀云老子以周敬王四十二年癸丑之歲度函谷關西入秦地魏書云聃與尹喜敬王之世同出散關至開皇五年乙巳之歲得一千三十七載矣）

儒生請曰靈寶等經有太上大道先天地生鬱勃洞虛之中煒燁玉清之上是佛之師能生於佛不言周時之老聃也爲定是耶願聞其說

開士喻曰五帝之前未聞有道三王之季始有聃名漢景已來方與道學窮今討古道者爲誰（冊陽余玖與撰明眞論一十九篇以駁道云夫至明者非對暗之明也故不可言至靜者非對動之靜也故不可道覆仰尋求道經之首唱道言者姓氏爲誰道復何誰言也道若有口即具五陰所成居在三才之內不免無常卒指分段還爲仙道所攝）案六書七籍三傳九流雖爲經國典謨莫不師宗於周易也易云五運相生漸分清濁兩儀旣闢爰判陰陽（禮運云太一分而爲天地轉而爲陰陽變爲四時也）所以乾元資始坤道資生三光著象于天乾之道也萬物稟形于地坤之道也（乾鑿度云乾以象天坤以法地離彖云日月麗於天百穀麗於地也）故曰一陰一陽之謂道（說卦云立天之道陰與陽立地之道柔與剛立人之道仁與義兼三才而兩之故六畫而

成卦也陰陽不測之謂神道也者理也通也和也同也言陰陽運通三才位矣上下交泰萬物生焉有陰陽之道理能通生於人物天和地同則群萌而類動也禮月令云天氣下降地氣上騰天地和同萬物萌動也鼓之雷霆陽動也潤之風雨陰隨也故知不有天地道何從生不有陰陽道何由靈豈得造化之前道已先出假令有道不出天地之與陰陽搜神契云聖不過天地神不過陰陽夫天地者於事可明陰陽者在生有驗理數然也不云有道先天地生道既莫從何能生佛昔車胤解道德云在已爲德及物爲道殷仲文云德者得也道者由也言得孝在心故謂之德由之而成故謂之道是以孝爲德本成曰道功德彰自立之名道有兼濟之稱內因德而行就外由道而化成生之蓄之道之要也成之熟之德之至也故論衡云立身之謂德成名之謂道道德也者爲若此矣子所言道寧異是乎若異是者不足歸信豈有頭戴金冠身披黃褐鬢垂素髮手把玉璋別號天尊居大羅之上獨名大道治玉京之中山海之所未詳經史之所不載大羅既無烏有之説玉京本亡是之虛談耳案山海經云天下名山有五千三百七十所經五萬四千五百里崑崙最高大其上有玄圃蓋神仙所居有金城石郭瓊枝玉樹寶葉金華日月三光列於其下雲車羽旆鳳駕龍軒玉女仙童不可勝數次則海中三山蓬萊方丈孫興公名山賦云涉海則有方壺蓬萊登岸則有四明天台爾雅釋山呂論五嶽玉京既是上上名山又云天尊所治之府何爲山經不載廣雅無文也子稱太上爲佛師者案徃代先儒及梁承聖解五千文久有明釋言太上有四其一曰下知有之謂三皇至五龍是也其二曰次親譽之謂伏羲與神農是也三曰其次畏之謂軒轅及帝嚳是

也四曰其次侮之謂堯舜已下是也禮記有云太上貴德其次務施報謂天皇人帝爲太上也無別道神統論其教上是訓導君民汲引浮俗初未曾聞修萬行而趣涅槃運四流以超生死案道經元皇曆云吾聞大道太上正眞出於自然是謂爲佛無爲之君檢道經中喚佛爲大道爲太上爲自然爲正眞爲太極爲無上者皆是佛也又云天竺國有古皇先生（言佛是太古元皇之先生）善入泥洹古先生者是吾師也遊化天竺今將返神還乎無名絕身滅有不死不終綿綿常存吾今逝矣（老君知佛泥洹所以陳去化緣事了於是告還門人未知今須自述云吾師者本在西方爲此西昇申其戀慕在文指的取證分明者也）三洞經云佛是道父西昇又云天下大術佛術第一（言神通變化無窮也）化胡經云老子知佛欲入涅槃復迴在世號曰迦葉於娑羅林爲衆發問轉神入定經云思念一切形與神遊受高上大聖十方至眞已得佛道檢道經處處皆稱佛爲師也吾今爲子釋茲在茲子當念茲在茲頂受而奉行也佛也者蓋絕稱之大宗至妙之幽宅不可以無取不可以有求果有其所以不有故不可得而有有其所以不無故不可得而無何者若本之有境則大患永滅推之無鄉則大悲不竭常理不可原自然之體也無心以成化大道之宗也三五莫能始古皇之先也不嚴以正治無爲之君也混沌不可測無名之主也綿綿其若存衆妙之本也其降靈也則爲大道之師其開化也則爲太上之父焉得閉目以觀天地塞耳而聽雷霆所以佛號法王世之調御下凡上聖靡不歸依豈有稱五老之神佩三

皇之籙而能爲釋氏之師乎案出官儀云無上三天玄元始氣太上老君太上大人無上玄老朝夕朝禮儀云太上玄元五靈老君當召功曹使者左右龍虎君驛龍騎吏侍香玉童侍香玉女五帝直符然老者長也尊也言五老君居衆仙之尊萬神之長五靈五帝也即靈威仰神三皇天地人也頂峻始學篇云天地初立有天皇十三頭在治一萬八千歲括地象云天皇九翼飛以往來老子所事三皇五嶽六甲符圖皆皇靈所制老子佩之以防身也然三皇符籙五老真文皆丹綠五彩天文六字言佩之長生不死已至神仙所叙管屬將軍吏兵與俗無異顏光祿王斌等云道者練形法在變化佛者持心教在濟物論道所宗三皇及與五龍故涅槃云諸佛所師所謂法也以法常故諸佛亦常吾更爲子重明斯義案佛說空寂所問經及天地經皆云吾令迦葉在彼爲老子號無上道儒童在彼號曰孔丘漸漸教化令其孝順須那經云吾後千歲法當東流王及人民奉戒修善古録云周惠王時已漸佛教一百餘年之後老子方說五千文也劉向序云吾檢藏書參見佛經當知佛化流此久矣也竊以三代將末六國就興遊說之徒心存苟得未患誇誕靡弊肉穿鼓舌而騁奇謀揺脣而談虐利曹劌以之請戰屈完於是如師感被髮之哭伊川痛窮車之填濟水三河震竭四夷交侵天閽飛蓋鎬遊舞兔彭生爲豕啼之恠杜伯見折脊之徵假令任處阿衡身居台輔莫不扇飄風涷雨之暴烈迴天轉日之威是以褒女獻王延烽火之冦楚人問鼎漸滔天之逆日者天地版蕩禮樂崩壞名辱身殘曾無顧恥顛家覆國安忍忘歸詎知世界之何辜罔念蒼生之塗炭所以佛遺三聖權化一方布治國之儀叙修身之術庶令其代刑用禮變薄還淳並是抑物奔情非出要之大道也若放心於三達之境寂慮於四德之場功被生靈澤均彼此者則他方大士動喩恒沙此土發心亦如塵筭諒非

文字之所稱傳略舉六人以開慕仰文殊屈迹於當世彌勒補處於未來觀音普現色身惠覃遐劫地藏護持震旦化洽無窮馬鳴兼三方於東夏猶朝陽之啓晨暉而使六合俱照龍樹跨萬里於神州若明月之燭幽夜能令八表同光自斯巳外或耆年而弘道或童孺而宣法男女異形胡漢殊類莫不就緣施化隨處誘凡玄功利於百王至教流於九有名言茲在茲允出茲在茲無以子夏竊仲尼之名蝸角擬崑崙之大也儒生肉袒叩頭矯手而舐足曰余請罪矣余請罪矣

十喻篇第五答傳道士十異

有黃巾李仲卿學謝管窺智慙信度矜白鳥之翼望駭蒿華負爝火之光爭輝日月乃作十異九迷貶量至聖余慨其無識念彼何辜聊為十喻曉之九箴誡之用指諸掌庶明達君子詳茲致焉

外一異曰太上老君託神玄妙玉女剖左腋而生○釋迦牟尼寄胎摩耶夫人開右脇而出

內一喻曰老君逆常託牧女而左出世尊順化因聖母而右生

開士曰案盧景裕戴詵韋處玄等集解五千文及梁元帝周弘政等考義類云太上有四謂三皇及堯舜是也言上古有此大德之君臨萬民之上故云太上也郭莊云時之所賢者為君材不稱世者為臣老子非帝非皇不在四種之限有何典據輒稱太上耶檢道家玄妙及中台朱韜玉劄等經并出塞記云老是李母所生不云有玄妙玉女既非正說尤假謬談也仙人玉籙云仙人無妻玉女無夫雖受女形畢竟不產若有茲瑞誠曰可嘉何

爲史記無文周書不載求虛責實信矯妄者之言乎禮云退官無位者左遷論語云左衽者非禮也若以左勝右者道士行道何不左旋而還右轉耶國之詔書皆云如右並順天之常也

外二異曰老君垂訓開不生不滅之長生釋迦設教示不滅不生之永滅

内二喻曰李聃稟質有生有滅畏患生之生反招白首○釋迦垂象示滅示生歸寂滅之滅乃耀金軀

開士曰老子云貴大患莫若有身使吾無身吾有何患患之所由莫若身矣老子既患有身欲求無惱未免頭白與世不殊若言長生何因早死

外三異曰老君應生出茲東夏釋迦降迹挺彼西戎

内三喻曰李聃誕形居東周之苦縣能仁降迹出中夏之神州

開士曰智度論云千千重數故曰三千二過復千故曰大千迦羅衛居其中也樓炭經云葱河以東名爲震旦以日初出曜於東隅故稱震旦一本云故得名也諸佛出世皆在其中州不生邊邑若生邊地地爲之傾案法苑傳高僧傳求劫記等云宋何承天與智嚴慧觀法師共爭邊中法師云西域之地立夏之日一本云夏至之日日正中時豎木無影漢國影臺立夏之日一本云至期立表猶餘陰在依筭經天上一寸地下千里何乃悟焉中邊始定約事爲論中天竺國則地之中震旦自可爲東一本云中心方別拒海五萬餘里若准此土東約海濱便可震旦本自東居迦維未肯爲西其理驗矣

外四異曰老君文王之日爲隆周之宗師釋迦莊王之時爲罽賓之教主

内四喻曰伯陽職處小臣忝充藏吏不在文王之日亦非隆周之師○牟尼位

居太子身證特尊當昭王之盛年爲閻浮之教主

開士曰前漢書云孔子爲上上流是聖老子爲中上流是賢何晏王弼云老未及聖二教論云柱史在朝本非諧讃出周入秦爲尹言道無聞諸侯不見天子若爲周師史無明證不符正說其可得乎案史記王儉百家譜云李者高陽之後始祖咎繇爲舜理官因遂氏焉李氏之興起於聃也自聃之前未有李姓唯氏理焉以樹下生乃稱李氏老子之子名宗仕魏文侯蓋春秋之末六國之時人也文王之世既無李姓何得有聃出爲周師年代參差無的依據抱朴云出文王世嵇康皇甫謐並生殷末者蓋指道之僞文非國典所載也

外五異曰老君降迹周王之代三隱三顯五百餘年○釋迦應生胡國之時一滅一生壽唯八十

內五喻曰李氏三隱三顯既無的據可依假令五百許年猶慙龜鶴之壽○法王一滅一生示見微塵之容八十年間開誘恒沙之衆

開士曰檢諸史正典無三隱三顯出沒之文唯臧競諸操等老義例云爲孔說仁義禮樂之本爲一時赧王之世千室以疾病致感老君授百八十戒并太平經一百七十篇爲二時至漢安帝時授張天師正一明威之教于時自稱周之柱史爲太上所遣爲三時也夫應形設教必藉有緣勸化度人皆資徒衆豈可五百年間全無弟子三出三隱不見門人稟學親承杳然河漢烏有之說委巷空傳在周劣駕小車鬢垂絲髮來漢即蕭鼓雲萃羽從空浮于實搜神未聞其說齊諧異記不載斯靈撫臆論心矯妄尤甚

外六異曰 老君降世始自周文之日訖于孔丘之時○釋迦下生肇於淨飯之家當我莊王之世

内六喻曰 迦葉生桓王丁卯之歲終景王壬午之年雖訖孔丘之時不出姬昌之世○調御誕應昭王甲寅之年終穆王壬申之歲是爲淨飯之胤本出莊王之前

開士曰孔子至周見老聃而問禮焉史記具顯爲文王師則無典證出於周末其事可尋若在周初史文不載又檢周禮官儀文武成康之世然並無柱史藏吏之名當是正品闕條周末小吏耳

外七異曰 老君初生周代晚適流沙不測所終莫知方所○釋迦生於西國終彼提河弟子椎胷群胡大叫

内七喻曰 老子生於賴鄉葬於槐里詳乎秦佚之弔責在遁天之形○瞿曇出彼王宮隱茲鶴樹傳乎漢明之世秘在蘭臺之書

開士曰莊子內篇云老聃死秦佚弔及三號而出弟子恠問非夫子之徒歟秦佚曰向吾入見少者哭之如哭其父老者哭之如哭其子古者謂之遁天之形始以爲其人也而今非也遁者隱也天者免縛也形者身也言始以老子爲免縛隱形之仙今則非也嗟其諂曲取人之情故不免死非我友也

外八異曰 老君蹈五把十美眉方口雙柱參漏日角月懸此中國聖人之相○釋迦鼻如金挺眼類井星睛若青蓮頭生螺髮此西域佛陀之相

内八喻曰 李老美眉方口蓋是長者之徵蹈五把十未爲聖人之相○婆伽衆日融金之色既彰希有之徵萬字千輻之奇誠標聖人之相

開士曰老子中胎等經云老聃黃色廣顙長耳大目踈齒厚脣手把十字之文脚蹈二五之畫止是人間之異相非聖者之奇姿也傳記並云老子鼻隆薄頭尖口高齒踈眼睞耳

聃髮蒼黧色厚脣長耳其狀如是豈比佛耶如來身長丈六方正不傾圓光七尺照諸幽冥頂有肉髻其髮紺青耳覆垂埵目視開明師子頰車七合綱盈口四十齒方白齊平舌能掩面蓮華葉形手内外握掌文皆成其語雷震八種音聲胷上萬字足輪千榮色融紫磨相好難名具三十二八十種禎放一光而地獄休息演一法使苦痛安寧備列衆經不煩委指

外九異曰老君設教敬讓威儀自依中夏釋迦制法恭肅儀容還遵外國

内九喻曰老是俗人官居末品衣冠拜伏自奉朝章○佛爲聖主道與俗乖服貌威儀不同凡制

開士曰昔丹陽余玫興撰明真論一十九篇以駁道士出其僞妄詳彼論焉言巾褐之服正是古曰儒墨之所服也在昔五帝鹿巾許由皮冠並俗者之服耳褐身長三丈六尺有三百六十寸言法一歲三十六旬或象一年三百六十日也褐前有二帶言法陰陽兩畔巾之兩角又法二儀余氏又云若如周秦二世即以夏之十月爲年至於分度盈縮曆運折除復焉得三百六十數耶考堯舜周孔不爲此服尋黄帝之遇皇人九真之靈又降帝嚳至夏禹開塗鍾二山之藏窮此等服曾無據焉案周有赤雀之徵且感丹書之瑞既符火德世服朱衣老是周人兼陪末吏冠履拜伏自奉恒儀即日治頭本名鬼卒黄巾赤籙不傚伯陽呪水行符親師張氏非道非俗祖習誰風

外十異曰老君之教以復孝慈爲德本釋迦之法以捨親戚爲行先

内十喻曰老訓狂勃殺二親爲行先釋教仁慈濟四生爲德本

聃士曰汝化胡經言喜欲從聃聃曰若有至心隨我去者當斬汝父母妻子七人頭者乃可去耳喜乃至心便自斬父母七人將頭到聃前便成七豬頭夫順天地之道者行也不傷和氣者孝也丁蘭感通於朽木董永孝致於天女禽獸猶有母子而知親況聃喜行道於天下斬其父母何名孝也戮其妻子豈謂慈乎

辯正論卷第六

音釋

閴苦臭切寂靜也　媧古蛙切　轆轤轆盧谷切轤洛胡切轆轤井上汲水圓轉木也　闞苦濫切　苣藤苣其呂切藤詩正切苣藤胡麻也　𤛓古候切取牛羊乳也　鬄他計切鬋髮也　眯莫禮切物入目中也　讟徒谷切怨謗也　誷文紡切誣也　礐苦沃切　劌姑衛切　蛬古勇切促織也　鎬胡道切　蝸古華切負殼蜒蚰也　咎繇咎姑勞切繇余昭切咎繇即皋陶也　顙蘇朗切額也　睞洛代切傍視也

辯正論卷第七

唐沙門釋法琳撰

東宮學士陳子良註

十喻篇第五之餘

内十喻答外十異

一從生有勝劣　二立教有淺深

三德位有高卑　四化緣有廣狹

五壽夭有延促　六化迹有先後

七還謝有顯晦　八相好有少多

九威儀有同異　十法門有頓漸

外從生左右異

外論曰聖人應迹異彼凡夫或乘龍象以處胎乍開脇而出世雖復無關兩氣非假二親至於左右之殊其優劣之異一也

内從生有勝劣

内喻曰左衽者則戎狄所尊右命者爲中華所尚故春秋云冢卿無命介卿有之不亦左乎史記云藺相如功大位在廉頗右頗恥之又云張儀相右秦而左魏犀首相右韓而左魏蓋云不便也禮云左道亂群殺之豈非右優而左劣也皇甫謐高士傳云老子楚之相人家于渦水之陰師事常樅子及常子有疾耳往問疾焉嵇康云李耼從涓子學九仙之術檢太史公等衆書不云老子剖左腋生既無正出不可承信明矣驗知揮戈操翰蓋文武之先五氣三光寔陰陽之首是以釋門右轉且扶人用張陵左道信逆天常何者釋迦起無緣之慈應有機之召語其迹也則行滿三祇相圓百劫降神而乘玉象掩曜而誕金姿三十二祥休徵開於地府一十八梵禎瑞

駭於天宮靈相周於十方神光顯于八極述其本也久證圓明塵沙莫能筭其壽早登寂照虛空無以量其體豈唯就攀枝而偉瑞徵白首而効祥猶螢光與龍燭競輝魚目共蛇珠竝耀爾道之劣一也

外教門生滅異

外論曰夫等無生滅其理則均導世引凡不無差異但生者物之所欣滅者物之所惡然則生道難得必俟修功滅法易求詎勞禀學是知騰神駕影自可積劫身存氣盡形殂固當一時神逝此教門之殊二也

內立教有淺深

內喻曰夫滅身以懼大患絕智以避長勞議生靈於懸疣齊泯性於王樂蓋老莊之談也且綿綿常住古皇則不死不終繩繩無名老氏則復歸無物然常存非求沒之稱無物豈長生之化耶聊復明其淺深至若保弱守雌之文虛心實腹之論審浮生之有量嗟智水之無涯語大則局在域中陶鈞則不出性分蓋其志也豈與夫大覺開無窮之緣挺圓極之照測微則窮乎絕隙究理則控在無方美氣與氛氳共和金軀同太虛比固語其量也猶嵩華與培塿殊峻溟渤將坎井異深爾道之劣二也

外方位東西異

外論曰夫東西二方自有陰陽之别左右兩位便成仁義之殊仁惟長善陽乃通生義主裁成陰論肅殺二氣爲教則陰不如陽五德爲言則仁深義淺此方位之殊三也彈曰乾爲陽爲父位在西北坤爲陰爲母卜之西南北方盛陰之鄉便爲中男之位南方盛陽之地翻成

中女之居男次既無定方陰陽不拘恒準所以木賊上故以巳爲甲妻金剋木故以乙爲庚妻乾既位高乃居西北震能出帝復在東方至如禮席若南北鋪之即以西方爲上言順乾尊也東西列之即以南方爲上言逆陽盛也優劣自見此之謂歟

内德位有高卑

内喻曰夫金夫木妻陰陽孰可永執离南坎北男女匪有定方所以子午以東爲陽者取男女生於東方也子午以西爲陰者言父母老於西方也此則從生老以判陰陽非尊卑以言勝劣假令父母居西未應卑子男女在東豈敢尊父仁非義則不成義非仁則不養所以子東仁也父西義也隨處立準無惑大方苟局判於所生而拘限於封域者亦當西羌大禹所出仁泛之德頓虛東夷文王所生裁成之教永缺吞江納漢非湫隘之陋居浮渭據涇無帝皇之神宅(前折邪次歎正)夫釋氏者天上地下介然居其尊三界六道卓爾推其妙加以小學二乘之侶大心五品之倫譬衆星之拱北辰若金山之麗碧海足令鹿頭象面屈矯抗之心六異十仙申服膺之禮何止挫徐甲於庸夫導尹喜於關吏禀學於齒牙之際(高士傳曰常摐子因張其口老子曰將非謂齒剛而亡舌柔而存常子曰盡矣)收名於藏吏之間乎爾道之劣三也

外適化華夷異

外論曰夫華夷禮隔尊卑著自典墳邊正道乖勝負存乎史冊戎狄之主不許僭號稱王楚越之君故自貶之爲子豈可獯鬻之小臣匹我天王大師此華夷之異四也

内化緣有廣狹

内喻曰案道德序云老子修道自隱以無名爲務周衰出關二篇之教乃作然周書典謨

無老氏所製案二教論等云五千文者容成所説老爲尹談蓋述而不作也又職唯藏吏位非阿衡隆周之師將非烏有前折邪後歎正釋迦降神維衛託質王宫智實生知道唯徧覺演慧明於百億敷法雲於大千靈澤周於十方神化覃於四表崇崖峻壁之典龍居象負之文蓋盈溢於茲矣雖弘羊潛計之術莫能絶其纖芥鄒衍談天之論無以議其涓滴豈夫章詮八十文列五千而已哉恨子未窺牆仞致有武叔之毀亦復何傷日月故多念其不知耳爾道之劣四也

外禀生有夭壽異

外論曰夫老君道契寰中與虛空而等量神超象外隨變化而無窮所以壽命固不同其隱顯居然異俗釋迦生涯有限壽乃促期一滅不能再生彈曰老子既云長生今日在何郡縣乎八十何期危脆此壽夭之異五也

内壽夭有延促

内喻曰序云懷於李氏處胎八十一年蓋太陽之數壽一百六十年處胎已過其半三變五百將非假稱珍怪太史公爲楚老萊子及周太史儋皆老子也或言二百三十年或一百六十歲皇甫謐云諸子之書近爲難信唯泰佚弔焉老死信矣世人見谷神不死是謂玄牝故好事者遂假託焉神仙傳云鬱華子録回子傳豫子大成子赤精子武成子尹壽子眞行子錫射子攴邑先生等並是老子身者皆見碎書不出神仙正經未可據用也夫有天地則有道術道術之士何時暫乏豈獨常是一老子也皆由晚學之徒好奇尚異苟

欲推崇老子使之無限淺見道士欲以老子爲神異使後世學者信之故爲詭說耳誠哉斯言可爲永鑒矣夫妙樂資三德乃成法身爲五分所立是以生滅頓遣圓覺之性乃彰空有兼融靈儀之妙攸在故得形超視聽之表名息情塵之外湛然常樂文系之所未詮嶷爾圓明言象之所莫測雖西王桃實屢熟而靡延東海桑田數變而非永五靈九轉悲繩烏之暫留飛雪玄霜比遊駒以難固信絡埴無大椿之久捋蝣罕龜鶴之年爾道之劣五也

外從生前後異

外論曰道佛二經各有其說或言劫劫出世競事無先或代代出生爭陳久遠此之邈難取證知今依傳史定其時代人倫而語則老尊而少卑鄉黨爲言亦長兄而幼弟此先後之異六也

内化迹有先後

内喻曰釋誕隆周之初老生姬季之末論年二百餘祀語世一十餘王紫氣青牛弗在昭莊之世神光白象非闞桓景之年然而洞霧昏天濁流翳地文仲逆祀孔子非其不智子禽毀聖賜也譏其失言言玷難磨駟不及舌誠不虛也前折愚後歎聖夫俯迹應凡託質於危脆蹈機化物同壽於百年故果局因修信相由茲起惑齡促化廣慈氏以故致疑巨嶽非衡石所量譬壽久而猶邈玄虛非丈尺可辯方劫遠而未窮豈如蚝穴求仙嗣其天世蜆蠳待藥未且延齡蓋騰鷃共鵬翼偶高馳駑與驥足爭遠爾道之劣六也

外還神返寂異

外論曰老君初誕之日既不同凡晦迹之時故當殊世所以西之流沙途經函谷青牛出境紫氣浮天不測始終莫知方域釋迦抱危疾於舍衛告殞命於雙林燒柩焚屍還同胡法氣盡神謝曾不異凡此去世之異七也

内還謝有顯晦

内喻曰序云託形李氏之胎示人有始終之義豈非生滅耶即莊生所云老聃死秦佚弔之是也而生依賴鄉死葬槐里始緣莫測何其瞽哉前折邪後歎正夫大慈化圓德滿緣謝機亡仁舟溺於兩河慧日沉於雙樹其六天八國之位法儔聖衆之倫且電合而風馳既雲委而霧集靈齒瑞骨昭勝福於殊方紺髪紅爪顯神功於絶代是知莫來莫往弘濟之德美焉非顯非昧聲華之風盛矣豈同鼎湖望返嶠山之塚獨存流沙不歸扶風之壟空樹皇覽云黄帝塚在嶠山老子塚於扶風也爾道之劣七也

外聖賢相好異

外論曰夫聖人妙相本異凡夫八彩雙瞳河目海口龍顏鶴歩反宇竒豪至如捲髪緑睛夷人之本狀高鼻深目胡子之常形豈可匹我聖人用爲竒相若事佛得此報者中國士女翻作胡形此相好之異八也

内相好有少多

内喻曰聖相無常隨方顯妙是以蛇軀龍首之聖道穆於上皇雙瞳四乳之君德昭於中古周公反握猶騏驥之一毛禹耳齊肩乃崐山之片玉非所類也前釋疑後歎正夫法身等於如如無方理絶稱謂化體由乎應物妙質可涉

名言故有白毫紺睫之暉果脣蓮目之麗萬字千輻之相日輪月彩之殊非色妙色之容離相具相之體薄均有而不具輪王具而不明薩遮經云非色生性勝諸相百福勝八十種妙勝莊嚴佛日身譬如三千大千世界四生衆生並成輪王更增百倍始就如來一毛功德復加百倍始成一好功德復加百倍始成一相功德復加百倍始成眉間白毫相功德復加百倍始成一無見頂相功德復加百倍始成螺聲功德仙人覩而自悲嗟衰葉之且暮梵志見而興感歎靈華之罕逢何止蹈五把十以標奇蒙倛斷蓄以顯異曹植相論云孔子面如蒙倛周公形如斷蓄也豈陽文與騣蔑比麗孟娵與儱廉競妍爾道之劣八也

外中表威儀異

外論曰老教容止威儀拜伏揖讓玄巾黃褐持笏曳履法象表明蓋華夏之古制也彈曰道士元來本著儒服不異俗人至周武世始有橫帔刺二十四縫以應陰陽二十四氣出自人情亦無典據也釋訓袈裟左衽偏袒右肩全幅橫縵之裙半片祇支之服禿髮露頂狗踞狐蹲非預人倫實戎狄之風也豈獨用茲形制匹我威儀此容服之異九也

內威儀有同異

內喻曰玉佩金貂莫施於樵野荷衣蕙帶弗踐於王庭故應器非靈廟所陳染衣異朝宗之服故秉於道者或順機而軌物據於德者或矯時而訓世是以剪髮文身仲尼稱太伯之善反常合道詩人美棠棣之華況將反性澄神隔凡踐聖而不異其容服未之有也故使衣像福田器量如法絲桐弗惑於耳朱紫無眩於目輕肥罔狎其體勢競莫駭其心故經云羅漢者眞人也聲色不能汙榮位不能動何必鶡冠雀弁反拘自縛磕齒噓氣而稱

道哉登木求魚去之彌遠刻船待劍何其鄙夫爾道之劣九也

外設規逆順異

外論曰老君作範唯孝唯忠救世度人極慈極愛是以聲教永傳百王不改玄風長被萬古無差所以治國治家常然楷式釋教棄義棄親不仁不孝闍王殺父翻得無愆調達射兄無聞得罪以此導凡更爲長惡用斯範世何能生善此逆順之異十也

內法門有漸頓

內喻曰義乃道德所卑禮生忠信之薄瑣仁譏於匹婦大孝存乎不匱然對凶歌笑乖中夏之容臨喪扣盆非華俗之訓（原壤母死騎棺而歌孔子助祭弗識子桑死子貢弔四子相視而笑莊子妻死扣盆而歌也）故教之以孝所以敬天下之爲人父也教之以忠敬天下之爲人君也化周萬國乃明辟之至仁刑于四海實聖王之巨孝佛經言識體輪迴六趣無非父母生死變易三界孰辯怨親又言無明覆慧眼來往生死中往來多所作更互爲父子怨數爲知識知識數爲怨是以沙門捨俗趣眞均庶類於天屬遺榮即道等含氣於已親行普正之心等普親之意且道尚清虛爾重恩愛法貴平等爾簡怨親豈非惑也勢競遺親文史明事齊桓楚穆此其流焉欲以訾聖豈不謬哉爾道之劣十也

九箴篇第六

內九箴答外九迷論

一周世無機　二建造像塔

三威儀器服　四棄耕分衛

五教爲治本　六忠孝靡違

七三寶無翻　八異方同制

九老身非佛

外論曰夫言者非尚於華辭貴在乎中理歌者非尚於清響貴資乎合節佛經如來說法之時諸國天子普來集聽或放光明徧大千土但釋迦在世之日當我周朝史冊所書固無遺漏未聞天王詣彼葱嶺豈於中華之帝無善不預道場邊鄙之君有緣普瞻法座光明所照則衆生離苦而此土何辜偏無人悟獨隔恩外曾不見聞仰度能仁不容私簡彈曰汝無見佛業有謗聖愆何得怨神雅須自咎也求心責實事舛言乖妄說皎然足稱虛偽凡夫莫悟逐影吠聲而世不能知其迷一也

内周世無機指

内箴曰夫淳曦麗天矇瞍莫鑒其色雷霆駭地聾夫弗聆其響者蓋機感之絶也作暴兕跖孔智無以遏其心結憤野夫賜辯莫能蠲其忿亦情性之殊也莊子云孔子見盜跖盜跖反責孔子孔子懼逡巡而退劉子云孔子馬侵野人之苗野人怒止其馬孔子使子貢悦解焉野人逾忿乃遺馬圉者辭焉野人乃悦之也故道合則萬里懸應勢乖則肝膽楚越況無始結曠惱愛與滄海校深有爲業廣塵勞將巨嶽爭峻群情不能頓至故導之以積漸衆行不可備修故策之以限分猶天地二化始合於自然老云人法地地法天天法道也齊魯再變乃臻於至道密雲導於時雨堅冰創於履霜皆漸積之謂也故二皇統化須彌四域經云應聲菩薩爲伏羲吉祥菩薩爲女媧居淳風之初三聖立言空寂所問經云迦葉爲老子儒童爲孔子光淨爲顔回與巳澆之末玄虛沖一之旨黃老盛其談詩書禮樂之文周孔隆其教明謙守質乃登聖之階梯三畏五常爲人天之由漸蓋冥符於佛理非

正辯之極談猶訪道於瘖聾靡方而莫窮遠邇問津於兔馬知濟而不測淺深因斯而談殷周之世非釋教所宜行也猶皦威赫耀童子不能正目而視迅雷奮擊懦夫不能張耳而聽是以河池涌泛昭王懼於誕神雲霓四變色穆后欣於亡聖（周書異記云昭王二十四年四月八日江河泉池悉皆泛漲穆王五十二年二月十五日暴風卒起樹木摧折天陰雲黑有白虹之怪也）豈能越葱河而稟化踰雪嶺而效誠淨名云是盲者過非日月咎適欲窮其鑿竅之辯恐傷吾子混沌之性非爾所知其盲一也

外論曰夫銅山崩洛鍾應葭灰缺月暈虧未見虎嘯而風不生龍騰而雲不起今釋迦所說佛力最尊一念運心無不來應故凡俗各傾財產競造塔廟不恪珠璣爭陳堂宇或範土剋檀寫獯胡之狀鎔金織素代夷狄之容妙盡丹青巧窮剞劂一拜一禮冀望感通自胡法南漸已來六百餘載未聞一人言能見佛豈胡人頂禮即感如來漢國虔恭不逢調御（彈曰如于寶搜神臨川宣驗及徵應冥祥幽明錄感應傳等自漢明已下訖于齊梁王公守牧清信士女及比丘比丘尼等冥感至聖目覩神光者凡二百餘人至如見迹萬山浮暉滬瀆香臺之下覩滿月之容雍門之外觀相輪之影南平獲應於瑞像文宣感夢於聖天蕭后一鑄而剋成宋皇四模而不就其例甚衆不可具陳豈以爾之無目而斥彼之有靈哉）若化不到此即是無靈誑惑人間空談威力而世不能知其迷二也

內建造像塔指

內箴曰左徹慕聖刻像而拜軒皇勾踐思賢鎔金而模范蠡丁蘭允孝剞劂以代親顏在資仁繇壁而圖聖故使憂喜形乎容色精誠通於夢寐亦其至矣豈如忉利不還優塡以茲鏤木堅林晦影阿輸於是鑄金託妙相於

丹青寄靈儀於銑鋈或覩其避坐寫貌迴軀感應傳云揚州長干寺有育王像人欲模寫寺僧恐損金色不許造像主乃至心發願若精誠有感乞像轉身西向於是鎖閉高閤明旦開視像身宛已西向遂許圖之神應不窮由來尚矣自像法東被正化南移漢夢金人河浮玉馬神光導於湘水瑞彩發於檀溪感應傳云廬陵發蒙寺育王像記云像身出廬陵三曲瑞光趺出湘州昭潭並放光明照曜崖岸武昌檀溪寺瑞像身出檀溪光映水上也長沙標聚日之姿廬嶽顯融金之質其事廣焉略而言矣然德無不備者謂之爲涅槃道無不通者名之爲菩提智無不周者稱之爲佛陀以此漢語譯彼梵言則彼此之佛昭然可信也何以明之夫佛陀者漢言大覺也菩提者漢言大道也涅槃者漢言無爲也而吾子終日踐菩提之地不知大道即菩提之異號也禀形於大覺之境未閑大覺即佛陀之譯名也故莊周云且有大覺者而後知其大夢也郭注云覺者聖人也言患在德者皆未悟丘與爾皆夢也云夫子與子游未能忘言而神解故非大覺也君子曰孔丘之談兹亦盡矣涅槃寂照不可識識不可智知則言語斷而心行滅故忘言也法身乃三點四德之所成蕭然無累故稱解脫此其神解而患息也夫子雖聖遥以推功於佛何者案劉向古舊二録云佛經流於中夏一百五十年後老子方說五千文然則周之與老並見佛經所說言教往往可驗故夫子有言曰夫易者無爲也無思也寂然不動感而遂通非天下之至神其孰能與於此余今提耳語子當捨其積迷而荷其晩悟也支提之製其流蓋遠夫且封且樹比干以忠勁顯墳勿翦勿伐展季以清貞禁壠四民懐於十善緬邈輪王之恩三界尊於六通昭旌羅漢之德正法念經云四

種人得樹偷婆偷婆漢言墳冢謂輪王羅漢辟支如來况智周十力德滿四弘妙辯契於忘言能垂訓於不測大明窮於匆照乃賜燭於無幽故有香炭金瓶全身徧乎八國光螺鮮貝散體周於十方乍五色凝輝旋空彰於漢世八彩分耀神應顯於吳宮爾其百鏡靈龕千華妙塔掌承雲露鐸韻高風紫柱紅梁遥浮空界翔鶤跂鳳遠接虛方盡壯麗之容窮輪奐之美豈夫高山仰止不忘景行崇表峻闕標樹鴻猷而已哉無以欄燢之辯譏滄海之廣狹榆枋之智測崑閬之高卑乎而汝莫知其盲二也

外論曰夫禮義成德之妙訓忠孝立身之行本未見臣民失禮其國可存子孫不孝而家可立今瞿曇制法必令衣同胡服即是人中之師口誦夷言便爲世間之貴致使無賴之徒因斯悖逆踑踞父兄之上自號桑門慠慢君王之前乃稱釋種不仁不孝已著于家無禮無恭復形于國彈曰禮云子冠父親醮之母親拜之所爲處高可亦無禮無孝斯則門門出梟獍之子人人養豺狼之皃撫臆論心良可痛矣天道無親華夷詎隔唯德是輔豈分胡漢豈可戴巾修善偏無勝福禿頂行檀獨能感果仁惠豈俟髡頭守眞無勞毀貌世不能知其迷三也

內威儀器服指

內箴曰夫玄聖創典以因果爲宗素王陳訓以名教爲本名教存乎治成因果期乎道立立道旣捨愛居首成治亦忠孝宜先二義天殊安可同日而言也沙門者乃行超俗表心遊塵外威儀進趣非法不動容服應器非道不行故泥洹乃萬質同歸緇衣爲衆采壞色

簡易尊於解脫條隔像於福田偏服示有執勞禮云執者相也鈌袂便於運役論語云褻裘長短右袂言便於執作也聖制有以終不徒然是以捨愛捐親仰衆聖也摧棄聲色遵梵行也剃除鬚髮去華競也俯容肅質不忘敬也分衞掃衣支身命也言無隱曲離邪佞也和聲怡氣入無諍也吐納安詳愼辭令也世貴莫屈守貞勁也清虛恬漠順道性也邪相不撓住八正也顏下色敬愍衆病也人天崇仰三業淨也窮玄極眞取究竟也廣仁弘濟亦忠孝之盛也道士則不然言慕道而心不染眞謂捨家而形不變俗戴圓冠無玄象之鑒履方屨闕地理之明著南鄭及漢之巾把公旗誅家之笏飾道旵裲宋之服曳孫恩敗晉之裳生常之業莫廢庸隸之役無恥狎世則忠孝之禮虧求仙則

高尚之風鈌猶蒼蠅招白黑之論蝙蝠有鳥鼠之譏蓋妖惑之儔矣爾不自見其盲三也正法念經云譬如蝙蝠人捕鳥時入穴爲鼠人捕鼠時出穴爲鳥今之祭酒蓋然畜妻子謂有慈愛勤耕稼謂不毀髮膚王役課調則謂出家亦猶蝙蝠之出入也

外論曰夫聖人應世本以濟益蒼生仰觀俯察利安群品是以味草木合五穀之精植桑柘充八蠶之纊故垂衣裳存稼穡立稷正置司衣以利百姓於是乎在若一女不織天下爲之苦寒一男不耕天下爲之少食今釋迦垂法不織不耕經無絕粒之法田空耕稼之夫教闕轉練之方業廢機紝之婦是知持盂振錫糊口誰憑左衽偏衣於何取託故當一歲之中飢寒總至未聞利益且見因窮世不能知其迷四也

内棄耕分衞指

內箴曰謀道不先於食守信必後於飢是以桀溺矜耕孔子譬諸禽獸樊須學稼仲尼譏於小人稷下無位而招禄高其賢也黔婁非仕而獲賜尚其清也善人之道何必耕稼請吾子言之釋教驗於因果該三世之洪源仙道尚於金玉勞一生之虚費何者夫賢愚壽夭信于指掌貧富貴賤昭於目前報應則形影無差業緣亦聲響不異此其指也未見服丹不死餌液長生古詩云服食求神仙多爲藥所誤不如飲美酒披服紈與素寄語後世人道士慎莫作言虚棄功夫浪夭年壽也汝有轉練之方何因更請田地又談織紝之婦必知並畜妻房故應道士專耕女冠勤織何爲莫充糊口恒闕資身如其不織不耕即墮負處竊見樓觀黄巾脱鹿皮而構地玄都鬼卒捨横帔而耦耕既無絶粒之人頗慙客作之倦自春自磨餧在其中勞形怵心何道之有尋漢安元年歲在壬午道士張陵分別黄書云男女有和合之法三五七九交接之道其道眞決在於丹田丹田者玉門也唯以禁秘爲急不許泄於道路道路尿孔也呼爲師友父母臭根之名又云女兒未嫁者十四巳上有決明之道故注五千文云道可道者謂朝食美也非常道者謂暮成尿也兩者同出而異名謂人根生溺溺出精也玄之又玄者謂鼻與口也陵美此術子孫三世相繼行之汝法如是穢亂生民若勸百姓依汝法行則不孝不恭世出豺狼之種無禮無義家出梟鏡之兒明矣夫辨奇貨者採驪珠不忌九洄之深求華璞者追藍琰無憚三襲之險貴其

實也慕至道者窺其戶牖輕勢利於鴻毛入其隩隅忽榮位於脫屣重其眞也故能使勸夫不愛其力貪吝不悋其財蓋希冥益非其迷也至若仙術誕妄源流久矣韓終徐市始詐於秦邦文成五利紹僞於漢國叙控鶴弗克陵雲之實言餐霞莫覩療飢之信致有猱猨蜃蛤之論曹植辯道論云仙人者黨猱猨之屬與世人得道化爲仙人夫雉入海化爲蛤鸞入海化爲蜃當其徘徊其翼差池其羽猶自識也忽然自投神化體變乃更爲魚鼈豈復識翻翔林薄巢垣屋之娛乎牛哀病而爲虎逢其兄而噬之若此者何貴於變化耶繫風捕影之談故棄實瓠者以非器也廢石田者以難藝也賤左道者以虛僞也蓋檢實則稱其所同究虛則集其所異理符則世重情詭則物違故常事耳豈曰迷乎畢道尊佛不亦可矣而弗自知其盲四也

外論曰夫國以民爲本本固則邦寧是以賜及育子之門思流孕婦之室故子孫享祀世載不虧雖至孝毀躬不令絕祀故得國家富强天下昌盛未聞人民凋盡家國可存今佛教即不妻不娶名爲奉法唯事早逝號得涅槃既闕長生之方又無不死之術斯則一世之中家國空矣俗人雖欲求福不知形命已殘競慕家安豈覺宗禋久滅可謂畏死而服苟芴懼溺而赴長河且天皇地皇之先世無佛而祚延後趙後魏已來有僧而運促正由眞僞混雜禮樂不調世不能知其迷五也

內教爲治本指

內箴曰夫澄神反性入道之要門絕情棄欲登聖之遐本故云道高者尚德弘者賞以道傳神以德授聖神聖相傳是謂良嗣塞道之源伐德之根此謂無後非云棄欲爲無後也

子不聞乎昔何尚之言釋氏之化無所不可諒入道之教源誠濟俗之稱首夫行一善則去一惡去一惡則息一刑一刑息於家則萬刑息於國故知五戒十善爲正治之本矣又五戒修而惡趣滅十善暢而人天滋人天滋則正化隆惡趣衰而災害殄正法念經云人不持戒諸天減少阿修羅盛善龍無力惡龍有力惡龍有力則降霜雹非時暴風疾雨五穀不登疾疫競起人民飢饉互相殘害若人持戒多諸天增足威光脩羅減少惡龍無力善龍有力善龍有力風雨順時四氣和暢甘雨時降百穀稔豐人民安樂兵戈戢息疫疾不行者猶屛薪去草益重而難彰絶焰息煨積微而易顯且强骨弱氣李叟之至談實髓愛精仙家之奥旨今反謂淫欲爲妙訓妻子爲化源宗老而毁其言斆仙而棄其術且愛犬馬者貴其識恩嫉梟獍者惡其反噬爾則警夜代勞功劣於犬馬逆鱗反舌釁深於梟獍雄虺九首不其然乎載鬼一車吁可畏矣且運祚脩短雖曰天命興替延促抑亦人符故堯舜禹湯咸享嘉壽桀紂幽厲無終永年姬發履道而齡長嬴政淫刑而祚短陳思論云昔堯舜禹湯文武周召太公並享百年之壽七聖三賢並行道修政治天下不足損神賢宰一國不足勞思是以各盡其天年桀放鳴條紂死牧野犬戎殺幽厲王不終周祚八百秦滅於二世此時本無佛僧謨詰在目非曰虛談豈致無佛而祚延有僧而運局談何容易談何容易惜哉吾子自貽伊戚良足歎矣昏若夜遊爾其盲五也

外論曰夫孝爲德本人倫所元莫大之宗固惟恃怙莫天之澤豈曰能酬故生盡温凊之恭終備墳陵之禮今佛垂訓必令棄爾骸骨捐兹草野多出財賄營我塔廟遂使愚夫惑亂廢兹典禮考妣棺柩曾無封樹之心彈曰觀夫上皇之世不行殯葬之禮始於堅周窀穸之事故有縢緘槽櫝瓦掩虞棺皆起於中古也

暨周文之日以骸骨暴露於野因收而藏之始行葬禮故云葬者藏也欲人之不見是以夫子病篤門人欲厚葬之孔子曰吾其欺天乎當選不毛之地不封不樹唯棘唯欒俯同末世行於葬禮蓋末能免俗戎狄屍靈翻盡彫瘞之妙且神不享非其族物不祀非其先不敬其親而敬他人其此之謂矣且水葬火葬風俗不同埋屍露屍鄉邦本異捨已徇他用爲求福豈知土壤斯異各自而然世不能知其迷六也

內忠孝無違指

內箴曰導嚘聾者必俯仰而指撝啓愚滯者亦提耳而舉掌夫人倫本於孝敬孝敬資於生成故云非父母不生非聖人不立非聖者無法非孝者無親此則生成之義通師親之情顯故顏回死顏路請子之車孔子云回也視余猶父余不得視回猶子蓋其義也且愛敬之禮異容不出於二理賢愚之性殊品無越於三階故生則孝養無違死則葬祭之禮此禮制之異也小孝用力中孝用勞大孝不遺此性分之殊也夫釋教其義在焉至如灑血焚軀之流寶塔仁祠之禮亦敬始慎終之謂也暨於輪王八萬釋主三千阿育王經云王殺八萬四千宮人夜聞宮外哭聲王悔爲造八萬四千塔今此震旦亦有在此者釋提桓因天上造三十偷婆也竭溟海而求珠淨康衢而徙石蓋勞力也總群生爲己任等含氣於天屬棲遑有漏之壤負荷無賴之儔蓋勞心也迴軒實相之域凝神寂照之場指泥洹而長歸垂法身而遐覽斯不遺之道也暨乃母氏降天剖金棺而演句父王即世執寶牀而送終智度論云淨飯王終佛自執繩牀一脚至闍維處示於後世一切衆生報生養之恩孝敬表儀茲亦備矣教棄骸骨從何而至哉且經勸屍陀普施飛走意存宿債冀免將來不若莊周

非末代厚葬失禮之本而云螻蟻何親禽獸何跡生既以身爲逆旅死當以天地爲棺槨還依上古不許埋藏嫌物輕生重死之弊也求仙道者或負笈從師擔簦遠嶽披蘿緝蕙鳥戲熊經金竈罕成玉華難覩凝髓化骨空致斯談戴蜺憑螭未覩其實或捐骸地胇喪骨天台生闕蒸養之恩死無冥益之利倒心危於庶物邪網掛於群生九族延毀正之殃六親招罔聖之業攀危據險諒足寒心慠然不懼何愚之甚爾盲六也

外論曰夫華夷語別音韻不同然佛經稱釋迦稱牟尼者此是胡語此土翻譯乃曰能儒能儒之名位卑周孔故沒其能儒之劣名而存釋迦之戎號所言阿耨多羅三藐三菩提者漢言阿無也耨多羅言上者也三藐三正徧知也菩提道也此土先有無上正真之道老莊之教胡法無以爲異故不翻譯又菩薩摩訶薩者漢言大道心衆生此名下劣非爲上士掩其鄙稱又亦不翻凡不譯之流其例如是矇覆世俗惑亂物心然猒舊尚新流蕩之常弊惡同好異恒俗之鄙情是以邯鄲有匍匐之賓弱喪有忘歸之客世不能知其迷七也

內三寶無翻指

內箴曰夫名無得物蓋謂實賓豈以順世假談格玄聖之優劣夫荀家以首召質仲氏將山製名山高於丘仲仁未如夫子首總於耳荀德不逮老聃能儒之名何容遂卑周孔然釋迦之號義含多種徧能貫於萬德不可以仁偏訓通仁絕於四句安得將能定翻述者

事不得已强復存其舊號耳又云道家舊有正徧知道與菩提不異者信是正教流後僞竊此名叢實尋源豈得斯號夫上法高勝道義通玄正實翻邪眞由反僞今符書呪咀不可謂正薰猶混雜不可謂眞道士畏鬼章符云左佩太極章右帶昆吾鐵指日即停暉擬鬼千里血董仲造黃神越章殺鬼又造赤章法亦殺人也守雌羨下非名爲上老子云莫若守雌又云道性近水鉗口膠目安得稱道莊子云膠離朱之目鉗楊墨之口猶春鳥囀弄或似於歌鳥無能歌之實秋蟲囂木或近於字蟲闕解字之眞名實斯濫蓋此之謂也又疑菩薩不翻茲謬益甚書云上聖達於蟭螟皆有蟲稱經言多足二足如來最尊然蜫蟄通於含靈衆生豈越凡聖大心之稱非爲下劣子雖洗垢求疵無損南威之麗捧心斆疾未變西施之姸當更爲爾陳其指掌釋迦是佛顯名菩提是法尊稱菩薩爲僧導首三寶勝號譯人存其本名非如朱門玉柱之讖陽父陰母之誣黃書云開命門抱眞人嬰迴龍虎戲三五七九天羅地網開朱門進玉柱陽思陰母白如玉陰思陽父手摩捉也號馬屎爲靈薪呼口唾爲玉液呼叩齒爲天鼓咽唾爲醴泉馬屎爲靈薪死鼠爲玉璞出上清經事鄙而怯彰辭穢而難顯猶靈鳳以容德希覩鼦鼠以醜懼潛形雖隱質事同嗤姸異矣寘焉不知爾盲七也

外論曰夫聖人應化隨方接引在胡則禿髮露頂處漢則端委搢紳此華夷之常形非教方之勝負若佛苟令去茲冠冕皂服被緇棄我華風遠同胡俗則不能兼通冠冕便是智力不周何謂隨方現形而爲設教苟若不能則佛自是天竺之胡神非中華之大聖豈有禿髮之訓施於王國若漢學胡形剪髮便名

事佛則應胡習漢法著巾亦爲奉道是知露頂括髮鄉俗不同嗟乎士民用爲修善可謂貴隣室之弊襜賤自家之黼黻世不能知迷之八也

內異方同制指

內箴曰夫至道應運無方聖賢乘機引物子居九夷不患其陋禹入裸國欣然解裳姬伯適越而文身武靈順世而胡服雖復筌罤異術而魚兔之功齊矣況變俗緘心毀形結志云簪纓以會道棄鬚髮以修真聖制不徒其有致矣但仁義變於三遊盜跖資於五善聖教綿遠終使鼠璞濫名（劉子云周人謂死鼠王璞也）玄化幽微遂令雞鳳混質（文心云楚人以山雞爲鳳）故九十五種騰翥於西戎三十六部淆亂於東國至如優婁佉子之論衛世師之經（涅槃經云衛世師論也）吉頭夷羅之仙（大仙外道名吉波馺水仙外道名夷叔斗羅也）末伽闍夜之道（若提子斷見外道也）或託水火而要聖憑日月而斆神執四大以非因指三業爲無報滯識將冥山等闇邪心與昧谷同昏如斯之流西土之邪倫也其次鬼笑靈談安歌浩唱吞刀吐火駭仲卿之庸心漱雨嘘風驚劉安之淺慮或身佩中黃之籙口誦靈飛之符蹈金闕而遊神憑玉京而洗累若此之倒東區之異學也並皆邪網覆心倒針刺眼深持惑塹高築疑城各抱一隅迷淪於三界淨守二見沉晦於九流識體輪迴無明翳其本性心用浮動取相溺其長源大聖道眼預觀隨機授藥誕質西土正教東流疾重則親降醫王患輕則寄方遥授偏師以翦梟獍重將而戮鯨鯢此亦釋門和扁之術法王孫吳之勢也聖無

二制容服義均猶清濟濁河歸滄海而同味綠膺絳顙集須彌而共色沖和子曰旋璣文者皆是求神仙不死之道其次道則養我今日身命駐彩延華儻至三五百年以此爲眞耳長生久視義在於斯今之道士所學之法不復以此爲念然大都止令如佛家身死神明更生勝地耳若不復貴此身者不如專心學佛道佛道營練精神日明日益甚有名理定慧之法歷然可修何勞勤苦自名道士而實是學佛家法耶學又不專蓋是圖龍畫虎之儔耳何不退去鹿巾釋黃褐剃鬚髮染袈裟而歸依世尊耶世間道士經及行道義理則約數論而後通（言偷佛家經論改作道書如黃庭元陽靈寶上清等經及三皇之典並改換法華及無量壽等經而作者也）修心則依坐禪而望感（言改坐禪之名爲思神之號也）上清尤高而未踰上界之域太清仙法又棄置而不論未知何法取異佛家而稱爲道士也其得意者當師佛矣子是南人躬學茅山道士沖和子之法沖和子與陶隱居常以敬重佛法爲業但逢衆僧莫不禮拜巖穴之內悉安佛像自率門徒受學之士朝夕懺悔恒讀佛經案旋璣抄文沖和子所製以非當世道士不敬佛者故陶隱居答大鸞法師書云去朔耳聞音聲茲晨眼受文字或由頂禮歲積故致眞應來儀正爾整拂藤蒲採汲華水端襟儼思佇聆警錫也弟子華陽陶弘景和南汝師事佛敬僧曾無異說爾何自陷違背本宗不義不仁罪招極法牟子論云堯舜周孔老氏之化比之於佛猶白鹿之與麒麟而子不能悟其盲八也

外論曰天皇九紀之前書契未作太昊六爻

之後文字乃興自爾已來漸弘載籍前賢往聖皆著典墳揖讓干戈備陳篆冊所以左史右史記事記詞直筆直言無矯無妄魏書外國傳皇甫謐高士傳並曰桑門浮圖經老子所作彈曰浮圖經者魏略及西域傳云臨猊國有神人名曰沙律之所傳也沙律年老髮白常教人爲浮圖人有災禍及無子者勸得浮圖齋戒令捨財贖愆臨猊王久無太子其妃莫耶因祀浮圖而生太子遂名其子爲浮圖爲前漢哀帝時秦景使月氏國王令太子口授於景所以浮圖經教前漢早行六十三年之後明帝方感瑞夢也考秦景傳經不云老說案晉世道士王浮改西域傳爲明威化胡經乃稱老子流沙教胡王爲浮圖變身作佛方有佛興蓋誣罔之甚極也但屬實去此萬里已還秦漢至今商人蕃使相繼不絕莫傳老子在彼化胡說浮圖經及變身作佛未之聞也縱使老子爲浮圖始是報恩供養舍利方顯　聖德何名誣哉袁宏後漢紀云老子入胡分身作佛道家經誥其說甚多檢袁宏漢紀本無老子作佛之文即日朝廷博識者多豈可塞耳偷鈴指鹿爲馬何愚之甚也明威化胡經並云胡王不信老子老子神力伏之方求悔過自髡自剪謝愆謝罪老君大慈愍其愚昧爲說權教隨機誡約皆令頭陀乞食以制兇頑之心赭服偏衣用挫强梁之性割毀形貌示爲刑剠之身禁約妻房絕其勃逆之種彈曰汝以禁約妻房而爲罪者玄都會聖仍爲燕爾之坊至德清虛便是同牢之觀也既學長生汝恒對婦親慕李氏皆須養兒但李耳李宗人人取婦張陵張魯世世畜妻故有男官女官之兩名係師嗣師之別號魏晉已來館中主子陳梁之日靖內養兒歎婦女爲朱門呼丈夫爲玉杜淫欲很慢生自道家外假青虛內專穢媟可恥之甚也所謂重病加於毒藥宜令刳腹洗腸深罪約以嚴刑必須誅宗滅嗣檢漢官儀云景帝已來於國學內始立道館以教學徒不許人間別立館舍考梁陳齊魏之前唯以瓠盧盛經本無天尊形像案任子道論及杜氏幽求並云道無形質蓋陰陽之精也陶隱居內傳云在茅山中立佛道二堂隔日朝禮佛堂有像道堂無像王淳三教論云近世道士取活無方欲人歸信乃學佛家制立形像假號天尊及左右二真人置之道堂以憑衣食梁陸修靜亦爲此形也但此土君子夙稟道眞無勞禿頂本遵至訓詎假髡頭

可謂身無慚疵而樂著杻械家無喪禍而憂居縗絰昏戇之甚良可悲痛昔漢明感夢此法始來還令胡人立廟漢士不許遵行魏承漢軌還依舊貫石勒之日念其胡風與僧澄道人矯足毛羽避役之流競爲剪剃世不能知其迷九也

内老身非佛指

内箴曰大夏爲衆材所成群生非一人可化故十方聖智比塵沙而不窮八萬法門傾河海而莫測故有此聖彼聖殊方類於比肩前佛後佛異世同於繼踵像正差降淨穢區分懲惡勸善其流一也周孔世訓尚無改於百王鄒孟劇談猶垂美於千載豈容周姬一代而三變三遷老氏一身而成道成佛即是餘人無踐聖之理群萌絶登道之望又先識十異後讃一同首軸之間毀譽矛盾卷舒之際向背參商掩目盜衆信有斯謗夫眞僞相形猶禾莠之相類善耘者存禾而去莠求道者亦依眞而捨僞沙門之勝宗流久矣至如漢帝降禮於摩騰如法本傳吳王屈節於康會吳録云吳主問會曰佛法何以異俗答曰爲惡於顯人得而誅之爲惡於隱鬼得而誅之易云積善餘慶詩詠求福不回雖儒俗之格言亦佛法之漸訓也曇始延魏君之席魏録云拓拔燾用崔浩之說遂滅佛法悉毀像燒經驅僧還俗始以正旦杖錫法衣立於城門門者白燾燾命斬之三刀而始不傷刑者白燾燾自取佩刀又如前折乃内始於虎圈虎閉眼伏頭燾乃試置天師於圈側虎鳴吼欲噬燾乃知佛化清高黄老所不及延始上席謝過道林登晉主之牀秦世道安榮參兵輦趙邦澄上寵懋錦衣符書云符主出遊命安師共輦坐高僧傳云石虎號澄師爲大和尚衣以錦繡每上殿勅諸王公以下扶輿也皆道降極尊德迴萬乘良有以也黄老之術由來不競者賁才以擒勝殞躬崔浩以邪誣喪質魏書云崔

浩寇謙之勸拓拔燾毀滅正教燾後身發惡疾乃誅崔寇二人姜斌以集詐徒質王浮以造僞誅身皆驗之於耳目非取與之虛談其崇敬也如此其疵譴也如彼夫顏閔遇於孔門標德行之首蘇張逢於鬼谷居浮詐之先非獨人性之優劣亦所習之眞僞也且賢佞相濫佞泄而賢彰聖詐難分詐窮而聖顯猶蛇牀與蘼蕪類質達芳者辨其容苟芬與素華齊根曉藥者分其性是以公旦黜而還輔孔門虛而復盈有自來矣自漢明捔試邪見折鋒慧日凝暉法雲舒蔭姜潘捨家入道呂焦棄僞歸眞曹馬傳燈而不窮秦魏涌泉而無竭汝言始於澄石不亦誣哉自黄老風澆容服亦變非道非俗謗號闔人善咀善罵古名鬼卒其救苦也則解髮繫頸以繩自縛牛糞塗身互相鞭打其法律也若失符籙則倒御手板逆風掃地柳枝百束自斫自負盜奏章也則匍匐灰獄背負水甌出道士孫氏法儀也責罰尤重同奴隷之法罪譴銜伏比畜生之類然釋門鍾磬集衆驚時漢魏已來道家未有金剛師子護法善神蓋佛教之所明非黄領之先構亦効勝範竊我聖蹤耳故顏之推云神仙之事有金玉之費頗爲虛放華山下之白骨如莽何有得仙之理縱使得仙終當有死不能出世不勸汝曹學之佛家三世之事信而有徵家業歸心勿輕慢也原夫四塵五廕剖析形有六舟三駕運載群生萬行歸空千門入善辯才智慧豈徒七經百氏之博哉明非堯舜周孔老莊所及故著歸心篇以誠子弟爾不能知其盲九也

辯正論卷第七

音釋

渦 烏禾切水名
樅 七恭切
疣 羽求切贅疣也
湫隘 湫子小切隘烏懈切湫隘偏反也
獯鬻 獯許云切鬻余六切獯鬻匈奴之別號
儋 丁談切
馗 渠龜切中馗菌名
蜆蠳 蜆五稽切蠳音英
供 丘其切蒙供方相也
薔 側思切
鬷 子紅切
娵 遵須切
儱 力董切
袨 黃絹切
貂 都聊切鼠屬
鶡 胡葛切似雉鳥也
弁 毘面切冠名
磕 克盍切石相擊聲
矇瞍 矇莫紅切目不明也瞍蘇后切無目也
剞劂 剞苟起切曲刀也劂居月切曲鑿也
銑鋈 銑息淺切金之最有光澤者鋈音沃白金也
旍 子盈切與楹同析羽曰旍
跂 去智切與企同舉踵也
纊 苦謗切細絮也
餒 奴罪切飢也
怵 敕律切恐也
勌 逵眷切懈也
堲 子悉切火熟陶器也
窀穸 窀猪倫切穸辭赤切窀穸墓穴也
槥櫝 槥為綴切櫝徒穀切槥櫝棺也
胇 芳味切
邯鄲 邯胡安切鄲都艱切邯鄲趙地名
匍匐 匍薄胡切匐蒲北切匍匐伏地以手行也
薰蕕 薰許云切香草也蕕以周切臭草也
彪 悲幽切虎也
鼢 扶粉切地行鼠也
襜 昌占切蔽膝衣也
赭 章也切赤色也
刳 苦胡切剖也
瓠 洪孤切
縗絰 縗倉回切喪服也絰徒結切喪服麻在頭腰皆曰絰
戇 陟降切愚也
圈 其願切畜閑也
卷
捔 古岳切校也
芴 文弗切土瓜也

辯正論卷第八

唐沙門釋法琳撰

東宮學士陳子良註

氣爲道本篇第七

有考古通人與占衡君子觀李卿誹謗之論閲開士辯正之談詳而議之發憤興歎欲使邪正異轍眞僞分流定其是非以明得失冀後進者永無疑焉

通人曰余觀造化本乎陰陽物類所生起乎天地歷三古之世尋五聖之文不見天尊之神亦無大道之像按靈寶九天生神章云氣清高澄積陽成天氣結凝滓積滯成地人之生也皆由三元養育九氣經形然後生也是知陰陽者人之本也天地者物之根也根本是氣無別道神

君子曰道士大霄隱書無上眞書等云無上大道若治在五十五重無極大羅天中玉京之上七寶玄臺金牀玉机仙童玉女之所侍衛住在三十三天三界之外按神仙五嶽圖云大道天尊治太玄之都玉光之州金眞之郡天保之縣元明之鄉定志之里災所不及靈書經云大羅是五億五萬五千五百五十五重天之上天也五嶽圖云都者覩也太上大道道中之道神明君最守靜居太玄之都諸天内音云天與諸仙鳴樓都之鼓朝晏玉京以樂道君推此謬談則道君是天之神明既屬州縣則天尊復是天之民伍如佛家經論三界之外名出生死無分段之形離色心之境何得更有寶臺玉山州郡鄉里虛妄之甚轉復難矜但道家僞説無迹可觀習俗生

常爲日已久衆邪競叙互有不同如欲正名理須詳悉今略出緣起隨而判之按周禮自堯已前未有郡縣舜巡五嶽始見州名尚書禹貢已來方陳州號春秋之時縣大郡小以郡屬於縣漢高以來以縣屬郡典誥所明九州禹跡百郡秦并是也縱有道在天上猶應觸事無爲何因戶屬鄉居與凡不異既有州縣即有官長州牧郡守姓何名何鄉長里司誰子誰弟並是管學道士無識黄巾不悉古今未窺經史見人間置立州縣亦言天上與世符同保偽爲真良可羞恥其根脉本末並如笑道論中委出也

通人曰莊周云察其始而無生也非徒無生而本無形非徒無形而本無氣怳忽之間變而有氣氣變而有形形變而有生人之生也氣之聚聚則爲生散則爲死故曰有無相生萬物一也何謂一也天下一氣也推此而談無别有道高處大羅獨稱尊貴

君子曰陽氣黄精經云流丹九轉結氣成精精化成神神變成人陽氣赤名曰玄丹陰氣黄名曰黄精陰陽交合二氣隨精精化爲神精神凝結上應九天九天之氣下於丹田與神合凝臨於命門要須九過是爲九丹上化下凝以成於人不云别有道神能宰萬物使之生也

通人曰古來名儒及河上公注五千文視之不見名曰夷夷者精也聽之不聞名曰希希者神也摶之不得名曰微微者氣也是謂無狀之狀無物之象故知氣體渺滯所以迎之不見其首氣形清虚故云隨之不見其後此

則叙道之本從氣而生所以上清經云吾生渺莾之中甚幽冥幽冥之内生於空同空同之内生於太元太元變化三氣明焉一氣青一氣白一氣黄故云一生二二生三按生神章云老子以元始三氣合而爲一是至人法體精是精靈神是變化氣是氣象如陸簡寂臧矜顧歡孟智周等老子義云合此三氣以成聖體又言自然爲通相之體三氣爲別相之體檢道所宗以氣爲本考三氣之内有色有心既爲色心所成未免生死之患何得稱常

君子曰原道所先以氣爲體何以明之按養生服氣經云道者氣也保氣則得道得道則長存神者精也保精則神明神明則長生精者血脉之川流守骨之靈神精去則骨枯骨枯則死矣故莊周云吹呴呼吸吐故納新彭祖修之以得壽考校此而言能養和氣以致長生謂得道也

通人曰縱使有道不能自生從自然生從自然出道本自然則道有所待既因他有即是無常故老子云人法地地法天天法道道法自然王弼云言天地之道並不相違故稱法也自然無稱窮極之辭道是智慧靈知之號用智不及無智有形不及無形道是有義不及自然之無義也

君子曰易乹鑿度云昔燧人氏仰觀斗極以定方名庖犠因之而畫八卦黄帝受命使大撓造甲子容成次曆數五行九宫之説自此而興故説卦云陽數九者立天之道曰陰與陽陰二陽一則天有三焉立地之道曰柔與

剛柔二剛一則地亦有三立人之道曰仁與義義二仁一則人亦有三三三合九陰陽相包以成萬物不聞別有道神處太玄都坐高蓋天上羅三清下包三界居七瑛之房出九宮之上行神布氣造作萬物豈非惑亂陷墜人間耶校功則業殊比隆則事異沙門旌德而靡違道士言行而多過立不刊之遐跡建不朽之玄猷洋洋乎弗可尚也其唯釋教歟豈以坳塘小水匹馮夷大波者哉非所類矣

信毀交報篇第八

儒生問曰造像書經本期現福持齋行道貴益眼前何爲念地藏而無徵喚觀音而不救七難之殃留連競集二求之願攜手莫從馮士幹有詰聖之文楊衒之致咎虛之論徒勞辛苦枉費珠璣專事誇談罕聞實錄非唯爲善者不蒙其効亦乃作惡者翻受其榮豈意釋門反成烏有

開士喻曰夫幽鍵艱闢唯信能入玄波浩蕩唯智能度智爲超聖之基信是越凡之本本因信而行立度藉智而神澄信以招福爲功智以反源爲術故曰有智者可以所聞理會抱信者可以師資道成夫子云兵食可忘信不可去今當爲爾論斯旨也夫感在精誠道由懇苦意不專道何以剋心剋心不至感無以通是故鄒衍長歎夏日零霜李廣注心箭羽沒石將軍拜井跣勒泉飛明府叩頭江陵火滅若披肝露膽委命投骸福福相資念念不倦者便可還年轉障何但獲福受恩者歟外既有然內亦無爽若謂觀音不神士幹從何免死地藏無力孝謙由誰得全至如建安

感夢而疾瘳

感應傳云齊建安王患瘻念觀音不息夜見觀音手爲傳藥明旦愈

文宣降靈而病愈

齊竟陵王內傳云王得熱病夜中再死夢見金像手灌神湯因遂平復也

高王行刑而刀折

齊世有囚罪當極法夢見聖僧口授其經至心誦念數盈千徧臨刑刀折因遂免死今高王觀世音經是也

金尊代戮而項傷

感應傳云張逸爲事至死頂造金像朝夕祈命臨刑刀折而項不傷官問其故答曰唯以禮像爲業其像項上有二刀痕痕赤如血因而得免耳

謝氏通寃見亡子而祈福

晉錄曰瑯琊王凝之夫人陳郡謝氏名韶元奕女也清心玄詣姿才秀遠喪二男痛甚六年不開帷幕忽見二兒還鉗鎖大械勸毋自寬云罪無得脫爲福德可免耳具敘諸苦毋爲祈福冀獲福祐也

孫君幽達觀殞息而營齋

宣驗記云孫祚齊國沮陽人位至太中大夫少子稚字法暉小聰慧奉法年十八晉咸康元年桂陽郡患亡祚以任武昌到三年四月八日廣置法場請佛延僧建齋行道見稚在衆中胡從像後往喚問之稚跪拜具說興居便隨父毋歸家父先有疾稚云無禍祟到五月當差言辤委悉云作福可以拔寃免苦其事不虛

長舒一唱而風迴少年四投而火滅

晉錄冥祥記云晉世有竺長舒者本天竺人專心誦觀世音經爲業後居吳中于時邑內遭火屋宇連棟莞簷相接火至皆焚無能爲救長舒家正在下風分意燒毀一心喚觀世音欲至舒家風迴火滅竟家獲免合縣驚異歎其有神時有兇惡年少怪其老胡有何靈應火燒不然到後夜風急少年以火投屋四投皆滅年少嗟感至明乃叩頭首過舒云我無神力常以觀世音爲業毋有事恒得免脫也

僧洪在禁鑄像摩頭

冥祥記云晉世沙門僧洪住京師瓦官寺當義熙十二年時官禁鎔鑄洪既發心鑄丈六金像像若圓滿我死無恨便即偷鑄鑄竟像猶有模所司收洪禁在相府鎖械甚嚴心念觀音日誦百徧便夢所鑄金像往獄手摩頭曰無慮其像胷前一尺許銅色燋沸當洪禁日感得國家牛馬不肯入欄時以爲怪旬日勑至彭城洪因放免像即破模自現

阿練託生胡音逸口

冥祥記云瑯琊王珉其妻無子常祈觀音乞兒珉後行路逢一胡僧其意極甚悅之其胡僧曰我死當爲君子少時道人果亡三月間珉妻有娠及生能語即解西域十六國音大聰明有器度即晉尚書王淵明身也故小名阿練敘前生時事事有驗

德祖一心雲迷虜騎

宣驗記云榮陽人毛德祖初投江南偷道而遁逢虜騎所追伏在道側蓬蒿之內草短蒿踈半身猶露分意受死合家默然念觀世音俄然雲起雨注遂得免難也

李儒默念賊馬群驚

宣驗記云隊主李儒後鎮虎牢爲魏虜所圍危急欲降夜踰城出見賊縱橫並臥儒乃一心念觀世音便

過賊處極一燒澤賊即隨來儒便入草未及藏伏群馬向草儒大驚恐一心專念觀音賊馬忽然自驚走因此得脫也

郭宣許錢桎梏自解處茂達誓流矢便中

宣驗記云晉義熙十一年太原郡郭宣與蜀郡文處茂先與梁州刺史楊收敬爲友收敬以害人被幽宣與處茂同被桎梏念觀世音十日已後夜三更夢一菩薩慰喻之告以大命無憂亦覺而鎖械自脫及曉還著如是數徧此二人相慶發願若得免罪各出錢十萬與上明寺作功德共立重誓少日俱免宣依願道錢向寺處茂違誓不送盧循起兵茂在戎於查浦爲流矢所中未死之間曰我有大罪語訖而死也

何瑚感聖母疾乃除

何氏傳曰瑚字重寶梁爲北征諮議博聞强學初有令名治左氏春秋略通大義孝性淳深事親恭謹母病求醫不乘車馬忽盛聖僧體質殊異手執香鑪來求齋食而至無早晚故疑其非常如此十餘日母病有瘳僧便辭去留素書般若經一卷因執手曰貧道是二十七賢聖不退根人感檀越至心故來看病今病者已差貧道宜還言訖前行忽然不見而鑪煙香氣一句方欲精誠所感朝野嗟歎因捨別宅爲月愛寺也

張應捨邪妻病遂損

靈鬼志曰歷陽縣張應先是魔家取佛家女爲婦咸和八年移居燕湖妻病因爲魔事家財略盡不差妻曰我本佛家女乞爲我作佛事應便往精舍中見竺曇鏡鏡曰佛普濟衆生問君當一心受持身戒耳曇鏡期明當向其家應夢見一人長丈五六正向於南面趨步入門曰此家寂寂乃爾不淨夢中見鏡隨此人後白曰此家始欲發意未可一一責之應先手巧眠覺便把火作高座及鬼子母座鏡明食時往應高座之屬具足已成聞應說夢遂夫妻受五戒病亦尋差

康阿得造塔放還

幽明錄曰康阿得死三日還穌說初死時兩人扶腋有白馬吏驅之不知行幾里見北向黑閤門南入見東向黑門西入見南向黑門北入見有十餘梁閤瓦屋有人皂服籠冠邊有三十餘吏皆言府君西南復有曰五十吏阿得便前拜府君府君問何所奉事得曰家起佛圖塔寺供養道人府君曰卿大福德問都錄使者此人命盡耶見持一卷書伏地案之其字甚細曰餘筭三十五年府君大怒曰小吏何敢頓奪人命便縛白馬吏著柱處罰一百血出流漫問得欲歸不得曰爾府君曰今當送鄉歸欲便遣鄉案行地獄即給馬一定及一從人東北出不知幾里見一城方數十里有滿城上屋因見未寧佛時七伯伯母七叔叔母皆著柤械衣裳破壞身體膿血復前行見一城其中有臥鐵牀上者燒牀正赤凡見十獄各有楚毒獄名赤沙黃沙白沙如此七沙有刀山劍樹抱赤銅柱於是便還復見七八十梁閤瓦屋夾道種槐云名福舍諸佛弟子住中福多者上生天福少者住此舍遙見大殿二十餘梁有一男子二婦人從殿上來下是得專佛後亡伯伯母亡叔叔母須吏有一道人來問得識我不得曰不識曰汝何

以不識我我共汝作佛圖主於是遂而憶之還至府君所即遣前二人送歸忽便蘇活也

石賢者飯僧蒙活

幽明錄曰石長和死四日蘇說初死時東南行見二人治道恒去和五十步長和疾行亦爾道兩邊棘刺皆如鷹爪見人大小群走棘中如被驅逐身體破壞地有凝血棘中人見長和獨行平道歎息曰佛弟子獨樂得行大道中前行見七八十梁尾屋中有閣十餘梁上有窻向有人面碎方三尺著皂袍四縫掖憑向坐唯衣襟以上見長和和即向拜人曰石賢者來也一別二十餘年和曰爾意中便若憶此時也有馮湖牧孟承夫妻先死閣上人曰賢者識承不長和曰識閣上人曰孟承生時不精進令恒爲我掃地承妻精進晏然與官家事舉手指西南一房曰孟承妻今在中妻即開窻向見長和問石賢者何時來徧問其家中兒女大小名字平安不還時過此當因一封書斯須見承閣西頭來一手捉掃箒糞箕一手挺把筋亦問家消息閣上人曰聞魚龍超修精進爲信爾不何所修行長和曰不食魚肉酒不經口恒轉尊經救諸疾痛閣上人曰所傳莫妄閣上人問都錄主者石賢者命盡耶枉奪其命耶主者報按錄餘四十年閣上人敕主者轅車一乘兩辟車騎兩吏送石賢者須臾東向便有車騎人從如所差之數長和拜辭上車而歸前所行道邊所在有亭傳吏民牀坐飲食之具倏然歸家前見父母坐其尸邊見屍大如牛聞屍臭不欲入其中繞屍三币長和歎息當屍頭前見其亡姊於後推之便踣屍面上因即蘇

久鬼多慧能現怪而飽餐新鬼無知入佛家而轉磨

徧略云有新鬼不得飲食形瘦疲頓逢故友死來積年形體肥健便相問訊請示活方久鬼答曰爲人作祟怪人必大怖因致飲食爾乃肥健也新鬼便入事佛之家其家精進常修善業屋西有磨鬼往推之家主大喜敕子弟曰吾家至貧善神助磨急捷麥與之至暮磨數十斛麥既不得食疲頓乃去復到一家上碓而舂其家正信相與喜曰昨日某甲家磨今復來助我舂益更捷穀使婢簸之至暮得五十斛米如是疲弊又不得食中心忿怒不息堪任夜見久鬼亟伸怨責久鬼曰君自不遇耳此二家奉佛正信其心難動用心一至亦能感徹寘空我輩正當其便今去可覓門前有竹竿懸桃符斷索灌口者往彼爲怪新鬼用語至一家門有桃符竹竿斷索入門見一群女子窻前共食中庭有一白狗便令狗在空中行其家惶怖競唱云生來未見此怪卜占云客鬼索食可殺狗煑餅果於中祠之可得無他便如師言鬼遂得食後恒飽滿也

趙泰精思唯善是求

幽明錄云趙泰字文和清河具丘人公府辟不就精思籍典鄉黨稱名年三十五晉大始五年七月三日夜半卒心痛而死心上故煖身體屈伸停屍十日氣從咽喉如雷聲眼開索飲食便起說初死時有二人乘黃馬從兵二人但言捉將去二人扶兩腋東行不知幾里便見大城如錫鐵端正崔嵬從西城門

入官府舍有二重黑門數十梁瓦屋男女當
五六十人住立吏者著皂單衣將五六人主
䟽姓字男女有別言莫動當入科呈府君泰
名在第三十須吏將入府君西向坐科出案
名復將南入黑門一人絳衣坐大屋下以次
呼名前問生時所行事有何罪過行何功德
作何善行言者各各不同主者言許汝等辭
恒遣六部都錄使者常在人閒䟽記人所作
善惡以相撿校人死有三惡道殺生禱祀最
重奉佛法持五戒十善慈心布施死在福舍
安隱無為泰答一無所事亦不犯惡科問都
竟使為水官監作吏將千餘人接沙著岸上
晝夜勤苦啼泣悔言生時不作善今墮此處
當歸索代後轉水官都督總知諸獄事給馬
兵東到地獄案行復到泥犂地獄男女五六
千人有大樹橫廣五十餘步高千丈四邊皆
有劍上人著樹上然火其下十十五五墮大
劍上貫其身體云此人呪詛罵詈奪人財物
毀傷良善泰見父母及二弟在此獄中涕泣
見二人齎文書來勑獄吏言有三人家亊佛
為其於寺中懸幡燒香呪願救解生時罪過
出就福舍已見自然衣服徑詣一門云名開
光大舍有三重黑門皆白壁赤柱此三人即
入門見大殿珍寶耀目堂有二師子併伏顧
負一金玉牀云名師子之座見一人身可長
丈六姿顏金色項有白光坐此座上沙門立
侍甚衆四坐並眞人菩薩又見泰山府君來
作禮泰山問吏人是何人答曰名佛天上天
下度人之師便開佛令今欲慈度此惡道中
及諸地獄中人皆令出聽時云有百萬九千

人一時得出地獄即空徙著百里城中其在
此中者皆奉佛法弟子當過福舍七日隨行
所作功德有少有無者又見呼十人當上生
天有車馬侍從迎之昇虛空而去出復見一
城縱廣二百餘里名為吏受變形城云生時
未聞道法而地獄考治已畢者當於此城更
受變報入此門見當有數千萬上屋有坊巷
中央有大瓦屋當廣五千餘步屋下有五百
餘吏對收人名作善惡者行狀所受變身形
之路各從其所趣而去殺生者云當作蜉蝣
蟲朝生夕死若出為人常當短命偷盜者作
豬羊身屠肉償人婬泆者作鶴鶩蛇身兩舌
者作鵄鵂鶹鵝惡聲人聞皆呪令死抵債者
為驢騾馬牛魚鼈之屬大屋下有地戶北向
一戶兩向呼從北戶入出南戶者皆言身形
作鳥獸又見一城縱廣百里其中瓦屋安居
快樂云生時不作惡行不見大道亦不受罪
名為鬼城千歲得出為人又見一城廣五千
餘步名為地獄中罰讁者不堪苦痛還歸索
代家為解讁皆在此城中男女五六十萬皆
課形無服飢困相扶見泰叩頭啼哭泰問吏
天道地獄道門相去幾里曰天道地獄道門
相對案行帀還主者問地獄如法不御無罪
故相使為水官都督不爾與地獄中人無異
泰問人死何者為樂主者言唯奉佛弟子精
進不犯禁戒為樂耳又問未奉佛時罪過山
積今奉法其過得除不曰皆除主者召都錄
使者問趙文和何故死來使開滕年紀之籍
有餘筭三十年橫為惡鬼所取今遣還家由
是大小發意奉佛為祖父母及二弟懸旛蓋

作福會也

王坦懷疑契死爲驗　續搜神記云沙門竺法度者先與北中郎將王坦之友善參共論生死罪福報應之事莊昧難明未審有無便共爲要若先無常其神有知及罪福決定者當相報語王坦後在都忽見師來坦便驚云上人何處來答曰貧道以某日月命過罪福皆不虛事若影響檀越但當勤修道德以昇濟神明耳先與君要故來相語言訖忽然不見矣

五級未就臨刑刃斷　榮陽高苟年已五十爲殺人被收鎖項地牢分意必死同牢人云努力共誦觀世音苟云我罪至重甘心受死何由可免同禁勸之因始發心誓當捨惡行善專念觀音不簡造次若得免脱願起五層佛圖捨身作奴供養衆僧旬月用心鉗鎖自解監司驚怪語高苟云佛神憐汝斬應不死臨刑之日舉刀未下而折奏得原免出宣驗記及續搜神記

一鵝將戮得夢形全　宋吳興太守瑯琊王襲之有學問愛老莊而不信佛唯事宰殺爲志初爲晉西省郎中至好賓客於內省所養一雙鵝甚愛翫之以爲得性夜忽夢鵝口銜一卷書可十許紙取看皆說罪福之事明旦果見乃是佛經因遂不殺篤信過人後更富貴也出宣驗記

郭銓現身令興法集　益州刺史郎銓亡已二十餘年以元嘉八年乘輿導從如平生見形於女婿劉凝之家日僕謫事未了努力爲作四十九僧會法集齋乃可得免言訖忽然不見出宣驗記

俞文泛海不畏洪波　俞文載鹽於南海值黑風默念觀音風停浪靜於是獲安出宣驗記

文和得穌傾誠奉佛　程道慧字文和武昌人舊不信佛世奉道法沙門乞者輒詰難之論云若窮理盡性無過莊老後因疾死見閻羅王始知佛法可崇遂即奉佛出宣驗記

張達被繫至意修齋　張達有罪繫獄分當受死乃專念觀音鎖械自脱因遂獲免終身齋戒出張氏別傳

吳興盡燒經堂如故　元嘉中吳興郭內嘗失火燒數百家蕩盡唯有經堂草舍儼然不燒時以爲神也出宣驗記

蒲城失火精舍不然　元嘉八年河東蒲坂城大失火不可救唯精舍大小儼然及白衣家經像皆不損墜百姓驚異倍共發心出宣驗記

建康天廟鵝死還鳴　建康郡大巷有四天王廟常朔望日殺白牲祠祀人爲胡俗後殺白鵝三頭治畢鵝忽驚起哀鳴入神座下廟祝夢神告曰我佛大戒弟子本不殺生行清淨戒何以殺鵝見祭向死鵝驚走欲悟汝心後遂改殺復不淫祠出建康別記

吳郡市中刑囚免戮　吳郡人沈英被繫處死臨刑市中日誦觀世音名號心口不息刀刃自斷因而被放一云吳人陸暉繫獄分死乃令家人造觀世音像冀得免死臨刑三刀其刀皆折官問之故答云恐是觀世音慈力及看像項上乃有三刀痕現因奏獲免出宣驗記

廟神奉絹即離蟒身　梁外兵尚書劉璆撰塔寺記云

沙門安世高者安息國王之太子也陰持入經是其所出也後因往豫章至䢼亭湖廟神告世高曰吾昔在外國出家作道人好行布施不持戒今日在此爲䢼亭湖神周圍千里並吾所統百姓貢獻珍玩無數是我先身損巳之報若能持戒福應生天以毀禁故墮此神中師本是吾同學今得相見悲欣可言壽盡旦夕而醜形長大不欲於此捨命穢汙湖水當度山西空澤之中此身滅後恐墮地獄吾有絹一千疋不函巾并諸雜物可爲我立塔營建三寶使我過世得生善處深以相託世高聞此涕泣流漣便語神曰何不現形面共言對神曰毀戒之罪形甚醜陋見必驚怖世高曰但暫現身吾不懼也神從牀後出頭乃是大蟒蛇至世高滕邊淚如雨下不知其尾長短所在俄而入於牀後世高於是收取絹物悉內船中辭別而退客侶一時颸帆進路神復出蛇身登于山頂遥望發去衆人舉手然後乃滅倏忽之間便達豫章即於彼境以起東林寺神即移虔山西過命頭尾相去四十餘里今潯陽郡蛇村是也世高還都以廟中餘物於瓦官寺起塔三層世高後夢神來報云蒙師作福巳離蟒身又見宣驗記

車母然燈不期見至

車母者遭宋盧陵王青泥之難爲佛佛虜所得在賊營中爲奴其母先來奉佛即然七燈於佛前晝夜精心哭觀世音願子得脫如是經年其子忽得叛還七日七夜行獨自南走值天雨陰不知西東遥見有七段火光望火而走似村欲投終不可至如是七夕不覺到家見其母猶在佛前伏地又見七燈因乃發悟母子共談知是佛力自後懇到專行檀忍出宣驗記

吏部孔瓊由放生而脫苦

吏部尚書孔瓊字彥寶素不信佛因與范泰四月八日至瓦官寺共放生懺悔死後數旬託夢與兄弟子云吾本不信佛因與范泰放生乘一善力今得脫苦罪福報應決定不差汝當勵心爲福助吾與善可以脫苦也出瓊別傳

道士史儁因灌像而能行

史儁有學識奉道而慢佛常語人云佛是小神不足事耳每見尊像恒輕誚之後因病腳攣種種祈福都無効驗其友人趙文謂曰經道福中佛福第一可試造觀音像儁以病急如言灌像像成夢觀音遂差出宣驗冥祥等記

陳範之妻連光曜座

陳玄範妻張氏精心奉佛恒願自作一金像終身供養有願皆從專心日久忽有觀音金像連光五尺見高座上出宣驗冥祥等記

張導之母吐餤輝盤

張導母王氏素篤信四月八日齋食感得舍利流光出口輝映食盤出宣驗記

僕射鄭鮮感幽齡續

鮮字道子善相法自知命短念無以可延夢見沙門問之須延命也可六齋日放生念善持齋奉戒可以延齡得福也因爾奉法遂獲長年出宣驗記

尚書劉式至念像歸

彭城劉式之常供養一像無故失去不知所在式之夙夜思憊自責至念冥通經百日後其像忽然自現本座神光照室合家驚喜倍復傾心出宣驗記

遺民精思勤篤珠顏耀彩於眉間

劉遺氏彭城人少爲儒生喪親至孝以閒家貧卜室廬山西林中體常多病不以妻子爲心絕迹往來精思禪業半年之中見眉間相漸見佛一眼及髮際二色又見全身謂是圖畫見一道人奉明珠因遂病差出宣驗記

吳王園寺執僧舍利浮光於鉢上

孫皓時有王正辯上事言佛法宜滅中國不利胡神皓便下詔集諸沙門陳兵圍寺欲行誅發之事謂僧會法師曰佛若神也宜崇之若其無靈黑衣一日同命僧或縊死或逃于外會乃請齋期七日現神以銅鉢盛水置庭中中食畢而曦光暉曜忽閙庭鉢鎗然有聲忽見舍利明照庭宇浮於鉢上皓及大衆前看駭悍失措離席跂容而進會曰陛下使孟賁之力擊以百鈞之槌金剛之質終不毀破皓如言請先經唄禮拜散華燒香歌唱曰誠運距慈氏來津未絕則法輪將轉徹於靈塗威神不少宜現今日不然則三寶永絕言畢壯士運槌生風觀者顫慄而氣竭槌碎舍利不損光明挺出輝采充盈皓敬伏投誠勤營齋講此塔在建康大市北後猶光瑞元嘉十九年秋寺剎夜放光明鮮紅彩發有大光俠四層上從西繞南又見一物如雉尾扇隨其進止不斷其夕觀者或值或不值三十許日都市中咸見剎上有大紫光也出錄吳及宣驗記也

丁零猖悖射月面而伏誅

宣驗記云相州鄴城中有丈六真金立像一軀逢丁零單于至性兇勃無有信心乃彎弓射像箭中像面血下交流雖加瑩飾血痕猶在又選五百力士挽令仆地消鑄爲銅擬充器用像乃口發大聲響烈雷震力士亡魂喪膽人皆仆地迷悶宛轉怖不能起由此賊侶心慙惶歸信者衆丁零後時著疾被誅而死

赫連兇頑被像衣而震死

宣驗記云佛佛虜破冀州境內道俗咸被殲戮凶虐暴亂殘殺無猒愛及關中死者過半婦女嬰稚積骸成山縱其害心以爲快樂仍自言曰佛佛是人中之佛堪受禮拜便畫作佛像背上佩之當殿而坐令國內沙門向背禮像即爲拜我後因出遊風雨暴至四面暗塞不知所歸雷電震吼霹靂而死既葬之後就塚霹靂其棺引屍出外題背爲凶虐無道等宇國人慶快嫌其死晚少時爲索頭圭涉圭所吞妻子被刑戮見蕭子顯齊書

拓拔毀寺徧體膿流

魏太武帝大毀三寶破壞寺塔後數年間通身發瘠膿流徧體群臣衆議佛神所爲出崔浩傳

宇文廢僧通身瘡潰

周武帝以毀廢三寶後於望夷官發大惡瘡經旬不差俄然致逝矣

謝晦破塔瘠病連年

晉錄云尚書謝晦未發心之前爲荊州刺史謂寺塔不宜人間當須移之郭外乃自率部下至辛寺門遣隊七八十人各持刀斧毀壞浮圖尊像縱橫瓦木傾墜俄而雲霧晦天風塵勃起晦即怖走隊人驚散莫知去所晦等夜夢感見沙門飛騰空中光明顯赫又見二人形悉丈餘雄姿甚偉厲聲瞋曰君所行違道

尋當自見其後隊人吏便雙身著癩病經時而死餘人並犯法就終謝晦連年瘡病後因謀叛合家被誅皆非命而卒也

孫皓尿像陰疼累月

宣驗記云呉主孫皓性甚暴虐作事不近人情與婇女看治園地土下忽得一軀金像形相麗嚴皓令置像廁傍使持屛籌到四月八日皓乃尿像頭上笑而言曰今是八日爲你灌頂對諸婇女以爲戲樂在後經時陰囊忽腫疼痛壯熱不可堪任自夜達晨苦痛求死名醫上藥治而轉增太史占曰犯大神所爲勑令祈禱靈廟一禱一劇上下無計中宮有一宮人常敬信佛兼承帝之愛凡所說事往往甚中奏云陛下求佛圖未皓問佛大神耶女曰天上天下尊莫過佛陛下前所得像猶在廁傍請收供養腫必立差皓以痛急即具香湯手自洗像置之殿上叩頭謝過一心求哀當夜痛止腫即隨消即於康僧會請受五戒起大市寺供養衆僧也

朱恭弒尼而墮廁

宋有惡人朱恭每以殺盜爲業夜至蓮華寺殺尼盜物一夜遶院而走不知出處遂墮露廁而死背猶負物出搜神録

董禮劫僧而殞牛

董禮常以盜僧爲業得財於家盛命賓客忽有狂牛自外而入於坐觸禮戴角而死出梁後記

平業融像而眼盲

梁人崔平業善弓馬爲武士監軍一生以偷佛融銅爲業賣銅以供酒肉心無慚懼至年五十妻子兄弟並亡唯業一身忽病目障飢寒並致餓而死矣出梁後記

鎮惡盜鍾而舌縮

梁人道士王鎮惡有學問而無善心出言多所非毀亦爲時人所嫌輕慢佛法見僧必弄後以教學爲業時有鹿溪寺僧法滿寄銅鍾一口於其學內未取之間鎮惡盜以鑄錢後與法滿對誓經年重病而舌攣縮口不得言既知負誓乃捨資財鑄鍾贖罪至死口不得語出王氏家誡

祖深獻書而著白癩

梁人郭祖深上梁武帝一十八餘事請廢郭內小寺及無籍業僧尼梁武不納後夢見善神唾之遂著白癩雖悔不差出寃魂記

元嵩上策而患熱風

衛元嵩毀法之後身著熱風瘻頓而死

上客死而羊鳴

顏氏云王克爲永嘉郡守有人餽羊集賓欲讌而羊繩解來投一客先跪兩拜便入衣中此客竟不言之因無救請須臾宰畢爲臠先行至客一臠入口便下皮肉周行徧體痛楚號叫方復說之還作羊鳴而死

縣令醒而瘡發

梁時有人爲縣令寄在寺住民將牛酒祖令令便以牛繫剎柱屛除佛像布設牀座於佛堂上接賓未殺之頃牛解徑來至階而拜縣令大笑命左右宰之飲噉飽醉便卧簷下投醒即覺體痒把搔癮疹因爾成癩十年方死出顏氏家誥

部曲生男自然無手朝請噉炙如劒入身

楊思達爲西陽郡值侯景亂時復旱儉民盜田中麥思達遣一部曲守捉所得盜者輒截手臂凡截十餘人手部曲後生一男自然無手齊國有一奉佛朝請家甚豪侈非手殺牛則噉之不美年三十許病

篤大見牛來觸膚體如被刀剌叫呼而死出顏氏家誥梁人沐髮頂上雞聲梁世有人常以雞卵白和沐云使髮光每沐輒破二三十枚雞子臨終髮中但聞啾啾數千雞兒聲出顏氏家誥劉氏賣羹兒頭似鱓江陵劉氏以賣鱓羹為業後生兒頭貞是鱓自頸已下方為人身出顏氏家誥觀夫信毀之迹實由影之附形谷之傳響也耳聞之與目驗可略而言勗哉吾子幸能自勉

儒生曰察師誠旨則善惡昺然信毀交報竊見顏回德行反值夭年盜跖凶狂翻招長命二王事佛而誅家三張奉道而滅族行善得禍作惡無愆交報之徵豈非詭說

開士喻曰一世局談未能盡理三世備舉方可窮源聖說有業現苦有苦報有業現樂有苦報有業現苦有樂報有業現樂有樂報或餘福未盡惡不即加或宿愆尚存善緣便發如灰覆火豈得稱無若闇尋聲當知必有且夫善惡有歸報應無爽周孔之教皆同此說所以為善而偶逢禍至行惡而或值福來即謂丘說必虛旦談不實耶亦由江南吳不信有千人帳河北漢不信有萬石船無得以蓬艾之小心測扶搖之遠運也顏氏誡其子曰汝曹若顧存俗計樹立門戶不棄妻子未能出家者猶當兼行戒行留心誦讀以為來世資糧人身難得勿虛過也夫有子孫者自是天地間一蒼生耳與身竟何親乎而乃愛護為其勤苦遺以產業憂其飢飽況於已之神爽而不自念頓欲棄之哉可謂迷大聖之慈訓信凡人之臆說也

品藻眾書篇第九

儒生問曰聖人制法皆有所因請為詳之願聞厥趣

開士喻曰昔有無名野老不知何許人未詳其姓字住青溪千仞之南紫臺七盤之北地居形勝山號膏腴門枕危峯簷臨碧澗忘憂長樂既蘿靡於閑庭荷蓋蓮衣亦紛披於曲沼雲樓暫起影麗朝川霞錦纔舒光含近日布濩掃壇之竹爭列翠於中園葳蕤覆井之桐競垂陰於野院階繁倒柳戸桂懸蘿卧石似牀久橫林下飛泉若雨每灑窻前松風將鶴唳俱哀春鳥共樵歌並韻實棲心之福地遯世之桃源者矣余久承靈異始遂經過以己未之年仲夏之月擔簦策杖自遠造焉野老乃撫汲郡之鳴琴動蘇門之皷吹因歌白雪之曲作詠青山之篇其辭曰元淑世位早長卿宦情寡二頃且營田三錢聊飲馬懸峯白雲上挂月青山下中心欲有言未得忘言者余因讓曰夫象以表意得意則象忘言以顯理入理則言息故知以言得理不待請而自談假象會意必藉機而後動彼以無言言之此亦無聽聽之言其不言理自玄會聽無所聽歸乎大通所以口無擇言故天下則之言不虛運故世界仰之於是野老放琴避席執手而喜曰僕得人矣僕得人矣便引余臨風亭遊月館開文苑肆書廚閱孔壁之遺經覩汲冢之餘記尋東觀南宫之典討玉函丹枕之方寓目久之因而問曰貧道受身不利恒抱沉痾且病入膏肓醫藥無効累年將餌朱覺有瘳至於照雪聚螢筋力已倦九流七略難甚攀天萬卷百家杳猶行海先生既明白四達世號通人請問人間之書凡有幾許窺讀利已何者最優野老聞之愴然改容良

久而言曰昔習郁屈彌天之對闞澤推登地之名匠者之前難爲斤斧雖然禮云無言不訓豈應結舌今粗揚搉奉報徳音觀夫遂古無書刋符著信旣龜負圖來鳥嚙字出聖人命而作記蒼頡採以成書而無書不要無智不覽余乃又詰之曰未見佳人不讀書讀書未必令人佳奚斯言之異耶野老重答余曰本資識斂事兼木鴈琢玉成器豈虗言哉昔牛首蛇身之君結繩茹毛之后淳朴自然曾無典誥則乃離連紀號栗陸犂名而夫子所知七十餘代此外綿遠聖不能憶庖炎旣降軒頊遞興封建騶啓因存簡册及乎文質相貿道躓詞華於是虞置上庠夏開西序殷稱右學周設東郊洎亡秦坑㸒篇籍泯棄鴻漢聿修尊儒重業有濟南伏生口以傳授或逢漆書開於汲冢或值殘經出于孔壁尋火祚鳩聚墳索稍多藝文志云六書七籍百氏九流凡一萬三千二百六十九卷五百九十六家部異區分三十六種其内七經并樂章自有三千三十八卷今之世俗不行樂章然而訓世之風唯禮與孝孝是立身之本禮固爲政之先援神契云孝經一部自有五十九卷非直時變質文亦且學成優劣至後漢敬於祭酒天子行巾卷之儀故桓榮拜封匪曰武力所以闕里聚徒華陰立市屬其將季史籍轉殷充車兼兩架藏屋溢董卓遷徙長安載二千餘乘值雨損棄百無一存于時簡參緗素人又取爲幐幞比歸洛邑所收蓋寡首尾空殘或非部裒考夫論語之記善言毛詩以開諷詠尚書以明詔策周易以陳吉凶三禮

別于尊甲三傳詳乎天地戰國叙於權正山經辯於丘陵三史之録古今三蒼之談文字次則韓非老子墨翟莊周管仲孟軻不害平仲大戴小戴共姓殊名大冠小冠同字異氏統其前後著述而編軸彌盛或二馬兩斑玄晏抱朴蔡邕劉向孫盛王充逮阮氏七録王家四部案梁武皇帝使阮孝緒等於文德政御殿撰文德政御書四萬四千五百餘卷于時帝修内法多參佛道又使劉杳顧協等一十八人於華林苑中纂要語七百二十卷名之偏略悉抄撮衆書以類相聚於是文筆之士須便檢用致令懸髪握錐緣仍懈怠又有壽光苑二百卷要録六十卷類苑一百二十卷終是周因殷禮損益可知名目雖殊還廣前致亦猶牀上鋪牀屋下架屋也庾信哀江南賦云渚宫陷夕元帝手自燒書十四萬卷乃當兼本竊欲疑多而校彼洪流復非庸淺所測恐火布斯臻沉於典論法師欲讀想難備有且應隨急不可徧該但絃韋莫偶闡約不類至若史書所述全關倜儻春秋之言彌在研射儒風亡於攻戰老莊過於遣蕩國語尚虚左丘譏詐假令五經百氏莫非翰林體骨爾雅離騷足爲緣情根本原其人倫詳備者豈過禮與孝經乎孝經者自庶達帝不易之典從生暨死終始具焉有孝有忠有信有義於理習易周於事審難忘者略十八章孝治居其一揆吏任所奉民胥是賴貫通神明釐道風俗縱五行俱下一閱兼誦論質乃表於精神語才實歸於伎倆唯孝包括允仁允恕非家自至若斯而已余又讓曰夫五經浩

瀚百氏扶踈義極知微理包盡性譬比辰之臨萬象猶東溟之導百川功不相推德無升降何爲上歎孝經一卷耶野老答云三德之基人倫爲主百行之首要道爲源是以太昊炎皇謂之務本武發周旦稱爲大哉至如訓子夏於色難示子由以知敬先王奉法則乾象著明哲后尊親則山川表瑞遂有青鷹合節白雉馴飛墳栢春枯潛魚冬躍行之邦國政令形于四海用之鄉人德教加於百姓故云孝者始於事親中於事君終於立身也至如履霜露而興感懷蓼莪而纏悲寒林之慟既增風樹之心逾切足以俯迴上聖跂及下愚者矣案禮記云孝者畜也鉤命決云孝者就也度也譽也究也畜也爾雅云善父母曰孝孝之爲義繼於奉親禮記云畜者養也爲孝之道養德順理不逆於時是名爲畜就者成也言天子之孝謂禹之德能盡力溝洫以成大功菲食卑宮故仲尼云吾無間然度者諸侯之孝上奉天子下率一國守其法度義無違犯譽者卿大夫之孝勤德內省一心事上苟利社稷無法不爲隣國傳芳清猷自遠究者盡也士者事也能辯然否以効一官審德正務忠順不失竭誠盡事厥志匪移周禮師氏職云以德教國子一曰至德以爲道本二曰敏德以爲行本三曰孝德以防惡逆言其覆載之功則謂之至德也語其裁成之用則謂之愍德也譽其仁愛之心則謂之孝德也仲尼敘孝先述愛親揚名然後天經地義周公論孝先稱覆燾宰割後陳好於父母夫子生乎季周長於末俗覩孝悌之云絕慨禮

樂之巳崩曾叅篤行謹於事親因其侍側爲明孝道弟子存録名曰孝經鈎命決云百王聿修萬古不易者孝之謂歟秦懸呂論一字翻成可責蜀挂楊言千金更招深恠孝經德也川阜無背孝感神明功侔造化比重則五嶽山輕方深則四瀆流淺風雨不能亂其波濤虛空未足棲其令譽言約旨弘盡美盡善法師佛教可得聞乎試言之以開未悟余對之曰内將外反眞與俗乖雖迹異九流理難一致唯達觀之士方能會通若欲統其指歸詳其始末者則性相無以涉其門色心不能到其境忘言絕慮旣杜口於毗耶盡照窮神爰掩室於摩竭冲邃幽簡羲和之職詎知微密希夷上林之書不載尋夫眞土應土皆沐慈風上方下方咸霑聖教創於鹿野終彼鶴林則有三藏三輪之文四乘四階之説半字滿字之弘旨貫華散華之別談滔滔焉涌難竭之泉湛湛焉垂長生之露其言巧妙其義深遠譬八河之歸海猶萬象之趣空難解難入稱諸佛任理之經隨類隨宜號至人權化之典喻如出必由戸濟兙待舟自僧會來呉法蘭赴漢自雒水紆璽書之頌芳園立華蓋之祠朱士行之高流飲耨池之八味郄嘉賔之世族佩伽陀之一丸莫不同悟己身等有佛性體兹煩惱即是菩提假令踈通知遠之書玉洞金章之字子房授履之術丈喜問道之篇語未涉於空空事終淪於有有並挂八魔之網還縈四倒之籠先生向談孰爲盡善野老謝曰謂老將至耄又及之略聽法音怳焉如失敬聞命矣當具奉行

辯正論卷第八

音釋

滓側氏切澱滓也漭毋朗切渺漭水大貌坳烏交切地坳下不平也衒黃絹切鍵渠展切籥牡也祟雖遂切神禍也把⿱⺮扐上音爬下音捌⿰車賣徒谷切踣蒲北切仆也摙力翦切般運也簸補過切揚米也鴪⿰堯鳥鴪余律切飛快也⿰堯鳥女交切黃鳥也璆奇鳩切䢼居雄切䢼亭湖名顫慄顫之善切慄良質切顫慄恐懼貌痿於為切痺濕疾也饟式尚切與餉同饋也臠力轉切切肉也癮疹癮於謹切疹之忍切癮疹皮外小起也鱓常演切與鱔同魚名孱鉏山切葳蕤葳於非切蕤如追切葳蕤草木盛貌躓陟利切跲也倜儻倜他歷切儻他朗切倜儻大志也荼同都切苦茶也蓼盧皎切辛草也雒郎各切水名

辯正論卷第九

唐沙門釋法琳撰

東宮學士陳子良註

出道僞謬篇第十

靈文分散謬

君子曰良有以也良有以也夫蘭庭鮑肆日久變其先狎楊文敦洽寵積緣其曲情是以鹿馬殊形秦人一其貌麟麏異質魯俗迷其容吠聲之傳頻至於此余今考其浮詐重示後昆矣案太上洞玄靈寶黄録簡文威儀經云元始天尊告太上大道君曰下元黄録靈仙品功過開度其文在靈仙宮中舊有八百部自經龍漢舊文分散遂至赤明其文改易多有煩猥今故抄集下元八十一條撰爲要用上應三元之數中應八景之神下應二十四氣常有三部威神侍衛靈文君子曰靈文眞録出於自然天尊所保之文衆聖所行之法藏於玉檢秘在玄臺三部威神四邊侍衛元於無始極於無終何爲涉龍漢而分散至赤明而改易耶改易便爲不實分散即是無靈有何詐妄頻招棄辱

靈寶太上隨劫生死謬

靈寶諸天靈書度命妙經稱天尊言大劫交周天崩地淪六天之中欲界之内雜法普滅無有遺餘太平道經佛説法華大小品經周遊上下十八天中在色界之内至大劫交周天地改廢其文乃没然玉清上道三洞神經眞文金書玉字靈寶眞經並出元始處於二十八天無色界之上大劫周時並還天上大羅天中玉京之山七寶玄臺災所不及大羅天是五億五萬五千五百五十五天之上天也故自然之文與運同生與運同滅能奉之者七祖生天轉輪聖王世世不絶靈寶眞文度人本行經云十方大聖自作是言以何因緣得是太上之任道言自稱元始開光已來至赤明元年經九千九百九億劫度恒沙之衆赤明已後至上皇元年度人無量我隨劫生死世世不絶恒與靈寶同出經七百億劫會青帝劫終九氣改運於是託胎洪氏積三千七百年至赤明開通歲在甲子誕於狀力蓋天復與靈寶同出度人無量元始天尊以我因緣賜我太上之號在玄都玉京以我信靈寶之故

甄鸞笑云此之眞文既在玉京山中災所不及而復説言自然之文與運同生同滅生滅之日豈非災也又云我身常與靈寶同時出没又云我隨劫生死計靈寶運滅之日太上理不獨存而云長生不死之大法者此言爲妄説耳又云玉京之山在衆山之上災所不及者理合可疑何者一切萬法悉皆無常形色之類無有存者玉京之山金臺玉闕七寶所成即爲色界所攝既屬色界云何常耶又

云赤明之歲歲在甲子赤明之號詎可信乎

偷改佛經爲道經謬

太上仙公請問經云龍駕躍虛項負圓光身生天光老子曰世世生王侯家是謂轉輪聖王家終入眞仙之道也太上靈寶五錬生尸妙經云天尊於香林園中上智童子輪天觀世音等前進作禮上白天尊

本相經云天尊說法時乾闥婆及人非人等六牙白象四衆圍遶一百數帀天尊以中夏一音演說斯義衆生隨音類解天台山有神人名曰天尊三十六天槌鐘鳴角作樂而去徃天尊所十旬得達項有肉幘項背圓光耳高於髮額有三乹手過於膝牖髀鹿腨面首平澤此是天尊八相後總言三十二相八十種妙婆又改十行十迴向十住爲十仙十勝十住處節級而立始從歡喜乃至法雲相好具足示之金剛其有十障及四道果又云坐禪者斷煩惱想神心定須彌頂上釋提桓因宮辟方四千里周迴一千二百門其中小宮三千六百區五城十二門純以瑠璃爲地也三十二天輔弼四邊又云天尊在林中出眉間白毫光明照南方大千國土聲聞緣覺知進而觀知進者諸漏已盡更無煩惱改法華維摩般若

方等經兩卷亦名妙法彌多子經是魏世道士張達所造偷佛家大方等經名也妙法彌多子取妙法蓮華經彌多羅尼子名也

迴二乘之津塗宣唱一乘之正路純一無雜問以何爲一乘二乘何名純一何名無雜寀法華經有一乘二乘純一無雜具足清白梵

行之相名爲十善云何數之
阿乇單國阿隷國反眞國阿盤乇國赤眉國
阿剛提國
問此六國今在何處書籍所載亦無其名仍
是改換佛家外國名字
當歸命三十六眞人（擬佛家三十五佛名）
歸命師子吼眞人（取師子吼菩薩名）
歸命寶勝眞人（取寶勝佛名）
各各互跪合掌如法懺悔三三合爲一（改三三合九種）
今身若先身有罪盡懺悔（與佛家同）
問帝代相承九土之内唯有長跪頓首稽首
稽顙叩頭博頰等語書史之中元無互跪合
掌之事道家但有脫巾伏地亦無互跪悉令
迴向一切供養（一切恭敬也）

歸命無上天尊（歸命無上尊也）
歸命方等眞經（歸命薩婆若也）
歸命四維上下虛空法界得道聖衆（歸命應眞僧）
教化衆生盡得多羅果
問云何名迴向凡幾迴向用幾法成迴向何
處六十四眞步虛品偈云
有見過去尊　自然成眞道　身色如金山
端嚴甚微妙　如淨瑠璃中　内現元始眞
聖尊在大衆　敷演化迷强
妙法蓮華經偈云
又見諸如來　自然成佛道　身色如金山
端嚴甚微妙　如淨瑠璃中　内現眞金像
世尊在大衆　敷演深法義
改諸如來爲過去尊改佛道爲眞道改眞金
像爲元始眞改深法義爲化迷强正得無漏

果
問云何名無漏果又云至齊景明元年八月十六日道士陳顯明從堂車子受得此經
智慧思微定志經言法師爲度十戒五是佛家五戒又云往昔恒沙之數者問若道家先有十戒出於自然老既世世爲帝王師古來人主皆應遵行其法云何至今不聞傳者然外國有八大河一名恒河二名辛頭其河廣大沙數無限佛借爲喻備列衆經今稱恒沙復出何處信偷佛經其贓現矣又云樂淨信者吾今身是法解者左玄眞人是法解妻者右玄眞人是並改金光明法華等經
太玄眞一本際經護國品卷第二
是時元始天尊成就五方國土度一切人
君子曰若天尊出世度一切人者必應動地放光天人雲集何爲書策不載今古莫傳九州之中無一見者其爲詐妄皆此類焉聖行品有三達五眼六度四等五濁六通等語亦有未度令度未安令安未脫令脫化引三乘入一乘道一念了達三世
道性品有正定七小劫三有四魔四趣五道六根六塵六識三塗等語復有三十二相八十一好四攝四辯非因非非因非果非非果之說
君子曰如前所列法門名字並偷佛經爲其僞典一一尋檢部部括窮備取涅槃般若之文或偷法華維摩之說其爲竊盜取驗目前博識名儒咸所詳究未遑委出略舉其大旨也
昇玄內教經云道言五品五氣周流八極或

號無始或號老君或號太上或號如來當思念遊諸天宮宅與帝釋問佛論經

九轉仙經第五布施轉云施行於佛僧

靈寶經十三願者當觀現在道法 改佛法作道法

十四願者當觀未來道法普化無偏 改佛法作道法

十五願者當觀過去未來道法悉無穢疵 改藥師經

仙公請問經云又見道士勇猛精進又見賢者勇猛精進 改法華經云又見菩薩勇猛精進

不積眞人行品云二者見佛身如金剛色相具足

太上消魔寶眞經云若見居家妻子當願一切早出愛獄攝意奉戒 改華嚴百四十願

元陽經云太上靈寶從無央數劫來在道爲道本在佛爲佛先十方之佛皆始於靈寶也東方香林刹土其佛名入精進菩薩號敬首

元陽又云赤松子遊仙觀元陽宅中變化事其中備有華嚴善才童子求善知識入法界及現神通等語靈寶妙眞經偈云

假使聲聞衆　如稻麻竹葦　徧滿十方刹

盡思共度量　不能測道智

而靈寶唯改佛一字以爲道字及其體狀全取法華自餘之文例皆採撮宋人謝常侍爲駮道論以問道士顧歡歡答言靈寶妙經天文大字出於自然本非改法華爲之乃是羅什姦妄與弟子僧禕改我道家靈寶以爲法華非改法華爲靈寶也准如此狀可以情求靈寶之經不言可見若言羅什改靈寶經爲法華者出何記傳止可誑此東土以惑下民不應流向西域所在皆有今彼沙門來遊此

國其所持經以樹葉抄寫爾日又遣譯人對之翻解與今經文不異以此驗之定知道士偷改法華以爲道經此事誠信如前所列非止一部凡是道書除五千文之外悉皆偷採安置已典誠如涅槃經之所說也竊以佛之與僧代代相承前賢後哲人人欽敬蓋由威靈化被理事可詳所以往古來今名僧繼踵猶如師子得無畏焉有喻香林栴檀圍遶住持國界冥潤難量以慈修身安人恕已慎行之美無辱先乎立身奉道揚名現矣其若偷改道經爲法華者既習學詭言寧有許多勝行心用高潔智海弘深而道士既奉眞文何事愚短相次書史所載未得其一以此往推改換正經以爲邪典其義可曝衆共詳焉

偷佛法四果十地謬

道經度國王品云天尊告純陀王曰諸得道人聖衆至恒沙如來者莫不從凡夫積行而得也十仙者無量無數衆亦有一舉而致一仙復有從凡而得其任所以者何功高則一舉功卑則十昇十昇者住處階級而始從歡喜至法雲相好具足現身金剛於是天王小王聞天尊説即得四果又案度身品云尼乾子於天尊所聞説法解定便獲須陁洹果道又云玄中養於靈鷲山中説五部尊經度人無量又云與太和先生於檀毒山中大度王民號曰沙門案文始傳云老子在罽賓國彈指引諸天王及羅漢五通天人大衆一時俱至遣尹喜爲師又云得道菩薩爲老子作頌又靈寳智慧罪根經云恒沙天人聞法得道已成如來此等妄説既多爲謗亦甚所以然

者佛之與道教迹不同出没隱顯變通亦異道以自然爲宗佛以因緣爲義自然者無爲而成因緣者積行乃證是以小乘列四果之梯大乘顯十等之級從凡入眞具有文證未知道家所列四果十地名與佛同修行品次未見其説又復道家所修之道或有吸氣以沖天飲水而證道或聞法以飛空或餌草而尸解行業既殊證果理異或云九重天或云三萬六千或云八十一天或云六十大梵或云三十六天或云三十二帝或云二十八天或云二十四帝或云一十八天或云九眞天王或云九氣天君或云欲界六天或云四方氣君或云三元三天或云九宫天曹或云玉清大有或云玄都紫微宫或云三皇太極諸如此類略件其目未識此天爲同爲别爲縱爲横爲高爲下爲虚爲實修何業行而能昇陟服食何草而得往生因緣次第未聞其説然後視其所以觀其所由察其所安則虚實之情見矣

道經未出言出謬

案玄都觀道士等所上一切經目云取宋人陸修靜所撰之者依而寫送檢修靜舊目注上清經有一百八十六卷其一百一十七卷已行於世從始清已下有四十部合六十九卷未行於世檢今經目並云見在修靜經目又云洞玄經有三十六卷其二十一卷已行於世其大小劫已下有十一部合一十五卷猶隱天宫未出檢今經目並注云見在陸修靜者宋明帝時人也以太始七年因勑上此經目修靜注云隱在天宫未出於世從此已

來二百許年不聞天人下降又不見道士昇天不知此經何因而來昔文成以書飲牛詐言王母命至而黄庭元陽以道换佛張陵創造靈寶以呉赤烏之年始出其上清起於葛玄宋齊之間乃行鮑靜造三皇經當時事露而寢文成致戮於漢朝鮑氏滅族於往昔今之學者仍踵其術良可悲矣漢劉焉傳稱張魯祖父陵桓帝時客於蜀學道鵠鳴山中造作符書以惑百姓受其道者出米五斗故謂之米賊陵傳其子衡衡爲繼師衡傳子魯魯爲嗣師號曰三師其來學者初名鬼卒後號祭酒聚合醜徒頗爲非據三人之妻號爲三夫人陵爲蟒蛇所螫弟子亦相次餧蛇皆云白日昇天欺詐妖妄傳記明也案姚書云上代已來至於符姚皆喚衆僧名曰道士魏太武時有妖人寇謙之欺詐誑惑自號天師始偷道士之名私易祭酒之稱案禮良弓之子必善爲箕良冶之家必能爲裘者以其事類然也若陵道實朴素其子孫何所承禀妖誑若此又案三元品經稱積善之人則有積善子孫來生其家積惡之人則有不善子孫來生其家張陵既白日昇天有何不善而招此妖妄子孫也穿鑿之端皆此類知矣

道士合氣謬

眞人内朝律云眞人曰禮法男女朔望之日先齋三日入朝師入私房來詣師立功德陰陽並進命聽許立功訖出日夜六時常立功德。又案眞人内禮道家内侍律稱不得失内侍之序不得貪外道失中御之教不得好外交接失内養之禮不得始在前失内修之

事老子曰我師教我金丹經使我專心養玉莖三五七九還陰精呼吸玉池入玄冥行道半守昇太清又云老子曰我師教我通師精會食金丹昇太清我行三五住七九呼吸太玄生門口堅守玉池拜道毋赤松子曰我師教我金丹經使我專心養玉莖三五七九還陰精呼吸玉池入玄城行氣半守昇太清又眞人内禮詣師家行道律云行氣以次不得任意排醜近好抄截越次又道士禮律云玄子曰不鬲戾得度世不嫉妬世可度陰陽和合乘龍去赤松子曰木昇仙開生門眞人紫府開腸戶

甄鸞笑曰昔年二十之時心好道術就諸道士學先教行黃書合氣三五七九男女交接之道四目四鼻孔兩口兩舌四手令心正對陰陽法二十四氣之數行道眞決在於丹田唯以禁祕爲急不泄道路不得更相嫉妬行者災厄皆除號爲眞人度世延年交夫易婦唯色爲先父兄立前不知羞恥自稱中氣眞術今民間道士常行此法以之求道有所未詳

敘天尊及化迹謬

靈寶智慧定志通微經云天尊過去世是道氏姓樂名淨信由供養道士得成天尊右玄眞人者過去時施比丘財帛飲食今成眞人者是亦不可何者道有十號皆自然應化天尊先天而生不由業行而得本無父母不禀陰陽何有過去修因今成無極自相矛盾僞妄可知若實氏族所生何爲傳記不載靈寶度命經云天尊出遊西河之邊坐弱水之上

口吐五色之光普照諸天四方邊國普見光明長幼男女皆往稽首天尊口吐五篇眞文宣示男女者今略詳之所以然者赤縣神州大人坐處城邑聚落戶口衆多天尊誠心計應平等何爲遠遊邊國近捨中華爲是神力所不周爲當民劣不堪化縱其劣也不應劣彼邊夷邊夷旣蒙聖力而垂容中土何不降慈光而現德若不能來此卽是無靈但稱虛談還成詭論比來商人行往蕃使經過共所未詳絕無蹤緒智慧罪根經云不得輕師慢法慠誕三寶第十二戒云不得竊取佛經妄宣道要

十二門論云寂寂融眞際蕭蕭遊智河一入大乘海孰量千劫多超陵三界外慈心出世羅佛爲無心宗亦是有物因立功無定主本顙各由人虛懷濟群品泛愛本來均

諸子爲道書謬

檢玄都觀經目稱道家傳記符圖論等總有六千三百六十三卷其二千四十卷見有本計須紙四萬五十四張其一千一百五十六卷是道經傳及符圖其八百八十四卷是諸子論等其四千三百二十三卷披檢道士陸修靜答宋明帝所上目錄其目及本今並未見

養生經一部十卷彭祖修撰

神仙傳一部十卷抱朴子葛洪修撰

列仙傳一部十卷劉向修撰

夷夏論一部五卷道士顧歡修撰

莊子一部十七卷莊周所出葛洪修撰

抱朴子一部二十卷葛洪撰

廣成子一部四卷商洛公修撰
尹文子一部二卷劉歆修撰
淮南子一部二十卷漢淮南王劉安撰
文子一部十一卷文陽所撰
列子一部八卷列禦寇所撰
抱朴子服食方一部四卷葛洪撰錄
崔文子經一部七卷崔文子撰
鬼谷子經一部十三卷鬼谷先生撰
服食禁忌經一部五卷
黃帝龍首經一部五卷玄女皇人等說
治練五石一部八卷
怪異志一部十二卷
興利宅舍法一部五卷
太玄鏡經一卷
案摩經一卷　說陰陽經一卷

治病經一卷　日月明鏡經一卷
崔文子肘後經一卷
陶朱變化術經一卷陶朱公撰
彭祖記經一卷
養性經一卷彭祖等雜出
定心經一卷
鬼谷先生變化類經一卷
師曠爲西宮子授藥經一卷
九宮著龜序經一卷
道引圖一部十卷
河圖文一部九卷何承天等修撰
芝草圖經一卷　芝草圖六卷
鄒陽子經一卷
江都王思聖一部二卷
道德玄義三十三卷孟智周修撰

必然論一卷　　榮隱論一卷
遂通論一卷　　歸根論一卷
明法論一卷　　自然因緣論一卷
五符論一卷　　三門論一卷
右八論陸修靜撰

案道士所上經目皆云依宋人陸修靜所列檢修靜目中見有經書藥方符圖等合有一千二百二十八卷本無雜書諸子之名而道士今列乃有二千四十卷其中多取漢書藝文志目妄注八百八十四卷爲道經論據如此狀理有可怪何者秖如韓子孟子淮南之徒並不言道事又復八老黄白之方陶朱變化之術翻天倒地之符辟兵殺鬼之法及藥方咒厭並得爲道書者其連山歸藏易林太玄黄帝金匱太公陰符陰陽書五姓宅圖七十二葬書等亦得爲道書乎案修靜目中並無前色今輒乘之彼將何據

笑道論云妄注諸子三百五十卷爲道經也若有依據何以前後注列不同乎且人之有惡恐人知之已若有善慮人不見所以道士自書云不受道戒者不得輒讀道經即如此狀道有何醜慮人知乎若道士所注以諸子爲道書者民中諸子悉須追入以不案陶朱公者即范蠡也范蠡親事越王勾踐君臣悉囚於呉室食屎飲尿亦以甚矣又復范蠡之子被戮於齊父既有變化之術何以不行父術變化而免之案造立天地記稱老子託生幽王皇后腹中即是幽王之子又身爲柱史復是幽王之臣化胡經言老子在漢爲東方朔若審爾者知幽王爲犬戎所殺豈可不授

君父與神符令君父不死耶又漢武窮兵疲役中國天下戸口至減太半老子爲方朔者何忍不與其符令用辟兵以此驗之呪厭之方何其謬歟何其謬歟

玄都觀經目録云道經記符圖論凡六千三百六十三卷二千四十卷巳有本行其四千三百二十三卷指陸修靜目録既無正本何謬之甚也然修靜爲目巳是大僞今玄都録復是僞中之僞

辯正論卷第九

辯正論卷第十

唐沙門釋法琳撰

東宫學士陳子良註

歷代相承篇第十一

道家無金剛密迹師子

釋老形服異　道家節日

鐘旛不同　器名不同

不合行城　依法朝拜

請立經目　玄都東華非觀

道家無金剛密迹師子

案道家四見論凡有二十一條大義一曰序致二曰列名三曰釋名四曰辯色五曰氣數六曰里數七曰重數八曰異名九曰出體十曰多少十一異同十二廣釋十三增減十四麤細十五三縛十六七惡十七乘劫十八壽命十九事相二十五嶽二十一問答總明道家三十六天從初皇曆訖無上大羅備序諸天及道神等所住宫殿樓閣金闕玉城寶樹瓊枝祥禽瑞鳥羅列其中唯有仙童玉女侍衛太上本無金剛之神不見密迹力士之像案道家玄妙内篇太眞科九天生神章渾成圖無上眞人傳五嶽神仙圖清虚傳左仙公傳玄都律瓊文帝章登眞隱決太平眞科衆經讃誦諸天内音太霄隱書無上眞書等並無金剛力士之神案三天正法經外國教品經王緯經三道順行經洞玄經洞神經洞眞經靈書經玄丹經觀身大戒經定志經度人經寶玄經等具序太玄之都玉光之州金眞之郡天寶之縣元明之鄉定志之里金闕玉京及清靈宫極眞宫紫陽宫等並是道家尊

神所坐之處但有麒麟鳳凰白雀朱鶴鶡雞靈鵲赤烏青雀等羅布苑囿之中散在宫臺之内亦無金剛之神及密迹力士之像今道士改金剛名天罡者案曹氏太一戒經云黄帝遭蚩尤喪亂之世有神女明陰陽開闔之節以達璇璣迴行之度通六甲屈伸之微探鬼神盈縮之應以推天地窮精入微故設日月星辰四時五行六律七變八節九宫十二辰上以神將立號下以日辰爲名宿合之辰以爲月神月建之氣以爲辰名天罡者八月之神月建在酉言萬物强固柯葉以定穟實堅剛故曰天罡諸書並云天罡是月將名也非道家神洞房内經有金剛力士神呪經有密迹力士三萬億者悉是浪語

案九流百氏之書羽蟲三百六十鳳爲其上毛蟲三百六十麟爲其上甲蟲三百六十龍爲其上春秋云麟鳳五靈王者之嘉瑞未論師子不道辟邪在此典墳無所不述自漢已還唯傳西域曾有獻者以今驗昔即事可知若言道家先來有者甚大河漢不近人情彼三天神仙大道儀有金剛力士度人經有五色師子本相經有七色師子本相經云天尊門内有師子猛虎守門左右拒天力士威赫前後者案漢魏及晉三都兩京江南淮北諸道士觀唯以瓠𤬏盛經本無天尊形像及金剛神今日作者悉是修静張賓等僞經所説然金剛師子乃是護法善神自晉已前道士觀内亦未曾有乃至碑頌讃詠蔑所不論史籍文典之所不載請問多識前古即世通儒考校正典自知虚實若依度人本相經等天

尊須乘師子不坐蓮華
釋老形服異
如來有紅爪紺髮果脣華目萬字千輻月面日輪三十二相八十種好所著之衣金縷織成坐千葉蓮華之上有形可圖有相可彩老子鼻有雙柱兩耳參漏頭尖口高厚脣踈齒脚蹈二五之畫手把十字之文戴法天之冠曳像地之履髮白面皺顏老色衰陶隱居内傳云在茅山中立佛道二堂隔日朝禮佛堂有像道堂無像所以然者道本無形但是元氣養生經云道者氣也保氣則謂得道古來通儒以氣爲道無別道神若言有者古來書籍曾所不載今作道形依何取則如其有者昔所未傳
道家節日
案道家金録玉録黄録等齋儀及洞神自然等八齋之法唯有三元之節言功舉遷上言功章三會男女具序鄉居戶屬以請保護正月五日爲上元節七月五日爲中元節十月五日爲下元節恰到此日道士奏章上言天曹冀得遷達延年益筭七月十五日非道家節
道家鐘磬不同
依道家法尋常六時不合打鐘何者案道士所尚備在三大齋法如金録黄録等齋儀種種備設本不論鐘亦不鳴鼓但言安施既訖尊卑相次從外壇入至自天門先叩齒進入中壇三上香竟然後上啓玉京山經步虛詞云長齋會玄都鳴玉磬扣瓊鐘法鼓會群神靈唱靡不周此言衆仙集會於是設樂乃鳴

鼓擊磬瓊鐘只是玉磬歌唱以樂道君故諸天内音又云鳴樓都之鼓長牙擊鐘言備九成之樂朝宴玉京非如佛家六時打鐘集衆行道請檢齋儀取分皂白又依道法不合竪刹懸旛寀金録黄録大齋儀及玄都律諸天内音等種種羅列並不道旛如步虚詞讃詠至京但云煌煌耀景迢迢寶臺舍利金姿龍駕欻來鳴鳳應節靈風扇華紫煙成宫天樂相娱絶無旛事請依彼儀洞房内經有十絶靈旛連書九尺素畫命魂置五方也隨方爲色以白土書青繒上作東方神名(以白粉作古字書東方神名)當方安之以護命也若山居則書五色繒上作符文九天風氣玄丘眞書但有兩脚都不雜色更無大旛其金録等齋文不列鐘旛亦無制罰之儀

明眞科云拔贖死魂常以正月三月五月七月九月十一月又以月一日八日十四日十五十八二十三二十四二十八二十九三十日及以八節甲子庚申爲明眞齋春九日九夜夏三日三夜秋七日七夜冬五日五夜四季之月十二日十二夜於中庭燃一長燈高九尺啓請天仙地仙眞人飛仙日月九宫五帝五嶽三河四瀆四海鬼神晝然香夜然燈道士於中庭然燈行道徧禮十方靈寶天尊皆脱巾叩頭搏頰或八十一過或二百八十八過若厄難用丹書眞文五篇於中庭置五案各置一方上安眞文又用上金五兩作五龍形以鎮五案又以五色紋繒爲信以鎮五帝之座又隨年以紫紋爲信受眞文用金龍三枚投水府靈山及住宅三處用金錢二萬四

千以資二十四氣六時懺謝中庭行事並不懸旛打鐘科中不説其事
依檢佛説太子瑞應經云佛初生時有五百師子從雪山來侍列門側薩婆多論云有石師子吼伏諸異道守護伽藍出自西域今日獻者還從彼來以今證昔事符目驗仁王經云旛長五大藥師經云四十九尺備皆五色雜綵用以護國續命轉障消災挂在龍駒懸於鳳刹假令道家有之教宗既殊旛製亦異不應色綵無別量數共同
盂蘭盆經云七月十五日僧自恣時獻盆供者能救七世父母之苦比見諸州道士亦行斯法豈不濫哉
器名不同
僧祇等律云應法澡鑵咽細腹麤護淨便易生善長道最爲要用是以爲佛所歎制諸弟子並令畜之比見道士亦將此器若樂習佛家之瓶亦須受持僧用之鉢鉢既不肯用之其瓶理亦宜廢案内法齋上受食先呪願及唱禮等供茲法並出十誦等律比見道士亦皆呪願及唱禮等供道既無文何所憑據檀者西域之音此地往翻名之爲施越者度也若能行檀當得越度生死故云檀越其優婆夷者清信女也比見道士亦呼俗人爲檀越優婆夷據何典籍以爲此喚請各依經别立名字若以道士愛斯佛法不肯改者亦請改彼道字名爲菩提若以爲是西音而不肯稱者其檀越優婆夷之名亦不得喚
不合行城
檢太子瑞應等經云二月八日者乃是四天

王捧太子馬足踰城出家因此有行城之法
爲追太子馬跡表戀聖之情比見諸州縣道
家亦行斯法行城之時仍唱願我坐道場香
華供養道惟改佛字爲别但道家既無此法
明知虛妄不實若言有者出何經誥即以此
爲准諸事多附佛儀

依法朝拜

四分律及諸經皆云白衣禮不敬俗若道家
依老子是師稱臣拜帝比見道士不拜君王
雖順道士之情反違老氏之語苟貪進巳弗
悟乖宗但欲達身寧期失旨若依本師之法
即合道士稱臣女冠云妾元正冬至並皆持
笏曳履朝拜主上斯則更易道士之澆風還
敦老氏之本教

請立經目

案古及今佛家立一切經目具辨翻譯帝代
幷注疑僞别部恐惑亂黎民故也今道家先
無翻譯仍立記目或依傍佛經或别頭假造
而不記年月不詳世代裝潢帶軸與眞經一
種詐言空中自出或道谷裏飛來盛行於世
疑誤下愚近如大業末年五通觀道士輔慧
詳三年不言改涅槃經爲長安經當時禁約
不許出城門家見内著黄衣執送留守改經
事發爲尚書衛文昇所奏於金光門外被戮
耳目同驗事發者既爾不發者有之請令大
德名僧儒生道士對宰輔朝後詳檢内外經
史刊定是非立目爲記以息邪僞令慕道之
侶得依宗楷學永絶迷妄

玄都東華非觀

太玄是都東華是宫 四見論云三界之外次四民天所謂東華南離

西靈北真行仁者生東華宮行禮者生南離宮行義者生西靈宮行信者生壯真宮言三界之内大劫交時有四行者堪爲種民王母迎之登上四天爲下民種也釋名云都者覩也言華夏之地帝王所居萬邦歸湊處華物麗謂之陸海有所覩觀故云都也纂文云京都皆大也大謂之都小謂之邑天尊所治故稱玄都釋名云天子所居曰都曰宮諸侯所居曰第曰宅止客曰館集賢曰觀如今鴻臚及弘文也是以張衡兩京左思三都不言觀也今以都宮而爲觀者非其義也釋名云觀者於上觀望也漢宮殿名長安有五十七觀爾雅釋宮了無觀字若改都爲觀便是降尊就卑以觀代宮復是退大作小且四民天宮非是天尊所坐之處今爲道觀理不可也名既不正法亦是邪何得以卑襯之名廢仙宮之號乎

歸心有地篇第十二

梁武皇帝捨道勑文

邵陵王捨老子受菩薩戒文

法琳與蔡國公書

梁武皇帝捨道勑文

天監三年四月八日梁國皇帝蘭陵蕭衍稽首和南

十方諸佛十方尊法十方菩薩僧伏見經文玄義理必須詮云發菩提心者即是佛心其餘諸善不得爲喻能使衆生出三界之苦門入無爲之勝路標空察理淵玄微妙就義立談因用致顯故如來漏盡智凝成覺至道通機德圓取聖發慧炬以照迷鏡法流以澄垢啓瑞迹於天中爍靈儀於像外度衆生於苦海引含識趣涅槃登常樂之高山出愛河之

深際言乖四句語絶百非應迹娑婆示生淨飯王宮誕相歩三界而爲尊道樹成光普大千而流照但以此土根情淺薄好生獸怠自期二月當至雙林亦是湛說圓常且復潛輝鶴樹閣王滅罪婆藪除殃若不逢遇大聖法王誰能救接在迹雖隱其道無虧弟子經遲迷荒躭事老子歷葉相承染此邪法習因善發業迷知返今捨舊醫歸憑正覺願使未來世中童男出家廣弘經教化度衆生共取成佛入諸地獄普濟群萠寧可在正法中長淪惡道不樂依老子教暫得生天涉大乘心離二乘念正願諸佛證明菩薩攝受蕭衍和南

勅旨神筆自書於重雲殿重閣上發菩提心于時黑白二萬人亦同發心受持禁戒勅門下大經中說道有九十六種唯佛一道是於正道其餘九十五種皆是外道朕捨外道以事如來若有公卿能入此誓者各可發菩提心老子周公孔子等雖是如來弟子而爲化既邪止是世間之善不能革凡成聖公卿百官侯王宗室宜反僞就眞捨邪入正故經教成實論說云若事外道心重佛法心輕即是邪見若心一等是無記不當善惡事佛心强老子心弱者乃是清信言清信者清是表裏俱淨垢穢惑累皆盡信是信正不邪故言清信佛弟子其餘諸信皆是邪見不得稱清信也門下速施行

天監三年四月十一日功德局主陳奭

尚書都功德主顧　尚書令何敬容

中書舍人任孝恭　御史中丞劉洽

詔告舍人周善

邵陵王啓奉勑捨老子受菩薩戒文

臣綸啓臣聞如來端嚴相好巍巍架于有頂微妙色身的的顯乎無際假金輪而啓物託銀粟以應凡砥波若之利鎌收涅槃之實果泛生死之苦海濟常樂於彼岸故能降慈悲雲垂甘露雨七處八會教化之義不窮四諦五時利益之方無盡並氷清日盛霧豁雲除爝火翳光塵熱自靜可謂入俗化於曚底出世冥此眞如使稠林邪徑之人景法門而無倦渴愛聾瞽之士慕探賾而知迴道樹始乎迦維德音盛於京洛恒星不見周鑒娘徵滿月圓姿漢感霄夢五法用傳萬德方兆華俗潛啓競扇高風資此三明照迷途之失憑茲七覺拔長夜之苦屬值皇帝菩薩應天御物負扆臨民含光宇宙照清海表垂無礙辯以接黎庶以本願力攝受衆生故能隨根逗藥示權因顯崇一乘之旨廣十地之基是以萬邦迴向俱稟正識幽顯靈祇皆蒙誘濟人與等覺之願物起菩提之心莫不翹勤歸宗之境恍懌還源之趣共保慈悲俱修忍辱所調覆護饒益橋梁津濟者矣道既光被民亦化之於是應眞飛錫騰虛接影破邪外道堅持正國伽藍精舍寶剎相望講道傳經德音盈耳臣昔未達理源稟承外道如欲須甘果翻種苦栽欲除渴乏反趣醎水今啓迷方粗知歸向受菩薩大戒戒節身心捨老子之邪風入法流之眞教伏願天慈曲垂矜許謹啓

天監四年四月十七日侍中安前將軍

丹陽尹邵陵王臣蕭綸啓

天監四年四月十八日中書舍人臣任

孝恭宣勑旨能改迷入正可謂是宿植
勝因宜加勇猛也

與尚書右僕射蔡國公書

濟法寺釋法琳致書尚書右僕射蔡國公足下法琳草衣野客木食山人尤類曲針誠同腐芥不被知於當世合緘口以終身既德愧內充譽慙外滿非唯孤負慧遠實亦帶累道安是以畢志青溪歸心紫蓋覆船巖下永味經書鬼谷池前長觀魚鳥豈謂忽辭林藪更入囂塵久客秦川俄離楚塞萍流入水葉墜三陽口腹之弊已淹仲叔之情何寄盱靈臺而起恨遊白社而興嗟南巢之戀倍增北風之悲逾切居生壈坎禀命迍邅空詠七哀徒吟九歎撫躬吊影運也如何加以病在膏肓風纏腠理累年將息未覺有瘳至於照雪聚螢筋力已謝九流七略難甚緣山萬卷百家杳猶行海前因傅子聊貢斐然仍以未竭邪源今者重修辯正頗爲經書罕備史籍靡充雖罄短懷罔知克就仰惟僕射公運籌策之才居阿衡之任知人之器遠邁山濤接士之心還方趙武風姿爽朗識度含弘既握靈蛇之珠爰佩荊山之玉所以弼諧庶績爕理文昌德鏡搢紳譽形朝野加以門稱筆海世號儒宗不忘宿昔之懷曲賜憂憐之訪寒灰更煖朽木翻榮昔王粲閱書取資蔡氏相如達賦必賴楊侯意者但是諸子雜書及晉宋已來內外文集與釋典有相關涉處悉願披覽謹以別錄仰呈特希恩許輕陳所請悚息何言邪見信心古來共有善人惡黨今日寧無前以傅子謅言略呈小論既蒙上達復荷褒

揚戢在中心但知慙德昔三都賦未值張華無人見賞今破邪論不逢君子誰肯爲珍比者海内諸州四方道俗流通抄寫讚詠成音迴邪見之心發愚人之善者豈非明公之力也必能利物薄有冥功仰用莊嚴並將迴向耳請公爲弘護檀越

辯正論卷第十

音釋

麟麕 麟力珍切瑞獸也麕居倫切小鹿也 甄 音眞 幘 側革切冠幘也 [月庸] 丑凶切直也 腨 市兗切腓腸也 駮 非角切色不純也 褘 許韋切 螫 施隻切螫毒也 餧 於僞切飼也 蓍 書之切蒿屬 蠡 音禮范蠡越人 勾 古侯切 踐 才線切勾踐越王名也 蚩尤 蚩赤脂切尤黄帝臣也 穟 徐醉切禾穎也 [虍瓜] 落胡切瓠[虍瓜]匏之圓者 [芻皮] 側救切皮細起也 欻 許骨切忽也 裝潢 裝側霜切潢胡光切 湊 七奏切聚也 砥 諸市切磨石也 鎌 力鹽切曲刀也 扆 於豈切户牖之間謂之扆 懌 羊益切 嚻 許嬌切 壈坎 壈力感切坎苦感切壈坎不安也 膏肓 膏古勞切肓呼光切 腠 七奏切膚理也 讇 丑琰切佞言曰讇

華嚴一乘教義分齊章
唐大薦福寺沙門法藏述

清刻龍藏佛說法變相圖

華嚴一乘教義分齊章卷第一

唐大薦福寺沙門　法藏述

今將開釋如來海印三昧一乘教義略作十門

初明建立一乘者然此一乘教義分齊開爲二門一別教二同教初中二一性海果分是不可說義何以故不與教相應故則十佛自境界也故地論云因分可說果分不可說者是也二緣起因分則普賢境界也此二無二全體徧收其猶波水思之可見就普賢門復

作二門一分相門二該攝門分相門者此則別教一乘別於三乘如法華中宅內所指門外三車誘引諸子令得出者是三乘教也界外露地所授牛車是一乘教也然此一乘三乘差別諸聖教中略有十說一權實差別以三中牛車亦同羊鹿權引諸子務令得出是故臨門三車俱是開方便門四衢道中別授大白牛車方爲示真實相若彼三中牛車亦是實者長者宅內引諸子時指彼牛車秖在門外此應亦出即得見車如何出竟至本所指車所住處而不得故後更索耶亦不可說界外索車但是二乘以經不說彼求牛車人出門即得彼牛車故又不說彼索先許車唯二乘故是故經中諸子得出至露地已各白父言父先所許玩好之具羊車鹿車牛車願時賜與以此得知三車同索此中三車約彼三乘所求果說以是元意所標趣故問二乘各得小果何以界外更索耶答依小乘云有教有行果今依大乘云昔日但有言教無實行果故故云三車空無若望自宗並皆得果若不得者如何出世今言俱不得者以望一乘故是故以實映權則方便相盡故皆無得也爲欲迴彼三乘人入一乘故是故大乘亦說迴也若不爾者彼求牛車人既出界外不同凡夫非求羊鹿不同二乘未得露地大白牛車不同一乘若非彼三中大乘更是何色人也以至自位究竟處故後皆進入別教一乘問臨門三車爲實不實耶答實不實何以故是方便故由是方便引子得出非不實由是方便引故非是實此二無二唯一相也二

敎義差別以臨門牛車亦同羊鹿但有其名以望一乘俱是教故是故經云以佛敎門出三界苦亦不可說以佛敎言但約二乘以經不揀故彼求牛車人尋教至義亦同二乘俱不得故三所明差別以彼一乘非是界內先許三車是故界外四衢道中授諸子時皆云非本所望是故經云是時諸子各乘大車得未曾有非本所望亦不可說非本所望言但約二乘以經不揀故聖言無失故良以門內所許今皆無得露地牛車本非悕異故今得之言非本所望也四德量差別謂宅內指外但云牛車不言餘德而露地所授七寶大車謂寶網寶鈴等無量衆寶而莊嚴等此即體具德也又彼但云牛不言餘相此云白牛肥壯多力其疾如風等用殊勝也又云多諸儐從而侍衛等行眷屬也此等異相並約同敎一乘以明異耳又彼三中牛車唯一以彼宗明一相方便無主伴故此則不爾主伴具足攝德無量是故經云我有如是七寶大車其數無量無量寶車非適一也此顯一乘無盡敎義此義廣說如華嚴中此約別敎一乘以明異耳五約寄位差別如本業經仁王經及地論梁攝論等皆以初二三地寄在世間四地至七地寄出世間八地巳上寄出出世間於出世間中四地五地寄聲聞法六地寄緣覺法七地寄菩薩法八地巳上寄一乘法若大乘即是一乘者七地即應是出出世又不應一乘在於八地是故當知法華中三乘之人爲求三車出至門外者則三乘俱是出世自位究竟也即是此中四地以去至七地者

是也四衢別授大白牛車者此在出世之上故是出出世一乘法即是此中八地已上一乘法也問若爾何故梁攝論云二乘善名出世從八地已上乃至佛地名出出世既不言三乘是出世如何作是說耶答旣四五二地爲聲聞第六地爲緣覺八地已去爲出出世彼第七地是何人耶是故當知彼云二乘善名出世即大小二乘也以聲聞緣覺俱名爲小故二乘名通具如下說六付囑差別如法華經云於未來世若有善男子善女人信如來智慧者當爲演說此法華經使得聞知爲令其人得佛智慧故若有衆生不信受者當於如來餘深法中示敎利喜汝等若能如是則爲報佛之恩解云餘深法者即是大乘非一乘故稱之爲餘然非小乘是以稱深亦不可說以彼小乘爲餘深法以法華中正破小乘豈可歎其深耶是故當知法華別意正在一乘故作此付囑也七根緣受者差別如此經性起品云佛子菩薩摩訶薩無量億那由他劫行六波羅蜜修習道品善根未聞此經雖聞不信受持隨順是等猶爲假名菩薩解云此明三乘菩薩根未熟故雖如是經爾許劫修行不信不聞此一乘經者是人當知是前法華經內餘深法中示敎利喜者是也以望一乘究竟法是故說彼以爲假名若望自宗亦眞實也此文意明華嚴是別教一乘不同彼也八難信易信差別如此經賢首品云一切世界羣生類尠有欲求聲聞乘求緣覺者轉復少求大乘者甚希有求大乘者猶爲易能信此法甚爲難解云以此品中正明信

位終心即攝一切位及成佛等事既超三乘恐難信受故舉三乘對比決之九約機顯理差別如此經第九地初偈云若衆生下劣其心猒沒者示以聲聞道令出於衆苦若復有衆生諸根小明利樂於因緣法爲說辟支佛若人根明利有大慈悲心饒益諸衆生爲說菩薩道若有無上心決定樂大事爲示於佛身說無盡佛法解云此明一乘法門主伴具足故云無盡佛法不同三乘一相一寂等法以此地中作大法師明說法儀軌是故開示一乘三乘文義差別也十本末開合差別如大乘同性經云所有聲聞法辟支佛法菩薩法諸佛法如是一切諸法皆悉流入毗盧遮那智藏大海此文約本末分異仍會末歸本明一乘三乘差別顯耳此上十證足爲龜鏡其別教一乘所明行位因果等相與彼三乘教施設分齊全別不同廣在經文略如下辨縱無教證依彼義異尚須分宗況聖教雲披煥然溢目矣二該攝門者一切三乘等本來悉是彼一乘法何以故以三乘望一乘有二門故謂不異不一也初不異亦二一以三即一故不異二以一即三故不異問若據初門三即一者未知彼三爲存爲壞若存如何唯一若壞彼三乘機更依何法而得進修答有四句一由即一故不待壞二由即一故不礙存三由即一故無不壞四由即一故無可存由初二義三乘機得有所依由後二義三乘機得入一乘由四句俱即一故是故唯有一乘更無餘也二以一乘即三明不異者隱顯四句反上思之是故唯有三乘更無一也此

如下同教中辨二不一者此即一之三與上即三之一是非一門也是則不壞不一而明不異又此中不一是上分相門此中不異是此該攝門也二同教者於中二初分諸乘後融本末初中有六重一明一乘於中有七初約法相交參以明一乘謂如三乘中亦有說因陀羅網及微細等事而主伴不具或亦說華藏世界而不說十等或一乘中亦有三乘法相等謂如十眼中亦有五眼十通中亦有六通等而義理皆別此則一乘垂於三乘三乘參於一乘是則兩宗交接連綴引攝成根欲性令入別教一乘故也二約攝方便謂彼三乘等法總爲一乘方便故皆名一乘所以經云諸有所作皆爲一大事故等也三約所流辨謂三乘等悉從一乘流故故經云汝等所行是菩薩道等又經云毗尼者即大乘也四約就勝門即以三中大乘爲一乘以望別教雖權實有異同是菩薩所乘故故經云唯此一事實餘二則非眞又云止息故說二等此文有二意一若望上別教餘二者則大小二乘也以聲聞等利鈍雖殊同期小果故開一異三故若望同教即聲聞等爲二也又融大同一故五約教事深細如經云我常在靈山等六約八義意趣依攝論如問答中辨七約十義方便如孔目中說依上諸義即三乘等並名一乘皆隨本宗定故主伴不具故是同非別也二明二乘有三種一者一乘三乘名爲二乘謂如經中四衢所授幷臨門三車此中合愚法同迴心俱是小乘故有二耳二者大乘小乘爲二乘此則合一同三開愚法

異迴心三者聲聞緣覺爲二乘此通愚法及迴心又初約一乘次約三乘後約小乘準可知之三明三乘亦有三種一者一乘三乘小乘名爲三乘此爲顯法本末故上開一乘下開愚法故有三也以經中愚法二乘並在所引諸子中故知三乘外別有小乘三車引諸子故知小乘外別有三乘三人俱出至露地已更別授大白牛車故知三乘外別有一乘問何以得知愚法二乘在所引中耶答以彼愚法約大乘終教已去並不名究竟出三界故何以故以人執煩惱未永斷故但能折伏而已故彌勒所問經論云一切聲聞辟支佛人不能如實修四無量不能究竟斷諸煩惱但能折伏一切煩惱故也又經云汝等所得涅槃非眞滅度又經云若不信此法得阿羅漢果無有是處又大品云欲得阿羅漢等果當學般若波羅蜜是故當知羅漢實義在大乘中是故大乘必具三也故普超三昧經云如此大乘中亦有三乘則爲三藏謂聲聞藏緣覺藏菩薩藏唯大乘中得有三藏餘二乘中則無此也入大乘論中亦同此說是故當知門外三車不通愚法以法華非小乘故其瑜伽聲聞決擇及雜集等論辨聲聞等教行位果及斷惑分齊與婆沙俱舍等不同者是其事也是故當知一乘三乘小乘分齊別也由此義故大智度論云般若波羅蜜有二種一共二不共言共者謂此摩訶衍經及餘方等經共諸聲聞衆集共說故不共者如不思議經不與聲聞共說故解云不思議經者彼論自指華嚴是也以其唯說別教一乘故名

不共義準知之如四阿含經名不共以唯說愚法二乘教故如大品等經共集三乘衆通說三乘法具獲三乘益故云共也此中通大之小非愚法通小之大非一乘依此三義故梁攝論云善成立有三種一小乘二三乘三一乘其第三最居上故名善成立即其事也若言說大品等時一音異解得小果故有三乘者說華嚴時何不異解得小果耶又說增一等時何不異解得大果耶是故當知三宗各别理不疑也二者大乘中乘小乘爲三乘此有三義一則融一乘同大乘合愚法同小乘故唯三也教理可知此約一乘辨二則大乘中自有三乘如上所說三則小乘中亦有三如小論中自有聲聞法緣覺法及佛法此中佛法但慈悲愛行等異於二乘故也四者或爲四乘亦有三種一謂一乘三乘爲四此則開一異三合二聲聞故也二謂一乘三乘小乘人天爲四此總開意也三謂三乘人天爲四準上可知五者或爲五乘亦有三種一謂一乘三乘小乘爲五二謂三乘人天爲五三謂佛與二乘天及梵亦爲五並準釋可知六者或無量乘謂一切法門也故此經云於一世界中聞說一乘者或二三四五乃至無量乘此之謂也上來分乘竟二融本末者此同文說諸乘等會融無二同一法界有其二門一泯權歸實門即一乘教也二攬實成權門則三乘教等也初則不壞權而即泯故三乘即一乘而不礙三後則不異實而即權故一乘即三乘而不礙一是故一三融攝體無二也問若爾二門俱齊如何復說有權實耶

答義門異故權實恒存理徧通故全體無二何者謂權起必一向賴於實是故攬實實不失實現未必一向藉於權故泯權權不立是故三乘即一雖具存壞竟必有盡一乘即三雖具隱顯竟恒無盡由此鎔融有其四句一或唯一乘謂如別教二或唯三乘如三乘等教以不知一故或亦一亦三如同教四或非一非三如上果海此四義中隨於一門皆全收法體是故諸乘或存或壞而不相礙也準思可解餘釋乘明體等並如別說上來明建立一乘竟

第二教義攝益者此門有二先辨教義分齊後明攝益分齊初中又二先示相後開合初中有三義一者如露地牛車自有教義謂十十無盡主伴具足如華嚴說此當別教一乘二者如臨門三車自有教義謂界內示爲教得出爲義仍教義即無分此當三乘教如餘經及瑜伽等說三者以臨門三車爲開方便教界外別授大白牛車方爲示眞實義此當同教一乘如法華經說二開合者有二先別後總別中一乘三乘各有三句三乘三句者或具教義約三乘自宗說或唯教非義約同教一乘說或俱非教義約別教一乘說爲彼所目故也一乘三句者或具教義約自別教說或唯義非教約同教說或俱非教義唯約三乘教說隱彼無盡教義故後總者或教義俱教以三乘望一乘故或教義俱義以一乘望三乘故或具此三句約同教說或皆具教義各隨自宗差別說矣二明攝益分齊者於中有三一或唯攝界內機令得出世益即以

爲究竟此約三乘當宗說亦如瑜伽等辨二或攝界外機令得出出世益方爲究竟此有二種若先以三乘令其得出後乃方便得一乘者此即一乘三乘和合說故屬同教攝亦名迴三入一教此如法華經說若先於一乘已成解行後於出世身上證彼法者即屬別教一乘攝此如小相品說三或通攝二機令得二益此亦有二若先以三乘引出後令得一乘亦是三一和合攝機成二益故屬同教此如法華經說若界內見聞出世得法出出世證成或界內通見聞解行出世唯解行出出世唯證入此等屬別教一乘此如華嚴說

第三敘今古立教者謂古今諸賢所立教門差別非一且略敘十家以爲龜鏡一依菩提流支依維摩經等立一音教謂一切聖教皆是一音一味一雨等霔但以衆生根行不同隨機異解遂有多種如克其本唯是如來一圓音教故經云佛以一音演說法衆生隨類各得解等是也二依護法師等依楞伽等經立漸頓二教謂以先習小乘後趣大乘大由小起故名爲漸亦大小俱陳故即涅槃等教是也如直往菩薩等大不由小故名爲頓亦以無小故即華嚴是也遠法師等後代諸德多同此說三依光統律師立三種教謂漸頓圓光師釋意以根未熟先說無常後說常先說空後說不空深妙之義如是漸次而說故名漸教爲根熟者於一法門具足演說一切佛法常與無常空與不空同時俱說更無漸次故名頓教爲於上達分階佛境者說於如來無礙解脫究竟果海圓極祕密自在法門

即此經是也後光統門下遵統師等諸德並亦宗承大同此說四依大衍法師等一時諸德立四宗教以通收一代聖教一因緣宗謂小乘薩婆多等部二假名宗謂成實經部等三不眞宗謂諸部般若說即空理明一切法不眞實等四眞實宗涅槃華嚴等明佛性法界眞理等五依護身法師立五種教三種同前衍師等第四名眞實宗教謂涅槃等經明佛性眞理等第五明法界宗謂華嚴明法界自在無礙法門等六依耆闍法師立六宗教初二同衍師第三名不眞宗明諸大乘通說諸法如幻化等第四名眞宗明諸法眞空理等第五名常宗明說眞理恒沙功德常恒等義第六名圓宗明法界自在緣起無礙德用圓備亦華嚴法門等是也七依南岳思禪師及天台智者禪師立四種敎統攝東流一代聖教一名三藏教謂是小乘故彼自引法華經云不得親近小乘三藏學者又智論中說小乘爲三藏教大乘爲摩訶衍藏二名通敎謂諸大乘經中說法通益三乘人等及大品中乾慧等十地通大小乘者是也三名別教謂諸大乘經中所明道理不通小乘等者是也四名圓敎爲法界自在具足一切無盡法門一即一切一切即一等即華嚴等經是也八依江南愍法師立二敎一釋迦經謂屈曲敎以逐物機隨計破著故如涅槃等二盧舍那經謂平等道敎以逐法性自在說故即華嚴是也九依梁朝光宅寺雲法師立四乘敎謂臨門三車爲三乘四衢所授大白牛車方爲第四以彼臨門牛車亦同羊鹿俱不得故

餘義同上辨信行禪師依此宗立二教謂一乘三乘三乘者則別解別行及三乘差別并先習小乘後趣大乘是也一乘者謂普解普行唯是一乘亦華嚴法門及直進等是也十依大唐三藏玄奘法師依解深密經金光明經及瑜伽論立三種教即三法輪是也一轉法輪謂於初時鹿野園中轉四諦法輪即小乘法二名照法輪謂中時於大乘内密意說言諸法空等三名持法輪謂於後時於大乘中顯了意說三性及眞如不空理等此三法輪中但攝小乘及三乘中始終二教不攝別教一乘何以故以華嚴經在初時說非是小乘故彼持法輪在後時說非是華嚴故是故不攝華嚴法門也此上十家立教諸德並是當時法將英悟絶倫歷代明模階位叵測秖如思禪師及智者禪師神異感通迹參登位靈山聽法憶在於今諸餘神應廣如僧傳又如雲法師依此開宗講法華經感天雨花等神迹如僧傳其餘諸法師行解超倫亦如僧傳此等諸德豈夫好異但以備窮三藏覿斯異軫不得已而分之遂各依教開宗務存通會使堅疑碩滯冰釋朗然聖說差異其宜各契耳

第四分教開宗者於中有二初就法分教教類有五後以理開宗宗乃有十初門者聖教萬差要唯有五一小乘教二大乘始教三終教四頓教五圓教初一即愚法二乘教後一即別教一乘以經本中下文内爲善伏太子所說名爲圓滿脩多羅故立此名也中間三者有其三義一或總爲一謂一三乘教也以

此皆爲三人所得故如上所引說二或分爲二所謂漸頓以始終二敎所有解行並在言說階位次第因果相承從微至著通名爲漸故楞伽云漸者如菴摩勒果漸熟非頓此之謂也頓者言說頓絶理性頓顯解行頓成一念不生即是佛等故楞伽云頓者如鏡中像頓現非漸此之謂也以一切法本來自正不待言說不待觀智如淨名以嘿顯不二等又寶積經中亦有說頓敎修多羅故依此立名三或開爲三謂於漸中開出始終二敎即如上說深密經等三法輪中後二是也依是義故法鼓經中以空門爲始以不空門爲終故彼經云迦葉白佛言諸摩訶衍經多說空義佛告迦葉一切空經是有餘說唯有此經是無上說非有餘說復次迦葉如波斯匿王常十一月設大施會先飯餓鬼孤貧乞者次施沙門及婆羅門甘饍衆味隨其所欲諸佛世尊亦復如是隨諸衆生種種欲樂而爲演說種種經法若有衆生懈怠犯戒不勤隨順捨如來藏常住妙典好樂修學種種空經乃至廣說解云此則約空理有餘名爲始教約如來藏常住妙典名爲終教又起信論中約頓敎門顯絶言眞如約漸教門說依言眞如就依言中約始終二敎說空不空二眞如也此約法以分敎耳若就法義如下別辨二以理開宗宗乃有十一我法俱有宗此有二一人天乘二小乘小乘中犢子部等彼立三聚法一有爲聚法二無爲聚法三非二聚法初二是法後一是我又立五法藏一過去二未來三現在四無爲五不可說此即是我不可說

是有爲無爲故二法有我無宗謂薩婆多等彼說諸法二種所攝一名二色或四所攝謂三世及無爲或五謂一心二心所三色四不相應五無爲故一切法皆悉實有也三法無去來宗謂大衆部等說有現在及無爲法以過未體用無故四現通假實宗謂法假部等彼說無去來現在世中諸法在蘊可實在界處假隨應諸法假實不定成實論等經部別師亦即此類五俗妄眞實宗謂說出世部等世俗皆假以虛妄故出世法皆實非虛妄故六諸法但名宗謂說一部等一切我法唯有假名都無體故此通初教之始準知七一切法皆空宗謂大乘始教說一切諸法皆悉眞空然出情外無分別故如般若等八眞德不空宗謂如終教諸經說一切法唯是眞如如來藏實德故有自體故具性德故九相想俱絕宗如頓教中顯絕言之理等如淨名嘿顯等準知十圓明具德宗如別教一乘主伴具足無盡自在所顯法門是也

第五乘教開合者於中有三初約教開合二以教攝乘三諸教相收初約教者然此五教相攝融通有其五義一或總爲一謂本末鎔融唯一大善巧法二或開爲二一本教謂別教一乘爲諸教本故二末教謂小乘三乘從彼所流故又名究竟及方便以三乘小乘望一乘悉爲方便故三或開爲三謂一乘三乘小乘教以方便中開出愚法二乘故四或分爲四謂小乘漸頓圓以始終二教俱在言等故五或散爲五謂如上說二以教攝乘者有二先一乘隨教有五一別教一乘云云二同教

一乘云云三絶想一乘如楞伽此頓教四約佛性平等爲一乘等此終教云云五密義意一乘如八意等此約始教云云二明三乘亦有五一小乘中三謂始别終同以俱羅漢故二始教中三始終俱别以有入寂故三終教中三始終俱同並成佛故四頓教中三始終俱離云云五圓教中三始終俱同汝等所行是菩薩道等故云云三諸教相收者有二門一以本收末門二以末歸本門初中於圓内或唯一圓教以餘相皆盡故或具五教以攝方便故頓教中或唯一頓教亦以餘相盡故或具四教以攝方便故熟教中或一或三初教中或一或二小乘中唯一皆準上知之二以末歸本小乘内或一以據自宗故或五謂於後四教皆有爲方便故初教中或一是自宗故或四謂於後三教皆有作方便故熟教中或一或三頓教中或一或二圓教中唯一皆準上知之是諸教下所明義理交絡分齊準此思之是則諸教本末句數結成教網大聖善巧長養機緣無不周盡故此經云張大教網置生死海漉人天魚置涅槃岸此之謂也

第六教起前後者於中有二初明稱法本教二明逐機末教初者謂别教一乘即佛初成道第二七日在菩提樹下猶如日出先照高山於海印定中同時演說十十法門主伴具足圓通自在該於九世十世盡因陀羅微細境界即於此時一切因果理事等一切前後法門乃至末代流通舍利見聞等事並同時顯現何以故卷舒自在故舒則該於九世卷則在於一時此卷即舒舒又即卷何以故同

一緣起故無二相故經本云於一塵中建立三世一切佛事等又云於一念中即八相成道乃至涅槃流通舍利等廣如經說是故依此普聞一切佛法並於第二七日一時前後說前後一時說如世間印法讀文則句義前後印之則同時顯現同時前後理不相違當知此中道理亦爾準以思之二逐機末教者謂三乘等有二義一與一乘同時異處說二異時異處說初義者是同教故末不離本故依本而成故後義者本末相分故與本非一故此二各有二義一三乘二小乘初者密迹力士經說佛初成道竟七日思惟已即於鹿園中以衆寶等莊嚴法座廣集三乘衆梵王請佛爲轉法輪廣益三乘衆得大小等果乃至廣說如彼經中又大品經云佛初在鹿野轉四諦法輪無量衆生發聲聞心無量衆生發獨覺心無量衆生發阿耨多羅三藐三菩提心行六波羅蜜無量菩薩得無生忍住初地二地乃至十地無量一生補處菩薩一時成佛解云以此教證當知最初第二七日即說三乘法與一乘同時說也二小乘者如彌沙塞律說佛初成道竟入三昧七日後乃於鹿野苑而轉法輪故知小乘亦與一乘同時說也又普曜經云第二七日提謂等五百賈人施佛麨蜜佛與授記當得作佛等此經所說雖通三乘等敎有義亦攝人天等法亦與一乘同時說也問說時既同何故說處別耶答爲約時處寄顯法故須同異也故地論云時處等校量顯示勝故同時者顯是同教故異處者示非別敎故如別教一乘在菩提樹

下說者欲明此是得菩提處即顯如來自所得法稱本而說故不移處說也餘三乘等法欲明逐機改異故移處就機鹿園而說顯非本也第二時處俱異者由與一乘不即義故時處俱別也或三七日後說如法華經或六七日後說如四分律及薩婆多論說或七七日乃說如興起行經或八七日乃說如十誦律說或五十七日後說如大智論說或一年不說法經十二年方度五人如十二遊經說有人解云智論五十七日者即五十箇七日與十二遊經一年同也以此等教證當知三乘小乘教並非第二七日說田與一乘教差別故隨機宜故餘可準知

第七決擇前後意者然諸教前後差別難知略以十門分別其意一或有衆生於此世中小乘根性始終定者即見如來從初得道乃至涅槃唯說小乘未曾見轉大乘法輪如小乘諸部執不信大乘者是二或有衆生於此世中小乘根不定故堪進入大乘初教即便定者即見如來初時轉於小乘法輪翻諸外道後時見轉大乘初教即空法輪迴諸小乘如中論初說者是三或有衆生於此世中於小乘及初教根不定故堪入終教即便定者即初時見轉小乘法輪中時見轉空教法輪後時見轉不空法輪如解深密經等說者是四或有衆生於此漸教中根不定故堪入頓教即便定者即見初示言說之教猶非究竟後顯絶言之教方爲究竟如維摩經中初三十二菩薩及文殊等所說不二並在言說中後維摩所顯絶言之教以爲究竟者是五或

有衆生於此世中頓悟機熟即便定者即見佛從初得道乃至涅槃不説一字如楞伽説又涅槃經云若知如來常不説法是名菩薩具足多聞等六或有衆生於此世中三乘根性定者見佛從初即説三乘教法乃至涅槃更無餘説如上密迹力士經及大品經説者是七或有衆生於此世中三乘根不定故堪進入同教一乘者即見自所得三乘之法皆依一乘無盡教起是彼方便阿含施設是故諸有所修皆迴向一乘如會三歸一等又如上所引三乘與一乘同時説者等八或有衆生於此世中三乘根不定故堪可進入别教一乘者即知彼三乘等法本來不異别教一乘何以故爲彼所目故更無異事故如法華經同教説者是九或有衆生於此世中具有普賢機者即見如來從初成道乃至涅槃一切佛法普於初時第二七日海印定中自在演説無盡具足主伴無窮因陀羅網微細境界本來不見説三乘小乘等法如華嚴經别教中説者是此約普賢教分見聞及解行處説十或有衆生於一乘别教解行滿足已證入果海者即見上來諸教並是無盡性海隨緣所成更無異事是故諸教即是圓明無盡果海具德難思不可説不可説也此約一乘入證分齊處説餘可準知

第八施設異相者然此異相繁多略約十門以顯無盡何者十異一者時異謂此一乘要在初時第二七日説猶如日出先照高山等故論云此示法勝故在初時及勝處説也若爾何故不初七日説思惟因緣行等如論釋

又此即是時因陀羅網等故即攝一切時若前若後各不可說劫通前際後際並攝在此一時中也三乘等不爾以隨逐機宜時不定故或前或後亦不一時收一切劫等二者處異謂此一乘要在蓮華藏世界海中衆寶莊嚴菩提樹下則攝七處八會等及餘不可說不可說世界海並在此中以一處攝一切處故是故不動道樹徧昇六天等者是此義也又此華藏世界通因陀羅網故周測諸塵於此稱法界處說彼一乘稱法界法門也三乘等則不爾在娑婆界木樹等處亦無一處即一切處等問若爾何故佛地經等亦在淨土中說耶答彼經但云在光曜宮殿等具十八種圓滿亦不別指摩竭提國等以彼爲地上菩薩說佛地功德故在三界外受用土中此三乘終教及一乘同敎說若此華嚴皆云在華藏界內摩竭國等不云娑婆內亦不云三界外故知別也餘義準知三者主異謂此一乘要是盧舍那十身佛及無盡三世間說如普賢行品云佛說菩薩說刹說衆生說三世一切說等不同三乘等是化身及受用身等說餘義準知四者衆異謂此一乘經首唯列普賢等菩薩及佛境界中諸神王衆不同三乘等或唯聲聞衆或大小二衆等問若爾何故第九會中有聲聞衆耶答彼中列聲聞意者有二種一寄對顯法故爲示如聾如盲顯法深勝也二文殊出會外所攝六千比丘非是前所引衆此等皆是已在三乘中令迴向一乘故作是說也五者所依異謂此一乘敎起要依佛海印三昧中出不同三乘等依佛

後得智出六者說異謂此一乘此一方說一事一義一品一會等時必結通十方一切世界皆同此說主伴共成一部是故此經隨一文一句皆偏十方多文多句亦皆偏十方三乘等則不爾但隨一方一相說無此主伴該通等也七者位異謂此一乘所有位相上下皆齊仍一一位中攝一切位是故乃至佛等諸位在信等位中餘位亦然三乘中則不爾但隨當位上下階降皆不相雜也餘如下說八者行異謂隨一菩薩則具信等六位一一位中所有定散等差別行相並一時修如東方一切世界中常入定等西方世界中常供養佛等如是十方世界中盡窮法界行亦不分身一時皆偏滿一念皆偏修一一念中亦如此信位滿心已去一一位皆如是修更無優劣又一行即一切行等通因陀羅網等三乘則不爾地上菩薩猶各有分齊況地前者乎餘如下說九者法門異謂略舉十種以明之一彼有三佛此有十佛二彼有六通此有十通三彼有三明此有十明四彼有八解脫此有十解脫五彼有四無畏此有十無畏六彼有五眼此有十眼七彼說三世此說十世八彼有四諦此有十諦九彼有四辯此有十辯十彼有十八不共法此有十不共法餘門無量廣如經說十者事異謂隨有舍林池地山等事皆是法門或是行或是位或敎義等而不壞其事仍一一塵中皆具足法界一切差別事因陀羅微細成就隨一事起皆悉如是三乘等則不爾但可說即空即眞如等故不同此也又若以神通不思議力容得蹔現

非是彼法自恒如是餘可準知第八門竟後有所詮義理二門成中下二卷畢十門矣

華嚴一乘教義分齊章卷第一

音釋

分齊分符問切齊在詣切分齊限量也　儐從儐必刃切導也從疾用切隨行也　尠息淺切少也　軌居洧切法度也　綴陟衛切聯也　準之尹切倣也　攬魯敢切持也　鎔余封切銷也　叵普火切不可也　覿徒歷切見也　嘿莫北切不語也

華嚴一乘教義分齊章卷第二

唐　大薦福寺沙門法藏述

第九明諸教所詮差別者略舉十門義差別故顯彼能詮差別非一餘如別說一所依心識二明佛種性三行位分齊四修行時分五修行依身六斷惑分齊七二乘迴心八佛果義相九攝化境界十佛身開合第一心識差別者如小乘但有六識義分心意識如小乘論說於阿賴耶識但得其名如增一經說若依始教於阿賴耶識但得一分生滅之義以於眞理未能融通但說凝然不作諸法故就緣起生滅事中建立賴耶從業等種辨體而生異熟報識爲諸法依方便漸漸引向眞理故說熏等悉皆即空如解深密經云若菩薩於內於外不見藏住不見熏習不見阿賴耶不見阿賴耶識不見阿陀那不見阿陀那識若能如是知者是名菩薩菩薩如來齊此建立一切心意識祕密善巧瑜伽中亦同此說解云既齊此不見等處立爲心意等善巧故是故所立賴耶生滅等相皆是密意不令如言而取故會歸眞也若依終教於此賴耶識得理事融通二分義故論但云不生不滅與生滅和合非一非異名阿梨耶識以許眞如隨熏和合成此本識不同前教業等種生故楞伽云如來藏爲無始惡習所熏名爲藏識又云如來藏受苦樂與因俱若生若滅又云如來藏名阿賴耶識而與無明七識俱又起信云自性清淨心因無明風動成染心等如是非一問眞如既言常法云何得說隨熏起滅既許起滅如何復說爲凝然常答既言眞

如常故非如言所謂常也何者聖說眞如爲凝然者此是隨緣作諸法時不失自體故說爲常是即不異無常之常名不思議常非謂不作諸法如情所謂之凝然也故勝鬘中云不染而染者明隨緣作諸法也染而不染者明隨緣時不失自性由初義故俗諦得成由後義故眞諦復立如是眞俗但有二義無有二體相融無礙離諸情執是故論云智障極盲闇謂眞俗別執此之謂也此眞如二義同前始教中約法相差別門故但說一分凝然義也此終教中約體相鎔融門故說二分無二之義此義廣如起信義記中說又如十地經云三界虛妄唯一心作攝論等約始教義釋爲賴耶識等也十地論約終教釋爲第一義眞心也又如達磨經頌攝論等釋云此界等者界謂因義即種子識如是等寶性論約終教釋云此性者即如來藏性依此有諸趣等者如勝鬘經說依如來藏有生死依如來藏有涅槃等乃至廣說是故當知二門別也若依頓教即一切法唯一眞如心差別相盡離言絕慮不可說也如維摩經中三十二菩薩所說不二法門者是前終教中染淨鎔融無二之義淨名所顯離言不二是此門也以其一切染淨相盡無有二法可以融會故不可說爲不二也若依圓教即約性海圓明法界緣起無礙自在一即一切一切即一主伴圓融故說十心以顯無盡如離世間品及第九地說又唯一法界性起心亦具十德如性起品說此等據別教言若約同教即攝前諸教所說心識何以故是此方便故從此而流

故餘可準之問云何一心約就諸教得有如是差别義耶答此有二義一約法通收二約機分齊初義者由此甚深緣起一心具五義門是故聖者隨以一門攝化衆生一攝義從名門如小乘教說二攝理從事門如始教說三理事無礙門如終教說四事盡理顯門如頓教說五性海具德門如圓教說是即不動本而常末不壞末而恒本故五義相融唯一心轉也二約機明得法分齊者或有得名而不得義如小乘教或有得名得一分義如始教或有得名得具分義如終教或有得義而不存名如頓教或有名義俱無盡如圓教其餘義門如唯識章說第二明種性差别者若依小乘種性有六種謂退思護住昇進不動不動性中有三品上者佛種性中者獨覺性下者聲聞性如舍利弗等雖於此中說佛一人有佛種性然非是彼大菩提性以於佛功德不說盡未來際起大用等故是故當知於此教中除佛一人餘一切衆生皆不說有大菩提性餘義如小乘論說若依三乘教種性差别略有三說一約始教即就有爲無常法中立種性故即不能徧一切有情故五種性中即有一分無性衆生故顯揚論云云何種性差别五種道理謂一切界差别可得故乃至云唯現在世非般涅槃法不應理故乃至廣說是故當知由法爾故無始時來一切有情有五種性第五種性無有出世功德因故永不滅度由是道理諸佛利樂有情功德無有斷盡其有種性者瑜伽論云種性略有二種一本性住二習所成本性住者謂諸菩薩

六處殊勝有如是相從無始世展轉傳來法爾所得習所成者謂先串習善根所得此中本性即内六處中意處爲殊勝即攝賴耶識中本覺解性爲性種性故梁攝論云聞熏習與阿賴耶識中解性和合一切聖人以此爲因然瑜伽既云具種性者方能發心即知具性習二法成一種性是故此二緣起不二隨闕一不成亦不可説性爲先習爲後但可位至堪任已去方可約本説有性種約修説爲習種然有二義而無二事如上攝論云二義和合爲一因故得知也問此二種性與仁王及本業經中六種性内習種性種有何差别耶答彼經大都約位而説以初習爲習種性久習積成爲性種性故説習種在十住性種在十行三賢之前但名善趣不名種性瑜伽中久習名習種約本爲性種而此二種非初非中後是故經説習故成性論中説爲依性起習良以此二互成緣起無二相故經論互説義方備足又經説種性在發心後論中種性在發心前何以爾者以其至得位時功能方顯是故經説在三賢位中然彼功能必有所依是故論中説在位前要由功能顯方可説有故經不違論要由有性方起功能故論不違經亦是互舉義意融通問又以何義知種性至堪任位耶答以論説種性必具性習既已有習必已修行若已修行必至堪任若不從愚夫至堪任已來中間修此串習行者更何位修也以於愚位未修習故得位已去具第二住故是故當知從愚位未修串習行至彼堪任串習方成故得性習通融以爲種

性問若要待習方説性者愚位未習豈無性種如其無者後不應有先無後有非性種故如其有者無習有性不應理故論不説故答此二既爲緣起故無習時亦無彼性由此亦立無性有情先無後有非性種者此亦不然以習成處定先有性愚位未習故不説性後起習已不名無習是故習成後説有性隨於諸乘串習何行爾時即説本有彼性問若爾此即唯是一不定性如何得有五種性差別耶答即由此義安立五性何者謂修六度串習行已位到堪任成菩薩種性若習小行到於忍位成聲聞性故智論云煗頂忍等名爲性地善戒經云若得世第一法是名第二位故知前三善根屬種性位若依俱舍論得順解脱分善根位方説有性故彼論云順解脱分者謂定能感涅槃果善此善生已令彼有情名爲身中有涅槃法獨覺準知由此即立三乘種性若於三行隨一修行未至本位爾時立爲不定種性若於三行全未修行爾時立爲無有種性由此當知諸乘種性皆就習説問若愚位無習即無性者後縱起習何得爲有答有習非是無習位故是故有習常恒有無習自恒無既不以無習而作習亦不以無性而爲性以分位差別故如涅槃經云三種人中畢竟死者喻一闡提無佛性也善男子一闡提輩若遇善友諸佛菩薩聞説深法及以不遇俱不得離一闡提心何以故斷善根故一闡提輩亦得阿耨多羅三藐三菩提心所以者何若能發菩提之心即不復名一闡提性也善男子以何緣故説一闡提得阿

耨多羅三藐三菩提一闡提輩實不得阿耨多羅三藐三菩提如命盡者等乃至廣說當知此中就位前後有無恒定不相由也二約終教即就眞如性中立種性故則徧一切衆生皆悉有性故智論云白石有銀性黃石有金性水是濕性火是熱性一切衆生有涅槃性以一切妄識無不可歸自眞性故如經說言衆生亦爾悉皆有心凡有心者定當得成阿耨多羅三藐三菩提以是義故我常宣說一切衆生皆有佛性問如有難云若諸有心悉得菩提者佛亦有心亦應當得若言佛雖有心更非當得是即無性衆生雖有是心亦非當得答經中已自揀濫故但云衆生有心不云佛矣以處處受生名爲衆生故不同佛也問若並有性如何建立五種性中無性者耶答論自有釋故寶性論云一向說闡提無涅槃性不入涅槃者此義云何爲欲示顯謗大乘因故此明何義爲欲迴轉誹謗大乘心依無量時故作是說以彼實有清淨佛性故又佛性論云問曰若爾云何佛說衆生不住於性永無般涅槃耶答曰若曾背大乘者此法是一闡提因爲令衆生捨此法故若墮闡提因於長夜時輪轉不息以是義故經作是說若依道理一切衆生皆悉本有清淨佛性若不得般涅槃者無有是處是故佛性決定本有離有離無故解云又此論前文廣破無性乃至末文云三者失同外道有本定有無本定無有不可滅無不可生此等過失由汝邪執無性義生乃至廣說問前始教中決定說有無性衆生此終教中並皆有性云何會

通答亦論自有釋故佛性論第二卷云何故復有經説闡提衆生決定無有般涅槃性若爾二經便自相違如何會二説一了一不了故不相違解云若小乘中但佛一人有佛性餘一切人皆不説有若三乘始教中以漸異小乘故説多人有猶未全異彼故許一分無性是故論中判爲權施不了説也問若依終教一切衆生皆當作佛即衆生雖多亦有終盡若如是者最後成佛即無所化所化無故利他行闕利他行闕成佛不應道理又令諸佛利他功德有斷盡故如其一切盡當作佛而言衆生終無盡者即有自語相違過失以無終盡者永不成佛故又如一佛度無量人於衆生界有損已不若有漸損必有終盡有損無盡不應理故若無損者即無滅度有滅無損不應理故依如是等道理佛地論等由此建立無性有情離上諸過失此義云何答若謂衆生由有性故並令成佛説有盡者是即便於衆生界中起於減見衆生界旣減佛界必增故於佛界便起增見如是增減非是正見是故不增減經云舍利弗大邪見者所謂見衆生界增見衆生界減乃至廣説設避此見故立此一分無性有情爲不增減者彼終不能離增減見何以故以彼見於諸有性者並成佛故即便起於斷見減見諸無性者不成佛故即便起於常見增見以彼不了衆生界故是故經云一切愚癡凡夫不如實知一法界故不能實見一法界故起邪見心謂衆生界增衆生界減又文殊般若經云假使一佛住世若一劫若過一劫如一佛世界復

有無量無邊恒河沙諸佛如是一一佛若一劫若過一劫晝夜說法心無暫息各各度於無量河沙衆生皆入涅槃而衆生界亦不增減乃至十方諸佛世界亦復如是一一諸佛說法教化各度無量河沙衆生皆入涅槃於衆生界亦不增不減何以故衆生定相不可得故義言說衆生界猶如虛空假使無量勝神通之者各無量劫飛行虛空求空邊際終不可盡非以不盡不名遊行非以遊行令其得際當知此中道理亦爾非以當得令其有終非以無終說有無得是故諸難無不通也又爲成諸佛利他功德無斷盡故立一分無性衆生者是即令彼諸佛但有變化利他功德亦即斷彼隨他受用諸功德也以無菩薩證諸地故又化他中亦但有麤斷滅彼細以無一人得二乘無漏故又今已後諸佛無有一佛得說三乘等教以無得聖機故即斷諸佛同體大悲也又若定意謂悉有性故必皆有盡恐最後佛闕利他行故立一分定無性者然彼後佛終於利他行不圓滿以其所化無一有情得聖果故但佛菩薩二利之中利他爲最何有不令一人得聖果而於自身得成佛耶又本皆發弘誓願云令諸衆生悉得菩提是故令得故本願不虛而衆生界不可盡故本願不斷若不爾者違本願故行願虛故虛行成佛不應理故是故雖欲避上諸失建立無性不謂彼過還墮此宗是故無性非爲究竟了義也問夫論種性必是有爲如何此教約眞如爲種性耶答以眞如隨緣與染和合成本識時即彼眞中有本覺無漏内熏

衆生爲返流因得爲有種性梁攝論說爲黎耶中解性起信論中說棃耶二義中本覺是也又彼論中如來藏具足無漏常熏衆生爲淨法因又寶性論云及彼眞如性者彼本云如六根聚經說六根如是從無始來究竟諸法爲體故解云以眞如通一切法今揀去非情故約六處衆生數中取彼畢竟眞如理以爲性種性也此與瑜伽所說名同但彼約始教以理從事麤相而說故約事中明種性故也地持云種性麤相我已略說此之謂也寶性論中約此終教以事從理深細而說故就眞如明性種性是故佛性論云自性清淨心名爲道諦又涅槃經云佛性者名第一義空第一義空名爲智慧此等並就本覺性智說爲性種其習種亦從眞如所成故攝論云

多聞熏習從最清淨法界所流等又起信論中以眞如體相二大爲內熏因眞如用大爲外熏緣以與無明染法合故是故三大內外說熏以熏力故無明盡時冥合不二唯一眞如也三約頓教明者唯一眞如離言說相名爲種性而亦不分性習之異以一切法由無二相故是故諸法無行經云云何是事名爲種性文殊師利一切衆生皆是一相畢竟不生離諸名字一異不可得故是名種性以此準之上來約三乘說竟第三約一乘有二說一攝前諸教所明種性並皆具足主伴成宗以同教故攝方便故二據別教種性甚深因果無二通依及正盡三世間該收一切理事解行等諸法門本來滿足已成就訖故大經云菩薩種性甚深廣大與法界虛空等此之

謂也若隨門顯現即五位之中位位内六決定義等名爲種性亦即此法名爲果相以因果同體唯一性故廣如經說餘可準知問云何種性約諸教差别不同耶答此亦有二義一約法辨隱顯相收二約機明得法分齊初義者由此種性緣起無礙具五義門是故諸教各述一門隨機攝化義不相違何者爲五一是隨執非有門如小乘說二隨事虧盈門如始教說三隨理徧情門如終教說四絶相離言門如頓教說五性備衆德門如圓教說義雖有五然種性圓通隨攝徧收隱顯齊致也二明得法分齊者或一切皆無唯除佛一人如小乘說或一切皆有唯除草木等如終教說或亦有亦無如始教說以許一分無性故或非有非無如頓教說以離相故或具前

四如一乘方便處說或即因具果通三世間如圓教說餘可準知第三行位差别者於諸教中皆以三義略示一明位相二明不退三明行相初者依小乘有四位謂方便見修及究竟也又說小乘十二住以爲究竟及說三界九地十一地等廣如小論說二不退者此中修行至忍位得不退故也其行相亦如彼諸論說問何故小乘行位等相不廣顯耶答此中意者以義差别顯教不同而小乘異大乘理無疑故不待說也若依初教亦以三義顯初位相者此中有二一爲引愚法二乘令迴心故施設迴心教亦但有見修等四位及九地等名同小乘或立五位謂見道前七方便内分前三種爲資糧位以遠方便故後四善根爲加行位是近方便故餘名同前又亦

說爲乾慧等十地第九名菩薩地第十名佛地者欲引二乘望上不足漸次修行至佛果故又彼佛果不在十地外同在地中者以引彼故方便同彼以二乘人於現身上得聖果故不在後也又此位相及行相等廣如瑜伽聲聞決擇及雜集論說問何故瑜伽等所明聲聞行位相而不同彼毗曇等耶答不同相者有二義意一爲顯小乘人愚於諸法不了說故二爲方便漸漸引向大乘故耳是故所明行位等法皆悉方便順向大說故不同也此既非是愚法小乘又非菩薩即知是彼三乘教中聲聞乘也二爲直進人顯位相者彼說菩薩十地差別又以十地說爲見修及通地前以爲大乘十二住義何以故爲影似小乘故又彼地前有四十心以彼十信亦成位故此亦爲似小乘道前四方便故是故梁攝論云如須陀洹道前有四位謂煗頂忍世第一法菩薩地前四位亦如是謂十信十解十行十迴向又亦爲似迴心教故以信等四位爲資糧位十迴向後別立四善根爲加行位見等同前問何故此教所立名數多分影似小乘等耶答爲隨方便影似引彼有勝方便故若全異彼難信受故若全同彼不名引故問若引二乘何須似彼如爲直進何假似彼小耶答有二意故亦稍似小一以始教中直進之人機麤淺故不能盡受大乘深法是故所示位等法相亦似小乘而義理仍別二凡以大乘似小乘說者皆通二義一爲引小二爲淺機是故說此爲始教也即如何義等者如瑜伽說云何已成就補特伽羅相謂諸聲

聞先已串習諸善法故若時安住下品成熟爾時便有下品欲樂下品加行猶往惡趣非於現法證沙門果非於現法得般涅槃若時安住中品成熟爾時便有中品欲樂中品加行不往惡趣於現法中證沙門果非於現法得般涅槃若時安住上品成熟爾時便有上品欲樂上品加行不往惡趣於現法中證沙門果即於現法得般涅槃如說聲聞獨覺亦爾何以故道與聲聞種性同故乃至廣說於菩薩位爲似二乘亦立如是三種成就故彼論云若諸菩薩住勝解行地名下品成就住淨勝意樂地名中品成熟住墮決定究竟地名上品成就若菩薩住下品成熟猶往惡趣此盡第一無數大劫乃至廣說餘二大劫配二成就如是等文類例非一皆具上意可準而知二不退位者依佛性論聲聞至苦忍緣覺至世第一法菩薩至十迴向方皆不退也當知此中聲聞緣覺非是愚法是故皆是此始教中三乘人也亦可菩薩地前總說爲退以其猶墮諸惡趣故如瑜伽云若諸菩薩住勝解行地猶往惡趣故此盡第一無數大劫如是等也三明位中行相差別者如瑜伽云勝解行住菩薩轉時何行何相或時具足聰慧於其諸法能受能持於其義理堪能悟入或於一時不能如是或於一時具足憶念或於一時成於妄類於諸衆生未能了知調伏方便於自佛法亦未了知如實引發善巧方便爲他說法教授教誡勉勵而轉勉勵轉故不能如實知或時虛棄如闇射或中或不中隨欲成故或於一時於大菩提已發心而後

退捨由内意樂故欲令自樂由思擇故欲令他樂或於一時聞說甚深廣大法教而生驚怖猶預疑惑如是等類名勝解行住解云此是十二住中第二住行相其第一種性住行相更劣及地上行相皆如彼說若依終教亦說菩薩十地差別亦不以見修等名說又於地前但有三賢以信但是行非是位故未得不退故本業經云未上住前有此十心不云位也又云始從凡夫地值佛菩薩正教法中起一念信發菩提心是人爾時名爲住前信相菩薩亦名假名菩薩名字菩薩其人略修行十心謂信進等廣如彼說又仁王經云習忍已前行十善菩薩有進有退猶如輕毛隨風東西等在此修行經十千劫入十住位方得不退故十住初即不退墮下二乘地況諸惡趣及凡地耶設本業經說十住第六心有退者起信論中釋彼文爲示現退也爲慢緩者策勵其心故而實菩薩入發心住即得不退也其行相者起信論說三賢初位中少分得見法身能於十方世界八相成道利益衆生又以願力受身自在亦非業繫又依三昧亦得少分見於報身佛其所修行皆順眞性謂知法性體無慳貪隨順修行檀波羅蜜等廣如彼說又梁攝論中十信名凡夫菩薩十解名聖人菩薩等其地上行位倍前準知是故當知此中行位與前始教淺深之相差別顯矣問此教豈不通引二乘何故行位不似小乘說耶答此後諸教並皆深勝所引二乘亦是純熟高勝機故不假似彼也若依頓教一切行位皆不可說以離相故一念不生即

是佛故若見行位差別等相即是顛倒故若寄言顯者如楞伽云初地即八地乃至云無所有何次等又思益經云若人聞是諸法正性勤行精進如說修行不從一地至一地若不從一地至一地是人不住生死涅槃如是等也若依圓教者有二義一攝前諸教所明行位以是此方便故二據別教有其三義一約寄位顯謂始從十信乃至佛地六位不同隨得一位得一切位何以故由以六相收故主伴故相入故相即故圓融故經云在於一地普攝一切諸地功德是故經中十信滿心勝進分上得一切位及佛地者是其事也又以諸位及佛地等相即等故即因果無二始終無礙於一一位上即是菩薩即是佛者是此義也二約報明位相者但有三生一成見聞位謂見聞此無盡法門成金剛種子等如性起品說二成解行位謂兜率天子等從惡道出已一生即得離垢三昧前得十地無生法忍及十眼十耳等境界廣如小相品說又如善財始從十信乃至十地於善友所一生一身上皆悉具足如是普賢諸行位者亦是此義也三證果海位謂如彌勒告善財言我當來成正覺時汝當見我如是等當知此約因果前後分二位故是故前位但是因圓果在後位故說當見我也三約行明位即唯有二謂自分勝進此門通前諸位解行及以得法分齊處說如普莊嚴童子等也其身在於世界性等上處住當是白淨寶網轉輪王位得普見肉眼見十佛剎微塵數世界海等若三乘肉眼即不如此故智論云肉眼唯見三

千世界内事若見三千世界外者何用天眼爲故知不同也又彼能於一念中化不可説不可説衆生一時皆至離垢三昧前餘念念中皆亦如是其福分感一定光頗璃鏡照十佛刹微塵數世界等當知此是前三生中解行位内之行相也以約因門示故若約信滿得位已去所起行用皆徧法界如經能以一手覆大千界等手出供具與虚空法界等一時供養無盡諸佛作大佛事饒益衆生不可説也廣如信位經文説又云不離一世界不起一坐處而能現一切無量身所行等又於一念中十方世界一時成佛轉法輪等乃至廣説是故當知與彼三乘分齊全别何以故以三乘行位是約信解阿含門中作如是説也問前終教中不退際上亦得如是八相等

用與此何别答彼於此位示成佛時於後諸位皆不自在以未得故但是當位暫起化故此即不爾於初位中起此用時於後諸位並同時起皆以得故是實行故該六位故問義既不同何故一種同是信滿勝進分上起此用耶答爲欲方便顯此一乘信滿成佛令易信受故於彼教先作此説問既一位中有一切位及信滿心即得佛者何須更説後諸位耶答説後諸位即是初中之一切也如初後亦爾問若初即具後得初即得後者亦可後亦具初既不得後應亦不得初耶答實爾但以得初無不得後故是故無有未得後而不得初也問若爾云何説得諸位階降次第答以此經中安立諸位有二善巧一約相就門分位前後寄同三乘引彼方便是同教也二

約體就法前後相入圓融自在異彼三乘是
別教也但以不移門而恒相即不壞即而恒
前後是故二義融通不相違也問若爾是初
門即一切者何不說信位初心即得而說滿
心等耶答若自別教即不依位成今寄三乘
終教位說以彼教中信滿不退方得入位今
即寄彼得入位處一時得此一切前後諸位
行相是故不於信初心說以未得不退未成
位相但是行故問若爾應言住位成佛何名
信滿答由信成故是故是行佛非位佛也餘
義準之第四修行時分者若依小乘自有三
人下根者謂諸聲聞中極疾三生得阿羅漢
果謂於一生種解脫分第二生隨順決擇分
第三生漏盡得果極遲經六十劫中根者謂
獨覺人極疾四生得果極遲經百劫上根者
謂佛定滿三僧祇劫此中劫數取水火等一
劫爲一數十箇合一爲第二數如是展轉至
第六十爲一阿僧祇依此以數三阿僧祇也
問何故下根返經時少而上根等乃多時耶
答能於多時修鍊根行等以爲難故是故多
也又依婆沙等菩薩成佛有二身一法身二
生身法身者謂戒定慧等五分修此法身具
有四時一三阿僧祇劫修有漏四波羅蜜時
二於百劫修相好業時三出家苦行修禪定
時四菩提樹下成正覺時生身者但百劫修
相好業於最後身伽耶城淨飯王家受生報
身於摩伽佗國而登覺道餘如彼說若依始
教修行成佛定經三僧祇但此劫數不同小
乘何者此取水火等大劫數至百千數此復
至百千爲一俱胝名第一數數此俱胝復至

俱胝爲第二數如是次第以所數等數至第一百名一阿僧祇此即十大劫數中第一數也依此數滿三阿僧祇仍此教中就釋迦身以分此義如優婆塞戒經云我於往昔寶頂佛所滿足第一阿僧祇劫然燈佛所滿足第二阿僧祇劫迦葉佛所滿足第三阿僧祇劫我於往昔釋迦佛所始發阿耨菩提心又依本業經又有百劫修相好業但是變化非實修也又以一偈歎弗沙佛已即超九劫但九十一劫即成佛也問三無數劫修諸實行應成報身何故乃就化身說耶答由此始教就下機故有二乘故此身是彼所知見故是權教故作是說也若依終教說有二義一定三阿僧祇約一方化儀故又此教中修實行故成實報身不約化說故法華云我實成佛已來經於無量無邊百千萬億阿僧祇劫又經云我於然燈佛所得授記等皆以方便分别故也又亦無百劫修相好業等何以故以小乘中偏修智分不修福分是故臨成佛時更於百劫别修彼業始教中引彼亦同彼説仍是化也此終教中論其實行從初發意即福慧雙修故成佛時無别修也二不定修三阿僧祇此有二義一通餘雜類世界故如勝天王經説二據佛功德無限量故如寶雲經云善男子菩薩不能思議如來境界如來境界不可思量但爲淺近衆生説三僧祇修習所得菩薩而實發心已來不可計數解云此中不可計數者是不可計數阿僧祇劫非但三也問何故前教定三僧祇此教有定不定耶答前教生故此教熟故方便漸漸勸彼三乘

向一乘故作此說也若依頓教一切時分皆不可說但一念不生即是佛故一念者即無念也時者即無時也餘可準思若依圓教一切時分悉皆不定何以故謂諸劫相入故相即故該通一切因陀羅等諸世界故仍各隨處或一念或無量劫等不違時法也餘準而思之第五修行所依身者若依小乘但有分段身至究竟位佛亦同然是實非化若始教中爲迴心聲聞亦說分段至究竟位佛身亦爾然此是化非實也若依直進中有二說一謂寄位顯十地之中功用無功用麤細二位差別相故即說七地已還有分段八地已上有變易二就實報即說分段至金剛已還以十地中煩惱障種未永斷故留至金剛故既有惑障何得不受分段之身故十地經云第十地已還有中陰者是此義也問八地已上一切菩薩於煩惱障永伏不行以無漏智果恒相續故如阿羅漢既無現行惑何得更受分段之身耶答若是凡夫即以現惑潤業受生聖人不爾但留惑種用以受生故雜集論云一切聖人皆以隨眠力故結生相續又梁攝論云異凡夫故永伏上心異二乘故留彼種子解云聖人受生非現潤彼復留種子如何不受分段身耶若言八地已上以智障爲緣受變易者所留惑種即便無用何不於此第八地初永害一切煩惱種耶彼既不爾此云何然若約迴向菩提聲聞已斷煩惱者彼即可以所知障受變易身通諸位也問若爾何故聖教說八地已上唯有所知障爲依止故受變易身答此等爲欲寄對二乘顯其優

劣故經作此說然此寄對依諸聖教約位不同略辨十門一說羅漢即同於佛更不分位如律中說佛度五人已即云通佛有六然羅漢出於世間又同坐等當知此約小乘教說二亦於佛地分出羅漢如對法論說得菩提時頓斷煩惱障及所知障頓成羅漢及如來故此中雖約煩惱盡邊名阿羅漢而亦爲生諸聲聞中心勝欲樂故寄於佛果以分大小也三第十地名阿羅漢佛地超過故非彼也如涅槃經中說四依云阿羅漢者住第十地此寄因異果以分大小也此上二門約始教中迴二乘教說四七地已還寄同羅漢八地已去寄菩薩位如仁王經云遠行菩薩伏三界習因果業滅唯後身位中住第七地阿羅漢位此寄因中自在未自在位以分大小也

此約始教直進中說此中既寄聲聞至七地故煩惱障及分段身俱至此位八地已去寄此菩薩行位勝前是故唯有彼所知障及變易身五初二三地寄同世間以得世間四禪等故四地寄是須陀洹等以得道品故此初出世故五地寄此聲聞羅漢以得四諦法故六地寄此辟支佛以得十二緣生法故七地已去寄此菩薩以得無生法忍故此如本業經說上來唯約三乘教說以未分出一乘法故六世間二乘同前至六地第七地寄三乘菩薩以未自在故八地已去寄一乘法以得自在故如梁攝論等說此約一乘三乘等分相而說七於初地之中已過世間及二乘故如地論等說此約三乘中比證分齊說八地前三賢位已過二乘地如起信論說又仁王

經說習種性中有十種心已超過二乘一切善地此約終教不退說九信滿心後即過一切小乘三乘等如賢首品說此約一乘說十初在凡夫地創發心時即過二乘如智論說羅漢比丘知沙彌發心推在前等此通一乘及三乘說由有如是寄對法門故諸說前後準此而知

華嚴一乘教義分齊章卷第二

音釋

鬘（莫還切）串（古患切習熟也）燸（乃管切與煖同）闡提（梵語也此云信不具）闡（昌善切）虧（驅爲切缺也）毗曇（梵語具云阿毗曇此云無比法）毗（頻彌切）曇（徒含切）勵（力制切勉也）鍊（連彥切精熟也）俱胝（梵語也此云百億）胝（陟離切）

華嚴一乘教義分齊章卷第三

唐 大薦福寺沙門 法藏 述

若依終教地前留惑受分段身於初地中永斷一切煩惱使種亦不分彼分別俱生於所知障中又斷一分麤品正使是故地上受變易身至金剛位餘義如下斷惑中說問若於地上不留煩惱云何大悲同事攝生答若於地前及始教中願智力劣故留煩惱助願受生今此不爾願智勝故自在同生問如說八地已還菩薩略有二類一悲增上二智增上悲增者留惑受分段身故智增者伏惑受變易身故此義云何答如此所說良恐未然何者若悲增上其慧必劣劣慧導悲悲應滯見滯見之悲豈名增上縱悲智齊均尚不名悲增上況以劣慧導悲而言增上若智增上其悲必劣劣悲導智智應滯寂滯寂之智何名增上以諸菩薩從初已來異凡小故悲智相導念念雙修如車二輪如鳥二翼何得說彼有增減耶當知由此始終二教麤細異故有二生死非由悲智互增上也若言彼智增上者有小乘習怖諸煩惱故永伏者若於地前未證真如可約本習容有此類以未純熟故初地已上行解純熟同證同行同修同斷如何得有如是差別故起信論云地上菩薩種性發心修行皆無差別也又此教中地上變易寄位不同有其四種等亦如下指若依頓教一切行位既不可說所依身分亦準此知廣如大般若經那伽室利分說若依圓教不說變易但分段身至於十地離垢定前以至彼位得普見肉眼故知是分段也又如善財

等以分段身窮於因位故也問何故此中不説變易答如世界性等以上身分甚極微細出過諸天應同變易但以此教不分生死麤細之相總就過患以爲一際至信満後頓翻彼際故不説也餘準而知之第六斷惑分齊者有云若依小乘若依三乘有二種義一約位滅惑相二寄惑顯位相初義者若依始教具足三乘斷惑差別由此是其三乘教故障有二種謂煩惱所知先辨二乘斷煩惱障於中有二先障名數後斷惑得果初中煩惱有二謂分別俱生總有十種一貪二瞋三無明四慢五疑六身見七邊見八邪見九見取十戒禁取於中四種唯分別起謂疑邪見見取戒禁取餘六通二種五識得起初三亦通分別及俱生由用意識中邪師等三因引故得有分別起也意識具十種四分別六通二末那唯四俱生六中除瞋及邊見以瞋唯不善此識有覆無記故又以一類相續縁第八識刹那刹那執我故無邊見又以後三見及疑藉三因生此識無彼故不起也又由恒相續縁故非第六所引不同五識是故唯四其第八識總不起唯是異熟無覆無記性故此分別俱生皆通三界瞋唯欲界以上二界煩惱皆有覆無記性故其分別起者欲界四諦各有十使即爲四十上二界除瞋諦別各有九即有七十二并欲界合有一百一十二也其俱生者欲界具六上二界除瞋各唯有五合成十六通前分別總有一百二十八也問何故前愚法小乘中十使不通迷四諦此中即通耶答此有二義一以三乘中煩惱功力漸

漸寬廣故障一切也二又由迷等義通一切境也第二斷惑得果者先斷分別有其三人一若從具縛入眞見道刹那頓斷三界四諦分別煩惱得預流果二若倍離欲人入眞見道兼斷倍離欲得一來果言倍離欲者謂凡夫時欲界修惑九品之中伏斷前六故云倍離欲入見道時即永斷前所伏故是以得彼果也三若已離欲人入眞見道兼斷九品得不還果如瑜伽說入見道果者有其三種隨其所應證三果故次斷俱生者第六識俱生九地各有九品又進修道人有其二種一漸出離斷欲界九品中前六品盡得一來果斷九品盡得不還果斷上二界盡得阿羅漢果二頓出離者謂得初果已即頓斷三界漸除九品即得阿羅漢果更無餘果何者以彼欲界九品修惑及上二界總三種九品各初一品一時頓斷故云頓斷三界竪論九品一一別斷故云漸除也若爾何故有漸斷者以於三界法不能頓緣故對法論云頓出離者謂入諦現觀已依止未至定發出世道頓斷三界一切煩惱品品別斷唯立二果謂預流果及阿羅漢果乃至廣引指端經等如彼說其末那煩惱行相微細前漸頓二人皆與非想地惑一時頓斷故瑜伽云末那相應任運煩惱唯與非想處共斷故一時頓斷非如餘惑漸次而斷故也問何故前愚法二乘無頓出離此中有耶答爲顯前劣故此超過愚法二乘無此勝智顯彼教劣方便漸引起彼勝欲令捨小從大故作此說其論末那惑滅小乘無者唯準此知此謂二乘斷煩惱障其所知

障諸趣寂者入無餘時一時皆斷唯此非擇滅也其餘一切有斷不斷慧解脫人不斷俱解脫人分有所斷謂八解脫障不染無知修八勝解所對治故如瑜伽說又諸解脫由所知障解脫所顯由聲聞及緣覺等於所知障心得解脫故當知此始教爲引愚法漸向大故安立此教深勝於彼故所知障亦許分斷然上所斷不同愚法以彼唯斷煩惱得故此即不爾斷種子故直進菩薩斷惑者二障俱斷又煩惱障中不同二乘約界分品但於二障分別起者地前伏現行初地眞見道時一刹那中頓斷彼種其俱生中煩惱障初地已去自在能斷留故不斷何以故潤生攝化故不墮二乘地故爲斷所知障故爲得大菩提故是故攝論云由留惑至惑盡證佛一切智

解云惑盡者是所知障盡即由留煩惱障起勝行故得至此位證佛果也又梁攝論旣云留種子是故當知煩惱障種至金剛位其所知障行相細故正障菩薩道是故地地分斷要至佛地方得總盡由此即說二障修惑俱至佛地故對法論云又諸菩薩於十地修道位中唯修所知障對治道非斷煩惱障得菩提時頓斷煩惱障及所知障頓成羅漢及如來故其末那俱生行相細故亦同前至佛地盡也問其二障修惑諸識相應地上現行有何同異答其煩惱障内第六識惑旣盡盡故留彼是故現種皆以智御用成勝行不起過患猶如毒蛇以呪力御不令死不起過患而成餘用菩薩善巧留惑亦爾故攝論云如毒呪所害等是故當知於彼煩惱或現或種皆

得自在其第七識煩惱性非潤生故非所留行相細故七地已還有時蹔現以觀智有間故其所知障皆後地惑於前地起或現或種以地地分斷故問若爾何故有處說七地已還起有漏心等耶答若約第六識中煩惱障爲有漏者彼既留惑故即似有漏若約所知障爲有漏即實有漏此二通十地若末那煩惱即實有漏至於七地有無不定以有時蹔起有漏心故餘義準知又此教中惑滅智起分齊者惑種在滅相時智即在生相同時相返如昂即低低即昂等廣如對法論說又此障法以依識無性故即空無分别是其障義如維摩經云五受陰洞達空無所起是苦義今此障義亦準彼知之若依終教諸聲聞於煩惱障尚不能斷但能折伏何況能斷所知

障故彌勒所問經論云一切聲聞辟支佛人不能如實修四無量不能究竟斷諸煩惱但能折伏一切煩惱等楞伽經文亦如上説問此説何故與前教不同耶答彼爲引二乘故未深説故是故以上就下説煩惱障同彼二乘至佛地智方盡又以下同上亦許二乘全斷惑障分斷所知障今此就實以愚法二乘無廣大心故不究竟斷煩惱障又亦可前約三乘中聲聞此中約愚法故不同也其菩薩人於二障中不分俱生及分别但有正使及習氣地前伏使現初地斷使種地上除習氣佛地究竟清淨然彼地前三賢位中初既不墮二乘地中於煩惱障自在能斷留故不斷爲除所知障等故是故梁攝論云十解已去得出世淨心又云十解心已上名聖人不墮

二乘地故仁王經云地前得人空而不取證等又起信論得少分見法身作八相等皆此義也以此菩薩唯怖智障故修唯識眞知等觀伏斷彼障然於煩惱障非但不怖不修對治亦乃故留助成勝行初地已上斷於所知障一分麤故於煩惱障不復更留是故二障不分見修至初地時正使俱盡故彌勒所問經論云問曰若聲聞人先斷見道所斷煩惱然後漸斷修道煩惱何故菩薩不同聲聞答曰菩薩之人無量世來爲諸衆生作利益事後見眞如甘露法界觀彼一切諸衆生身而實不異我所求處是故菩薩見修道中一切煩惱能障利益衆生行故即見道中一切俱斷此文爲證其末那煩惱亦初地斷麤後除殘習故無性攝論云轉淤汙末那得平等性智初現觀時先已證得修道位中轉復清淨解云轉淨者除習氣也以正使先斷故後但云轉淨更不云斷也若云此是入眞見道時蹔伏不起非正斷者即不得言轉復清淨以總未斷何名轉淨若依始教容如彼說是故當知此教地上但除習氣故寶性論云不淨者一切凡夫有煩惱障故有垢者以諸聲聞辟支佛等有智障故有點者以諸菩薩摩訶薩等依彼二種習氣障故解云論釋云地上名摩訶薩故知但有習氣障也此中習氣從斷正使種子無間方有習氣何以故未斷已前無微薄故種斷無間方有微薄故論說名無間生習氣問云何地上煩惱使盡而得不墮二乘地耶答智力勝故智障正使亦已斷除故如始教小乘頓出利人斷欲界惑六品

盡時上二界六品亦同斷盡故猶尚不得彼一來果況此菩薩道力殊勝又況已斷智障使故若地前及始教容有彼失此中無也又此教中正斷惑時智起惑滅非初非中後前中後取故云何滅如虛空本來清淨如是滅廣如十地論說又此教中煩惱等法皆是真如隨緣所作是故不異真如是煩惱義如起信論說又經云一切法即如如等煩惱準此是故當知與前諸教施設不同宜應知之第二明寄惑顯位者諸聖教說略有一十八門一寄二障以顯二位謂分惑智二障以顯比證二位故梁攝論云地前漸除煩惱障地上漸除智障又云十解已去得出世淨心又云地前雖得人無我以法無我未淨故人無我亦不清淨又云其人我執前十解中已除今

唯滅法我執又仁王經云習種性已入生空位得聖人性故本業經起信論亦同此說二寄皮等三惑顯三僧祇故梁攝論云初僧祇斷皮煩惱第二僧祇斷肉煩惱第三僧祇斷心煩惱三以此三惑寄顯地地三心不同如梁攝論三十三僧祇中說地地之中入心除皮住心除肉出心除心等四以二障麤細寄顯三位如地持論云二障三處通謂地前地上及佛地五以染心麤細寄於三位以顯三身如金光明經說依諸伏道起事心盡得顯化身依法斷道依根本心盡得顯應身依勝拔道根本心盡得顯法身有人解云伏道是地前起事心此是第六識法斷道是地上依根本心是末那以依緣賴耶識本心故勝拔道是金剛位根本心是賴耶識六寄於三障

直顯三身故彼經云煩惱障清淨能顯應身業障清淨能顯化身智障清淨能顯法身七以迷三無性所起煩惱寄顯三身故彼經云一切凡夫爲三相故有縛有障遠離三身不至三身何者爲三一者思惟分別相二者依他起相三者成就相如是三相不能解故不能滅故不能淨故是故不得至三身如是三相能解能滅能淨是故諸佛至於三身解云能解者是所執性但應知解故能滅者染分依他起性應斷滅故能淨者在纏真如修令淨故八寄四障以顯四位此有二義一約正使寄顯地前四位四行四因四報何者爲四一謂以闡提不信障使滅已翻顯十信之位成信樂大乘行爲淨德因及鐵輪王報二以外道執我障寄以翻顯十解位成般若行爲我德因銅輪王報三聲聞畏苦障寄顯十行位成破虚空定器三昧行爲樂德因銀輪王報四獨覺捨大悲障寄顯十迴向位成大悲行爲常德因金輪王報又翻前四障所得四行即爲佛子四義翻初障成信樂大乘種子爲因即如父也二般若爲緣即如母也三顯破虚空定離小乘執令法身堅固如胎也四大悲益生如乳母具此四緣故得從地前生在初地已上諸佛家故名佛子也又此四種和合如車輪能運能轉至解脱處如聖王輪備有四事謂轂輞輻軸如其次第四義應知第二以四障習寄顯地上四位四定四德四報一初二三地滅闡提不信習即顯此一位相同世間又得大乘光明三昧成於淨德除因縁生死變易報二四五六地滅外道我執

習顯此一位相同二乘得集福德王三昧成於我德除方便生死三七八九地滅聲聞畏苦習顯此一位相同大乘得賢護三昧成於樂德除有有生死四十地至佛地已還滅獨覺捨大悲習顯此一位因圓果滿得首楞嚴三昧成於常德無有生死四德圓故生死永盡故云無有也此上義廣如無上依經本業經佛性論寶性論梁攝論等說又此四中初二通二障後二唯智障正使地前除習氣地上淨此文亦誠證也九於十地中爲別相故三地終心已來斷二障修惑正使皆盡四地已去但有微習何以故前三地相同世間四地已去是出世故是故十地經三地末文云一切欲縛轉復微薄一切色縛轉復微薄一切有縛轉復微薄一切無明縛轉復微薄諸見縛者先已除斷地論釋云一切欲縛轉微薄等者斷一切修道欲色無色所有煩惱及彼因同無明習氣皆悉微薄遠離故諸見縛者於初地見道已斷故解云及彼因者煩惱障種子也無明習氣者所知障種子也以二障種子同時遠離故云同也是故當知二障修惑正使種子此地皆盡上來多分約終教說十又於十地別相中寄顯世間三乘菩薩三位別故仁王經說前之三地斷三界中色煩惱四五六地斷三界中心煩惱七八九地斷三界中色習煩惱第十地及佛地斷三界中心習煩惱解云以三地終位得上界定極至四空定離下地色故云斷色惑也以四地已去得二乘無漏出世間位故於世間色心俱盡故七地已去是菩薩位漸細於前故寄

滅於色心習氣以顯彼位也十一於此菩薩位中爲顯自在及未自在二位別故七地已還寄滅三界色心煩惱及彼果報八地已去寄滅色心二習無明故本業經云七地已還滅三界色心二習果報滅無遺餘八地色習無明盡九地心習無明已滅除十地二習無明滅盡十二依三無性論寄滅二性以顯見修二位差別故彼論云由見道故分別性即無故言不得由修道故依他性即滅故言不見十三依雜集論等以分別俱生二種煩惱寄顯見修二位差別何以得知但是寄位非實斷者如分別我見藉三緣生謂邪師邪教及邪思惟妄計即蘊離蘊等我如佛弟子雖居凡位然依正師正教正思惟故非直不起即蘊等執亦乃願樂於無我性此人豈斷已

非入見道邪若言雖無現行然有種故非入見者既無現行即應入資糧加行義既不爾是故當知爲顯見道無我理故寄彼横計顯倒麤惑反以顯之又以任運所起煩惱細難斷故翻顯修位漸增差別如實義者但一煩惱有麤有細見位斷麤修位斷細如末那煩惱通二位斷之如無相論云第二執識及相應法至羅漢位究竟滅盡若見諦内煩惱識及心法得出世道十六心時畢竟斷滅餘殘未盡但屬思惟是名第二識無性攝論亦同此說如上所引故得知也十四於分別惑所藉三緣寄顯地前三賢位別謂十解等除邪師等如次應知此約直進說又以邪師邪教所起寄資糧位伏以行相麤故邪思惟所起寄加行位伏以行相細故此約迴心二乘說

十五於俱生内六七識惑七地已來寄有現行八地已去永伏不起此爲寄顯入觀有閒無閒位異故作此說十六又以六識煩惱寄至四地末那煩惱寄至七地八地已去唯有所知障此亦爲顯世閒二乘菩薩位故作此說也十七爲顯十地至佛地差別故以十一無明返寄顯之十八爲顯地地眞俗二智故以二十二無明寄以顯之如深密經云由此二十二種愚癡品及十一麤重安立諸地故既云安立故知寄顯也此諸義廣如瑜伽對法唯識攝論等說上來多分約始教說已上諸門並是阿含門寄惑反顯位相差別何以故爲護十地故爲令衆生於十地中離慢執故位相甚深極難了知寄惑顯位生淨信故餘義準思可見若依頓教一切煩惱本來自離不可說斷及與不斷如法界體性經云佛告文殊師利汝云何教諸善男子發菩提心文殊言我教發我見心何以故我見除即是菩提故此文證之準知若依圓教一切煩惱不可說其體性但約其用即甚深廣大以所障法一即一切具足主伴等故彼能障惑亦如是也是故不分使習種現但如法界一得一切得故是故煩惱亦一斷一切斷也故普賢品明一障一切障小相品明一斷一切斷者是此義也又此斷惑分齊準上下經文有四種一約證謂十地中斷二約位謂十住已去斷三約行謂十信終心斷四約實謂無可斷以本來清淨故廣如經說又前三乘等諸門斷惑若一障一切障一斷一切斷即入此非若隨門前後是三乘等此約別教言若約

攝方便前諸教所明並入此中以是此方便故及所流所目故餘義準之斷惑門竟第七二乘迴心者有六種說一或一切二乘皆無迴心以更無餘求故如小乘中說二或一切二乘皆迴心以悉有佛性力爲内熏因故如來大悲力外緣不捨故根本無明猶未盡故小乘涅槃不究竟故是故一切無不迴心向大菩提也此約終教說問如瑜伽顯揚論說諸識成熟及不成熟中四句内聲聞獨覺入無餘依涅槃者阿賴耶識及諸轉識俱不成熟既本識轉識皆滅無餘後生心以何爲因無因而生果不應理故答彼論依始教門引小乘故所立賴耶行相麤顯不從眞起故說有滅又爲順小乘故亦許彼涅槃非不究竟故說入已不復起也今約終教中就實而說既以根本無明熏如來藏成棃耶識彼二乘人於此二法既俱未斷證何因得滅阿賴耶識又由於彼無斷證故所得涅槃豈爲究竟化城同喻應便有失又由上四因故得生心也問如生心迴向時分齊云何答由根不等故去有遲疾遲者經劫乃起故楞伽云味著三昧樂安住無漏界無有究竟趣亦復不退還得諸三昧身乃至劫不覺譬如昏醉人酒消然後覺彼覺法亦然得佛無上身解云此文但總相說若差別說者隨其利鈍各別經時皆到阿耨菩提心位如涅槃經云須陀洹人亦復不定故經八萬劫即能得到阿耨菩提心乃至云獨覺經十千劫得到阿耨菩提之心解云此明最鈍須陀洹人受七生已方入涅槃滅心心法始入滅定復經八萬劫乃

得生心受佛教化即發菩提心若於一身得第二果受二生已即入涅槃經六萬劫即能發心若於一身得第三果不還欲界即入涅槃經四萬劫即得發心若於一身得阿羅漢即現入滅定經二萬劫即能發心若獨覺根利經一萬劫便能發心此五人發心之時即入十信菩薩位方名發阿耨菩提心又有義前五人從凡得小果入涅槃後起迴心修十信行信滿心已堪入十住初發心住已來隨根利鈍各經彼劫未必一向在涅槃中經爾許劫也如直往人既經一萬劫修行滿足堪能發心彼獨覺人根最利故亦似直往人經一萬劫餘四鈍根又差別故時多別也上來明遲者若極疾者如法華經云我滅度後復有弟子不聞是經不知不覺菩薩所行自於所得功德生滅度想當入涅槃我於餘國作佛更有異名是人雖生滅度之想入於涅槃而於彼土求佛智慧得聞此經唯以佛乘而得滅度更無餘乘除諸如來方便說法此上並約終教說三或一切二乘亦迴亦不迴謂決定種性者趣寂不迴不定種性者並迴向大如瑜伽聲聞決擇中說此約始教引二乘說四或非迴非不迴以離相故如文殊般若等說此終頓教說五或合具前四說以是大法方便故此約一乘攝方便說六或俱絶前五此有二種一一切二乘悉無所迴以望一乘皆即空無可迴也如經中如聾如盲者是二一切二乘等並已迴竟更不復迴如經中以普賢眼見一切衆生皆已究竟者是此並約一乘別教說問如一乘攝方便中迴心與

三乘中迴心所得法門分齊云何答若三乘中迴心即入十信已去順行菩提心及大悲等法門次第而去若一乘中如下文舍利弗及因陀羅慧比丘等六千人於文殊師利邊迴心即得十大法門及十眼十耳等境界義當即是解行身徧於五位法也餘義如别處說第八佛果義相者於中有二先明常無常義後明相好差别前中若小乘佛果唯是無常以不說本性功德故如佛性論云小乘以無性德佛性但有修德也若三乘始教法身是常以自性故亦無常以離不離故修生功德是無常以從因縁生故是有爲無漏故亦得是常以無間斷故相續起故莊嚴論云自性無間相續三佛俱常住等若依終教有二義先别明後總說别中修生功德是無常以修生故亦即是常一得已後同眞如故何以故本從眞流故無明已盡還歸眞體故梁攝論云無不從此法身流無不還證此法身等寶性論起信論等盛立此義如彼應知又智論云薩婆若不與三世合何以故過去世等是虛妄是生滅薩婆若是實法非生滅故解云薩婆若此云一切智即知佛地圓智同眞如故非生滅也又攝論云猶如虛空徧滿一切色際無生住滅變異等如來智亦爾徧一切所知無倒無變異等是故當知非直無間斷故以爲常亦即同眞如不變異常也法身是常以隨縁時不變自性故亦是無常以隨染縁赴機故何以故以諸功德旣並同是眞是故起用唯是眞作故起信論中釋報化二身唯屬眞如用大攝又論云衆生心淨法身

影現等又云復次本覺隨染分別生二種相與彼本覺不相捨離謂一者智淨相二者不思議業相乃至廣說等二總說者由此法身隨緣義故是故功德差別得成由不變義故是故功德無不即真如舉體隨緣全相不變二義鎔融無障礙故是故佛果即常即無常具足四句或非四句隨義應知問若爾何故得說非一非異耶答若始教中以真如徧故智證真如故非異也有爲無爲不同故非一也若終教中功德有二義一緣起現前義以三無數劫功德不虛故二無自性義以離真如無自體故此中初義與法身隨緣後義與法身不變是非異門以舉體全收故又此初義與不變後義與隨緣是非一門以義差別故是即不動非異明非一也思之可見若依頓教以相盡離念故唯一實性身平等平等不可說有功德差別亦不可說常與無常若寄言顯者如經云吾今此身即是法身又經云一切諸佛身唯是一法身等如是準之若依圓教佛果常等義有三說一約用佛果既通三世間等一切法是故具有常等四句二約德佛果即具四義謂一修生二本有三本有修生四修生本有圓融無礙備無邊德是故亦通常等四句上二句義思之可見三約體亦通四句謂此經中以不說爲顯故是常與阿含相應故是無常二義無礙故俱有隨緣起際故俱非此上三義若體即俱體乃至用即俱用以體攝無礙故皆有常等無礙思之二明相好差別者若依小乘有三十二相八十種好是實法也若三乘中或亦但說三

十二相八十種好是化身之相仍即空是相義如金剛般若經對法論等說此約始教引小乘說也或約報身說八萬四千相並是實德此約直進及終教等說問何故智論等於此化身辯金鏘馬麥等往業所致三十二相等亦各出因耶答爲引二乘因下而說現業果不亡故聖道斷惑非滅報故如羅漢飡沙金鏘等亦爾小乘以爲實始教即空說以是方便故如大乘方便經說其相好出因有二義一亦是方便爲引二乘即於此身示勝因果以實報身非彼所見故二此等亦即是實報相垂在化中顯示現故得出因也問何故攝論中說三十二相等入法身功德攝耶答此亦有二義一爲迴二乘方便漸說眞實法身恐彼難信故以此功德說爲法身令易信受以觀見故二彼以功德爲法身故攝在彼中也此上並約始教說又三十二相等即無生無性故亦即是眞如法身此約終教說若依一乘有十蓮華藏世界海微塵數相彼二相皆徧法界業用亦爾所以說十者欲顯無盡故如相海品說又觀佛三昧經中約此三乘宗分佛相好以爲三段故彼經云略中略者我今爲此時會大衆及淨飯王略說相好佛生人間示同人事同人相故說三十二相勝諸天故說八十種好爲諸菩薩說八萬四千諸妙相好佛實相好我初成道摩伽陀國寂滅道場爲普賢賢首等諸大菩薩於雜華經已廣分別解云此中三十二相等當略中之略爲人天二乘等即當初也八萬四千等義當但是略爲三乘菩薩等當次也佛實相

好如雜華說者義當廣說即是指此華嚴相海品說是一乘別教相即當終也以雜華即是華嚴故餘義可知第九明攝化分齊者若依小乘中唯此娑婆雜穢處是佛報土於中此閻浮提是報佛所依餘百億等是化境分齊也若三乘中法性土及自受用土今此不說其釋迦佛隨他受用實報淨土或有說在摩醯首羅天化身充滿百億閻浮提是所化分齊如梵網經及對法論等說當知此約始教說何以故爲二乘教以釋迦身爲實報今即翻彼顯其是化故於彼天別立實報又恐二乘不信界外有實淨土故寄界內最勝處說其化身但充滿百億等亦順彼說也或有說釋迦佛報土在三界外如涅槃經云西方去此三十二恒河沙佛土有世界名無勝是釋迦佛實報淨土此約終教說以不隨下說故爲顯娑婆唯是化故是故當知色頂之身亦非實報或說化境非但百億如大智論中以三千大千世界爲一數數至恒河沙爲一世界性又數此至恒河沙爲一世界海數此又至無量恒河沙爲一世界種數此又至無量十方恒河沙爲一佛世界所化分齊也此亦約終教說以攝化漸廣於前故又唯約須彌山世界說以居此界故未說樹形等世界故非一乘也或說釋迦報土在靈鷲山如法華云我常在靈山等法華論主釋爲報身菩提也當知此約一乘同教說何以故以法華中亦顯一乘故其處隨教即染歸淨故說法華處即爲實也如菩提樹下說華嚴處即爲蓮華藏十佛境界法華亦爾漸同此故是同

教也然未說彼處即爲十華藏及因陀羅等故非别教也或有說此釋迦身即爲實報受用之身如佛地經初說此釋迦佛即具二十一種實報功德彼論釋爲受用身也此亦約同教說何以故此釋迦佛若三乘中但爲化身若别教一乘以爲究竟十佛之身今此方便勸彼三乘顯釋迦身非但是化恐難信受故彼經中爲約說佛果深功德處明佛身隨教即權歸實說爲報身即方便顯說華嚴一乘法時此釋迦身亦隨彼教即究竟十佛法界身也是故以此爲同教攝也或有說此釋迦身即是法身如經云吾今此身即是法身此約頓教寄言而說以相盡離念故若别教一乘此釋迦牟尼身非但三身亦即是十身以顯無盡然彼十佛境界所依有二一國土海圓融自在當不可說若寄法顯示如第二會初說二世界海有三類一蓮華藏莊嚴世界海具足主伴通因陀羅等當是十佛等境界二於三千界外有十重世界海一世界性二世界海三世界輪四世界圓滿五世界分别六世界旋七世界轉八世界蓮華九世界須彌十世界相此等當是萬子巳上輪王境界三無量雜類世界皆徧法界如一類須彌樓山世界數量邊畔即盡虛空徧法界又如一類樹形世界乃至一切衆生形等悉亦如是皆徧法界互不相礙此上三位並是一盧舍那十身攝化之處仍此三位本末圓融相收無礙何以故隨一世界即約麤細有此三故當知與三乘全别不同也第十佛身開合者有二先義後數義中先約法身或唯眞境

界爲法身如佛地論五種法攝大覺地清淨法界攝法身四智攝餘身此約始教說或唯妙智爲法身以本覺智故修智同本覺故如攝論無垢無罣礙智爲法身金光明中四智攝三身以鏡智攝法身故或境智合爲法身以境智相如故如梁攝論云唯如如及如如智獨存名爲法身此上二句約終教說或境智俱泯爲法身如經云如來法身非心非境此約頓教說或合具前四句以具德故或俱絶前五以圓融無礙故此二句如性起品說此約一乘辯次別約釋迦身明者此釋迦身或是化非法報如始教說或有是報非法化如同教一乘及小乘說但深淺爲異也或是法非報化如頓教說或亦法亦報化總如三乘等說或非法非報化如別教一乘是十佛故也數開合者或立一佛謂一實性佛也此約頓教或立二佛此有三種一生身化身此約小乘說二生身法身謂他受用與化身合名生身自受用身與法身合名法身如佛地論說此約始教說三自性法身應化法身如本業經說此約終教說或立三身佛如常所說此通始終二教說或立四佛此有三種一於三身中受用身內分自他二身故有四如佛地論說此約始教二於三身外別立自性身爲明法身是恒沙功德法故是故梁攝論云自性身與法身作依止故三亦於報身內福智分二故有四如楞伽經云一應化佛二功德佛三智慧佛四如如佛此約終教說或立十佛以顯無盡如離世間品說此約一乘圓教說也

華嚴一乘教義分齊章卷第三

音釋

轂古禄切輻所湊者爲轂 輞文紡切車輞也 輻方六切輪轑也 軸直六切車持輪者爲軸 鏘正作槍千羊切稍也 飱千安切食也

華嚴一乘教義分齊章卷第四

唐大薦福寺沙門法藏述

第十義理分齊者有四門一三性同異義二緣起因門六義法三十玄緣起無礙法四六相圓融義初三性同異說有二門先別明後總說別中亦二先直說後決擇前中三性各有二義眞中二義者一不變義二隨緣義依他二義者一似有義二無性義所執中二義者一情有義二理無義由眞中不變依他無性所執理無由此三義故三性一際同無異也此則不壞末而常本也經云衆生即涅槃不復更滅也又約眞如隨緣依他似有所執情有由此三義亦無異也此則不動本而常末也經云法身流轉五道名曰衆生也即由此三義與前三義是不一門也是故眞該妄末妄徹眞源性相通融無障無礙問依他似有等豈同所執是情有耶答由二義故故無異也一以彼所執執似爲實故無異法二若離所執似無起故眞中隨緣當知亦爾以無所執無隨緣故問如何三性各有二義不相違耶答以此二義無異性故何者無異且如圓成雖復隨緣成於染淨而恒不失自性清淨秖由不失自性清淨故能隨緣成染淨也猶如明鏡現於染淨雖現染淨而恒不失鏡之明淨秖由不失鏡明淨故方能現染淨之相以現染淨知鏡明淨以鏡明淨知現染淨是故二義唯是一性雖現淨法不增鏡明雖現染法不汙鏡淨非直不汙亦乃由此反顯鏡之明淨當知眞如道理亦爾非直不動性淨成於染淨亦乃由成染淨方顯性淨非直

不壞染淨明於性淨亦乃由性淨故方成染淨是故二義全體相收一性無二豈相違耶依他中雖復因緣似有顯現然此似有必無自性以諸緣生皆無自性故若非無性即不藉緣不藉緣故故非似有似有若成必從衆緣從衆緣故必無自性是故由無自性得成似有由成似有是故無性故智論云觀一切法從因緣生從因緣生即無自性無自性故即畢竟空畢竟空者是名般若波羅蜜此則由緣生故即顯無性也中論云以有空義故一切法得成者此則由無性故即明緣生也涅槃經云因緣故有無性故空此則無性即因緣因緣即無性是不二法門故也非直二義性不相違亦乃全體相收畢竟無二也所執性中雖復當情稱執現有然於道理畢竟

是無以於無處橫計有故如於木杌橫計有鬼然鬼於木畢竟是無如於其木鬼不無者即不得名橫計有鬼以於木有非由計故今既橫計明知理無無由理無故得成橫計成橫計故方知理無是故無二唯一性也當知所執道理亦爾上來直明竟第二問答決擇者於中有三門第一護分別執第二示執之失第三顯示其義初門護執者問眞如是有耶答不也隨緣故問眞如是無耶答不也不變故問亦有亦無耶答不也無二性故問非有非無耶答不也具德故又問有耶答不也不變故何以故由不變故隨緣顯示問無耶答不也隨緣故何以故由隨緣故不變常住也餘二句可知又問有耶答不也離所謂故下三句例然又問有耶答不也空眞如故問無

耶答不也不空眞如故問亦有亦無耶答不也離相違故問非有非無耶答不也離戲論故又問有耶答不也離妄念故問無耶答不也聖智行處故餘句準之依他性者問依他是有耶答不也緣起無性故問依他是無耶答不也無性緣起故問亦有亦無耶答不也無二性故問非有非無耶答不也有多義門故又問有耶答不也緣起故何以故以諸緣起皆無性故問無耶答不也無性故何以故以無性故成緣起也餘二句可知又以緣起離於四句又以無性故亦離四句並可知矣又問依他有耶答不也約觀遣故問無耶答不也能現無生故下二句離相違故離戲論故可知又問有耶答不也異圓成故又約徧計分故又離所謂故問無耶答不也異徧計故以圓成分故又智境故餘句準之徧計所執者問徧計是有耶答不也理無故問是無耶答不也情有故問亦有亦無耶答不也無二性故問非有非無耶答不也所執性故又問有耶答不也無道理故問無耶答不也無道理故餘句準知又問有耶不也執有故又問無耶不也執有故又亦有亦無耶不也執有故又非有非無耶不也執成故又有耶不也由無相故又無耶不也無相觀境故餘句準之又有耶不也無體故又無耶不也能噎眞故餘句準之第二示執過者若計眞如一向是有者有二過失一常過謂不隨緣故在染非隱故不待了因故即墮常過問諸聖教中並說眞如爲凝然常旣不隨緣豈是過耶答聖說眞如為凝然者此是隨緣成染淨時

恒作染淨而不失自體是即不異無常之常名不思議常非謂不作諸法如情所謂之凝然也若謂不作諸法而凝然者是情所計故即失眞常以彼眞常不異無常之常不異無常之常出於情外故名眞常是故經云不染而染者明常作無常也染而不染者明作無常時不失常也問教中既就不異無常之常故說眞如爲凝然常者何故不就不異常之無常故說眞如爲無常耶答教中亦說此義故經云如來藏受苦樂與因俱若生若滅論云自性清淨心因無明風動成染心等以此教理故知眞如不異常之無常故隨緣隱體是非有也問眞如是不生滅法既不異無常之常故說爲常不異常之無常故得說無常者亦可依他是生滅法亦應得有不異常之

無常不異無常之常義耶答亦得有也何者以諸緣起無常之法即無自性方成緣起是故不異常性而得無常故經云不生不滅是無常義此則不異於常成無常也又以諸緣起即無自性非滅緣起方說無性是則不異無常之常也故經云色即是空非色滅空故又云衆生即涅槃不復更滅等此中二義與眞中二義相配可知此即眞俗雙融二而無二故智論云智障極盲闇謂眞俗別執此之謂也是故若執眞如同情所謂而凝然常者即不隨緣隱其自體不假了因即墮常過又若不隨緣成於染淨染淨等法即無所依無所依有法又墮常也以染淨法皆無自體賴眞立故二斷過者如情之有即非眞有非眞有故即斷有也又若有者即不隨染淨染淨

諸法既無自體眞又不隨不得有法亦是斷也第二執無者亦有二過失一常過者謂無眞如生死無依無依有法即是常也又無眞如聖智無因亦即常也又無所依不得有法即是斷也又執眞如是無亦即斷也第三執亦有亦無者具上諸失謂眞如無二而雙計有無心所計有無非稱於眞失彼眞理故是斷也若謂如彼所計以爲眞者以無理有眞是即常也第四非有非無者戲論於眞是妄情故失於眞理即是斷也戲論非眞而謂爲眞者理無有眞故是常也第二依他起中若執有者亦有二失一常過謂已有體不藉緣故無緣有法即是常也又由執有即不藉緣不藉緣故不得有法即是斷也問若說依他性是有義便有失者何故攝論等說依他性以爲有耶答聖說依他以爲有者此即不異空之有何以故從衆緣無體性故一一緣中無作者故由緣無作方得緣起是故即非之有名依他有是則聖者不動眞際建立諸法若謂依他如言有者即緣起有性緣若有性即不相藉不相藉故即壞依他壞依他者良由執有是故汝意恐墮空斷勵力立有不謂不達緣所起法無自性故即壞緣起便墮空無斷依他故也二若執無者亦有二失若謂依他是無法者即緣無所起無所起故不得有法即是斷也問若說緣生爲空無故即墮斷者何故中論等內廣說緣生爲畢竟空耶答聖說緣生以爲空者此即不異有之空也何以故以法從緣生方說無性是故緣生有者方得爲空若不爾者無緣生因以何所以

而得言空是故不異有之空名緣生空此即聖者不動緣生說實相法也若謂緣生如言空者即無緣生無緣生故即無空理無空理者良由執空是故汝意恐墮有見猛勵立空不謂不達無性緣生故即失性空失性空故還墮情中惡趣空也問若由依他有二義故是則前代諸論師各述一義融攝依他不相違者何故後代論師如清辯等各執一義互相破耶答此乃相成非相破也何者爲末代有情根機漸鈍聞說依他是其有義不達彼是不異空之有故即執以爲如謂之有也是故清辯等破依他有令至於無至畢竟無方乃得彼依他之有若不至此徹底性空即不得成依他之有是故爲成有故破於有也又彼有情聞說依他畢竟性空不達彼是不異有之空故即執以爲如謂之空是故護法等破彼謂空以存幻有幻有立故方乃得彼不異有之空以若有滅非眞空故是故爲成空故破於空也以色即是空清辯義立空即是色護法義存二義鎔融舉體全攝若無後代論師以二理交徹全體相奪無由得顯甚深緣起依他性法是故相破反相成也是故如情執無即是斷過又若說無法爲依他者無法非緣非緣之法即墮常也第三亦有亦無者具上諸失可以準之問若據上來所說依他起性有無偏取此應不可雙取有無應契道理如何亦有具上失耶答依他起性中雖具彼有無之理然全體交徹空有俱融而如所計亦有亦無者即成相違具上失也第四非有非無者戲論緣起亦非理也何者以其

執者於有無中所計不成故即以情謂非有非無爲道理也此既非理亦具上失思以準之第三徧計所執性中若計所執爲有者有二過失謂若所執是其有者聖智所照理應不空即是常也若妄執徧計於理有者即失情有故是斷過也二若執徧計爲情無者即凡夫迷倒不異於聖即是常也亦即無凡故是斷也又既無迷亦即無悟亦無悟故即無聖人亦是斷也三亦有亦無者性既無二而謂有無即相違故具上失也四非有非無者戲論徧計亦具上失準以知之第二執成過竟第三顯示其義者眞如是有義以迷悟所依故又不空義故不可壞故餘如上說又眞如是空義以離相故隨緣故對染故餘亦如上又眞如是亦有亦無義以具德故違順自在故鎔融故又是非有非無義以二不二故定取不得故餘翻說準上知之二依他是有義緣成故無性故餘準前知依他是無義以緣成無性故亦準前知依他是亦有亦無義以緣成無性故準前依他是非有非無義以二不二故隨取一不得故準前三徧計是有約情故徧計是無約理故徧計是亦有亦無由是所執故徧計是非有非無由是所執故餘準前思之上來別明三性竟第二總說者三性一際舉一全收眞妄互融性無障礙如攝論婆羅門問經中言世尊依何義說如是言如來不見生死不見涅槃於依他中分別性及眞實性生死涅槃依無差別義何以故此依他性由分別一分成生死由眞實一分成涅槃釋曰依他性非生死由此性因眞實

成涅槃故此性非涅槃何以故此性由分別一分即是生死是故不可定說一分若見一分餘分性不異是故不見生死亦不見涅槃由此意故如來答婆羅門如此又云阿毗達磨修多羅中世尊說法有三種一染汙分二清淨分三染汙清淨分依何義說此三分於依他性中分別性爲染汙分眞實性爲清淨分依他性爲染汙清淨分依此義說三分釋曰阿毗達磨修多羅中說分別性以煩惱爲性眞實性以清淨分爲性依他性由具兩分以二性爲性故說法有三種一煩惱爲分二清淨爲分三二法爲分依此義故作此說也此上論文又明眞該妄末無不稱眞妄徹眞源體無不寂眞妄交徹二分雙融無礙全攝思之可見第二緣起因門六義法將釋此義六門分別一釋相二建立三句數四開合五融攝六約教第一門中有二初列名次釋相初列名者謂一切因皆有六義一空有力不待緣二空有力待緣三空無力待緣四有有力不待緣五有有力待緣六有無力待緣二釋相者初者是刹那滅義何以故由刹那滅故即顯無自性是空也由此滅故果法得生是有力也然此謝滅非由緣力故云不待緣也二者是俱有義何以故由俱有故方有即顯是不有是空義也俱故能成有是有力也俱故非孤是待緣也三者是待衆緣義何以故由無自性故是空也因不生緣生故是無力也即由此義故是待緣也四者決定義何以故由自類不改故是有義能自不改而生果故是有力義然此不改非由緣力故是不

待緣義也五者引自果義何以故由引現自果是有力義雖待緣方生然不生緣果是有力義即由此故是待緣義也六者是恒隨轉義何以故由隨他故不可無不能違緣故無力用即由此故是待緣也是故攝論爲顯此六義而說偈言刹那滅俱有恒隨轉應知決定待衆緣唯能引自果第二建立者問何以故定說六義不增至七不減至五耶答爲正因對緣唯有三義一因有力不待緣全體生故不雜緣力故二因有力待緣相資發故三因無力待緣全不作故因歸緣故又由上三義因中各有二義謂空義有義二門各有三義唯有六故不增減也問何故不立第四句無力不待緣義耶答以彼非是因義故不立思之可見問待緣者待何等緣答待因事之外增上等三緣不取自六義更互相待耳問因望緣得有六義未知緣對因亦有六義不答此有二義增上緣望自增上果得有六義以還是親因攝故望他果成踈緣故不具六親因望他亦爾問果中有六義不答果中唯有空有二義謂從他生無體性故是空義酬因有故是有義若約互爲因果義說即此一法爲他因時具斯六義與他作果時即唯有二義是故六義唯在因中問若爾現行爲種因豈得有六義答隨勝緣不具如論說種子有六義此約初敎若緣起祕密義皆具此六義約終敎以此教中六七識等亦是如來藏隨緣義無别自性是故六七識亦具本識中六義也思之可見第三句數料揀者有二種一約體二約用初約體有無而有四句一是

有謂決定義二是無謂刹那滅義三亦有亦無謂合彼引自果及俱有無二是也四非有非無謂合彼恒隨轉及彼待衆緣無二是也就用四句者由合彼恒隨轉及待衆緣無二故是不自生也由合彼刹那滅及決定無二故不他生也由合彼俱有及引自果無二故不共生也由具三句合其六義因義方成故非無因生也是則由斯六義因緣全奪顯緣起勝德故地論云因不生緣生故緣不生自因生故不共生無知者故作時不住故不無因生隨順有故又集論云自種有故不從他生待衆緣故非自生無作用故不共生有功能故非無因生問此六義與八不分齊云何答八不據遮六義約表又八不約反情理自顯六義據顯理情自亡有斯左右耳第四開合者或約體唯一以因無二體故或約義分二謂空有以無自性故緣起現前故或約用分三一有力不待緣二有力待緣三無力待緣初即全有力後即全無力中即亦有力亦無力以第四句無力不待緣非因故不論也是故唯有三句也或分爲六謂開三句入二門故也如前辯或分爲九謂於上三義隨一皆具彼三故何以故若非有力即無無力是故隨一具三故有九也或分十二謂於上六義空有二門不相離故隨空即有隨有即空有空有六空有亦六故有十二也或分十八謂於上六義中一一皆有三義故一體有無二力有無三約待緣不待緣三六成十八也或分爲三十六謂於上六義隨一皆具六何以故以若無一餘皆無故餘門思而準之第

五融攝者然此六義以六相融攝取之謂融六義爲一因是總相開一因爲六義是別相六義齊名因是同相六義各不相知是異相由此六義因等得成是成相六義各住自位義是壞相問六相六義分齊云何答六義據緣起自體六相據緣起義門以法體入義門遂成差別如以六義入四句顯是云非故順三乘入六相顯自德故順一乘是故四句與六相俱爲入法方便也第六約教辨者若小乘中法執因相於此六義名義俱無若三乘賴耶識如來藏法無我因中有六義名義而主伴未具若一乘普賢圓因中具足主伴無盡緣起方究竟也又由空有義故有相即門也由有力無力義故有相入門也由有待緣不待緣義故有同體異體門也由有此等義門故得毛孔容剎海事也思之可解三十玄緣起無礙法門義夫法界緣起乃自在無窮今以要門略攝爲二一者明究竟果證義即十佛自境界也二者隨緣約因辯教義即普賢境界也初義者圓融自在一即一切一切即一不可說其狀相耳如華嚴經中究竟果分國土海及十佛自體融義等者即其事也不論因陀羅及微細等此當不可說義何以故不與教相應故地論云因分可說果分不可說者即其事也問義若如是何故經中乃說佛不思議品等果耶答此果義是約緣形對爲成因故說此果非彼究竟自在果所以然者爲與因位同會而說故知形對耳第二義者有二一以喻略示二約法廣辯初喻示者如數十錢法所以說十者欲應圓數顯無

盡故此中有二一異體二同體所以有此二門者以諸緣起門内有二義故一不相由義謂自具德故如因中不待緣等是也二相由義如待緣等是也初即同體後即異體就異體中有二門一相即二相入所以有此二門者以諸緣起法皆有二義故一空有義此望自體二力無力義此望力用由初義故得相即由後義故得相入初中由自若有時他必無故故他即自何以故由他無性以自作故二由自若空時他必是有故自即他何以故由自無性用他作故以二有二空各不俱故無彼不相即有無無有無二故是故常相即若不爾者緣起不成有自性等過思之可見二明力用中自有全力故所以能攝他他全無力故所以能入自他有力自無力 反上可知 不據自體故非相即力用交徹故成相入又由二有力二無力各不俱故無彼不相入有力無力無力有力無二故是故常相入又以用攝體更無別體故唯是相入以體攝用無別用故唯是相即此依因六義内準之於中先明相入初向上數十門一者一是本數何以故緣成故乃至十者一中十何以故若無一即十不成故一即全有力故攝於十也仍十非一矣餘九門亦如是一一皆有十準例可知向下數亦十門一者十即攝一何以故緣成故謂若無十即一不成故即一全無力歸於十也仍一非十矣餘例然如是本末二門中各具足十門餘一一錢中準以思之此約異門相望説耳問既言一者何得一中有十耶答大緣起陀羅尼法若無一即一切不成

故定知如是此義云何所言一者非自性一緣成故是故一中有十者是緣成一若不爾者自性無緣起不得名一也乃至十者皆非自性十由緣成故爲此十中有一者是緣成無性十若不爾者自性無緣起不名十也是故一切緣起皆非自性何以故隨去一緣即一切不成是故一中即具多者方名緣起一耳問若去一緣即不成者此則無性無自性者云何得成一多緣起答秖由無性得成一多緣起何以故由此緣起是法界家實德故普賢境界具德自在無障礙故華嚴云菩薩善觀緣起法於一法中解衆多法衆多法中解了一法是故當知一中十十中一相容無礙仍不相是一門中既具足十義故明知一門中皆有無盡義餘門亦如是問一門中攝十盡不答盡不盡何以故一中十故盡十中一故不盡四句護過去非顯德等準之可解耳別別諸門中準例如是緣起妙理應如是知第一門竟初異體門中第二即義者此中有二門一者向上去二者向下來初門中有十門一者一何以故緣成故一即十何以故若無一即無十故由一有體餘皆空故是故此一即是十矣如是向上乃至第十皆各如前準可知耳言向下者亦有十門一者十何以故緣成故十即一何以故若無十即無一故由一無體餘皆有故是故此十即一矣如是向下乃至第一皆各如是準前可知耳以此義故當知一一錢即是多錢耳問若一不即十者有何過失答若一不即十者有二失一不成十錢過何以故若一不即十者多一

亦不成十何以故一一皆非十故今既得成十明知一即是十也二者一不成十過何以故若一不即十十即不得成由不成十故一義亦不成何以故若無十是誰一故今既得一明知一即十又若不相即緣起門中空有二義即不現前便成大過謂自性等思之可知下同體門中準此知之餘門亦準可知耳問若一即十者應當非是一若十即一者應當非是十答秖爲一即十故是故名爲一何以故所言一者非是所謂一緣成無性一爲此一即多者是名一若不爾者不名一何以故由無自性故無緣不成一也十即一者準前例耳勿妄執矣應如是準知問上一多義門爲一時俱圓耶爲前後不同耶答即圓即前後何以故由此法性緣起具足逆順同體不違德用自在無障礙故皆得如此問如上所說去來義其相云何答自位不動而恒去來何以故去來不動即一物故但爲生智顯理故說去來等義耳若廢智一切不可說如上果分者即其事也問若由智者即非先有如何說云舊來如此耶答若廢智即不論緣起由約智故說舊來如此何以故不成即以成即離始終故智及與法舊來成故問爲由智耶法耶答爲由智也爲法如此也何以故同時具足故餘義準以思之大段第一異體門訖第二同體門者亦有二義一者一中多多中一二者一即多多即一初門二一者一中多二者多中一初一中多者有十門不同一者一何以故緣成故是本數一中即具十何以故由此一錢自體是一復與二作

一故即爲二一乃至與十作一故即爲十一是故此一之中即自具有十箇一耳仍一非十也以未是即門故初一錢既爾餘二三四五已上九門皆各如是準例可知耳二者多中一亦有十門一者十何以故緣成故十中一何以故由此一與十作一故即彼初一在十一之中以離十一即無初一故是故此一即一中一也仍十非一矣餘下九八七乃至於一皆各如是準例思之問此與前異體何別答前異體者初一望後九異門相入耳今此同體一中自具十非望前後異門說也即義亦準思之二者一即十十即一亦有二門一者一即十亦有十門不同一者一何以故緣成故一即十何以故由此十一即是初一故無別自體故是故十即是一也餘九門皆亦如是準之可知二者十即一者亦有十門不同一者十何以故緣成故十即一何以故彼初一即是十故更無自一故是故初一即是十也餘九門準例知之問此同體中一即十等者爲秖攝此十耶爲攝無盡耶答此並隨智而成須十即十須無盡即無盡如是增減隨智趣矣十即如前釋曰無盡者一門中既有十然此十復自迭相即相入重重成無盡也然此無盡重重皆悉攝在初門中也問爲但攝自一門中無盡重重耶爲一攝餘異門無盡耶答或俱攝或但攝後自無盡何以故若無自一門中無盡餘一切門中無盡皆悉不成故是故初門同體即攝同異二門中無盡無盡無盡無盡無盡無盡無盡無盡無盡無盡窮其圓極法界無不攝盡耳或但自

攝同體一門中無盡何以故由餘異門如虛空故不相知故自具足故更無可攝也此但隨智而取一不差失也如此一門既具足無窮箇無盡及相即相入等成無盡者餘一一門中皆悉如是各無盡無盡誠宜如是準知此且約現理事錢中況彼一乘緣起無盡陀羅尼法非謂其法秖如此也應可去情如理思之第二約法廣辯者略有二種一者立義門二者解釋門初立義門者略立十義門以顯無盡何者爲十一教義即攝一乘三乘乃至五乘等一切教義餘下準之二理事即攝一切理事三解行即攝一切解行四因果即攝一切因果五人法即攝一切人法六分齊境位即攝一切分齊境位七師弟法智即攝一切師弟法智八主伴依正即攝一切主伴依正九隨其根欲示現即攝一切隨其根欲示現十逆順體用自在等即攝一切逆順體用自在等此十門爲首皆各總攝一切法成無盡也二言解釋者亦以十門釋前十義以顯無盡問何以得知十數顯無盡耶答依華嚴經中立十數爲則以顯無盡義一者同時具足相應門此上十義同時相應成一緣起無有前後始終等別具足一切自在逆順參而不雜成緣起際此依海印三昧炳然同時顯現成矣二者一多相容不同門此上諸義隨一門中即具攝前因果理事一切法門如彼初錢中即攝無盡義者此亦如是然此一中雖具有多仍一非即是其多耳多中一等準上思之餘一一門中皆悉如是重重無盡故也故此經偈云以一佛土滿十方十方入

一亦無餘世界本相亦不壞無比功德故能爾然此一多雖復互相舍受自在無礙仍體不同也所由如上錢義中釋此有同體異體準上思之可解三者諸法相即自在門此上諸義一即一切一切即一圓融自在無礙成耳若約同體門中即自具足攝一切法也然此自一切復自相入重重無盡故也然此無盡皆悉在初門中也故此經云初發心菩薩一念之功德深廣無邊際如來分別說窮劫不能盡何況於無邊無數無量劫具足修諸度諸地功德行義言一念即深廣無邊者良由緣起法界一即一切故爾如彼同體門中一錢即得重重無盡義者即其事也何況無邊劫者即餘一一門中各現無盡義者是也所以爾者此經又云初發心菩薩即是佛故

也由是緣起妙理始終皆齊得始即得終窮終方原始如上同時具足故得然也又云在於一地普攝一切諸地功德也是故得一即得一切又云知一即多多即一故也十信終心即作佛者即其事也問如同體一門中即攝一切無盡者爲一時俱現耶爲前後耶答於一門中一時炳然現一切者屬微細攝隱映互現重重者屬因陀羅攝餘義即同即異即多即少即有即無即始即終如是自在具足一切無盡法門仍隨舉爲首餘即爲伴道理一不差失舊來如此亦辯同體一門中具足自在無窮德耳餘異體等門中亦準思之問若一門中即具足一切無盡自在者餘門何用爲答餘門如虛空何以故同體一門并攝一切無不盡故問此同體中所攝一切者

但應攝自門中一切豈可攝餘門中一切耶答既攝自一切復攝餘一一門中無盡一切如是重重窮其法界也何以故圓融法界無盡緣起無一一切並不成故此但論法性家實德故不可說其邊量故此經偈云不可言說諸劫中演說一切不可說不可說劫猶可盡說不可說不可盡又偈云一切衆生心悉可分別知一切刹微塵尚可筭其數十方虛空界一毛猶可量菩薩初發心究竟不可惻良由此一乘圓極自在無礙法門得一即得一切故耳因果俱齊無前後別故地論云以信地菩薩乃至與不可思議佛法爲一緣起以六相總別等義而用括之明知因果俱時相容相即各攝一切互爲主伴深須思之此事不疑又此經云何以故此初發心菩薩即是佛故悉與三世諸如來等亦與三世佛境界等悉與三世佛正法等得如來一身無量身三世諸佛平等智慧所化衆生皆悉平等又云初發心時便成正覺具足慧身不由他悟如是云云無量廣如經文問此等歎因中德耳豈可即滿德果耶答此一乘義因果同體成一緣起得此即得彼由彼此相即故若不得果者因即不成因何以故不得果等非因也問上言果分離緣不可說相但論因分者何故十信終心即辯作佛得果法耶答令言作佛者但從初見聞已去乃至第二生即成解行解行終心因位窮滿者於第三生即得彼究竟自在圓融果矣由此因體依果成故但因滿者即沒於果海中也爲是證境界故不可說也此如龍女及普莊嚴童子善財

童子并兜率天子等於三生中即克彼果義等廣如經辯應準思之問上言一念即得作佛者三乘中已有此義與彼何別答三乘望理爲一念即得作佛今此一乘一念即得具足一切教義理事因果等如上一切法門及與一切衆生皆悉同時同時同時同時同時同時同時同時同時作佛後皆新新斷惑亦不住學地而成正覺具足十佛以顯無盡逆順德故及因陀羅微細九世十世等徧通諸位謂說十信終心已去十解十行十迴向十地及佛地等同時徧成無有前後具足一切耳然此一念與百千劫無有異也直須思之此即第三諸法相即自在門訖第四者因陀羅網境界門此但從喻異前耳此上諸義體相自在隱顯互現重重無盡故此經云於一微塵中各示那由他無數億諸佛於中而說法於一微塵中現無量佛國須彌金剛圍世間不迫迮於一微塵中現有三惡道天人阿脩羅各各受果報此三偈即三世間也又云一切佛刹微塵等爾所佛坐一毛孔皆有無量菩薩衆各爲具說普賢行無量刹海處一毛悉坐菩提蓮華座徧滿一切諸法界一切毛孔自在現又云如一微塵所示現一切微塵亦如是餘者云云無量廣如經辯此等並是實義非變化成此是如理智中如量境也其餘變化等者不入此例何以故此並是法性家實德法爾如是也非謂分別情識境界此可去情思之問上一塵中現無量佛刹等者此但是一重現而已何故乃云重重現耶答此方說華嚴經時云一切微塵中亦

如是說彼微塵中說華嚴經時亦云一切微塵中亦如是說如是展轉即重重無盡也宜準思之問若據此文重重無盡有何分齊云何辯其始終等耶答隨其智取舉一爲首餘則爲伴據其首者即當中餘者即眷屬圍繞如上教義等並悉如是自在成耳反前相即相入自在等皆悉如是攝一切法無窮法界並悉因陀羅成也五者微細相容安立門此上諸義於一念中具足始終同時別時前後逆順等一切法門於一念中炳然同時齊頭顯現無不明了猶如束箭齊頭顯現耳故此經云菩薩於一念中從兜率天降神母胎乃至流通舍利法住久遠及所被益諸衆生等於一念中皆悉顯現廣如經文又云一毛孔中無量佛刹莊嚴清淨曠然安住又云於一

塵內微細國土一切塵等悉於中住宜可如理思之問是義與上因陀羅何別耶答重重隱映互現因陀羅攝齊頭炳然顯著微細攝此等諸義並別不同宜細思之六者秘密隱顯俱成門此上諸義隱覆顯了俱時成就也故此經云於此方入正受他方三昧起眼根入正定色塵三昧起等云云又云男子身中入正受女子身中三昧起等云云於一微塵入正受一毛端頭三昧起如是自在此隱彼顯正受及起定同時祕密成矣又此經云十方世界有緣故往返出入度衆生或見菩薩入正受或見菩薩從定起又云於彼十方世界中念念示現成正覺轉正法輪入涅槃現分舍利度衆生如是無量廣如經辯又如佛爲諸菩薩受記之時或現前受記或不現前

祕密受記等如上第一錢中十錢名爲顯了第二錢望第一錢中十即爲祕密何以故見此不見彼故不相知故雖不相知見然則成此彼成故俱名成也應如此準思之第七諸藏純雜具德門此上諸義或純或雜如前人法等若以人門取者即一切皆人故名爲純又即此人門具含理事等一切差别法故名爲雜又如菩薩入一三昧唯行布施無量無邊更無餘行故名純又入一三昧即施戒度生等無量無邊諸餘雜行俱時成就也如是繁與法界純雜自在無不具足者矣宜準思之八者十世隔法異成門此上諸雜義徧十世中同時别異具足顯現以時與法不相離故言十世者過去未來現在三世各有過去未來及現在即爲九世也然此九世迭相即入故成一總句總别合成十世也此十世具足别異同時顯現成緣起故得即入也故此經云或以長劫入短劫短劫入長劫或百千大劫爲一念一念即百千大劫或過去劫入未來劫未來劫入過去劫如是自在時劫無礙相即相入渾融成矣又此經云於一微塵中普現三世一切佛刹又云於一微塵中普現三世一切衆生又云於一微塵中普現三世一切諸佛事又云於一微塵中建立三世一切佛轉法輪如是云云無量廣如經文此普攝上諸義門悉於十世中自在現耳宜可思之九者唯心迴轉善成門此上諸義唯是一如來藏爲自性清淨心轉也但性起具德故異三乘耳然一心亦具足十種德如性起品中說十心義等者即其事也所以說十者

欲顯無盡故如是自在具足無窮種種德耳此上諸義門悉是此心自在作用更無餘物名唯心轉等宜思釋之十者託事顯法生解門此上諸義隨託之事以別顯別法謂諸理事等一切法門如此經中說十種寶王雲等事相者此即諸法門也顯上諸義可貴故立寶以表之顯上諸義自在故標王以表之顯上諸義潤益故資澤故斷齶故以雲標之矣如是等事云云無量如經思之問三乘中以有此義與此何別答三乘託異事相表顯異理今此一乘所託之事相即是彼所現道理更無異也具足一切理事教義及上諸法門無不攝盡者也冥可如理思之此上十門等解釋及上本文十義等皆悉同時會融成一法界緣起具德門普眼境界諦觀察餘時但在大解大行大見聞心中然此十門隨一門中即攝餘門無不皆盡應以六相方便而會通之可準上來所明並是略顯別教一乘緣起義耳又於其中諸餘法相及問答除疑等與彼三乘或同或異所目所設爲方便等廣如經論疏鈔孔目及問答中於彼釋矣與彼三乘全別不同宜可廣依華嚴經普眼境界準思之問此上道理與彼三乘義別不同此可信矣又以何文證知三乘外別有一乘耶答此經自有誠文故偈云一切世界羣生類尠有欲求聲聞道求緣覺者轉復少求大乘者甚希有求大乘者猶爲易能信是法甚爲難良由此法出情難信是故聖者將彼三乘對比決之又偈云若衆生下劣其心厭沒者示以聲聞道令出於衆苦小乘也若復有衆

生諸根少明利樂於因緣法爲說辟支佛中乘也若人根明利有大慈悲心饒益諸衆生爲說菩薩道即大乘也若有無上心決定欲大事爲示於佛身說無盡佛法一乘也由此一乘非下機堪受是故大聖善巧於彼三乘位中隨其機欲方便少說由不窮法界源故權現二身三身等佛今爲如是無上心機樂大事方始現佛十身境界說無盡佛法耳名現佛身說無盡佛法也三乘但隨機而已未顯諸佛十身自境界故非現佛身又隨機少說一相一寂一味理等非窮盡說也何以故三乘以此無窮爲過失故然此一乘以無窮爲實德故耳又此經云於一世界中聞說一乘者或二三四五乃至無量乘此據本末分齊說耳聖教文義顯然不可以執情而驚怪者矣第四六相圓融義六相緣起三門分別初列名略釋二明教興意三問答解釋初列名者謂總相別相同相異相成相壞相總相者一舍多德故別相者多德非一故別依止總滿彼總故同相者多義不相違同成一總故異相者多義相望各各異故成相者由此諸緣起成故壞相者諸義各住自法不移動故第二教興意者此教爲顯一乘圓教法界緣起無盡圓融自在相即無礙鎔融乃至因陀羅無窮理事等此義現前一切惑障一斷一切斷得九世十世惑滅行德即一成一切成理性即一顯一切顯並普別具足始終皆齊初發心時便成正覺良由如是法界緣起六相鎔融因果同時相即自在具足逆順因即普賢解行及以證入果即十佛境界所顯

無窮廣如華嚴經說第三問答解釋者然緣起法一切處通今且略就緣成舍辨問何者是總相答舍是問此但椽等諸緣何者是舍耶答椽即是舍何以故爲椽全自獨能作舍故若離於椽舍即不成若得椽時即得舍矣問若椽全自獨作舍者未有瓦等亦應作舍答未有瓦等時不是椽故不作非謂是椽而不能作今言能作者但論椽能作不說非椽作何以故椽是因緣由未成舍時無因緣故非是椽也若是椽者其畢全成若不全成不名爲椽問若椽等諸緣各出少力共作不全作者有何過失答有斷常過若不全成但少力者諸緣各少力此但多箇少力不成一全舍故是斷也諸緣並少力皆無全成執有全舍者無因有故是其常也若不全成者去却一椽時舍應猶在舍既不全成故知非少力並全成也問無一椽時豈非舍耶答但是破舍無好舍也故知好舍全屬一椽既屬一椽故知椽即是舍也問舍既即是椽者餘板瓦等應即是椽耶答總並是椽何以故去却椽即無舍故所以然者若無椽即舍壞舍壞故不名板瓦等是故板瓦等即是椽也若不即椽者舍即不成椽瓦等並皆不成今既並成故知相即耳一椽既爾餘椽例然是故一切緣起法不成則已成則相即鎔融無礙自在圓極難思出過情量法性緣起一切處準知第二別相者椽等諸緣別於總故若不別者總義不成由無別時即無總故此義云何本以別成總由無別故總不成也是故別者即以總成別也問若總即別者應不成總耶答

由總即別故是故得成總如椽即是舍故名總相即是椽故名別相若不即舍不是椽若不即椽不是舍總別相即此可思之問若相即者云何說別答秖由相即是故成別若不相即者總在別外故非總也別在總外故非別也思之可解問若不別者有何過耶答有斷常過若無別者即無別椽瓦無別椽瓦故即不成總舍故此斷也若無別椽瓦等而有總舍者無因有舍是常過也第三同相者椽等諸緣和同作舍不相違故皆名舍緣非作餘物故名同相也問此與總相何別耶答總相唯望一舍說今此同相約椽等諸緣雖體各別成力義齊故名同相也問若不同者有何過耶答若不同者有斷常過也何者若不同者椽等諸義互相違背不同作舍舍不得有故是斷也若相違不作舍而執有舍者無因有舍故是常也第四異相者椽等諸緣隨自形類相望差別故問若異者應不同耶答秖由異故所以同耳若不異者椽既丈二瓦亦應爾壞本緣法故失前齊同成舍義也今既舍成同名緣者當知異也問此與別相有何異耶答前別相者但椽等諸緣別於一舍故說別相今異相者椽等諸緣迭互相望各各異相也問若不異者有何過失耶答有斷常過何者若不異者瓦即同椽丈二壞本緣法不共成舍故是斷若壞緣不成舍而執有舍者無因有舍故是常也第五成相者由此諸緣舍義成故由成舍故椽等名緣若不爾者二俱不成今現得成故知成相互成之耳問現見椽等諸緣各住自法本不作舍何因

得有舍義成耶答秖由椽等諸緣不作故舍義得成所以然者若椽作舍去即失本椽法故舍義不得成今由不作故椽等諸緣現前故由此現前故舍義得成矣又若不作舍椽等不名多緣今既得緣名明知定作舍問若不成者何過失耶答有斷常過何者舍本依椽等諸緣成今既並不作不得有舍故是斷也本以緣成舍名為椽今既不作舍故無椽是斷若不成者舍無因有故是常也又椽不作舍得椽名者亦是常也第六壞相者椽等諸緣各住自法本不作故問現見椽等諸緣作舍成就何故乃說本不作耶答秖由不作故舍法得成若作舍去不住自法有舍義即不成何以故作去失法舍不成故今既舍成明知不作也問若作去有何失答有斷常二失若言椽作舍去即失椽法失椽法故舍即無椽不得有是斷也若失椽法而有舍者無椽有舍是常也又總即一舍別即諸緣同即互不相違異即諸緣各別成即諸緣辦果壞即各住自法別為頌曰

一即具多名總相　多即非一是別相
多類自同成於總　各體別異現於同
一多緣起理妙成　壞住自法常不作
唯智境界非事識　以此方便會一乘

華嚴一乘教義分齊章卷第四

音釋

曀於計切猶翳也　炳兵永切明也　迭徒結切互也　齗齶齗語斤切齶五各切